дыхание богов

bernard
(werber)

Le Souffle des dieux

бернар
(Вербер)

дыхание богов

РИПОЛ
КЛАССИК

Москва, 2012

УДК 821.133.1-312.9
ББК 84(4Фра)6-44
В31

Перевод с французского М. Рожновой

Вербер, Б.

В31   Дыхание богов / Б. Вербер ; [пер. с фр. М. Рож-
новой]. — М. : РИПОЛ классик, 2012. — 624 с.

ISBN 978-5-386-04767-2

Новый бестселлер знаменитого французского
писателя!

«7 лет я думал и зрел. Я хотел написать книгу,
свободную от любых ограничений, и, похоже, мне это
удалось».

Б. Вербер

УДК 821.133.1-312.9
ББК 84(4Фра)6-44

ISBN 978-5-386-04767-2

[бернар
[вербер*]
:дыхание
богов

Посвящается Мюриель

ПРЕДИСЛОВИЕ

«Что бы вы стали делать, если бы были Богом?»

Этот вопрос подтолкнул меня к мысли написать «цикл о богах».

С тех пор как возникли религии, человек, думая о Боге, оперирует только категориями «Верю» или «Не верю».

Мне показалось интересным сформулировать вопрос иначе и получить другой ответ. Предположим, Он или Они существуют. Попытаемся же тогда понять, какими боги видят нас, простых смертных. Насколько велико их вмешательство в нашу жизнь? Судят ли они нас? Помогают ли? Любят ли? Чего они от нас хотят?

Чтобы лучше представить себе все это, я придумал школу, где богов учат ответственности, учат добиваться нужных результатов.

Попытка вообразить, что думают боги о людях, а не наоборот, привела к новому пониманию нашей истории и возможного будущего, к новому пониманию интересов человека как биологического вида.

Книга «Мы, боги» рассказывает о том, как боги учились. Каждый из 144 учеников покровительствовал одному народу на учебной планете, которая во многом похожа на нашу Землю. Лучшие получали награды, неудачники выбывали из игры. В «Дыхании богов» больше половины учеников, не справившихся с заданием, окажутся за бортом. Остальные поймут, как в совершенстве овладеть своим искусством.

Мне бы хотелось, чтобы, взглянув на судьбы людей с необычной точки зрения, из Эдема, читатель смог найти свой собственный ответ.

Если бы вы могли управлять человеческим сообществом, похожим на наше, в мире, похожем на наш, что бы вы выбрали, каким бы божеством стали? Совершали бы чудеса? Говорили бы с людьми через пророков? Разжигали бы войны? Предоставили бы людям свободу выбора? Каких молитв хотели бы вы от смертных?

Бернар Вербер

Если в мире все бессмысленно, — сказала Алиса, — что мешает выдумать какой-нибудь смысл?

Льюис Кэрролл

Вселенную наполняют и пронизывают три великие силы:
A — сила Ассоциации, Сложения*, Любви**.
D — сила Подчинения***, Деления, Разрушения****.
N — сила Нейтральности, Не-деяния, Не-желания.
A.D.N.*****
Взаимодействие этих трех сил начинается с Большого взрыва в трех элементарных частицах — положительном протоне, отрицательном электроне и нейтральном нейтроне. Продолжается в молекуле. В человеческом обществе. Продолжится за пределами нашего мира...

Эдмонд Уэллс

Вопрос. В чем разница между Богом и хирургом?
Ответ. Бог догадывается, что Он не хирург.

Фредди Мейер

---

* Addition *(фр.). Здесь и далее, кроме специально оговоренных случаев, примечания переводчика.*

** Amour *(фр.).*

*** Domination *(фр.).*

**** Destruction *(фр.).*

***** ADN — ДНК *(фр.).*

1. ГЛАЗ В НЕБЕ

ОН смотрит на нас.

Мы растеряны, ошеломлены, едва переводим дух.

ГЛАЗ настолько велик, огромен, что раздвигает облака и затмевает солнце.

Рядом застыли мои друзья. Сердце колотится. Возможно ли, что это...

Огромный глаз несколько мгновений парит в небе, будто наблюдает за нами, и вдруг исчезает. Мы посреди бескрайней равнины, заросшей маками, которая теперь кажется удивительно пустынной.

Мы не решаемся заговорить, не смотрим друг на друга. А если это ОН?

Сотни лет миллиарды людей жаждали увидеть хотя бы ЕГО тень, тень ЕГО тени, отражение тени ЕГО тени. Неужели мы только что видели ЕГО ГЛАЗ?

Я припоминаю, что непроницаемый черный туннель зрачка немного сузился, словно фокусируясь на наших крохотных фигурках.

Глаз наблюдающего за муравьями.

Мэрилин Монро падает на колени, у Маты Хари начинается приступ кашля, Фредди Мейер оседает на траву, словно его не держат ноги. Рауль до крови кусает губы. Густав Эйфель неподвижно стоит, глядя вдаль. Жорж Мельес нервно моргает. У некоторых слезы на глазах. Тишина.

— Ну и радужка... Да там километр в диаметре, — бормочет Эйфель.

— А зрачок? Метров сто, не меньше, — подхватывает Мэрилин, еще не оправившись от потрясения.

— Это... Зевс? — спрашивает Эйфель.

— Зевс, Великий Архитектор или Бог всех Богов, — отвечает Фредди Мейер.

— Творец, — добавляет Жорж Мельес.

Мне приходится сильно ущипнуть себя. Остальные следуют моему примеру.

— Нам это приснилось. Мы думаем, что там, на вершине горы, восседает Бог, вот и стали жертвами галлюцинации, — решительно говорит мой друг Рауль Разорбак.

— Он прав. Ничего не было, — поддерживает его Эйфель, потирая виски.

Я закрываю глаза, чтобы все остановилось хоть на несколько секунд. Антракт.

Попав на Эдем*, планету, расположенную где-то на краю Вселенной, я не переставал удивляться. Чудеса начались, едва я ступил на сушу. Мне навстречу бежал человек, объятый смертельным ужасом. Я узнал его — это был Жюль Верн. «Что бы ни случилось, не ходите ТУДА!» — произнес он страшным шепотом, указывая дрожащим пальцем на возвышавшуюся посреди острова гору, вершину которой окутывали плотные облака. И бросился вниз с крутого обрыва.

_____
* «Мы, Боги». — *Примеч. авт.*

Дальше события разворачивались стремительно. Меня подхватил кентавр и доставил в город, похожий на древнегреческий полис, — в Олимпию. Я узнал, что со ступени ангела, которую символизировала цифра «6», перешел на следующую, седьмую ступень развития сознания. Стал богом-учеником. Мне предстояло пройти обучение в школе богов.

Занятия вели двенадцать богов греческого пантеона, и каждый из них старался передать нам секреты своего мастерства.

Учебным пособием была планета, копия нашей Земли. Она называлась «Земля-18».

Гефест научил нас создавать минералы, Посейдон — формы растительной жизни, Арес — животных. И наконец, Гермес доверил нам людей. Каждый ученик должен был способствовать развитию и процветанию своего народа на «Земле-18». «Вы — пастухи, пасущие стадо», — сказал Гермес. Да, пастухи. Но если стадо погибнет, пастух выбывает из игры.

Таков закон Эдема: мы, боги, навсегда связаны с судьбой своего народа. Богиня справедливости Афина сказала совершенно определенно: «Вас 144, но в конце останется только один».

Каждый ученик создал для своего народа животное-тотем. Мой друг Эдмонд Уэллс выбрал муравьев, Мэрилин Монро — ос, Рауль — орлов, а я — дельфинов.

Необычная форма обучения и странное соревнование, в котором мы вынуждены были участвовать, держали нас в постоянном напряжении. Появились и новые проблемы. Кто-то из учеников, видимо страстно желая стать победителем, начал убивать соперников. Найти богоубийцу пока не удавалось.

И в это время Рауля посетила очередная дикая идея — сделать то, что было строжайше запрещено. Выйти за стены Олимпии после десяти часов вечера и подняться на гору, чтобы узнать, что за свет сияет иногда на ее вершине. Мы как раз упражнялись в скалолазании, когда в небе появился огромный глаз.

— Попались, — вздыхаю я.

— Нет. Ведь ничего не было, никакого глаза в небе. Нам померещилось, — повторяет Мэрилин.

Внезапно раздается топот копыт. Это заставляет нас опомниться — опасность еще не миновала, нельзя терять ни минуты. И мы прячемся в красных маках.

2. ЭНЦИКЛОПЕДИЯ: ПРИНЯТЬ

Философ Эммануэль Левинас считал, что работа художника-творца состоит их трех этапов:

Принять.
Оценить.
Передать.

Эдмонд Уэллс.
«Энциклопедия относительного
и абсолютного знания», том V

ТВОРЕНИЕ:
КРАСНЫЙ ПЕРИОД

3. ДЕВЯТЬ ХРАМОВ

Кентавры. Это патруль. Стадо из двадцати чудищ, коней с человеческим торсом, появляется справа. Скорее всего, они ищут нас. Рысью спускаются по склону. Одни скачут, скрестив руки на груди, другие шарят длинными палками в траве, ища богов-учеников.

Кентавры углубляются в цветущее поле, их ноги утопают в алых цветах. Притаившись в маках, мы издали следим за ними. Кентавры похожи на уток, плывущих по кровавому озеру.

Они ускоряют шаг, направляются в нашу сторону, словно почуяв что-то. Мы едва успеваем распластаться на земле. К счастью, маки растут стеной, образуя красный занавес.

Кентавры едва не задевают нас копытами, но вдруг небо разверзается и начинается страшный ливень. Кентавры нервничают. Некоторые поднимаются на дыбы, словно их конское естество не может выносить электричества, которым заряжен воздух. Они совещаются — вода струится по их бородам — и решают прекратить поиски.

Мы долго лежим неподвижно. Черные тучи малопомалу расходятся, пробивается солнце, капли сверкают на листьях, как крошечные звезды. Мы поднимаемся, кентавры исчезли.

— Едва не попались, — вздыхает Мата Хари.

Чтобы поднять боевой дух, Мэрилин Монро шепчет наш девиз:

— Любовь — наш меч, а юмор — щит.

Фредди Мейер обнимает ее.

И тут среди поля пламенеющих маков появляется светловолосая девушка, стройная и смеющаяся. За ней следуют восемь других, необыкновенно похожих на нее. Они стоят перед нами, разглядывают нас, дразнят, хохочут. И вдруг бросаются бежать и пропадают вдали.

Мы переглядываемся и в едином порыве, словно одержимые желанием немедленно забыть о том, что произошло, бросаемся вдогонку.

Мы мчимся среди маков, высокие упругие стебли хлещут по ногам. Воспоминание о гигантском глазе стирается из памяти, словно информацию такого рода невозможно ни осмыслить, ни вообще удержать в голове. Не было никакого глаза. Коллективная галлюцинация, и точка.

Далеко впереди едва виднеются головы бегущих девушек, их светлые волосы развеваются над морем алых цветов.

Мы выбегаем на большую поляну. Перед нами девять небольших ярко-красных храмов. Девушки исчезли.

— Еще одно чудо Эдема, — настороженно говорит Фредди Мейер.

Мраморные храмы похожи на миниатюрные дворцы с куполами. Фасады украшены скульптурами и фресками, двери распахнуты настежь.

Мы колеблемся. Мата Хари решается первой. Следом за ней я вхожу в ближайший храм. Внутри никого, зал загроможден предметами, так или иначе имеющими отношение к живописи. Мольберты, незаконченные холсты свалены в беспорядке. Яркие картины все, как одна, изображают маковое поле и два солнца на фоне горы.

Мы задумываемся, зачем, собственно, мы здесь, как вдруг из другого храма раздается тихая, чарующая музыка. Мы входим туда и видим, что здесь собраны музыкальные инструменты всех времен и народов — ситар, тамтам, орган, скрипка, ноты сольфеджио.

— Когда мы были танатонавтами, то пролетали сначала через черную зону страха, а потом через красную зону наслаждения, — замечает Фредди,

Мы решаем зайти в следующий храм. Под его сводами мы обнаруживаем телескоп, компасы, карты, инструменты, с помощью которых можно измерить все что угодно на небе и на земле. Отовсюду доносится смех девушек.

— Кажется, я знаю, у кого мы в гостях, — говорит Жорж Мельес.

4. ЭНЦИКЛОПЕДИЯ: МУЗЫ

По-гречески «муза» означает «водоворот». Девять дочерей Зевса и нимфы Мнемосины (богини памяти) стали нимфами источников, ручьев и рек. Говорят, их воды вдохновляли поэтов. Со временем функции муз изменились. Сначала они утешали страдающих, потом стали вдохновлять людей, занимавшихся творчеством в любой области искусства. Музы жили на горе Геликон в Беотии. Музыканты и стихотворцы в поисках прохлады приходили к источникам, бившим около святилища.

Позже музы разделились, каждая стала покровительствовать одному виду искусства или науки:

Каллиопа — эпической поэзии,

Эрато — любовной поэзии,

Эвтерпа — музыке,

Мельпомена — трагедии,

Полигимния — искусству религиозных песнопений,

Терпсихора — танцам,

Талия — комедии,

Урания — астрономии и геометрии.

Когда девять дочерей Пиера, пиериды, вызвали их на состязание, музы победили и превратили дерзких соперниц в ворон.

Эдмонд Уэллс.
«Энциклопедия относительного
и абсолютного знания», том V

5. ДЕВЯТЬ ДВОРЦОВ

Порывистый ветер взбивает красную пену маков. Самая младшая из девушек подходит ко мне. Ей, должно быть, едва исполнилось восемнадцать. Она в венке из плюща и закрывает лицо маской, изображающей удивление. Девушка медленно отводит маску в сторону, и я вижу лукавое личико с большими голубыми глазами. Она вызывающе смотрит на меня и улыбается.

Я не успеваю ничего сказать, а она подходит и целует меня в лоб. Вспышка, и я оказываюсь в театре, в первом ряду. Мне «рассказывают» пьесу: мужчина и женщина заперты в клетке, в плену у инопланетян. Постепенно они догадываются, где находятся, узнают, что их родная планета Земля исчезла и, кроме них, продолжить человеческий род некому. Они устраивают суд над человечеством, чтобы понять, заслуживает ли оно второго шанса. Кроме того, герои пьесы узнают, что инопланетяне похитили их, чтобы разводить как домашних животных для своих детей. Перед ними встает вопрос — стоит ли возрождать человечество?

Я открываю глаза. Это был всего лишь сон. Девушка довольно улыбается. Наверное, это покровительница театра, но кто именно — Мельпомена, муза трагедии, или Талия, муза комедии? Ее маска ничего мне не говорит. Поразмыслив, я прихожу к выводу, что это, должно быть, Талия, так как пьеса о человечестве скорее забавна, чем грустна. Да и заканчивается она хорошо.

Я достаю из сумки «Энциклопедию относительного и абсолютного знания», наследство моего дорогого учителя Эдмонда Уэллса, и записываю сюжет пьесы на чистых страницах. Муза снова целует меня в лоб.

В моей голове раздаются три фразы. Советы писателю:

Говори о том, что знаешь,
Показывай, а не объясняй,
Подсказывай, а не показывай.

Я запоминаю эти советы.

Мои спутники тоже заняты. Каллиопа, муза эпической поэзии, тянет за руку Жоржа Мельеса. Полигимния, муза религиозных песнопений, уводит Фредди Мейера. Муза танца Терпсихора увлекает за собой Мэрилин Монро. Покровительница любовной поэзии Эрато нежно беседует с Матой Хари. Рауля выбрала Мельпомена, муза трагедии.

Талия ведет меня в свое жилище из красного мрамора. Я вхожу вслед за ней в комнату, в которой все напоминает о театре. В центре стоит огромная кровать, будто перенесенная сюда из комедии дель арте, с балдахином и позолоченными колоннами, которые увенчаны итальянскими масками.

На подиуме, обрамленном пурпурным бархатным занавесом, для меня, единственного зрителя, Талия разыгрывает пантомиму. Изображает радость, печаль, горе и ликование.

Сначала ее глаза подернуты поволокой, веки полуопущены, но вот в ее взоре вспыхивает радость. Я аплодирую.

Она низко кланяется в знак благодарности, спускается с подмостков, запирает дверь на ключ, прячет его под кровать и бросается мне на шею.

В предыдущей жизни, когда я был смертным, я не особенно интересовался театром. Меня отпугивали дороговизна билетов и необходимость заранее бронировать места. Я чаще ходил в кино.

Талия снова целует меня в лоб, и в моем сознании опять проигрывается пьеса. Теперь я вижу ее более отчетливо. Я сажусь к столу и принимаюсь лихорадочно записывать.

Я пишу. Какое наслаждение писать диалоги. Сюжет выстраивается. Дело движется вперед.

Талия гладит мою руку, волна свежести накрывает меня. Все идет словно само собой. Персонажи начинают жить своей жизнью, слова, которые они произносят, принадлежат им самим. Я не сочиняю, а лишь описываю то, что вижу. Никогда еще я не творил с такой легкостью. Наконец я стал божеством в маленьком мире, где все мне подвластно. Я устанавливаю правила. Новая мысль посещает меня. Писателю можно дать еще один совет: «Если вы не хотите просто принять то, что готовит вам будущее, создайте его сами». В то же время я сознаю, что раньше, до того как я принялся писать эту пьесу, мне еще ни разу не удавалось выстроить отношения между живыми людьми.

Я целую музу в обе щеки, благодарю за помощь. Талия читает, склонившись над моим плечом, одобряет и показывает мне крошечный театр, который стоит на комоде. Муза передвигает несколько фигурок, изображая движения актеров. Она подсказывает, что я должен заняться и режиссурой. Здесь — объятия, там — сражение, тут — погоня, а в этом углу герои, как хомяки, будут крутиться в колесе, построенном по их росту.

Талия встряхивает светлыми кудрями, ее аромат окутывает меня. Чтобы поддержать мои силы, муза наливает мне стакан меда, красного, как маки, на которых он настоян.

Я испытываю только одно желание, которое меня самого удивляет, — навеки поселиться здесь и посвятить себя театру. Быть рядом с Талией, слышать ее смех, смех полного зала — вот чего я хочу здесь и сейчас. Неужели я сменил один наркотик на другой? Отказался от власти над миром ради власти над актерами? Променял Афродиту на Талию? У музы театра есть преимущество перед богиней любви — от нашего союза рождается то, что больше нас. Здесь действует известное уравнение $1+1 = 3$, которое было так дорого моему учителю Эдмонду Уэллсу. Я пишу, и мне кажется, что до моего слуха доносится смех сотен зрителей. Талия целует меня.

Однако наши объятия прерывает не гром аплодисментов, а грохот двери, которую высадил плечом Фредди. Он хватает меня, выталкивает, вышвыривает вон из дворца.

— Эй, отстань! Ты что, с ума сошел?

Бывший раввин встряхивает меня за плечи:

— Ты еще не понял? Это ловушка! — Я тупо смотрю на него. — Вспомни, как мы пересекали красные земли континента мертвых. Испытание, ожидавшее нас, было в то же время и искушением. Если ты останешься здесь, твой народ погибнет. И с восхождением на Олимп тоже будет покончено. Ты проиграешь и превратишься в химеру. Мишель, очнись!

— О какой опасности ты говоришь?

— Чем опасна липучка для мотылька? Ты навсегда здесь увязнешь!

Эти слова доносятся до меня словно издалека, на пороге дворца появляется Талия, нежная и привлекательная.

— Вспомни Афродиту, — говорит Рауль.

Один яд уничтожает действие другого.

Талия больше не удерживает меня и машет, прощаясь. Я говорю ей:

— Спасибо. Однажды я напишу пьесу, которую ты показала мне. И еще много других.

Теонавты собираются вместе перед дворцами. Музы больше не пытаются соблазнить нас.

Мы смотрим друг на друга. Очень странная компания. Бывшая шпионка Мата Хари, которая спасла мне жизнь. Мэрилин Монро, звезда американского кинематографа. Слепой раввин Фредди Мейер, здесь он вновь обрел зрение. Жорж Мельес, волшебник-авангардист, изобретатель спецэффектов для кино. Густав Эйфель, архитектор, подчинивший себе железо, и Рауль Разорбак, неукротимый покоритель континента мертвых.

— Ну ладно, с этим все, — говорит Мата Хари, ставя точку в конце нашего приключения в гостях у муз.

Мы уходим все дальше от строений из красного мрамора, оставляя позади свои творческие планы.

Никогда прежде я не задумывался над силой искусства. Я увидел таившийся во мне талант драматурга, и это открыло передо мной новые горизонты.

Итак, я способен оживить маленький искусственный мир, создав его из того, что подвернется под руку.

6. ЭНЦИКЛОПЕДИЯ: САМАДХИ

В буддизме существует понятие самадхи. Как правило, наши мысли текут в беспорядке. Мы забываем о деле, которым заняты, задумавшись о том, что случилось накануне, или пытаясь спланировать завтрашний день. В состоянии самадхи, полностью сосредоточившись на том, чем вы заняты в эту самую минуту, вы обретаете власть над собственной душой. На санскрите «самадхи» означает «единонаправленная концентрация сознания».

В состоянии самадхи чувственный опыт не имеет никакого значения. Человек теряет связь с материальным миром, со всем, к чему привык. Остается только одно стремление — к пробуждению (нирване).

К этому ведут три ступени.

Первая ступень — «самадхи без образа». Нужно представить, что твой разум — ясное небо. Любые облака: черные, серые, золотые — это наши мысли, которые затмевают небосвод. Облака появляются вновь и вновь, но их следует отгонять, пока небо не станет ясным.

Вторая ступень — «самадхи без направления». Это состояние, когда не хочется следовать тем или иным путем, нет больше никаких желаний. Нужно представить себе шар, лежащий на плоской поверхности, который остается неподвижным, несмотря на то что кругл и может катиться.

И третья ступень — «самадхи пустоты». В этом состоянии ничто не имеет значения. Нет ни зла, ни добра, ни приятного, ни неприятного, ни прошлого, ни будущего. Нет близкого, нет и далекого. Одно подобно другому. Различия стерты, и нет никаких причин испытывать к чему бы то ни было особые чувства.

Эдмонд Уэллс.
*«Энциклопедия относительного
и абсолютного знания», том V*

7. СМЕРТНЫЕ. 14 ЛЕТ

Олимпия, столица острова Эдем, сияет в ночи, напоенной свежестью. Слышна нескончаемая летняя песнь сверчков. Светлячки кружатся вокруг трех лун. Сильно пахнет мхом, все растения нетерпеливо ждут утренней росы.

Я возвращаюсь на виллу, не до конца избавившись от колдовского обаяния Талии. Творить, когда рядом находится вдохновляющая тебя женщина, — какой новый, волнующий опыт!

Я принимаю ванну, чтобы восстановить силы, омываю тело и разум от приставшей к ним грязи. На этом острове происходит множество событий, потрясающих меня до глубины души. Необходимо постоянно избавляться от впечатлений, чтобы не дать им завладеть собой. Я боялся кентавров, сирен, Левиафана, грифонов, гигантского глаза, возникшего ниоткуда, а теперь оказывается, что куда опаснее обаяние юной музы.

Я вытираюсь, надеваю свежую тогу и, вытянувшись на диване, приступаю к одному из любимых занятий. Я включаю телевизор. Хочу узнать, как дела у моих бывших подопечных.

На первом канале — Юн Би, маленькая кореянка, живущая в Японии. Ей четырнадцать лет. Она ходит в школу, где учат рисовать японские комиксы — манга. Существуют строгие правила изображения лиц, движений, поз. Нужно рисовать огромные круглые глаза, чудовищных монстров, немного легкой эротики (но без откровенной наготы). Преподаватели высоко ценят Юн Би за необыкновенное чувство цвета и изящную прорисовку фона. Она постоянно грустит, но, когда рисует, чувствует себя свободной и даже иногда совсем забывает о своих печалях.

По второму каналу показывают Куасси-Куасси. Житель Берега Слоновой Кости учится играть на тамтаме. Отец объясняет, что удары ладоней должны совпадать с ударами сердца, тогда можно играть так долго, как захочется. Во время одного из уроков Куасси-Куасси обнаруживает, что его тамтам не просто барабан, но и средство общения без помощи слов. Он бьет в тамтам, стучит ладонями и чувствует, что попал в ритм своего отца. В ритм своего племени.

На третьем канале — остров Крит. Теотим теперь спортсмен. Приезжие девчонки восхищены его грудными мышцами. У Теотима способности к парусному спорту и волейболу. Недавно он начал заниматься боксом.

Короче говоря, у моих смертных не происходит ничего особенного. Я уже так привык видеть по телевизору кошмары, что даже забыл: жизнь, как правило, складывается из самых заурядных событий. Невозможно постоянно находиться в кризисе. Сейчас мои юные клиенты позволяют своим судьбам вершиться самим по себе.

В дверь стучат. На пороге кто-то высокий и длинноволосый. Первое, что я узнаю, — это запах. Неужели она почувствовала, что я стал меньше думать о ней? Она пришла. Лунный свет падает ей на плечи.

— Я не помешала? — спрашивает она.

Аф-ро-ди-та. Богиня любви. Великолепие и соблазн, воплотившиеся в одном существе. Я вновь чувствую себя ребенком. Опускаю глаза, потому что ее красота ослепляет меня. Я забыл, какая она необыкновенная.

Я приглашаю гостью войти. Она садится на диван. Мой взгляд все чаще останавливается на ней, приручает ее, я словно привыкаю смотреть на солнце без темных очков. В ее присутствии я захлебываюсь от чувств. Гормоны бурлят. Я вижу ее сандалии, золотые ленты, охватывающие икры. Ногти цвета розовых лепестков. Бедра, когда она меняет позу и край красной тоги заворачивается. Я вижу янтарную кожу, золотые волосы, ниспадающие на красную ткань. Афродита взмахивает ресницами, ее развлекает мое волнение.

— Мишель, все в порядке?

Мои глаза наполнены тем, что я вижу перед собой, — воплощением чистой красоты. Боттичелли пытался изобразить ее. Если бы он только знал, какова она на самом деле...

— У меня для тебя подарок.

Афродита достает картонную коробку, в которой просверлены дырочки. Кто-то дышит там внутри. Я ожидаю, что она достанет котенка или хомяка. Но в коробке оказывается нечто удивительное.

Трепещущее сердце, ростом не больше двадцати сантиметров, на ножках. На маленьких человеческих ножках. Сначала мне кажется, что это статуэтка, но сердце вздрагивает, когда к нему прикасаешься. Оно теплое.

— Заводная игрушка? — спрашиваю я.

Афродита гладит сердце на ножках.

— Я дарю их только тем, кого действительно люблю.

Я отшатываюсь.

— Живое сердце!.. Какой ужас!

— Это воплощенная любовь. Тебе не нравится? — удивляется она.

Кажется, живое сердце почувствовало, что мы говорим о нем, и сжалось.

Афродита гладит его, словно успокаивает котенка.

— Сердцам нравится, когда их дарят. У этих химер нет глаз, ушей и мозгов, но они все-таки обладают каким-то крошечным рассудком. Разумом сердца! Они хотят кому-то принадлежать.

Продолжая говорить, она медленно подходит ко мне. Я не шевелюсь.

— Каждое живое существо хочет, чтобы его любили. Все остальное не имеет никакого значения.

Богиня любви подходит вплотную, крепко прижимается ко мне. Я чувствую, как мягка ее кожа. Мне так хочется поцеловать ее, но она прижимает указательный палец к губам.

— Ты знаешь, что для меня ты самый главный человек, — говорит она.

Афродита проводит рукой по моему лбу. В этом жесте слишком много материнской ласки.

— Я люблю тебя, но... я не влюблена. По крайней мере, пока не влюблена. Чтобы это случилось, ты должен разгадать загадку.

31

Она берет мои руки, гладит их.

— Прежде чем стать богиней, я была смертной. У меня были необыкновенные родители. Это они научили меня любить так сильно. Я хочу, чтобы между нами было нечто истинное, великое. Настоящую любовь нужно заслужить. Если ты хочешь, чтобы я воспылала к тебе страстью, тебе придется совершить подвиг. Найди отгадку. Я напомню тебе вопрос: «Лучше, чем Бог, страшнее, чем дьявол. Есть у бедняков, нет у богатых. Если это съесть, можно умереть».

Она целует мои пальцы, прижимает мою руку к своей груди. Потом подхватывает сердце, которое ждет, когда на него обратят внимание.

— Мне очень жаль, сердечко! Похоже, ты не понравилось моему другу... — Афродита подмигивает мне, — либо его интересуешь вовсе не ты!

Сердце дрожит от волнения.

Я вновь пытаюсь обнять ее, но она ускользает от меня.

— Мы, конечно, можем заняться любовью, если ты так этого хочешь, но ты получишь только мое тело, не душу. И мне кажется, ты будешь скорее разочарован, чем счастлив.

— Я готов на все.

В ее взгляде усмешка и удивление.

— Многие умерли от печали или покончили с собой из-за любви ко мне, но тебе я не желаю зла. Даже наоборот.

Афродита глубоко вздыхает.

— Теперь мы связаны навеки. И если ты поведешь себя правильно, быть может, нам суждено испытать великое блаженство.

Она обнимает меня, забирает живое сердце и уходит.

Я стою совершенно ошеломленный. Вдруг мне приходит в голову странная мысль: а что, если это было сердце одного из ее отвергнутых поклонников? Одного из тех, кого она «любила, но в кого не была влюблена»? Мои щеки пылают. Никогда еще я не был в таком смятении. Конечно же это она сама страшнее дьявола, лучше, чем Бог... и если я ее получу, то умру.

Я вздрагиваю — в дверь снова стучат, на этот раз громче. На пороге Фредди, всклокоченный, с перекошенным лицом. Ему с трудом удается выговорить:

— Скорее, Мэрилин пропала!

Я срываюсь с места. Мы поднимаем на поиски соседей, друзей. Проверяем все улицы и переулки Олимпии, знакомые и незнакомые кварталы. Сатиры, херувимы, кентавры вместе с нами обыскивают кусты, разросшиеся вокруг статуй и памятников.

— Мэрилин! Мэрилин!

Меня душит то же самое чувство, какое я испытывал в прошлой жизни, когда видел объявления о пропавших детях. На фотографиях, обработанных компьютером, мальчики и девочки всегда выглядели старше своих лет. Под снимком — телефон родителей. По радио и телевидению похитителей умоляли выйти на связь. Но никто и никогда больше не видел этих детей. Плакаты на стенах выцветали, проходило время, и о детях забывали.

— Мэрилин! Мэрилин!

Мы прочесываем город. Я останавливаюсь у большой яблони на главной площади, когда передо мной появляется едва заметное существо. Это маленькая химера, которую я называю сморкмухой. Девушка-бабочка двадцати сантиметров ростом нервно взмахивает длинными синими крыльями. Снова и снова пытается что-то объяснить жестами. Она хочет, чтобы я шел за ней, тянет меня в сторону северных садов. В огромных, украшенных скульптурами фонтанах журчат медно-красные воды.

— Ты знаешь, где Мэрилин?

Сморкмуха летит зигзагами. Я иду за ней. Странное маленькое существо, одно из первых, кого я встретил на Эдеме. Надо будет все-таки разобраться, что же связывает меня с этой принцессой-бабочкой.

Мы идем садами все дальше и дальше. И вдруг я замечаю сандалию в зарослях гладиолусов. Дальше — женская нога, тело, сжатая в кулак рука, поднятая к небу. Стоны Мэрилин больше похожи на рев раненого животного, чем на человеческий крик.

Я падаю на колени, раздвигаю цветы и отшатываюсь при виде чудовищной дымящейся раны, разворотившей ей живот. Сколько же раз будет погибать эта душа?

Вокруг пустынно. Никого, кроме сморкмухи и меня. Я хватаю сухую ветку и поджигаю ее вспышкой из анкха. Мне нужен факел. Освещенное лицо самой знаменитой актрисы мира потрясает меня. Лишь бы только не было слишком поздно! Я зову на помощь:

— Она здесь! Сюда! Все сюда!

Я размахиваю пылающей веткой. Актриса открывает глаза, она еще жива. Мэрилин видит меня и шепчет:

— Мишель...

— Мы спасем тебя. Не волнуйся, — говорю я.

Мне не хватает смелости смотреть на ее ужасную рану. Она что-то бормочет, улыбаясь через силу:

— Любовь — наш меч, а юмор — щит.

— Кто это сделал?

Она хватает мою руку, сжимает ее:

— Это... это богоубийца.

— Конечно, богоубийца. Но кто он?

— Это... это...

Она останавливается, смотрит на меня широко открытыми глазами. И на последнем вздохе шепчет:

— Это Ль...

Ее взгляд меркнет, рука разжимается и падает, речь обрывается.

Вокруг уже собралась толпа. Фредди тоже здесь. Он сжимает в объятиях труп любимой.

— Н-Е-Е-Е-Е-Е-Т!!!

В его руках Мэрилин поникла, словно тряпичная кукла.

— Она успела назвать убийцу? — спрашивает Рауль.

— Она сказала только «это... это...», и еще мне кажется, но я не уверен, что она сказала «ль» или «эль».

— Как Бернар Палисси. Он тоже сказал только «Это ль...», — замечает Мата Хари.

Рауль вздыхает:

— «Это» может означать все что угодно. «Это» дьявол, «это» бог войны, это может быть даже женщина.

— «Эль» — одно из имен Бога на иврите, — говорит Жорж Мельес.

— Может быть, она хотела сказать «это летает»? — высказывает предположение Сара Бернар.

Странно, но гибель Мэрилин уже не так потрясает меня. Может быть, потеряв своего наставника Эдмонда Уэллса, я смирился с мыслью, что все мы, один за другим, будем убиты? «Ничто не вечно здесь...»

— Обратный отсчет: 84 — 1 = 83. Осталось только 83 ученика. Кто следующий?

Это говорит Жозеф Прудон. Мы не обращаем на него внимания.

— Нужно понять, что общего между жертвами, — предлагает Мата Хари.

— Очень просто, — заявляет Рауль. — Убивают только лучших учеников. Беатрис и Мэрилин входили в тройку лучших, когда на них напали.

— Кому выгодно убивать лучших?

— Худшим, — тут же отвечает Сара Бернар, указывая на Прудона, который удаляется с безразличным видом.

Мне вспомнился один класс в лицее, когда я еще был смертным и жил в своей последней телесной оболочке на «Земле-1». Самым слабым ученикам доставляло удовольствие травить тех, кто учился лучше. Они изолировали их от остального класса и нападали. Учителя не осмеливались вмешиваться, боясь, что хулиганы в отместку проткнут шины их машин или нападут на них самих. Они даже ставили хорошие оценки членам банды. Это была «власть разрушения». Все предпочитали уступить, лишь бы их не трогали.

— Еще это может быть выгодно сильному ученику, который хочет во что бы то ни стало вырваться вперед, — снова подает голос Мата Хари. — Он убивает тех, кто мешает ему сделать рывок перед финишем.

— У кого сейчас лучшие оценки?

Мата Хари вспоминает, кого наградили на последнем занятии.

— Лидирует Клеман Адер, за ним я ex aequo* и...

— Прудон, — подсказывает Рауль.

_____

* Ex aequo et bono — по справедливости (лат.).

Имя анархиста не выходит у нас из головы. Он был так невозмутим, так холодно бросил: «Обратный отсчет...»

— Нет, считать виновным Прудона слишком просто, — возражает Жорж Мельес. — Он может устранить соперников в игре, зачем ему рисковать?

У нас над головой раздается шум крыльев, мы смотрим наверх. Афина, прилетевшая на крылатом коне, приземляется, спрыгивает на землю, и вот уже ее сова кружит над нами. Мы молчим. Богиня справедливости говорит громко и решительно:

— Богоубийца снова бросил нам вызов, и гнев богов велик.

Она подходит к трупу. Уже появились кентавры. Они отталкивают Фредди, который сжимает в объятиях тело возлюбленной, забирают Мэрилин Монро, кладут ее на носилки и набрасывают сверху покрывало.

— Мы считаем, что держать мир на плечах вместо Атланта — слишком легкое наказание для убийцы, — вещает она. — Ведь Атлант в конце концов привык к этому. Есть более суровая кара. Я долго думала и нашла. Виновный понесет то же наказание, что и Сизиф. Он будет вечно катить камень на вершину горы.

В толпе раздался ропот.

Помнится, нацисты, вооружившись подобной идеей, изобрели пытку бесполезным трудом. В концентрационных лагерях они заставляли людей бесцельно катать по кругу огромные бетонные блоки или перетаскивать с места на место груды камней. Любой, даже самый тяжелый, труд можно вынести, если он осмыслен. Но если он разрушает психику...

— У вас будет возможность лучше представить себе, что это за наказание. Вы сами все увидите. Основной курс закончен, остались факультативы. Один из них ведет как раз Сизиф.

Богиня вскакивает на Пегаса и возвращается на вершину Олимпа. Рядом со мной стоит Фредди, только что потерявший свою возлюбленную. Он раздавлен горем, с трудом держится на ногах. Мы поддерживаем его под руки.

— Будь уверен, — шепчет Рауль, — мы найдем ее.

Фредди не отвечает. Рауль говорит, что в эту минуту Мэрилин уже наверняка превратилась в химеру. Но, даже став лирохвостом, единорогом или сиреной, она все равно осталась на острове. В соответствии с принципом, который открыл Антуан Лавуазье, «ничто не исчезает бесследно, ничто не возникает ниоткуда, все лишь переходит в иное состояние».

8. ЭНЦИКЛОПЕДИЯ: ТОЧКА ЗРЕНИЯ

Если на всю историю человечества отвести одну неделю, то день будет равен 660 миллионам лет.

Представим же себе, что наша история начинается в понедельник. В 0 часов возникает огромный шар, Земля. В понедельник, вторник и утром следующего дня ничего не происходит. Лишь в полдень среды появляются первые формы жизни — бактерии.

Четверг, пятница и утро субботы — бактерии стремительно множатся и медленно развиваются.

В субботу, во второй половине дня, около 16 часов, появляются первые динозавры, а пять часов спустя уже исчезают. Более мелкие и слабые животные беспорядочно распространяются на Земле, рождаются и умирают. Остается лишь не-

сколько видов, случайно выживших после череды природных ка-
таклизмов.

В субботу же, без трех минут полночь, появляется чело-
век. За четверть секунды до наступления полуночи возникают
города. За сороковую долю секунды до полуночи человек сбрасы-
вает первую атомную бомбу и взлетает с Земли, чтобы впер-
вые ступить на Луну.

Нам кажется, что наша история длится невероятно дол-
го. На самом деле мы, «новейшие мыслящие животные», появи-
лись лишь за сороковую долю секунды до окончания недели, в
течение которой существует наша планета.

Эдмонд Уэллс.
«Энциклопедия относительного
и абсолютного знания», том V

9. СОН О ДЕРЕВЕ

Пробуждение было нелегким. Этой ночью мне снилось, что я шел по переливающейся огнями улице Нью-
Йорка, меня толкали люди, куда-то шагавшие и бежав-
шие. Я спрашивал прохожих: «Кто-нибудь знает меня?
У кого-нибудь есть хоть какая-то информация обо мне?
Кому известно, кто я и почему здесь?» Взобравшись на
крышу машины, я крикнул: «Кто знает, кто я такой и почему существую, хотя мог бы обратиться в ничто?» Кто-
то остановился и крикнул в ответ: «Я тебя не знаю, но,
может, ты знаешь что-то обо мне?» И все начали спрашивать друг друга: «Ты не знаешь, кто я? А ты? Не знаешь ли
ты, почему я живу? Кто владеет информацией?» Тогда
появился Эдмонд Уэллс и сказал: «Разгадка в дереве». Он
указал мне на огромную яблоню, которая росла посреди
Олимпии. Я подошел к ней, погладил кору и оказался

внутри — дерево будто вдохнуло меня. Я превратился в белый растительный сок. Я бежал к корням и пировал, насыщаясь микроэлементами. Потом стремился вверх, поднимался по стволу к ветвям, достигал листьев, заполнял тонкие зеленые прожилки, впитывал свет и вновь спускался, чтобы распространиться по всему дереву. Я был жидким. Я наполнял собой дерево от корней до самых верхних, тонких веточек.

Целый ряд образов прошел передо мной. Растительный сок сгущался в комки, клетки, в людей. Я видел, что корни дерева были прошлым человечества, а тонкие ветки — будущим. Я перетекал в ветвях кроны, перемещаясь из одного возможного будущего в другое. Я поднимался вверх и вновь тек вниз. Менял грядущее, выбрав иную развилку ветвей. И я видел последствия каждого выбора. Плоды превращались в сферы, в каждой из них был заключен новый мир. Это было похоже на то, что я видел дома у Атланта.

Я просыпаюсь, протираю глаза. Странный сон. Я утомлен и совершенно не в состоянии идти на занятия. Разве в моем возрасте ходят на лекции? Мне вспоминается вчерашний разговор с Афродитой. Кажется, я понимаю, как она смогла околдовать и подчинить себе такое множество людей. Нужно подумать о чем-то другом. Я решаю попытаться снова заснуть.

Лишь только я закрываю глаза, как снова оказываюсь внутри дерева. Я вновь стал растительным соком, меня ожидают новые внутридревесные приключения. Вдруг пронзительные звуки заставляют меня вынырнуть на поверхность. Звонят утренние колокола. Какой сегодня день? Суббота. Завтра воскресенье, можно будет проспать до обеда.

Покорно встаю, тащусь к зеркалу. Вот этот тип с серым, заросшим щетиной лицом — я. Умываюсь холодной водой, чтобы проснуться, и совершаю другие привычные действия — принимаю душ, бреюсь, надеваю тогу. Иду завтракать в Мегарон. Кофе, чай, молоко, джем, рогалики, булочки, тосты. Фредди молчит, похоже, он чего-то ждет.

— Что станет с женщинами-осами без Мэрилин Монро? — спрашивает Мата Хари.

— Что станет со всеми нами? — подхватывает Сара Бернар. — Мэрилин больше нет, кто теперь остановит Прудона? Его армия огромна и мощна. Он может захватить всех нас.

Густав Эйфель и Сара Бернар начинают обсуждать возможность союза, чтобы защитить нас от войск анархиста. Рауль выглядит озабоченным.

— Если мои люди-орлы отважатся подняться в горы, я, скорее всего, отобьюсь. Будем сбрасывать камни или заблокируем перевалы. Сам я не буду спускаться в долину, чтобы сразиться с ордой Прудона, особенно теперь, когда он применяет новую тактику — выпускает вперед рабов и дожидается, когда противник истощит запас стрел.

— Откуда Прудон узнал об этом приеме?

— Кажется, средневековые китайские полководцы уже пользовались живым щитом, — ответил я, вспомнив, что читал об этом в «Энциклопедии». — Еды рабам давали ровно столько, чтобы они дожили до ближайшего сражения. Затем их выталкивали вперед и использовали как прикрытие.

— До чего же китайцы, должно быть, презирали себе подобных, — вздыхает Сара Бернар.

41

Мы разрабатываем стратегию. Люди-лошади Сары Бернар и люди-тигры Жоржа Мельеса пока находятся слишком далеко от тех мест, где свирепствуют люди-крысы Прудона. Бессмысленно заставлять их выступить в поход, чтобы слиться в единую великую армию.

— Впрочем, Прудона больше всего беспокоят женщины-осы. Пока он с ними будет разбираться, мы что-нибудь придумаем.

— А если он захватит всю планету? — спрашивает Густав Эйфель.

Сара Бернар сухо отвечает:

— Тогда женщины навсегда попадут в рабство. Вы видели, как люди-крысы обращаются со своими женами, сестрами и дочерями?

— И что они делают с чужаками, — добавил Жорж Мельес.

— Какой противоречивый характер, — замечает Мата Хари. — Прудон проповедует мир «без бога и господина» и в то же время готовится к установлению тирании в масштабах планеты. Тирании, основанной на насилии и кастовости.

— Злом противостоять злу — известный принцип, — напоминает Жорж Мельес.

Сара Бернар добавляет:

— Он борется против фашизма фашистскими методами — насилием, ложью, пропагандой.

— В политической игре крайние правые не всегда противники крайних левых. Как правило, радикалы всегда объединяются в борьбе против центра, — говорит Жорж Мельес. — Любые экстремисты всегда обращаются к одной и той же аудитории — к завистливым, озлобленным людям, к националистам и реакционерам. Во имя «высших идеалов» они действуют как бандиты, прибегают к насилию, демагогии и пропаганде, основанной на лжи.

Никто не решается возразить, но я чувствую, что не все на стороне Мельеса. В частности, Рауль. Мне прекрасно известно, что он всегда считал, что центр слишком безволен, а правому и левому крылу давно пора как следует встряхнуть его.

— У экстремистских партий даже идеалы сходны, — поддерживает Мельеса Сара Бернар. — Обычно все начинается с того, что женщин отстраняют от политики. Это первый симптом. Затем наступает черед интеллигентов и всех, кто представляет угрозу для власти.

Мы смотрим на Прудона, который в одиночестве сидит за столом. Он обдумывает следующий ход.

10. МИФОЛОГИЯ: СИЗИФ

Его имя означает «премудрый». Сизиф — сын Эола, супруг плеяды Меропы, которая была дочерью Атланта. Считается основателем Коринфа. Войско Сизифа держало под контролем Коринфский перешеек, нападало на путешественников и грабило их. Таким образом пополнялась военная казна и было положено начало процветанию Коринфа. Позднее Сизиф оставил разбой и занялся мореплаванием и торговлей.

Однажды Зевс похитил Эгину, дочь речного бога Асопа, и спрятал ее в Коринфе. Сизиф открыл несчастному отцу имя похитителя, и Асоп в благодарность подарил городу неиссякаемый источник. Однако Зевс не простил предательства и приказал Танатосу, богу смерти, наказать Сизифа — обречь его на вечные муки.

Танатос явился, чтобы заковать Сизифа в цепи, но хитрец убедил его самого испытать, прочны ли оковы. В результате бог смерти оказался в цепях. Пока Танатос томился в заточении, царство мертвых обезлюдело.

Разгневанный Зевс отправил бога войны Ареса освободить Танатоса и схватить чересчур хитроумного правителя Коринфа.

Но Сизиф не собирался сдаваться. Он притворился, что подчиняется Аресу, но, отправляясь в царство мертвых, приказал жене не хоронить его. В Аиде Сизиф получил разрешение вернуться на три дня в мир живых, чтобы наказать жену, оставившую его тело без погребения.

Оказавшись в Коринфе, Сизиф отказался возвращаться в царство мертвых. На этот раз Зевс обратился к Гермесу, чтобы тот силой вернул Сизифа в Аид. Судьи подземного царства решили, что такое своеволие должно быть примерно наказано. Они придумали для Сизифа особую кару: он должен вечно поднимать на гору огромный камень, который, достигнув вершины, тут же срывается и катится вниз по другому склону, так что все приходится начинать сначала. Когда Сизиф пытается отдохнуть, Эриния, дочь богини ночи Нюкты и Кроноса, призывает его к порядку ударами бича.

Эдмонд Уэллс.
«Энциклопедия относительного
и абсолютного знания», том V
со слов Франсиса Разорбака, см. также
Гесиод, Теогония, 700 г. до н. э.

11. ЗНАЧЕНИЕ ГОРОДОВ

На улочках Олимпии становится оживленно. В небе парят грифоны, похожие на упитанных городских голубей. Только эти голуби не воркуют.

Восемьдесят три оставшихся в живых ученика в белых тогах встречаются, приветствуют друг друга, подбадривают.

Длинной вереницей мы подходим к Елисейским Полям, чтобы отправиться на очередную лекцию, но ворота заперты. Появляется ора. Она ведет нас на юг Олимпии, в квартал, где живут Младшие боги.

Я плохо знаю эту часть города. Дома здесь не так поражают воображение, как дворцы богов, но и не так однообразны, как дома, где живут ученики. Попадаются здания похожие на учреждения, выстроенные с соблюдением классических пропорций. Наверное, нужно немало служащих, чтобы управлять таким большим городом.

Ора ведет нас к зданию в коринфском стиле, напоминающему величественную древнюю виллу. По обе стороны от входа мраморные колонны и позолоченные скульптуры. На стенах барельефы с изображениями древних и современных городов.

Мы переступаем порог и оказываемся в учебном зале со стенами кирпичного цвета. На стеллажах множество небольших макетов — это города разных времен и народов.

Справа установлен большой макет с холмами и реками, похожий на декорации для игрушечной железной дороги. Слева — невысокие подставки с макетами, которые накрыты стеклянными колпаками. На стенах развешаны планы разных городов.

Мы слышим скрежет, выходим на улицу и видим, что к нам приближается человек, который с трудом катит перед собой огромный каменный шар. Маленькая крылатая женщина с черными волосами и костлявым лицом вьется над ним и бьет его бичом.

45

Бывший правитель Коринфа оставляет шар у входа в зал. Эриния позволяет ему отдохнуть. Сизиф благодарит ее, входит, волоча ноги, и поднимается на возвышение. Садится в изнеможении и краем изодранной тоги утирает пот, струящийся со лба. Все его тело покрыто синяками.

— Прошу прощения, — говорит он, стараясь отдышаться.

Наступает тишина. Сизиф, морщась от боли, разглядывает нас. Наконец на его измученном лице появляется бледная улыбка.

— Рад видеть вас. Благодаря вам я могу немного отдохнуть.

Одна ученица хочет подать ему стакан воды из кулера, но Эриния отталкивает ее. Сизиф просит нас воздержаться от подобных порывов.

— Итак, меня зовут Сизиф, я ваш новый преподаватель.

Он, как это принято, пишет на доске свое имя.

— Я Младший, а не Старший преподаватель. И я познакомлю вас с одним из важнейших для демиурга понятий. Вы узнаете, что такое город.

Сизиф свистит в два пальца. Снаружи снова раздается шум. В зал, отдуваясь, входит Атлант. Он тащит на плечах огромный шар диаметром три метра. Это наше учебное пособие, «Земля-18».

В стеклянной сфере находится планета, населенная нашими народами. Это всего лишь трехмерная копия настоящей планеты, затерянной в космосе, но мы взволнованно смотрим на «нашу Землю», покрытую океанами, континентами, лесами и горами, озерами и городами, на маленьких человечков, которые кишат на ее поверхности. Нам не терпится рассмотреть ее в увеличительные стекла, которыми снабжены наши анкхи.

Опустив ношу на подставку, титан утирает лоб. Сизиф подходит к нему. Герои обнимаются, во взгляде обоих сквозит грусть. Они, вероятно, считают себя жертвами несправедливости, но смирились со своей участью.

— Держись, мой мальчик, — говорит титан.

Шепот проносится по классу. Мы счастливы, что вновь видим планету, на которой теснятся наши маленькие смертные народы. Нам интересно узнать, как они прожили без нас эту ночь.

Сизиф смотрит вслед титану, который уходит, потирая поясницу. Затем Младший бог выдвигает ящик письменного стола и достает анкх. Он включает прожектор над планетой и внимательно изучает наше «творение». Поднимается на скамеечку, чтобы оказаться на уровне экватора.

— Дело движется, да, — объявляет он. — Однако чувствуется неопытность демиургов — войны наспех, религии из чего попало.

Мы ожидали услышать более лестный отзыв.

— Очень немногие потрудились разработать долгосрочную стратегию. Цивилизации, которые я вижу, развиваются исключительно под воздействием страха.

Ученики перешептываются.

— Как избавиться от власти страха?

Сизиф ждет. Наконец он сам отвечает:

— Объединяясь, защищаясь, собирая силы. Некоторые из вас уже сделали это, но их сообщества находятся на самой начальной стадии развития. Итак, в первую очередь я расскажу вам о ключевом понятии, необходимом для продолжения игры.

Он пишет на доске слово «Город».

— Краткое изложение предыдущих событий. Сначала вы имели дело с ордами кочевников, затем с ордами, которые прятались в пещерах, с неорганизованными толпами, селившимися в стоящих рядом хижинах, затем в поселениях, деревнях, окруженных изгородью, и в селах, обнесенных стеной. Теперь настало время строить красивые большие города.

На доске появляется новое слово: «Цивилизация».

— «Цивилизация» происходит от латинского слова *civis*, город. Принято считать, что человек стал цивилизованным, когда начал строить города. Монголы, например, городов не строили, поэтому монгольской цивилизации как таковой не существует. Мы еще поговорим об этом.

Сизиф снова садится за стол и хмурится.

— Посмотрим, какие города уже существуют у ваших народов, и попробуем понять, какие из них находятся на пике развития, какие в застое, а какие пришли в упадок.

Склонившись над «Землей-18», приникнув к увеличительным стеклам анкхов, мы ищем города на нашей планете. Самым значительным, бесспорно, является столица людей-скарабеев Клемана Адера. За ним следует столица людей-китов Фредди Мейера. Два прекрасных города с множеством великолепных зданий и садов. Там есть огромные зернохранилища, поэтому люди могут не бояться голода.

— Известно, что сначала быстрее развивались города, построенные на холмах, — комментирует преподаватель. — Почему?

— Потому что там воздух чище, — выдвигает предположение Симона Синьоре.

— Потому что высота — лучшая защита в случае осады, — говорит Рауль, который основал свой город высоко в горах.

Сизиф качает головой:

— Разумеется, но со временем, как вы видите, строительство укрепленных городов на возвышенных местах заводит в тупик. Почему?

Руку поднимает Анри Матисс, бог людей-слонов:

— Там холодно.

— Город, обнесенный стеной, не может расти. Строить можно только вверх, как в овраге, — говорит Осман.

Сизиф кивает и направляет анкх на город людей-волков Маты Хари, которым из-за роста населения пришлось строить жилища за стенами города и возводить вокруг вторую стену для защиты от внешних врагов. Город окружен отвесными склонами, которые препятствуют его дальнейшему расширению.

— Что еще можно сказать?

— В случае нашествия захватчиков крестьяне, живущие в долине, спешат укрыться в городских стенах. Враг тут же разоряет брошенные поля, — отвечает Сара Бернар.

— Еще! Продолжайте искать, думайте! — подбадривает нас бывший правитель Коринфа.

— Пищу и воду в город людям приходится тащить на себе или везти на ослах. Горожане становятся зависимыми от жителей равнины, — высказывается Рауль. Добраться до города его людей-орлов особенно трудно.

— И?..

— Перевозчики и носильщики требуют высокой платы за свои услуги. То, что в долине стоит десять монет, при подъеме наверх дорожает впятеро.

Мария Кюри говорит, что уже столкнулась с подобными проблемами и собирается перенести город своих людей-игуан из ущелья в долину.

— Итак, мы видим, что у городов, расположенных на возвышенностях, ограничены возможности роста. Так каким же городам, по вашему мнению, уготовано светлое будущее?

— Тем, которые расположены в лесу, — вступает Жан Жак Руссо, бог людей-индюков.

Сизиф качает головой.

— Время собирательства и охоты прошло, — напоминает он. — В лес трудно доставлять товары и припасы. Из города, окруженного лесом, трудно увидеть приближающегося противника.

— Зато дерево для строительства домов очень дешево, — не сдается Руссо, которого волнует эта тема.

— После первого же большого пожара вам придется отказаться от деревянных домов. Намного выгоднее строить вблизи каменных карьеров.

Мы продолжаем искать другие варианты.

— Города посреди равнины? — выдвигает предположение Вольтер, не желая отставать от остальных.

— Кочевники без труда захватят такой город. Вы видели, что большинство городов, построенных на равнинах, были легко обнаружены и подверглись нападению.

— Города на берегу моря? — спрашивает Эдит Пиаф.

— Разумеется, город, построенный на побережье, трудно взять в кольцо, но он может пострадать от нападения пиратов. Жителям придется постоянно следить за тем, что происходит на море.

Я не вмешиваюсь, хотя прекрасно помню об одном нападении с равнины, когда море оказалось единственным путем к спасению.

Бруно, бог людей-коршунов, категорически настаивает на том, что чувствовать себя в безопасности можно только посреди пустыни.

— В пустыне приближение врага видно издалека. Кроме того, во время осады противнику неоткуда пополнить запасы и негде напиться.

— Но осажденные также будут голодать, — возражает Сизиф. — Так как же построить защищенный город, в котором можно спокойно жить и который при этом не будет загнан на гору, в пустыню или прижат к морю?

Я поднимаю руку.

— Нужно строить на острове, — говорю я.

— Остров отрезан от всего, это тормозит развитие торговли и увеличивает количество браков между родственниками. Остров — слишком замкнутый мир. Однако вы на верном пути. Только остров должен быть расположен не посреди моря, а...

— Посреди реки, — догадывается Мата Хари.

Бывший царь Коринфа кивает:

— Совершенно верно! Остров посреди реки. Вот пример с «Земли-1».

Он разворачивает карту Франции и указывает на Париж, город, выросший на острове посреди реки, на Лион, Бордо, Тулузу.

— Это французские города, ведь на вашем курсе только французы, но можно привести в пример Лондон, Амстердам, Нью-Йорк, Бэйцзин*, Варшаву, Санкт-Петер-

---

* Древнее название Пекина.

бург, Монреаль. Почти все современные крупные города «Земли-1» были основаны на речных островках.

Я рисую на столе очертания острова, расположенного посреди реки, и вдруг замечаю надпись, которая потрясает меня до глубины души. Наверное, кто-то из предыдущего выпуска нацарапал ее анкхом: *«Спасем „Землю-1“, это единственная планета, где есть шоколад»*.

Я пытаюсь сосредоточиться. Почему выгодно строить город на острове посреди реки?

— Вода образует естественную преграду. Лошади не могут преодолеть ее. Пешая атака также невозможна, — говорит прагматичный Рауль.

Поднимаются еще руки.

— Трудно осадить город, со всех сторон окруженный водой.

— Жителей нельзя оставить без воды.

— Вода проточная, ее невозможно отравить.

— В случае опасности по реке легче бежать, — подсказывает Сара Бернар.

Еще один ученик добавляет:

— Осаждающим придется контролировать реку вверх и вниз по течению, иначе корабли смогут подвозить в город припасы и подкрепление, а если он будет взят, предводителям осажденных удастся бежать.

Сизиф напоминает:

— На войне свет клином не сошелся.

— В реке можно стирать, — говорит Эдит Пиаф.

— Река способствует обороту товаров, развитию торговли, — заявляет Рабле. — Город на реке может обложить налогами торговые корабли, взимать пошлину за проезд.

Наш преподаватель одобрительно кивает.

— По реке можно отправлять экспедиции на поиски новых месторождений, областей, которые можно завоевать, и народов, с которыми можно начать торговлю, — добавляет Руссо.

— Благодаря речной торговле и пошлинам, город будет процветать и сможет при необходимости вербовать наемников или заключать союзы. Возможно, именно поэтому на гербе Парижа изображен корабль синдиката речных судовладельцев, — напоминает Осман, хорошо знающий историю города, в реконструкции которого принимал участие.

— По мере того как город, не ограниченный стенами, будет расти, он сможет перекинуться на берега реки, — подчеркивает Эйфель, ясно представляющий себе развитие столицы Франции, выплеснувшейся с острова на берега и занявшей всю низину Парижского бассейна.

Сизиф просит тишины. Из соседнего зала он приносит макеты городов на больших досках, расставляет их у себя на столе и подзывает нас. Каждый макет подписан. Это миниатюрные копии главных метрополий древней «Земли-1»: Афин, Коринфа, Спарты, Александрии, Персеполя, Антиохии, Иерусалима, Фив, Вавилона, Рима. Останавливаясь у каждого макета, Сизиф просит нас назвать преимущества и недостатки изображенного города, определить, достаточно ли широки улицы, разумно ли спроектированы площади.

— Рынок — это сердце города, значит, к нему должны вести широкие, удобные проспекты, — дает он первую подсказку. И продолжает, указывая, на другую часть города: — Широкая улица часто соединяет рынок с зернохранилищами и складами, где хранятся товары и продукты питания. Склады должны находиться у городских ворот, чтобы большие повозки не тянулись через весь город и не мешали движению.

Сизиф указывает на самые уязвимые точки города.

— Город можно представить себе как огромный живой организм, который поглощает пищу, переваривает ее и избавляется от экскрементов...

Очень яркий образ. Сизиф продолжает:

— Ворота — это рот города, рыночная площадь — желудок, городская свалка — анус. Избавление от отходов или их переработка — дело, требующее постоянного внимания. Если этим не заниматься, улицы не только наполнятся зловонием, но и станут рассадниками болезней, которые переносят крысы, тараканы и мухи.

Сизиф показывает нам стойбище монгольских кочевников.

— Когда ваши народы были неорганизованными стадами, они жили под открытым небом, и вчерашние отбросы оставались на вчерашней стоянке. Но когда люди начинают жить взаперти, отходы скапливаются повсюду. Если о них забыть, они тут же напомнят о себе вонью.

Мы записываем.

— Вы должны также подумать о цистернах для сбора дождевой воды, которые станут частью системы водоснабжения, о сточных канавах или канализации. Это фильтрационный механизм, почки города.

Преподаватель вновь склоняется над макетами древних городов.

— Город — это не только пищеварительная, но и нервная система. Царский дворец или мэрия — это мозг.

Он показывает нам множество макетов дворцов и замков, в которых жили главы государств.

— Сбор налогов — это легкие, доставляющие кислород мозгу, который решает, как их распределить.

Правитель Коринфа рассказывает о налоговых органах, которые были в разные времена у разных народов.

— Этот кислород — деньги — поступает и к мускулам — каменщикам и строителям, и к страже — глазам, которыми город смотрит вокруг; к ремесленникам и рабочим, благодаря которым функционируют заводы и прочие органы; к земледельцам, которые собирают урожай в окрестных полях.

Измученный Сизиф с трудом ходит между рядами макетов.

— Необходима также система защиты, нечто вроде иммунитета, который оберегает город от внешней и внутренней агрессии. Это полиция, которая избавляет город от вредных элементов, представляющих угрозу для всего организма. Они должны быть обезврежены, чтобы не заразить других. Их изолируют от общества — сажают в тюрьмы. Не забудьте их построить.

Младший преподаватель идет дальше, продолжая объяснения:

— Еще одна система безопасности — пожарные. И военные, которые защищают город от внешних вторжений так же, как организм борется с проникающими извне микробами.

Преподаватель подходит к стеллажам и снимает с полок несколько миниатюрных строений.

— Храм может стать сердцем города. Он обеспечивает единство настроений общества.

Сизиф показывает нам храмы, построенные разными народами на протяжении человеческой истории, — от типи индейцев навахо до готических соборов.

— Школы и возникшие позже университеты — это половая система, создающая новых граждан. Они передают последующим поколениям память о предках, ценности, культуру.

Царь Коринфа расставляет на макете маленькие домики.

— В городах люди больше общаются, но их жизненное пространство сужается. Раньше, если вам не нравились соседи, можно было просто откочевать в другое место. Теперь приходится терпеть друг друга. Возникает новое понятие: сосед.

Мы вспоминаем наших соседей на «Земле-1». У меня перед глазами встает заседание совета совладельцев моего дома, на котором я особенно четко осознавал пугающий уровень плотности населения.

— Сосед такой же человек, как вы. Почти как вы. Вот только он шумит по вечерам, бросает окурки в местах общего пользования, посреди ночи спускает воду в туалете, по ошибке забирает вашу почту. Сосед устраивает вечеринку с барбекю, и повсюду воняет дымом. Сосед смешно и громко занимается любовью. Когда вы работаете, он звонит в дверь, чтобы одолжить штопор. Он заражает вас гриппом, рассказывает о своих проблемах с детьми, или же эти самые дети разрисовывают фломастерами вашу дверь. Не стоит слишком сближаться с другими людьми, иначе они становятся поистине невыносимыми.

Бывший правитель Коринфа замолкает на минуту и потирает бок.

— Некоторые люди терпеть не могли города. Чингисхан считал, что город — это тюрьма, где люди томятся взаперти. Отсюда все проблемы — болезни, коррупция, жадность, ревность, лицемерие. Не так уж он и ошибался. На опыте с крысами, запертыми в клетке, вы убедились, что жестокость возрастает по мере того, как места становится меньше. Однако я не берусь утверждать, что жизнь на свежем воздухе всех делает милыми и приветливыми.

Он разглядывает городок на макете.

— Да и Чингисхан не отличался кротким нравом. Но, по крайней мере, его народ путешествовал и не жил в грязи.

— Вы хотите внушить нам отвращение к городам? — спрашивает Сара Бернар.

— Я хочу научить вас создавать гармоничные и жизнеспособные города. Это тема моей лекции. Как любая форма прогресса, город несет в себе вреда не меньше, чем пользы. Рассмотрим подробней эти макеты. Большинство древних городов имело в плане квадрат, в центре которого под прямым углом пересекались две главные артерии, как и здесь, в Олимпии. Ворота, устроенные с каждой стороны, соответствовали четырем сторонам света. Иерусалим, Гелиополис, Рим, Бэйцзин и Ангкор на «Земле-1» были построены именно так. Эта схема очень проста, но функциональна, а значит, вы можете использовать ее.

Сизиф разворачивает планы других городов. Потом пишет на доске: «Массовые войны».

— Ваши города приведут к новым формам войны. Долгим осадным войнам, с использованием разных технических хитростей. Раньше важнее всего было завладеть территорией, теперь появилась новая цель — обладание укрепленными городами. Для того чтобы осадить город, требуется много народу. Сейчас та стадия игры, когда важно следовать принципу: чтобы побеждать, нужно с каждым новым поколением удваивать число воинов. Бывало, чтобы произвести впечатление на врага, армии вытягивались длинной цепью вдоль линии фронта.

Он садится.

— Вы, конечно, знаете, что в учебниках по истории подробно описано множество сражений, но, к сожалению, там нет ни одного упоминания о тех, которые не состоялись, потому что одна армия напугала другую своей численностью и добилась капитуляции противника. Помните: испугав врага, можно сохранить немало жизней.

Я смотрю на других учеников, все конспектируют слова Сизифа. «Массовые войны». Думал ли я, что когда-нибудь буду изучать это в школе! Люди собираются вместе, чтобы убивать друг друга. Мне всегда казалось это дикой нелепостью. Грустная традиция человечества, праздник смерти. Люди убивают друг друга под звуки барабанов и труб, распевая песни. Чаще всего весной, в чудесные погожие дни. И вот теперь я сам могу развязывать войны, вести мой народ на бойню. Я, конечно, хорошо играю в шахматы, но не думаю, что мне понравится воевать.

Правитель Коринфа продолжает:

— Войны имеют особое значение для общества. Они позволяют избавиться от «излишков» населения. Гражданские войны убирают лишних людей, так же как эпидемии и голод. Люди не контролируют рост населения, и это приводит к большим проблемам. Возникают шайки малолетних преступников, которые начинают угрожать безопасности общества. Следовательно, необходима саморегуляция населения, компенсирующая излишек детей.

Сизиф так равнодушно сказал это — «компенсировать излишек детей». Как будто речь шла о заводе, где необходимо уничтожить часть продукции, чтобы избежать перепроизводства.

— Итак, обратившись к истории человечества на «Земле-1», — продолжает он, — мы видим, что, как только рождаемость сильно увеличивается, сразу же начинаются войны. Как в скороварке: нужно сбрасывать давление, чтобы не было взрыва.

— Неужели нам постоянно придется затевать войны, чтобы избавиться от лишнего населения? — спрашивает Симона Синьоре.

— Другим решением может быть только самоконтроль. Однако несколько попыток, предпринятых в этом направлении, закончились неудачей. Людям, похоже, так нравится видеть, как увеличивается население, что они не в состоянии сдерживать его рост. Даже самые суровые диктаторы не смогли внедрить контроль рождаемости.

Он разочарованно вздыхает.

— Некоторые страны стремятся к увеличению своего населения, чтобы хватало солдат для будущих войн, — говорит Бруно. — Понятно, что, если вы будете сдерживать рост населения своей страны, в то время как соседи этого не делают, возрастет риск, что их дети захватят ваших.

— Вот именно. Еще одна проблема соседства.

Сизиф встает, роется в бумагах и достает планы ульев, термитников, муравейников.

— Если понаблюдать за животными, в частности за развитыми общественными насекомыми, такими как термиты, пчелы или муравьи, становится ясно, что они прекрасно умеют регулировать свою численность. Количество отложенных яиц у них зависит от насущных потребностей и запасов еды. Но контроль рождаемости требует такого уровня сознания, до которого вашим народам на «Земле-18» еще далеко. Так что пока они будут решать эту проблему при помощи войн.

Я поднимаю руку:

— А если все боги объединятся, если все мы сядем за стол и договоримся прекратить войны? Если отведем для каждого народа более или менее равные участки территории и будем контролировать рождаемость, чтобы она не превышала уровня, при котором на наших землях будут царить стабильность и гармония? Тогда наша энергия будет направлена не на то, чтобы расширять свои границы и защищаться от набегов, а на более эффективное управление повседневной жизнью наших народов.

Мое предложение встречено молчанием. Сизиф подбадривает меня:

— Это не так уж глупо, продолжайте! Итак, все сядут за стол и...

— И мы договоримся, что с этой минуты больше не будет соперничества. Это будет не победа одних над другими, это будет общая победа.

— А что же с ростом населения? — спрашивает Сизиф.

— Мы создадим систему контроля рождаемости. Я уже добился этого на острове Спокойствия. Мы будем увеличивать или уменьшать уровень рождаемости в зависимости от потребностей, сохраняя внутреннее и внешнее равновесие.

Бывший правитель Коринфа потирает подбородок.

— Вы забываете, что по самой своей природе человек — животное, стремящееся размножаться. Требование воздержаться от производства потомства будет означать, что он должен отказаться от свойственного ему постоянного стремления к экспансии.

— Но вы сами только что сказали, что общественным насекомым это удалось.

Сизиф качает головой.

— Да, но сколько на это ушло времени? Сотни миллионов лет. Человек — животное юное. А ваши народы вообще можно сравнить с новорожденными младенцами. Человечество пока живет в страхе и получает удовольствие от убийства. Люди не способны понять, что их личное счастье зависит от гармонии с окружающим миром. Они постоянно стремятся доказать свое превосходство над другими. Им необходимо соревнование. А в соревновании всегда есть победители и проигравшие.

— Я не верю дарвиновской теории, утверждающей, что выживает сильнейший, — убежденно говорю я. — Я верю, что мы можем прекратить терзать друг друга и найти способ победить, оставаясь равными.

— Для этого нужно, чтобы человечество представляло собой однородный материал. Однако все люди равные. Они различаются и физическими, и умственными качествами, у них разные ценности, разные способности. Природа не признает равенства. Животные отличаются друг от друга, благодаря этому мир богат и разнообразен. Люди высоко ценят непохожесть. Вспомните коммунизм, попытку добиться полного равенства граждан. Каков результат? Тирания, еще более жестокая, чем при царе. Что же касается предложения собраться всем за одним столом, то в прошлом уже делались такие попытки. После грандиозной бойни 1914—1918 годов была создана Лига Наций. Все правительства мира твердили: «Больше никогда!» Даже поговаривали о «всемирном разоружении». Они действительно верили, что можно сложить в кучу все оружие на земле, сжечь его или закопать. А через двадцать лет началась Вторая мировая война — с применением еще более разрушительного оружия, с большей жестокостью и большим числом погибших.

В зале слышится ропот.

— Эта идея провалилась на «Земле-1», но на «Земле-18» у нас могло бы получиться, — продолжаю я. — Разве не за этим мы здесь? Чтобы добиться большего, чем наши предшественники?

Сизиф подходит ко мне.

— Разумеется, но нужно быть реалистом. Видели вы когда-нибудь Олимпийские игры, где все участники поднимаются на первую ступень пьедестала? Какой интерес участвовать в таком соревновании? Где радость от победы, если нет проигравших?

Я не хочу сдаваться:

— Я приведу другой пример. Вспомним гладиаторов. Представим, что во время представления на римской арене гладиаторы откажутся сражаться друг с другом.

Сизиф не дает сбить себя с толку:

— ...и что же им тогда останется?

— Солидарность и взаимовыручка.

— И они нападут на великих римлян?

— Вот именно.

— И будут тут же убиты армией императора. Знаете, есть известный пример — Спартак. Ему удалось призвать гладиаторов к солидарности. Должен вам напомнить, они очень плохо кончили.

Я пристально смотрю на нашего Младшего преподавателя.

— Хорошо. Тогда я обращусь ко всем присутствующим...

Я поворачиваюсь к ученикам:

— Слушайте все! Большая Игра «Y» едва началась, наши народы входят в период, соответствующий античности на «Земле-1». Я предлагаю, чтобы мы вместе... Давайте примем решение больше не воевать! Разделим земли по существующим ныне границам. Чтобы избежать проблем с перенаселенностью, о которых только что шла речь, обязуемся следить за тем, чтобы число родившихся не превышало числа умерших. Пусть те, кто согласен, поднимут руку.

Раввин Фредди Мейер голосует «за». И Сара Бернар, Жан де Лафонтен, Симона Синьоре. И Рабле. Я в упор смотрю на Рауля, он отводит глаза. Он во что бы то ни стало хочет победить. Поднимаются еще руки — Эдит Пиаф, Жорж Мельес, Густав Эйфель. Некоторые колеблются, то поднимут руку, то опустят. Голосование окончено. Примерно треть учеников готова встать на мою сторону.

— Подумайте! В конце игры останется только один. Неужели каждый из вас думает, что это будет он?

Сизиф качает головой.

— Это лотерея. Люди предпочитают игру, где при одном шансе на пять миллионов есть возможность выиграть огромное состояние, а не блек-джек, где шансов больше, но ставки ниже. Тут нет никакой логики, только эмоции. Надежда мешает думать.

Словно опровергая его слова, поднимаются новые руки — Мария Кюри, Жан Жак Руссо, Осман, Виктор Гюго, Камилла Клодель, Эрик Сати.

Я влезаю на стол и поворачиваюсь к моим соученикам.

— Мы сейчас можем положить этому конец.

— Он прав, — говорит Сизиф. — Я думаю, что, если вы согласитесь справедливо поделить мир, олимпийские боги будут вынуждены считаться с вашим решением. Но не скрою, это произойдет впервые. — И тихо добавляет: — Не скрою также, что предыдущие выпуски тоже думали об этом и не смогли прийти к согласию.

— У нас может получиться, — говорю я. — У нас уже почти получилось.

Руки поднимаются снова и снова.

— Другие потерпели поражение, а мы добьемся успеха!

Но класс молчит. Мне кажется, что я принял эстафету у Люсьена, ученика-утописта, который хотел спасти «Землю-17». Он предпочел отказаться от участия в игре, потому что перед этим должна была погибнуть цивилизация этой планеты.

— Ну же, давайте все вместе!

Те, кто еще не поднял руку, нерешительно смотрят на меня.

— Решение должно быть единогласным, — напоминает правитель Коринфа. — Если хоть один бог-ученик откажется выйти из игры, предложение не будет принято.

Еще несколько поднятых рук, но не набирается и половины класса. Еще рука. Это Мата Хари. Рауль сидит, сложив руки на коленях.

— Понимаете ли вы, что именно зависит от исхода этого голосования? — спрашиваю я.

Больше никто не поддается. Я устал.

— Хорошая попытка, — одобряет Сизиф. — Во всяком случае, вы хотя бы попробовали что-то сделать. Это похвально.

Мои сторонники опускают руки. Я думаю, с самого начала никто не питал иллюзий.

— Не принимайте это слишком близко к сердцу, — советует мне преподаватель. — Вы упускаете из виду, что некоторые играют ради самой игры.

Видимо, он прав.

— Я приведу еще один пример. Представьте себе партию в покер, где все договорятся объединить ставки и разделить их поровну. Какой тогда интерес играть?

Сизиф обращается к классу:

— Научитесь, наконец, ценить возможность участвовать в самой захватывающей игре во Вселенной. Это лучше, чем заводной паровозик, интереснее, чем карты, монополия, любые компьютерные игры. Вы играете в богов, играете настоящими мирами. Пользуйтесь же этим.

Мне он говорит:

— Сыграй, Мишель. У тебя все равно нет выбора, но ты можешь победить. Вы слышите меня? Вы все можете победить.

Часы на башне Кроноса начинают звонить. Сизиф объявляет:

— Ладно. Лекция окончена.

Он просматривает свои записи и добавляет:

— Ах да, я кое-что забыл. Письменность. На этом этапе истории повсеместно будут появляться тексты, летописи, писцы. Это многое изменит.

12. ЭНЦИКЛОПЕДИЯ: ПИСЬМЕННОСТЬ

После 3000 г. до н. э. во всех великих цивилизациях Ближнего Востока возникает письменность. Шумеры изобретают клинопись, «письмо клиновидными черточками». Новое изобретение шумеров было очень важным — они перешли от идеограмм, рисунков, довольно точно изображавших предметы и живые существа, к знакам, обладавшим значительно большей степенью условности, выражавшим понятия, а позже — звуки. Так, например, изображение стрелы сначала передавало звук «ти», но вскоре стало использоваться для обозначения абстрактного понятия «жизнь». Эту систему письма позже позаимствовали ханаанеи, вавилоняне, хурриты.

Около 2600 г. до н. э. шумеры использовали 600 знаков, 150 из которых выражали отвлеченные, недескриптивные понятия. Писцы наносили эти знаки на мокрые глиняные таблички, которые затем высушивали на солнце или обжигали в печи, чтобы они затвердели. Этот язык использовался в торговле и дипломатии, затем при создании религиозных и поэтических текстов. Эпос о царе Гильгамеше считается первым романом в истории человечества.

В Библе обнаружены древнейшие буквы, положившие начало современным алфавитам; они очень похожи на буквы современного иврита. На саркофаге Ахирама, царя Библа, изображены знаки, обозначающие двадцать две согласные. Торговля и открытие новых земель способствовали распространению этого алфавита по всему Средиземноморью. Отметим, что для «алеф», первой буквы еврейского алфавита, сначала использовали изображение коровьей головы. Со временем эта буква перевернулась и превратилась в знакомую нам «А», с повернутыми вниз рогами.

Почему коровья голова? Несомненно, потому, что в то время корова считалась главным источником энергии. Она

давала мясо, молоко, тянула за собой повозку путешествен-
ника и плуг земледельца.

Эдмонд Уэллс.
«Энциклопедия относительного
и абсолютного знания», том V

13. ВРЕМЯ ГОРОДОВ. КРЫСЫ

Армия людей-крыс продвигалась вперед. Шедшие впереди юноши размахивали черными флагами, на которых были изображены красные крысиные морды. Всадники теперь ехали на специально обученных для войны лошадях, немедленно повиновавшихся любой команде. Пехота была вооружена луками, копьями, пращами.

Эта карательная экспедиция готовилась уже давно. Люди-крысы культивировали жестокость и, самое главное, ненавидели женщин-ос, которые уже давно бросали им вызов.

Новый предводитель людей-крыс обвинил своих соперников в том, что они были шпионами женщин-ос, и казнил их. Вскоре все племя поверило, что амазонки выиграли битву только потому, что у них были тайные союзники среди людей-крыс. Крысиное сообщество держалось на ненависти к женщинам-осам и постоянном недоверии друг к другу.

Со времени последней битвы город женщин-ос разросся и укрепился. Окружавшие его трехметровые стены выросли еще на два метра. Деревянные ворота стали в несколько раз толще. Амазонки были теперь вооружены более легкими мечами, с которыми они обращались с удивительным проворством. Лишь только часовые дали знак, что на горизонте появились люди-крысы, затрубили рога, призывая воительниц на защиту города.

И вот две армии стоят друг против друга. Минутное колебание. Ругательства и оскорбления слышатся с обеих сторон.

Амазонки ожидали лобовой атаки, но, к их изумлению, по знаку царя воины-крысы расступились и выпустили вперед толпу совершенно голых людей. Эти мужчины и женщины не были вооружены. У них не было ни мечей, ни щитов, они шли вперед с пустыми руками, безразличными лицами, истощенные, истекающие кровью и шатающиеся от голода. Словно армия призраков.

У женщин-ос не было выбора. Их стрелы косили несчастных. Перебив всех, амазонки почувствовали первую усталость, да и стрел было потрачено немало. Вдобавок они были напуганы тем пренебрежением, с каким люди-крысы относятся к человеческой жизни. Нетрудно было догадаться, какая участь ожидала женщин-ос в случае поражения.

Тем временем из рядов людей-крыс выступило несколько воинов, которые, прикрываясь щитами, тащили бревно с вырезанной на конце крысиной головой. Мощный удар потряс городские ворота.

Стрелы были теперь бесполезны. Амазонки принялись забрасывать нападавших камнями, но они отскакивали от вражеских щитов.

Вдруг одной из защитниц города пришла мысль послать за огромным котлом, в котором кипятили воду для вечернего супа. Обваренные кипятком люди-крысы бросили таран и разбежались, воя от боли, но на их место, прикрыв головы щитами, тут же встали другие. Пока вода в котле вновь закипела, в воротах образовалась брешь.

Амазонки приготовились встретить атаку кавалерии, но у людей-крыс был приготовлен еще один сюрприз. Вслед за толпой рабов, на которых женщинам-осам пришлось потратить столько стрел, крысы выпустили детей — целую армию маленьких солдат от шести до двенадцати лет, визжащих, швыряющих камни и размахивающих факелами.

Это была идея царя крыс. Он заметил, что женщины становятся мягче при виде детей, и подумал, что амазонки не решатся их убивать. Что касается крысят, то они, вскормленные жестокостью и ненавистью к врагам, стремились доказать своим родителям, что не пожалеют жизни ради победы своего племени.

Расчет царя крыс оказался верен. Стреляя в детей, амазонки то и дело промахивались. А детская армия, не встречая почти никакого сопротивления, вошла в город и принялась жечь все вокруг. Женщины-осы недооценили силу пропаганды, прополоскавшей юные мозги.

Смятение достигло высшей точки. Едкий дым поднимался над пылающими крышами домов, когда крысиная кавалерия ворвалась в город. Женщины-осы метали дротики, но стрел у них почти не осталось. Началась рукопашная. Люди-крысы были вооружены мечами из железа — нового металла, секрет которого они выпытали у одного из побежденных народов. Бронзовые мечи женщин-ос были тяжелее и не так прочны. И хотя нередко амазонки оказывались более ловкими в бою, тяжелые мечи мешали им твердо стоять на ногах.

Вторая кавалерийская когорта пришла на помощь воинам-крысам, в то время как дети-крысята добивали амазонок, упавших на землю.

Раздался сигнал к контратаке. Королева женщин-ос возглавила верховой отряд, заставший врасплох людей-крыс. Амазонки уже без колебаний убивали злобных крысят, которые нанесли такой урон их войску.

Сражение шло уже два часа, а исход все еще не был ясен. Там, где между врагами сохранялось какое-то расстояние, перевес был на стороне женщин-ос: их стрелы точнее поражали цель, чем копья людей-крыс; но там, где крысам удавалось завязать рукопашную, верх одерживали они.

Царя крыс вдруг озарило: «Действовать надо как с пчелами — нужно захватить королеву». Он собрал самых доблестных воинов и отдал приказ.

Королева подбадривала свои войска, обнаружить ее было нетрудно. Крысы бросились к ней, быстро перебили телохранителей, и королева, отрезанная от своих, осталась одна в окружении врагов. Стена из ощетинившихся копий мешала амазонкам прийти ей на помощь.

«Она нужна мне живой!» — взревел предводитель крыс.

Королева, поднимая на дыбы лошадь, удерживала нападавших на расстоянии и, размахивая мечом, отбивалась от копий. Ее длинные волосы развевались на ветру, она сеяла смерть среди людей-крыс, осмелившихся подойти к ней слишком близко. Увидев это, царь людей-крыс, использовав свое копье как шест, подпрыгнул и выбил королеву из седла. Царь крыс и королева ос покатились по земле.

Амазонка впилась ногтями в лицо противника и до крови расцарапала его. Царь крыс резким движением отбросил королеву назад, заломил ей руки и связал за спиной бычьим сухожилием, висевшим у него на поясе. Затем бросил амазонку на землю и придавил ей грудь коленом. Она укусила его за руку. Хлынула кровь, но царь крыс не обратил на это внимания. Он заставил королеву ос встать, ему подали длинный нож, и он приставил его к горлу пленницы.

— Сдавайтесь, или я убью ее!

Амазонки колебались. Но они любили свою королеву. Одна за другой воительницы опускали оружие. Победный клич разнесся по рядам людей-крыс.

Детей-крысят, которые хотели продолжить бойню, остановили. Пленных амазонок заковали и длинной колонной повели в поселение людей-крыс. Женщины-крысы громкими криками приветствовали воинов-победителей. Выстроившись вдоль дороги, они оплакивали погибших и плевали в лицо пленницам. Незнакомки с длинными чистыми волосами, в одеждах из тонких тканей были удивительно красивы. Некоторые женщины-крысы даже осмеливались потрогать волосы амазонок, пытаясь понять, почему они такие длинные и блестят, ведь их собственные космы слиплись от жира. Они обнюхивали кожу врагов, удивляясь тому, что она пахнет цветами, но это не мешало им смотреть на пленниц с отвращением и плевать им в лицо.

Самой красивой из пленниц была, бесспорно, та, что шла со связанными руками за лошадью царя. Ее черные волосы были покрыты пылью, но женщина высоко держала голову, спина ее была прямой, и вся фигура выражала превосходство, чего никогда не позволяли себе женщины-крысы, беспрекословно подчинявшиеся своим мужчинам.

В стороне солдаты собирали в табуны захваченных лошадей, сваливали добычу, награбленную в городе амазонок. Слышались громкие крики женщин-крыс, требовавших предать смерти королеву ос.

Царь крыс с ножом в руке подошел к пленнице. Раздался дружный вопль. Но, вместо того чтобы заколоть королеву, царь лизнул ее, как кусок мяса, который он собирался сожрать. Солдаты захохотали, жертву едва не стошнило. Все ждали, чем же это закончится.

Царь крыс спокойно развязал руки пленнице.

Все молчали.

Королева тут же попыталась ударить его, но он легко справился с ней. Затем, хотя она изо всех сил старалась отвернуться, он поцеловал ее.

Женщины-крысы снова закричали.

Царь крыс выхватил меч и замахнулся на них, показывая, что он один диктует правила и не женщинам указывать ему, как поступать с пленницами — королевами или простолюдинками. Он велел лучшим воинам выбрать себе амазонок. На этот раз женщины-крысы не осмелились выразить свое недовольство тем, что у них неожиданно появились соперницы.

Тогда предводитель крыс заговорил. Он сказал, что теперь в распоряжении его народа есть большой город, обнесенный толстой стеной, и велел людям-крысам поселиться там. До сих пор люди-крысы были кочевым народом, они переселялись, захватывая новые земли. Для краткого отдыха им хватало временных лагерей. Царь сказал, что видел во сне, что этот город станет столицей людей-крыс.

Предводитель крыс женился на королеве амазонок, соблюдая ритуалы своего народа. Затем он велел установить в городе собственную конную статую, а рядом — коленопреклоненную амазонку, умоляющую о пощаде. Это был первый памятник людей-крыс. Что же касается женщин-ос, то, устав сопротивляться, они в конце концов смешались с поработившим их народом. Они научили захватчиков ткацкому мастерству и основам гигиены.

Они попытались записать историю своего побежденного народа на самодельных листах картона.

Однажды правитель крыс обнаружил эти записи и, объятый подозрениями, уничтожил их. Он понял, что нужно стереть воспоминания враждебного ему народа и утверждать, что у истоков любого изобретения стояли люди-крысы.

Царь велел писцам-осам переписать историю заново. Он желал, чтобы все великие сражения, победу в которых одержали люди-крысы, были запечатлены навеки.

Судьба позволила себе только одну насмешку — от брака правителя крыс с королевой амазонок рождались только девочки. В результате царя крыс убил его собственный генерал, который взошел на трон и велел переделать памятник. Теперь посреди города стояла статуя генерала.

Царю крыс можно было простить все, кроме того, что от него рождались одни девочки.

14. ЭНЦИКЛОПЕДИЯ: ЦАРИЦА СЕМИРАМИДА

В 3500 г. до н. э. индоевропейцы начали завоевание шумеров. Хетты, лувийцы, скифы, киммерийцы, мидийцы, фригийцы, лидийцы бились друг с другом насмерть, создавая недолговечные царства, которые, в свой черед, исчезали с лица земли.

Около 700 г. до н. э. ассирийцам, одному из индоевропейских народов, удалось, прибегнув к террору, основать прочное государство. Там появилась на свет девушка, которой была уготована необыкновенная судьба. Она родилась на берегу Средиземного моря, вблизи современного Ашкелона (Израиль), и была брошена в пустыне, где, согласно легенде, которую она сама и сочинила, ее выкормили голуби. Ее подобрали пастухи, а позже она соблазнила Онна, наместника Сирии, стала его женой и последовала за ним ко двору государя. Там она очаровала царя Нина и, приняв имя Семирамида, стала царицей Ассирии. Она приказала отравить своего мужа и выстроила в его честь огромный мавзолей.

Царица Семирамида мирно правила одной из самых великих империй того времени. Она основала Вавилон на берегах Евфрата, затем начала строительство великолепных памятников. Ее «висячие сады» признаны одним из семи чудес древнего мира. Но ее жажда славы не была утолена, и Семирамида предприняла ряд завоевательных походов, завладев Египтом, Мидией, Ливией, Персией, Аравией и Арменией. В конце концов ее армия была разгромлена на берегах Инда.

Семирамида безраздельно правила сорок два года, основала одну из первых великих империй, славившуюся военными победами, высокой культурой и произведениями искусства, и, наконец, уступила трон своему сыну Нинию.

Цари, правившие после Семирамиды, презирали женщин и последовательно уничтожали воспоминания о ее правлении, чтобы никто не мог сказать, что им так и не удалось превзойти царицу.

Эдмонд Уэллс.
«Энциклопедия относительного
и абсолютного знания», том V

15. ДЕЛЬФИНЫ

Люди-дельфины постепенно смешивались с народом скарабеев. Однако не обходилось без проблем. Люди-скарабеи поговаривали, что у чужаков есть тайные знания, которые они скрывают, перешептывались о сокровищах, которыми те не хотят делиться. Люди-дельфины были загадкой и вызывали недоверие.

Люди-дельфины соблюдали обычаи принявшего их народа. Изо всех сил старались развивать науки, служившие общему благу.

Они насаждали письменность, изготавливали необходимые для письма принадлежности — перья и чернильницы, делали бумагу из высушенных цветов, а позже из волокон папируса. Они основали школы, а затем и университеты, в каждом из которых особое внимание уделялось одной из наук. В университетах формировался класс интеллектуалов — ученых, инженеров, врачей.

Развивалась религия, которую народ дельфинов создал для людей-скарабеев. Возник институт жрецов, поклонявшихся единому богу — Солнцу и постигших древние тайные знания людей-дельфинов.

Тут же в противовес им возникло сообщество жрецов, которые во имя «сохранения традиции, существовавшей до распространения чужеземного колдовства», поклонялись Великому Скарабею и целому пантеону богов со звериными головами. Таким образом, на севере распространялся монотеизм, а на юге процветало многобожие.

Север был на пике экономического и научного расцвета, там строились новые города, порты для рыболовных промыслов. Юг оставался верен более примитивному образу жизни, основанному преимущественно на сельском хозяйстве. На севере рос уровень жизни, нравы становились все более утонченными. На юге люди изнывали в полях от непосильного труда. Из-за высокой детской смертности не хватало работников, сеятелей и сборщиков урожая, и южане обзаводились все более многочисленным потомством.

У северян благодаря более развитой медицине умирало мало детей. Следуя закону дельфинов «заводить столько детей, сколько сможешь любить», они предпочли ограничить рождаемость, чтобы не плодить потомства, до которого никому не будет дела.

Время шло, и это было на руку южанам. С каждым новым поколением под влиянием жрецов-пантеистов население на юге увеличивалось, рос и воинственный настрой жрецов. Они обличали правителей Севера, поддавшихся влиянию инородцев, ополчились против прогресса, которым северяне были обязаны людям-дельфинам, утверждали, что дары, полученные от чужеземцев, таят в себе зло. Они требовали, чтобы царь вернулся к истокам и обратился к единственно правильной религии — многобожию.

В конце концов жрецы организовали заговор, в котором погиб старший сын царя, а затем втянули в свои интриги военачальников, обещая в награду богатства людей-дельфинов. Военачальники колебались, но в конце концов поддались на посулы.

Молниеносный военный переворот закончился пленением царя и его «самоубийством» в темнице. Царица отреклась от него, пытаясь спасти жизнь себе и второму ребенку, но тщетно — их также казнили.

Жрецы-скарабеи возвели на трон молодого принца-южанина, отпрыска дальней царской ветви, который приказал закрыть школы и университеты и преобразовать их в религиозные заведения, где будут изучать культ Скарабея. Студенты вышли с протестом на улицы, но их восстание было немедленно утоплено в крови.

Молодой царь, воспользовавшись беспорядками, арестовал учеников и преподавателей-дельфинов и обвинил их в подстрекательстве к мятежу. Всех их тут же заточили в первые политические тюрьмы. Затем царь произнес официальную речь, в которой говорилось, что ответственность за резню лежит на людях-дельфинах. «Вся вина на них» — вот к чему сводилось его выступление, но этого было недостаточно, чтобы окончательно изменить мнение населения о людях-дельфинах. Многие еще помнили то хорошее, что чужеземцы дали народу скарабеев.

Тогда, опять же под влиянием жрецов, царь созвал на совет преданных ему образованных людей и потребовал найти законное основание для истребления людей-дельфинов. После долгих раздумий ученые сочинили текст, который якобы написали люди-дельфины, замыслившие разрушить общество скарабеев.

Это произведение имело огромный успех, далеко превзошедший ожидания подстрекателей. Казалось, население только дожидалось предлога, чтобы отринуть последние колебания и стереть из памяти хорошие воспоминания о культуре дельфинов. Для всех стали очевидными враждебные намерения, никто не сомневался в существовании заговора дельфинов. Участились случаи проявления расизма, на которые полиция смотрела сквозь пальцы, а то и открыто поддерживала нападавших на дельфинов.

В это же время, когда упало влияние дельфинов и светских учебных заведений, во имя духовного оздоровления нации были упразднены свобода мысли и право на образование. Место науки занял пантеизм. Книги людей-дельфинов были изъяты из библиотек и сожжены на площадях. Вслед за этим царь объявил, что слишком заметное присутствие людей-дельфинов вызывает общественные беспорядки. Чтобы решить эту проблему, он велел переселить людей-дельфинов в отведенные для этого городские кварталы и ввел комендантский час. Это еще больше развязало руки скарабеям-фанатикам.

Условия жизни людей-дельфинов становились все хуже. Им последовательно запретили заниматься всеми существовавшими ремеслами, а когда они начали умирать с голоду, «для их же блага» были созданы лагеря, где за труд платили гроши. Их держали на самых тяжелых работах. Вскоре новому царю пришла идея использовать эту бесплатную рабочую силу на строительстве огромного памятника себе. Туда же были отправлены все недовольные порядком и политически неблагонадежные ученые. В надсмотрщики для трудовых лагерей набирали самых жестоких людей-скарабеев, нередко из бывших преступников.

Жизнь на стройке была ужасной, рабочих едва кормили, они были лишены почти всего.

Народ дельфинов слабел на глазах, но однажды молния ударила в стену, которой был обнесен лагерь, и пробила в ней брешь. Напуганные пленники не осмеливались бежать, боясь нарушить правила. Действовать решился жрец Солнца, не принадлежавший к народу людей-дельфинов, но воспитанный в их культуре. Воспользовавшись суматохой, вызванной грозой, он уговорил нескольких смельчаков бежать.

«Нам уже нечего терять», — сказал он им.

Они укрылись в заброшенных лачугах своего квартала, где им были известны все улочки и закоулки, и под руководством жреца начали разрабатывать план побега для всех политических заключенных. Когда темнело, они рыли подкопы под стену, окружавшую лагеря и стройку. Они действовали снаружи и изнутри лагерей. В назначенный срок, теплой летней ночью, люди-дельфины бежали через подземные ходы. Следуя указаниям восставшего жреца Солнца, они разделились на маленькие группы, договорившись встретиться на краю великой пустыни, которую до сих пор не удалось пересечь ни одному человеку.

Жрец Солнца собрал их и произнес речь. По ту сторону пустыни, утверждал он, они обретут страну, из которой вышли все люди-дельфины, там они создадут свое независимое государство, им больше никогда не придется полагаться на милость других народов.

Толпа не очень верила ему, но все точно знали — выбора у них нет. Люди-дельфины отправились в путь. Сначала им казалось, что их сотни, потом тысячи, но, по мере того как к ним присоединялись все новые пленники, которым удалось бежать, их становилось десятки, сотни тысяч, и они шли среди раскаленных песков и камней. Шли не только люди-дельфины, но и люди-скарабеи, бывшие студенты и профессора университетов, даже бывшие ученые, которые избежали ареста, но не могли больше жить при новом режиме.

Жрец Солнца вел за собой огромное человеческое стадо, и его стали называть Пастырем.

Люди-скарабеи хотели догнать и перебить беглецов, но страх заблудиться в огромной неизведанной пустыне заставил их отказаться от задуманного. Царь велел прекратить погоню. Он думал, что голод, жажда и шакалы погубят дельфинов так же неминуемо, как его копья и стрелы. По общему мнению, это было коллективное самоубийство.

Итак, люди-дельфины под предводительством своего Пастыря углубились в пустыню. Днем их жгло солнце, ночью они дрожали от холода. У них не было никаких ориентиров, они не понимали, почему их вожак выбирает ту, а не другую дорогу. Некоторым казалось, что они ходят по кругу, настолько однообразным был окружающий их пейзаж. Пастырь прекрасно знал звездное небо и вел людей прямо на север. Ночью, говорил он, ему снятся вещие сны, из которых он узнает, куда идти дальше.

Люди-дельфины были совершенно истощены и измотаны. В дороге по любому поводу вспыхивали ссоры. Жажда и разногласия не раз могли погубить путников. Но всегда, когда ситуация становилась критической, начиналась гроза, и благодатный дождь спасал людей от обезвоживания и собственной ярости.

Некоторые, особенно измучившиеся люди-дельфины принялись проклинать жреца, втянувшего их в поход, казавшийся им теперь хуже мучений в лагере.

«Если кто-то хочет вернуться и пасть в ноги царю скарабеев, чтобы вымолить у него пощаду, пусть идет», — объявил Пастырь.

Один из недовольных болтунов поймал его на слове и увлек за собой не меньше тысячи человек. Половина из них заблудилась в зыбучих песках. Остальные в полном изнеможении добрались до страны скарабеев, где были публично казнены.

Тем временем огромная толпа людей-дельфинов и присоединившихся к ним все шла и шла через пустыню.

Переход не был спокойным, на Пастыря не раз совершались покушения. Однако люди продолжали упорно идти вперед, словно лососи, с трудом поднимающиеся вверх по реке в поисках места, откуда они когда-то отправились в свое первое плавание. И каждый раз, когда они едва не погибали от жажды, они находили оазис. Или начинался дождь. Все уже привыкли к чудесам, они стали обычным делом.

Постоянные лишения действовали как наркоз, люди жили только словами Пастыря и его снами. Они приспособились к условиям пустыни, мало говорили и никогда не плакали, чтобы не терять влагу. Пустыня научила их краткости в речах и быстроте действий. Они придумали способ разбивать лагерь за несколько часов, выкапывая убежище в песках. Их религия, зародившаяся на море, приспособилась к пустыне. Пастырь проповедовал пост, медитацию, отказ от мирской суеты. Некоторым пришелся по вкусу такой аскетизм.

Пастырь говорил: «Вы можете получить что-либо, только перестав желать этого». Это принцип Отречения.

Пастырь говорил: «Чтобы понять другого, нужно встать на его место». Это принцип Сопереживания. И добавлял, что правило это применимо и к растениям, и животным: ведь если животное попадалось охотнику, значит, оно было понято им, и, чувствуя, что понято, соглашалось быть убитым, чтобы стать пищей охотника.

Пастырь говорил: «Когда вы совершаете что-либо, думайте, как это отзовется во времени и пространстве.

Не бывает действия без последствий. Когда вы плохо говорите о ком-то, вы меняете его в худшую сторону. Когда вы боитесь или лжете, вы создаете страх и помогаете лжи стать реальностью». Это принцип Причинности.

Пастырь говорил: «Каждый из вас должен выполнить свое дело на земле, и у вас есть талант, необходимый для того, чтобы сделать это как можно лучше. Найдите свое дело, откройте в себе талант, и ваша жизнь обретет смысл. Не бывает людей, лишенных таланта. Жизнь, в которой талант не был востребован, потрачена напрасно».

Пастырь говорил: «Не у каждого получится, но каждый должен попытаться. Не нужно сердиться на себя за неудачу, нужно досадовать на себя лишь за то, что не попытался».

Пастырь говорил: «Нужно праздновать риск, а не победу. Потому что рискнуть или нет — зависит от вас, а победа — от множества обстоятельств, которые невозможно предугадать».

Пастырь говорил: «За миром видимых вещей есть невидимый мир, где открыт доступ ко всем знаниям и откровениям. Туда можно проникнуть, стоит только остановить мелкие ничтожные мысли, которые постоянно шумят у нас в голове».

Однажды утром, когда все смирились с тем, что переход через пустыню никогда не кончится, разведчик сообщил, что по ту сторону холма лежит окруженная реками плодородная равнина, полная дичи. Новость была настолько невероятной, что никто не поверил.

Но, поднявшись на вершину холма, люди были вынуждены признать очевидное. То, что они увидели, выглядело как мираж — через долину текли потоки воды. Перед людьми-дельфинами вновь была родная земля. Все чувствовали это, словно клетки, из которых состояли их тела, узнавали воздух, запахи цветов и травы, которые некогда ощущали их далекие предки. У них получилось.

«Древние» люди-дельфины, которым правдой и неправдой удалось остаться на родной земле, шли им навстречу.

— Люди-дельфины всегда оставались на этой земле, и они никогда не покинут ее! — воскликнул один из них, ведя пришельцев к бедной, полуразрушенной деревеньке.

Люди-дельфины, жившие в этом краю, рассказали, что ведут род от первого поколения людей-дельфинов. Они потомки тех, кому удалось выжить после великого нашествия людей-крыс. Они спрятались во время нападения. Корабли отплывали в страшной суматохе, их забыли, и они остались здесь. Они прятались и выживали как могли. Когда же люди-крысы отправились завоевывать новые земли, люди-дельфины вернулись на свои руины и попытались жить дальше, вспоминая древние традиции.

Чтобы отпраздновать встречу, устроили большое торжество. Было решено, что люди-дельфины, всегда жившие на этой земле, и люди-дельфины, вернувшиеся из изгнания, вместе возродят народ дельфинов. Они начали строить большой столичный город. Под защитой его высоких стен они поклонялись теперь не Солнцу, а Свету.

Пастырь стал первым главой этого народа. Он заявил, что с него хватит царей и централизованной власти, и предложил создать правительство двенадцати мудрейших — по числу двенадцати великих колен людей-дельфинов.

Пастырь поведал, что ему был сон о том, как необходимо установить законы, чтобы его народ никогда не повторял былых ошибок.

Он установил четырнадцать запретов.

Три первых касались пищи.

• Каннибализм запрещен.

• Запрещено есть мясо животного, страдавшего перед смертью. Ни при каких условиях не есть живьем никого из ходящих по земле животных.

«Употребляя в пищу животное, которое страдало перед смертью, вместе с его мясом поглощаешь и его страдание», — говорил Пастырь.

• Никаких контактов пищи с экскрементами. Это был один из первых законов пищевой гигиены. Случалось, крестьяне злоупотребляли удобрениями из навоза или человеческих экскрементов, и это вызывало эпидемии.

Затем шли пять запретов, касающихся секса.

• Запрещено кровосмешение.

• Запрещено насилие.

• Запрещена педофилия.

• Запрещена зоофилия.

• Запрещена некрофилия.

Все это было ясно и так, но Пастырь считал нелишним напомнить о вполне очевидных вещах.

Еще четыре запрета ограничивали применение силы.

- Запрещено убивать.

- Запрещено нападать на другого человека и наносить ему увечия.

- Запрещено красть.

- Запрещено портить вещи, принадлежащие другому.

Другие запреты регулировали общественные отношения. Люди-дельфины знали, что такое рабство, и первыми законами, которые они установили, были следующие.

- Никто не должен работать бесплатно.

- Никакой работы без отдыха.

Закончив составлять законы, Пастырь неожиданно умер, подавившись рыбьей костью. Его агония длилась два часа. Два часа он задыхался, пытаясь пальцем достать кость и катаясь по земле. Ему хотели дать воды, заставили проглотить хлебный мякиш — ничего не помогло. Он задыхался, и кто-то предложил вскрыть кадык. Немедленно устроили голосование — три голоса «против», два «за» и один воздержался. Никто не решился взять ответственность на себя, и Пастырь скончался.

Смерть от удушья из-за рыбьей кости казалась настолько жалкой по сравнению с великими свершениями Пастыря, что его биографы тут же придумали иную, более «достойную» версию: Пастырь отошел в мир иной в молитвенном экстазе, свидетели его кончины видели голубя, прилетевшего, чтобы проводить отошедшую душу к Солнцу.

Пастыря похоронили так, как он просил, — под муравейником. Без гроба, чтобы, в соответствии с его пожеланиями, «плоть смогла вернуться в землю, из которой вышла и которая ее питала».

Применять запреты на практике оказалось непросто. Чтобы сократить страдания животных, предназначенных в пищу, жрецы людей-дельфинов обратились к врачам, которые должны были найти способ убивать, не причиняя боли. Врачи указали, где следует перерезать сонную артерию, чтобы это вызывало постепенное забытье и смерть.

В соответствии с запретом работать без отдыха Совет двенадцати мудрецов из числа людей-дельфинов, устанавливавший правила нового дельфиньего государства, объявил, что четвертая часть полей каждый год должна оставаться незасеянной, чтобы в почве успели восстановиться микроэлементы, а урожай следует собирать с остальных трех четвертей. Мужчины и женщины должны работать шесть дней, а в седьмой отдыхать.

Они возвели храм в форме куба, оставив пирамиду своим гонителям-скарабеям. В воспоминание о времени, проведенном в рабстве, они записали свою историю в большую книгу, а на тот случай, если книги снова начнут жечь, установили праздник, в который родители должны рассказывать детям обо всем, что пришлось пережить их народу. Таким образом, традиция устного предания будет развиваться параллельно с летописями.

Снова появились библиотеки. Люди-дельфины собирали книги и карты, считая их самым ценным достоянием.

Они основали столицу, построили дороги. Деревни стали поселками, а поселки — городами.

Шло время, бывшие рабы из страны скарабеев старились. Их дети создали могущественное государство. Обратившись к истокам своей культуры, они снова занялись торговлей и построили гавани, откуда отплывали корабли, державшие курс вдоль берегов континента. Мореплаватели обменивали ремесленные изделия на различное сырье и сведения о новых способах его обработки. Это судоходство содействовало поддержанию мира с соседями, коренными жителями окрестных земель, помогало заключать торговые союзы и составлять подробные карты.

Люди-дельфины и не думали обращать чужеземцев в свою веру. Они считали, что у каждого народа есть свое собственное божество. И если они распространяли начальные знания о своем языке и культуре, то о своей религии говорили редко.

Удивительное дело, но вскоре соседям, особенно северянам и жителям восточных земель, стало казаться подозрительным, что люди-дельфины не пытаются насаждать свою веру, хотя поначалу им нравилось такое поведение чужаков. Не допуская и мысли, что люди-дельфины хранят верность своей исконной религии, они заподозрили дельфинов в том, что они скрывают какие-то тайные знания. Сценарий страны скарабеев повторился почти без изменений.

Погромщики нападали на лавки людей-дельфинов, атаковали их торговые суда. Сначала никто не обратил на это особого внимания. Но вскоре целые армии внезапно начали нападать на поселения дельфинов, расположенные вдоль границ.

Вновь возникла необходимость собирать войско. Пастырь предусмотрел это, и Совет двенадцати проголосовал за армию, состоявшую из солдат-граждан — в мирной жизни каждый занимался своим ремеслом, а в военное время все брались за оружие. Все население должно было участвовать в защите государства дельфинов. Крестьяне, рыбаки, ремесленники и писцы оказались неуклюжими солдатами, но они упорно тренировались и вскоре стали хорошими воинами. Армии соседних государств состояли исключительно из тупых, примитивных солдат, их тактику было легко разгадать. Люди-дельфины особенно славились искусством ночных атак на лагерь противника; они поджигали палатки, обращали в бегство лошадей, и этого, как правило, хватало, чтобы остудить пыл захватчиков. Однако нападения на границы не прекращались.

И хотя люди-дельфины почти всегда отражали неприятеля, с каждым разом они несли все большие потери. Казалось, что враг приспосабливается к их тактике, находит способы обойти ее. Из тех, кто участвовал в ночных вылазках, многие были схвачены и казнены.

Постоянная угроза спокойствию наносила вред благополучию страны. При каждом нападении вся мирная деятельность прекращалась, жители спешили стать в строй. Необходимость принимать решения через Совет чрезвычайно затрудняла военные действия, эта система оказалась недостаточно эффективной в периоды потрясений. Тогда члены Совета согласились отказаться от своих привилегий и высказались за избрание единого царя, который будет облечен всей полнотой исполнительной власти, подобно тому, как это принято у людей-скарабеев. А двенадцать членов Совета будут заниматься только законотворчеством. Так в правители был избран военачальник, одержавший наибольшее количество побед. Он тут же повысил налоги, что позволило создать профессиональную армию. С тактикой ночных нападений было покончено.

После создания новой армии народ людей-дельфинов зажил относительно спокойно. Некоторые граждане выступали против централизованной власти, кое-где вспыхивали восстания против чрезмерных поборов на армию. Дошло до того, что люди-дельфины начали сражаться друг с другом. Это была первая гражданская война на их территории.

Бунтарский дух, в котором была их сила, теперь превратился в угрозу их существованию. Царь обратился к народу с речью, в которой взывал: «Нам больше никто не угрожает, но мы сами становимся врагами себе. Когда же у нас будет достаточно мудрости, чтобы жить без раздоров?»

Именно тогда с севера пришла огромная армия людей-крыс, уничтожавших все на своем пути. В соседних портах много говорили об этих солдатах, о детях, идущих в атаку под прикрытием армии призраков. В книгах, хранившихся в библиотеках людей-дельфинов, говорилось о предыдущем великом нашествии людей-крыс.

Люди-дельфины изо всех сил сопротивлялись, но их армия была слишком малочисленна, а монархия слишком молода, чтобы дать отпор огромным отрядам опытных бойцов и невиданному насилию. Люди-дельфины отбили две атаки, но были опрокинуты третьей. Люди-крысы вновь обрушились на государство людей-дельфинов. Храм был разрушен, библиотеки сожжены.

Но теперь люди-крысы знали, что, перебив всех, ничего не выиграть. Намного лучше заставить покоренные народы работать на себя. Они назначили наместником преданного им человека-дельфина и обложили население чудовищными налогами. За право оставаться в живых побежденные расплачивались деньгами, пищей и последними научными достижениями. Самых красивых женщин и талантливых ученых угнали в рабство в столицу людей-крыс. Царь людей-дельфинов погиб, но небольшой группе людей-дельфинов, в том числе двенадцати старейшинам, удалось бежать морем.

Они отправились на юг и вернулись в страну людей-скарабеев.

Там они тайно проникли в царский дворец. Они напомнили царю скарабеев, как некогда способствовали расцвету его государства. Они прекрасно сознавали, что не смогут действовать открыто, поэтому предложили тайную помощь. В доказательство своих благих намерений они открыли царю то, что было выше религии дельфинов, — тайные знания, восходившие к культу людей-муравьев. Они объяснили, что пирамиды были выстроены по подобию муравейников и в нижней их трети находилась ложа медиума, принимавшего колебания космических волн.

Царю скарабеев было хорошо известно о многовековой ненависти его народа к людям-дельфинам, однако речь чужеземцев произвела на него впечатление, и он решил тайно предоставить им убежище.

16. ЭНЦИКЛОПЕДИЯ: ЭХНАТОН

Его звали Аменхотеп IV, но он велел называть себя Эхнатоном, что означает «угодный Атону», богу солнца. Он был первым фараоном-монотеистом и правил с 1372 по 1354 г. до н. э.

Немногочисленные, дошедшие до нас статуи изображают его человеком высокого роста, с вытянутым лицом, миндалевидными глазами, ясным взглядом и пухлыми губами. Подбородок его скрыт бородой цилиндрической формы.

Нередко рядом с ним изображают его супругу Нефертити, голова которой увенчана короной. Это свидетельство того, что Аменхотеп даровал ей статус, равный собственному. Говорят, что именно она предложила провести реформы.

Эхнатон хотел модернизировать египетское общество и создать новую империю. Он сверг главное египетское божество Амона-Ра, бога с бараньей головой, и возвел на его трон Атона, бога солнца, объявив его единственным богом. Религиозная революция сопровождалась политической.

Фараон лишил город Уасет (греки позже называли его Фивами), которому покровительствовал Амон, статуса главного города страны и перенес столицу в Ахетатон, посвященный богу Атону (ныне Тель-эль-Амарна).

Слово «атон» означает свет и тепло, а также справедливость и энергию жизни, которая пронизывает Вселенную. Эхнатон ввел в свое правительство нубийцев и евреев. «Атон», несомненно, происходит от слова «адон» или «Адонаи», которое было одним из имен Бога на древнееврейском языке. В искусстве наступило время реализма, появились первые изображения людей в кругу семьи, мелочей повседневной жизни, вытеснившие батальные сцены и религиозные сюжеты, которые прежде вдохновляли художников.

Знать быстро приняла «единого и великого бога», заменившего целый пантеон богов. При Эхнатоне влияние египетской империи простиралось от современной Эфиопии до юга Турции. Фараон велел построить для себя гробницу таким образом, чтобы лучи солнца освещали все сооружение.

Однако на пороге уже стояла война. Из Библа (на территории современного Ливана) князь Риб Адди прислал зов о помощи: его владения подверглись нападению кочевников, пришедших из пустыни. Эхнатон, занятый строительством столицы и государственными делами, ничего не ответил. Он также никак не отреагировал, когда индоевропейцы-хетты, пришедшие вслед за племенами хабиру, захватили его северные города. Когда Дамаск, Каднеш и Катна пали от рук захватчиков, Эхнатон наконец собрался послать навстречу врагу армию, но было слишком поздно.

Воспользовавшись военными неудачами фараона-монотеиста, жрецы Амона осмелились обвинить его в ереси. В 1340 г. до н. э. военачальник Ахореб возглавил государственный переворот. Эхнатон был убит, а Нефертити вынудили вновь поклоняться богу с бараньей головой. Новую столицу стерли с лица земли, все изображения «фараона-отступника», за редким исключением, уничтожили. Все иероглифы, связанные с именем Эхнатона, стерли.

Эдмонд Уэллс.
«Энциклопедия относительного
и абсолютного знания», том V

17. ЛЬВЫ

Оседлая жизнь людей-львов началась посреди равнин. Они уже построили немало процветающих городов, и каждый охраняла отлично организованная армия. Их цивилизация отличалась не оригинальностью, а жизнеспособностью. Они позаимствовали некоторые приемы у людей-крыс: например, в начале битвы бросать в атаку сильные отряды, вооруженные усовершенствованными трехметровыми копьями. Эти отряды могли остановить нападение вражеской конницы. Люди-львы, как и крысы, преклонялись перед воинами. Но они отдавали предпочтение не жестоким героям, а хитрецам.

Люди-львы стремились к завоеваниям. Их флот нападал на торговые корабли людей-дельфинов и людей-китов и даже на суда людей-быков. Львы захватывали добычу, сокровища, оказавшиеся на борту, и заставляли пленников обучать их всему, что те знали. Вскоре все торговые суда были вынуждены брать на борт вооруженную охрану.

Благодаря умелому ведению сельского хозяйства, население стремительно росло, и, хотя ни один из городов людей-львов не был так развит, как великолепная столица людей-китов, государство людей-львов было могущественной державой.

Царь львов начал с нападения на остров людей-быков. Цивилизация быков была праздничной и радостной. Женщины-быки носили блузы с глубоким вырезом, чтобы подчеркнуть красоту груди. Мужчины-быки выращивали виноград и делали из него напиток, который высоко ценился. Кроме того, несколько людей-дельфинов, живших среди быков, научили их плавать и общаться с дельфинами. Однако торговый флот людей-быков значительно уступал мощным военным кораблям людей-львов. Однажды ночью в город проник вооруженный отряд. Поплутав по узким улочкам, люди-львы схватили в конце концов какую-то молодую женщину и, угрожая ей смертью, заставили показывать дорогу. Девушка подчинилась. Люди-львы пришли за ней ко дворцу, подожгли конюшни и, воспользовавшись поднявшимся переполохом, проникли внутрь.

Они застали царя людей-быков спящим. Он молил о пощаде, но они зарезали его. Уязвимость любой монархии в том, что вся власть сконцентрирована в одних руках. Гибель одного человека влекла за собой гибель всей системы. Несколько оставшихся в живых военачальников, потрясенных такой жестокостью, недолго колебались и перешли на сторону захватчиков.

Остров был присоединен к владениям людей-львов, а сокровища людей-быков без дальнейших проволочек поступили в государственную казну.

Писцы людей-львов сложили легенду, согласно которой доблестный герой, которому помогла влюбленная в него женщина, прошел сквозь огромный лабиринт и проник во дворец тирана. Там он встретил правителя — чудовище с человеческим телом и головой быка. Он пожирал юных девственниц, которых народ приносил ему в жертву. Сражаясь, человек-лев пускается на хитрость, чтобы заставить чудовище оступиться, и добивает его. Затем он берет в жены ту, что помогла ему выбраться из лабиринта. История была так красива, что никто и не думал сомневаться в ее подлинности.

Вдохновленные первыми успехами, люди-львы напали на людей-селедок, морской народ, который построил хорошо укрепленный город на реке. Используя его положение, люди-селедки взимали налог со всех проплывавших кораблей.

Среди них также жило несколько людей-дельфинов, которые обучили их грамоте и привили вкус к собирательству книг. Крепость людей-селедок была защищена лучше, чем город людей-быков, и воины их были более опытными. Война между двумя народами длилась долго. Наконец противники согласились выставить двух воинов на поединок, который должен был состояться у стен города людей-селедок.

И снова благодаря предательству людям-львам удалось ночью проникнуть в город и перебить спящих жителей. Осада сильно расшатала нервы людей-львов, и они никого не оставили в живых. За ночь от рук убийц погиб целый народ.

В рассказе о жестоком истреблении людей-селедок, передаваемом путешественниками из уст в уста, людям-львам приписывалось такое могущество, что некоторые народы предпочли сдаться без боя и попасть в рабство, чем повторить ужасную историю людей-селедок.

С тех пор люди-львы уже не знали удержу. Они решили покорить весь мир. Слава бежала впереди них.

Победы доставались им без труда до того самого дня, когда они пришли во владения людей-крыс.

В то время государством людей-львов правил горячий юноша, который поклялся утвердить владычество своего народа на всей планете. Ему едва исполнилось двадцать пять лет, он изучал стратегию с лучшими военачальниками-львами и, страстно увлекаясь военным искусством, придумал новую тактику кавалерийских атак с флангов. У людей-крыс была репутация храбрых воинов, но в глазах молодого царя они были лишь первым препятствием на его пути.

Встреча двух сильнейших армий произошла на равнине. 45 000 воинов-львов вступили в бой с 153 000 воинов-крыс. Никогда еще на поле боя не сходились такие армии. Над сражавшимися сверкала молния и грохотал гром.

Чтобы показать противнику свое численное превосходство, люди-крысы выстроились в одну линию, закрывшую горизонт. Они демонстрировали противнику тяжелую пехоту, кавалерию, воинов, вооруженных копьями, пращами и луками.

Люди-крысы привыкли, что стоило им только выстроиться в боевой порядок, как противник уже был готов сдаться. Но на людей-львов это не произвело никакого впечатления.

По приказу молодого царя они построились узким прямоугольником, чтобы противник не мог сосчитать их.

Люди-крысы протрубили атаку.

В ту же минуту из-за строя людей-львов вылетела кавалерия и на всем скаку атаковала фланги противника. К удивлению стрелков-крыс, пытавшихся поразить нападавших стрелами, они не остановились, а помчались дальше и оказались в тылу армии неприятеля.

Кавалерия крыс пошла в атаку, но на поле происходило что-то странное. Большой прямоугольник людей-львов распался на множество небольших квадратов, на фаланги, ощетинившиеся копьями и так надежно окруженные стеной щитов, что всадники-крысы не могли дотянуться до противника. Они пытались атаковать, увлекшись, метались среди фаланг и вдруг оказались лицом к лицу с лучниками львов, стрелы которых косили их, как траву. Рассеявшаяся по всему полю пехота крыс бежала вслед за всадниками и налетала на компактные фаланги львов.

Две фаланги сдвигались как по команде, зажимая противника в тиски.

Крысиная пехота напоминала теперь хлеб, с обоих концов обглоданный ежами.

Только тут воины-крысы заметили, что львиная кавалерия обошла их сзади и атакует. Теперь это уже были не ежи, а хлеборезка.

Крысы храбро сражались. Но они не могли нанести противнику серьезного ущерба. Мечи и копья противника нисколько не беспокоили людей-львов в отлично защищенных квадратных фалангах, окруженных щитами.

В стане крыс началось то самое колебание, когда становится ясно, что битва завершится отнюдь не победой. Вскоре все уже были уверены, что сражение проиграно. Но кавалерия львов блокировала тыл и перекрыла фланги, не оставив даже возможности бежать. Бойня продолжалась еще несколько часов.

Наконец зазвучал сигнал к отступлению. Небо стало проясняться, и вдруг, словно из ворот ада, отовсюду стали слетаться на пир полчища каркающих ворон и жужжащих мух.

С превосходством крыс было покончено. Из 153 000 спаслось не более 400 воинов, и то только потому, что противник устал.

Дальнейшие события развивались стремительно. Народы, покоренные крысами, встречали как освободителей армию львов, осененную славой победы в той самой легендарной битве. Накануне вторжения львов в городах крыс повсюду вспыхивали мятежи.

Вскоре от некогда могущественного народа крыс остались лишь вереницы беженцев, спешивших укрыться высоко в горах.

Там им удалось построить укрепленный город, куда стянулись выжившие люди-крысы. Они пытались понять, как же вышло, что они так быстро потеряли все, чем владели. На этот раз они не собирались брать пример с победителей или казнить каждого десятого. Теперь важнее всего было выжить. И избегать любых контактов с захватчиками.

Неукротимого молодого царя львов прозвали Отважным. Следуя за ним, люди-львы, полные энтузиазма, отправились покорять людей-крокодилов и загнали их в болота. Люди-жабы также не выдержали натиска, но люди-термиты оказали такое яростное сопротивление, что львы остановили свое продвижение на восток и повернули на юг. Они пересекли бывшие земли людей-дельфинов и двинулись дальше, в страну скарабеев.

Там Отважный действовал еще более блистательно. Смелые маневры фаланг и кавалерии уступили место дипломатии. Царю львов пришла мысль оставлять на троне побежденных правителей, превращая их в своих вассалов. Мягкое обхождение с противником приносило немалую пользу: побежденные прекрасно знали свою страну и как ею управлять. У покоренных народов оставалось меньше поводов бунтовать. Кроме того, этот ход создавал Отважному репутацию «победителя, но не мучителя», и побежденным было легче смириться с новым владыкой.

Люди-львы воспользовались этой дерзкой идеей, чтобы присваивать себе открытия и достижения побежденных народов. Обнаруживая в разных городах кварталы людей-дельфинов, они поняли, что их следует использовать как своего рода интеллектуальный резерв.

Художников и ученых из народа дельфинов по приказу Отважного снова стали селить в особых кварталах. Молодой царь даже выстроил целый укрепленный город, где люди-дельфины могли спокойно трудиться, пользуясь всевозможными удобствами. Они сторицей воздали ему за щедрость.

Со времени основания этого города язык людей-дельфинов во всем государстве людей-львов стал считаться языком науки.

Ученый-дельфин, наблюдая в день летнего солнцестояния за отражением солнца в колодце, изобрел способ измерения углов, который позволил узнать, как велика вся планета. Другой ученый, сомневаясь в истинности своих чувств, написал философский трактат. Третий установил правила, действующие в театральном мире, — единство места, времени и действия. Театр утратил религиозный характер и стал развлечением.

В городе, находившемся под защитой людей-львов и населенном людьми-дельфинами, науки и искусства питали друг друга.

18. ЭНЦИКЛОПЕДИЯ: МИЛЕТ

Милет — город, расположенный в области Иония в Малой Азии. Здесь зародилось научное движение, представителями которого были Фалес, Анаксимандр и Анаксимен. Их объединяло то, что все они выступали против древней космогонии Гесиода, утверждавшего, что мир создан богами, имеющими человеческий облик. Их понимание священного подсказывало, что следует отвергнуть антропоморфизм и искать божественный принцип в природе. По мнению Фалеса, бог был водой; Анаксимен считал, что он — воздух; Анаксимандр полагал, что бог безграничен. Четвертый философ, Демокрит, родившийся в середине V в. до н. э., утверждал, что Вселенная наполнена атомами, которые произвольно перемещаются в пространстве. При их сближении возникают различные миры, таким же образом возник и человек.

Позже, воспитанные в традициях милетской школы, Сократ и его ученик Платон, жившие в Афинах, к западу от Милета, положили начало греческой философии. Чтобы лучше понять мир, в котором живет и развивается человек, Сократ сравнил его с пещерой. *Он считал, что обычный человек напоминает сидящего в пещере спиной к выходу пленника, который не может разорвать оковы своего ничтожного существования. Пленник видит на стенах тени освещенных предметов, движущихся за его спиной, и считает, что эти тени и есть реальность. Однако это лишь иллюзии. Если пленника освободить и заставить обернуться, увидеть предметы, которые отбрасывают колеблющиеся тени на стены пещеры, а также огонь, которым они освещены, он придет в ужас. Если затем подтащить его к выходу из пещеры, то, узрев настоящий свет, он почувствует боль и может ослепнуть. Но если он продолжит свой путь, то научится смотреть прямо на солнце, истинный источник света.*

Сократ считал, что пленник этот — философ. Если он повернется к выходу из пещеры и расскажет о том, что видит, никто из сидящих рядом не поверит ему, и те, кого он стремился освободить от лжи и иллюзий, предадут его смерти.

В 399 г. до н. э. Сократа обвинили в безбожии и развращении молодежи. Его заставили выпить цикуту, сильный яд.

Эдмонд Уэллс.
«Энциклопедия относительного
и абсолютного знания», том V

19. СИЗИФ ПОДВОДИТ ИТОГИ

В зале вспыхивает свет. История смертных на «Земле-18» продолжается теперь без нашего участия. Боги-ученики моргают и щурятся, они устали разглядывать свои народы в увеличительные стекла анкхов.

Я вдруг замечаю, что вспотел, меня бьет дрожь. Словно я только что выписал на самолете «восьмерку» и в моей крови бурлит адреналин. Теперь я понимаю, зачем нам, богам, тела. Эта оболочка позволяет нам испытывать сильные чувства.

Наблюдение за людьми словно наркотик. Ты отдаешься этому, и все остальное не имеет значения.

Я слезаю со скамейки. Во рту пересохло, и такое чувство, будто я посмотрел спектакль или фильм с плохим концом.

Людям-львам Этьена Монгольфье хватило одного сражения, чтобы разгромить могущественный народ, господствующую цивилизацию прудоновских людей-крыс. От всего, что создали люди-крысы, остался только укрепленный город высоко в горах, куда они, как их животное-тотем, забились в страхе.

Это заставляет задуматься. Любая цивилизация может погибнуть. Мало того, разрушить ее может самый обычный человек, обладающий достаточной решимостью. Как говорил Эдмонд Уэллс, одной капли достаточно, чтобы переполнить океан.

Подумать только, ведь в предыдущей игре людей-крыс от победы отделял всего один шаг, а люди-львы Монгольфье плелись в хвосте. Теперь же они завладели сотней крупных городов, тысячами гектаров земли, не говоря уже о знаниях и технологиях, которых им не хватало, о сокровищах, запасах пищи и полезных ископаемых. Победа львов вернула надежду отстающим ученикам. Явился молодой решительный царь, которому пришло в голову несколько идей, их даже не назовешь особо оригинальными, просто несколько хитростей — ввести построение фалангами, удлинить копья, повысить мобильность кавалерии, — и банк сорван.

Я помню, как мой друг-велосипедист, принимавший участие в гонке «Тур де Франс», объяснял: «На самом деле все решает середина. Тот, кто вырывается вперед, рискует, лишен защиты и вынужден выкладываться на полную катушку. В хвосте паникуют, безуспешно рвутся вперед и тоже выматываются. А вот те, кто посередине, поддерживают друг друга. В этой группе даже возникает особый динамический эффект, позволяющий беречь силы. Именно там идет основная игра.

Внутри этой группы велосипедисты переговариваются, заключают сделки, меняются местами. Они устанавливают очередность и дают друг другу выиграть на разных этапах, чтобы каждый пережил свои минуты славы». Потом мой друг добавил: «С самого начала известно, кто победит. Достаточно одного подъема в гору, чтобы стало ясно, кто это будет. Тем не менее нужно отыграть все представление. В этом заинтересованы все, в первую очередь спонсоры. Вот мы и устраиваем шоу».

Меня поразила тогда изнанка «Тур де Франс». Но, глядя на то, как идет наше соревнование, я думаю, что мы ведем себя примерно так же. Не следует особенно высовываться, нельзя плестись в хвосте, нужно влиться в среднюю группу и в конце каждого раунда договариваться между собой.

Сара Бернар произносит вслух то, что думают многие:

— Полагаю, мы все можем поздравить Этьена с таким прекрасным рывком вперед.

Все взгляды прикованы к претенденту на победу.

Сара Бернар аплодирует, к ней присоединяются остальные. Все встают, Этьен Монгольфье раскланивается.

Меня немного успокаивает то, что мои люди находятся под его защитой. У меня могущественный покровитель. Наконец-то мои ученые могут работать в лабораториях, а художники — в мастерских, не боясь преследований. Благодаря Монгольфье мой народ получил передышку.

Прудон, бог-ученик, покровительствующий людям-крысам, сидит молча. Его подавленность только увеличивает общее ликование: ничто так не радует, как вид вредителя, лишенного возможности вредить.

Некоторые, однако, хлопают довольно сдержанно. Они не забыли, что стало с людьми-быками и с людьми-селедками. «Возможно, один хищник просто сменил другого», — думают они.

Младший преподаватель Сизиф снова включает освещение над планетой и приглашает всех взглянуть на результаты работы, прежде чем подводить итоги.

Мы собираемся вокруг, некоторые придвигают скамейки, раскладывают небольшие стремянки, чтобы подняться на высоту экватора «Земли-18».

Я разыскиваю общины моего народа, рассеянные по всему миру. Ведь мои люди-дельфины живут не только в городах, находящихся под защитой львов.

Чтобы лучше видеть, я приникаю к лупе, встроенной в мой анкх. Люди-дельфины путешествуют, заключают союзы с другими народами, занимаются торговлей. Своими знаниями они покупают миролюбивое отношение соседей, им удается выжить. Окажись я на их месте, я бы не знал, что делать. Пройдя столько испытаний, они, кажется, научились покорно принимать свою участь.

У меня складывается впечатление, что я взял судьбу людей-дельфинов из истории «Земли-1». Но где же еще искать логически выстроенный сценарий, как не в первоистории?

Мы, боги-ученики, поступаем как дети, которые, повзрослев, копируют семью своих родителей как единственный известный им пример. Если «Земля-18» во многом похожа на «Землю-1», то происходит это конечно же потому, что богам-ученикам просто не хватает воображения, они не решаются придумать что-то действительно новое. Что помимо войны, строительства городов, дорог и оросительных систем, помимо сельского хозяйства, начатков искусств и наук подсказываем мы нашим смертным?

В искусстве быть богом я должен создать собственный стиль, непохожий на другие. Мне не хватает оригинальности. Чтобы придумать для моего народа доселе небывалую, неповторимую историю, я должен забыть все, что еще помню из учебников «Земли-1». В конце концов, разве во время событий на острове Спокойствия мои люди-дельфины не показали, на что способны?

Пусть у них больше нет собственной земли, но у них есть книги. Научные труды станут их новым нематериальным государством.

Значит, я должен делать ставку на развитие наук. Было бы хорошо, если бы они быстро научились строить машины и самолеты.

Химии как таковой пока не существует. Может быть, соединить химию с мистикой, пойти коротким путем, создать нечто вроде алхимии или каббалы? Ведь Ньютон, хотя об этом редко вспоминают, был алхимиком и страстно искал разгадку тайны философского камня.

Сизиф начинает проверять нашу работу. Он ничего не записывает, а просто запоминает то, что привлекло его внимание. У него цепкий взгляд. Дойдя до меня, он спрашивает:

— Вы действовали через пророка?

— Через медиума, который оказался там. Я подумал, что он мог бы направлять их порывы в нужное русло. Но они справились бы и сами. — Я стараюсь преуменьшить степень своего вмешательства.

О нет, только не то, что устроила мне тогда Афродита! Потребовала, чтобы я утопил мой остров.

— Знаю, лучше обходиться без чудес и пророков, но...

— Я не люблю пророков, — говорит Сизиф. — Я всегда считал это жульничеством. Поставленную задачу нужно решать изящнее.

— Мои люди были в рабстве. Необходимо было оказать им поддержку.

Сизиф скребет бороду.

— Вы уверены?

— Кроме того, им ведь нужно было пересечь пустыню, не зная, что впереди. Они никогда не решились бы на это, если бы у них не было вождя, который мог бы увлечь толпу. Они бы умерли от жажды, они могли заблудиться.

Сизиф достает небольшую записную книжку, листает ее.

— Мне кажется, ваши люди-дельфины вместе с людьми-муравьями уже отправлялись навстречу неведомому, рискуя при этом жизнью. В тот раз путешествие закончилось тем, что они, живые и невредимые, высадились на остров. Тогда обошлось без пророков.

Им известно все.

— Верно. Настоящего пророка не было, но с ними плыла женщина-медиум.

Сизиф кивает:

— Ну да... Похоже, у вас настоящий талант устраивать своим смертным неприятности.

— Я бы выразился иначе. Я не делаю ничего особенного. Неприятности происходят сами собой.

— И чем вы это объясняете, господин Мишель Пэнсон? Невезением?

— Я бы думал именно так, не будь я богом-учеником. Но, зная то, что мне теперь известно, я скажу, что у нас, людей-дельфинов, есть традиция жить свободными и бороться с тиранами. И вполне закономерно, что мы вызываем недовольство врагов свободы.

— Значит, у ваших коллег нет такой традиции? Я чую подвох.

— Вовсе нет. Они стремятся к той же цели, но знают, что сначала народ нужно крепко держать в руках, воспитать, а лишь затем дать ему свободу, иначе люди ее просто не оценят. Вероятно, я слишком рано позволил своему народу почувствовать ее вкус.

Сизиф одобрительно смотрит на меня. Я продолжаю:

— Именно поэтому у меня столько проблем, в том числе и внутренних. Я прекрасно вижу, что люди-дельфины до такой степени злоупотребляют свободомыслием, что не могут достигнуть согласия между собой. Все очень просто, они одержимы таким духом противоречия, что там, где собираются двое людей-дельфинов, возникает три мнения.

Бог-преподаватель настраивает свой анкх, чтобы лучше видеть, что происходит на планете. Он переходит к Прудону.

— Я покончил с амазонками. Все остальное — обычные неурядицы. У любого живого организма периоды бурного развития сменяются спадом активности. Скажем так, мой народ залег в спячку, чтобы восстановить силы, — оправдывается анархист.

Сизиф продолжает рассматривать «Землю-18», потом снова поднимается на возвышение, чтобы объявить победителей и проигравших. Разумеется, все ждут, что наградят Этьена Монгольфье, но преподаватель называет другое имя:

— Победили люди-тигры Жоржа Мельеса.

Все изумлены. Цивилизация Жоржа Мельеса развивалась в стороне от зоны основных конфликтов, и мало кто из нас наблюдал за людьми-тиграми. Теперь я вижу, что на своей огромной территории, отделенной от соседей высокими горами, Мельес спокойно смог реализовать все, что я еще только собирался сделать: у его народа есть большие города со своей особой архитектурой, научные и художественные учебные заведения. Жизнь людей-тигров строго регламентирована. Они не подвергались нашествиям и достигли огромного прогресса в медицине, гигиене, мореплавании и картографии. В металлургии они превзошли всех. Лемеха плугов были усовершенствованы, и люди-тигры теперь собирают более высокие урожаи, чем соседи. Мельес подсказал медиуму использовать пшеничную муку для приготовления лапши. Этот новый продукт удобно хранить. В отличие от хлеба, который плесневеет и засыхает, лапша долго остается пригодной для употребления в пищу. Достаточно опустить ее в кипящую воду, и она становится мягкой. Люди-тигры пользуются тачками, оснащенными парусом и колесом, расположенным посередине, — это облегчает перевозку тяжестей.

Сизиф обращает наше внимание на то, что Жорж Мельес сильно обогнал нас: в его городах появились заводы.

— Это уже не царство, а современная индустриальная империя, — говорит он.

Младший преподаватель предлагает нам оценить работу нашего товарища. Мы видим огромную территорию с процветающими городами, в некоторых насчитывается до нескольких десятков тысяч жителей. Города связаны между собой целой сетью дорог, окружены засеянными орошаемыми полями, которые расположены на склонах гор ступенями, чтобы потоки дождевой воды могли стекать вниз.

В сельском хозяйстве внедрено использование удобрений из человеческих экскрементов. Люди-тигры умело пользуются этими удобрениями, так что могут не бояться эпидемий. Целые города специализируются на вывозе удобрений, изготовленных из отходов человеческой жизнедеятельности.

Столица людей-тигров процветает. Портные шьют одежду из тканей, сделанных из нитей гусениц.

Влияние образованных слоев общества сказывается в том, что все подчинено строгим законам — музыка, живопись, поэзия, скульптура. Гастрономия также считается искусством: огромное разнообразие продуктов позволяет сочетать их самым невероятным образом. Смертные, которым покровительствует Жорж Мельес, особенно любят готовить из мелко нарезанных овощей, фруктов и мяса блюда, в которых перемешиваются разнообразные вкусы.

Успех людей-тигров бесспорен. Они решили все проблемы, связанные с удовлетворением первоочередных

дельфинов. На их флагах изображена огромная рыба, и моряки-киты повсюду распространяют язык и письменность моего народа.

Они также хранят воспоминания о райском острове Спокойствия, откуда они будто бы родом. Мой остров!.. Они присвоили даже мои легенды!

— Я должен поблагодарить Мишеля, — заявляет Фредди Мейер. — Его народ послужил закваской для моего. Без него мне не удалось бы добиться такого успеха.

Официально выраженная благодарность глубоко трогает меня. Но я не могу удержаться от мысли, что великолепный город людей-китов, где говорят на моем языке и рассказывают мою историю, должен был построить я.

Я встаю.

— В свою очередь я должен вспомнить Эдмонда Уэллса, чей народ муравьев некогда вдохновлял моих людей-дельфинов. Мы все здесь для того, чтобы обмениваться наследием, передавать друг другу общие ценности. И неважно, кто это делает: я или ты, Фредди. Главное, чтобы они сохранились.

Сизиф прерывает наш обмен любезностями.

— Фредди Мейер, — объявляет он, — представляет силу «А», силу союза*. Перейдем теперь к силе «D».

Младший преподаватель смотрит на нас, на мгновение задерживает взгляд на Прудоне, и продолжает:

— На третьем месте — Монгольфье и его люди-львы. Народ, который начал почти на пустом месте и многого добился. Он завладел не только землями соседей, но и знаниями, и смог, усвоив их, создать нечто глубоко индивидуальное. Это действенная стратегия.

---

* Alliance — союз *(фр.)*.

— Позволю себе заметить, что мои люди-львы не только копировали других, но и сами кое-что изобрели. Взять хотя бы... кабачки в виноградных листьях. Такого на «Земле-18» больше нигде нет.

В ответ на это замечание раздаются смешки.

Я незаметно выцарапываю на деревянной крышке стола: *Спасите „Землю-18", это единственная планета, где есть кабачки в виноградных листьях».*

— Я изобрел алфавит, в котором не используются идеограммы, — добавляет он.

— Это идея Мишеля и его людей-дельфинов, — напоминает Сизиф.

Этьен смотрит на меня и пожимает плечами.

— А мой театр? А философия?

— Это достижения художников и ученых, которым вам хватило ума предоставить убежище, но это не ваше.

— Ну и что? — спрашивает Этьен. — Будем ставить копирайт на изобретения богов?

Эта мысль кажется Сизифу забавной.

— Почему бы и нет, нужно будет подкинуть идею Старшим богам.

Этьен Монгольфье не понимает, издевается над ним преподаватель или нет. Чувствуя себя неуверенно, он мрачнеет и начинает бормотать какие-то разъяснения о своей цивилизации.

Список богов-учеников, остающихся в игре, продолжает пополняться.

В этом списке я на шестьдесят третьем месте. Сизиф штрафует меня за пророка. И за то, что мой народ рассеян. Действительно, мои люди так разбросаны по земле, что я не успеваю за ними следить. Я и не знал об успехах людей-дельфинов, живущих с китами. Сизиф добавляет, что если бы я был внимательнее, то обнаружил бы еще один небольшой дельфиний городок, процветающий в стране людей-термитов Эйфеля, а другой — в землях людей-тигров.

— Я считаю, Мишель, твоя главная ошибка — низкий уровень рождаемости. Хорошо, конечно, когда качество превосходит количество, но на этом этапе игры недостаточное количество детей означает, что твоему народу не хватит защитников. Даже самая лучшая стратегия не поможет, если мало пехоты. Пока нет солдат, ты всегда будешь зависеть от других. И они не станут защищать тебя даром.

Рауль и его люди-орлы почти на одной ступени со мной. Он переселил свой народ на полуостров, к западу от земель людей-львов. Рауль еще не установил окончательно границы своих владений. И тоже ничего не изобрел.

— Спешить некуда, — шепчет он мне. — Пока не исключили, можно действовать и развиваться. Монгольфье прекрасно доказал — надо ждать своего часа.

Сизиф подходит к своему столу и, морщась, выпрямляется.

— В заключение хочу напомнить вам закон Иллича*. Военная или экономическая стратегия, срабатывавшая много раз, рано или поздно перестает действовать. А если продолжать ее применять и дальше, она даст обратный эффект. Поэтому постоянно проверяйте себя, избегайте банальных решений, будьте изобретательны, не почивай-

---

* Иван Иллич (*нем.* Ivan Illich, 1926—2002) — австрийский философ и социальный критик хорватского происхождения, придерживающийся левых взглядов.

те на лаврах, не позволяйте неудачам выбивать вас из колеи. Пусть вам доставляет удовольствие превосходить самих себя. Действуйте по-новому.

«Действовать по-новому», — подчеркивает он мелом на доске.

— Курс истории смертных представляется мне иногда живой спиралью. Постоянное возвращение к одному и тому же, но всякий раз на более высоком уровне. О поражении можно было бы говорить только в том случае, если бы вы просто ходили по кругу, не поднимаясь вверх.

— Кто на этот раз проиграл? — раздается нетерпеливый вопрос.

— В этом раунде мы потеряли два народа, — отвечает Младший преподаватель. — Людей-быков и людей-селедок, которые погибли вместе со своим городом. Из игры выбывают два бога-ученика, покровительствовавшие этим народам, а также ученик, оказавшийся позади всех.

Пауза.

— Клеман Адер. Итого получается 83 — 3 = 80. 80 учеников остаются в игре.

Пионер авиации выглядит удивленным:

— Мне послышалось? — спрашивает он.

— Вы создали великолепную цивилизацию. Она достигла зенита славы и рухнула. Посмотрите, до чего вы докатились: в самом сердце вашей цивилизации людей-скарабеев братья и сестры царя устраивают заговоры. Их племянники и племянницы соревнуются, кто кого быстрее отравит. Даже ваши жрецы убивают друг друга.

— Зато мы ни с кем не воюем.

— У вас полный упадок. Никаких изобретений, открытий, ничего мало-мальски нового. Даже ваше искусство основано на перепевах прошлого. Вы живете только воспоминаниями о былой славе.

Клеман Адер шумно дышит.

— Это... это из-за Мишеля! Приняв его людей, я способствовал упадку моего народа.

— Легко винить других, — возражает Сизиф. — На самом деле вы должны благодарить вашего товарища. Без него ваше падение произошло бы еще раньше. «Его люди», как вы выражаетесь, оказали вам значительную помощь. Они играли вашу партию, а не вы. Вы убили курицу, которая несла золотые яйца.

Клеман Адер сдерживается, и Сизиф продолжает:

— Вместо того чтобы отнестись к ним с уважением, вы превратили их в рабов и преследовали так жестоко, что им пришлось бежать. Если вы видите, что меньшинство способствует вашему процветанию, лучше не восстанавливать против него остальную часть населения. Ревность к меньшинству, добившемуся успеха, самый легкий путь для демагога.

Клеман Адер очень странно смотрит на меня. От его взгляда веет ледяным холодом.

— Если бы ваши народы поддерживали отношения равноправного сотрудничества, то ученые и художники Мишеля все еще трудились бы на благо вашей цивилизации. Люди-львы прекрасно поняли это: курицу, несущую золотые яйца, не убивают, — повторяет Сизиф.

Я предпочитаю промолчать.

Клеман Адер резко бросает в мою сторону:

— Я лучше проиграю без тебя, чем выиграю с тобой. Я жалею только об одном — о том, что принял твои корабли и дал убежище твоему народу. Но меня утешает, что твоя жалкая цивилизация, которая уже рассеяна по всей земле, вскоре тоже погибнет и отправится вслед за мной на кладбище. — Потом, обращаясь ко всем присутствующим, продолжает: — Давайте же добейте его!

Я не отвечаю.

Но мое молчание не успокаивает Адера, а лишь больше выводит из себя. Он бросается на меня, начинает душить. Рауль оттаскивает его.

Сизиф тут же вмешивается. Щелчок пальцами, и кентавр хватает Клемана Адера.

— Терпеть не могу плохих игроков, — вздыхает Сизиф.

Теперь весь класс с любопытством смотрит на меня. Что я им всем сделал? Я единственный, кто никогда никого не завоевывал. Никого не обращал в свою веру. На моей совести ни одной резни.

— Не знаю, во что я превращусь, — выкрикивает Клеман Адер, которого уволакивает кентавр, — но поверь, Мишель, я постараюсь сохранить глаза и руки, чтобы аплодировать, когда тебе придет конец.

Огюст Роден, бог людей-быков, и Шарль, бог, покровительствовавший людям-селедкам, уходят сами, печально попрощавшись с нами.

Воцаряется тишина.

— Я хочу сказать еще одну вещь, прежде чем мы расстанемся, — говорит Сизиф, озабоченно нахмурившись. — Похоже, что среди вас есть богоубийца, который убивает других учеников. Если я правильно понял, его ожидает такое же наказание, как и меня. Я не знаю, кто это и почему он так поступает, но у меня есть для него совет — брось это дело.

Мы выходим молча, с чувством глубокого уважения к этому странному поверженному царю. Эриния уже явилась за ним и заковывает его в цепи. Сизиф покорно возвращается к своему камню.

20. ЭНЦИКЛОПЕДИЯ:
ШУМЕР И ОДИННАДЦАТАЯ ПЛАНЕТА

На шумерских табличках встречается упоминание об одиннадцатой планете Солнечной системы. По мнению исследователей Ноа Крамера, Джорджа Смита (Британский музей), а позднее и русского археолога Захарии Ситчина, шумеры называли ее «Нибиру». Период ее обращения по очень широкой эллиптической орбите — 3600 лет. Планета, расположенная на наклонной оси, двигалась по своей орбите в сторону, противоположную движению других планет. Нибиру пересекла всю Солнечную систему и однажды вплотную приблизилась к Земле. Шумеры считали, что на Нибиру существует внеземная цивилизация, там живет народ аннунаки, что в переводе с шумерского означает «сошедшие с небес». На табличках есть записи о том, что они очень высокого роста, от трех до четырех метров, и продолжительность их жизни составляет несколько столетий. Но 400 000 лет назад аннунаки почувствовали приближение климатической катастрофы, грозившей страшным похолоданием. Ученые предложили распылить золото в верхних слоях их атмосферы, чтобы создать защитное облако. Когда Нибиру достаточно приблизилась к Земле, аннунаки сели в свои космические корабли, выглядевшие как длинные, сужавшиеся впереди капсулы, извергавшие пламя из задней части, и под командованием капитана Энки приземлились в районе Шумера. Там они создали астропорт, названный Эриду. Но, не найдя там золота, они начали исследования по всей планете и наконец обнаружили то, что искали, в одной долине на юго-востоке Африки, в центре области, расположенной напротив острова Мадагаскар. Сначала рабочие-аннунаки под руководством Энлиля, младшего брата Энки, строили и разрабатывали рудники. Но вскоре они взбунтовались, и ученые-инопланетяне во главе с Энки решили методом генной инженерии создать слуг, используя гибриды на основе приматов Земли. Так 300 000 лет назад появился человек, единственным предназначением которого было служить инопланетянам. В шумерских текстах говорится, что аннунаки быстро заставили людей уважать себя, ибо у них был «глаз, расположенный очень высоко, который видит насквозь всю Землю», и «огненный луч, пробивающий насквозь любое вещество». Добыв золото и закончив работу, Энлиль получил приказ уничтожить человеческий род, чтобы генетический эксперимент не нарушил естественного хода событий на планете. Но Энки спас несколько человек (Ноев ковчег?) и сказал, что человек заслужил право жить дальше. Энлиль рассердился на своего брата (возможно, эта история пересказана в египетском мифе — роль Энки досталась Осирису, а Энлиль стал Сетом) и потребовал созвать совет мудрейших, который решил позволить человечеству остаться жить на Земле. И 100 000 лет назад аннунаки впервые стали брать в жены человеческих дочерей. Они начали по капле передавать людям свои знания. Чтобы поддерживать связь между двумя мирами, они создали на Земле царство, правитель которого был посланником с Нибиру. В его обязанности входило передавать сообщения, полученные от аннунаков. Чтобы пробудить в себе внеземную составляющую, цари должны были употреблять священный продукт, который, кажется, представлял собой менструальные выделения цариц аннунаков, содержащие инопланетные гормоны.

Во многих ритуалах других религий встречается символика этого странного обряда.

Эдмонд Уэллс.
«Энциклопедия относительного
и абсолютного знания», том V

21. БОЛЬШОЙ ПРИСТУП
МЕЛАНХОЛИИ

В наших бокалах красное сладкое вино.

Нам подают его потому, что обитатели «Земли-18» открыли для себя виноград и разнообразные способы его переработки. Мы ужинаем в Мегароне, столовой богов-учеников.

К вечеру я мрачнею — это следствие напряженного дня. Я сажусь в стороне от друзей, мне ни с кем не хочется разговаривать. Я чувствую, что мои люди-дельфины обречены. Они стараются изо всех сил, постоянно что-то изобретают, заключают союзы, но их с трудом терпят в мире варваров, где правда всегда на стороне сильного.

Мой взгляд невольно обращается к вершине горы.

На память вдруг приходит «Танец на вулкане», старая песня группы «Genesis». В припеве примерно такие слова:

Поспеши достичь вершины.
Ты на полпути,
Твоя ноша в тягость тебе.
Брось ее, она не нужна на вершине.
Но помни, никогда не смотри назад.
Что бы ни случилось, шагай уверенно.
Так герои идут вперед среди огня и битвы.
Марш-марш левой, иди вперед к свету.
Вершина этой горы — вершина мира.

На полпути... Неужели я еще только на полпути?

Поодаль Мата Хари, Фредди Мейер, Густав Эйфель, Жорж Мельес и Рауль сидят вместе и пьют более крепкий напиток из подогретого сладкого вина. Они предлагают его и мне, но я отказываюсь. Положив голову на руки, словно вареное яйцо на подставку, я думаю.

В конце концов, я бы должен радоваться, что мой народ пережил столько опасностей и сбросил иго людей-скарабеев. Но нет, мне кажется, что все мои усилия напрасны. Я влюбляюсь в Афродиту, и она меня предает. Я привязываюсь к своему учителю Эдмонду Уэллсу, и Атлант уничтожает его. Даже Мэрилин, самая красивая и нежная из нас, гибнет от руки убийцы, и вот я остался один и чувствую себя потерянным в этом раю.

Даже богоубийца не слишком меня пугает. Пусть он убьет меня, и со всем этим будет покончено. Не такой уж я хороший бог-ученик. Изо всех сил стараюсь вести мой народ правильным путем, а для чего, зачем?

Я снова смотрю на гору. Кто там, на вершине?

ЕГО ли глаз мы видели над равниной?

Почему мы вызываем ЕГО интерес?

Предположения возникают одно за другим. Может быть, он восхищается нами? А может быть, там, наверху, усталый циничный бог развлекается, глядя, как выбиваются из сил и гибнут те, кто пытается подражать ему или сравняться с ним? Тогда его глаз похож на глаз человека, наклонившегося над клеткой с хомяками. Им он тоже должен казаться огромным.

Мне приходит в голову еще одна мысль.

А если мы в аду? Если цель игры — поджаривать нас на медленном огне, заставив поверить, что мы можем влиять на ход событий, в то время как на самом деле мы совершенно бессильны? Вдруг быть богом — это наказание для самоуверенных душ?

В таком случае если пребывание здесь считать наказанием, то меньше страдает тот, кто раньше других выбыл из игры. Бегемоты во время засухи прячутся в лужах грязи. Воды становится все меньше, и среди животных вспыхивают жестокие драки. В конце концов остается один победитель. Он медленно умирает под лучами палящего солнца, окруженный трупами поверженных противников.

«Вероятно, мы находимся внутри романа», — думал Эдмонд Уэллс.

«Мы в реалити-шоу», — предполагал Рауль.

«Мы на бойне, — говорил Люсьен Дюпре. — И вы становитесь сообщниками убийц развитых цивилизаций».

Дюпре. Первый, кто добровольно покинул игру. Он с отвращением отказался играть, как только услышал правила. А что, если он был прав?

Мне бы хотелось быть таким же добродушным, как мой друг Фредди Мейер, который, даже потеряв возлюбленную, держится очень достойно. «Грех не взрастить радость в своей душе», — утверждает старый раввин.

Зима разносит еду. Кабачки в виноградных листьях, лапша, рисовые колобки, начиненные овощами и маленькими кусочками мяса. Нам снова подают блюда, которые придумали наши смертные, участвующие в игре. Оформлению блюд также уделено внимание — на наших тарелках украшения, вырезанные из моркови, леса из салатных листьев.

Они продумали все. Даже за едой мы остаемся в игре. Со времени первых трапез, когда мы ели только сырые яйца, меню существенно расширилось, и нам это нравится.

Ора приносит новые амфоры с вином. Я отпиваю большой глоток красной густой жидкости. Как вкусно! Вино растекается по нёбу, согревает меня. Все продукты, мясные ли, растительные, как правило, мертвы. Вино же кажется мне живым напитком. Я пью эту свежую кровь растений. Пью еще и еще. В моей голове что-то начинает шевелиться, будто полушария трутся друг о друга.

— Мишель, с тобой все в порядке?

Полушария остановились. События в моей голове вдруг выстроились как по линейке. Я еле ворочаю языком, слова сами срываются с моих губ:

— Люди-скарабеи — такая чудесная цивилизация рухнула как карточный домик. Они этого не заслужили, — с трудом говорю я.

— Они же преследовали твоих людей. Ты должен радоваться их провалу.

— Они заслужили право жить. Это была настоящая, самобытная цивилизация. Нельзя выбрасывать на свалку тысячелетнюю культуру. Это... НЕПРИСТОЙНО.

На лице Рауля появляется хорошо знакомое мне сочувствующее выражение.

— Где идиллическое сообщество Люсьена Дюпре на «Земле-17», где люди-черепахи Беатрис? Женщины-амазонки Мэрилин Монро? — вопрошаю я.

Рауль отодвигает от меня амфору. Я продолжаю:

— А если взять «Землю-1»? Шумеры, вавилоняне, древние египтяне, пришедшие за ними критяне, парфяне, скифы, мидяне, аккадцы, фригийцы, лидийцы. Все эти народы тоже имели право на существование, но исчезли. ИСЧЕЗЛИ! Ф-р-р-р! И больше ничего!

— Ты знаешь, я верю, что дарвиновская теория справедлива и в отношении цивилизаций. Самые слабые и наименее приспособленные гибнут, — отвечает он.

— Я не люблю Дарвина. Он оправдывает «исторический цинизм».

Я наливаю себе еще вина. Во рту тепло, зубы пощипывает, и мозг снова закипает. Я верчу стакан в руках и пристально разглядываю его.

— Я помню документальные фильмы о животных, которые видел на «Земле-1». Крупные хищники, преследуя газелей, ловили отстающих.

Я собираюсь налить Раулю, но он жестом отказывается.

— И где здесь связь с гибелью цивилизаций?

— Мне всегда было интересно, как им удается снимать эти кадры замедленной съемкой. Известно же, что при этом мотор камеры должен крутиться очень быстро, и пленки тратится довольно много. Как поймать хороший кадр, если газели чаще всего удается удрать? Как? — я тебя спрашиваю.

— Не знаю.

— На самом деле все заранее подстроено. В заповедниках есть зоны, специально оборудованные для того, чтобы снимать подобные сцены в замедленном темпе. Газель получает укол снотворного. Льва отлавливают накануне и не дают ему есть, чтобы он был голоден и погнался за добычей. Затем их помещают на замкнутый треугольный участок, в котором газель может бежать только в одну сторону. Льва выпускают так, чтобы он набросился на жертву в подходящем месте при хорошем освещении. Те, кто снимает документальный фильм, хорошо платят за то, чтобы сцена была идеально подготовлена. Чтобы было легко снимать даже в замедленном темпе и не против света.

— К чему ты клонишь?

— Вопрос вот в чем: зачем это снимают? Почему людям так нравится смотреть, как львы медленно пожирают газелей?

Рауль, кажется, заинтересовался.

— Потому что это жизнь природы.

— Потому что подобное зрелище прекрасно иллюстрирует теорию о том, что сильнейший всегда одерживает победу над слабым. Лев ест газель. Мы соревнуемся. Жестокий убивает доброго. Так называемые фильмы о животных растолковывают нам дарвиновскую мысль.

Я смотрю прямо в глаза моему другу.

— На самом деле соревнование — это не путь эволюции. Я в этом убежден. Можно было бы показывать не льва и газель, а много других вещей. Муравьев, которые объединяются с тлями, чтобы получать молоко. Пингвинов, прижимающихся друг к другу, чтобы вместе защищаться от холода и делиться теплом.

Внезапно наступила полная ясность мыслей, алкоголь выветривается, но я хочу еще выпить.

— Опять утопии, Мишель. У тебя слишком упрощенное представление о мире. К счастью, ты больше не принимаешь участия в выборах на Земле. Просто страшно представить себе твои политические пристрастия.

Я начинаю раздражаться.

— Я голосовал «против всех». Чтобы показать, что я за саму идею голосования, но против баллотирующихся партий. И я голосовал против тех кандидатов, которые вызывали у меня особую неприязнь.

— Ну да, я так и думал. Ты политически незрел. Не можешь даже решить, за левых ты или за правых.

— Политика — это просто пыль в глаза. У политиков нет видения общей картины, нет планов. Все, что они могут, — лишь жонглировать словами. Они приходят к власти и тут же принимаются рулить огромным административным кораблем, которому в принципе нет никакого дела до левых и правых. А я тебе говорю о видении истории в перспективе.

Я беру амфору и снова наливаю себе.

— Я говорю о надежде на лучший мир. На самом деле в природе сотрудничество намного важнее соперничества. Посмотри, в наших собственных телах есть пример союза множества различных типов клеток. Объединившись, они создают более сильный организм. Цветам нужны пчелы, которые переносят пыльцу, поэтому они окрашены в такие яркие цвета. Семенам некоторых деревьев необходимо упасть в землю подальше, чтобы тень старого дерева не падала на новый росток, и природа делает все, чтобы привлечь внимание белок.

— Которые съедят семена.

— А семена попадут на новое место вместе с экскрементами белок в качестве удобрения. Сотрудничество есть повсюду. Все так или иначе приводит к союзу. Ведь существует любовь. Дарвин ошибается — побеждает союз, а не соперничество.

Рауль как-то странно смотрит на меня. Словно, пропустив пару стаканов вина, я стал вызывать у него еще большее беспокойство.

— Мишель, ты, конечно, можешь мечтать и дальше, но вспомни о том, что сейчас происходит на Земле. Войны не идут по заранее написанным сценариям.

— Ты так думаешь? — говорю я, делая глоток вина.

Я излагаю свои соображения:

— Думая о войне, всегда думаешь о страхе. Когда люди боятся, они становятся послушными, и дальше с ними можно делать что хочешь. Это одна из главных мотиваций наших поступков.

Снова наливая себе вина, я улыбаюсь, а потом разражаюсь фальшивым смехом.

— Они держат нас страхом. СТРАХОМ!!!!!

Я выкрикнул это слишком громко. Рауль делает мне знак, чтобы я говорил тише. На нас уже смотрят.

— Теперь оставь меня, Рауль.

Мой друг медлит, потом поворачивается спиной и продолжает ужинать, словно меня тут нет.

Я снова один и знаю, что за мной наблюдают. Я прошу еще одну амфору у проходящего мимо Времени года и пью. Как это неприятно — ты начинаешь что-то понимать, в то время как остальные ни о чем еще не догадываются. Как неприятно сознавать что-либо.

Мне хочется все забыть.

Забыть людей-дельфинов.

Забыть Афродиту.

Забыть Мэрилин и Эдмонда, Рауля и Фредди.

Забыться.

Я встаю и высоко поднимаю бокал. Снова все взгляды обращены ко мне, как на лекции, когда я пытался добиться единства всего курса. Я говорю, обращаясь сразу ко всем:

— Я ХОЧУ ПРОИЗНЕСТИ ТОСТ. Я ПОДНИМАЮ ЭТОТ БОКАЛ ЗА ТРИ... ЗА ТРИ ЗАКОНА ОЛИМПА: ЛОЖЬ, ПРЕДАТЕЛЬСТВО И ЛИЦЕМЕРИЕ.

Я пошатываюсь. Земля уходит у меня из-под ног. Я уже готов рухнуть, когда чья-то рука хватает меня за локоть.

— Пошли, — говорит Жорж Мельес, — я отведу тебя домой.

Я отталкиваю его и снова поднимаю бокал.

— Здесь смертельно скучно. Эй, хариты, сыграйте нам рок-н-ролл, я хочу танцевать. Или техно. Только не говорите, что на Эдеме не слыхали про техно или хип-хоп. Времена года, что вы копаетесь?! Моя амфора пуста. За кого нас тут принимают? Боги мы или нет? Несите полную!

Ора спешит подать мне большую амфору красного вина, отдающего вкусом дубовой бочки.

— Вот в чем все дело. Слишком медленный сервис и маленький выбор вин. Сожалею, но ваш Эдем не тянет и на три звезды. Видал я курорты и получше. Со шведским столом, сырами и десертом. На завтрак я предпочитаю кукурузные хлопья, бекон и яичницу.

Раздается несколько одобрительных выкриков.

— Да, друзья мои. Я вижу, все со мной согласны. Кстати, здесь не хватает бассейна. Посреди Олимпии. Тут слишком жарко. Кроме того, было бы неплохо, если бы нам подавали прохладительные напитки и мороженое, пока мы управляем нашими народами. Как в кино. Да, мы боги, но в то же время и люди!

— Мишель, хватит! Пойдем, — говорит Рауль и берет меня за другую руку.

Я невозмутимо продолжаю:

— Посмотри, мы все в белой униформе, а белое тут же пачкается. Не успел я надеть тогу, как она уже грязная. К тому же все эти тоги и туники скверно сшиты и висят мешком. Пожалуйста, выдайте мне джинсы!

— Мишель, успокойся.

— Успокойся? Я уже достаточно долго был спокойным. Мы тут не в доме престарелых. Должен сказать, тут очень мало развлечений. Сигарет нет, никто не курит. Не занимается сексом. Единственное занятие — убивать друг друга. Тем, кто в детстве играл в войну, наверное, весело. Только я предпочитал кукол.

Я пытаюсь схватить Время года за руку, но она вырывается. Все безмолвствуют. Ну что ж, выскажусь до конца.

— А еще тут совершенно нечего читать. Нечего. Возьмешь книгу в библиотеке, а там чистые страницы. Только чистые страницы! Включаешь телевизор — никаких фильмов или программ. Показывают только бывших клиентов, которые достали нас, еще когда мы были ангелами. Чудесное зрелище — они играют на тамтаме или рыдают в пустой постели! Покажите лучше американский сериал! «Магазин на диване» и то лучше...

Вино помогает обрести смелость, которой мне так не хватает. Я пью еще. Снова и снова. В какой-то момент вино уже вызывает отвращение, но если не останавливаться, то вскоре откроется второе дыхание, и это вдохновляет.

— Мадемуазель! МОЯ АМФОРА ПУСТА! БЫСТРЕЕ, ВЫПИТЬ! ВЫПИТЬ!

Ора поспешно приносит мне новый сосуд. (Однако! Чем более хамски я себя веду, тем с большим уважением ко мне относятся.)

— Прекрати! — шепчет мне Рауль, оттаскивая от амфоры.

— А ЧТО? Я ВО ЧТО-ТО ВМЕШИВАЮСЬ? Пожалуй, только в наши гены. Вот он, естественный отбор твоего расчудесного Дарвина. Наши воздержанные предки, которые пили только воду, вымерли, что вполне логично: в воде полно бактерий. Остались только те, кто употреблял алкоголь — пиво, вино, водку, брагу! Вот эти выжили. Остальные... Фр-р-р!

Рауль ждет, когда я успокоюсь.

— Если ты не остановишься, то скоро перестанешь держаться на ногах.

— Ну и что? ОСТАВЬ МЕНЯ В ПОКОЕ и катись к себе на гору, к своим СТЕРВЯТНИКАМ.

Я снова хватаю амфору.

— Что тебя беспокоит? — мягко спрашивает Рауль.

Я хохочу в ответ.

— Что меня беспокоит? Я просто ИЗ-МО-ТАН! Я не вижу больше впереди «ВЕЛИКОГО СЧАСТЛИВОГО БУДУЩЕГО»! Что меня беспокоит?..

Я в упор смотрю на своего друга.

— Послушай, Рауль! Ты что, не понимаешь, НЕ ВИДИШЬ? Все пропало, мы все передохнем. Тут вообще не будет победителя, только ПРОИГРАВШИЕ.

Рауль подходит ко мне и хватает за руку.

— НЕ ТРОГАЙ МЕНЯ!

У меня за спиной раздается голос Диониса.

— Отведите его домой, пусть протрезвеет.

Два кентавра хватают меня за руки и за ноги и быстро уносят. Мы мчимся по городу, я чувствую, как свежий воздух обдувает мне лицо.

Кентавры швыряют меня в кресло. Я неподвижен, тело как тряпка, голова мотается из стороны в сторону.

Я долго сижу в полной прострации. Словно сплю с открытыми глазами, но кровь моя кипит. Мне хочется плакать и смеяться.

Я пытаюсь встать, но тут же падаю обратно. На смену приятным ощущениям пришла мигрень, которую, как мне кажется, удастся вылечить только алкоголем. Я должен выпить! Нужно унять головную боль. Только алкоголь спасет меня от боли, вызванной алкоголем.

— ХОЧУ ПИТЬ! ХОЧУ ВИНА!

Но я один в комнате и даже не могу стоять. Ноги стали как ватные и не держат меня. И тут открывается дверь. Я вижу три луны и обнаженные женские ноги, едва прикрытые тогой. На пороге стоит фигура, лицо ее скрыто капюшоном.

— Афродита?

Женщина входит и закрывает за собой дверь. Она опускается рядом со мной на колени и кладет прохладную руку мне на лоб. У нее нежные пальцы. Она восхитительно пахнет.

— Мне кажется, тебе нужна помощь, — говорит Мата Хари.

Я отшатываюсь, разочарованный.

— Уходи, мне никто не нужен.

Мата Хари убирает липкую прядь с моего лба и грустно смотрит на меня.

— Мишель, не надо все портить!

— Я подаю в отставку. Прудон прав: «Ни бога, ни господина». Во всяком случае, один бог сегодня играть перестает. — Я усмехаюсь. — Уходи, Мата. Я неподходящее знакомство. Весь мой народ — неподходящее знакомство. Я прóклятый бог.

Она медлит, потом поворачивается, чтобы уйти. Остановившись на пороге, она бросает:

— Знай, я не брошу тебя, даже если мне придется помогать тебе наперекор твоей воле, Мишель. Ставки слишком высоки. Ты не должен опускать руки.

Я ползу на четвереньках. У меня хватает сил подняться и закрыть дверь на задвижку. Хватаясь за мебель, я бреду в ванную и умываюсь ледяной водой.

Тошнота поднимается из недр моего организма, и я извергаю розовую жидкость, смешанную с желчью. Она обжигает пищевод и горло. Новый спазм сжимает опустевший желудок, я держусь за раковину, чтобы не упасть.

Я смотрю на себя в зеркало и думаю, не хочется ли и Верховному Богу, который, вероятно, находится где-то там, над нами, иногда напиться, чтобы все забыть. А что, если Верховный Бог алкоголик?

Я плетусь в гостиную. Чувствую отвращение к самому себе, а заодно и ко всему роду человеческому, независимо от того, с какой они Земли, 1-й, 17-й, 18-й или 100 000-й. Наши смертные иногда могут вывести из себя кого угодно. Победа людей-крыс над женщинами-осами окончательно убедила меня в их жестокости и глупости.

Спазмы еще скручивают меня, и я падаю на диван. Я жду, когда смогу заснуть. Но сон все не приходит, словно от трения полушарий в моем мозгу вспыхнуло пламя. Кипящая лава стучит в висках.

Сон не придет.

Нужно подумать о чем-то другом. О чем угодно.

Юн Би.

Я нащупываю анкх, чтобы включить телевизор.

22. ЭНЦИКЛОПЕДИЯ: ПРОРОЧЕСТВО ДАНИИЛА

В 587 г. до н. э. вавилоняне во главе с царем Навуходоносором завоевали древних евреев. Первый Храм был разрушен, а иудейский царь Иоаким и десять тысяч представителей знатных семей были угнаны в Вавилон в рабство.

Ночью Навуходоносору приснился странный сон, который он никак не мог вспомнить, и никто из его толкователей не мог ему помочь. Услыхав о молодом еврее из царского рода, хорошо толкующем сновидения, Навуходоносор послал за ним.

Юношу звали Даниил, и он рассказал царю, что тот видел во сне истукана с золотой головой, руками и грудью из серебра, животом и бедрами из бронзы, ногами из железа и ступнями из глины. Глиняные ступни трескались и крошились, и истукан вот-вот должен был упасть.

Навуходоносор вспомнил свой сон, пришел в восторг и потребовал истолковать его. Даниил объяснил, что золотая голова означала владычество Вавилонской империи. Серебряная грудь означала приход следующего царства (можно предположить, что это было пророчество об объединенном царстве Мидии и Персии; 539—331 гг. до н. э.). Живот и бедра из бронзы означали второе царство (судя по всему, царство греков, захвативших весь Средиземноморский бассейн; 331—168 гг. до н. э.). Железные ноги означали третье царство (римляне управляли этой областью с 168 г. до н. э. по 476 г.) Глиняные ноги — это царство, построенное простым человеком, мессией. (Этот сон позже был проанализирован христианами, которые пришли к выводу, что это пророчество о Христе. Две ноги символизируют раскол между христианским Римом и христианским Востоком, а десять пальцев на ногах в Средние века считали прообразом десяти христианских царств.)

Даниил объяснил, что глина хрупкая, но из-за нее рухнут все царства из металла.

Пророчество Даниила, который предсказал наступление глиняного царства после того, как страну евреев захватит железная империя (римляне), вызвало появление сотен самозваных мессий. Большинство из них казнили римляне, которые тоже знали о пророчестве Даниила и не хотели, чтобы их железная империя рухнула.

Эдмонд Уэллс.
*«Энциклопедия относительного
и абсолютного знания», том V*

23. СМЕРТНЫЕ. 16 ЛЕТ

Голова дает мне небольшую передышку. Я смотрю на экран и стараюсь сосредоточиться.

Первый канал. Токио. Юн Би смотрит по телевизору передачу о дельфинах. На одном из японских островов, к которому ежегодно сплываются стаи дельфинов для продолжения рода, беспорядки. Рыбаки перекрывают проток между островами и убивают дельфинов железными брусьями. Рыбак объясняет журналисту, что они не едят дельфинов, а убивают их потому, что они мешают ловить тунца. На экране видно море, покрасневшее от крови, и сотни дельфинов, плавающих брюхом кверху.

Юн Би потрясена, она решает нарисовать свободных дельфинов, восставших против людей и отомстивших им.

Она как раз рисует дельфинов в лицее, когда к ней подходит девочка и спрашивает, почему она выбрала такой сюжет.

— Я не могу отомстить за себя в реальной жизни, поэтому изображаю месть на бумаге, — объясняет Юн Би.

— Все кореянки чокнутые! — восклицает девочка.

— А все японки дуры!

Они дерутся, пока не вмешивается преподавательница, которая наказывает Юн Би за нарушение порядка в учебном заведении. Она рассматривает рисунки, ставшие причиной ссоры, объявляет их непристойными и рвет в клочья.

— Юн Би, как иностранка, должна держаться более скромно, — добавляет она.

— Я не иностранка, — протестует Юн Би. — Я родилась в Японии.

В классе раздается смех. Все знают, что в Японии имеет значение не то, где ты родился, а то, чья кровь течет в тебе. Юн Би тоже это знает.

Вечером в своей комнате Юн Би рисует дельфинов, уничтожающих школы. Но листочков с рисунками недостаточно. Нужно написать книгу о дельфинах, целую сагу о том, что дельфины на самом деле инопланетяне, которые приняли облик дельфинов, чтобы высадиться на Землю, и с начала времен безуспешно пытаются наладить контакт с человеком. Всю ночь девочка лихорадочно пишет, не замечая времени, не обращая внимания на ссоры родителей. Когда она пишет, то чувствует абсолютное одиночество, словно она отрезана от всего мира. Это пугает и в то же время влечет ее. Она пишет, она больше не живет.

Второй канал. На Крите Теотим записался в боксерский клуб. Другие ученики отказываются участвовать в соревнованиях, но только не он. Он встречается в товарищеском матче с противником, который ниже его ростом, но старше, и болеть за него пришла вся семья. Тренер спрашивает Теотима, нужна ли ему капа, но тот никогда ею не пользовался и поэтому отказывается.

— Ты его тут же сделаешь, у него короткие руки, он не сможет тебя достать, — говорит тренер.

На ринге судья напоминает, что это товарищеский матч и удары ниже пояса запрещены. Другой тренер шепотом дает советы противнику Теотима. Спортсмены стоят друг напротив друга. Как только раздается удар гонга, противник Теотима делает нечто неожиданное. Он бросается на него, выставив вперед кулаки. Удар в подбородок, во рту Теотима крошатся зубы, он чувствует вкус крови. Ужасно больно. Он ничего не понимает. Ведь судья ясно сказал — это дружеская встреча. Он как раз останавливает матч и сурово отчитывает противника. Но дело уже сделано.

Конец первого раунда, у Теотима страшно болят зубы. Его тренер возмущен.

— Он попытался сразу же отправить тебя в нокаут. Ты должен отомстить. У тебя для этого достаточно длинная рука.

Снова удар гонга. Возвращение на ринг. В этом раунде противнику не удается добраться до Теотима, он выдохся и бьет по воздуху. Он повисает на канатах, не в силах даже прикрыть грудь, а болельщики Теотима кричат: «Убей его! Убей его!»

Родственники противника кричат что-то вроде «Папаша, давай!».

Теотим размахивается и останавливается. Во взгляде противника он читает покорность и ожидание справедливого возмездия. Он даже не пытается защищаться. Но Теотим не бьет его. Удар гонга означает конец боя. Судьи объявляют победителем противника Теотима, и тот, удивленный, поднимает руки под радостные крики его близких.

— Ты мог победить этого парня! Почему ты не отомстил? — спрашивает судья.

Теотим ничего не отвечает.

Вечером мать, чтобы отвлечь его от переживаний, дарит ему пару хомяков, за которыми он с интересом наблюдает. Хомяки, обнюхав друг друга, тут же принимаются спариваться.

Третий канал. Куасси-Куасси получает первый урок любви от молодой женщины, которую выбрал ему отец. Ритуал очень древний. Женщина надевает длинную и широкую юбку и долго сидит над тлеющими углями смолистых деревьев, смешанными с душистыми травами, чтобы ее тело пропиталось ароматным дымом. Дым раздувает юбку, кожа впитывает запахи. Затем она являет подростку свою ослепительную, благоухающую наготу. Подросток становится серьезным, словно понимая, что перед ним разыгрывается целый спектакль. Это конец его детства. Женщина чувствует робость Куасси-Куасси и приглашает его танцевать. Он продолжает сидеть, она смеется. Бросает его на постель и жестами показывает, что должно привести их к вершине наслаждения. Тела сливаются, отец Куасси-Куасси играет на тамтаме.

Церемония завершена, Куасси-Куасси возвращается к отцу. Он кажется удивленным. Зная, что он не может сейчас говорить, отец протягивает ему джембе, музыкальный инструмент. Джембе вторят барабаны отца, и вся деревня слышит, как их сердца стучат, и знает о том, что они чувствуют.

Я думаю о том, что поступил правильно, вложив в них страсть к искусству. Музы преподали мне хороший урок. У Юн Би способности к рисованию. Их вытесняет литературный талант, но это не удивительно, ведь она новое воплощение писателя Жака Немро. Он прославился сагами о животных, в частности о крысах, — так почему бы его душе, переселившейся в тело корейской девочки, не увлечься теперь дельфинами?

У Теотима большие способности к боксу. Это тоже вполне закономерно, потому что в прошлой жизни он был жестоким русским солдатом.

Куасси-Куасси унаследовал любовь Венеры Шеридан к ритму, музыке и неге.

«Лучше укреплять свои сильные стороны, чем пытаться исправить слабые», — утверждал Эдмонд Уэллс. Надеюсь, мои бывшие подопечные пойдут по этой дороге.

Мне кажется, я слышу шаги, которые вторят тамтаму Куасси-Куасси.

Я выключаю телевизор и, пошатываясь, выхожу на улицу.

Я вдыхаю свежий воздух, чтобы унять гул в голове, и вдруг замечаю следы на земле под самым окном. Совсем свежие. Я внимательно рассматриваю их: это следы мужских сандалий.

Никаких сомнений, за мной кто-то наблюдал.

24. ЭНЦИКЛОПЕДИЯ: ОТВЕТ ГЕИ

Долго без ответа оставался вопрос, откуда появляются огромные, как тучи, стаи саранчи. Миграции этих стай не относятся к обычным природным явлениям. Это следствие слишком бурной сельскохозяйственной деятельности человека. Возделывание одной и той же культуры на огромных площадях приводит к тому, что насекомые, паразитирующие на этой культуре, скапливаются в одном месте в огромных количествах и, естественно, принимаются быстро и неудержимо размножаться. До вмешательства человека саранча была безвредным насекомым, которое не собиралось роями. Но на попытки человека изменить природу она ответила по-своему.

Если человек взрывает атомные бомбы, калечащие земную кору, Гея отвечает землетрясениями. Если человек перерабатывает черное золото Земли — нефть в токсичные испарения, которые скапливаются в удушливые облака, Земля отвечает повышением температуры. Это вызывает таяние ледников, наводнения.

Человек еще не понял, что его родная планета отвечает на каждый его вызов, и удивляется, когда происходит то, что он называет «природными катастрофами», которые на самом деле «катастрофы искусственные», происходящие потому, что он не умеет вести диалог со своей планетой.

Эдмонд Уэллс.
«Энциклопедия относительного
и абсолютного знания», том V

25. ГОЛОВОКРУЖЕНИЕ
И МИГРЕНЬ

Поет петух, и у меня чуть не лопаются барабанные перепонки. Уже светло. Значит, я все-таки заснул на диване. Я сжимаю голову руками, но уже слышен утренний звон колоколов. Ох, голова моя, голова! К вискам невозможно прикоснуться, веки тяжелые, словно бетонные крышки люков. Во рту пересохло, я чувствую вкус пыли. Я не помню ничего, кроме того что накануне вечером выпил больше, чем следовало.

Раздается стук в дверь. Рауль входит, толкает меня и говорит, чтобы я скорее одевался. Я смотрю на друга, все плывет у меня перед глазами, и мне кажется, что он шатается.

— Вчера все нормально закончилось? — спрашиваю я, морщась от боли. Энергично растираю себе виски. Рауль отвечает не сразу. Я чувствую, что случилось что-то ужасное.

— Мы потеряли Фредди, — нервно говорит он.

Я потрясен.

— Богоубийца?

— Хуже.

— Дьявол?

— Еще хуже.

— Я не понимаю.

— Любовь.

Рауль объясняет, что по просьбе раввина они вернулись на территорию муз и нашли Мэрилин, которая, как и предполагал раввин, превратилась не просто в химеру, а в десятую музу — музу кино.

Рауль рассказывает, что у нее теперь тоже красный дворец, внутри оборудован кинозал. Есть все необходимое для съемок и небольшая коллекция кинофильмов. Итак, теория о гибели богов-учеников подтверждается. После смерти они превращаются в немых обитателей Эдема — кентавров, херувимов или муз. Их души в конце ждет превращение. Они становятся фантастическими существами, которые видят, понимают, действуют, но больше не могут говорить.

— Значит, она стала одной из тех редких химер, которые не утратили прежнего облика, — заметил я. — А что же Фредди?

Рауль признает, что это была его идея. Не в силах видеть, как друг чахнет после потери возлюбленной, он предложил ему попытаться воссоединиться с ней.

— Сейчас Фредди Мейер, должно быть, уже превратился в химеру. И если превращение зависит от места, где оно происходит, то он стал музой.

— Одиннадцатой музой, — добавляю я.

— Не знаю, какое еще искусство осталось после кино, — говорит Рауль.

Кто бы мог предположить такой союз — слепой эльзасский раввин и звезда Голливуда! Эта невероятная пара продолжала любить друг друга и в империи ангелов, и в царстве богов.

Теперь они навсегда вместе в красном мире желания, и даже если их голоса навеки умолкли, души по-прежнему неразлучны и общение не прервется.

— Прежде чем мы оставили Фредди в красной стране, он попросил меня передать тебе кое-что. Он поручает тебе своих людей-китов, государство, столицу и всех жителей. Ведь они уже говорят и пишут на одном языке с твоими людьми-дельфинами.

Целый народ в наследство? Мне хватило секунды, чтобы представить себе все последствия такого «подарка».

Рауль меряет шагами гостиную, пока я надеваю тунику и тогу.

— Мне кажется не совсем справедливым, что ты получаешь целый народ, которым раньше не управлял.

Кроме того, я не уверен, что твое покровительство — такой уж подарок для людей-китов, учитывая, что до сих пор ты проявлял робость и малодушие. На примере людей-муравьев прекрасно видно, что из этого вышло.

— Я, может быть, и робкий, как ты утверждаешь, но в списке учеников стою впереди тебя.

Я беру «Энциклопедию относительного и абсолютного знания» и прячу в складках тоги, как оружие. Надеваю на шею анкх. Похоже, батарея зарядилась как следует.

— Не только ты получил подарок от Фредди. Мне тоже кое-что досталось.

Рауль показывает мне книгу, похожую на те, которые есть у каждого из нас.

— Фредди составлял сборник шуток. Он попросил меня продолжить его труд, как Эдмонд Уэллс просил тебя.

Я листаю книгу и читаю первую попавшуюся историю:

— «Как рассмешить Бога? Расскажите Ему о своих планах». Неплохо. А где ты будешь брать шутки? У Фредди была необыкновенная память на все смешное.

Рауль задумывается.

— Не знаю. Мне кажется, все, что здесь происходит, и так одна сплошная комедия.

Колокол напоминает нам о распорядке дня. Мы идем завтракать в Мегарон.

Все теонавты собрались на одном конце стола. Я сажусь рядом с Раулем. Он наливает мне молока.

— Скажи, я был ужасен вчера?

— Я бы сказал, что ты был настоящим. Когда мы раньше напивались, ты всегда оставался трезвым. Мне казалось, ты боишься власти вина над собой. Вчера вечером ты показал свою темную сторону, и думаю, что теперь я лучше знаю тебя. Я всегда буду твоим другом, Мишель, и как друг могу сделать тебе один подарок: обещаю никогда не судить тебя, как бы ни сложились обстоятельства.

Он смотрит на меня своими черными глазами, и я вспоминаю, как еще мальчишками мы бродили по дорожкам кладбища Пер-Лашез.

— Жаль только, что ты так напился, что пропустил встречу Фредди и Мэрилин. Это было что-то невероятное, совершенно невероятное.

Осень заплетает свои рыжие волосы и приносит нам хлеб с изюмом и масло. Варенья, видимо, еще придется подождать.

— Вы ушли дальше, за страну муз? — спрашиваю я.

Рауль рассказывает, что, оставив Фредди Мейера у Мэрилин, они продолжили поход.

— Мы видели не так уж много, но узнали, что за зоной красного — вулканы, окруженные озерами лавы.

— Оранжевая зона.

— Земля там слишком горяча. В следующий раз нужно будет взять тряпки, чтобы обмотать сандалии.

Жорж Мельес, Густав Эйфель, Мата Хари садятся рядом с нами.

— Итак, этим утром нас 80 — 1 = 79, — подводит итог Жорж Мельес. В его голосе слышится грусть.

Я интересуюсь:

— Чья сегодня лекция?

26. МИФОЛОГИЯ: ГЕРАКЛ

По-гречески Геракл (Геркулес по-латыни) означает «слава Геры». Он был зачат Алкменой от Зевса, который явился к ней в образе ее супруга.

Уставшая от неверности своего мужа, Гера послала двух змей, чтобы они задушили ребенка, но новорожденный младенец был уже достаточно силен и убил их.

Гера ненавидела Геракла и, когда он вырос, наслала на него безумие. В помрачении рассудка Геракл убил восемь собственных детей. Когда к нему вернулся разум, он пожелал очиститься от совершенных преступлений и обратился к Дельфийскому оракулу. Пифия объявила Гераклу, что он должен двенадцать лет служить своему двоюродному брату тирану Еврисфею, выполняя все его приказания.

1. Геракл победил немейского льва, шкура которого была толще любого щита. Он не смог убить чудовище ни палицей, ни стрелами, ни мечом и задушил его голыми руками.

2. Убил лернейскую гидру — чудовище с телом собаки и девятью змеиными головами.

3. Укротил керинейскую лань с медными копытами и золотыми рогами, ускользнувшую от богини Артемиды, когда та была еще ребенком.

4. Победил эриманфского вепря.

5. Вычистил авгиевы конюшни.

6. Истребил стимфалийских птиц.

7. Поймал критского быка.

8. Убил лошадей фракийского царя Диомеда, который бросал им на съедение чужеземцев.

9. Добыл пояс царицы амазонок Ипполиты.

10. Украл стадо у Гериона, считавшегося самым сильным человеком на земле.

11. Принес золотые яблоки из сада Гесперид. Эти плоды росли на яблоне, которая принадлежала Гере. Это был свадебный подарок Геи.

12. Поймал чудовищного пса Цербера. Этот двенадцатый подвиг был самым трудным. Геракл должен был привести Цер-

бера из подземного царства Аида. Чтобы Геракл смог проникнуть в подземное царство мертвых, Мусей, сын Орфея, приобщил его к Элевсинским мистериям.

Эдмонд Уэллс.
«Энциклопедия относительного
и абсолютного знания», том V

27. ГЕРАКЛ. ВОСКРЕСЕНЬЕ. ПРЕДНАЗНАЧЕНИЕ ГЕРОЕВ

Дворец Геракла в квартале Младших богов намного больше и внушительнее, чем у Сизифа. Фронтон над воротами поддерживают гигантские статуи.

При входе расстелен огромный красный ковер, в холле развешаны трофеи — головы львов, драконов, медведей, острозубых лошадей и хищных птиц.

И вот появляется наш сегодняшний преподаватель.

Геракл широкоплеч, но не очень высок. Он одет в львиную шкуру, скроенную так, что она похожа на модную тунику. Вместо шлема — львиная голова, украшенная орнаментом. При нем палица из оливкового дерева. Но Геракл далеко не так мускулист, как я представлял себе. Сочинители мифов всегда преувеличивают.

Я вспоминаю текст Франсиса Разорбака, который Эдмонд Уэллс приводит в своей «Энциклопедии», и прихожу к выводу, что вообще-то наш сегодняшний преподаватель не так уж симпатичен, как принято считать. Чтобы выполнить свои двенадцать подвигов, он без конца убивал, хитрил и обманывал. Он убил своих детей, уничтожил амазонок, украл сокровища.

Я сажусь за парту и замечаю еще одну шутку, вырезанную на деревянной столешнице: «*У Бога всех богов нет своей религии*». Я все время забываю, что до нас тут училось немало богов-учеников, и множество их еще будет протирать свои тоги на той же скамье, где сейчас сижу я.

Геракл оценивающе смотрит на нас. Он молча ударяет палицей по столу, и входит Атлант. Сегодня он неразговорчив. Мы уже привыкли к его постоянному ворчанию, но сегодня он молчит. Атлант опускает на подставку сферу, внутри которой наша планета, рядом — сосуды с «Раем» и «Империей ангелов», поворачивается и бредет к выходу.

Геракл окликает его:

— Эй, Атлант, пора бы уже забыть печальную историю про сад Гесперид. Будем друзьями!

Атлант останавливается и говорит, едва повернув голову:

— Наш договор был взаимным: я помогаю тебе собрать яблоки, ты помогаешь мне держать мир.

— Не совсем так.

Титан разворачивается лицом к Гераклу и говорит своим обычным тоном:

— Если ты отказываешься держать мир вместо меня, так найди кого-нибудь, кто меня заменит.

— Ты прекрасно знаешь, что это невозможно. Носить мир на плечах — твоя судьба. Никто не может делать это вместо тебя.

Титан раздраженно передергивает плечами. Потом останавливается, распрямляет спину и, пристально глядя на нас, предупреждает:

— Учтите, я поймаю хитреца, который сегодня ночью проник в мой дом. Поймаю, как и в прошлый раз.

Значит, кто-то еще из учеников забирался в подвал, где стоят модели миров. Он думает, что это снова был я.

Титан уходит, ворча себе под нос.

Геракл берет анкх, рассматривает нашу планету и обращается к нам:

— Здравствуйте, я Геракл, ваш новый Младший преподаватель. Сегодня я расскажу вам о том, как важны герои. Но прежде чем я начну, кто скажет, что такое герой?

Замешательство в наших рядах.

— Человек, обладающий необыкновенными способностями, — предполагает Вольтер.

Геракл насмешливо смотрит на него.

— Это все выдумки биографов, которые появляются уже после того, как «герой» преодолеет все препятствия и совершит подвиги. Или же достаточно заплатит профессиональным льстецам. Не путайте людей с легендами о них. Думайте!

— Тогда герой — это необыкновенно умный человек? — спрашивает Жан Жак Руссо.

— Есть необыкновенно умные люди, которые сидят дома в кресле и разгадывают необыкновенно трудные кроссворды. Так вот, они не герои.

Геракл расхаживает между рядами, внимательно глядя на нас.

Наконец, смирившись с тем, что не добьется от нас ответа, он начинает:

— Герои — это люди, которые... — Он делает паузу. — ...считают себя героями.

И наслаждается эффектом.

— Я поясню. Герой полагает, что скроен из особого материала, что его ждет особая судьба, не похожая на судьбы других людей. Короче говоря, герой — тот, кто заранее верит в легенды о себе.

Расхаживая взад и вперед, Геракл развивает тему:

— Обратимся к истории вашей планеты, «Земли-18». Там наверняка уже появились герои — полководцы, отважные исследователи, иными словами, первопроходцы, обладающие большей прозорливостью, чем другие. Объединяет их то, что все они способствуют превосходству своего народа над остальным миром. Правитель людей-крыс захватил земли амазонок, а затем, вопреки воле народа, взял в жены их царицу. Для своего народа он — герой: храбрый военачальник и дальновидный реформатор. Люди-крысы из поколения в поколение будут передавать легенду о нем. Но можно сделать лучше.

Из большой дубовой шкатулки, окованной железом, Младший преподаватель достает нечто, что мы принимаем за оловянных солдатиков.

— Хочу представить вам некоторых героев из миров, созданных предыдущими выпусками. Запомните хорошенько имена, громко прозвучавшие в истории человечества предыдущих планет. Бельзек, царь, любимый своим народом, объединитель «Земли-7»; умер от любви к одной царице. Гурон, исследователь, поднявшийся к истокам самой большой реки на «Земле-14»; болезнь оборвала его экспедицию к островам, населенным дикарями. Золган, невероятная личность: он предсказывал будущее своей планеты и ни разу не ошибся. Астронавт Лилеис, организовавший космическую экспедицию по спасению человечества — бегство в космос на солнечных парусниках было последним шансом выжить. И наконец, тот, кого я считаю самым необыкновенным. Музыкант Аннимачедек, который сделал пение высшей ценностью. Весь мир пел и доверял пению. Некоторые умели лечить пением, другие пением убивали. Они вели войны, в которых оружием были голосовые связки. Они занимались любовью, сливаясь в песне.

Геракл, увлекшись воспоминаниями об этом странном герое, начинает напевать, но тут же спохватывается:

— Аннимачедек умер от инфекции. Как он кашлял, бедняга! Как же он кашлял! Конец его мучениям положили, исполнив низкую ноту, которая остановила его сердце. Что ж... Смерть — участь, которая ожидает всех смертных, а героев в первую очередь.

Он погружается в задумчивость.

— Быть может, именно этому боги завидуют больше всего. Возможность умереть, дождаться конца фильма. Ведь если ты бессмертен, кино длится вечно. Именно поэтому среди богов нет героев. Героизм рождается в заключительной сцене.

Я задумываюсь. Если Верховный Бог существует, то он бессмертен и всемогущ, но восхищается тем, что конечно. Он живет в страхе совершить ошибку. Да, мы достойны награды за успехи, потому что можем и ошибаться, в то время как он... Он всегда выигрывает, поэтому и играть незачем. В такой игре нет ничего захватывающего. Геракл с довольным видом вертит в руках оловянные фигурки.

— Итак, Аннимачедек, Лилеис, Золган. Конечно, эти имена ничего не говорят вам, но мы, преподаватели, не забыли этих выдающихся смертных. Их создали боги-ученики с хорошим воображением.

Младший преподаватель выдвигает ящик письменного стола и расставляет на столешнице еще несколько фигурок, на каждой из которых выгравировано имя. В руках у них оружие, неизвестные инструменты, некоторые одеты в военную форму.

— Лучшие представители человечества, подлинные произведения искусства, сокровища, которые достойны храниться в музеях. Сейчас все это свалено тут у меня, но я настоял, чтобы для следующих курсов был создан музей героев человечества со всех планет. Проект сейчас в стадии обсуждения.

«Как создать героя?» — пишет Геракл на доске.

— Да-да, универсальный рецепт... Конечно, всем бы хотелось его получить. Точной формулы нет, но кое-что знать все-таки надо. Чтобы получился качественный герой, выбирайте, во-первых, человека, у которого есть стимул превозмогать себя и который, следовательно, умеет держат удар.

Геракл выводит на доске: «Умение держать удар».

— Что это такое? Минус, который будет погашен плюсом.

Аудитория с интересом слушает. Многие из 79 присутствующих добились успеха, залечивая раны, полученные в юности.

— «Из тебя никогда ничего не выйдет», — достаточно сказать это мальчишке, и он, из духа противоречия, приложит все силы, чтобы доказать, что он лучше всех. В каждом герое нередко прячется ребенок, который часто злился и плакал в своем углу.

Геракл показывает рисунок, который я, кажется, видел в прошлой жизни. Две рыбки плещутся в воде. Маленькая спрашивает большую: «Мама, говорят, некоторые рыбы вылезли на сушу и теперь ходят по земле. Кто они?» — «Те, кто всем недоволен».

В зале слышится смех.

— Тревога, недовольство, душевные раны — вот из чего вылеплен герой. Зачем стремиться изменить мир, если тебя в нем все устраивает?

Геракл берет фигурку, которая, видимо, особенно нравится ему.

— Счастливые люди ничего не выиграют от перемены своей судьбы. Только незаслуженная обида или чувство, что вас недооценивают, заставляют прыгать выше головы. Итак, герой страдает от полученной раны. Ваше дело сыграть на этом.

Эдит Пиаф поднимает руку.

— Но если рана смертельна? — спрашивает она.

— Известны случаи, когда дети, которых били, сами были жестоки со своими детьми, — добавляет Симона Синьоре.

Геракл невозмутимо отвечает:

— Вот поэтому нужно точно отмерить дозу яда для прививки. Если превысить дозу, можно добиться обратного эффекта. Мы получим совершенно забитое существо. Кроме того, бывают и отрицательные герои. Например, им сказали, что они ничего собой не представляют, но, вместо того чтобы броситься доказывать, что они лучше всех, эти люди будут стремиться уничтожить тех, кто нанес им обиду. Нередко разница между героем и великим преступником ничтожно мала. Именно вам предстоит определять необходимое количество детских обид, поддерживать в вашем герое надежду и ориентировать его на положительные ценности.

Мне кажется, что, скорее всего, в результате получится чудовище, а не святой.

— На практике опирайтесь на собственные обиды, создавайте героев по собственному подобию. Вы боги-ученики, но в глубине души вы таите обиды, неврозы, запутанные чувства, которые испытывали, когда были смертными на «Земле-1». Вы здесь потому, что сумели достойно ответить на полученные удары. Используйте пройденный вами путь, чтобы проложить дорогу вашим подданным. Наделите их вашей яростью и устремлениями, и они реализуют их в своем мире. Если вы будете действовать таким образом, вам нетрудно будет создавать героев. Пусть на «Земле-18» они будут представителями ваших слабых и сильных сторон. Есть индийское слово, означающее воплощение бога на земле, — «аватара». Пусть герои станут вашими аватарами. Достаточно одного решительного человека, чтобы изменить лицо мира. Одной капли достаточно, чтобы переполнить океан.

Мел крошится, когда Геракл мощной рукой выводит на доске: «Овцы Панурга».

— Кто знает эту басню?

Многие, в том числе и я, поднимают руку.

— Это история из книги присутствующего здесь Франсуа Рабле. Прекрасная иллюстрация к продолжению нашего урока.

Рабле поднимает руку, чтобы обозначить свое присутствие.

— Напомним же эту историю тем, кто забыл ее. Во время плавания некто, обидевшись на пастуха, решил отомстить ему. Он купил у него барана, выбрав вожака стада. Расплатившись за покупку, он бросил барана в море, и все овцы тут же последовали за своим вожаком и утонули. Пастух был разорен.

Истории о блохах, обезьянах и крысах мы уже слышали. Настала очередь овец.

— Такова власть лидера. Итак, если вы не против, мы займемся созданием героев. Будьте оригинальны, постарайтесь обойтись без шаблонов и штампов, которые встречаются на любой планете любой галактики в любой вселенной. Выкиньте из головы Зорро и Робина Гуда. Легенды о них прекрасны, не спорю, но это обыкновенные убийцы. Старайтесь оставить свой след в истории ваших смертных. Давайте же удивите меня!

Преподаватель убирает фигурки.

— У вас уже есть царства. Когда у вас будут герои, вы создадите легенды.

28. ЭНЦИКЛОПЕДИЯ: ОТБОР

Вербуя будущих агентов, ЦРУ использовало в том числе одну совсем простую методику. В газетах появлялось объявление о наборе персонала. Никакого конкурса, анкет, рекомендаций, резюме. Всякого, кто заинтересовался объявлением, приглашали явиться в офис к семи часам утра. В зале ожидания собиралась сотня претендентов на место. Они ждали целый час, но за ними никто не приходил. Время шло. Проходил еще час. Наименее настойчивые уставали и, недоумевая, зачем их напрасно побеспокоили, уходили, выражая недовольство. К часу дня дверью хлопало не меньше половины кандидатов. К пяти часам оставалась четверть пришедших утром, а к полуночи — один-два человека. Вот их и принимали на работу.

Эдмонд Уэллс.
*«Энциклопедия относительного
и абсолютного знания», том V*

152

29. ВРЕМЯ ИМПЕРИЙ.
ИМПЕРИЯ ДЕЛЬФИНОВ

Ветер дул над дюнами. Серый туман становился все плотнее, принося с собой мелкий, моросящий дождь. Люди смотрели в небо, и многие думали о том, что же на самом деле там, над облаками. Но были и те, кто не задавал никаких вопросов, кого ничто не тревожило. Для них завтрашний день просто превращался во вчерашний.

Люди старились и умирали, одни с улыбкой, другие со стоном. Некоторые, прежде чем умереть, произносили последние слова: «Смерть — это всего лишь переход» или «Прах я, и к праху возвращаюсь». Трупы предавали земле, переработанные червями тела становились удобрением. Три поколения спустя почти никого из них уже не помнили.

Люди-дельфины чувствовали, что зашли в тупик. В их книгах по истории были описаны несчастья, которые им пришлось пережить, и надежды. Они не знали, как толковать свою судьбу. Эзотерические движения, развившиеся внутри их религии, пытались найти объяснения, но эти поиски только разжигали воображение людей-дельфинов, а ясности не вносили.

Исконные земли дельфинов заняты людьми-львами. Население рассеяно крошечными общинами, к которым другие народы относятся более или менее терпимо.

Спасаясь от ига северных завоевателей, люди-дельфины решили плыть вдоль берегов, надеясь найти место, где можно будет основать город. Где они наконец заживут в мире. Чаще всего с берегов в них летели стрелы и камни, и люди-дельфины плыли дальше. Они уже были готовы вернуться туда, откуда началось их плавание, понурив головы и смирившись с тем, что им нигде не будут рады, когда, к своему великому удивлению, встретили теплый прием в одном южном порту, большом и поразительно красивом.

Там даже была небольшая община людей-дельфинов, которые поселились здесь уже давно и жили в мире и благополучии.

Люди-дельфины старались понять причину оказанного им радушного приема. Всегда быть настороже уже давно вошло у них в привычку. Представитель местного населения объяснил людям-дельфинам на их родном языке, чем также вызвал их изумление, что они прибыли к людям-китам, которым жрецы объявили, что бог недавно исчез, предсказав перед этим скорое пришествие людей-дельфинов. Он повелел принять их со всем возможным радушием, так как гости принесут с собой знания, — и для людей-китов начнется эпоха процветания.

Людям-дельфинам такое поведение людей-китов показалось сначала подозрительным. Когда-то они дорого заплатили за свою доверчивость и теперь знали: в странах, окружавших их исконные земли, нет ни одного уголка, где можно чувствовать себя в безопасности. Люди-дельфины смирились с тем, что по необъяснимым причинам регулярно случаются вспышки антидельфиньего расизма. Даже если ненависть к ним на время стихала, через некоторое время она всегда возвращалась. Но у них не было выбора. И они стали привыкать к мирной жизни, хотя кое-кто говорил, что все складывается подозрительно хорошо.

Люди-киты приняли дельфинью религию света, солнца, единого бога, жизненной силы, пронизывающей вселенную, и отказались от культа своего бога-кита. Они переняли обычай людей-дельфинов мыть руки перед едой, стали отдыхать один день в неделю, отказались от человеческих жертвоприношений, а затем и от принесения в жертву животных. Они даже отменили у себя рабство.

Люди-киты усвоили язык и письменность людей-дельфинов и теперь переходили на их календарь и изучали их способ составления карт.

Архитекторы-дельфины укрепили городские стены новым цементом, который изобрели химики-дельфины. Постоянно заботясь о гигиене, они разместили на крышах жилищ емкости для сбора дождевой воды, чтобы можно было чаще мыться. Проложили канализацию, чтобы очистить городские улицы. Развели сады, так как прогулки полезны для здоровья и просто приятны. Построили обсерваторию, большую библиотеку и огромный храм в виде куба. Акведуки и оросительные каналы, сооруженные вокруг города, позволили в десять раз увеличить урожаи.

Под влиянием людей-дельфинов люди-киты создали политический строй, при котором во главе государства стояли королева, обладавшая символической властью, и совет мудрейших, обладавших властью законодательной. Совет назначал правительство, в которое входили специалисты в различных областях знания.

Первой королевой была женщина из народа людей-китов, а ее супругом стал ученый из народа дельфинов.

В городе начали чеканить деньги. Правосудие вершилось через суды, в которых заседали профессиональные законоведы, а также через суды присяжных. Следуя древней традиции людей-дельфинов, королева начала развивать в себе способности медиума и одновременно принялась толстеть, так что вскоре стала невероятно тучной. Жрецы сопровождали ее, когда она входила в храм и садилась посреди него, чтобы принимать послания от «высшего разума».

По велению своей толстой королевы люди-киты и люди-дельфины начали строить порт, превосходивший размерами все, когда-либо существовавшие. Он мог одновременно принимать сотни кораблей, которые размещались на разных уровнях благодаря системе шлюзов. Корабли также стали строить по-другому. Теперь на них установили рули, которыми можно было управлять с носа корабля, палубы стали более узкими, а материалы для корпуса — более легкими, что позволило увеличить скорость и вместительность судов.

Инженеры-дельфины быстро поняли, что прочность корабля зависит от его киля. До сих пор киль собирали из трех частей, и он разваливался при малейшем ударе. Серьезно изучив технологию строительства корабельных корпусов, инженеры заинтересовались самыми прочными деревьями — кедрами. Они сгибали стволы, смачивая их концы и нагревая снизу. Кому-то пришла в голову идея, которая стала главным секретом кораблестроения людей-дельфинов и китов. Ствол начинали сгибать, еще когда дерево было молодым. А когда оно вырастало, то из уже согнутого ствола можно было легко построить округлый корпус судна с цельным килем. Рощи изогнутых деревьев доставляли большое удовольствие детям и изумляли случайно забредшего туда путешественника.

Люди-дельфины по-прежнему не желали воевать и вербовали наемников, профессиональных солдат, способных защитить караваны судов и охранять город. Теперь, когда суда были под охраной, они спокойно входили в любые порты. Люди-дельфины свободно общались с местным населением, предлагая обмен сырьем, готовыми изделиями и морскими картами.

Они начали заниматься обменом денег, потом убедили другие народы пользоваться единой валютой.

Чтобы расширить торговые связи, китодельфины снаряжали экспедиции в самые отдаленные районы и открывали там торговлю.

Эти экспедиции также способствовали объединению народов, несмотря на то что сначала китодельфинов встречали сдержанно. Соседние государства, увидев, как далеко вперед ушли китодельфины, отправляли свою молодежь в их университеты. Домой оттуда возвращались юноши, полные шокирующих либеральных идей. Выпускники китодельфиньих университетов выступали за отмену рабства, запрещение человеческих и животных жертвоприношений и против других, столь же пагубных обычаев.

Благодаря стараниям судостроителей, флот китодельфинов постоянно совершенствовался. Перед ними стояла цель — снаряжать экспедиции все дальше и дальше, отодвигая границы *terra incognita*. Карты становились все подробнее, они сообщали о морских течениях, которые мореплаватели встречали на своем пути. Теперь корабли могли преодолевать огромные расстояния, просто выбрав нужное течение. Возникали новые морские пути, известные только китодельфинам.

Воодушевленные успехами, королева и совет мудрейших однажды решили отправить экспедицию на поиски лежащего на востоке мифического острова Спокойствия, на котором их предки пытались создать идеальное государство. Моряки долго путешествовали, но вернулись ни с чем. Если остров и существовал когда-то, теперь его поглотили волны.

Народ китодельфинов снарядил экспедицию, которая должна была совершить путешествие вокруг всего континента. Плавание длилось семь лет. Моряки привезли новые товары, неизвестные фрукты и овощи, специи, которые придавали блюдам удивительный аромат. Привезли они и необыкновенные музыкальные инструменты, лекарственные растения, излечивающие от лихорадки, и очень твердые, ослепительно сиявшие камни.

Некоторые из вернувшихся моряков заразились неизвестными болезнями, которые никто не умел лечить. Разразилась ужасная эпидемия, и совет мудрейших, заботясь о благе всего народа, постановил, что всех прибывших издалека следует на время изолировать. Теперь моряки, вернувшиеся из дальних стран, должны были провести сорок дней в изоляции от городского населения. Во время экспедиций путешественники иногда встречали людей-дельфинов, давно осевших в других странах. Одни из них сохранили знания, утерянные китодельфинами, другие все забыли и просили напомнить им древние обычаи. Обойдя материк по морю, люди-китодельфины захотели узнать, что же находится на суше. Караваны отправились исследовать края, лежавшие по ту сторону восточных гор. Они вернулись с подробными сведениями о существующих там цивилизациях.

Один отважный исследователь организовал экспедицию на северо-восток материка. Путешественникам пришлось отбиваться от многочисленных разбойничьих ша-ек, карабкаться на крутые северные скалы, ползти по об-рывистым горным карнизам, брести через каменистую пустыню. Когда они преодолели бурный поток, прегра-дивший путь, на них опять напали разбойники. Путеше-ственники двинулись дальше и увидели следующую гор-ную цепь, а за ней область, которую они приняли за гра-ницу мира.

Так молодой исследователь и его соратники случайно обнаружили великую цивилизацию людей-термитов.

30. ЭНЦИКЛОПЕДИЯ: ИСТОРИЯ О СВИНЬЯХ

Стараясь улучшить вкус мяса, некое объединение тор-говцев свининой обратилось за помощью к химику профессо-ру Дантцеру из Бордо. Мясники обратили внимание на то, что свинина приобретает все более выраженный привкус мочи и становится непригодной для употребления. Профес-сор Дантцер провел исследования на бойнях и нашел причи-ну. Свиньи, чье мясо сильнее пахло мочой, яснее других пони-мали, что их ждет, и испытывали перед смертью сильный страх.

Профессор Дантцер предложил два выхода из ситуации — давать животным успокоительное или не отделять «пригово-ренных» свиней от их сородичей.

Дантцер заметил, что если свинью оставляли вместе с по-росятами, то животное смирялось с происходящим и не пани-ковало.

Торговцы свининой выбрали успокоительное. Таким обра-зом, потребителю свинины достается доза валиума, которую получила свинья. Надо сказать, что валиум обладает одним неприятным свойством. Он быстро вызывает зависимость. И человек начинает сам постоянно нуждаться в валиуме, чтобы не испытывать стресс.

Эдмонд Уэллс.
«Энциклопедия относительного
и абсолютного знания», том V

31. ИМПЕРИЯ ТЕРМИТОВ

Солнце поднимается над равниной, покрытой пышной растительностью.

Обезьяны будят воплями невозмутимых слонов. Вдалеке над городами из красного камня вьется дымок. Государство людей-термитов не подвергалось нашествиям завоевателей, потому что находится далеко и вдоль северной границы окружено высокими горами. Его жители все свои силы отдают искусству.

Яркие краски имеют большое значение в живописи, скульптуре, одежде и даже кулинарии. Здесь поклоняются пестрой толпе богов, обладающей множеством разнообразных свойств.

Люди-термиты записали на листах папируса историю своих богов, войн и других конфликтов. Их мифология занимает около двадцати томов. Немногие из людей-термитов прочитали все священные тексты целиком, но ссылаются на них все.

Люди-термиты делают странные упражнения — неподвижно застывают в разных позах. Они утверждают, что этому их когда-то научила большая рыба. На самом деле это был человек-дельфин, который пришел к ним в незапамятные времена и умер, не оставив наследников.

Чужеземец обучил их не только гимнастике, но и письму, астрономии и мореплаванию.

Народ людей-термитов немало воевал с народами, произошедшими от людей-крыс. Их агрессивным потомкам удавалось как-то перебираться через горы. Нередко победа оставалась на стороне людей-крыс, но всякий раз искусство и философия термитов очаровывали предводителей людей-крыс, и они забывали о страсти к оружию ради того, чтобы приобщиться к цивилизации термитов. Люди-термиты нашли еще один способ выжить — усыпить захватчиков развлечениями и беспечностью.

Люди-термиты также стремились к различным усовершенствованиям. В кулинарии они виртуозно использовали специи, особенно при жарке на открытом огне, — мясо пропитывалось ароматами душистых трав.

В их университетах преподавали медицину пополам с религией, религию пополам с астрономией, астрономию пополам с новой арифметикой, основанной на символах.

Относясь ко всему с большим вниманием, люди-термиты могли распознать любую болезнь, по частоте пульса определяли состояние внутренних органов и очищали организм соленой водой.

Они изобрели цифры, в частности ноль, и струнные музыкальные инструменты, которые могли издавать обертоны. Но самое главное, они додумались соединить религию и секс, и секс стал настоящим искусством. Появились различные техники любовной игры, позволявшие поднимать партнера на вершины блаженства. Они считали оргазм простейшим способом подняться в страну богов и даже увидеть их.

Чтобы еще больше увеличить удовольствие от секса, ученые-термиты изучили каждый участок человеческого тела, каждое нервное окончание и записали на папирусах результаты своих наблюдений.

Когда первый караван китодельфинов, пройдя тысячи километров, достиг их границ и преодолел высокие северные горы, люди-термиты благожелательно встретили чужеземцев. Им тоже была известна древняя легенда о том, что люди-дельфины однажды вернутся.

Китодельфины и люди-термиты поделились друг с другом своими знаниями и были восхищены их широтой и разнообразием. Чтобы укрепить связь между двумя народами, китодельфины основали в стране термитов торговое отделение.

В это же самое время в государстве людей-термитов появился молодой человек, который пытался проповедовать новую философию, основанную на религии термитов и отказе от насилия. Его звали Спокойный Человек. Его харизма и непосредственность производили такое сильное впечатление, что китодельфины обратились к нему с просьбой посвятить и их в его учение. Спокойный Человек регламентировал и очистил знания, полученные людьми-термитами от предков, оставив только главное. Он говорил об отказе от желаний и переселении душ. Он рассказал китодельфинам об особом видении мира, в котором живые существа бесконечно умирают и возрождаются вновь — в другом теле. Но душа, участвующая в цикле перерождений, все та же. Юноша утверждал, что нет ни ада, ни рая, но в определенный момент душа сама судит себя за все совершенное в прошлых жизнях. По его мнению, единственный враг человека — это сам человек и его жестокое отношение к себе самому.

Молодой мудрец просил каждого с добротой и состраданием относиться к тому, чем он был.

В этой философии — Спокойный Человек возражал, когда его учение называли религией, — подкупало то, что она избавляла от страха смерти, ведь все существование было просто переходом от одной жизни к другой. Проповедник говорил очень мягко, взгляд его был прям и ясен. Он говорил улыбаясь, иногда почти смеясь. Но его смех не был насмешливым. Скорее это был смех человека, радующегося тому, что открывает другим очевидные вещи.

Очарованные люди-термиты начали записывать его слова. Некоторые люди-китодельфины также стали вести записи. Они считали, что эта философия может принести пользу их народу.

32. ЭНЦИКЛОПЕДИЯ: ЧЕТЫРЕ СОГЛАШЕНИЯ ТОЛЬТЕКОВ

Дон Мигель Руис родился в Мексике. Его мать была курандерой (целительницей), а дед нагвалем (шаманом). Он получил медицинское образование и стал хирургом. Однажды он попал в автокатастрофу и пережил клиническую смерть. После этого он решил овладеть мудростью шаманов и стал нагвалем по линии Орлиного Рыцаря, в котором из поколения в поколение передается учение древних тольтеков. В книге «Четыре соглашения тольтеков» дон Мигель Руис излагает правила жизни, резюме своего учения в виде четырех правил, которые позволяют освободиться от условностей, навязанных обществом, и страха перед будущим.

«Первое Соглашение. Ваше слово должно быть безупречным. Высказывайтесь прямо и честно. Говорите только то, что действительно думаете. Избегайте говорить то, что может быть использовано против вас, или сплетничать. Слово —

163

инструмент, который может причинять вред. Осознайте его силу и подчините себе. Никогда не лгите и не клевещите.

Второе Соглашение. Ничего не принимайте на свой счет. Все, что люди говорят или делают, — это проекция их собственной реальности, их личных страхов, гнева, фантазий. Пример: если кто-то оскорбляет вас, это его проблема, а не ваша. Не оскорбляйтесь и не подвергайте из-за этого свои действия сомнению.

Третье Соглашение. Не стройте предположений. Не представляйте себе заранее негативное развитие событий, иначе вы сами поверите в то, что вообразили. Пример: если тот, кого вы ждете, опаздывает, вы начинаете думать, что с ним что-то случилось. Если вы не знаете, где этот человек, наведите справки. Не позволяйте вашим страхам и выдумкам превратиться в уверенность.

Четвертое Соглашение. Старайтесь все делать наилучшим образом. Никто не обязан преуспеть, но каждый обязан стараться делать все как можно лучше.

Если вы потерпели неудачу, не осуждайте и не обвиняйте себя, не сожалейте о том, чего не сделали. Пытайтесь снова, предпринимайте новые попытки, старайтесь оптимально использовать ваши возможности. Будьте снисходительны к себе. Смиритесь с тем, что вы не совершенны и не всегда побеждаете».

Эдмонд Уэллс.
«Энциклопедия относительного
и абсолютного знания», том V

33. ИМПЕРИЯ ОРЛОВ

Люди-орлы давно ждали, когда настанет их час.

С вершины своей горы они наблюдали за жизнью народов, населявших равнины. Наконец они решили, что их время пришло и пора расширить зону влияния.

Люди-орлы создали военную цивилизацию, во многом похожую на цивилизацию людей-львов, но с более четкой иерархией.

От путешественников люди-орлы узнали, что китодельфины принимают решения на Совете. Эта система показалась им самым современным способом управления, но они допускали к голосованию только богатых и знатных членов общества.

Исследователи трудились над изобретением все более действенного и разрушительного оружия. Они создали катапульту, онагр, баллисту, метавшие камни и копья на большие расстояния.

Для пехоты они придумали легкие доспехи, которые изготавливались теперь не из кожи, а из подвижно сочлененных металлических пластин.

Люди-орлы позаимствовали у людей-львов алфавит, внеся в него незначительные изменения. Они создали суды, установили меру ответственности за любой проступок и стали применять публичные телесные наказания, которые производили сильное впечатление на зрителей. В том, что касалось религии, они не стали усложнять себе жизнь и переняли политеизм людей-львов. Они дали чужим богам новые имена и оставили без изменений их характеры, сферы влияния и списки деяний.

Люди-орлы ринулись вниз с горных вершин. Они без труда захватили несколько равнинных деревень и городов, принадлежавших народам, у которых не было богов-покровителей.

Затем в низине, которую пересекала большая река, они построили огромный укрепленный город и перенесли сюда столицу.

Люди-львы строили города, которые впоследствии становились независимыми и начинали соперничать друг с другом. Люди-орлы выбрали другой путь — они основали столицу, единственный и процветающий город. В их планы входило создание централизованного государства, а не федерации городов.

В столице были школы, университет с юридическим и философским факультетами, суды, вершившие правосудие в соответствии с действовавшим законодательством. Там возникла очень четко структурированная администрация, организованная по тому же принципу, что и армия, выковавшая государство людей-орлов.

Когда люди-орлы сочли, что их столица достаточно укреплена, они собрали армию и напали на северо-западе на своих самых могущественных соседей — людей-львов, чье государство, пережив эпоху расцвета, начало приходить в упадок. Их города устали от междоусобных войн, а любовь к празднествам заглушила жажду завоеваний. Лучшие правители поддались коррупции, и теперь их интересовало только личное обогащение.

Под натиском людей-орлов города людей-львов сдавались один за другим. Мелкие города, осознав невозможность в одиночку противостоять врагу, предприняли множество неудачных попыток объединиться.

Люди-орлы оказались жестокими победителями. У них было принято истреблять побежденных или обращать их в рабство, грабить, разрушать памятники культуры.

Однако когда закончился первый этап нашествия, они прекратили тотальное истребление противника. Побежденные правители отныне оставались на троне. Их больше не заставляли принимать религию победителей, а исправная выплата налогов гарантировала отсутствие репрессий.

Люди-орлы требовали налоги деньгами, сырьем, женщинами и рабами. Через несколько лет чужеземцы могли подать прошение и становились полноправными гражданами государства людей-орлов.

В это самое время морская экспедиция людей-китодельфинов пристала к берегам людей-орлов. Путешественников встретили радушно. Люди-орлы охотно приняли предложение начать торговлю с китодельфинами, чтобы способствовать укреплению торговых связей между народами.

Все шло хорошо, пока отряд людей-орлов не получил приказ захватить судно китодельфинов, чтобы раскрыть их судостроительные секреты. Ничего не подозревавших матросов, спавших крепким сном, перебили, а корабль разобрали на части. Люди-орлы не смогли разгадать только одной загадки — как чужеземцам удалось изготовить огромные кили из единого изогнутого куска дерева.

От завоеваний на суше люди-орлы решили перейти к победам на море. Они хотели обзавестись военным флотом. На кораблях китодельфинов наемники прятались вдоль бортов и не вступали в бой до тех пор, пока судно не возьмут на абордаж. Люди-орлы действовали иначе: на носах своих кораблей они укрепили металлические тараны, которые пробивали брешь в корме вражеского судна. Чтобы увеличить маневренность и скорость кораблей, люди-орлы, помимо парусов, использовали весельный ход. Безжалостные надсмотрщики хлестали бичами голые спины закованных в цепи гребцов, рядами сидевших на скамьях.

Теперь корабли людей-орлов не зависели от прихоти ветра и морского течения. Они легко выполняли маневры, при необходимости поворачивались вокруг оси, чтобы нанести удар носовым тараном.

Военный флот людей-орлов вышел на те же морские пути, по которым плавали торговые суда китодельфинов.

Столкновение двух цивилизаций становилось неизбежным. Столицы обоих государств достигли такого расцвета, что не могли не видеть соперников друг в друге.

Флот людей-орлов взял инициативу на себя и первым напал на караван судов китодельфинов, следовавший с грузом продовольствия в одну из факторий. Это нападение застало китодельфинов врасплох.

Едва начало смеркаться, когда с кораблей людей-орлов раздался залп. Заряды из горящей пакли, пропитанной смолой, были выпущены из катапульт и подожгли такелаж на судах китодельфинов, которые не смогли противостоять нападавшим. На судах китодельфинов началась паника, корабли стали сталкиваться друг с другом. Капитаны людей-орлов выбирали удобный момент и пробивали корпуса носовыми таранами. Матросы прыгали в воду, чтобы спастись от кораблекрушения, и попадали под град горящих стрел. В ночи повсюду пылали корабли, гудели охваченные пламенем паруса.

Поднялся ветер, несколько кораблей китодельфинов сумели отбиться и пойти на абордаж. У команды был богатый опыт рукопашных схваток, матросам даже удалось захватить катапульты, при помощи которых они потопили несколько кораблей людей-орлов. Суда орлов утянули с собой на дно тысячи прикованных к скамьям рабов.

Акулы сплывались на запах крови целыми стаями, море бурлило на много миль вокруг.

Бой продолжался всю ночь. Опытные капитаны-китодельфины пытались управлять судами, охваченными огнем, при помощи остатков обгоревших парусов. Наутро лишь одно судно китодельфинов вернулось в родной порт с известием о катастрофе.

На совете большинство проголосовало за переговоры. Предлагали даже поднести людям-орлам дары, чтобы восстановить мир.

Так и было сделано. Но дары эти были приняты как признание противником своей слабости. Агрессия, вместо того чтобы прекратиться, только усилилась. Множество факторий китодельфинов было захвачено людьми-орлами.

Тогда и появился молодой генерал-дельфин. Ему было двадцать два года. Его отец тоже был генералом, он погиб, попав в засаду, которую устроили люди-орлы.

На вид молодой генерал была невзрачен — рыжеволос, невысокого роста, узкоплеч. Толстый нос нависал над мясистыми губами. Он казался подростком, но во взгляде его горела решимость. Генерал обратился с речью к толпе, собравшейся на городской площади. Он с жаром говорил о свободе и праве народов самим управлять своей жизнью. Он напомнил, что китодельфины всегда с уважением относились к самостоятельности, обычаям и законам иноземных городов, тогда как цивилизация орлов порабощала и эксплуатировала их. В стране, которая отказалась от принесения в жертву как людей, так и животных, в стране, где отменено рабство и установлен общий для всех день отдыха, и речи быть не может о том, чтобы подчиниться грубой силе и жестокости людей-орлов. По мнению генерала, городам, которым угрожали орлы, следовало усилить взаимную поддержку и, если возможно, объединиться под одним знаменем — под знаменем свободы. Люди невольно замолкали и прислушивались к его низкому глубокому голосу.

Генерал начал собирать вокруг себя людей. Через некоторое время группа добровольцев, привлеченных его яркой личностью, а не платой или надеждами на богатую добычу, превратилась в небольшую армию.

Искусный стратег и знаток истории, молодой генерал весьма ценил вклад людей-львов в военную науку. Если ему случалось встретить солдат, знавших Отважного, он заставлял их в мельчайших подробностях рассказывать о его военных приемах. Он понял: для того чтобы как можно лучше защитить осажденные со всех сторон земли китодельфинов, необходимо поразить противника в самом сердце его собственной империи. Лучшая защита — это нападение. Положение китодельфинов было безнадежным, а генерал разрабатывал план нападения на столицу людей-орлов.

Поначалу орлы не обратили никакого внимания на небольшое войско, высадившееся на соседнем побережье у людей-коз. Однако с каждым днем это войско пополнялось добровольцами, представителями народов, не желавших мириться с игом людей-орлов. Генерал продолжал обращаться к людям с пламенными речами на городских площадях, на рынках, на улицах сел и деревень.

Вскоре тридцать тысяч пеших воинов, шесть тысяч всадников и сто сорок слонов перешли первую горную цепь, окружавшую государство орлов. Генерал и армия его союзников вступили в страну людей-петухов. Их войско было столь внушительным, что люди-петухи осмелились наконец восстать против правителей-орлов. Это принесло им пользу — их города были освобождены один за другим.

В столице китодельфинов сенаторы были обеспокоены рискованной затеей генерала. Они боялись репрессий людей-орлов. К горячему генералу отправили посланника, который должен был внушить ему, что следует прекратить демонстрацию силы и как можно быстрее вернуться на родину. Молодой генерал и не подумал прислушаться к этим словам. Он заявил, что видел сон, в котором получил прямое указанием продолжать начатое дело. И его армия двинулась дальше, к землям людей-орлов.

Половина слонов погибла в дороге от холода и усталости, но через следующую горную гряду перевалило уже шестьдесят тысяч пеших воинов и двенадцать тысяч всадников. Люди-орлы думали, что покоренные ими народы остановят нашествие чужеземцев, но те, наоборот, с восторгом встречали многонациональную армию, отряды которой безо всякой опаски становились лагерем на их территории. Они слушали замечательного генерала, который говорил только о свободе и избавлении народов от гнета. Бесспорное доказательство получила еще одна истина — толпы можно держать в подчинении насилием и страхом, но легче их покорить обещанием свободы.

Новые отряды и целые деревни, охваченные жаждой свободы, вставали на сторону стремившегося к своей цели предводителя китодельфинов. Его стали называть Освободителем.

Первая битва произошла на равнине у подножия холма. Войска, собравшиеся под знаменем китодельфинов, появились на гребне холма, и в ту же минуту кавалерия и пехота людей-орлов бросились в атаку, карабкаясь по склону. Они преодолели уже половину расстояния и, запыхавшись, продолжали подъем, когда ряды китодельфинов расступились, пропуская слонов, на спинах которых сидели лучники. Их появление ошеломило закаленных в боях воинов-орлов. Они замедлили наступление, и Освободитель воспользовался моментом, чтобы двинуть свои войска вперед.

Слоны мощно и величественно шли, вытянувшись в линию и повергая противников в изумление. Живые крепости шли на врага, выставив вперед бивни. Земля дрожала под весом огромных животных. Многие из солдат-орлов обратились в бегство. Те, кто соображал недостаточно быстро, пали от стрел лучников, сидевших в башнях на спинах слонов. Испуганные лошади отказывались повиноваться всадникам и сбрасывали их на землю. Офицеры-орлы выкрикивали приказы, но слоны трубили, заглушая их голоса. Бивни вонзались в ряды противника и поднимались к небу с нанизанными на них солдатами.

Когда пехота китодельфинов выступила вперед, ей оставалось лишь довершить начатое и затоптать последние очаги сопротивления.

Молодой генерал приказал отпустить несколько выживших солдат-орлов. Он хотел, чтобы они рассказали своему народу и правителям о разгроме их армии. Он постиг суть психологической войны.

Эффект превзошел все ожидания.

Правитель людей-орлов не знал, как поднять боевой дух в своих войсках, и решил возродить древний обычай людей-крыс — бороться со страхом, сея ужас. Каждый десятый из солдат, бежавших с поля боя и таким образом нарушивших клятву биться до смерти, был публично обезглавлен. «Победа или смерть» — таков был отныне девиз людей-орлов. Было объявлено, что, если впредь солдаты побегут от слонов, они погибнут от стрел лучников, которым будет дан приказ убивать трусов.

Ко времени второй битвы люди-орлы усвоили полученный урок. Они рассеялись по полю, пропуская слонов, затем окружали их и подрезали им подколенные сухожилия. Обезумев от боли, животные крутились на месте и падали, подминая сидевших на них лучников.

Освободитель быстро нашел выход. Он удлинил линию атаки, бросил кавалерию на помощь слонам и одержал очередную победу.

В войсках и среди простого народа авторитет генерала продолжал расти. Не обращая внимания на требования и выговоры, непрерывно поступавшие от сенаторов, все сильнее обеспокоенных его неожиданным успехом, генерал продолжал путь к столице людей-орлов.

Он больше не мог рассчитывать на помощь своего государства, но неожиданно получил помощь от городов на вражеской территории, измученных тиранией своих правителей. Он был теперь знаменит не только благодаря своим обещаниям подарить народам свободу и избавить их от гнета. Его победы приукрашивали, его провозглашали непобедимым, говорили, что боги покровительствуют ему. Кто мог противиться Освободителю?

Армия китодельфинов продвигалась к столице людей-орлов, не встречая серьезного сопротивления. На всем пути ее восторженно приветствовали.

Последние силы орлов были собраны для защиты столицы. Предвидя долгую осаду, в городе сделали большие запасы продовольствия.

Когда армия союзников наконец окружила город, осажденные пришли в полное отчаяние. Среди горожан ходили ужасные слухи, говорили о чудовищах, которые топчут людей и хоботом подбрасывают в воздух, прежде чем проткнуть огромными клыками.

Среди простых людей-орлов были популярны прогрессивные идеи Освободителя. Они начали подстрекать к государственному перевороту, и еще до того, как китодельфины пошли на приступ, в столице началась гражданская война.

«Бунт оборванцев» был утоплен в крови. Но это лишь подогрело враждебность народа орлов к правительству.

Освободитель, однако, не решился поддержать восставших. Он встал лагерем под городскими стенами, перерезав все пути сообщения, и стал ждать.

Никто не сомневался в разгроме орлов. В самой столице измученные голодом горожане уже смирились с поражением.

Прошло несколько недель, когда, ко всеобщему изумлению, Освободитель решил снять осаду. Он считал, что люди-орлы поняли урок. Нет нужды уничтожать их, они и так будут смирными. Теперь им известно, что если они заденут китодельфинов, то получат жесткий отпор.

Сенат людей-орлов немедленно подписал мирный договор, по которому китодельфины получали обратно захваченные орлами фактории и земли.

Союзникам, которые были не прочь разграбить город и недоумевали, почему генерал пощадил его население,

Освободитель объяснил, что настало время покончить с резней и грабежом и теперь любой народ больше выиграет от заключения союза, чем от разрушительных набегов. Он пошел еще дальше, не исключив возможности экономического сотрудничества между китодельфинами и людьми-орлами.

Когда он вернулся домой, во главе армии, народ высыпал на улицы и встречал своего спасителя как героя. Сенаторы, завидуя его славе и опасаясь, как бы слишком молодой и порывистый Освободитель не покусился на трон, попытались распустить слух, что на поле боя он вел себя трусливо и малодушно. Но этим россказням никто не поверил. Тогда сенаторы сделали другой ход: они попытались поднять бунт среди солдат. Армия молодого генерала по-прежнему на четверть состояла из наемников, и достаточно было задержать им плату, чтобы они подняли бунт.

Добровольцы, пришедшие под знамена Освободителя из других стран, вернулись к себе на родину. Патриоты-китодельфины, когда опасность миновала, вновь занялись повседневными делами. В окрестностях метрополии вооруженными остались только наемники, которым сенаторы отказались платить, утверждая, что в казне нет денег. Наемники, как и предполагали сенаторы, двинулись на столицу. Освободителю пришлось спешно собирать армию из горожан. Их, конечно, было намного меньше, и были они далеко не такими опытными, как наемники, зато они знали, за что сражаются. Битва между бывшими товарищами по оружию была суровой, но Освободитель, благодаря врожденному таланту стратега, смог разделить армию противника на две части. Таким образом, его маленькое войско сначала встретилось в бою с половиной наемников, победило их, а затем атаковало вторую и снова одержало победу. Однако это сражение сильно ослабило армию китодельфинов.

В это время пришло известие, что армия людей-орлов переформирована и ею командует полководец, который моложе Освободителя. Столица людей-орлов не была разграблена, и люди-орлы смогли пополнить армию многочисленными наемники. Эта армия только что высадилась на берег китодельфинов. Захватчики убивают всех, кто попадается им на пути, — мужчин, женщин, детей, ремесленников и крестьян.

Нашествие новой армии людей-орлов вызывало такой ужас, что города и села сдавались без боя.

Раздался удар гонга, Геракл включил свет.

34. ЭНЦИКЛОПЕДИЯ: АРХИМЕД

Архимед, сын астронома, родился в 287 г. до н. э. на Сицилии, в Сиракузах. Город был греческим, что не мешало ему в то же время находиться под влиянием Карфагена.

Принимая ванну, Архимед заметил, что, когда он погружается в воду, ее уровень повышается. Так он вывел свой знаменитый закон: «На тело, погруженное в жидкость, действует выталкивающая сила, направленная снизу вверх, численно равная весу жидкости, вытесненной этим телом». Говорят, что тогда он издал легендарный возглас «Эврика!», что по-гречески означает «Нашел!» (часть его рукописи, описывающей действие закона, была обнаружена в 1907 году на пергаменте, который был использован повторно — на нем была написана страница из Библии).

Архимед изучал точки равновесия сил и обосновал принципы действия рычага. Он также открыл правило: «Соизмеримые величины уравновешиваются на расстояниях, обратно пропорциональных их весам». Ему приписывают и другую известную фразу: «Дайте мне точку опоры, и я переверну мир». Таким образом, Архимед определил понятие центра тяжести тела.

Занимаясь механикой, он изобрел зубчатое колесо, ставшее предком шестеренки, и Архимедов винт, предшествовавший изобретению болта и гайки; этот механизм позволял поднимать зерно в зернохранилище.

Царь Сиракуз заключил союз с карфагенянами, и римляне, желая наказать его, три года осаждали город. За это время Архимед построил множество необыкновенных военных машин. Он придумал катапульту, в десть раз превосходившую мощностью римскую. Создал подъемный кран, который изнутри прислоняли к городской стене. Когда корабль неприятеля подходил слишком близко, вниз на цепи спускали железную лапу, которая захватывала корму корабля. Срабатывал противовес, и поднятый в воздух неприятельский корабль переворачивался, как игрушка, вместе со всеми, кто был на борту. Помимо прочих революционных изобретений, Архимед создал систему вогнутых зеркал, которые усиливали и направляли солнечные лучи. При помощи этих зеркал осажденные поджигали паруса на римских кораблях.

Плутарх так описывает его смерть: «В тот час Архимед внимательно разглядывал чертеж и, душою и взором погруженный в созерцание, не заметил ни вторжения римлян, ни захвата города. Когда вдруг перед ним вырос какой-то воин, Архимед отказался следовать за ним. Архимед молил немного подождать, пока не найдет решения задачи, которое приведет к важному научному открытию. Солдат принял эту просьбу за проявление непочтительности и, чтобы наказать Архимеда, вонзил ему меч в живот».

Эдмонд Уэллс.
«Энциклопедия относительного
и абсолютного знания», том V

35. ГЕРАКЛ ПОДВОДИТ ИТОГИ

Мы постепенно приходим в себя после жестокой партии, только что разыгранной нами. Кажется, будто мы прошли через барокамеру, чтобы вернуться с «Земли-18».

Чтобы видеть всю территорию людей-китов, я поднялся на скамейку, теперь я спускаюсь с нее и отхожу назад. Отсюда «Земля-18» похожа на большой мяч. Планета-черновик. Мы стараемся так же, как первый бог на «Земле-1», который хотел устроить все как можно лучше. «Земля-18» кажется мне неблагодарной любовницей.

Я вытираю лоб и замечаю, что снова обливаюсь потом. Я липкий с головы до пят. Наверное, за одну партию в Большой Игре теряю по килограмму. Станешь богом — поневоле похудеешь.

Геракл садится за письменный стол и дает нам время обсудить игру.

Мое сердце колотится, я разрываюсь между восторгом от побед Освободителя и тревогой, вызванной неожиданным поворотом событий. Столько трудов, а в результате обстоятельства сложились так неблагоприятно.

Я спрашиваю Рауля:

— Ты ведь не сделаешь этого?

Мой друг подпирает подбородок руками. Он совершенно спокоен.

— А что я получу, если я пощажу тебя?

— Но мы ведь друзья? — настаиваю я.

— Да, в жизни мы дружим, но в игре все по-другому. Когда приятели играют в покер, они, насколько я знаю, не делают друг другу поблажек.

— Но я же спас тебя в подобной ситуации. Освободитель осадил твою столицу, но пощадил твой народ.

Рауль пристально смотрит на меня.

— Я благодарен ему.

Он все так же невозмутим.

— Победа считается победой, только если доведена до конца. Твой генерал сначала блефовал, а потом сошел с дистанции.

— Он пощадил твой народ!

— Зачем?

Этот вопрос изумляет меня.

— Потому, что ты мой друг.

— И все?

— И потому, что важно как можно скорее положить конец непрекращающемуся насилию, мести, сделать дипломатию новым языком общения народов. Мы подписали мирный договор.

Теперь Рауль возмущается:

— Ты унизил меня, ты угрожал и не нанес последнего удара. Нужно было довести дело до конца.

Если я правильно понял, он упрекает меня в том, что я сохранил ему жизнь.

— А мирный договор?! — повторяю я, едва сдерживаясь.

— Я не буду его соблюдать.

— Это нечестно!

— Я считаю это обычной хитростью. Частью игры. Как бог, я имею право на любую стратегию, чтобы спасти свой народ от грозящей ему гибели. Как только опасность миновала, я начинаю думать о своих интересах.

— Это был мирный договор, благодаря которому мы оба могли вылезти из осиного гнезда, куда нас помимо нашей воли загнал твой воинственный настрой.

— Мирный договор? — повторяет Рауль. — «Мир» — понятие, которым пользуются смертные. Так же, как и понятиями «счастье» или «любовь». Это всего лишь слова, которые позволяют мечтать. Ничего конкретного. На самом деле есть лишь война, которая идет быстрее или медленнее. Мир — это антракт между войнами.

— Мир — это идеал.

— Для смертных, но не для богов. Отсюда прекрасно видно, что заключение мира, мирные договоры — уловка слабых богов или бездельников, которым недостает терпения организовать завоевательный поход. На этом этапе игры необходимы определенные военные действия. Когда эта работа будет завершена, когда начнут формироваться границы, мир установится сам собой.

Я смотрю на своего друга, словно вижу его впервые.

— Мишель, не будь наивным. Я подписал договор, потому что оказался в затруднительном положении, мне нужно было время, чтобы собрать силы. Мирные договоры для того и нужны, чтобы выиграть время и потом нанести удар наверняка. Не строй иллюзий, на «Земле-18» все еще джунгли.

— Ты играешь нечестно.

— Несоблюдение мирного договора нельзя считать нарушением правил, это стратегия. На прекрасных чувствах не построить великой цивилизации. Не будешь же ты утверждать, что веришь в то же, во что верят смертные!

— Мирные договоры — это способ сократить насилие.

— Насилие — это ЗАКОН природы. Животные дерутся друг с другом. Сколько тебе повторять? Разве львы заключают мирный договор с газелями? Даже среди траво-ядных есть соперничество. Даже в твоем теле действует тот же закон. Разве твои лимфоциты вступают в переговоры с микробами? Нет, они уничтожают их, потому что от этого зависит жизнь всей системы. Все убивают, чтобы выжить.

Рауль продолжает, глядя на меня в упор:

— Я вижу, ты не можешь вынести собственной победы. Это значит, что ты не понимаешь сути Природы. Ты считаешь себя более развитым, а на самом деле ты слабее всех. Ты динозавр.

Он продолжает сурово обличать меня, а я начинаю раздражаться. Рауль очень изменился, он полностью проникся силой «D». «Д» — как Дарвин.

— Я считаю, что доброжелательность — признак ума и развития. Последнее слово за доброжелательными.

Нам обоим кажется, что мы ведем бессмысленный спор. Рауль не сможет изменить меня, а я не переделаю его.

— Помнишь, на «Земле-1» были медведи-вегстари-анцы? — спрашивает Рауль.

— Панды?

— Да, вспомни-ка. Возможно, им надоели их когти, надоело кусаться и убивать. Они принялись жевать бамбук и оказались на грани исчезновения.

— Ты бы на моем месте...

— Я бы захватил столицу. Без малейшего колебания. Это игра. Как только ты начал колебаться, я тут же понял, что ты слабее своего генерала. Я ведь догадался, что это ты послал ему сон, который заставил его выйти из игры. Смертные не настолько глупы! Он подумал и решил оставить начатое дело. Слабые размышляют и сидят сложа руки, а сильные не задают вопросов и действуют. Позже, если дело не выгорит, они принесут извинения, скажут, что все вышло случайно, или найдут офицера, на которого свалят всю вину.

Может быть, Рауль прав. Я стою не больше, чем Теотим, который медлил на ринге, вместо того чтобы мстить за себя. Страх победить, неспособность держать оборону до конца, боязнь что-либо разрушить, оказаться перед необходимостью проявить такую же жестокость, что и противник, поступать так же, как он.

Мой Освободитель отказался нанести последний удар. Я знаю, он не мог себе представить, как будет разорять, насиловать, грабить город, у которого больше не было сил защищаться. Ему казалось, что этим он унизит себя. Он вернулся домой с гордо поднятой головой. И вот к чему это привело.

Рауль стоит на своем.

— *Delenda est Carthago,* — мрачно говорит он. Слова римского генерала Сципиона, собиравшегося разрушить вражескую столицу. «Карфаген должен быть разрушен».

За моей спиной раздается голос.

— Совершенно справедливо. Если вы ведете себя как карфагеняне, вы переживете и их мучения, — говорит Геракл.

— В чем вы можете упрекнуть меня? — спрашиваю я.

— В том, господин Пэнсон, что вы полностью копируете некоторые эпизоды из истории «Земли-1».

— Это преступление?

— Копирование? Да. Это слишком легко. Это плохо, хотя довольно популярно. Не удивляйтесь же, что сходные причины вызывают сходные последствия. Не знаю, откуда вы берете информацию, но вы, вне всякого сомнения, повторяете историю «Земли-1».

Младший преподаватель хмурит брови.

— Вы думаете, я не узнал Ганнибала Карфагенского и его слонов? Ваш Освободитель — его бледная копия. И если бы копировали только вы, Пэнсон! А Эйфель со своим мудрецом, который как две капли похож на Сиддхартху! А этот псевдо-Александр Великий, которого я только что видел у львов! Да, я говорю об Отважном. Просто поразительно, до чего же у вас скудное воображение.

Я прячу в складках тоги «Энциклопедию относительного и абсолютного знания», чтобы Геракл не узнал, откуда я добываю сведения о событиях, происходивших на «Земле-1». Действительно, я знал, что мой учитель Эдмонд Уэллс питал слабость к Ганнибалу Карфагенскому. Я действительно запоем читал о подвигах этого молодого генерала, который, пойдя наперекор воле правительства, организовал военный поход, чтобы разгромить завоевателя своей родины. Узнав, что он к тому же выступал за отмену рабства и освободил от него Испанию и юг Галлии, я был совершенно покорен. Мне даже случалось думать, что если однажды я вернусь на землю простым смертным, то назову сына именем этого героя. Ганнибал один против римлян. Ганнибал, помиловавший поверженного врага. Ганнибал, преданный своими. Герой.

«Проявлять оригинальность», — пишет Геракл на доске. Он несколько раз подчеркивает эти слова.

— Не хватало еще, чтобы я обнаружил себя среди ваших потрепанных героев. В этом раунде я не буду награждать лучших. Я просто назову тех, кто выступил не так плохо, как другие...

Геракл снова садится, заглядывает в блокнот и объявляет:

— Итак, первый, несмотря на банальность героя, — Густав Эйфель с людьми-термитами. Его буддийская философия пользуется спросом. Он изобрел некую мягкую силу, в которой увязают те, кто пытается покорить его. Странно, но это работает. Я считаю, что Густав Эйфель лучше всех олицетворяет силу «А», силу присоединения.

Мы не решаемся аплодировать после столь кислой похвалы.

— На втором месте Жорж Мельес и его люди-тигры, которые находятся на пике развития. Мельес осуществил промышленную революцию, создал администрацию, опирающуюся на секретные службы, которые прекрасно контролируют всю территорию страны. Он олицетворяет силу «N», нейтральную силу. Он избегает как нападения, так и защиты. Люди-тигры правят страной, не испытывая ни жажды власти, ни страха. Вот поистине стабильная цивилизация.

Раздается несколько хлопков.

— Третье место: Рауль Разорбак и люди-орлы — за то, что он быстро оправился от поражения, нанесенного китодельфинами, и вновь отправился завоевывать мир. Удивительно, но, кажется, он вышел из этого испытания более сильным, чем был. Видимо, сознание, что он едва не погиб, дало ему новые силы. Великолепные оборонительные способности. Разорбак — олицетворение силы «D», силы нападения и нашествия, военной силы во всем ее могуществе.

Снова слабые аплодисменты, к которым я не присоединяюсь.

Затем Геракл перечисляет имена остальных. Я не попал ни в десятку, ни в двадцатку первых. Моего имени нет даже среди первых пятидесяти учеников.

Я постепенно смиряюсь с мыслью, что буду последним. Еще один жест доброй воли, и я вместе со своим народом обречен.

— Семьдесят восьмой и предпоследний — Мишель Пэнсон. Армия разгромлена, столица в руинах, народ рассеян. Ваши люди-дельфины повсюду в меньшинстве, разбросаны по всей земле, подвергаются гонениям. Гордиться, собственно, нечем.

Я бормочу:

— Мои ученые и художники приносят много пользы.

— Они служат другим народам, которые более или менее охотно терпят их. Ваша столица разрушена, и люди-дельфины станут рабами воинственных соседей. Это серьезное поражение для народа, который всегда восставал против рабства и боролся за свободу личности.

Я не сдаюсь:

— Мои исследователи, караваны, корабли путешествуют по всему миру. В большинстве факторий говорят на языке дельфинов. Во многих странах это также и язык науки.

— Однако стоит вашим купцам встретить пиратов, как от них ничего не останется. Любой ваш ученый может погибнуть в обычной резне. Никто даже не заметит его гибели.

— Я выбрал знания, творчество и... мир.

После спора с Раулем я сомневаюсь, произносить ли вслух это слово, которое кажется мне сейчас несколько неуместным. Геракл останавливается передо мной.

— Плохой выбор. Вы должны были делать ставку на силу. Сначала нужно быть сильным, и только потом можно позволить себе роскошь выступать в поддержку благородных идеалов. Как говорил ваш коллега, присутствующий здесь Жан де Лафонтен, «у сильного всегда бессильный виноват».

Жан де Лафонтен смущен тем, что его цитируют в таких обстоятельствах. Он делает вид, что погружен в свои мысли. Нужно сказать, что его люди-чайки до сих пор не сделали ничего значительного. Они живут на краю другого континента и только-только начинают снаряжать корабли, чтобы начать торговлю с соседями.

Я ищу взглядом поддержки, но не нахожу. Играя в богов, управляя собственным народом, все поняли, что добродетели, которые внушали нам родители или школьные учителя, не имеют здесь никакой цены. Эдем выше добра и зла.

Я смотрю на Геракла, который, похоже, искренне желает, чтобы и я это понял. Он так же свободен от иллюзий, как Рауль.

— Вы не на последнем месте только потому, что ваши ученые, люди искусства и исследователи, хранят дух вашего народа, даже если им приходится жить под гнетом иноземцев. Им удается передать этот дух следующим поколениям. Они лишены родины, но живы благодаря тому, что жива их культура.

Последний раз взглянув на мой народ через увеличительное стекло анкха, Геракл говорит:

— Ваши книги, Мишель, единственная территория, где вы можете чувствовать себя в безопасности. Книги, праздники, предания, мифология, ваши ценности... У вас виртуальная родина.

— Моя культура достаточно сильна, чтобы возродиться где угодно, когда угодно, — утверждаю я, хотя сам слабо в это верю. — Генерал Освободитель смог так быстро собрать армию именно благодаря тем самым ценностям, которые имеют значение для всех думающих людей.

Геракл оценивающе смотрит на меня.

— Пусть так. Проблема в том, что вы исходите из того, что интеллектуалов, одержимых идеей свободы, большинство.

Зал разражается смехом. Я молчу.

— Постарайтесь увидеть мир таким, каков он есть, а не таким, как вам бы хотелось.

Мне нечего ответить на это.

— Исключается ученик, занявший последнее место: Этьен Монгольфье и его люди-львы. Обратный отсчет 79 — 1 = 78.

Монгольфье вскакивает:

— Вы ошиблись! Это невозможно!

— Вовсе нет, — отвечает Геракл. — Вы думаете только о праздниках, наслаждениях и оргиях. Даже ваша поэзия пришла в упадок.

Монгольфье бормочет:

— Дайте мне немного времени, я исправлюсь.

— Ваши города вырождаются. Они сутяжничают из-за каких-то мутных историй об охотничьих угодьях или изменении русла ручья. Люди-орлы обложили их данью. Флот устарел. У вас слишком много людей, население выплескивается за границы ваших земель, при этом нет средств, чтобы начать захватническую войну и расширить территорию. Кто не идет вперед, оказывается в хвосте, господин Монгольфье.

Монгольфье стоит совершенно красный.

— Это не моя вина! Это из-за Мишеля!

Почему все они рано или поздно начинают меня ненавидеть? Возможно, потому, что не боятся меня. Если бы они оскорбили Рауля, его люди-орлы тут же напали бы на обидчика.

— Приняв людей-дельфинов Пэнсона, я позволил червю проникнуть в плод!

Он забыл все, что я сделал для него, так же как Клеман Адер и его люди-скарабеи. Все они рано или поздно убеждают себя, что всегда владели тем, что я им дал. С каждым новым поколением они преуменьшают мой вклад, чтобы избежать необходимости благодарить меня.

— Пэнсон создал класс интеллектуалов и философов, из-за которого мой народ утратил воинственность.

Оказывается, Монгольфье все-таки помнит, что я сделал.

— Пэнсон внушил моим людям желание праздновать, заниматься танцами, музыкой, театром... — Он указывает на меня, обвиняя: — Он научил моих женщин покачивать бедрами в сладострастных танцах, из-за него мои мужчины предпочли праздники войне. Когда пришли люди-орлы, мой народ уже совершенно ослабел.

Монгольфье встает и угрожающе надвигается на меня.

— Я должен был уничтожить твой народ, как только он ступил на мою землю!

Другие ученики удерживают его. Он поворачивается к ним и выкрикивает:

— Я советую всем ученикам гнать людей-дельфинов!

— Мои люди поделились с твоим народом всеми своими знаниями, — возражаю я.

— Мне это было не нужно! Посмотри, к чему это привело! Я бы обошелся без этих знаний.

— Я дал тебе знания моего народа, потому что ты сам просил.

— Это было ошибкой. Лучше погибнуть без тебя, чем вместе с тобой добиться победы!

Он вырывается, но тут вмешивается Геракл:

— Довольно. Я не люблю тех, кто не умеет проигрывать. Есть некоторые фразы, которые слишком много значат для истории, чтоб их можно было оставить без ответа. Вы проиграли, Монгольфье. Убирайтесь из истории «Земли-18». Примите поражение, как бог.

Геракл хлопает в ладоши, и вот кентавры уже здесь. Они хватают проигравшего.

— Не трогайте меня! Химеры, лапы прочь от моей тоги! Мой народ образцовый, образцовый, слышите? Люди-львы изобрели все! Орлы все украли у нас! Даже твой генерал, Мишель, твой Освободитель, восхищался моим народом. Он перенял мою стратегию, я прекрасно видел, что делала твоя кавалерия на флангах! Это я придумал! Мы были маяком для всех народов, маяком! Без меня эта планета не была бы такой, какая она сейчас.

Монгольфье продолжает сыпать проклятиями, которые доносятся даже снаружи:

— Убивайте дельфинов, убивайте дельфинов! Убейте Мишеля! Если среди вас есть богоубийца, вот его следующая жертва. Убейте Мишеля!

Аудитория не реагирует на эти крики. Я стою как в столбняке, пораженный такой враждебностью. Ведь он такой же, как я, он тоже бог.

Рауль подходит ко мне.

— Не бери в голову. Твои люди могут прийти ко мне, когда захотят. Я разрешу им строить школы, лаборатории, театры, как они делали это у львов и у других.

Я сомневаюсь, стоит ли принимать это предложение. Рауль продолжает:

— Безусловно, люди-дельфины получат у меня только статус «меньшинства, ограниченного в правах». Им будет запрещено владеть землей или оружием. Но я буду защищать тебя ото всех, Мишель.

Я не знаю, что ответить тому, кто готовится стереть с лица земли мою столицу.

— У меня нет предубеждения против интеллектуалов, — добавляет Рауль, стараясь внушить мне доверие.

36. ЭНЦИКЛОПЕДИЯ: ДЭВИД БОМ

Долгие годы работая в области теоретической физики и квантовой механики, Дэвид Бом заинтересовался возможностью использовать свои теории в философии. Этот специалист по голограммам, трехмерным изображениям, полученным с помощью лазерных лучей, был вынужден покинуть Соединенные Штаты в 1950-е годы, во время антикоммунистической «охоты на ведьм». Позже сочувствующие нацистам изгнали его из Бразилии. Дэвид Бом переехал в Англию и начал преподавать в Лондонском университете. Он увлекся тибетским буддизмом и стал другом далай-ламы.

Он развивает теорию, согласно которой Вселенная всего лишь большая иллюзия, подобная объемному голографическому изображению, и открыто заявляет об этом. Вселенная устроена так же, как голограмма, — объемное изображение, каждая часть которого содержит информацию о картине в целом. Если разрушить голографическое изображение, то в каждом его фрагменте будет содержаться информация обо всем изображении.

Дэвид Бом представляет Космос как бесконечную волновую конструкцию, где все находится во взаимосвязи, где бытие и небытие, дух и материя — лишь различные проявления единого источника света, благодаря которому изображение становится объемным. Он называет этот источник света Жизнью.

Эйнштейн, сначала критически относившийся к новаторским суждениям коллеги, впоследствии живо заинтересовался открытиями Бома.

Отдалившись от научных кругов, слишком консервативных, чтобы выйти за границы очерченного круга, Дэвид Бом, не колеблясь, ссылается на индуизм или китайский даосизм, пытаясь объяснить свои представления о физике. Он не разграничивает тело и разум и считает, что существует общее сознание человечества. Чтобы увидеть его, необходимо осветить определенный слой с определенного расстояния (ибо все существующее — лишь информация, которая становится доступной при свете, подобно тому, как голограмма создает иллюзию объема лишь тогда, когда лазерный луч падает на нее под правильным углом). Бом полагал, что методами квантовой физики и медитации можно обнаружить скрытые слои реальности.

Согласно его метафизическим представлениям, смерти нет, существует лишь переход с одного энергетического уровня существования на другой. Дэвид Бом «перешел на новый энергетический уровень» в 1992 году, так и не постигнув

*Вселенную до конца, однако он открыл новую область иссле-
дований — на стыке науки и философии.*

Эдмонд Уэллс.
«Энциклопедия относительного
и абсолютного знания», том V

37. КАРТОЧНЫЙ ФОКУС

Три луны образуют идеальный равнобедренный треугольник над вершиной горы. Вместо тамтамов, звучав-
ших в первые дни, в городе богов играет тихая музыка,
скрипка и виолончель перекликаются, словно человеческие голоса.

Сегодня мы ужинаем не в Мегароне, а в Амфитеатре.
Ужин накрыт на скамьях, расположенных полукругом.
Нам подают лазанью, чтобы мы осознали существование
различных слоев истории. Чтобы было уютнее, Времена
года расставляют свечи.

Мы пробуем новые вина и пряности. Все устали от
напряженной игры, говорить о ней больше не хочется.
Теонавты собираются за одним столом. Жан де Лафонтен
садится рядом с нами. Довольно долго мы едим в молча-
нии.

— Покажи нам еще какой-нибудь фокус, — просит
Мата Хари Жоржа Мельеса.

— Хорошо, но мне нужны карты.

Мата Хари знает, где их взять. Она приносит колоду,
которую Жорж Мельес принимается внимательно рассматривать. Затем он раскладывает карты в четыре ряда:
король, дама, валет, туз пик, под ними — король, дама,
валет, туз червей, потом трефы и бубны.

Жорж Мельес объясняет:

— Это круг, и в нем — история. История четырех царств — пик, червей, треф и бубен. Они живут отдельно друг от друга.

Он показывает на четыре параллельных ряда карт.

Я представляю себе карточные царства, где червовые короли, пиковые королевы, бубновые валеты правят своими народами-тузами.

— Но со временем, с развитием дорог, когда люди начали больше путешествовать и вступать в смешанные браки, народы перемешались между собой. И вместо четырех отдельных царств возникла федерация государств, на смену которой позже пришла одна нация, образованная четырьмя народами.

Жорж Мельес собирает четыре ряда карт в одну колоду — шестнадцать карт рубашками вверх.

— Государства объединились, и для федерации наступило время небывалого расцвета. Однако слияние народов произошло слишком быстро. Новое правительство, возглавившее федерацию, поддалось коррупции. Олигархия злоупотребляла властью, возник новый слой нищих. Люди, которым не хватало жилья, начали селиться в пригородах, стали возникать ужасные трущобы, язвы на теле городов. Появилась организованная преступность. Развитие промышленности вызвало загрязнение окружающей среды, пробки на дорогах, всеобщий стресс. Росла безработица, и одновременно падал уровень безопасности. Люди больше не решались выходить из дома по вечерам. Тюрьмы были переполнены.

— Это мы уже видали, — усмехнулся Густав Эйфель.

Жорж Мельес не обращает внимания на его слова и невозмутимо продолжает:

— Политики бессильны, они не могут вывести страну из кризиса. Вернуться назад невозможно, идти вперед страшно. И тогда правительство решает обратиться к... Мишелю Пэнсону.

Фокусник протягивает мне карты.

— Только ты можешь теперь все спасти, Мишель.

Я беру карты, но не знаю, что с ними делать.

— Мишеля назначают чрезвычайным премьер-министром. Он решает немедленно принять драконовские меры, — объявляет Мельес. — Он приказывает произвести перестановку в правительстве. Давай, Мишель, разбей колоду.

— Все равно как?

Я делю колоду на две части и перекладываю нижнюю наверх.

Фокусник комментирует:

— Министр Пэнсон только что провел первую реформу, но население по-прежнему колеблется и не доверяет ему, поэтому он приступает к осуществлению следующей меры. Мишель, пожалуйста, сделай это еще раз.

Я снова разбиваю колоду пополам и перекладываю нижнюю часть наверх.

— Министр Мишель может повторить этот шаг столько раз, сколько сочтет нужным. Он — глава правительства и знает, что делать.

Семь раз я повторяю то же действие. Мельес говорит:

— Народ все время сомневается, ему постоянно нужны новые доказательства. Люди говорят: «Ну хорошо, он занимается перестановками, но чем это поможет нам?»

Я сам думаю об этом.

— Тут Мишель решает применить новую тактику. Мишель, бери всю колоду.

Я подчиняюсь.

— Клади первую карту рубашкой вверх в левый верхний угол. Вторую — справа от нее. Дальше третью и четвертую.

Я выкладываю первые четыре карты.

— Следующий ряд ниже, слева направо. Пятую карту под первой, шестую под второй и так далее. У тебя должно получиться четыре ряда карт, лежащих картинками вниз.

— И что? — ехидно спрашивает Рауль. — Что такого чудесного сделал чрезвычайный министр Мишель?

— Он предлагает нам новый порядок, — спокойно отвечает Мельес и просит Рауля открыть первый ряд карт. Четыре короля. Во втором ряду — четыре королевы, в третьем — валеты, в четвертом — тузы.

Все аплодируют. Я пытаюсь понять, в чем секрет. Ведь я сам решал, сколько раз и как именно перемешать карты. Мельес ни разу не прикоснулся к картам и сидел в стороне, показывая, что он тут вообще ни при чем. Как же вышло, что карты легли строго по значению?

Сара Бернар внимательно рассматривает карты, пытаясь найти обман. Она тоже в полном недоумении.

— Каждый толкует этот фокус как хочет. Можно, например, сделать вывод, что необходимо положить конец централизованной власти.

— Как ты это делаешь? — удивленно спрашиваю я.

— Фокусник никогда не раскрывает своих секретов, — отвечает Мельес.

Фокус произвел на меня странное впечатление. Произошли какие-то события, то ли хорошие, то ли плохие, и я был совершенно не властен над ними. Мне казалось, что мной манипулируют, как в фокусе про киви и Данию*. Я думаю, что сам делаю выбор, но это не так. Я считаю, что правлю народом дельфинов, самостоятельно принимаю решения, а на самом деле повторяю историю «Земли-1».

Поблагодарив Жоржа, я встаю и иду между скамьями. Ученики ужинают, музыканты играют, оры и Времена года разносят блюда. Чувствуют ли они то же бессилие, что и я, чувствуют ли, что нами манипулируют? Нет, они полагают, что игра движется благодаря их таланту.

Выходя из Амфитеатра, я замечаю, что за мной кто-то идет. Оборачиваюсь и вижу... маленькое сердце на ножках. Я наклоняюсь к нему, и оно робко останавливается. У него нет ни глаз, ни ушей. Еще одно чудо Эдема.

— Чего ты хочешь от меня?

Сердце подпрыгивает и дотрагивается до моих губ, оно хочет, чтобы его целовали. Трется о мои ноги, как кошка, которая просит ласки. Чего только не увидишь здесь!

Маленькая химера нетерпеливо подпрыгивает на месте. В эту минуту откуда-то сзади появляется сачок для ловли бабочек и накрывает сердце.

Тот, кто сделал это, молча появляется из темноты.

Я с трудом различаю очертания высокой фигуры. Это кто-то длинноволосый.

— Вы из тех, кто влюбляется в мою мать, — раздается гнусавый голос.

---

* См. «Мы, боги», гл. 87 «Фокус» и 107 «Экспедиция в красное». — *Примеч. авт.*

Видны только тонкие руки, освещенные лунным светом, который пробивается сквозь ветви. Они ловко извлекают сердце из сачка, кладут в банку и закрывают ее. Затем достают клок ваты, пропитывают его какой-то жидкостью и бросают в банку. Сердце начинает в панике метаться, бьется от стенки, крутится на месте, подпрыгивает и падает без движения.

— Вы убили его?

— Разумеется. И вы должны сказать мне спасибо. Влюбленное сердце, следующее за вами по пятам, может превратить вашу жизнь в ад.

— Значит, химеру можно убить?

— Это не совсем химера, — говорит фигура. — Скорее живая игрушка. У нее нет настоящей души. Сильно любить — вот все, что она умеет. Как правило, это очень нравится детям.

Я не могу понять, кто со мной говорит — женщина или мужчина. Я смотрю на неподвижное сердце в банке. Оно лежит на спине, задрав маленькие ножки.

— Кто вы?

Незнакомец подходит ближе. Теперь я ясно вижу его. Мужчина или женщина с большой грудью, густыми усами, длинными волосами и могучими руками.

— Гермафродит. Приятно познакомиться, — говорит он насморочным голосом. — Вы Мишель Пэнсон, бог людей-дельфинов?

Это Гермафродит, сын Афродиты и Гермеса.

— Вы, конечно, захотите поговорить со мной, — говорит он.

— Ну...

— Все «они» хотят поговорить со мной.

Гермафродит берет меня за руку, ведет обратно в Амфитеатр. Мы садимся за стол, банка с мертвым сердцем стоит рядом. Оры и Времена года подают еду.

— Все хотят одного и того же по одним и тем же причинам, — усмехается он с набитым ртом.

Я не понимаю, о чем он говорит.

— Ты хочешь знать, любит ли тебя моя мать и какая она на самом деле? — Гермафродит с аппетитом ест лазанью.

— Ну...

— Она сказала тебе, что «ты самый важный для нее человек», верно?

Прямой вопрос застает меня врасплох.

— То есть...

Он наливает мне стакан амброзии.

— Я тоже Младший преподаватель. Я помогаю ученикам получить степень «Почетный бог». Будем считать, что эта маленькая услуга входит в мои обязанности. Если хочешь, я удовлетворю твое любопытство. Давай же спроси меня о чем-нибудь.

Ничего не приходит в голову.

— Тогда я сам отвечу на вопрос, который ты не задал. У меня две новости — хорошая и плохая. Хорошая — влюбившись в мою мать, ты переживаешь самые сильные чувства, какие только доступны душе.

— А плохая?

— Моя мать — королева шлюх.

Он улыбается, и в глазах его вспыхивает огонек.

— И еще одна хорошая новость. Я могу помочь тебе, но при одном условии.

Я смотрю на юношу-девушку и понимаю, что связался с дурной компанией. В то же время я чувствую, что у него действительно есть ключи от дверей, которые мне необходимо открыть. Он стряхивает крошки с усов, наклоняется вперед и говорит, понизив голос:

— Ты должен пообещать, что если отгадаешь загадку, то не скажешь ответ моей матери.

Ничего себе.

— А что я получу взамен?

Он потряхивает сердце в банке, словно проверяя, не выберется ли оно оттуда.

— Правду о моей матери. А значит, ключ, чтобы действительно понять ее.

Любопытство пересиливает, и я принимаю предложение.

Гермафродит недоверчиво смотрит на меня, потом, сдерживая смех, пожимает мне руку.

— Значит, договорились. Итак, все, что моя мать сказала тебе, неправда. Она не богиня любви, даже если ее так называют. Она богиня соблазна. Она никогда никого не любила и никого не полюбит.

Он следит за моей реакцией. Я совершенно невозмутим.

— Она пробуждает любовь в других. Возможно, это ее главное свойство. Но сама она не способна испытывать к кому-либо хоть какую-то привязанность. Ни к мужчинам, ни к женщинам, ни к животным, ни к богам. В ее сердце засуха. Поэтому она и заводит бесчисленных любовников, детей, существ, которые ползают у ее ног и дерутся за место рядом с ней. Она никого не любит, но хочет, чтобы все любили ее. Она соблазнительница. Даже если ты переспишь с ней, ты не завоюешь ее сердца. Ты получишь только секс, а для нее это не более чем один из способов соблазна...

199

Он усмехается.

— Я скажу тебе больше. Думаю, за всю свою долгую жизнь она ни разу не испытала оргазма. Богиня Любви не способна получить наслаждение!

Он уже открыто хохочет. Меня поражают оскорбления в адрес женщины, которую я страстно люблю. Тем более из уст ее собственного сына.

— Со мной она станет другой, — говорю я.

— Все мечтали изменить ее. Вот на это она и ловит вас.

Он встряхивает банку и показывает мне неподвижное сердечко.

— Она получает жизненную энергию, гася чужие жизни. Разве ты не заметил, что с тех пор, как влюбился в нее, у тебя возникло много проблем, ты стал слабее, не так счастлив, больше тревожишься?

Я предпочитаю не отвечать.

— Это наркотик. Признайся, не проходит и часа, чтобы ты не думал о ней.

Он прав.

— Кстати, существует наркотик, название которого говорит о многом. Героин. Афродита — твоя героиня. Она вызывает эйфорию, отравляет, но ты не можешь без нее обойтись. Ты постоянно нуждаешься в ней.

— Это любовь.

— В таком случае любовь — тяжелый наркотик. Кстати, у моей матери, как у любого наркодилера, большая клиентура. Она кружит голову тебе, но, можешь быть уверен, теми же самыми словами она обольщает других мужчин. Спит с ними, заставляет их страдать так же, как тебя. Как паучиха, она плетет паутину и развешивает на ней живые трофеи. Ее обессилевшие жертвы кричат: «Я люблю тебя, Афродита!» Я сказал «обессилевшие»... Забавно, но, познав мою мать, многие больше не могут заниматься сексом.

Гермафродит снова покатывается со смеху. Потом умолкает и серьезно смотрит на меня. Молча ест и задумчиво вертит банку.

— Ты действительно хочешь знать, кто моя мать? Она родилась не так, как об этом рассказывают мифы. Прежде она была смертной. У нее были отец и мать, и она вовсе не вышла из морской пены.

Он делает большой глоток амброзии и со стуком опускает кубок на стол.

— Все олимпийские боги — в прошлом смертные с «Земли-1», такие же, как ты. Позже другие смертные придумали легенды, чтобы возвеличить их. Никто не спорит, Афродита родилась красавицей, но не в семье богов. Все было куда прозаичней: она появилась на свет в семье простых греческих крестьян, которые занимались сбором фиг. Ее родители были очень красивы и трудолюбивы. Мои дед и бабка по материнской линии были отличные ребята. Единственная проблема была в том, что ее отец, мой дед, был большим бабником. Однажды он сказал ее матери и моей бабке, что ему надоело жить с ней. Он выгнал ее ради более молодой и красивой темноволосой девушки, которая зарабатывала на жизнь стиркой белья. Мать ушла, а Афродита осталась с отцом и его новой женой, которая была еще моложе, чем она. Мачеха поселилась в их доме и, как часто это случается, была недовольна присутствием падчерицы. Она пилила отца, пока он не выгнал Афродиту.

Мне трудно поверить в эту историю, тем более что Афродита говорила мне, что обожала родителей.

— Отец выгоняет мать и бросает дочь ради ревнивой девчонки — можешь представить себе, что думает Афродита о семье и мужчинах.

Он жует.

— В конце концов отец потребовал, чтобы Афродита ушла от них, потому что она мешала мачехе. Моя мать осталась одна и задумала мстить. Все мужчины будут страдать так же, как ее заставил страдать отец.

Гермафродит замолчал и посмотрел на меня, чтобы убедиться, что я хорошо его понял.

— Афродита становилась все прекрасней. Она быстро поняла, что физическая красота, которой она обладала, дает ей власть над мужчинами. О, власть гормонов! Я считаю, что нет ничего сильнее. Сколько королей и президентов поддались очарованию простой секретарши или парикмахерши? Сколько погибло из-за них?

Он снова встряхивает банку, словно пытается разбудить мертвое сердце.

— Сначала она старалась соблазнить как можно больше мужчин, брала количеством. Потом стала соблазнять более умело, повышая качество. Казалось, что каждый новый любовник отдавал ей часть своей жизненной энергии. Ее охотничье мастерство росло, и она стала использовать свое обаяние, чтобы зарабатывать на жизнь.

Я встал.

— Не желаю больше слушать.

Гермафродит схватил меня за руку.

— Афродита — проститутка. Моя мать была шикарной девочкой по вызову. Именно так она в совершенстве постигла все тайны секса. В Китае и Индии это называют красной магией. Белая магия исцеляет, черная околдовывает, а красная заставляет влюбиться. Моя мать стала великим знатоком человеческого тела. Она потрясающе делает массаж, знает точки, на которые нужно воздействовать, чтобы заставить мужчину достичь вершин наслаждения.

С меня довольно. Я хватаю Гермафродита за шиворот.

— Я запрещаю вам оскорблять ее.

— Вот видите, вы не готовы услышать правду.

Я беру себя в руки.

— Прошу прощения. Я слушаю вас.

— У моей матери разверстая рана вместо сердца. Ее предали и бросили родители, и она боится, что мужчина тоже предаст и бросит ее. Ей доставляет удовольствие наносить такие же раны мужчинам. Когда она говорит, что ты много для нее значишь или что ты «родственная душа», то дает тебе понять, что узнает себя в твоих будущих страданиях. Это ее способ любить.

— Это неправда. Не верю ни единому слову.

— Это правда. А правду часто трудно принять. Но я должен сказать еще кое-что. Не суди ее, она никогда не смогла бы полюбить тебя. Пожалей ее, она никогда никого не сможет полюбить. Подобно тому, как многие врачи становятся специалистами по лечению тех болезней, от которых страдают сами, так и она выбрала своей специальностью любовь. Насмешка судьбы заключается в том, что она никогда не сможет испытать этого чувства.

Гермафродит снова горько усмехается.

— Так часто бывает. Хромые учат ходить. Потерпевшие неудачу рассказывают, как добиться успеха.

— НЕ МОЖЕТ БЫТЬ! — восклицаю я. — Она богиня!

— Видишь, — отвечает Гермафродит, — я говорил тебе, что ты не сможешь выслушать меня. Ты не можешь этого понять.

— Но ведь можно же как-то помочь ей!

— Ты был врачом, Мишель Пэнсон. Ты должен был изучать основы психиатрии. Ее заболевание называется «истерия». Афродита — воплощение женской истерики.

Мне становится не по себе.

— Она пережила анорексию, булимию, депрессию, попытки самоубийства, нимфоманию. Теперь она богиня любви. Вполне закономерный путь для...

— Женщины?

— Нет, для истерички. Не все женщины подвержены истерии. Мне кое-что об этом известно. Я ведь сам немного женщина, понимаешь?

Он снова смеется едким, гнусавым смехом, который мне очень не нравится. Я чувствую, как во мне поднимается глухой гнев.

— Это ложь. Афродита прекрасна. Более того, она...

Я ищу слова, чтобы описать, что же меня привлекает в ней. Нет, это не красота. Что-то другое. Ага, вот! Я говорю:

— Она — сама нежность, мягкость, понимание. Впервые в жизни мне начинает казаться, что женщина действительно понимает меня.

— Бедный Мишель. Любая форма безумия чем-то уравновешивается. Параноики более бдительны. Шизофреники более изобретательны. Нимфоманки более чувственны. Истерички сильнее чувствуют чужую боль. Она увидела ТВОИ тайные шрамы. У нее необыкновенно развиты способности к постижению мужской психологии. В самой глубине твоей души она разглядела все твои раны, а ты почувствовал, что тебя понимают. Это просто манипуляция.

Он смотрит на меня с сочувствием.

— Ты решил, что тебя понимают, и «пал жертвой любви». Пал — очень точное слово. Это твоя потеря, а не приобретение. Но на самом деле ты пал жертвой всего лишь ее способности анализировать. Вот и все. Вот что легенда называет ее «волшебным поясом», который заставляет мужчин влюбляться в нее. Способность быстро проникать в тайники твоей души и находить там скрытую боль и детские страхи. А ты решил, что тебя любят.

Я опускаю голову и наливаю себе еще амброзии.

— У каждого бога есть своя грязная история, скрытая под мифами и легендами. Нервная болезнь, одержимость, насилие, преступление, потрясение, пережитое в детстве. И умение держать удар, благодаря которому появляются некие способности. Дальше время приукрашивает историю, превращает ее в легенду. Мы все герои. Кажется, Геракл говорил вам об этом. Я жертва лишней хромосомы. У меня две женские хромосомы и одна мужская. Вот почему я так выгляжу. Говорят, это лечится, если колоть гормоны. Но я не хочу лечиться. Я принимаю двойственность своего пола.

Гермафродит поглаживает грудь, теребит усы.

— То, что я сказал, должно успокоить тебя. Это означает, что все главные боги Олимпа были когда-то смертными. А значит, однажды и ты сможешь стать тринадцатым богом-преподавателем. Если ты одержим моей матерью, то тебе нужно добиться хотя бы этого. Тогда ты целую вечность сможешь пускать перед ней слюни, вместе с остальными, обреченными на пожизненное сексуальное рабство.

Он звонко хохочет. Я оглушен, как Теотим на ринге. Двойной хук в подбородок. Афродита — истеричка? Ее волшебство — следствие психической болезни? Эдмонд Уэллс говорил, что хорошего боксера узнаешь по тому, как он встает после нокаута. Я должен подняться. Пять, четыре, три, два... Я трясу головой, чтобы очнуться.

Не могу поверить. И в то же время мой интерес к Афродите не пропал. Какова бы ни была ее история, она сама жертва. Отец бросил ее мать? Это не было ее решением. И не она выбрала себе мачеху. Гермафродит открыл мне правду. И я зол. Я бы предпочел не знать ее.

Гермафродит пожимает мне руку, как хороший игрок, который ценит достойного противника.

— Любовь — это победа воображения над разумом. Не забывай этого. Запиши в свою «Энциклопедию», чтобы и другие могли воспользоваться этим знанием. Знай, однако, что я завидую тебе, Мишель. Твое воображение позволяет тебе пережить необыкновенно сильные чувства. Пусть даже и иллюзорные.

В моей голове идет работа. Я перевариваю услышанное. Сын Гермеса и Афродиты уходит, унося мертвое сердце в банке.

Я чувствую страшное одиночество. Ора приносит десерт — блинчики с творогом и изюмом. Восхитительно вкусно. Еда — вот простое, реальное удовольствие. Я меланхолично наслаждаюсь десертом.

Мой взгляд падает на сцену, где, кажется, что-то готовится. К оркестру присоединяются сатиры с флейтами Пана и кентавры, которые играют на больших волынках с кожаными мешками и глиняными трубками.

Дионис поднимается на сцену. Он объявляет, что сегодня вечером ужин подан в Амфитеатре, потому что группа преподавателей поставила для нас пьесу под названием «Персефона в аду».

Тут же со всех сторон к скамьям сбегаются химеры. Раздаются три удара в гонг. Свечи гаснут, сцена освещается.

Хор в трагических масках оплакивает похищение Персефоны. Появляются актеры, их лица скрыты масками, но мы узнаем наших учителей. Деметра играет Персефону, Гермес — Зевса, а Дионис успел переодеться в Гадеса.

Афродиты среди них нет. Ее имя отдается звоном в моей голове всякий раз, как я думаю о ней. Аф-ро-ди-та. На сцене декламируют актеры в масках. Я вспоминаю заметку по этимологии, которая попалась мне в «Энциклопедии». «Персоной» раньше называли маску, в которой выступал актер древнего театра. *Personare* — чтобы голос звучал из отверстия в деревянной маске. Персона — это маска.

Пьеса идет в сопровождении пения и музыки.

Мне совершенно необходимо расслабиться.

При свете луны я листаю «Энциклопедию» и нахожу отрывок, имеющий отношение к античному театру. Я читаю, что в то время актеры были рабами и принадлежали хозяину труппы: «По окончании представления актеров выставляли на продажу, как проституток. Чем серьезней была роль, которую они исполняли, тем дороже они стоили. Нередко роль персонажа, обреченного на гибель, исполнял приговоренный к смерти. В мифе о Пенфее актриса, исполнявшая главную роль, действительно раздирала на куски своего сына. В Средние века актеров, которые играли злодеев, нередко гнали с постоялых дворов; вошедшие в раж зрители часто устраивали над ними самосуд».

Рядом со мной садится Мата Хари.

— Можно? — шепотом спрашивает она.

Она замечает «Энциклопедию».

— Ведь это книга знаний Эдмонда Уэллса?

— Он завещал ее мне, — отвечаю я, поглаживая переплет бесценного тома.

— Я хотела сказать тебе, Мишель... Я видела, как ты играешь, и считаю, что твои китодельфины очень интересны.

— Спасибо. Твои люди-волки тоже.

Вдруг мне приходит в голову мысль: маска, «персона» — *personare,* которую носят боги-ученики, — ведь это их народы. Мы таковы, какими нас представляют себе тысячи босяков, нищих, которыми мы должны управлять. Мы таковы, какими должны быть по мнению тех, кто верит в нас. Более того, они выдумывают нас.

— Да, мои люди-волки путешествуют, исследуют новые земли, но им не удается ни построить большой город, ни создать научные лаборатории. Кроме того, они слишком мало думают, полагаясь скорее на инстинкты.

— Все мы таковы.

Мата Хари поворачивается спиной к сцене, чтобы лучше видеть меня в полумраке.

— Иногда мне жаль моих смертных. Мы боги, у нас есть хоть какая-то возможность для маневра. Они же там совсем увязли, они по шею в игре и ни о чем не подозревают.

Я смотрю на нее. В ней есть какое-то особое очарование, но я думаю только об Афродите, и эта всего лишь «очаровательная» девушка не может по-настоящему затронуть мое сердце. Она улыбается мне, и я вижу, что она понимает, что не привлекает меня. И еще я вижу, что она старается скрыть, что понимает это. Я кладу себе еще блинчиков с творогом. Они политы карамелью, и если как следует распробовать, то можно почувствовать вкус рома, в котором вымочен изюм.

— Чего ты хочешь? Союза волков и дельфинов?

— Не знаю. Может быть, — говорит она задумчиво.

Этот диалог заставляет меня вспомнить старого друга, который каждый вечер выводил своего пса на прогулку, надеясь встретить девушку, которая бы делала то же самое. Если собаки спаривались, то он заводил с девушкой разговор. И женился четыре раза. Сейчас совокупляться должны не животные, а наши народы, и все-таки ситуация в чем-то очень напоминает ту, о которой я вспомнил. Я уклончиво отвечаю:

— Почему бы и нет?

Мне хочется одному погулять в садах. Я встаю. На сцене Дионис что-то декламирует, но я не слушаю его.

— Встречаемся после спектакля и снова в экспедицию? — спрашивает Мата Хари.

Я иду по пустынной Олимпии. Сворачиваю на большой проспект, потом налево, на маленькую улочку. Сейчас все в Амфитеатре.

Вдруг я чувствую, что за мной кто-то идет.

Я сжимаю анкх, поворачиваю колесико до упора в положение «D». Теперь он готов к стрельбе. Я прячу оружие в складках тоги и замираю.

На этот раз богоубийца не застанет жертву врасплох.

38. ЭНЦИКЛОПЕДИЯ:
ГАННИБАЛ БАРКА

Карфаген был основан в 814 г. до н. э. царицей Элиссой, или Дидоной, как называли ее римляне, сестрой царя Пигмалиона, которая привела за собой из Тира финикийцев. Карфаген быстро стал одним из самых развитых и богатых городов, а также одной из первых республик. Совет из трехсот сенаторов ежегодно назначал двух суффетов — высших должностных лиц города. Вплоть до III в. до н. э. Карфаген правил всем Средиземноморьем. Ежегодно более двухсот кораблей отправлялись из Карфагена во все концы. Благодаря могущественному флоту карфагеняне открыли торговлю на Сицилии и Сардинии, на берегах Северной Африки, в Испании (в Гадесе, позже переименованном в Кадикс). На севере они доходили до самой Шотландии, с которой торговали оловом, а на юге — до Гвинейского залива, где торговали золотом. Это не могло не вызвать зависти Рима, новой могущественной державы, зарождавшейся в то время. Римляне создали еще более мощный военный флот, воспользовавшись секретами карфагенских корабелов. Они установили на своих судах водорезы и стали использовать силу гребцов, что позволило увеличить скорость. В 264 г. до н. э. военный флот римлян победил карфагенян в битве у Эгатских островов. Так начались Пунические войны.

Карфагенский генерал Гамилькар Барка заключил мир на невыгодных для своего народа условиях. Вскоре ему пришлось сражаться с наемниками, поднявшими восстание на Сицилии. Он подавил мятеж, хотя в его распоряжении было войско, значительно уступавшее численностью силам мятежников. Его сын Ганнибал родился в 247 г. до н. э. Воспитатель-грек привил ему восхищение Александром Великим. Ганнибал сопровождал отца в испанском походе. Генерал Гамилькар пал жертвой предательства, попал в засаду и был убит. Ганнибал занял его место.

Ганнибалу едва исполнилось двадцать шесть лет, когда, благодаря своим организаторским способностям и умению вести людей за собой, он, вопреки желанию карфагенских сенаторов, собрал иберо-карфагенскую армию. Он вновь начал войну против Рима и во главе нескольких десятков тысяч воинов и сотни боевых слонов перешел Пиренеи, пересек юг Галлии, а затем Альпы. В июне 218 г. до н. э. он пришел в Северную Италию. Римская армия, явившись в Испанию, чтобы помешать Ганнибалу, с изумлением обнаружила, что он уже в долине реки По. Римляне бросились навстречу его армии. В декабре разразилась битва при Пьяченце, на Треббии. Римляне бежали при виде африканских слонов, с трудом преодолевших заснеженные горные перевалы. Ганнибал великолепно управлял войском, кавалерия, подчиняясь его приказам, совершала неожиданные маневры. Ганнибал использовал слонов как боевые машины. Высылал вперед небольшие отряды, которые молниеносно наносили удар по самым важным точкам противника.

Во время второго сражения, в Кампании, Ганнибалу не хватило военных сил, и он использовал хитрость: погнал на противника стадо быков, к рогам которых были привязаны горящие факелы. Карфагеняне вновь одержали победу. Рим спешно собрал оставшиеся войска. Произошло сражение при Каннах в Апулии. Ганнибал, снова прибегнув к отвлекающему маневру, окружил и разбил римское войско, вдвое превосходившее численностью его армию. Италия, Македония и Сицилия встали на сторону Карфагена.

Но вместо того, чтобы захватить Рим, уже готовившийся покориться, Ганнибал заключил мирный договор с римским правителем, которого избрали для защиты города. Как только опасность миновала, римский правитель уступил власть молодому генералу Сципиону Африканскому.

Сципион понимал, что римская армия не может противостоять Ганнибалу, и решил постепенно захватывать небольшие территории, избегая открытого столкновения. Карфагенянам не хватало войска, чтобы охранять все границы, и Сципион начал постепенно отбирать завоеванные Ганнибалом города. Вскоре он захватил Италию, Галлию, Испанию и со вновь сформированной армией высадился в Африке. Ганнибал пытался вступить в переговоры со Сципионом, но тот ни при каких условиях не желал заключать мир. Произошла битва при Заме. Оставшись без нумидийской конницы, в последний момент перешедшей на сторону римлян, Ганнибал потерпел поражение. Римляне обложили Карфаген огромной контрибуцией на пятьдесят лет.

Сенаторы избрали Ганнибала суффетом. Он пытался управлять разгромленным городом: отменил привилегии знатных семей, потребовал, чтобы лица, занимающиеся финансами, предоставляли ему отчет о своей деятельности. Чиновники с недовольством восприняли этот демократический порыв и обратились к Риму с просьбой сместить царя, «чересчур увлекшегося реформами». Римляне начали преследовать Ганнибала, тогда он бежал из Карфагена в Сирию и стал служить сирийскому царю Антиоху, который собирался начать войну с римлянами. Однако Антиох не прислушивался к советам Ганнибала и потерпел поражение.

При подписании мирного договора римляне требуют высылки карфагенянина. Ганнибал нашел убежище у Прусия, царя Вифинии, которому он служил как талантливый управляющий. В 183 г. до н. э. римляне потребовали, чтобы Прусий выдал им Ганнибала. Не имея возможности бежать, Ганнибал выпил яд из своего перстня.

В 149 г. до н. э. началась Третья пуническая война, которая привела к окончательному разрушению и уничтожению Карфагена.

Римский историк Тит Ливий так писал о ней: «Ганнибал был лучшим. Он первым вступал в бой, последним покидал сражение. Никто не встречал опасность с такой храбростью, как он. Он мало спал, мало ел, все время учился. Он почитал Александра Великого, брал с него пример, но планы его превосходили планы Александра».

И после смерти Ганнибал остался символом освобождения народов от римского ига и власти олигархий.

Эдмонд Уэллс.
«Энциклопедия относительного
и абсолютного знания», том V

39. ВСТРЕЧА ПОД ЛУНАМИ

Шаги приближаются. Легкие шаги. Они стихают. Я представляю себе, где может находиться мой противник, и поворачиваюсь к нему, держа наготове анкх и не спуская пальца с кнопки, управляющей стрельбой.

Это женщина. Я узнаю запах и силуэт даже раньше, чем вижу лицо, скрытое полумраком. Я подбираю светлячка и пытаюсь осветить ее. Ее тога разорвана, и она не хочет, чтобы я заметил это.

У меня пересыхает во рту. Когда она рядом, я всегда чувствую одно и то же. Это наркотик. Мой героин. Моя героиня.

Она смотрит на меня, я вижу, как блестят ее зрачки. Ее лицо сияет так, что это невозможно вынести. Словно сверкающий ручей струится с ее лба к подбородку. Она всхлипывает. Я подношу свет ближе. По изодранной тоге я догадываюсь, что она избита. Избита бичом.

Она хватает меня за руку, стряхивает светлячка, чтобы я больше не мог ее видеть, и убегает. Я бросаюсь за ней.

— Афродита! Подождите!

Она бежит быстрее, я — за ней следом.

Она спотыкается, падает, поднимается на ноги и снова бежит.

— Афродита! Подождите!

Мы проносимся через сады, по аллеям, обсаженным фигами и оливами. Задыхаясь, я мчусь по узким, извилистым улицам. Я никогда не был здесь. Это настоящий лабиринт, я теряю Афродиту из виду, но вскоре вновь замечаю ее вдали. Бросаюсь вслед за ней.

— Подожди меня!

Она снова увлекает меня в переплетение улочек. Олимпия намного больше, чем я думал. Место, где я оказался, напоминает центр Венеции, «улицы, где только и ждешь, что тебя зарежут», как я думал когда-то.

Там, где я оказался, есть только один выход. Улица Надежды. Это тупик, в конце которого свалены пустые деревянные ящики. Я больше не вижу богиню любви. Вдруг раздается шум. Я оборачиваюсь. Это Афродита. Может быть, она дразнит меня, играет со мной? Внезапно она скрывается за одной из дверей.

— Подождите меня, — снова зову я.

Вслед за ней я вбегаю в огромную галерею, похожую на залы Лувра. На фронтоне надпись: «МУЗЕЙ КОНЦА СВЕТА». Зал погружен во тьму, но голубоватый свет лун проникает в окна.

На стенах висят фотографии. Под снимками подписи: «Земля-17», «Земля-16», «Земля-11» и т. д. Ну конечно, это снимки, оставшиеся от Больших Игр «Y» предыдущих выпусков. На них запечатлены картины разрушений. Шайки мародеров на городских развалинах, отряды военных на улицах, полчища крыс, стаи гиен или собак. Растения, снег, раскаленные пески или море, захватившие места, где раньше жил человек.

Поглощенное природой, замерзшее, иссушенное, вернувшееся в дикое состояние человечество, запечатленное на этих снимках, являет собой картину полного поражения. И судя по всему, везде, как и на «Земле-17», виноваты в этом люди. Как все это печально. Парад цивилизаций, которые богам не удалось спасти.

Я ищу Афродиту, но в то же время не могу отвлечься от своих мыслей. Самый страшный враг человечества — оно само. Коллективное самоубийство — его обычный путь. Вероятно, богиня любви привела меня сюда, чтобы я как следует подумал об этом. Коллективное самоубийство. Человечество всегда выбирает эту дорогу. Боги, подобно Сизифу, изо всех сил пытаются удержать камень, чтобы он не рухнул с горы, но все их усилия тщетны.

В глубине зала появляется Афродита. Она стоит неподвижно.

Я иду к ней, вытянув руку, словно подманиваю кошку. Она не двигается, я вижу в сумраке лишь блеск ее глаз.

Между нами остается несколько метров. Я боюсь, что она снова сбежит.

— Мишель... — говорит она.

И немного отступает, скрываясь в темноте.

— Нет, не приближайся.

Я замираю на месте.

— Ты разгадал загадку? Ты должен это сделать. Это очень важно для меня.

Мне кажется, она долго плакала, и в ее охрипшем голосе еще звучат рыдания.

Она повторяет, подчеркивая каждое слово:

— «Лучше, чем Бог, страшнее, чем дьявол. Есть у бедняков, нет у богатых. Если это съесть, можно умереть».

— Я не могу оставить вас в таком состоянии. Пойдемте ко мне, я перевяжу ваши раны.

Она крепко обнимает меня.

— Бывало и хуже. Мы — боги, и рискуем немногим.

— Кто это сделал?

— Иногда он довольно груб.

— Ваш муж? Ведь это Гефест, да?

Она качает головой.

— Это не Гефест. Поверь, у того, кто сделал это, были на то причины. Я сама виновата. Я приношу несчастье тем, кто любит меня.

Краем тоги я вытираю слезы, которые блестят на ее щеках. Она силится улыбнуться.

— Мишель, ты удивительный. Я утопила твой народ, а ты единственный, кто поддержал меня. Ты должен избегать меня. Знаешь, я, как паучиха, приношу гибель тем, кто любит меня. Это сильнее меня.

— Вы прекрасны.

— Нет. Не будь слепцом. Я несу зло, даже не желая этого.

Мои глаза привыкают к темноте, и я вижу теперь, что вся ее спина исполосована. Нежная кожа глубоко рассечена. Тот, кто бил ее, не пожалел сил.

— Кто это сделал? — снова спрашиваю я.

— Я получила по заслугам, — вздыхает она. — Я знаю, ты думаешь, что никто не имеет права поднимать руку на женщину, но в этот раз я наказана справедливо.

Она гладит меня по щеке.

— Ты так наивен, Мишель, и потому так трогателен. Наверное, на Земле ты был потрясающим мужем. Я просто уверена в этом.

Я вдруг вспоминаю о той, которая была со мной в прошлой жизни. О Розе. Я последовал за ней на континент мертвых.

— Ты должен знать, что я отношусь к тем женщинам, которых тебе для твоего же блага следует избегать. Я приношу мужчинам только страдания. Найди здесь другую Розу. Ты заслуживаешь этого.

— Мне нужны только вы.

Я хочу вновь обнять ее, но она уклоняется.

— Если ты действительно хочешь мне помочь, разгадай загадку. Будь «тем, кого ждут», «тем, кого я жду».

Ответ вспыхивает в моем мозгу.

— Любовь, — говорю я.

— Что — любовь?

— Любовь лучше, чем Бог. И в то же время из-за нее люди становятся страшнее дьявола. Посмотрите, как ваши любовники с вами обращаются.

Афродита растроганно смотрит на меня. Она идет вдоль стен, на которых висят фотографии погибших миров.

— «Если это съесть, можно умереть»? Нет. Не стоит недооценивать эту загадку. Она намного сложнее, чем кажется. Ладно, я дам тебе подсказку. В городе сейчас думают, что «решение ничего не значит».

Странно, чем больше между нами преград, тем больше меня тянет к Афродите. Из-за этой женщины у меня одни неприятности. Однако я не могу заставить себя рассердиться на нее. Я люблю ее.

А Мата Хари, которая спасла мне жизнь и постоянно помогает мне, раздражает меня.

Мое поведение напоминает мне отрывок из «Энциклопедии», в котором говорится о пьесе Эжена Лабиша.

40. ЭНЦИКЛОПЕДИЯ: КОМПЛЕКС ГОСПОДИНА ПЕРРИШОНА

В пьесе «Путешествие господина Перришона» Эжен Лабиш, французский автор XIX века, описывает на первый взгляд необъяснимое и в то же время удивительно распространенное поведение человека по отношению к другим. Это — неблагодарность.

Господин Перришон со своим слугой отправляется на Монблан, чтобы предаться радостям альпинизма. Его дочь ждет его в маленьком шале. Возвратившись, господин Перришон представляет ей молодых людей, которых он повстречал в горах. Один из них — замечательный юноша. Перришон спас ему жизнь, когда тот едва не сорвался в пропасть. Молодой человек с жаром подтверждает, что его не было бы в живых, если бы не господин Перришон.

Слуга напоминает хозяину, что нужно представить и второго гостя, который спас самого Перришона, когда тот сорвался в расщелину. Господин Перришон пожимает плечами и заявляет, что опасность, ему угрожавшая, была не так уж велика, и выставляет своего спасителя наглецом и выскочкой. Он преуменьшает достоинства второго молодого человека и побуждает свою дочь оказать внимание первому — очаровательному юноше. Чем дальше, тем Перришону все больше кажется, что помощь второго юноши была ему совершенно не нужна. В конце концов он даже начинает сомневаться: а срывался ли он в пропасть на самом деле?

Эжен Лабиш наглядно показывает, как странно ведет себя человек, который мало того что не чувствует благодарности и признательности, но и презирает тех, кто пришел ему на помощь. Возможно, это происходит из-за нежелания быть кому-то обязанным. И наоборот, мы любим тех, кому сами помогли, гордимся своими хорошими поступками и *убеждены, что те, кого мы облагодетельствовали, обязаны испытывать вечную благодарность.*

Эдмонд Уэллс.
«Энциклопедия относительного
и абсолютного знания», том V

41. СЕНТ-ЭКЗЮПЕРИ

Я тону в глубоких глазах Афродиты.

— Мишель, тебе грозит опасность, — говорит она. — Ты из тех, кому всегда приходится отвечать за других. Твой народ дорого платит за смягчение тоталитарного режима, а ты — за то, что защищаешь свободу. *Они* не упустят случая посчитаться с тобой.

— Кто? Другие ученики?

— Не только.

Афродита оглядывается, словно боится, что кто-нибудь услышит, и шепчет мне на ухо:

— Ты даже представить себе не можешь, что такое мир богов на самом деле. О, как я иногда жалею, что знаю слишком много! Иногда я мечтаю быть смертной!

Страдание искажает ее лицо. Афродита выглядит совершенно затравленной. И чем-то похожа на Жюля Верна, который в день моего прибытия на Эдем умолял меня не подниматься на гору и не пытаться узнать, что находится на ее вершине.

— Никто даже представить себе не может, какова истина, — повторяет она.

— Но ведь мы управляем смертными, разве не так?

— Смертные не принимают по-настоящему важных решений. Они не знают, в каком мире живут. А мы знаем... и нам нет прощения.

— Я не понимаю.

Афродита прижимается ко мне. Ее нежная грудь касается моей кожи. Она берет мою руку и кладет в вырез своей тоги. Моя рука превращается в сверхчувствительный приемник. Мне кажется, что я чувствую поры на ее коже, мельчайшие сосуды под ней и крупный, слегка влажный сосок.

— Счастливы те, кто не понимают этого. Как бы я хотела не понимать.

Мне хочется поцеловать Афродиту в губы, но, как только я склоняюсь к ней, она отталкивает меня, сначала слегка, потом решительно.

Она грустно улыбается.

— Никогда не отказывайся от мечты, Мишель. Не сдавайся, и обязательно найди то, что может быть лучше Бога и страшнее дьявола. Ради бога, найди ответ, и ты получишь меня целиком.

Она снова прижимается ко мне.

Я пленен ее красотой, очарованием, я погружен в ее ауру любви. Вокруг нас фотографии погибших миров. Эрос и Танатос. Энергия жизни, неотделимая от энергии смерти.

Я бы хотел, чтобы это мгновение длилось вечно. Я бы хотел забраться в постель и больше из нее не вылезать, жить среди простыней, не есть и не спать. Первые сто лет мы — бессмертные — только ласкали бы друг друга, чтобы разжечь огонь желания. На протяжении следующих веков мы бы переписали Камасутру, изобретая все новые позы. Чувственность богов, сексуальность богов, апофеоз божественных ощущений. Только я и Афродита. Я и существо, которое владеет мной.

И вот она уже убегает.

— Не думай обо мне, спасай свой народ, спасайся сам, — бросает она на бегу.

Я остаюсь один на улице Олимпии. Улыбаюсь своим мыслям.

Какая женщина. Какая женщина. Какая женщина...

— Эй, Мишель!

Вдалеке показался Антуан де Сент-Экзюпери, он машет мне рукой:

— Надо поговорить, это важно.

Я не отвечаю. Его слова не сразу достигают моего слуха.

— Идем же. Мне нужно задать тебе важный вопрос. Но сначала я тебе кое-что покажу.

Я иду за ним. Он быстро говорит на ходу:

— Я должен тебе сказать... Левиафан... Я понял, наконец. Тебе известно, что на «Земле-1» не было никакого Левиафана?

Я начинаю прислушиваться к его словам.

— Они воссоздают здесь все порождения нашего сознания, сознания смертных. Они воплощают наши сны. Мы верим, что Олимп существует — и вот он. Мы верим в Эдем — мы попадаем в Эдем. Это касается и сирен, грифонов, херувимов.

Я уже полностью пришел в себя.

— Ты хочешь сказать, что Эдем существует только в нашем воображении?

— Нет. Я сказал, что они воплощают наши фантазии. Они превращают в реальность то, что находится в наших головах. Ты веришь в Верховного Бога? Отлично, они тебе организуют Верховного Бога!

«Я верю в любовь, и они создали Афродиту», — думаю я.

Сент-Экзюпери указывает на затянутую облаками вершину Олимпа. Она покрыта мраком, но облака отражают свет трех лун.

— Ты верил в существование Ганнибала — и заставил его существовать. Мэрилин Монро верила в амазонок — и они стали реальностью.

— Но Ганнибал действительно существовал! — возмущаюсь я.

— Здесь совершенно неважно, было это на самом деле или нет. Важно только, чтобы это существовало в голове обитателей Эдема. Левиафана выдумали финикийцы и карфагеняне, чтобы другие народы, боясь его, не решались строить корабли и соперничать с ними на море. Это как с Атлантидой...

— С Атлантидой?

Летчик-романтик кладет мне руку на плечо.

— Да. Не стоит отрицать очевидное. Не я один догадался, что было прообразом твоего огромного острова Спокойствия. То, что есть в наших головах, становится реальностью.

— Почему? Я не понимаю.

— Потому что кто-то где-то решил сделать нам подарок. Но по-прежнему нет ответа на вопрос: мы придумываем этот мир или он придумывает нас? Жорж Мельес при помощи карточных фокусов показал нам нечто вполне определенное. Мы думаем, что выбираем, а на самом деле нет. Мы подстраиваемся под сценарий, который уже написан. Как говорится, все уже когда-то было написано.

Я взволнован. Я думаю.

— То, что происходит с нами, таится не в снах или воображении. Это приходит из нашей памяти.

Сент-Экзюпери продолжает:

— Тогда нужно узнать, почему они тыкают нас носом в наше прошлое.

В Амфитеатре продолжается представление, мы слышим хор харит. Сент-Экзюпери предлагает зайти в мастерскую Надара. Мы выходим из города тайной тропой и, ускоряя шаги, спешим к лесу.

— Возможно, в истории «Земли-1» таится какой-то секрет. Что-то, что мы упустили из виду. И вместо того, чтобы подсовывать нам книги по истории, которые только восхваляют победителей или защищают какие-нибудь политические теории, они заставляют нас пережить реальные события. Принимая решения, мы понимаем, как все было на самом деле.

Мне кажется, что он подбирается к чему-то действительно важному.

— Я обожаю этимологию, — говорит Сент-Экзюпери, раздвигая огромные папоротники, — науку о происхождении слов. Часто говорят об апокалипсисе, а ты знаешь, что означает это слово?

— Конец света?

— Нет, это общепринятое значение. Насколько я помню из курса греческого, подлинное значение этого слова другое. «Апокалипсис» буквально означает «поднятие завесы». Это означает, что, когда наступит апокалипсис, людям будет открыто то, что пока отделено завесой. Откроется правда, таящаяся под покровом лжи.

— Поразительно, — говорю я. — Я помню бурную дискуссию, которая разразилась на «Земле-1» по поводу этой самой завесы.

— Это еще один знак. Поднятая завеса — последнее откровение для тех, кто жил во власти иллюзий. Поэтому

223

апокалипсис и воспринимается как Последний День. Люди думают, что правда убивает.

Его слова напоминают мне фразу Филиппа К. Дика, которую Эдмонд Уэллс записал в «Энциклопедию»: «Реальность — это то, что продолжает существовать и после того, как в это больше не верят». Реальный мир превосходит представления людей о нем. Его невозможно скрыть никакой завесой.

Внезапно мне кажется логичным то, что говорит Сент-Экзюпери. «Они» тыкают нас носом в наши представления о мире, чтобы показать: это лишь то, во что мы верим. Лишь потом они смогут открыть нам правду, которую мы отказываемся принимать.

Остается разобраться со светом на вершине горы.

— Но ведь когда мы играем, то сами решаем, что и как делать.

— Ты уверен? Вспомни фокусы Мельеса. Как бы ты ни снимал карты, результат известен заранее.

Действительно, этот фокус сбивает с толку.

— Вы с друзьями сегодня устраиваете вылазку? — спрашивает автор «Маленького принца».

— Может быть, пока не знаю. Ряды теонавтов сильно поредели.

Остались только Мельес, Мата Хари, Рауль.

Сент-Экзюпери понимающе кивает. Я знаю, что у аэронавтов тоже есть потери — Клеман Адер, Монгольфье. Сент-Экзюпери все равно собирается продолжать поиски. Он просит прибавить шагу.

Мы замечаем далеко впереди Лафайета, Сюркуфа и Марию Кюри, которые несут какие-то довольно тяжелые на вид мешки. Акванавты, похоже, строят корабль. Мы, покорители воздуха и воды, приветствуем друг друга как сообщники. У каждого свой путь.

Мы все дальше уходим от Олимпии.

Сент-Экзюпери ведет меня в подпольную мастерскую, где я когда-то помогал им шить парус для воздушного шара. На огромном столе я вижу новые инструменты и какой-то предмет внушительных размеров, накрытый тканью.

— Монгольфье построил воздушное судно в соответствии с теми представлениями о воздухоплавании, которые были в его время, — объясняет Сент-Экзюпери. — В то время достаточно было немного подняться над землей, чтобы вызвать восхищение публики. Но, как ты заметил, здесь этого недостаточно. Кроме того, таким аппаратом невозможно управлять.

Надар, что-то мастеривший при свете свечи, встает из-за верстака и подходит поздороваться. Видимо, он пришел сюда, как только в Амфитеатре началось представление.

— Я рад, что ты снова с нами, — говорит бывший фотограф и друг Жюля Верна.

Мы обмениваемся рукопожатием.

— Ты рассказал ему? — спрашивает Надар у Сент-Экзюпери.

— Я сказал ему, что слово «апокалипсис» раньше означало поднятие завесы. А тебе я предоставляю почетную обязанность снять покров с нашей новой правды.

Надар медленно снимает ткань с предмета, стоящего на столе. Мне кажется, что передо мной огромный деревянный велосипед, оснащенный множеством ремней, которые передают пропеллеру движение от педалей. Внизу мои нынешние единомышленники укрепили корзину с горелкой.

— Что это?

— Нечто вроде управляемого воздушного шара, — объясняет летчик. — Как видишь, у велосипеда два седла, это тандем. Нужно, как минимум, два человека, чтобы привести механизм в движение. Мы будем работать над ним всю ночь. Завтра или послезавтра воздушный корабль будет готов.

— Согласен быть вторым летчиком на моем дирижабле-тандеме с пропеллером? — спрашивает Надар.

— Почему я?

— У моего напарника возникли проблемы, — отвечает Сент-Экзюпери.

Густав Надар задирает тогу и показывает покалеченное колено.

— Это богоубийца?

— Он напал на меня, и я едва его не схватил. Но для полета на дирижабле нужны абсолютно здоровые ноги.

— Значит, ты видел богоубийцу? Как он выглядит?

— Было темно. Я видел только очертания фигуры. Я даже не могу точно сказать, какого он роста.

Сент-Экзюпери настаивает:

— Это важно, Мишель. Ты нужен нам. Хочешь вместе с нами отправиться навстречу новым приключениям в воздухе?

Я хорошо помню падение в океан. Сент-Экзюпери понимает, что я колеблюсь.

— Я, как и все, слежу за тем, что происходит с твоими людьми-дельфинами, — говорит он. — Я не всегда понимаю, почему ты принял то или иное решение, но каждый новый поворот — поистине захватывающее зрелище. Если бы ты не был так занят своей игрой, то давно заметил бы, что другие игроки всегда интересуются тем, что творится у твоих дельфинов. Правда, Надар?

— Это как роман с продолжением, — соглашается фотограф. — Чем больше испытаний выпадает твоему народу, чем больше несправедливостей приходится ему пережить, тем интересней.

Что им ответить? Я создал народ, чьи страдания стали захватывающим представлением. Мне кажется, что я иду ко дну.

— И несмотря на все исторические «пертурбации», ты все еще жив, а люди-скарабеи и львы, которые были когда-то на гребне волны...

— ...и преследовали тебя, — вставляет Сент-Экзюпери.

— ...выбыли из игры. Даже Прудон, когда-то возглавлявший тройку победителей. Прудон, чьи орды заставляли содрогаться всю планету, теперь в незавидном положении. А ты все еще жив. Ты вызываешь раздражение, ты потерял силы, но жив.

— Надолго ли? Я уже на предпоследнем месте, — напоминаю я.

Сент-Экзюпери внимательно смотрит на меня и добавляет:

— Мы разрушители, Мишель, не забывай. Мы за пределами нормы. И это раздражает тех, кто находится внутри системы. Большинство всегда будет против нас.

Я не знаю, почему он заговорил об игре. Хочет польстить мне? Я стараюсь заинтересоваться тандемом.

— Как работает ваш летательный аппарат?

— Сначала, как на воздушном шаре, нужно зажечь верхнюю горелку, чтобы оболочка наполнилась горячим воздухом, — говорит Надар.

— Потом мы забираемся внутрь и крутим педали, чтобы запустить задний пропеллер. Рычаг на переднем руле соединен с веревкой, которая управляет рулем. Чтобы все работало, нужно, чтобы не было сильного ветра, иначе...

Я немного разочарован и сажусь прямо на землю.

— Мне необходим отдых. Эпопея с Освободителем совершенно вымотала меня.

— Сегодня вечером ты снова отправляешься в экспедицию с теонавтами?

Глаза Надара и Сент-Экзюпери блестят в отсветах огня, который горит в маленьком горне.

— Не знаю. Мне хорошо тут с вами. Когда вы думаете испытать тандем?

— Уж точно не сегодня. Ступай с ними. Мы еще поработаем над нашим аппаратом, постараемся закончить к завтрашнему дню.

— Я могу вам чем-нибудь помочь?

— В мастерской ты ни к чему, но если узнаешь, что находится выше по склону горы, то сможешь указывать дорогу, когда дирижабль будет готов.

Чтобы подбодрить меня, Сент-Экзюпери дружески кладет мне руку на плечо.

— В Амфитеатре вот-вот закончится представление. Возвращайся туда. Теперь ты знаешь, что у нас есть общее дело. Мы вернемся к нему позже.

Я смотрю на Надара и Сент-Экзюпери. Теперь я могу выбрать новых друзей, если старые бросят меня. На прощание Сент-Экзюпери говорит:

— Все, что случается с тобой, идет тебе на пользу. Плыви по течению и не тревожься. Как это ни странно, все, что с тобой происходит, даже самые тяжкие испытания, идет тебе на пользу. Если где-то и существует готовый сценарий, я уверен, его автор хочет, чтобы мы победили.

Как бы я хотел верить в это. Как бы хотел знать, что «Сценарист» готовит мне. Но в моей голове звучит фраза: «Как это ни странно, все, что с тобой происходит, даже самые тяжкие испытания, идет тебе на пользу».

42. ЭНЦИКЛОПЕДИЯ: ЗОДИАК

Круг Зодиака не соответствует ни одному из известных науке астрономических явлений. Он был составлен в те времена, когда в большинстве культур Земля считалась центром мироздания. Глядя на светящуюся точку в небе, наблюдатель не знал, что именно он видит — звезду, планету или галактику. Люди не могли измерить расстояние ни до маленькой звездочки, которая казалась такой близкой, ни до огромной далекой звезды.

Но расположенные по кругу двенадцать символов встречаются в Вавилоне («Дом Луны»), в Египте, Израиле, Персии, у греков («Колесо жизни»), в Индии («Колесо Павлина»), на Тибете, в Китае («Круг Животных»), у финикийцев («Пояс Иштар»), в Северной и Южной Америке, в Скандинавских странах и даже в раннем христианстве (вместо двенадцати знаков Зодиака появились двенадцать апостолов).

Такие ученые, как Иоганн Кеплер, основатель современной астрономии, и Ньютон, ссылались на зодиакальный круг, строя гороскопы и изучая положение звезд в момент рождения человека. Зодиак имеет не только магическое значение, он символизирует эволюцию, представляет собой алхимическую картину развития мира.

Первый знак — Овен. Это первопричина, созидание. Энергия Большого взрыва, которая сгущается и увлекает за собой другие силы.

За ним следуют:

2. Телец — символ мощи, которая возникла в результате импульса, полученного от Овна.

3. Близнецы — разделение силы на два потока, возникновение полярности, духа и материи.

4. Рак — появление жидкой стихии, воды, в которую Мать помещает яйца.

5. Лев — возникновение жизни из яйца, появление силы, энергии, движения, тепла.

6. Дева — очищение и превращение грубой первичной материи в тонкую материю.

7. Весы — равновесие, гармония между противоборствующими силами.

8. Скорпион — брожение и распад, разрушение, за которым следует возрождение.

9. Стрелец — декантация, сцеживание.

10. Козерог — подъем.

11. Водолей — осознание.

12. Рыбы — переход от «Верхних Вод» духовности, к «Нижним Водам», предшествующим приходу Рака. Согласно подсчетам астрологов, в 2000 году мы покинули эру Рыб и вступили в эру Водолея.

Эдмонд Уэллс.
«Энциклопедия относительного
и абсолютного знания», том V

43. ЕЩЕ ОДНА ВЕЧЕРНЯЯ ВЫЛАЗКА

Представление продолжается.

Пока меня не было в городе, закончился второй антракт. Персефона все еще томится в аду. Ее освобождение, выход наверх, к свету, опять представлено в виде аллегории — двенадцать ступеней отделяют ее от превращения из темного первобытного чудовища в сияющее совершенное существо. Сколько раз еще они будут показывать нам путь посвящения в тайну? До тех пор, пока мы не превратимся в живые философские камни? Сколько еще будут напоминать нам о свойстве материи, из которой мы состоим, прежде чем превратят ее в золото?

На сцене хор харит исполняет финальную радостную арию об освобождении Персефоны из ада и о возвращении земле плодородия. Освобождение и процветание. Пьеса закончена. Актеры раскланиваются под вежливые аплодисменты. Времена года разносят зрителям фрукты.

Я поджидаю друзей снаружи. Вскоре появляется Рауль. Я смотрю на него исподлобья.

— Ты так и будешь дуться весь вечер из-за войны между нашими народами? Ты похож на игрока, который обижается, что у него съели шашку.

Я не отвечаю. Рауль продолжает:

— Мишель, мне ужасно не нравится, что наши отношения испортились. Мы столько пережили вместе. То есть наши души столько пережили, пока мы были смертными, ангелами, богами. Не будем же мы теперь ссориться из-за того, что происходит с горсткой смертных.

«Их намного больше, чем горстка», — думаю я.

— Это просто фигуры на доске. Когда ты наконец поймешь это?

Подходят Мата Хари, Густав Эйфель и Жорж Мельес.

Я в упор смотрю на Рауля. Просто игра? Нет, он ошибается, это не просто игра. Или тогда и вся вселенная не больше чем игра.

Наша маленькая группа идет к окраине Олимпии, туда, где мы прорыли лаз под городской стеной.

Рауль и Мата Хари идут впереди, а Густав Эйфель и Жорж Мельес замыкают группу. К нам присоединились двое новичков, сильнейшие ученики — Камилла Клодель и Жан де Лафонтен. Я всегда был поклонником Лафонтена. Рассказывая о животных, он умел донести до читателя глубокие мысли, открывал необыкновенные просторы для обсуждения философских и политических идей.

Я несколько смущен и не осмеливаюсь подойти к нему. Он все равно идет впереди с Камиллой Клодель.

Мы идем через голубой лес к реке. Мы быстро продвигаемся вперед, находя все более короткие и удобные пути. Мы переходим реку через тайный ход, скрытый под водопадом.

Вдали мы замечаем Большую Химеру. Она все так же завороженно смотрит на собственное отражение в зеркале, которое ей подсунул Жорж Мельес. Прежде свирепое чудовище не обращает на нас никакого внимания, и мы как можно тише обходим его. Такова власть зеркал.

Дорога, которая раньше была почти непроходимой, теперь кажется легкой: все препятствия, однажды преодоленные, нам уже не страшны.

Вскоре мы оказываемся на маковом поле.

В красной зоне теперь не девять, а одиннадцать строений. Появились два новых дворца — киноискусства и юмора. Мы с радостью встречаем старых друзей, ставших музами. Мэрилин выглядит как и раньше, а Фредди... Просто поразительно, как преобразился эльзасский раввин, который никогда не лез в карман за шуткой. Он превратился в изящную юную девушку, в лице которой, однако, сохранились некоторые черты Фредди.

Мэрилин и Фредди утратили дар речи, но оба пытаются знаками предупредить нас об опасности, подстерегающей нас дальше. Они настаивают, чтобы мы взяли с собой сандалии на веревочной подошве, жестами объясняют, что они понадобятся нам. Мы благодарим их.

Спускается ночь. Ожидая восхода второго солнца, мы садимся в кружок, освещенные лежащей в центре гроздью светлячков. Они светят нам вместо костра.

Мата Хари садится рядом со мной.

— Что ты спросишь у Верховного Бога, когда увидишь его там, наверху?

— Даже не знаю. Дай подумать... А ты? Спросишь, почему он допустил появление Гитлера, терроризм, фанатизм? Почему жестокость остается безнаказанной? Откуда столько зла? Почему страдание «исторически» неизбежно?

— Мне кажется, я знаю начало ответа, — говорит Жан де Лафонтен, вмешиваясь в наш разговор. — Возможно, зло нужно, для того чтобы понять добро. Лишь противоречие позволяет узнать истинную сущность вещей.

Встретив всеобщее непонимание, писатель на ходу выдумывает басню.

— Маленький светлячок приходит к отцу и спрашивает: «Папа, я свечусь?»

В качестве иллюстрации к своему рассказу Жан де Лафонтен берет в горсть несколько светлячков.

— Отец отвечает: «Здесь я не могу сказать тебе точно. Если хочешь, чтобы я увидел твой свет, лети туда, где темно». Тогда маленький светлячок улетает во тьму и начинает там светиться один.

Жан де Лафонтен берет одного светлячка, отделяет от других и сажает на кончик указательного пальца.

— Теперь всем видно, что он действительно светится.

— Красивая история, — мечтательно говорит Мата Хари.

— Она еще не закончена. Маленький светлячок, посверкав в темноте, замечает, что окружен мраком. Он пугается и начинает взывать: «Отец, отец, почему ты меня оставил?»

— Это все?

— Нет. Отец отвечает ему: «Я не покидал тебя, ты сам захотел показать мне, как ты сверкаешь».

— А в чем смысл?

— Свет виден только во тьме, — шепчет Мата Хари.

— Только столкнувшись с несправедливостью, подлостью, глупостью и варварством, можно по-настоящему узнать себя. Чего искать мудрецу в мире, где все в порядке?

Я вспоминаю удивительный случай из моей жизни на «Земле-1». Мы, танатонавты, узнали тайну суда над душами: их реинкарнация зависит от того, сколько зла или добра они сделали при жизни. Это открытие вызвало панику, и все на Земле вдруг стали «милыми», желая воплотиться после смерти во что-нибудь хорошее. Попрошайки получали столько милостыни, что вскоре обзавелись кредитными карточками. Люди уже не знали, что еще сделать хорошего, но все это они делали из эгоизма, корысти, из страха превратиться в жабу. Моя подруга Стефания, видя столько сахарных улыбок и приторных лиц, решила, что пора возрождать тяжелый рок и вандализм, чтобы хорошее поведение требовало от людей хоть каких-то усилий*.

Жан де Лафонтен возвращает светлячка на место.

— Представьте себе совершенный мир. Стабильный, счастливый мир, где не происходит никаких катастроф, резни, где нет мерзавцев. Был бы он вам интересен?

Мы не решаемся ответить. В свое время я выдумал остров Спокойствия и полагал, что жизнь там может развиваться без кризисов. Я думал, что достаточно одного желания идти вперед, и стимулом для развития не обязательно должен быть страх.

— Так, по-твоему, Бог, Верховный Бог посылает нам испытания, чтобы мы лучше узнали себя? — спрашивает Камилла Клодель.

Жан де Лафонтен кивает головой.

— Даже если я ошибаюсь, эта идея вполне годится как начало объяснения, которое все расставит по местам, — заключает он.

Ветер усиливается, мы начинаем дрожать.

— Если бы я встретила Бога, — говорит Камилла Клодель, — я спросила бы, почему он создал человека именно таким. Например, почему у нас пять пальцев на руке. Не четыре, не три, не шесть?

Она поднимает свою мускулистую руку и шевелит пальцами, словно приводит в действие какой-то сложный механизм.

— У лягушек четыре пальца, — замечает Рауль.

— Хороший вопрос, — говорит Густав Эйфель. — Мне кажется, что средний палец — это опора. Два других,

---

* См. «Танатонавты» — *Примеч. авт.*

слева и справа от него, — необходимы для его поддержки. Вероятно, такая конструкция появилась тогда, когда наши предки при ходьбе опирались на руки.

Густав Эйфель изображает гориллу.

— А что, если это вышло случайно? — говорит Мата Хари. — Что, если у нас пять пальцев просто так, без какой-то конкретной причины?

— Насколько мне известно, нет ни одного животного с шестью или семью пальцами, — говорю я.

— Рука с пятью пальцами может и хватать, и зачерпывать. Это удобно. Всего пять пальцев, и в вашем распоряжении многофункциональный инструмент, — говорит Жорж Мельес, вытягивая карту из рукава и снова пряча ее.

— Неужели наш облик действительно лучше всего подходит для развития разума? Почему голова расположена на самом верху?

Каждый высказывает свое мнение.

— Чтобы быть ближе к солнцу.

— Чтобы принимать волны из космоса.

— Чтобы дальше видеть.

— Чтобы голова была как можно дальше от земли. Там полно опасностей — змеи или, например, камни.

Камилла Клодель не соглашается с этими предположениями.

— Почему мозг расположен не в центре организма? Тогда нервная система расходилась бы от него лучами по всему телу. Если мозг расположен наверху, нервы длинные и, следовательно, хрупкие.

— Если там, на горе, я увижу Верховного Бога, — говорит Рауль, — я спрошу его, какова конечная цель развития Вселенной.

— Разнообразие, — задумчиво говорит Мата Хари.

— А почему не красота, как считал Ван Гог?

— Или сознание?

— Или развлечение? Может быть, этот мир для него как тамагочи — живой спектакль, который идет сам по себе. Иногда он наблюдает за ним, для собственного удовольствия.

Эта мысль всем кажется забавной.

— А ты, Мишель? Решил, что спросишь у Верховного Бога? — спрашивает Мата Хари.

Я думаю и наконец отвечаю:

— Я бы спросил у него: «Как дела?»

Все смеются. Я продолжаю:

— Ведь, в сущности, мы просто дети, которые обращаются к своему отцу. Мы просим новую игрушку, боимся, что он отшлепает нас, мы хотим нравиться ему, подражать ему. Но даже отца можно спросить: «Как дела?»

Они уже не смеются.

— Если Бог жив, у него должна быть своя жизнь — вопросы, которые интересуют его, сомнения, тревоги, стремления и разочарования. Так же, как у наших смертных отцов. Мы уважали их, боялись, но нам не приходило в голову представить себя на их месте. И вот, вместо того чтобы спрашивать Бога, чем он может нам помочь, я бы спросил, чем я могу ему помочь.

Рауль хмыкает:

— Выслуживаешься, да?

Остальные в недоумении смотрят на меня. Я продолжаю:

— Если бы я был Богом, мне бы не хотелось, чтобы меня почитали или поклонялись мне, как идолу. Я бы хотел, чтобы меня считали... клевым. Классным папашей.

Все хохочут.

— Я бы хотел, чтобы мои подданные больше думали о том, как мне помочь, а не как меня любить.

— А хотел бы ты, чтобы тебе помогали твои люди-дельфины? — спрашивает Жан де Лафонтен.

— Да. И меня очень раздражает безусловная любовь, с которой ко мне относятся некоторые мои подданные. Они не знают меня. Не знают, почему поклоняются мне.

— На самом деле, — говорит Рауль, — тебе бы хотелось, чтобы они молились Мишелю Пэнсону и представляли тебя таким, каков ты на самом деле.

— Совершенно верно. Я бы хотел, чтобы они интересовались моим прошлым, моими сегодняшними проблемами на Олимпе, чтобы они болели за меня в очередной партии Большой игры.

Жорж Мельес кивает, улыбаясь.

— Мне тоже не по себе, — говорит Жан де Лафотен, — когда они воздвигают идолов, изображая меня с головой чайки.

Каждому из нас возносили горячие молитвы, пели псалмы, к каждому обращались с прошениями, приносили в жертву животных и людей. Мы помним наших жрецов, пророков, без тени сомнения толкующих наши мысли так, как это им выгодно. Мы помним так называемых еретиков, которых казнили из-за нас.

Мата Хари проводит рукой по своим длинным шелковистым волосам.

— Знаете, как мой народ поступает с еретиками? Их бросают в дремучем лесу на растерзание диким зверям.

— А мои сбрасывают еретиков с высокой скалы, — говорит Рауль, бог людей-орлов. — Они верят, что если бог захочет их спасти, то дарует им пару крыльев.

— Мои морские ежи, — отзывается Камилла Клодель, — бросают в воду с камнем на шее любого, кто сомневается в моем существовании. Они верят, что если бог захочет их спасти, то поднимет их на поверхность.

— Термиты закапывают еретиков живьем, — добавляет Густав Эйфель.

— Мой народ придерживается классического варианта — они сжигают отступников на костре, — говорит Жорж Мельес.

— У меня рубят головы, — говорит Жан де Лафонтен.

— И чего бы ты хотел? Чтобы они не поклонялись тебе, а были... твоими друзьями? — спрашивает Мата Хари.

Мои спутники снова смеются.

— Друзьями? Да. Именно так. Я за дружбу с Богом.

— Видел огромный глаз? — спрашивает Мата Хари. — Разве с этим можно дружить?

Я думаю об «Энциклопедии» и об Эдмонде Уэллсе. Если не ошибаюсь, он говорил: «Для меня Бог — это высшее измерение. Как молекула, которая выше атома». Может ли атом дружить с молекулой, частью которой является?

— Да, я говорю именно о дружбе с Богом, — настаиваю я. — Ведь ребенок может дружить со своим отцом.

Мое замечание кажется столь нелепым, что многие просто пожимают плечами. «Дружба с Богом». Мы никогда не думали об этом. Религия вызывает такое кипение страстей, что упоминание о дружбе кажется смешным. Но я внезапно понимаю, что для меня дружба значит больше, чем любовь. В дружбе нет и намека на обладание другим. Это просто способ взаимоотношений, взаимное уважение. Возможность стоять плечом к плечу. Может быть, именно поэтому нам никогда не приходило в голову связать эти понятия — «бог» и «дружба». Но в моем представлении идеальный бог — это бог-друг. Я никогда не считал моих людей-дельфинов послушными куклами или подданными. Напротив, чем сильнее они страдали, тем ближе становились мне. Мы вместе делили нашу общую судьбу. Это мои смертные друзья.

Вдалеке на небе показалось второе солнце. В Олимпии на башне Кроноса пробило час ночи.

Мы снова отправляемся в путь.

Тропа, петляя, ведет к горе.

Рауль подходит ко мне.

— Черт побери, Мишель, ты всегда заставляешь меня смеяться. Иногда я думаю, не гений ли ты... такой, знаешь ли, своеобразный гений. Ты очень изменился с тех пор, как мы познакомились.

— Ты тоже очень изменился, Рауль.

Тропа становится крутой и обрывистой. Мы добрались до отвесного склона и вынуждены подниматься, изо всех сил цепляясь руками, чтобы не свалиться. Молча, запыхавшись, мы карабкаемся наверх, как скалолазы.

Наверху вулканическое плато, множество небольших оранжевых кратеров, из которых поднимается дым.

Мы попали в оранжевый мир.

ТВОРЕНИЕ:
ОРАНЖЕВЫЙ ПЕРИОД

44. НА ОРАНЖЕВОЙ ЗЕМЛЕ

Оранжевое.

Все вокруг оранжевое. Земля растрескалась, из трещин льется красноватая лава. Едкий запах серы раздражает слизистую, заставляет прикрывать нос краем тоги. Судя по всему, впереди раскаленная земля. К счастью, Фредди и Мэрилин дали нам отличные сандалии.

Мы движемся вперед в тумане, среди струй пара, вырывающихся из стен кратеров. Первой идет Мата Хари — самый бесстрашный теонавт.

— Ты что-нибудь видишь?

— Пока ничего, — отвечает она.

Мы идем по краю пропасти. Путь нам все ярче освещает второе солнце, иначе мы бы уже давно оступились и рухнули в бездну.

— Подождите! — восклицает вдруг бывшая танцовщица. — Впереди какие-то люди.

Мы замираем, приготовившись стрелять. Жан де Лафонтен держит свой анкх, как самурайскую саблю, опершись одной рукой о другую. Камилла Клодель прячет оружие в складках тоги, собираясь поразить врага внезапностью.

— Что именно ты видишь? — спрашивает Рауль.

243

— Не знаю. Какие-то фигуры, силуэты, но они не двигаются.

— Эй! Там, впереди! Кто вы?

Ответа нет.

Мы медленно идем вперед. Теперь я тоже смутно вижу сквозь густой пар десятки, а может, и сотни неподвижных фигур. Кажется, что они наблюдают за нами.

Какой-то шум.

Мы останавливаемся, готовясь стрелять. Почему эти люди не двигаются? Не можем же мы ждать здесь часами. Мне надоело. Я выбираю силуэт и стреляю. Фигура рушится, раздается грохот, словно рассыпалась груда камней. Помедлив, я подхожу ближе и спотыкаюсь о круглый камень. Голова! Я вздрагиваю от ужаса. Я поднимаю ее и узнаю гордое лицо, которое видел когда-то на гравюрах. Это Галилей.

— Это не живые люди, это статуи! — кричу я остальным.

Перед нами множество статуй — и знаменитых, и совершенно неизвестных людей. Все они в тогах, расставлены в беспорядке, вперемешку.

— Поразительно! — восклицает Камилла Клодель. Ни малейшей ошибки в пропорциях. Их создатели воспроизвели даже самые мелкие детали, каждый мускул на своем месте!

— Видны даже жилки на руках и волосы в ушах, — добавляет Густав Эйфель. Он и сам делал статуи. Разработал, например, внутреннюю конструкцию статуи Свободы.

— У этой скульптуры даже есть бороздки на ногтях. — В голосе Жоржа Мельеса испуг и восхищение.

244

— А у той открыт рот, видна голосовая щель и все зубы, — замечает Рауль.

Мое внимание привлекает статуя, которая изображает женщину, охваченную ужасом. Она пытается кого-то оттолкнуть, кричит. Ее рот тоже широко открыт, так что видны зубы и язык. Более того, на подушечках ее пальцев воспроизведены папиллярные узоры. Я пытаюсь представить себе, что за мастер вырезал эти тонкие завитки.

— Кажется, все статуи изображают людей, застигнутых страхом или пытающихся бежать, — с беспокойством говорит Жан де Лафонтен.

Мы потрясенно разглядываем эти совершенные скульптуры. Жорж Мельес застывает на месте:

— Это не скульптуры, — говорит он.

Всех нас поражает одна и та же мысль. Мы тоже поняли.

— Это ученики предыдущих курсов. Они превращены в камень.

Мы молчим как громом пораженные. У меня по спине струится холодный пот. Я вглядываюсь в застывшие лица, и вдруг мне кажется, что одно из них смотрит на нас.

Я отшатываюсь. Это не мираж. Другие теонавты тоже видели это.

— Они... они не мертвы, — с трудом произносит Жорж Мельес.

— Эти люди превращены в камень, но они сохранили разум, — добавляет Рауль.

Боже мой! Превращение в химеру, пусть даже немую, еще можно пережить, но навсегда стать камнем, мыслящим существом, заключенным в каменную темницу...

Нас охватывает ужас.

Я вспоминаю, как на «Земле-1» я заболел анкилозирующим спондилитом. Болезнь постепенно сковывала меня. Мне было восемь лет, когда я впервые почувствовал ее действие. Потом приступы повторялись, захватывая то палец на ноге, то фалангу. Сильнее всего страдала спина. Мне становилось все труднее и труднее нагибаться. Однако я умер раньше, чем болезнь овладела всем моим организмом. Но всю жизнь меня преследовал страх в конце концов оказаться совершенно неподвижным. Ревматолог сказал, что эта болезнь не очень распространенная, поэтому субсидий на исследования не выдают. Так что надежды, что в будущем найдут способ ее лечения, не было. Врач предупредил меня: однажды наступит день, когда я задам себе странный вопрос: «Сидя, стоя или лежа?», потому что наступит такая стадия болезни, когда мне придется выбрать положение, в котором застынут мои кости и которое я никогда уже не смогу изменить. Всю оставшуюся жизнь я проведу стоя, сидя или лежа. Я обращался за консультацией в центр, который занимался подобными болезнями. Те, кто выбрал положение «стоя», спали стоя в гамаках, подвешенных к потолку, а их ноги свисали наружу. Они были похожи на летучих мышей. В моей болезни я видел только один плюс — я мог не бояться попасть в армию. И вот теперь я окаменел от ужаса.

Я смотрел на этих несчастных, стоявших посреди поля, затянутого клубами пара.

Как, почему, откуда обрушилась на них судьба?

45. МИФОЛОГИЯ: МЕДУЗА

Медуза была девушкой необыкновенной красоты. О ее великолепных волосах слагались легенды, и однажды Посейдон пожелал ее. Он превратился в птицу, прилетел к Медузе и силой овладел ею в храме Афины. Возмущенная тем, что ее храм был осквернен, Афина рассердилась не на могущественного бога, а на соперницу и превратила ее в горгону. Роскошные волосы Медузы стали змеями. Во рту выросли кабаньи клыки, а на руках — бронзовые когти. Афина наложила на Медузу еще одно проклятие: любой, кто посмотрит на нее, превратится в камень. Из трех горгон только Медуза была смертной. И однажды Афина послала к ней героя, чтобы он убил ее. Это был Персей. Предупрежденный о том, что смотреть на Медузу опасно, Персей сражался с ней, глядя на ее отражение в отполированном щите. Таким образом, он мог не смотреть на саму Медузу. Персею удалось отрубить ей голову. Из обезглавленного тела Медузы вылетели Хризаор, которого также называли «огненный меч», потому что он появился на свет с золотым мечом в руках, и крылатый конь Пегас, который мог вызвать дождь одним ударом копыта о небесный свод. Оба этих волшебных создания родились от Посейдона. Персей преподнес голову Медузы Афине, которая украсила ею свой щит.

Афина собрала кровь Медузы и отдала ее целителю Асклепию. Кровь из правой вены горгоны возвращала жизнь, кровь из левой вены была страшным ядом.

Как утверждает историк Павсаний, Медуза была царицей и на самом деле жила близ Тритонидского озера. В наши дни это озеро находится на территории Ливии. Она препятствовала распространению греческого владычества на море и была убита молодым пелопонесским царевичем.

Эдмонд Уэллс.
«Энциклопедия относительного
и абсолютного знания», том V
(со слов Франсиса Разорбака)

46. ЗАКРЫТЬ ГЛАЗА

Шум крыльев, шипение змей, шелест ткани. В дыму и тумане трудно понять, откуда приближается опасность, но мы чувствуем, что она уже близко.

— Закройте глаза, это Медуза! — кричу я, крепко зажмуриваясь.

— Давайте возьмемся за руки и замрем! — добавляет Рауль.

Мы ищем друг друга на ощупь. Соприкасаемся руками, хватаемся друг за друга. Закрыв глаза, встаем в круг. Слева от меня Мата Хари, справа Рауль. Шум крыльев приближается. Я чувствую, как Мата Хари вцепилась в мою руку.

Мы ощущаем чье-то присутствие. Что-то летит, садится на землю, идет, царапая когтями землю.

Ожидание.

Она здесь, я точно знаю. Совсем близко. От нее исходит зловоние. Если это та самая Медуза, о которой Эдмонд Уэллс писал в своей «Энциклопедии», то Афина далеко зашла в своей мести.

— Вы!.. — произносит горгона замогильным, гулким голосом, словно ее горло забито камнями.

— Вы!.. — повторяет она с отвращением. — Постоянно суетитесь!.. Мечетесь повсюду, размахиваете руками. Ваши рты открываются и закрываются, и оттуда постоянно слышен шум. Вы все время шевелите пальцами, руками и ногами.

Время от времени ее голос превращается в шипение, которому тут же начинают вторить змеи, шевелящиеся у нее на голове. Эдмонд Уэллс как-то сказал мне: «Все злодеи из греческих легенд: Минотавр, Медуза, Циклоп —

не что иное, как образы храбрецов, чья единственная вина была в том, что они позволили грекам победить себя и умерли. Они не могут опровергнуть клевету, возведенную на них официальными историками». Согласно легенде, Персей отрубил Медузе голову. Значит, она снова выросла, или легенда врет.

— Может, попытаемся отступить и вернемся обратно? — предлагает Густав Эйфель.

— Да-да, с закрытыми глазами, и свалимся в пропасть с кипящей лавой, — отвечает Рауль.

— Что же тогда делать? — снова спрашивает Эйфель.

— Пока стоим неподвижно с закрытыми глазами, — говорю я.

Медуза обошла нашу группу и движется ко мне. Я чувствую, что ее лицо приблизилось к моему.

— Ага!.. Неужели мне попались разумные человеческие существа? — насмешливо говорит она. — Люди, размышляющие, прежде чем что-либо предпринять? Выбирающие из двух казней ту, которая кажется менее мучительной? Потому что я предложу вам выбор: сгореть в лаве или превратиться в камень. Хотя если хорошенько подумать... даже если сгоришь в лаве, все равно станешь камнем.

Она разражается странным смехом. Это нечто среднее между карканьем и ревом кабана. Друзья так стискивают мои руки, что, кажется, вот-вот сломают. Мы дрожим от напряжения.

— Раньше я удивлялась своей способности обращать в камень тех, кто осмеливался посмотреть на меня. А потом привыкла. Если уж говорить начистоту, мне это даже нравится. Мне всегда нравилась скульптура.

Кажется, горгона подошла теперь к Камилле Клодель. Я слышу, как бурно дышит Камилла. Я догадываюсь, что Медуза гладит ее волосы.

— Сначала я хотела высечь из камня куст. Я выбрала себе модель — настоящий, живой куст. Но ветер постоянно шевелил его листву. Это очень раздражало. Очень.

Она идет дальше, подходит к Жану де Лафонтену, автору басни «Дуб и тростник».

— Тогда я срубила его и поставила в закрытое помещение, подальше от сквозняков. И он больше не шевелился.

Теперь она стоит перед Жоржем Мельесом.

— Потом я решила сделать скульптурное изображение рыб. Я достала аквариум. Но его обитатели так и сновали в воде — туда-сюда, вверх-вниз. Тогда я заморозила воду, и они наконец остановились.

Она касается Маты Хари.

— Я решила вырезать из камня собаку. Она тоже все время вертелась. Лизала мне руку. Ела. Она двигалась даже во сне. И я сделала из нее чучело.

Горгона возвращается к Камилле Клодель.

— Благодаря Афине все проблемы в прошлом. Не нужно ни замораживать, ни набивать чучела — я просто превращаю в камень. Мне удаются любые произведения искусства, я без труда работаю с самой великолепной моделью — человеком.

Мы едва осмеливаемся дышать. Горгона продолжает:

— Я часто развлекалась на вашей «Земле-1». Освоив отдельные фигуры, я стала ваять целые толпы. Никто прежде не решался замахнуться на это. Я была в Содоме и Гоморре, я превратила жену Лота Юдифь в соляной столп. А ведь ее предупреждали: с ней случится несчастье, если она обернется, покидая город. Она обернулась и увидела меня.

Теперь мы слышим ее голос над нашими головами.

— Помпеи мне особенно удались. Весь город: дома, люди, животные — навсегда обращен в камень! Но я мечтала превратить в камень целую страну, цивилизацию, планету. Какая достойная цель для честолюбивого скульптора, не правда ли, мадемуазель Клодель? Ни одна деталь не была бы забыта. Там были бы каменные машины, собаки, голуби, каменные реки, велосипеды, каменные мужчины и женщины... Прочные, твердые, замершие.

Медуза вновь опускается на землю и кружит вокруг нашей группы. Она проходит мимо меня, и я чувствую на своей шее ее руку, покрытую чешуей. Она тянет меня за голову, пытается открыть мне веки.

— Эй ты! Посмотри на меня! Посмотри! — требует она.

Скрюченные пальцы гладят мои волосы. Бесчисленные змеи скользят по лицу.

Думать о другом. Задавать себе вопросы:

— Кто убил Жюля Верна?

— Бог, кто он?

— Кто богоубийца?

— Какой ответ у загадки «Лучше, чем Бог, страшнее, чем дьявол...»?

— Любит ли меня Афродита?

И еще тот самый вопрос, который преследует меня всю жизнь.

— Что я, собственно, здесь делаю?

Я спрашиваю Жоржа Мельеса, нет ли у него зеркала. Персей, кажется, победил горгону с помощью зеркала.

— Нет, — с сожалением отвечает он.

— Держись, Мишель, держись! — чеканит Рауль.

Бронзовые ногти царапают тонкую мембрану, защищающую мои глаза.

— Посмотри на меня! Сейчас же!

Она поднимает мне оба века, и я вижу ее.

Ужас.

Старуха с лицом, изборожденным морщинами, с длинными густыми волосами! Нет, это змеи! На ней оранжевая тога, изо рта торчат длинные, загнутые вверх кабаньи клыки.

Подумать только, это чудовище когда-то было очаровательной девушкой, вся вина которой состояла в том, что она приглянулась Посейдону. Медуза таращит на меня огромные глаза, ее радует мое поражение. Губы ее кривятся в довольной усмешке.

Все кончено. Для меня все кончено. Мне предначертано быть статуей.

Я чувствую покалывание в ногах. Оцепенение охватывает ступни, поднимается от щиколоток к коленям. Я каменею. Закрываю глаза, чтобы замедлить превращение.

Я был Мишелем Пэнсоном. Я был ангелом, богомучеником, теперь я навсегда стану статуей, сохранившей рассудок, но лишенной возможности говорить и двигаться. Подвижными останутся только глаза. Я смогу видеть тех, кто придет на оранжевую территорию. Как я завидую Мэрилин и Фредди! Мне кажется, стать музой куда более завидная участь, чем моя. Быть музой все равно какого искусства, но двигаться, ходить, бегать.

252

Нижняя часть тела уже утратила чувствительность. В последние минуты жизни я не чувствую угрызений совести, только сожаление. Я должен был обнять Афродиту, когда она плакала у меня на плече. Я должен был создать непобедимую армию людей-дельфинов, используя все достижения техники, поставить во главе лучших стратегов, не знающих снисхождения к врагу. Тогда у моего народа была бы могущественная родина. Их боялись бы, уважали, а не просто терпели. Прежде всего нужно быть сильным, а уж потом добрым. Что станет с людьми-дельфинами без меня?

Это конец.

Медуза набрасывается теперь на Камиллу Клодель. Скульпторша кричит: НЕТ, НЕТ, НЕТ! Она не хочет становиться статуей.

Онемение поднимается все выше, оно уже достигло живота. Поздно бороться. Я приоткрываю глаза и вижу свои каменные ноги, каменные колени. Мои легкие каменеют.

— Мы погибнем один за другим, — говорит Жан де Лафонтен.

— Должен быть какой-то выход, — не очень уверенно отвечает Жорж Мельес.

Моя участь хуже той, что уготована богоубийце. Убийца понесет меньшее наказание, чем исследователь. Я бы согласился таскать мир на плечах, как Атлант, или без конца катить в гору камень, как Сизиф.

У меня отнялись руки. Я еще могу с трудом повернуть голову.

— Ну же, сдавайтесь. К чему сопротивляться? Вы наконец успокоитесь, обретете мир. Открывайте глаза, открывайте же, — шепчет она, искушая.

Крик и смех Медузы. Видимо, Камилла сдалась. Она увидела Медузу.

Мои спутники все еще держатся за руки, все крепче стискивая их.

Смертельный холод охватывает мою шею, мышцы лица каменеют. Мои веки тяжелы, как куски гранита. Они опускаются, и я больше не могу их поднять. Но уши еще слышат: до меня доносятся крики Камиллы Клодель.

И вдруг звук тоже отключается. Значит, я не буду ничего видеть и слышать, а ведь мне показалось, что некоторые статуи не только видят, но и слышат.

Все замирает. Я жду. Ничего не происходит. Время идет, а я не знаю, что творится вокруг. Я навеки неподвижен, мои глаза закрыты. Живой, в полном рассудке, лишенный возможности знать, что происходит снаружи. Вероятно, я даже не смогу спать. Сколько времени я проведу так? Час, день, год, столетие, вечность?

Я сойду с ума. Единственной отдушиной станут воспоминания и фантазии. Я всегда хотел подумать в тишине, теперь только это мне и остается. Думать в тишине. Я неподвижен. Глух, нем, в полном рассудке.

Жизнь в качестве одушевленного существа окончена. Я проиграл. Я все потерял.

47. ЭНЦИКЛОПЕДИЯ: ТВЕРДОЕ И МЯГКОЕ

У инуитов* и большинства народов, занимающихся охотой и собирательством, запрещено дробить кости животных, употребляемых в пищу.

---

* Самоназвание эскимосов.

Этот ритуал связан с представлением о том, что если кости похоронить, то в земле-кормилице они вновь покроются плотью и животное возродится таким, каким было.

Это верование, скорее всего, возникло в результате наблюдения за деревьями. Зимой деревья теряют свою «плоть», листву. Долгие холода переживают только твердые части дерева, его «кости», ветви.

Той же логике следуют многие шаманские ритуалы, согласно которым если похоронить труп, не сломав ни одной кости, то он вновь обрастет плотью и человек воскреснет.

Эдмонд Уэллс.
«Энциклопедия относительного
и абсолютного знания», том V

48. ПРОСТО ПОЦЕЛУЙ

Я по-прежнему неподвижен. В голове в первый раз прокручивается фильм о моей жизни. Но я в такой панике, что мысли путаются.

У меня не осталось никакой связи с внешним миром. Как жаль, что мне не удалось оставить глаза открытыми.

Возможно, прошла уже неделя. Я утратил всякое представление о времени. Мои друзья, наверное, ушли. Или тоже превратились в статуи.

Нужно успокоиться. Использовать технику самадхи, описанную в «Энциклопедии». Прогнать все мысли, одну за другой.

Я стараюсь, но у меня не получается. Если бы я только мог узнать, что происходит снаружи. Если бы я знал, здесь ли еще остальные, день там или ночь.

Я должен собраться и подумать. Прогнать мысли, как облака, которые уносит ветер. Не думать о том, что со мной случилось.

Я СОЙДУ С УМА.

(Великий) Боже! Если Ты слышишь меня, умоляю. Вытащи меня отсюда!

ВЫТАЩИ МЕНЯ ОТСЮДА!!!

И тут случилось нечто удивительное. Я почувствовал прикосновение к губам. Поцелуй. Долгий поцелуй, оставивший вкус фруктов. И этот поцелуй отозвался во всем моем теле, согрел меня. Неужели Афродита примчалась на помощь в последний момент?

Этот необыкновенный поцелуй освободил меня. Губам возвращается чувствительность, словно отходит заморозка после визита к дантисту. Я чувствую на губах тепло и влагу. Могу повернуть шею. Веки становятся легкими. И я вижу, кто спас меня.

Это не богиня Афродита.

Это Мата Хари.

Закрыв глаза, она прижимается ко мне. Обнимает и целует. От нее идет исцеляющая волна, которая проникает в меня и освобождает от каменного плена. Я — Спящая Красавица, разбуженная поцелуем. Мои пальцы шевелятся, я могу повернуться. Я вновь обретаю тело. Обретаю кровь. Воздух снова наполняет легкие, я кашляю от пыли.

Прохладная женская рука тянет меня за собой. Иногда лучше не думать. Закрыв глаза, мы бежим среди кратеров, полных лавы. Я слышу чьи-то шаги. Значит, рядом бегут другие теонавты.

Тяжело топая, Медуза гонится за нами. Она взлетает, я слышу, как ее длинные крылья рассекают воздух за нашими спинами. Я решаюсь приоткрыть глаза и вижу наконец, что впереди. Прохладная рука, за которую я держусь, принадлежит Фредди Мейеру, превратившемуся в музу. Он тянет меня за собой, я держу за руку Мату Хари, а она — остальных. Мы все держимся за руки. Все поменялось местами: раньше слепым был Фредди, и водили его мы.

Когда мы оказываемся у крутого склона, который ведет на красную территорию, Медуза прекращает погоню. Ее царство осталось наверху, она никогда не покидает его.

Мы скатываемся вниз, на маковое поле. Мы бежим, и никогда еще я не был так рад тому, что у меня есть ноги, уносящие меня все дальше, веки, поднимающиеся и опускающиеся, руки, которые я могу сжимать и разжимать.

Мы долго бежим и наконец останавливаемся. Нам уже не нужно держаться друг за друга. Я падаю в маковое поле, начинаю кататься по нему, с восторгом чувствуя движение каждого мускула. Я избежал худшего, я жив и могу двигаться.

Мы смотрим друг на друга, удивляясь тому, что живы. Значит, прошли не часы, недели или год. Всего несколько минут.

Я счастливо отделался.

— Ну что же, вот и все, — говорит Мата Хари. Сейчас эта фраза звучит как-то особенно.

— Спасибо, — говорю я.

Мое тело стремится обнять ее, но мой разум мешает. Я смотрю на остальных. На теонавтов, муз, на порхающую над нами херувимку.

Я начинаю понимать, как все было. Сморкмуха полетела за Фредди Мейером, и он забрался на гору, чтобы вытащить нас из западни. Мата Хари не бросила меня, а попыталась спасти поцелуем.

Херувимка взлетает выше, чтобы убедиться, что нам не угрожает опасность. Я протягиваю ей палец, и она садится на него.

— Спасибо и тебе, сморкмуха.

Услышав имя, которое ей не нравится, херувимка показывает мне язычок, длинный, как хоботок у бабочки, и улетает.

— Эй, сморкмуха, подожди!..

Она уже далеко. Я смотрю на своих друзей.

— Где Камилла Клодель? — вскрикиваю я. — Нужно вернуться за ней.

— Слишком опасно, — категорически возражает Жан де Лафонтен.

— Мы не можем бросить ее там. Нужно идти спасать ее! — повторяю я.

— Слишком поздно. Целовать нужно, пока еще можно спасти, — говорит Рауль.

— Он прав, — подтверждает Мельес. — Мата Хари спасла тебя, потому что действовала быстро. Камилла уже совершенно окаменела.

— Скульптор превратился в скульптуру — логичный конец, — говорит Рауль.

Мы смотрим вверх, туда, где начинается оранжевая территория.

— Все кончено, мы не сможем пройти дальше. Во всяком случае, я туда не вернусь.

Музы Мэрилин Монро и Фредди Мейер знаками показывают нам, что они больше не могут здесь оставаться. Помощь богам-ученикам имеет границы.

Мы изнурены, но нужно идти. Пора возвращаться в Олимпию.

Проходя под водопадом, я наслаждаюсь потоками холодной воды. Я хочу почувствовать жизнь в каждом квадратном миллиметре своего тела. Я понимаю теперь, как хорошо обладать настоящим телом, воспринимать окружающий мир всеми органами чувств, двигаться. Я сгибаю и разгибаю пальцы, улыбаюсь, смеюсь, поднимаю руки. Спасибо тебе, Боже. Мое тело — антенна, которая принимает весь мир. Я дышу полной грудью. Закрываю глаза. Я счастлив, что обладаю оболочкой, в которой можно двигаться.

Я жалею деревья. Жалею камни. Внезапно я понимаю, что тысяча недомоганий в прошлой жизни были настоящим благословением. Приступы ревматизма, кариес, язва, даже воспаление лицевого нерва — ведь это были ощущения, сильные ощущения. Боль, которую я испытывал, означала, что я существую.

Все мое тело воспринимает окружающий мир, и мне кажется, что я впервые знакомлюсь с этой планетой, с космосом. Стоило натерпеться столько страху, испугаться, что навсегда останешься неподвижным, чтобы испытать счастье, почувствовать свободное биение жизни в собственном теле.

Чем выше поднимается душа, тем сильнее давление, которое она испытывает.

Душа поднимается? Надо же, я никогда не замечал, что в слове «ученик» скрыто значение «подниматься»*.

Ко мне подходит Мата Хари. Мокрая тога плотно облегает ее фигуру.

---

* S'élève — поднимается, l'élève — ученик *(фр.)*.

Я отмываюсь, тру себя, смываю пот, пыль и страх.

Откуда это чувство вины, которым пропитана моя кожа? Я чувствую вину за то, что не спас Эдмонда Уэллса и Жюля Верна. Когда я был ангелом, я не спас моих смертных подопечных — Игоря и Венеру. А еще раньше — Феликса Кербоза и моих друзей танатонавтов, погибших в той безумной экспедиции. Я чувствую себя виноватым во всех несчастьях, когда-либо случавшихся в мире, с начала времен и по сей день. Во всех войнах, где бы они ни происходили, есть и моя вина. Во всех несправедливостях, и даже в первородном грехе. Каин убивает Авеля. Ева ест яблоко. Это тоже из-за меня?

Даже Афродита — это моя вина. Разгром моего народа — моя вина.

Я подставляю голову под струи воды и задерживаю дыхание, пока легкие не начинают гореть.

Я думаю о своей матери, которая давно сказала мне: «Ты виноват». Как же она была права. Но она не сказала: «Ты ничего уже не исправишь». Она сказала: «Ты можешь это изменить». Она говорила тогда о беспорядке в моей комнате. Я неосторожно потянул свитер, который зацепился за край аквариума с красной рыбкой. Несчастная рыбка погибла.

«Ты виноват. Но ты можешь это изменить».

Я навел порядок в комнате и купил другую рыбку.

Можно ли купить новое человечество?

Я закрываю глаза. И снова открываю их. Мата Хари спокойно смотрит на меня. Она знает, что полуобнажена.

Она красива, смела, возможно, это самая прекрасная женщина, какую я когда-либо знал, если не считать Афродиту.

Похоже, вот в чем моя проблема. У меня неправильные желания.

Путаница.

Не так ли действует дьявол?

Жан де Лафонтен толкает меня:

— Уже поздно, пора возвращаться. Нам нужно торопиться.

Я не шевелюсь. Мата Хари стоит передо мной, словно ждет чего-то.

— Мата, я хотел тебе сказать...

— Что?

— Нет... Ничего. Еще раз спасибо за то, что ты сделала.

Камилла Клодель осталась на оранжевой территории. Нас осталось 77.

Мы возвращаемся, и я до крови кусаю себе язык.

«Возможно, иногда лучше быть деревом», — думаю я.

49. ЭНЦИКЛОПЕДИЯ: ГИНКГО БИЛОБА

Из всех деревьев самое загадочное — китайское гинкго билоба. Это самое древнее дерево из известных на сегодняшний день. Считают, что оно существует на Земле уже 150 миллионов лет. Кроме того, это самое выносливое дерево. Меньше чем через год после ядерного взрыва в Хиросиме оно первое проросло на зараженных территориях.

Существуют мужские и женские деревья гинкго. Замечено, что деревья разного пола тянутся друг к другу, даже если их разделяют сотни метров. Чтобы гинкго размножались, необходимо, чтобы пыльца мужского дерева долетела до цветов женского. Появившийся в результате плод гниет с неприят-

ным запахом, и из него высыпаются семена, из которых вырастают новые деревца.

В Китае гинкго билоба называют ин-шин (серебряный абрикос). Китайцам давно известны его целебные свойства. В гинкго билоба содержится антиоксидант, который укрепляет иммунную систему, задерживает старение клеток. Кроме того, он ускоряет усвоение глюкозы мозгом.

На Тибете монахи пьют отвар из листьев гинкго, чтобы бодрствовать по ночам во время долгих молитвенных бдений.

В западных странах гинкго получает все большее распространение благодаря устойчивости не только к различным паразитам и климату, но и к загрязнению окружающей среды. Встречаются деревья, которым больше 1200 лет.

Эдмонд Уэллс.
«Энциклопедия относительного
и абсолютного знания», том V

50. ТРИ ДУШИ (18 ЛЕТ)

Пока меня не было, кто-то побывал в моем жилище. Дверь распахнута настежь, на полу следы.

Я пытаюсь проследить, куда они ведут, и обнаруживаю, что незваный гость проник в библиотеку. Во всех книгах там белые страницы, и я догадываюсь, что он искал «Энциклопедию относительного и абсолютного знания». Значит, кто-то знает, что я продолжаю труд Эдмонда Уэллса.

Я внимательно разглядываю отпечатки подошв на садовой земле — этот человек совершенно точно шел через лес.

И тут на меня наваливается усталость.

Я возвращаюсь в дом и ложусь.

Безуспешно стараюсь уснуть. Встаю, включаю телевизор. Решительно, жизнь бога ничем не отличается от
жизни человека, страдающего бессонницей.

Первый канал: Куасси-Куасси. Ему восемнадцать
лет. Ганийцы проникли на земли его племени и разгромили плантации, чтобы взвинтить цены на ананасы. Поднимается тревога. Соплеменники Куасси-Куасси преследуют нарушителей спокойствия. Куасси-Куасси сражает-
ся с одним из тех, кто разорил плантации. Его взгляд
полон гнева.

— Почему вы это делаете? — спрашивает он. — Вы
хотите иметь то же, что и мы?

— Нет. Нам не доставляет удовольствия иметь то же,
что и вы. Нам приятно отнять то, что у вас есть, чтобы у
вас этого больше не было, — нагло отвечает ему противник.

Куасси-Куасси поражен услышанным. «Они не хотят
быть богатыми. Они хотят, чтобы и я был так же беден,
как они».

Он отпускает врага. И падает как подкошенный. Отец
Куасси-Куасси подбегает к нему, думая, что тот ранен.

Переключаю канал. Юн Би. Ей тоже восемнадцать.
Она становится все более одинокой. Ни с кем не разговаривает, часами просиживает за видеоиграми или перед
телевизором. Она пишет большой роман «Дельфины».
Юн Би испытывает отвращение к миру, который ее окружает. Когда ее мать развелась с отцом, Юн Би стала жить
одна в маленькой комнатке на окраине Токио.

Она подключается к Интернету, чтобы войти в очередной чат, где встречаются люди со всего мира. Ее

ник K.D., Korean Delphinus, Корейский Дельфин. Наконец она безымянна перед лицом всего мира и может говорить о своем корейском происхождении и о том, как восхищается дельфинами.

Она участвует в нескольких форумах одновременно, как вдруг одно имя привлекает ее внимание. K.F. — Korean Fox, Корейский Лис. Кто-то тоже придумал ник, соединив национальность и любимое животное.

Она вступает в диалог с K.F. Молодой человек знакомится с Юн Би. Он живет в Пушане, это на восточном побережье. K.F. спрашивает, где живет Юн Би. Она отвечает, что она кореянка, но никогда не была на своей исторической родине. Она просит рассказать о ней, и K.F. рассказывает о жизни в Корее. О храмах, горах, о том, как доброжелательны люди, как красивы женщины. Рассказывает историю цивилизаций-прародительниц.

Юн Би понимает, что быть кореянкой в Японии трудно, но жить в Южной Корее тоже не просто — безумный правитель Северной Кореи постоянно угрожает ядерным оружием.

Юн Би рассказывает о своей жизни. Об унижениях, которым она подвергается за то, что не похожа на японок. О чувстве вины, которое обязана испытывать за то, что она жертва. Она не знает, как выглядит Корейский Лис, но создает его образ в своем воображении. Она рассказывает ему о том, что страстно любит рисовать. Когда-нибудь потом она будет делать мультфильмы.

Корейский Лис рассказывает, что он увлекается программированием. Подростком он проводил много времени в интернет-кафе, играл в сетевые игры — стратегии и битвы. Теперь он инженер-программист, работает над собственным проектом, который стал для него делом всей жизни. Он называет его «5-й мир».

По его теории,

1-й мир — реальный, осязаемый мир;

2-й мир — мир снов, которые приходят к спящему человеку;

3-й мир — мир художественной литературы;

4-й мир — мир фильмов;

5-й мир — виртуальный мир компьютеров.

Юн Би просит подробнее рассказать о проекте «5-й мир», и K.F. пускается в объяснения.

К идее создания этого проекта его подтолкнули он-лайновые компьютерные игры, в которых все участники одновременно находятся в виртуальном пространстве. У каждого есть аватар. Этим словом пользователи Интернета обозначают образ, под которым они действуют в виртуальной реальности. K.F. предлагает использовать аватары, максимально приближенные к настоящему образу игроков. Юн Би в восторге от этой идеи. Она понимает, как важен этот проект. «На аватарах будут лица реально существующих людей?» K.F. в Пушане продолжает объяснять. Он намерен составить подробный каталог внешних признаков и психологических параметров человека, тогда, даже если пользователь находится в оффлайне, его аватар будет жить своей жизнью. Вместе с друзьями-программистами они разрабатывают сложные программы, при помощи которых игрок сможет задать как можно больше параметров своей внешности и характера.

Юн Би понимает, что у виртуального персонажа может получиться то, что не удалось человеку. Аватар Юн

Би сможет спасти дельфинов и разбить лицо любому, кто попробует ее оскорбить.

— Но если это получится, — говорит она, — тогда аватар продолжит игру, даже если игрок будет мертв.

Таинственный K.F. отвечает, что именно этого он и хочет добиться, работая над проектом. «5-й мир» подарит игрокам бессмертие.

Юн Би говорит, что тоже хочет принять участие в проекте. K.F. предлагает ей придумать фон, декорации, в которых будут действовать виртуальные персонажи.

Вскоре Юн Би высылает K.F. рисунки островов, озер, гор, городов будущего. K.F. в восторге. В благодарность он присылает Юн Би первые версии аватаров, которые могут вести самостоятельное существование.

Юн Би получает программы и устанавливает их. Картинки начинают двигаться, разговаривать, жестикулировать. С некоторыми даже можно поддерживать беседу, так как в них встроена программа для ведения диалога. K.F. и K.D. продолжают общаться. K.F. присылает K.D. маленькие фигурки, которые подражают человеку, она в ответ шлет рисунки декораций, в которых им предстоит действовать. Впервые в жизни Юн Би засыпает с улыбкой. Ей кажется, что она стала всемогущей. Наконец у нее появился друг, пусть даже он далеко и она не видела его лица. Однажды она просит K.F. назвать свое настоящее имя и прислать фотографию, но он отвечает, что хотел бы, чтобы пока она знала только его ник и аватар. Девушка очень заинтригована.

Третий канал. Теотиму восемнадцать лет. Я попадаю на его канал в то время, когда он начинает работать воспитателем в летнем лагере.

Это лагерь для детей военных. Сначала все идет хорошо. Теотим единственный гражданский воспитатель, остальные проходят военную службу и записались в воспитатели, чтобы вырваться из казармы.

Директор, другие воспитатели и дети ценят мягкость и доброту Теотима. Он играет на гитаре, и это вызывает еще больше симпатии к нему. Но вскоре начинаются проблемы. Десять одиннадцатилетних детей, его подопечных, выстроили внутри своей группы иерархию в соответствии с воинскими званиями своих родителей. Главным стал сын полковника, ниже сын сержанта, сын капрала и т. д. В самом низу лестницы оказался сын жандарма, который и стал козлом отпущения. К тому же он был рыжим. Однажды Теотим видит, как мальчишку бьют ни за что. Теотим наказывает зачинщика — полковничьего сына, заперев его одного в комнате. Затем утешает жертву, сына жандарма. Однако результат получается совсем не таким, какого он ожидал. Сын полковника становится героем: он бросил вызов самому воспитателю, взрослому. А сына жандарма считают подлизой. Вся группа единодушно поддерживает полковничьего сына и начинает травить сына жандарма.

В конце концов мальчишки заставляют несчастного перерезать струны на гитаре Теотима в доказательство того, что он не выслуживается перед воспитателем. И он делает это. Теотим наказывает всю группу, в том числе и сына жандарма, и теперь вся группа настроена против воспитателя.

Сын жандарма становится рьяным помощником полковничьего сына. Дети устраивают ночное нападение на воспитателя. Коллега Теотима вынужден прийти к нему на помощь. Он военный и, не колеблясь, наводит порядок. Раздавая пинки своими тяжелыми ботинками, он говорит Теотиму:

— До этого бы не дошло, если бы ты сразу отлупил их. Немного насилия позволяет обойтись без масштабного применения силы.

На следующий день смена заканчивается. Перед отъездом Теотим обращается к директору:

— Я знаю, что потерпел поражение. Я не понимаю, как я должен был поступить. Неужели бить их, как мне советовал коллега?

Директор внимательно смотрит на молодого человека и говорит:

— Да, конечно. Дети уважают власть, особенно когда она подкреплена силой и даже грубостью. Но можно было пойти другим путем, менее насильственным и выигрышным. Нужно было подружиться с сыном полковника и наказать сына жандарма.

Теотим ничего не понимает.

— Через сына полковника, — объясняет директор, — вы бы могли передавать любые приказы и добиться послушания. Он бы гордился тем, что взрослый оказывает ему доверие, и следил за точным выполнением ваших распоряжений. Это укладывается в *его* систему координат. Что касается рыжего, он так привык к дурному обращению, что покорно перенес бы ваше недовольство. Тогда все дети решили бы, что вы хороший воспитатель. Воцарился бы порядок.

— Вы хотите сказать, что стратегия, ведущая к победе, заключается в том, чтобы награждать палачей и наказывать жертву?

— Конечно, поначалу это кажется безнравственным, — отвечает директор, — но все наши руководители действовали именно так и добились немалого успеха. Плохие парни, как правило, всегда сильнее. Значит, с ними нужно дружить. Жертвы всегда слабее, дружить с ними нет никакого смысла. Они не могут ни навредить вам, ни сделать что-нибудь хорошее. Они жалуются, они не симпатичны. Поддерживать плохих — единственная эффективная тактика, даже если это не очень нравственно. А потом, это просто нужно правильно подать. Здесь уже все зависит от того, как расставить акценты.

Я выключаю телевизор и засыпаю, размышляя о печальном опыте Теотима. Что он мог сделать? В кино всегда призывают защищать слабых и угнетенных, но в жизни это чаще всего невозможно.

51. ЭНЦИКЛОПЕДИЯ: ДЕЛЬФЫ

Зевс пожелал узнать, где находится центр мира. Он отправил двух орлов в противоположные концы Земли, велев им лететь навстречу друг другу. Место, где они встретятся, и будет омфалос, «пуп земли».

Орлы встретились на западе Греции, у пещеры на горе Парнас, расположенной на высоте 570 метров над уровнем моря. Пещеру по приказу Геи охраняла гигантская змея. Аполлон убил ее и, чтобы искупить это преступление, восемь лет скитался вдали от родины. Когда срок истек, он вернулся и построил здесь свой храм. Святилище было названо «Делфос», что означает «центр». Позже это слово стало названием одного из животных, сопровождающих Аполлона: морское животное называли сначала Делфос, потом дельфинус и, наконец, дельфин.

Храм в Дельфах был построен в 513 г. до н. э. Над входом была знаменитая фраза: «Познай самого себя, и ты познаешь Вселенную и богов».

Внутри великая прорицательница пифия предсказывала будущее тем, кто приходил к ней. Вскоре храм стал настолько популярен, что народ сюда стекался со всей Греции и даже из Египта и Малой Азии. Жители всех близлежащих городов работали на храм — сначала строили святилище, потом поддерживали священный огонь, принимали паломников, содержали жрецов, поставляли продукты для трапез, готовили очищающие ванны, пели и танцевали во славу Аполлона.

Каждого вновь прибывшего встречали так: после омовения паломник, в зависимости от своего достатка, приносил в жертву барана, козу или курицу, и группа жрецов гадала по внутренностям жертвенных животных. Если предсказание было благоприятным, то паломник ожидал своей очереди задать вопрос пифии.

Паломников становилось так много, что жрецы были вынуждены бросать жребий, чтобы выбрать счастливцев, которые попадут к пифии (за исключением тех случаев, когда к оракулу являлось какое-нибудь важное лицо или когда жрецы получали значительное вознаграждение). Если доступ к пифии был открыт, паломник спускался в адитон — помещение, находившееся под храмом, и оказывался перед пупом земли: его символизировал огромный окаменевший муравейник. Именно здесь и задавали вопрос оракулу.

Великая прорицательница пифия жевала листья лавра и постоянно находилась в трансе. Она отвечала на вопросы, которые ей подавали в письменном виде, положив записку в кубок. Пифию никто не видел. Она отвечала невнятными пронзительными воплями, которые «переводили» прислуживавшие ей «пророки».

Среди известных «клиентов» пифии были Александр Македонский, которому пифия сказала «Ты непобедим!», а также

Крез, богатейший лидийский царь. Он хотел знать, стоит ли воевать с персами. Пифия ответила: «В тот день, когда ты начнешь войну, погибнет великое царство». Крез решил, что пифия предсказала победу ему, начал войну и был разбит. Приговоренный к смерти, он просил наказать пифию, которая ответила ему: «Крез, ты действовал безрассудно. Нужно было сперва спросить: какое царство погибнет? Ведь речь шла о твоем».

На протяжении десяти веков прорицания Дельфийского оракула считались самыми авторитетными. Несмотря на это, храм часто подвергался грабежам (многим не давали покоя «тайные сокровища»).

Храм был закрыт в IV в., когда император Феодосии запретил поклоняться Аполлону. Пифия предсказала это в последнем прорицании. Она сказала: «Прекрасный дворец разрушен, у Аполлона больше нет ни святилища, ни вещего лавра, ни говорящего источника».

Эдмонд Уэллс.
«Энциклопедия относительного
и абсолютного знания», том V

52. СОН О ДЕЛЬФИНАХ

Этой ночью мне снились дельфины. Они летали в космосе. На них были украшения. Драгоценные камни складывались в упряжь. Дельфины летали и влекли за собой не колесницы, а обломки колонн и камни разрушенного греческого храма. Они махали плавниками, как крыльями, а их улыбка была похожа на улыбку Джоконды Леонардо да Винчи. В моей голове звучала фраза, которую я прочитал в «Энциклопедии» Уэллса: «Познай себя, и ты познаешь небеса и богов». Я видел не меньше пятидесяти пятнистых черно-белых дельфинов. Другие были серые или серебристые.

Дельфины попали в опасную зону, где их поджидали люди с железными прутьями, как в том выпуске новостей, который смотрела Юн Би. Один дельфин попытался защищаться. Он метался среди трупов товарищей, ныряя среди парящих вокруг капель крови. Иногда он выпрыгивал вверх, к овальному солнцу, и маленькие человечки метали в него железные прутья.

Мне хотелось, чтобы дельфины убили людей, но они погибли. Я кричал: «Защищайтесь! Защищайтесь же!» Раненый дельфин посмотрел на меня и произнес: «Таков смысл Истории». Остров с Дельфийским храмом превратился в прах, а люди с железными прутьями испускали победные крики.

Я проснулся вне себя от гнева. Мир снов перестал быть тихим убежищем. Я решил дать ему еще один шанс и снова заснул.

В следующем сне я увидел, как в небе парит ADN — пропеллер с тремя лопастями. Три разноцветные ленты, трепетавшие на ветру.

В голове, усиливаясь, зазвучала нежная музыка.

Ленты превратились в змей, у каждой на спине была начертана буква. У первой — A в красном круге, у второй — D в синем, у третьей — N в белом.

Три змеи поднялись на хвостах, образуя бесконечную спираль.

1. Красное — кровь Власти*.
2. Синее — умиротворяющее** бесконечное небо.
3. Белое — отсутствие цвета, Нейтральность.

---

* La Domination — власть *(фр.)*.

** Apaiser — умиротворять, нести покой *(фр.)*.

Я вспомнил, что говорили мне учителя. Есть только три возможных отношения к другому человеку.

С тобой.

Против тебя.

Без тебя.

Все взаимосвязано, я чувствую, что все взаимосвязано, существует ключ, который нужно найти, объяснение, таящееся в том, что происходит здесь. Я чувствую, что ответ спрятан в этих трех буквах.

A, D, N.

Любовь, Презрение, Беспечность*.

Атлантида, Богоубийство, Природа**.

Змеи поднимаются, следуя за музыкой, и вдруг кидаются друг на друга, дерутся, сплетаются. Сначала несколько маленьких узелков, потом огромный клубок, из которого торчат разъяренные разноцветные головы, пытающиеся укусить друг друга.

Клубок увеличивается, раздувается и, наконец, превращается в целую планету, летящую в космосе. Вблизи видно, что поверхность ее состоит из плотно прижатых друг к другу змеиных голов — красных, синих, белых.

В моей голове еще звучит музыка, когда в восемь утра начинают звонить колокола.

Второе пробуждение.

Не хочу идти в школу. Нужно взять себя в руки.

Я долго стою под душем, надеваю новую тогу, чищу зубы, бреюсь, обуваю сандалии.

На улице туманно и пустынно. Словно наступил сентябрь, начало учебного года. Ребенком я мечтал остаться

---

* L'Amour, le Dedain, la Nonchalance *(фр.)*.

** L'Atlantide, le Deicide, la Nature *(фр.)*.

дома, в уютной постели, зарывшись в одеяло. Воздух влажен. Я с трудом переставляю ноги.

Сначала завтрак в Мегароне.

Я сажусь один в углу и набрасываюсь на тартинки с апельсиновым джемом. Я не поднимаю глаз от чашки. Рядом садится Рауль. Я чихаю.

— Простыл? Наверное, вчера, когда возвращались из оранжевой зоны, после ее жары — и в холод. Тоги плохо защищают от лесной прохлады и быстро отсыревают.

Я молча ем. Друг наклоняется и шепчет мне на ухо:

— Я знаю, как нам сегодня вечером обойти Медузу.

Я делаю вид, что ничего не слышу. Он продолжает:

— Сделаем шлемы, чтобы не смотреть на нее. Она не сможет нас заставить открыть глаза. Фредди проведет нас. Он муза, с ним ничего не случится, ведь он уже превратился в химеру.

— Я никуда не иду сегодня вечером, — говорю я.

— Что это с тобой?

— Я устал.

— Потому что вчера тебя превратили в статую?

— Не только. Думаю, мне нужен отдых.

Я встаю, забираю чашку и тартинки и ухожу от Рауля. Сейчас я больше не хочу с ним разговаривать.

Я сажусь рядом с Жоржем Мельесом. Странно, но, когда меня одолевают сомнения, мне кажется, что по-настоящему реален только этот мастер иллюзий.

— Жорж, в чем секрет того карточного фокуса? С королями, дамами, валетами и тузами, которые собираются группами после того, как я десять или двенадцать раз снимал колоду?

274

Он понимает: мне необходимо отвлечься.

— Нет никакого фокуса. Ты думаешь, что выбираешь, а на самом деле — нет.

Он достает колоду.

— Когда я собираю четыре кучки в одну, карты внутри разложены по порядку — король, дама, валет, туз, и снова король, дама, валет, туз уже другой масти. Понимаешь?

— Да.

— Итак, от короля до короля четыре карты, то же самое касается дам, валетов и тузов. Ясно? Когда ты снимаешь колоду, ты не нарушаешь этот порядок. Между двумя картами одного достоинства всегда остается тот же промежуток. И значит, раскладывая их снова в четыре кучки, ты можешь быть уверен, что каждый король ляжет вместе с королями, и так далее. Это всегда работает. Фокус в том, что фокуса нет. Ты можешь повторять его до бесконечности. Сколько бы раз ни снимали колоду, карты лягут как надо.

Я не уверен, что понял его, и Мельес достает карты. Он повторяет фокус, но на этот раз карты открыты. Я убеждаюсь, что действительно, даже если снимать колоду двадцать раз, между двумя королями или двумя тузами всегда остается четыре карты. И когда я собираю их в одну колоду, они автоматически оказываются рядом.

— Да-да, — говорит Жорж Мельес, — иногда лучше не знать секрет фокуса. Это всегда немного разочаровывает.

Я смотрю на гору.

— Ты веришь, что каждый наш выбор — это все равно что снять колоду? То есть это никак не влияет на конечный результат?

— Нужно знать, какова система, внутри которой мы находимся. Мне как-то снилось, — отвечает Жорж Мельес, — что мы персонажи романа. Мы живем в плоском мире, в мире страниц, и просто не в силах представить себе третье измерение, объем. Если бы мы обладали способностью видеть объемные предметы, то увидели бы читателя, держащего книгу, в которой мы «расплющены».

Любопытное совпадение: Эдмонд Уэллс говорил мне что-то в этом роде. Он считал, что мы «написаны» сценаристом, который выдумал нас, и приключения, которые происходят с нами, развлекают читателей.

— Слишком просто. Я думаю, что мы внутри системы, которая превосходит все, что мы в состоянии вообразить. Если мы думаем, что это роман, значит, это не так.

У Жоржа Мельеса пока нет никакого другого объяснения.

— Есть фокусы, которые даже мы, фокусники, не можем объяснить.

— Эдмонд Уэллс говорил, что Бог — это измерение, которое на уровень выше человека, как молекула на уровень выше атома. Может ли атом представить себе молекулу, в состав которой входит?

Жорж Мельес раскладывает карты и смотрит на них, словно ищет ответ. Достает червового валета и протягивает мне.

— Вот, я дарю тебе эту карту. Делай с ней что хочешь. Так ты сможешь контролировать хотя бы это. Ни один фокус с червовыми валетами не получится, если ты не вернешь его в игру.

Я смотрю на карту, потом отказываюсь.

— Я пока буду соблюдать правила. Я еще не настолько разочаровался в жизни, чтобы портить карточный фокус.

И тут снова раздался крик. Я даже подскочил на месте. На мгновение в Мегароне все замерли, а потом бросились туда, откуда слышен вопль.

Оказывается, я привык к насилию. Удивляюсь сам себе, но не бегу. Толпа растет. Я подхожу последним.

— Кто на этот раз?

— Бог летучих мышей, Надар.

Боже мой, они работали всю ночь, готовя аппарат к полету. А теперь его убили.

Я ищу в толпе Сент-Экзюпери. Он стоит рядом с мертвым другом, потрясенный случившимся.

Появляются кентавры, накрывают тело убитого.

Обратный отсчет: $77 - 1 = 76$. У богов опять потери.

— Его народ почувствует себя осиротевшим, — говорит Эдит Пиаф вместо надгробной речи.

— Как знать? — отвечает Прудон.

Я думаю. Есть ли хоть один народ, который выжил в игре после потери своего бога? Нет, кажется, нет. Более того, мне приходит в голову мысль, которая подтверждает теорию Прудона: некоторые народы, у которых вообще не было бога, живут, и дела их идут совсем неплохо.

— Лучше совсем без бога, чем с неумелым, — говорит анархист.

Я закрываю глаза и пытаюсь представить себе встречу со своим дельфиньим народом. «А, так это были вы?» Они бы смотрели на меня снизу вверх, как лилипуты на Гулливера. «Так это вам мы обязаны всем этим?» Я, конечно, начну оправдываться: «Извините, ребята, я старался, но мне не повезло». Бог, которому не везет, — какая жалкая роль! «Не сердитесь, я сделал все, что мог, но другие ученики оказались сильнее». Никуда не годится.

Может, попробовать так: «Вам не повезло, вам достался я». Нет, нужно избегать негатива: «Послушайте, может, я и дилетант, но вы, по крайней мере, еще живы. Ведь из 144 народов осталось только 76».

Вокруг суета, но я не могу отвлечься от своих мыслей. Я вижу маленьких женщин-дельфинов, которые кричат мне: «А, так это вы были нашим богом? Если бы мы знали, то выбрали бы другого!»

Это правда, они не выбрали бы меня. Я в этом уверен. Они бы выбрали кого-нибудь вроде Рауля, бога-победителя, который спокойно ждет, когда придет его время, наблюдает за соперниками, предугадывает трудности, и когда этого меньше всего ожидают, выводит свой народ вперед и разбивает противника в прах. Может быть, они выбрали бы Мельеса — бога, который строит медленно и прочно, не разбрасывается по пустякам и оттачивает свое искусство. Да, Жорж Мельес был бы идеальным богом для моего народа.

Тело фотографа унесли.

Внезапно с неба спускается Афина в своем крылатом экипаже.

— Похоже, все, что я говорила раньше, не охладило богоубийцу. Он все так же одержим страстью к разрушению, — произносит она громовым голосом.

Маленькая сова кружит над нами.

— Может быть, он бросает вызов лично мне? Может быть, полученный вами урок был недостаточно убедительным? Вы видели Сизифа и, вероятно, подумали: не похоже, чтобы он очень страдал? Тогда виновный понесет такое же наказание, которому подвергся ваш следующий преподаватель. Увидите сами, это достаточно изощренная пытка.

53. МИФОЛОГИЯ: ПРОМЕТЕЙ

Его имя означает «Думающий прежде». Прометей — один из семи сыновей титана Иапета. Вместе со своими братьями-титанами он сражался с Зевсом, когда тот устанавливал свою власть на Олимпе. Зевс победил, и титанов ожидало суровое наказание. Но дальновидные Прометей и его брат Эпиметей (Думающий после) встали на сторону Зевса, избежали наказания и были приняты в круг богов.

Прометей подружился с Афиной, которая научила его архитектуре, астрономии, счету, медицине, мореплаванию и металлургии.

Но Прометей не оставил надежды отомстить Зевсу.

Из глины и воды (слез, пролитых во время казни братьев) он сделал первого человека. Афина оживила его своим божественным дыханием.

Так появились новые люди железного века (наступившего после золотого, серебряного и бронзового).

Однажды, когда боги и люди делили принесенного в жертву быка, Прометей пустился на обман, чтобы помочь людям.

Зевс заметил это и решил лишить людей огня. «Они считают себя хитрецами, так пусть едят сырое мясо!» — заявил он. Но Прометей не хотел, чтобы людей постигла такая печальная участь. Снова воспользовавшись помощью Афины, он зажег факел от колесницы бога солнца Гелиоса. Уголек от факела он спрятал в полом стебле тростника и передал людям эту частицу божественного огня.

Зевс страшно разгневался. Люди не имели права пользоваться огнем без его разрешения. И Зевс решил покарать Прометея. Он велел приковать его к самой высокой вершине Кавказских гор, и каждый день туда прилетал гриф, который выклевывал Прометею печень, вновь выраставшую за

*ночь. Но Прометей так и не согласился покориться Зевсу,
которого считал тираном.*

Эдмонд Уэллс.
«Энциклопедия относительного
и абсолютного знания», том V

54. ПРОМЕТЕЙ,
ИЛИ ИСКУССТВО БУНТОВАТЬ

Дворец Прометея хранит память обо всех когда-либо
случавшихся бунтах. На стенах портреты революционных
вождей, оружие, которым совершались государственные
перевороты, фотографии демонстраций, забастовок,
гражданских войн, картины с изображениями баррикад,
возведенных студентами. Вокруг стоят статуи бунтарей с
других планет. У них вдохновенные лица, решительные
позы, вздернутые подбородки.

Сам дворец бунтует против обыденности. Здание не
похоже на классические постройки древности, оно вы-
строено по канонам современной архитектуры. Повсюду
плакаты, напоминающие о необычных мятежах. В инте-
рьере преобладает красный цвет — цвет гнева и крови му-
чеников.

Главное помещение, где будет проходить лекция,
освещено факелами. Задняя стена выкрашена красным и
вся исписана лозунгами: «СВОБОДА ИЛИ СМЕРТЬ»,
«СМЕРТЬ ТИРАНАМ», «ТОТАЛИТАРИЗМ НЕ ПРОЙ-
ДЕТ».

Прометей входит в лекционный зал. Титан, подарив-
ший людям огонь, так же огромен, как Атлант. Ростом он
не меньше трех метров. На правом боку у него огромный

шрам, а лицо постоянно подергивается от нервного тика. В нем есть что-то общее с Сизифом, но Прометей страдает сильнее и более насмешлив.

Тут же появляется Атлант, его даже не приходится звать. Он с трудом тащит учебную планету, нашу дорогую «Землю-18», опускает ее на подставку, и титаны встречаются глазами.

— Вот видишь, — говорит Атлант, — видишь?

— Что я вижу? — спрашивает Прометей.

— Не стоило предавать братьев.

— Я не предавал.

Атлант тычет пальцем в грудь Прометею.

— Ты переметнулся на сторону олимпийцев!

— Нет.

— А как же это тогда называется?

Прометей смотрит на нас, сомневаясь, стоит ли продолжать разговор. Потом, видимо решив, что мы не помешаем, решительно возражает Атланту:

— Атлант, вспомни, как все было. Мы проиграли. Какой толк был подвергаться наказанию вместе с вами?

— Ты перешел в стан противника!

— Мы уже говорили об этом, Атлант. Я проник в их ряды, прикинулся, что я на их стороне, чтобы застать их врасплох и действовать изнутри.

— Что это изменило?

— Хорошо. Если хочешь, начнем сначала. Я считаю, что лучше сложить оружие и получить возможность что-то сделать позже, чем атаковать противника в лоб, все потерять и смириться с поражением. Я никогда не сдавался. Я шпионил в нашу пользу, я был двойным агентом.

— Ты предал. Никто из нас этого не забудет.

— Думай что хочешь.

Титаны с вызовом смотрят друг на друга. И Прометей продолжает:

— Во всяком случае, я продолжил бороться и тогда, когда война была проиграна. Я никогда не опускал рук, не то что другие.

Атлант пожимает плечами и поворачивается к нам.

— Ты должен знать, это удивительно неорганизованный класс. Среди них есть богоубийца. Кроме того, некоторые хитрецы устраивают вылазки после десяти часов вечера. Кое-кто из них даже наведывался в мой подвал.

— Я знаю, Атлант. Я все это знаю.

— По этому поводу... Я хочу предупредить... нет, я не буду вас предупреждать... Лезьте ко мне в подвал. И тогда мы посмотрим!..

Атлант устанавливает Рай и Империю ангелов на подставки.

— Смотри-ка, — говорит он, — на их планете появилось несколько возвышенных душ.

Он встряхивает сосуд. Наверное, в Раю землетрясение. Для нас, учеников, очень важно то, что он сказал. Мы были ангелами и знаем, что чем больше нас в Раю, тем больше у человечества шансов подняться. Ангелы в сосуде — что-то вроде наших посланцев или заместителей.

Атлант плюет на пол и выходит, хлопнув дверью.

Прометей делает вид, что не заметил его выходки. Он берет анкх и начинает изучать результаты нашей работы. Несколько городов привлекают его особое внимание. Затем он поворачивается к нам.

— Это похоже на кусок хлеба, который я оставил в хлебнице. Через несколько дней он оброс серой и зеленой плесенью, похожей на мех. Ваше человечество как раз и есть плесень на планете. От него никакого толку. Нет смысла тратить время, мы уничтожим этот мир и создадим новый.

Мы вздрагиваем.

— Вы не поняли? *Gameover.* Вы все не прошли испытание и будете превращены в химер. Ваше место займет следующий курс.

Он вынимает блокнот из кармана тоги.

— Так, вы — французы. Следующие будут... итальянцы! Там должны быть Леонардо да Винчи, Данте, Микеланджело, Примо Леви. Мне нравятся эти люди, они должны быть лучше вас. Вы, французы, всегда были полным ничтожеством, разве не так?

Возмущенный ропот прокатывается по аудитории.

— Конечно, вы всегда были пустым местом. История Франции — это хроники гниения. Вы трусы, всегда готовые идти на компромисс с тем, кто сильнее. Несколько движений за независимость, которые начинались у вас, были утоплены в крови.

Это уже не шепот, это ропот.

— Филипп Красивый уничтожил тамплиеров, Симон де Монфор — катаров, Екатерина Медичи — протестантов-кальвинистов, «адские колонны» — вандейцев. Среди ваших правителей только Людовик XIV и Наполеон обладали тем, что с натяжкой можно назвать харизмой. Но все, что они сделали, — разгромили оппозицию и превратили войну в товар на экспорт. В этом есть что-то абсолютно французское. Опереточные тираны, трусы, декаденты — вот ваш народ. Французы — короли гниения.

Мы переглядываемся, ошеломленные чудовищной клеветой.

Прометей еще не закончил:

— Поговорим о вашей пище! Ваш хлеб — из кислого теста, сыр — из кислого молока, вино — перебродивший виноградный сок. И даже кислое вино вы окисляете, чтобы получить уксус. Не говоря уж о шампиньонах, которые вы выращиваете на конском навозе. «Больше гнили!» — вот ваш девиз, да? Отвечайте! А ведь вы еще и гордитесь этим. Ваша дипломатия тоже насквозь прогнила. Если не ошибаюсь, президент, который был у вас в 1970-х, занял денег у иранского шаха, после чего предоставил убежище его противнику и помог ему устроить революцию. И все это чтобы не возвращать долг.

Нам здесь все видно. Мы знаем о ваших маленьких грязных соглашениях с террористами. Знаем о концессиях, которые вы предоставляете диктаторам на торговлю самолетами и поездами. Да, французы таковы. А человечество, созданное вами, сделает мир еще более испорченным!

Мы в шоке. Никто не может ничего ответить.

— Довольно. Пора навести порядок. Приберите на планете и уступите место курсу номер 19, итальянцам. В их истории было несколько славных моментов. Даже тираны у них были интересные. Цезарь, Борджиа, дуче — это было грандиозно! Подходите, все сюда, будем чистить авгиевы конюшни. Полагаю, Кронос вам уже показывал, как это делается: растопим ледники, устроим потоп, потом расстреляем выживших.

Мы покорно подходим к нему, чтобы разрушить «Землю-18». Значит, вот как все просто. Мой народ, терпящий поражение на всех фронтах, окажется в конце концов не лучше и не хуже других.

— Внимание, по моей команде! Пять, четыре... к стрельбе готовы?

Наши анкхи направлены на ледниковые шапки. Мы знаем: как только льды растают, океаны выйдут из берегов и затопят сушу. Будет потоп. Материки исчезнут, океан покроет всю поверхность «Земли-18». Потом вода замерзнет. Потом планета вновь станет плодородной. Так гибнут человечества-черновики.

— Готовы? — снова спрашивает Прометей.

Мы держим указательные пальцы на кнопках анкхов.

— Внимание. Три. Два... Один...

Мы ждем команды «огонь».

Тянется время ожидания. Наконец Младший преподаватель командует:

— Огонь!

Никто не стреляет.

— Я сказал: огонь! Сейчас же. Давайте же стреляйте! — повторяет он.

Никто не шевельнулся. Прометей хмурит брови, нависает над нами. Мы ждем, что он впадет в ярость, но выражение его лица постепенно меняется, и он разражается громким смехом.

— Понимаю! Я и забыл, что имею дело с французами! Ваш девиз — пусть все сгниет. Нанести последний удар — подвиг, на который вы просто не способны, правда?

Мы не знаем, как реагировать на новую вспышку беспричинной злобы.

— Тряпки! Фальшивые божки!

Честно говоря, он начинает меня раздражать. Если бы он не был настолько выше меня, я бы сказал, что думаю о его отношении к Франции. Я не знал историю про иранского шаха, но Франция сделала немало хорошего для всего мира. Мне так кажется. Я подумаю об этом в другой раз.

Прометей достает анкх и поворачивает колесико, регулирующее частоту выстрелов.

— Ладно, раз уж приходится все делать самому... Когда-то я подарил людям огонь. Теперь я снова сделаю это, но в более концентрированной форме. Отличный огонь, который уничтожит плесень.

Он целится в ледник на полюсе «Земли-18», держа палец на кнопке.

— Нет!

Мы оборачиваемся.

— Кто-то что-то сказал? — спрашивает Прометей, не убирая палец с кнопки.

— Да, я!

— Мадемуазель Мата Хари? Надо же. Что вы хотите?

— Этот мир не должен погибнуть.

— Кстати, надо не забыть напомнить, чтобы после итальянцев объявили набор голландцев. Обожаю фламандскую живопись. Голландцы славные ребята, курят косяки и в сексе свободнее, чем романские народы.

Мата Хари напряжена, но не сдается.

Прометей в упор разглядывает нас. Выражение его лица снова меняется.

— Если хотя бы одна живая душа выступает против решения властей, этого достаточно, чтобы все изменить, — соглашается он. — Займите свои места.

Нам нужно некоторое время, чтобы прийти в себя.

— Меня зовут Прометей, — говорит Младший преподаватель. — Я здесь, чтобы рассказать вам о бунте. Поэтому я устроил маленькую провокацию, чтобы заставить вас взбунтоваться и почувствовать, как гнев завладевает всем вашим существом.

Мы ничего не понимаем, но занимаем свои места.

— Мы будем говорить именно о гневе. Но, как вы видели, почитание властей накрепко вбито в ваши головы. Нужно время, чтобы слетели предохранители. Вас сломали ваши родители, преподаватели, начальники. Послушание для вас вполне естественно.

Нам, наконец, становится стыдно, что мы все не поступили, как Мата Хари. Прометей улыбается.

— На самом деле я ничего не имею против Франции, хотя мне не очень нравятся острые сыры. Я ценю ваше вино и кухню. А ваши правители... Что ж, они не хуже других.

Прометей погрустнел. Он выглядит как принц, лишенный трона, и снова похож на Сизифа.

— Почему происходят восстания? Это вопрос, обращенный к вам.

Мы ищем ответ.

— Потому что правители плохо делают свою работу, — отвечает Жан Жак Руссо.

— То есть из-за плохого руководства. Формулируйте точнее.

— Потому что правители коррумпированы, — говорит Жан де Лафонтен.

— Так. Какие еще причины?

— Тирания, жестокость, — тут же добавляет Вольтер.

— Хорошо. Что еще?

— Несправедливость, — предлагает Симона Синьоре.

Ответы так и сыплются.

— Бремя налогов неподъемно.

— Уровень жизни власть имущих намного превосходит уровень жизни рабочего класса.

Прометей все записывает. Просто удивительно — он так напугал нас вначале, а теперь держится как наш приятель.

— Старая система изжила себя.

— Кто это сказал?

Прудон поднимает руку.

— Неплохо. Иногда возвращение к прежнему режиму способствует установлению порядка, но люди вдруг отказываются терпеть старую систему. Если углубиться в прошлое, мы увидим, что очень немногие народные восстания оказали решающее влияние на ход истории. Даже голодные бунты нетрудно подавить. Так почему же рушится старая система?

Прометей берет мел и пишет на доске: «Заговоры иностранцев».

— Большая часть государственных переворотов была организована другими державами, стремившимися ослабить соседа. Возьмем, к примеру, «Землю-1»: секретные немецкие службы в 1917 году способствуют началу русской революции, стремясь ослабить Восточный фронт. Не случайно Ленин тайно вернулся в Россию немецким поездом. Русские, в свою очередь, финансируют шайку китайских коммунистов: это позволяет Мао прийти к власти в 1949 году. А китайцы вмешивались в войны Кореи, Вьетнама, Лаоса и Камбоджи, помогали оружием, снабжением и, по всей видимости, войсками. Это, разумеется, не официальная версия, — добавляет он.

Младший преподаватель вешает на стену карту нашей «Земли-1» и, указывая на разные страны, продолжает:

— Иногда все бывает еще пошлее. Одна страна разжигает революцию в другой, чтобы поставить там наемное марионеточное правительство. Революция позволяет сэкономить на войне. Во время занятий с другими преподавателями вы узнаете — не нужно изобретать что-то новое, чтобы получить доступ к сырью и зонам влияния. Либо захват территории, либо торговый договор на ваших условиях. Чтобы второй вариант прошел удачно, лучше всего поставить марионеточное правительство, которое будет у вас в долгу. Для этого требуется всего несколько решительных людей, иногда достаточно одного генерала или младшего офицера, в распоряжении которого окажутся склад боеприпасов и деньги.

— Но бывают же и настоящие восстания, — возмущается Прудон.

— Да? Давайте послушаем.

— Парижская коммуна.

— Верно. Но она продержалась недолго и кончилась бойней. Вот чему я хочу научить вас: народ не умеет бунтовать сам по себе. Даже если он голодает, даже если правительство несправедливо, даже если пропасть между богатыми и бедными огромна, все равно для того, чтобы хорошенько встряхнуть общество, необходимы харизматичный лидер и деньги.

— Иногда инициатива может исходить от самого правителя, — высказывается Рауль.

— Согласен. Я как раз собирался это сказать. Возьмем еще один пример из истории «Земли-1». Я думаю, вы знакомы с историей Эхнатона, фараона-бунтовщика. Он хотел открыть своим подданным правду о жрецах, которым было выгодно держать народ в подчинении и нищете. Можно сказать, что он был «царем-революционером».

Класс соглашается.

— Его затея провалилась, — сухо говорит Прометей. — Эта идея не работает. Кстати, Эхнатона свергли в результате заговора.

Прометей рассказывает нам о Ганнибале, о его попытке освободить свой народ.

— Ганнибала поддерживал и его собственный народ, и другие народы, но его предали сенаторы, и после очередной измены он вынужден был отравиться.

Прометей вспоминает о Спартаке, революционере, вышедшем из самых низов. Он был гладиатором.

— Он сумел собрать армию, которая беспокоила императора, но в решающий момент совершил ошибку.

Преподаватель перечисляет других борцов за свободу, упоминает шотландского героя Уолласа. Большинство из них кончили жизнь в страшных мучениях. Их казнили в назидание другим.

Прометей возвращается к нашей планете. Он обращает наше внимание на то, что многие народы живут при «мягких» режимах.

— Довольно часто власть похожа на маятник. От мягкого режима к жесткому. И от жесткого — к мягкому.

Он поднимает свой анкх и раскачивает его.

— Всегда необходимо заручиться поддержкой населения. Даже самым циничным диктаторам, намеревающимся свергнуть существующий режим, приходится сначала создать обстановку недовольства. Это очень тонкое дело. Гроза разразится, только если небо обложило тучами. Народ программируют, им манипулируют. Но в то же время его слушают. Народ — капризный ребенок, который не бывает доволен тем, что у него есть. Его нужно немного подтолкнуть и вести дальше. После правого правительства, заботящегося об общественной безопасности, народ захочет левое. Вопрос в следующем: народное недовольство — это результат действий заговорщиков, или заговорщики — продукт народного недовольства?

Я рассматриваю окружающие нас революционные атрибуты, пытаясь найти ответ.

— Несмотря на все, что я только что сказал, большинство революций происходят при смене политического курса. Это может вызвать как некоторый прогресс, так и движение назад. Известны страны, слишком далеко ушедшие вперед по пути демократии. Там народные революции разражались, чтобы вернуть власть тиранам, которые восстанавливали систему феодальной зависимости, и больше никто не бунтовал.

Прометей раскачивает анкх.

— Посмотрим, к чему вы пришли. У самых развитых наблюдается переход от деспотичной монархии к монархии, ограниченной законодательным собранием. Будьте осторожны. Парламентский режим хорошо работает, если в стране есть:

а) крупные города;

б) грамотное население, то есть школы,

в) средний класс.

Он пишет на доске крупными буквами: «СРЕДНИЙ КЛАСС».

— Что такое средний класс? Это класс-буфер, который не занят ежедневной борьбой за существование и не слишком завидует вышестоящим. У него есть время думать и поступать разумно. «Освободители» появляются, как правило, именно из этого слоя общества. Во время революций вы должны опираться на средние классы и студенчество. Нередко безграмотные бедняки так одержимы жаждой мести, что порождают еще более страшных тиранов, чем те, которых они свергли.

Многие ученики поражены формулировками Прометея.

— Как вы можете так говорить! — восклицает Сара Бернар.

— Чтобы мудро править народом, нужно сохранять трезвость суждений. Когда человек голоден или в гневе, он теряет ясность мысли. Вспомните революции, в результате которых к власти пришла мафия. Нужно выйти за рамки упрощенных схем. Человек не всегда добродетелен, если беден, и не обязательно эгоист, если богат.

В зале начинается неодобрительный шум.

— Однако бедняки не виноваты в том, что бедны! — возмущается актриса.

Прометей потирает шрам.

— Корни этой проблемы кроются в воспитании. Бедняки чаще всего мечтают только об одном — завладеть чужими богатствами. Они не желают равенства, они хотят поменяться местами с другим классом. Беднякам хочется, чтобы богатые страдали. Им этого достаточно для полного счастья. Не будьте так наивны!

Я вспоминаю, что видел, наблюдая за Куасси-Куасси. Ганиец сказал ему: «Нам не доставляет удовольствия иметь то же, что есть у вас. Нам нравится отбирать у вас ваше, чтобы у вас этого больше не было».

— Это не очень политкорректно, — продолжает Прометей. — Но я так думаю. Мне жаль, но я вынужден повторить, что чаще всего только у средних классов хватает ясности мысли или идеализма, чтобы снова и снова не повторять сценарий, согласно которому одна группа людей попирает другую.

На этот раз в зале раздается свист. Я еще не видел подобного отношения к преподавателю. Я читал отрывки из книги Франсиса Разорбака и помню, что Прометей — единственный бог, вставший на сторону людей и защищавший их от олимпийцев. Его личность кажется мне противоречивой. Хотя, возможно, он просто любит провоцировать других.

Прометей расхаживает между скамьями и говорит:

— Я вижу, что некоторые из вас возмущены моими словами. Я бы хотел сейчас поговорить об одном не очень известном персонаже, который, однако, оказался в центре величайшей революции на «Земле-1», — о короле Людовике XVI.

Он пишет на доске его имя и садится.

— Хотите, я расскажу вам, как отсюда, из Олимпии, видится нам ваша Французская революция 1789 года?

В зале перешептываются. Людовика XVI принято считать посредственностью.

— Вспомним для начала вашу историю, начиная с Людовика XIV, короля-диктатора, который приказал называть себя Король-Солнце, но был обыкновенным тираном. Версаль он строит с истинно фараоновским размахом. Сады, дворцы, роскошь и мишура, чтобы занять свору порочных аристократов. Он вводит дополнительные налоги, чтобы оплатить свой чудовищный каприз. Он начинает войны со всеми соседями Франции. Войны заканчиваются поражением, и это тоже очень дорого обходится. Каков результат? Франция разорена, в стране голод. Несколько народных мятежей тут же утоплено в крови. Людовик XIV умирает, расхлебывать заваренную кашу приходится Людовику XV. Тот ничего не предпринимает, тянет время и передает горшок с горячей кашей Людовику XVI. Этот король далеко не гений, но он полон благих намерений. Он изучает положение, в котором оказалась его страна, и видит, что вся система на грани краха из-за того, что каста людей, получающих привилегии по наследству, каста аристократов, не только обладает безграничной властью, но и не платит налоги.

Странный подход к истории. Нам никогда не рассказывали о наших королях с такой точки зрения.

— Людовик XVI видит существующее неравенство, и что же он делает? Он решает опереться на народ, чтобы лишить власти баронов, графов и прочих князей, многие из которых творят в своих владениях совершенно ужасные вещи...

Прометей видит наше изумление и продолжает:

— Людовик XVI напрямую обращается к народу.

Преподаватель встает, чтобы его было лучше слышно.

— Вспомните-ка наказы третьего сословия депутатам Генеральных штатов. Великолепная попытка узнать у народа, что ему действительно нужно.

Прометей подходит к шкафу и достает толстенную папку.

— Вот выдержки оттуда. Это настолько интересно, что мы в Олимпии перепечатали некоторые из них. Подумайте только, что такое эти наказы! Глас, вопиющий из самых низов Франции! Здесь говорится об истинных нуждах крестьян, нищете деревень, жизни ремесленников и священников. Это первый объективный опрос населения. Текст, который повествует не о войнах и герцогских свадьбах, а о жизни 99 % населения страны.

Мы начинаем понимать, к чему клонит наш преподаватель.

— Проблема состояла в том, что народ, заговорив о своей боли, начал лучше ее осознавать. И его ненависть к правящему классу не утихла, а, напротив, десятикратно возросла. Как если бы клошар оказался голым и увидел коросты, гнойники, раны, которые покрывают его тело. Разумеется, и раньше то тут, то там чесалось, но клошар не обращал на это внимание. И, вдруг узнав, увидев, что там на самом деле, он впадает в панику, он в ужасе. Классический сюжет. Подняв завесу, скрывающую нечистоты, обнаруживаешь, что они еще и смердят.

Прометей направляется в правый угол зала. Там, среди портретов великих бунтовщиков, мы видим портрет Людовика XVI. Там нет ни Ленина, ни Мао Цзэдуна, ни Фиделя Кастро. Никого из наших официально признанных земных вождей нет в этой галерее. Вероятно, боги, которые видят истинный ход событий, стоят надо всем и свободны от идеологического оболванивания, сочли их недостойными находиться среди истинных защитников народа.

— Людовик XVI осознал масштаб проблемы, а также то, что ее невозможно решить одним махом. Тогда он решил проводить реформы последовательно. С этой целью он назначает премьер-министром экономиста Тюрго, отменяет феодальные привилегии, выступает за то, чтобы налоги платили все, в том числе и аристократы.

Прометей устал, он садится за стол.

— Лучше бы он этого не делал. Людовик XVI оказывается лицом к лицу со знатью, которая настроена против него, и с народом, который начинает понимать, как долго его обманывали.

Прометей готовится эффектно завершить свой рассказ.

— Что было дальше, всем известно. Народ вышел на улицы, король бежал, был предан, схвачен и предстал перед судом. Его и всю его семью судили и казнили. Такова благодарность народа освободителям. Но это еще не все. Через несколько лет революция захлебывается в крови, и народ выбирает нового вождя, который провозглашает себя ни много ни мало императором и вместе с членами своей семьи создает новую аристократию, обладающую еще большими привилегиями, чем прежняя. Новый император спешит собрать армию, чтобы начать войну со всеми соседними странами. Война снова разоряет страну, вся молодежь гибнет в холодных болотах России. И что самое замечательное, народ обожает нового императора и будет долго с ностальгией вспоминать о нем.

В зале надолго воцаряется тишина.

— Народ — это священно! — протестует Прудон.

— Народ чертовски глуп, скажу я вам.

Прометей открывает ящик, достает стопку листков и пробегает их глазами. Оторвавшись наконец от этого занятия, он передает листки нам.

— «Французы — телята», — утверждал один из ваших вождей, генерал Шарль де Голль. Я бы сказал, стадо баранов. Мой предшественник уже рассказал вам об овцах Панурга, которые бегут за тем, кто впереди. Я бы добавил, что они боятся власти, то есть пастуха. Они боятся его и слушаются, не раздумывая, потому что им так проще. А потом начинают любить. Так заключенный любит своего тюремщика, раб — господина. И эти бараны считают вполне естественным, что их кусают собаки, ведь так происходит со всеми. Их это даже успокаивает. Чем больше их кусают, тем сильнее они любят хозяев. На самом деле, народ по самой своей природе... (он пишет на доске) мазохист.

Снова возмущенный ропот в рядах учеников, но тише, чем в прошлый раз. Мы смутно чувствуем, что сами — дети того народа, который Прометей называет стадом.

— Народ любит страдать. Он любит бояться властей. Ему нравится, когда его наказывают. Странно, не правда ли? Народ не доверяет королям и императорам, которые проявляют терпимость или выступают с либеральными идеями. Такие правители всегда вызывают у народа подозрительность. Как правило, он довольно быстро свергает их и сажает на их место жестоких и реакционных князьков.

Прометей подчеркивает слово «мазохист». И пишет дальше: «Раз бьет, значит, любит», «Чем сильнее бьет, тем сильнее любит».

Прометей спускается с подиума и проходит перед статуями, изображающими мятежников со всей вселенной.

— Люди-бараны не любят свободу, даже если целыми днями блеют о ней. Даже если поют или молят о ней, если она становится их главным желанием, заветной мечтой. В глубине души они знают, что, если они ее получат, ничего хорошего не будет. Ваши народы, какими бы они ни были, не любят демократию. Они не любят, когда с ними советуются, даже если у них есть свое мнение. Они не так воспитаны. Они любят жаловаться и возмущаться. Исподтишка говорят гадости о правителе, но тайно любят его. Каждый, на каком бы уровне развития он ни находился, по-настоящему желает только одного: иметь немного больше, чем сосед.

Сдержанные смешки в зале.

— Они любят порядок, уважают полицию, боятся армии. Считают нормальным, что мечтателей заставляют молчать. Боятся хаоса, незащищенности, не доверяют суждениям пэров, но верят, что судьи справедливы.

Титан кладет руку на плечо одной из статуй.

— Большинство революций всегда идет на пользу одним и тем же. Я называю их «пройдохами». Вы видели, как они действуют. Вспомним опыт с крысами. Какую бы группу вы ни создали, в ней всегда будет стандартный набор из шести экземпляров: два эксплуататора, два эксплуатируемых, козел отпущения и одиночка.

Этот опыт оказал большое влияние на нашу работу. Я помню, что, сделав это открытие, сказал себе: «Нет никакой надежды. Меняются только внешние обстоятельства».

— «Пройдохи» называют революцию судьбой. Только мы здесь, в Олимпии, видим разницу между настоящими, искренними революционерами и «пройдохами», которые приводят к власти очередную мафию. Только мы видим коррумпированных идеологов, историков, приукрашивающих реальность и оправдывающих привилегии, которыми пользуются «пройдохи».

В голосе Прометея звучит гнев.

— Мы все видим и знаем. Остается вечный вопрос: почему народ так легко дает наживаться за свой счет? Я задал этот вопрос вам, боги-ученики.

Все задумываются.

— Народом легко манипулировать, потому что он малообразован, — спокойно говорит Симона Синьоре.

Прометей проводит рукой по бороде мраморного революционера. Странная идея приходит мне в голову. А что, если эти скульптуры — подарок Медузы? Вдруг внутри живой человек в полном сознании, который слушает нашу лекцию.

— Народ сентиментален, — бросает Жан де Лафонтен.

— Хорошо подмечено, — говорит Прометей. — Народ сен-ти-мен-та-лен. Достаточно, чтобы во время бунта прозвучала пламенная речь, а идеология была правильно разработана, и все пойдет как по маслу. Появляются мученики, процветает клевета. Чем хуже, тем лучше. Народу дают обещания, которые невозможно сдержать. Его ослепляют блеском простых решений сложных проблем. Народ не хочет реальности, он знает, что она гнусна, и исправить ее могут лишь специалисты, которым на это нужно много времени. Народ хочет, чтобы все выглядело так, будто до мечты рукой подать, и чтобы не нужно было задавать себе слишком много вопросов. Больше того, народ сознательно соглашается верить лжи.

Среди учеников раздаются протестующие крики.

Прометей не обращает внимания на поднимающуюся волну протеста. Он невозмутимо продолжает, хотя ему приходится перекрикивать шум.

— На «Земле-1» ни один правитель не любил свой народ по-настоящему.

Некоторые ученики чувствуют себя оскорбленными и начинают свистеть. В юности они боролись за разные политические идеалы.

— Вы расчищаете дорогу анархии! — кричит Вольтер.

— Вы на стороне тиранов! Вы утверждаете, что судьбу не изменить! — обвиняет Жан Жак Руссо, который на этот раз выступает заодно со своим противником.

Прометей подходит к гонгу и ударяет в него.

— Разумеется, я разрушаю ваши иллюзии насчет политических систем, но я доказываю, что эти системы держатся только на глубочайших чаяниях людей, из которых они состоят.

Аудитория постепенно успокаивается.

— Есть другие способы освободить народ, кроме создания среднего класса? — спрашивает Жан де Лафонтен. Похоже, только ему и Рабле нравится наш странный преподаватель.

— Я только что говорил об образовании.

Прометей пишет на доске: «Меритократия».

— Меритократия, власть достойных. Власть, которая принадлежит не тем, кто сильнее, и не тем, кто выше по рождению, а тем, кто ее заслуживает, то есть лучшим ученикам. Обязательное среднее образование смешает все классы в обществе, гармонизирует ценности, позволит установить контакт между представителями разных культур.

Прометей поворачивается к нам.

— Итак, постепенно и добросовестно создавайте средний класс. Он поддержит новую систему образования, которая позволит беднейшим своим трудом и талантом подняться наверх. Вот способ установить более справедливый политический режим. Настоящая революция готовится медленно и начинается со школы.

Прудон не сдается:

— Вы предлагаете построить систему, основанную на буржуазии, некий невразумительный компромисс на базе школьного образования?

— Вы можете предложить что-то лучше?

— Да. Систему, в которой народ имеет непосредственный доступ к управлению.

— Знаете, дорогой Прудон, это невозможно.

— Камбоджийская революция.

— Пол Пот? Я надеюсь, вы шутите. Он заставил необразованных крестьян перерезать интеллигенцию и буржуазию. Результаты всем известны. Страна погрузилась в нищету, во главе встала правящая мафия, живущая за счет торговли наркотиками. Камбоджа снова качнулась в сторону деспотизма, лишив себя экономического и духовного будущего.

Прудон умолкает, бормоча сквозь зубы, что на Олимпе уже воцарилась шайка буржуев.

Прометей предлагает нам продолжить игру.

Мы подходим к «Земле-18». Я быстро хватаю скамеечку, чтобы лучше видеть земли китов. Люди-орлы стерли с лица земли столицу китодельфинов. Мне жаль, Фредди, я был плохим пастухом для твоего стада.

— Я даю вам время подумать. Потом все берутся за работу, и партия начинается.

Я ищу то, что поможет мне подорвать державу Рауля изнутри.

Мне нужен герой, кто-то из его народа, который может рассказать о слабых местах государственного устройства людей-орлов.

55. ЭНЦИКЛОПЕДИЯ: СПАРТАК

В 73 г. до н. э. вспыхнул мятеж в школе гладиаторов в Капуе. Вождем восставших был фракиец Спартак. Во время мятежа Спартак и еще 70 гладиаторов сумели бежать. Они захватили обоз с оружием и, превратившись в вооруженный отряд, дошли до Неаполя. К ним примкнули тысячи рабов. Римское правительство посылало отряды на подавление мятежа, но гладиаторы оказали невиданное прежде сопротивление и обратили римлян в бегство.

Римские генералы отказывались отправлять на борьбу с мятежниками армию, считая, что воевать с рабами недостойно настоящих солдат.

В декабре 73 г. до н. э. под знаменами Спартака было уже 70 000 человек. Продвигаясь вперед, в марте 72 г. до н. э. повстанцы пришли в долину По. Только тогда Рим решился выдвинуть против них армию. Но было слишком поздно. Спартак оказался тонким стратегом, под его командованием гладиаторы и рабы последовательно нанесли поражение легионам консулов Геллия и Лентула и проконсула Кассия. Одержав победу, Спартак решил вернуться в Рим. Жители столицы были в ужасе. Тогда богатейший сенатор Красс вновь собрал армию, чтобы противостоять надвигающейся угрозе. Ему удалось отбросить войска Спартака к городу Региуму и запереть их там, отрезав полуостров укрепленным рвом длиной 55 километров. В январе 71 г. до н. э. армии Спартака удалось прорвать осаду. Сражение было долгим, и победу в нем одержал Красс. Чтобы рабы впредь не вздумали бунтовать, 6000 пленников были распяты на крестах вдоль дороги от Рима до Капуи, на протяжении 195 километров.

Эдмонд Уэллс.
«Энциклопедия относительного
и абсолютного знания», том V

56. ВРЕМЯ ГЕГЕМОНИЙ. ОРЛЫ

Народ орлов захватил и разрушил порт китодельфинов, смыв с себя бесчестие, которое нанес им Освободитель, молодой генерал дельфинов. В исторических трудах людей-орлов его немедленно стали называть Обманщиком.

На востоке орлы полностью вернули себе территории, захваченные людьми-львами. На юго-востоке захватили земли, исконно принадлежавшие дельфинам. На море завоевали остров людей-быков, порт людей-селедок, на суше оттеснили людей-крыс в горы и захватили земли, принадлежавшие людям-коршунам. Теперь их держава простиралась до страны людей-термитов. Орлам нечасто приходилось терпеть поражение, но в битве с термитами они проиграли и ограничились тем, что выстроили укрепления на границе.

На севере люди-орлы успешно сражались с народами лошадей, медведей и подошли к границе земель людей-волков.

Одна победа следовала за другой. Чаще всего людям-орлам даже не приходилось драться. Слава шла впереди них и заставляла народы сдаваться, не дожидаясь первой крови.

Люди-орлы захватывали рабов, которые пополняли ряды их огромной армии, становились гребцами на флоте, ремесленниками и рабочими. Некоторые народы еще до того, как их обнаруживали разведчики Республики (уже не приходилось уточнять, что это Республика орлов, так как было очевидно, что настоящая республика только одна, а все остальные — просто чрезмерно раздувшиеся королевства), предлагали заключить мирный договор. Их облагали налогом и обязывали поставлять в Республику солдат и лучшее сырье.

Столица людей-орлов превратилась в мегаполис, которым управляла многочисленная администрация. Появилась интеллигенция, возник класс буржуазии. Представители этого слоя общества не работали, а заставляли трудиться рабов-чужеземцев. Чтобы развлечь нуворишей, люди-орлы, которым наскучили петушиные и собачьи бои, стали устраивать бои между рабами.

Именно тогда молодой генерал орлов решил начать завоевание северо-запада, где жили люди-петухи, которые некогда заключили договор с Освободителем. Генерал был молчаливым молодым человеком с удлиненным лицом и белой прядью в черных волосах. Он с отличием окончил офицерскую школу. Сослуживцы, разумеется, прозвали его Белая Прядь. Он страстно интересовался военным искусством и чужой культурой, изучал тактические и стратегические приемы генералов-львов и Освободителя с таким упорством, что едва ли не наизусть выучил все битвы. Он также выучил язык людей-петухов.

Во главе пяти легионов Белая Прядь перешел горы на западной границе.

Война людей-орлов с людьми-петухами была одной из лучше всего организованных кампаний того времени. Государство людей-петухов было федерацией различных племен, отказавшихся от централизованной власти. Белая Прядь всегда действовал одинаково. Он размещал свои войска вокруг лагеря противника и посылал разведчиков, чтобы узнать обычаи племени, с которым предстояло сражаться. На основании полученных рапортов он составил большой труд о нравах петушиных племен.

Он, по-своему, восхищался ими. В своей книге «Записки о войне с петухами» он не поскупился на похвалу красоте их женщин, храбрости воинов, мелодичности языка. Он восхвалял их кухню, живопись, искусство одеваться. Белая Прядь был первым генералом-этнологом.

Затем он предлагал людям-петухам сдаться, чтобы избежать кровопролития. Чаще всего петухи отказывались, и Белая Прядь с сожалением убивал их.

Его девизом было: «Узнал. Обдумал. Сделал». И действительно, его действия, основанные на хорошо обдуманной информации, всегда были необычайно эффективны.

Победив, он приказывал солдатам прекратить грабежи и рубил головы только царям и деревенским старшинам, оставляя в живых прочих сановников.

Солдат-петухов было в десть раз больше, чем солдат-орлов, но это ничего не меняло. Петухи были разобщены и терпели поражение. Генерал Белая Прядь продолжал писать свой псевдонаучный труд «Записки о войне с петухами». Он поступал как собиратель бабочек, который убивает то, чем восхищается, чтобы подарить бессмертие предмету своей любви. Он был уверен, что благодаря его книге потомки узнают о существовании племен, которые он истреблял. Он понимал всю противоречивость происходящего и даже пытался объяснить это людям-петухам. «Благодаря мне, — говорил он, — люди будут помнить вас и через две тысячи лет».

Белая Прядь потребовал, чтобы его личный художник как можно подробнее запечатлел образы людей-петухов.

В конце концов вождь людей-петухов сумел объединить последние свободные племена, чтобы сообща противостоять не очень многочисленному войску Белой Пряди, но было уже слишком поздно. Армия петухов одержала две незначительные победы и трижды была разгромлена. Спасаясь от орлов, генерал-петух с остатками войска укрылся в крепости. Осада длилась несколько месяцев, люди-петухи страдали от голода, но отчаянно сопротивлялись. Они ждали подкрепления, но помощь опоздала. Генерал-петух сдался в плен в обмен на обещание сохранить жизнь его соратникам.

Воины-петухи сложили оружие к ногам победителя. Белая Прядь приказал приковать генерала-петуха к своей колеснице и возил его по улицам побежденных городов, потом посадил в клетку и, наконец, публично обезглавил.

Белая Прядь, однако, сдержал свое слово и оставил в живых солдат, которые так мужественно сопротивлялись во время осады. Он сделал их гребцами на кораблях орлов.

Его книга получила огромную известность. Благодаря одержанной победе и врожденному умению чувствовать дух времени, Белая Прядь стал необыкновенно популярен. Но этого ему было мало. Он затеял поход на юг, чтобы покорить людей-скарабеев, которыми правила воинственная королева. В ее венах текла львиная кровь.

Королева, вместо того чтобы оказывать вооруженное сопротивление, неожиданно предложила ему заключить союз. Белая Прядь долго воевал и решил, что может теперь позволить себе небольшой отдых. Сняв генеральские доспехи, Белая Прядь прохлаждался во дворце королевы.

Но у Белой Пряди уже была жена из народа орлов. Народ, восторженно любивший великого стратега и ученого-этолога, был возмущен тем, что его герой открыто изменяет супруге с королевой-чужеземкой.

Победитель людей-петухов вернулся домой в холодном бешенстве. Он по-прежнему был непобедимым воином, и, чтобы стать единоличным правителем, императором людей-орлов, он решил уничтожить республиканское правительство.

Сенаторы были напуганы и, боясь за свою жизнь, составили заговор. В тот момент, когда Белая Прядь объявлял, что отменяет Республику, сенаторы выхватили ножи и с криком «Смерть тирану!» бросились на него. Белая Прядь получил более двухсот ударов ножом. Его последними словами были: «Я умираю, но моя слава переживет меня».

Сенаторов схватили. Дикие звери растерзали их на арене городского цирка. Титул императора унаследовал двоюродный брат Белой Пряди, не ударив для этого пальцем о палец. Управление страной стало еще более централизованным. Усердные министры объявили, что император — воплощение бога на Земле.

Но за власть приходится платить. Огромная власть вызывает зависть. Первого императора заточила в тюрьму его собственная жена, посадившая на трон своего старшего сына. Через несколько лет его убил младший брат. Того сверг дядя, а дядю зарезал любовник, также провозгласивший себя императором. Он устроил великолепные торжества, на которых политики и жрецы вручили ему символы власти.

Вскоре его схватили и пытали по приказу генерала, которому помогла сестра одного из дворцовых слуг. Трон много раз переходил из рук в руки. Четыре удара мечом, около двадцати отравлений, множество заговоров предшествовали тому дню, когда титул императора словно бы случайно достался прямому потомку Белой Пряди. Но насильственная смерть ожидала любого, кто пытался занять проклятый трон.

Итак, держава достигла невиданной военной и экономической мощи, а ее правители менялись с поразительной скоростью. Народ орлов узнавал о том, что происходит, только тогда, когда на монетах начинали чеканить изображение нового правителя.

57. ЭНЦИКЛОПЕДИЯ: ИНДОЕВРОПЕЙЦЫ

Начиная с XVII века лингвисты многих стран, в том числе и голландцы, обращали внимание на то, что между латынью, древнегреческим, фарси и современными языками есть много общего. Они полагали, что разгадку следует искать в истории скифов. В конце XVIII века Уильям Джонс, английский чиновник, служивший в Индии и страстно увлекавшийся филологией, обнаружил связь между перечисленными языками и санскритом, священным языком индусов. Исследования продолжил другой англичанин, Томас Янг, который в 1813 г. предложил термин «индоевропеец» и выдвинул гипотезу о существовании народа, который постепенно покорял соседние народы и таким образом распространял свой язык.

Позже новый термин позаимствовали два немца — Фридрих фон Шлегель и Франц Бопп, нашедшие сходство между фарси, пушту, латынью, бенгальским, греческим, хеттским, древнеирландским, готским, древнеболгарским и древнепрусским языками.

С тех пор историки пытаются восстановить историю прославленных индоевропейских завоевателей. Вероятно, этот народ жил на севере Турции. У него были ярко выраженные касты. Индоевропейцы одомашнили лошадь, в бою использовали колесницы, умели обрабатывать железо. Это давало им преимущество перед противниками, которые использовали лошадей только для перевозки грузов и имели дело только с медью и бронзой.

У индоевропейцев существовал культ войны. Они завоевали, обратили в свою веру, «поглотили» своих ближайших соседей — хеттов, тохаров, ликийцев, лидийцев, фригийцев, фракийцев (эти народы полностью исчезли еще в древности). Затем индоевропейцы захватили земли, принадлежавшие иранцам, грекам, римлянам, албанцам, армянам, славянам, балтийским народам, германцам, кельтам, саксам.

Нашествию индоевропейцев смогли противостоять только те народы, которым удалось сохранить свой древний язык, — финны, эстонцы и баски.

Сегодня считают, что два с половиной миллиарда человек — почти половина всех живущих на земле — говорят на языках, имеющих индоевропейское происхождение.

Эдмонд Уэллс.
«Энциклопедия относительного
и абсолютного знания», том V

58. ТРЕТЬЕ РАССЕЯНИЕ ДЕЛЬФИНОВ

Когда люди-орлы осадили столицу китодельфинов, группа горожан решила захватить лучшие корабли и бежать под покровом ночи. Их возглавляли старейшины китодельфинов, хранившие память о том, как их народ много раз был вынужден спасаться бегством.

На воду было спущено двенадцать больших кораблей.

Семь из них были перехвачены и потоплены в ночном сражении со сторожевым флотом людей-орлов. Катапульты, стрелявшие горящей паклей, поджигали суда беженцев, а тараны на носу кораблей людей-орлов крушили их корпуса.

Пяти кораблям удалось вырваться благодаря ловкости капитанов и попутному ветру.

Когда флот орлов уже не мог их догнать, выжившие китодельфины собрались на совет и приняли несколько решений, которые должны были увеличить их шансы на выживание.

Экипаж восьмого корабля решил отправиться на восток, чтобы вернуться в исконные владения дельфинов. Он первым достиг цели. Моряки обнаружили, что их земли оккупированы орлами, которые посадили наместником правителя, всецело преданного империи. Орлы ввели законы военного времени, обложили население чудовищными налогами и жестоко подавляли постоянно вспыхивавшие мятежи.

Не успели китодельфины высадиться на берег, как их тут же схватили и посадили в тюрьму. Там, в изоляции, они принялись описывать все, произошедшее с их народом, чтобы никогда, даже в самых тяжелых обстоятельствах, не забывать своей культуры и истории. Своим воспоминаниям они придали вид приключенческого романа, в котором события, происходившие с главными героями, в зашифрованной форме рассказывали об истории китодельфинов. В другой книге были собраны сказки. Так китодельфины зашифровали свои научные знания химии, астрономии, математики. Понять их мог только тот, у кого был ключ к шифру. Никто из тиранов-наместников не считал эти книги опасными. Слова надежно хранили тайну.

Узники-китодельфины решили установить ежегодные праздники, чтобы люди-дельфины, рассеянные по всему свету (бегство из столицы китодельфинов получило название Третье Рассеяние), могли вспоминать историю своего народа.

В память о нападении людей-крыс и бегстве за море люди-дельфины должны съедать грызуна (кролика, потому что крысы не очень вкусны).

В память о строительстве собственной столицы каждая семья построит в своем саду шалаш.

В память о наводнении, потопившем остров Спокойствия, люди-дельфины будут залпом осушать стакан соленой воды.

В память о бегстве из земель людей-скарабеев в пустыню они должны проглотить немного песка.

И еще китодельфины придумали ритуал в память о войне с людьми-орлами. В этот день нужно съесть яйцо (куриное, так как орлиные яйца встречаются редко), вспоминая о походах Освободителя, который победил народ орлов и пощадил его.

Девятый корабль китодельфинов был потоплен пиратами.

Десятый поплыл на юг и достиг земли. Едва китодельфины попытались высадиться, местные жители перерезали всех, не вступая в переговоры.

Одиннадцатый и двенадцатый уплыли на запад: они должны были найти остров Спокойствия.

Плавание было долгим и очень трудным. Путешественникам пришлось пережить бунты, штормы и голод.

Наконец и эти два корабля решили разделиться: так было больше шансов найти остров Спокойствия. Одиннадцатый корабль поплыл на северо-запад, а двенадцатый — на юго-запад.

Одиннадцатый корабль в конце концов добрался до материка и встретил народ людей-индюков. Индюки сначала встретили чужеземцев настороженно, но знания китодельфинов и предметы, которые они привезли с собой, вызвали их восторг. Оба народа прониклись друг к другу доверием, начался обмен знаниями. Китодельфины научили индюков письменности, математике, ведению сельского хозяйства, а также искусству градостроительства. Люди-индюки слушали, записывали, но воплощали в жизнь далеко не все. Они вовсе не собирались строить города. Они предпочитали жить под открытым небом, вести кочевой образ жизни, быть свободными, а не окружать себя стенами. Людям-индюкам, однако, понравилась мысль созвать совет мудрейших и принимать важные решения путем голосования, когда тот, кто согласен, должен поднять руку. Они усвоили и доселе неизвестный им способ быстро перемещаться — верхом на лошади.

Двенадцатый корабль прибыл в страну людей-игуан. Измученных путешественников приняли очень гостеприимно. Их привели к королю, который приветствовал их, опустившись на колени. Такой прием насторожил китодельфинов. Они и не подозревали, какие сюрпризы ожидают их.

Король говорил на языке, который был очень похож на язык китодельфинов, и они понимали его. Король игуан рассказал, что некогда на этом берегу уже высаживались люди-дельфины. Они сделали много хорошего для его народа. Научили игуан считать, писать, заниматься земледелием. Показали, как строить пирамиды и читать звездное небо. Потом они уплыли, сказав на прощание: «Однажды люди-дельфины снова ступят на ваш берег. Они принесут с собой продолжение нашего учения». Вот почему появление мореплавателей-дельфинов не было для игуан неожиданностью. Их ждали. Китодельфинов торжественно пронесли на руках по главной улице столицы, из окон бросали цветы, а горожане выкрикивали их имена.

Люди-дельфины поселились среди людей-игуан и стали жить с комфортом, которого не знали до сих пор. Они быстро нашли общий язык в понимании техники и искусства. Люди-игуаны внимательно слушали, жадно ловя каждое слово таинственных гостей. Было видно, что знания, которыми поделились с ними предшественники китодельфинов, пошли им на пользу. Люди-игуаны построили обсерватории для наблюдения за небом, составили необыкновенно точные карты звездного неба. Они уделяли большое внимание астрологии. Ученые, сверяясь со звездами, предсказывали детям, что произойдет с ними в будущем, и дети наизусть заучивали эти пророчества. В них говорилось, как произойдет встреча с любимой женщиной, сколько у них будет детей и даже как именно они умрут.

Люди-дельфины с изумлением узнали, что благодаря этим гороскопам люди-игуаны стали хозяевами будущего.

Король игуан рассказал путешественникам об обычаях своего народа. Пока у новорожденного будущего короля не зарос родничок, жрецы одевали ему на голову квадратную корону. Со временем голова становилась похожей на куб, и любой мог узнать его, даже если король был обнажен или был далеко от столицы.

Король показал китодельфинам величайшие памятники своей империи, показал, как продвинулось размножение деревьев черенками. Люди-игуаны выращивали гибриды, плоды которых были необыкновенно питательны и могли долго храниться. «Мы берем лучшие зерна кукурузы каждого сорта и скрещиваем их, чтобы получить зерна, обладающие качествами обоих растений-родителей».

В честь прибытия китодельфинов король объявил неделю торжеств и праздничных жертвоприношений.

Во время церемонии он предстал перед гостями обнаженным, покрытым золотой пудрой. В окружении факельщиков он плыл на плоту по озеру, находившемуся посреди города. Пристав к берегу, король поименно перечислил всех гостей-китодельфинов и объявил их полубогами. Все стали громко аплодировать, запел хор из 1200 детей. Людей-китодельфинов также раздели, осыпали золотой пудрой и с триумфом провезли по городу на огромных колесницах.

Люди-китодельфины были растроганы до слез, и в голову им пришла ужасная мысль: «Наша история переполнена страданиями, и мы забыли, как это — быть любимыми».

59. ЭНЦИКЛОПЕДИЯ: ДРЕВНИЕ ЕВРЕИ — ФИНИКИЙЦЫ

Еще одно серьезное направление в лингвистике — изучение языков семито-финикийских народов.

Умение обращаться с парусами, строить суда, составлять карты и пользоваться компасом позволило представителям семито-финикийских народностей проплыть вокруг Африки, подняться на север до самой Шотландии и открыть там торговлю. Они высаживались на новые берега, встречались с местным населением и предлагали начать обмен знаниями и сырьем.

Первые монеты семито-финикийцев чеканились из меди, красного металла, и другие народы стали называть чужеземцев едомитянами, от древнееврейского edot — красный. Греки называли их *Phoenicos*, «красные». Отсюда возникло и название Красного моря, омывающего юг Израиля. Оттуда отплывали корабли семито-финикийцев, исследовавших новые земли.

Они говорили на простом языке, все слова которого были образованы от шестидесяти трехбуквенных корней. Из различных сочетаний этих корней возникало множество новых слов, выражавших любые оттенки смысла. Однако шестьдесят исходных слов-основ позволяли вступить в диалог с любым другим народом.

Семито-финикийцы проложили медный и чайный пути. Зная направления течений в Средиземном море, они проложили основные маршруты вдоль берегов Греции, Римской империи и Африки. Следуя по оловянному пути, можно найти следы иврита в Британии, Шотландии, Мали и Зимбабве. Название Британия, кстати, происходит от древнееврейского *brit* — «союз», а Кадикс от *Kadesh* — «святой». Финикийцы создали берберскую культуру; *ber-aber* переводится с древнееврейского как «сын народа-прародителя». Название Кабилия происходит от *kabalah*, «традиция». Фивы, Милет, Кносс (от древнееврейского *knesseth* — «место собрания»), а также Утика, Марсель, Сиракузы, Астрахань и Лондон — все это бывшие торговые колонии финикийцев.

У семито-финикийцев решающую роль играли женщины, и фамилия передавалась по женской, а не по мужской линии.

Эдмонд Уэллс.
«Энциклопедия относительного
и абсолютного знания», том V

60. ГЕГЕМОНИЯ ТИГРОВ

Народ тигров основал огромную мощную империю и замкнулся на самом себе, укрепляя централизованную власть. Вместо того чтобы захватывать новые территории, как это делала постоянно расширяющаяся империя орлов, тигры усиливали свое могущество, не раздвигая границ. Империя тигров формировалась под действием центростремительной силы, империя орлов — под действием центробежной.

Столица империи тигров была огромной. Посреди города возвышался дворец, окруженный мощными стенами и широким рвом, которые должны были защитить его в случае мятежа. За дворцом был расположен комплекс административных зданий, обнесенный стеной и рвом, не уступавшими тем, которые окружали дворец, а за ним университетский центр, где обучали будущих руководителей империи.

В государстве сложилась новая каста — законники, чиновники-юристы, которые без конца издавали новые законы, декреты, поправки, отчеты, созывали суды и заседания экспертов. Законников обслуживала каста полицейских, осуществлявших контроль за всем, что происходит в стране.

Стремясь обеспечить себе большую безопасность, законники решили объявить императора живым богом. Таким образом, он становился совершенно недосягаемым и в то же время не имел возможности непосредственно вмешиваться в политическую жизнь.

Законники хотели знать, до какой степени можно обезличить человека, и для начала они запретили писать что бы то ни было без разрешения императора. Потом они запретили читать.

По их мнению, стабильности государства угрожала самостоятельность отдельных членов общества, что уже само по себе угрожало безопасности системы. И законники запретили людям-тиграм иметь собственные мысли. Они объявили: «Думать — это значит думать то же, что думает правительство».

Чтобы население перестало думать, законники ввели необходимость тяжело трудиться. Они считали, что, если человек работает до изнеможения, у него не остается сил на заговоры.

Сначала доносы просто поощрялись, потом сделались обязанностью каждого. Появилось новое правило: «Не донести о преступлении — еще более тяжелое преступление».

Была создана детская полиция, следившая за тем, чтобы никто не думал. Детям платили за каждый донос, за донос на родителей полагалась дополнительная премия.

Вскоре армия детей-шпионов и доносчиков показалась недостаточной для контроля и порядка, и законники разработали теорию «десятков». Все население было разделено на десятки — «как десять пальцев на руках», говорили законники. «Большой палец» должен был регулярно информировать администрацию о том, чем занимаются остальные члены группы. Если кто-либо из них совершал проступок и «большой палец» не доносил на него, то подвергался такому же наказанию, как и провинившийся. Законники придумали изощренный ход — «мизинец» в каждом десятке следил за «большим пальцем».

Десятки объединялись в сотни. В них также был главный надсмотрщик и тайный надсмотрщик за главным надсмотрщиком. Сотни объединялись в тысячи.

Все следили за всеми, и это шло на пользу безопасности и стабильности империи тигров.

Но законникам и этого было мало. Они мечтали создать биологически новое, приученное к порядку человечество и разработали теорию «естественного закона». Идея заключалась в том, что почитание законов должно быть инстинктивным, а не зависеть от уровня морали и нравственности в обществе. Законники хотели, чтобы человек не смог нарушить закон, даже если захочет этого. Его собственное тело должно воспротивиться этому. Начались массовые публичные казни. Это зрелище должно было надолго остаться в памяти зрителей, поэтому казни тянулись как можно дольше, а приговоренному не давали потерять сознание или слишком быстро умереть. Народ, который заставляли на это смотреть, был в ужасе. Почва для введения «естественного закона» была подготовлена.

Чтобы довести искусство издевательства над населением до совершенства, был создан институт пыток, в котором медики изучали различные способы причинять страдания.

Не имея возможности казнить всех, на кого поступил донос, законники создали рабочие лагеря для тех, кто нарушил закон. Заключенные строили памятники во славу императора.

Одновременно с усилением власти чиновников развивалась металлургия, позволившая усовершенствовать сельскохозяйственные орудия, которыми можно было обрабатывать все большие территории. Мелкие крестьянские наделы были объединены в крупные хозяйства, что дало толчок к революции в земледелии. Были построены заводы по выпуску сельскохозяйственных орудий, и крестьяне стали пользоваться ими.

Деревушки и хутора пустели, начался массовый исход сельского населения. В города прибывали толпы крестьян, и небольшие населенные пункты стали превращаться в мегаполисы.

Вслед за кастой законников, контролировавших управление страной, возникла каста ученых. Они имели право читать, писать и даже отстаивать собственные идеи. Ученые говорили на особом языке, чтобы простые люди не могли понять их. У них были свои университеты, и они жили в полной изоляции от остальной, необразованной части общества. Ученые занимались искусствами, наукой и проводили жизнь в удовольствиях. Они выдвигали наверх своих представителей, носили особую одежду и причесывались особым образом, чтобы издалека узнавать друг друга. Законники обязали простой народ относиться к ним с почтением. Законники и ученые решили регламентировать все стороны жизни, создав правила о том, как есть, ходить, дышать, убивать или заниматься любовью. Так, вслед за институтом пыток, возник институт наслаждений. В новом учебном заведении девушек с самого юного возраста обучали тому, как поднять мужчину на вершину блаженства. С ними занимались гимнастикой или танцами, подготавливающими к любовному акту, а также обучали готовить блюда, возбуждающие желание, писать картины, изображающие обнаженные фигуры, сочинять эротические стихи. Женщин, вышедших из этих учебных заведений, высоко ценили, некоторых даже забирали в гаремы императора, законников и ученых. Их называли женщины-цветы.

Государственное устройство людей-тигров поддерживали три столпа: император — священный, объединяющий символ; законники — вооруженная рука, охраняющая общественный порядок; ученые — знатоки утонченности, первооткрыватели в области науки и искусства.

Но в конце концов равновесие в этой системе было нарушено. Министры-законники поссорились с министрами-учеными. Точнее, у министра безопасности вышла ссора с министром музыки, который сманил у него женщину-цветок.

Оба министра потребовали вмешательства императора, который, выслушав жалобы обеих сторон, решил примирить их, забрав женщину в свой гарем. Но министр музыки был влюблен. Он попытался отравить императора, чтобы вызволить возлюбленную. Заговор провалился, министра схватили. Его пытал лучший специалист университета пыток.

После этого происшествия у императора начался приступ паранойи. Он приказал убить женщину-цветок, боясь, а не влюблена ли и она в своего упрямого ученого, а также тех женщин, с которыми она подружилась в гареме, чтобы они не стали ее защищать или просто жалеть. Заодно он приговорил к смерти министра безопасности, опасаясь, что тот, обидевшись, тоже попытается его отравить.

Дальше все происходило очень быстро. Многие законники выступили в защиту своего коллеги, и император велел казнить несколько человек, просивших у него аудиенции. А также членов их семей и друзей.

Император решил, что в его окружении никому нельзя доверять. Он решил казнить всех министров, подозревая, что они метят на его место, затем большую группу университетских деятелей, решив, что они подстрекали к мятежу.

Придя к убеждению, что повсюду зреют заговоры против него, император потребовал от нового правительства начать новый террор против населения. Впоследствии этот период получил название Большой Чистки.

Когда волна террора пошла на спад, все члены правительства также были публично казнены. Император считал, что ни один человек не может устоять перед искушением, ни на кого нельзя положиться. Ему был нужен министр-нечеловек. Он потребовал, чтобы часовых дел мастера изготовили ему робота.

Часовщикам удалось сделать куклу, которая двигалась благодаря гидравлической системе, приводившей в действие множество пружин и шестеренок, и могла подражать человеческим движениям. Этого робота назначили главой нового правительства, и император обязал других министров кланяться ему и оказывать уважение.

Но император тигров все еще не победил своего страха смерти. Он потребовал, чтобы химики нашли способ сделать его бессмертным. Ученые посоветовали императору как можно чаще заниматься любовью, но не проливать свой «жизненный сок». Император должен был повязать себе на член шнурок и стягивать его всякий раз, чувствуя приближение эякуляции. Таким образом, его мужская сила оставалась с ним и укрепляла его. Кроме того, император должен был пить жидкие металлы — ртуть или цинковую суспензию.

Было раскрыто несколько заговоров, заговорщиков жестоко казнили. Чтобы укрепить существующую систему, снова увеличили число чиновников, полицейских, солдат, законников, ученых, надсмотрщиков. Скоро в стране стало больше контролеров и тех, кто изобретал новые системы контроля, чем тех, кто что-то производил.

Великая империя тигров стала неповоротливой, грузной, неспособной пошевелиться. Законники наконец создали государство, соответствовавшее их идеалу, — государство, незыблемое не потому, что оно совершенно, а потому, что оно монументально.

Даже искусство ученых стало неинтересным, творчество угасло. Художники работали по канонам, разработанным их предшественниками, и целыми днями спорили о незначительных мелочах.

Император умер на сто четвертом году жизни. У него не было прямых наследников, и трон перешел к его дальнему родственнику. Это не имело никакого значения, так как административный аппарат стал настолько сложным и последние перемены в нем произошли так давно, что он работал уже сам по себе. Любая попытка оживить его была обречена на провал. Любая инициатива глохла. Люди больше не управляли государством. Никакой император не смог бы теперь повлиять на работу государственного аппарата.

61. ЭНЦИКЛОПЕДИЯ: ЧЕТЫРЕ ОБРАЗА ЛЮБВИ

Педагогическая психология выделяет в любви четыре уровня. Первый уровень: «Мне нужна любовь».

Это детский уровень. Младенцу нужны ласка, поцелуи, ребенку постарше — подарки. Он спрашивает у окружающих его: «Вы меня любите?» — и требует доказательств любви. На первом уровне мы задаем этот вопрос другим, затем «кому-то одному», который является для нас главной инстанцией.

Второй уровень: «Я могу любить».

Это взрослый уровень. Происходит открытие своей способности испытывать чувства к другому человеку и, значит, изливать свою любовь вовне, и в особенности на своего избран-

ника. Это чувство опьяняет сильнее, чем сознание, что кто-то любит вас. Чем сильнее вы любите, тем яснее понимаете, какую власть дает вам это чувство. Потребность любить станет необходимой, как наркотик.

Третий уровень: «Я люблю себя».

Распространив свою любовь на других, человек узнает, что может любить и себя.

Преимущество этой стадии перед двумя предыдущими заключается в следующем: ты не зависишь от других. Тебе никто не нужен ни для того, чтобы получать любовь, ни для того, чтобы ее дарить. Следовательно, больше нет риска испытать разочарование или пережить предательство любящего или любимого существа. Любовь можно отмерять строго в соответствии с собственными потребностями, не прибегая к чужой помощи.

Четвертый уровень: «Любовь ко всему миру».

Это безграничная любовь. Человек, научившийся получать и отдавать любовь и любить себя, распространяет любовь вокруг себя. И точно так же получает ее.

Эта любовь может называться по-разному: Жизнь, Природа, Земля, Вселенная, Ки, Бог и т. д. Речь идет о понятии, которое, когда постигаешь его, расширяет горизонты сознания.

Эдмонд Уэллс.
«Энциклопедия относительного
и абсолютного знания», том V

62. ПРОМЕТЕЙ ПОДВОДИТ ИТОГИ

В зале вспыхивает свет.

— Ну что, продвигаемся вперед? — замечает Прометей. — Вот что особенно замечательно в Дыхании Истории: чем дальше вперед, тем быстрее ход событий.

Прометей не хочет терять времени и тут же объявляет победителей:

— Первое место: Рауль и его орлы. Он создал самую мощную и динамичную империю. Браво. Второе место: Жорж Мельес и люди-тигры. Прочная, утонченная империя. Все под контролем. Ювелирная работа. И наконец, на третьем месте...

Он заставляет нас поволноваться.

— Мария Кюри. Ее люди-игуаны создали гармоничное государство и нашли свой, неповторимый стиль. У них прекрасная медицина, они открыли способ скрещивания растений, у них своеобразное искусство и наука, основанная на наблюдении за звездами. Все прекрасно. Правда, у игуан не развита металлургия, но это несущественный недостаток, и он скоро будет исправлен. Люди-дельфины поделятся своими знаниями, правда?

Я киваю, несколько ошарашенный. До сих пор я очень мало общался с этой ученицей.

Прометей продолжает:

— На четвертом месте Мата Хари. Ее границам пока никто не угрожает, и она создала легкий парусный и гребной флот. Общение с путешественниками-дельфинами пошло ей на пользу: ее народ преуспел в картографии и узнал металлургию. Неплохо, неплохо.

Черт, я не видел, что делают мои люди-дельфины на севере. Оказывается, они заключили союз со смертными Маты Хари, а я даже не заметил.

С народами, рассеянными по всей планете, всегда так: не знаешь, как за всем уследить. С другой стороны, я не могу наблюдать за целой страной только потому, что там находится двадцать моих людей-дельфинов. Это уже не рассеяние, это... туризм.

Прометей собирается продолжать, и я жду, что он назовет меня в числе последних, самым последним. Однако, к моему великому изумлению, я оказываюсь двенадцатым.

— Мишель Пэнсон! Я полагаю, вам нужно поблагодарить Марию Кюри и Мату Хари, — говорит преподаватель. — Спасен женщинами, да?

Я опускаю глаза, смущенный его словами.

— Я поставил вам хороший балл, потому что вы стали союзниками победителей, а значит, как минимум половина их успеха принадлежит вам. Ваша заслуга есть даже в том, что победили люди-орлы.

Рауль кивает.

— Но это еще не все. Мне очень нравится одна ваша черта, — продолжает преподаватель.

Он странно смотрит на меня.

— Вы не сдаетесь.

Похвала из уст титана, чья история — один сплошной ужас, глубоко трогает меня.

Прометей подходит ближе, весь класс смотрит на меня. Кажется, двенадцатое место — не такой уж подарок.

— Вы научили ваших людей ценить свободу — вот что важно. Это напомнило мне одного моего школьного товарища.

Прометей садится на край моей парты.

— Нам было лет по тринадцать. В нашей школе всем заправляла банда хулиганов.

Я пытаюсь представить себе древнегреческих хулиганов.

— Они отбирали у детей деньги, угрожая ножом. Преподаватели закрывали на это глаза, они тоже боялись. И вот однажды у нас появился новый ученик. Как только он переступил порог школы, хулиганы потребовали у него денег. Он отказался и стал драться. Ему разбили и даже порезали лицо. И конечно, отняли деньги. До сих пор все было как обычно. Но когда хулиганы попытались ограбить его во второй раз, они ждали, что он сдастся без боя, помня, как ему досталось в прошлый раз. Но новичок защищался так же яростно. И ему опять разбили лицо и забрали деньги. И в третий, и в четвертый раз. Каждый раз, встречаясь с хулиганами, новичок терпел поражение. Это было невыносимо для всех. Я решил поговорить ним. «Зачем ты дерешься с ними? Ты ведь знаешь, чем это кончится? Их больше, тебе не на что рассчитывать». Знаете, что он ответил? «Чтобы они знали, что я никогда не сдамся просто так». Это вызвало мое восхищение. И я понял, что этот хилый парень с заплывшим глазом и шрамом через все лицо показал мне путь. Даже если заранее ясно, что дело обречено на провал, нужно драться, чтобы враги ничего не получили даром. Кстати, хулиганы быстро переключились на более «удобных» жертв. Им было лень тратить силы. Маленький новичок дорого заплатил, но в итоге он завоевал свободу и наше уважение. И тогда его выбор стал и моим. Не сдаваться просто так. Хулиганы отбирали у меня деньги, но я начал защищаться. Я проигрывал, но улыбался. Потому что усвоил урок. «Чтобы они знали, что победа не достанется им просто так». Каждый раз успевал нанести удар ногой или кулаком, прежде чем они брали численным превосходством. Другие дети увидели, что хулиганы стали меньше приставать ко мне, и тоже начали защищаться. Это тянулось долго, мы не умели драться, у нас не было ножей, в наших рядах было много раненых, но в конце концов хулиганы устали и оставили нас в покое.

В зале повисла тишина.

Я испытываю странное чувство. Горло сжимается. Так вот в чем дело. Прометей рассказал о том, что я чувствовал, но не знал, как выразить. Нужно стиснуть зубы, вопреки всему идти дальше, не сдаваться. Я буду долго терпеть поражения, но рано или поздно все диктаторы и тираны, угнетавшие мой народ, выбьются из сил. И исчезнут.

И на «Земле-18» кто-то из моих людей-дельфинов всегда будет держать голову гордо поднятой, даже когда все плохо.

— Сопротивление — вот в чем заключается смысл моей лекции. Считается, что бунт — это восстание народных масс, захватывающих дворец, где прячется тиран и его полиция, но нередко революционеры в меньшинстве, а народные массы выступают против них, встав на сторону тирана. Об этом часто забывают. Кроме того, помните, на «Земле-18» вы единственный выступаете против рабства. Я могу вам только посоветовать сильнее стиснуть зубы. Это будет не просто. Как только появится власть, стремящаяся к тоталитаризму, она возьмется за вас.

Мата Хари встает и начинает аплодировать.

За ней поднимаются Мария Кюри, Рауль, Жан де Лафонтен, Жорж Мельес, Эдит Пиаф, Густав Эйфель, Эрик Сати. Мои друзья. Но не только они. К овации присоединяются и другие ученики, и, наконец, аплодирует почти весь класс. Это уже чересчур. Я вспоминаю все, что пережил мой народ, вспоминаю, чего стоила им борьба против рабства. Вспоминаю неблагодарность людей-скарабеев и людей-львов.

К глазам подступают горькие слезы. Я не должен плакать, даже если чувства душат меня. Они не против меня, даже если иногда мне кажется, что это так. Просто так складывается игра. Мои люди-дельфины — всего лишь один народ среди нескольких десятков других. Я всего лишь игрок, который старается не слишком быстро выбыть из игры.

Овация продолжается.

Они знают, что мне это нужно. Они поддерживают меня. Слеза скатывается по моей щеке. Я быстро вытираю ее и поднимаю руку в знак того, что не заслуживаю всего этого. Наконец все успокаиваются, и занятие продолжается, словно ничего и не было.

Прометей снова берет список учеников и называет проигравших:

— На последнем месте Клемансо со своими людьми-оленями. Их победили орлы.

Клемансо с густыми белыми усами встает. Он держится очень достойно.

— Господа, — говорит он, — когда приходит твой час, нужно покориться и сложить свои полномочия. Мне было необыкновенно приятно играть с вами, и я желаю всем вам самой лучшей божественной участи. Рауль, браво! Ты победил меня, потому что ты действительно лучший игрок в этой партии. Мне очень нравится цивилизация твоих людей-орлов, очень стильно.

Первый ученик, который достойно покидает игру.

За ним приходит кентавр. Прометей знаком показывает, что Клемансо не нужно связывать.

Он называет еще двух неизвестных мне учеников, я даже не следил за их игрой. Жан-Поль Ловендаль и его люди — майские жуки. У этого народа было принято заключать браки внутри одного класса. Браки между родственниками привели к тому, что народ стал ослабленным и болезненным и исчез после первого нашествия людей-орлов.

У людей-сурков, уединенно живших в горах под покровительством Сандрин Марешаль, был удивительный культ — культ сна. Зимой они впадали в спячку. Чем дольше человек мог проспать, тем большего уважения он заслуживал. Проблема заключалась в том, что их экономика была отсталой, а армия — устаревшей. Люди-орлы напали на них, и это кончилось катастрофой. Люди-орлы действовали как санитары общества, уничтожая отсталые народы.

Обратный отсчет: 76 — 3 = 73.

Прометей снова подходит ко мне и, наклонившись к моему уху, тихо спрашивает:

— Говорят, вы «тот, кого ждут». Это так?

— Не знаю, — бормочу я растерянно. — Я — это я. Я не знаю, кого вы ждете.

— Мишель, я поставил вам хорошую оценку, но надеюсь, вы понимаете, в каком вы положении. Вы пытаетесь выжить, защищаетесь, спасаетесь бегством, но вы не царствуете.

— Я делаю все что могу.

— Мне кажется, я научил вас тому, что значит бунт. Вспомните Спартака.

— Мне кажется, что, если бы пришлось все повторить, результат был бы тот же.

Прометей улыбается.

— Верно. Действительно, нужно немало умения, чтобы восстание рабов в такой военной империи, как империя орлов, окончилось победой.

Преподаватель напускает на себя таинственный вид и говорит:

— Между прочим, это уже произошло.

329

Он приглашает меня еще раз посмотреть на «Землю-18», и я вижу, что один из гладиаторов-дельфинов внезапно, не дожидаясь моей помощи, поднял восстание рабов!

Я забыл, что смертные иногда совершают самостоятельные поступки. Если бы я не любовался тем, как народ Марии Кюри принял моих людей-дельфинов, а внимательнее смотрел вокруг, то заметил бы своего Спартака и смог бы помочь ему ударами молнии или снами. Теперь слишком поздно.

— Очень жаль, господин Пэнсон. У вас на руках хорошие карты, но вы не пользуетесь ими. Что вам мешает?

— Все в порядке, просто у меня такая манера игры.

— Неужели вы сознательно выбрали такой стиль? Тогда вы долго не продержитесь.

— Я буду стараться.

— Хорошо. Я хочу дать вам один совет: перестаньте терпеть, начинайте действовать. Вряд ли другим преподавателям ваше «сопротивление» понравится так же, как мне.

Он прав. Я потерпел неудачу с королем-новатором, провалился с генералом-бунтовщиком, и у восставшего гладиатора тоже ничего не получилось. Я должен придумать что-то другое. Например, пусть следующую революцию возглавит человек из народа. Простой ремесленник. Горшечник, ткач или плотник.

— Итак, — продолжает Прометей, — у вас будет два дня отдыха. Вы сможете обдумать следующие партии в игре «Y». Два свободных дня. Воспользуйтесь ими, отдохните. Я думаю, для многих из вас первый семестр был беспокойным.

Беспокойным? Чудесный эвфемизм.

— Учитель, — обращается к Прометею Вольтер, — в течение двух дней наши народы будут жить самостоятельно. Это значит, что мы рискуем вернуться к ним, когда они будут на стадии полного разложения.

В зале раздается одобрительный шепот.

— Не волнуйтесь. Кронос замедлит время. За эти выходные на «Земле-18» пройдут не века, а несколько десятилетий.

Это нас немного успокаивает.

— Однако, завершая курс лекций, прочитанных Младшими преподавателями, я попрошу вас выполнить небольшое упражнение. Все вы представляете себе, каким должен быть идеальный мир, который стремится создать ваш народ. На этом этапе игры вы больше не сможете медленно двигаться вперед, ограничиваясь решением отдельных проблем по мере того, как они возникают. Иначе вы застрянете на стадии выживания и импровизации. Я попрошу вас вообразить мир, который соответствовал бы идеалам ваших смертных. Опишите вашу утопию на бумаге. И в конце игры мы увидим, чего вы смогли достичь.

— Афродита уже давала нам такое задание, — напоминает Симона Синьоре.

— Знаю. Но игра уже ушла далеко вперед, и вы тоже. Это как на маяке — вы поднимаетесь по ступеням и видите из окон тот же вид, но каждый раз — с другой высоты. Ваш подход к заданию должен был измениться.

Он раздает бумагу и ручки. Я задумываюсь.

В прошлый раз я написал «мир без войны». И я увидел, что разоружение на руку только тем, кто нечестно играет. Нечестные игроки будут всегда. Значит, это не то решение, которое нужно.

Я пишу: «Моя утопия — создать человечество, свободное от страха».

63. ЭНЦИКЛОПЕДИЯ: САБЛЕЗУБЫЙ ТИГР

Почему исчезают некоторые виды животных? Нередко среди причин называют внезапное вмешательство экзогенных факторов — падение астероида или перемену климата. Иногда ссылаются на псевдокультурные факторы. Приведем в пример историю смилодона, саблезубого тигра. В Америке были обнаружены останки этого представителя кошачьих, умершего за 2,5 миллиона лет до н. э. Животное было около 3 метров в длину и весило более 300 килограммов. Это самая большая кошка из известных на сегодняшний день. Его особым отличием были два загнутых вниз клыка, настолько длинных, что они торчали из пасти. Найдены 20-сантиметровые зубы смилодона. Объясняя исчезновение этого животного, выдвигают такую теорию: у самок сложился стереотип — чем длиннее зубы, тем больше хищник приносит добычи, и, следовательно, он лучше других сможет прокормить детенышей. Выбирая партнера по длине клыков, они добились того, что в генах записался признак «длинные клыки». Самцам с короткими клыками не удавалось найти себе самку. Но самки зашли слишком далеко: чрезмерно длинные зубы мешали хищникам есть, а произошедшие изменения оказались необратимыми. Этот вид кошачьих вымер примерно за 10 000 лет до н. э.

Эдмонд Уэллс.
«Энциклопедия относительного
и абсолютного знания», том V

64. УЖИН

Тишина.

Я вижу рты, открывающиеся, чтобы что-то произнести, но ничего не слышу.

Это не значит, что я внезапно оглох, просто мой разум по неизвестной причине не пропускает внутрь звуки. Может быть, для того, чтобы я мог спокойно подумать.

Когда же мне удастся остановить думающий механизм внутри себя?

В Амфитеатре оры подают нам блюда, которыми мы отмечаем завершение семестра. Лангусты с зеленью, изысканную рыбу, мясо косули и кабана, из напитков — мед, амброзия, нектар.

Я вижу, как Дионис залезает на стол и обращается к собравшимся с речью. Я не слушаю его. Должно быть, он подводит итоги занятий, проведенных Младшими преподавателями. Все хлопают.

Появляется Афина. Она недовольна, у ее совы тоже недовольный вид.

Я вспоминаю индийскую легенду, в которой говорится: «Представь себе, что на твое плечо сядет птица и спросит тебя: „Что бы ты сделал, если бы знал, что сегодня вечером умрешь?"» Я думаю, что я бы хотел заняться любовью. Неважно с кем. Заняться любовью в последний раз.

Афина закончила свою речь. Появились кентавры с музыкальными инструментами. Шествие, как обычно, возглавляют барабанщики, за ними идут трубачи и арфисты. Поет хор юных харит, но я не слушаю.

Выход Посейдона обставлен очень внушительно. Он появляется в сопровождении сирен, которых несут в огромных раковинах, наполненных водой.

Бог Моря также произносит речь. Должно быть, он говорит о нашей смелости, об успехе или поражении нашего черновика Земли, черновика номер 18.

Кентавры начинают быстрее бить в барабаны, и трех победителей — Рауля, Жоржа Мельеса и Марию Кюри — окружают те, кто преклоняется перед силой Ассоциации, могуществом Доминирования или прочностью Нейтральности.

A, D, N.

Времена года осыпают идущих лепестками цветов.

Повсюду праздник. Напряжение, владевшее нами во время занятий, отступает. Многие отталкивают столы и бросаются в круг танцующих.

Начинается танец, чем-то напоминающий джигу. Боги-ученики вместе с богинями пробегают под аркой из поднятых рук. Они выглядят такими беспечными. Словно не существует никакого богоубийцы, словно над нами не нависает угроза Афины, словно не было выбывших из игры товарищей и напряженной войны между нашими народами.

Кто-то встряхивает меня. Это Рауль. Он берет меня за руку и говорит:

— ...туда пойти. Она ждет только тебя.

Когда звуки наконец достигают моего слуха, я чувствую боль.

— Что?

Друг наклоняется ко мне.

— Мата Хари. Она сидит совсем одна, никто не пригласил ее танцевать. Ты должен пойти к ней.

Я поспешно хватаю стакан с медом.

— Нет. Меня интересует только Афродита.

— Конечно. Но Афродита не интересуется тобой, — напоминает мне Рауль.

— Пока не интересуется, — уточняю я.

— Перестань строить из себя невесть что. Афродита — богиня любви, она спит с Главными богами и никогда не опустится до учеников. В крайнем случае, она снизойдет до Младших преподавателей. До Геркулеса или Прометея, например.

— Что ты об этом знаешь? Единственное правило в любви — то, что в любви нет правил, — продолжаю я, словно убеждая самого себя.

— Ты прав, не существует правил, но есть способы, которые так или иначе действуют на всех. Знаешь, что бы я сделал, чтобы привлечь внимание неприступной девчонки?

— Ну, расскажи.

— Я бы тут же проявил интерес к другой, и пусть она это видит. Например, стал бы ухаживать за ее лучшей подругой. И этим сразу бы обратил на себя внимание. Это принцип «треугольника желаний». На, ешь.

Он пододвигает пирог. Я ем, не думая о том, что делаю. И тут появляется Она. Я еще не видел ее такой ослепительной, как сегодня, на празднике окончания семестра. Ее волосы украшает бирюзовая диадема, в боковых разрезах золотой тоги видны стройные ноги.

Время останавливается. Начинает действовать красная магия. Как Она прекрасна!

Едва Она появилась, как со всех сторон к ней спешат с приветствиями другие преподаватели. Она весела и ничуть не похожа на ту богиню, которая как-то вечером бросилась мне на грудь.

Афродита.

Неужели все эти боги были ее любовниками?

Все они восхищаются ею, все желают ее. Она смеется, такая легкая, соблазнительная, ласково проводит рукой по лицам, целуется. Словно кошечка, прижимается к груди то одного, то другого бога и тут же выскальзывает из объятий.

Гефест, ее законный супруг, пытается поцеловать ее в губы, но она уклоняется, и вот она уже рядом с Аресом. Он тоже хочет ее поцеловать, думая, что она предпочла его, но Афродита уже в объятиях Гермеса. Она кружится, наконец останавливается рядом с Дионисом и становится серьезной, словно глубоко понимает его. Именно так она заставила меня поверить, что меня наконец поняла женщина.

Музыка меняется. Теперь к оркестру присоединились херувимы, которые играют на маленьких сдвоенных трубах. Я узнаю в парящей группе свою сморкмуху, такую хрупкую, с длинными, отливающими металлическим блеском крыльями.

Но общее внимание приковано к другому сектору Амфитеатра. Мата Хари танцует, подражая змее. Кажется, что она победила законы собственного тела, ее кости приобрели необыкновенную гибкость. Все инструменты смолкают, слышны только барабаны, которые бьют в такт с нашими сердцами.

Покачивая бедрами, Мата Хари начинает восточный танец. Ее мимика и жесты похожи на движения танцовщиц Бали. Она замирает, а ее тело вибрирует, словно по нему пробегают электрические разряды. И медленно, изящно извивается.

Празднующие начинают разбиваться на пары. Мата Хари садится. Я обращаюсь к Раулю:

— Что такое принцип «треугольника желаний»?

— Это закон, которому подчинен весь мир. Ревность — лучший способ возбудить интерес. Даже не ревность — зависть. Всегда хочется того, что есть у других. Если ты будешь с Матой Хари, Афродита обратит на тебя внимание. Пока ты зациклен на ней, ты ей неинтересен. А вот когда ты будешь всячески демонстрировать, что счастлив с танцовщицей...

— Она не так глупа.

Вдруг я вспоминаю то, что сказал Гермафродит. Афродите известны все человеческие уловки. Неужели можно манипулировать манипуляторшей?

— Подумай сам. Разве на твое мнение о другом человеке никогда не влияло, с кем он? Неужели ты никогда не заговаривал с человеком, потому что тебя восхищала его женщина, и ты говорил себе: если его выбрала такая красавица, значит, он отличный парень?

— Да, конечно, но...

— Взаймы дают только богачам. Красавицы обращают внимание только на тех, у кого красивая подруга.

Решительно, некоторые особенности человеческого поведения ускользают от моего понимания.

— Зачем останавливать свой выбор на том, что уже принадлежит другому?

— Потому что люди не в состоянии составить собственное мнение. Чужие желания дают им понять, чего следует желать.

До меня начинает доходить то, что Рауль пытается объяснить мне. Флиртовать с Матой Хари, чтобы привлечь внимание Афродиты...

— Ладно, — сдается Рауль, — если ты не хочешь, тогда Мата Хари моя.

Из моего горла независимо от меня вырывается громкое «нет!».

Рауль смотрит на меня с торжествующей улыбкой.

Я поспешно встаю. Но я опоздал. Меня опередил Прудон. Они танцуют. И чем дольше они танцуют, тем сильнее становится мое желание.

Я мечтательно смотрю на них. И не я один. Жорж Мельес ждет, когда закончится танец. Когда музыка смолкает, я бросаюсь вперед.

— Мата, можно тебя пригласить?

Рауль издали одобрительно кивает.

— Почему бы и нет, — спокойно отвечает она.

В ту секунду, когда она берет меня за руку, я прошу Верховного Бога: если вдруг он видит меня сейчас в бинокль или подзорную трубу, пусть пошлет медленный танец.

Но нет. Кентавры решают, что пора сыграть рок-н-ролл. Что ж, тем хуже. Я танцую как могу, стараясь не выкручивать партнерше пальцы и не наступать ей на ноги. Ощущения от прикосновений к ней удивительно не похожи на то, что я испытывал, когда коснулся Афродиты.

Танец заканчивается, мы благодарим друг друга и стоим, ожидая, сами не зная чего. Тут появляется Жорж Мельес и приглашает Мату на следующий танец.

Минутное замешательство.

Оркестр начинает медленную мелодию.

Я не могу упустить свой шанс.

— Извини, Жорж, — говорю я, — я хотел бы еще потанцевать с Матой.

Музыка кажется мне знакомой. Это «Отель „Калифорния"» группы «Eagles», знаменитая медленная композиция времен моей юности на «Земле-1».

— Я хочу тебе наконец-то сказать, как я благодарен за то, что ты сделала там, наверху... Ты спасла мне жизнь, когда Медуза... В общем, твой поцелуй...

Мата делает вид, что не понимает.

— Любой поступил бы так же, — отвечает она.

— Ты уже много раз выручала меня, а я еще не поблагодарил тебя как следует.

— Да, я тебя выручала...

— Ладно, может, я неудачно выразился. На самом деле я хотел сказать... Если бы не ты, я бы давно уже вылетел из игры.

Музыка становится все прекраснее. Оркестр подошел к тому месту, где две гитары вступают в диалог-поединок, но сейчас этот пассаж исполняют лютни.

— И еще я хотел бы поблагодарить тебя за мой народ. Если бы ты не дала ему убежище, у меня не осталось бы ни одного свободного человека.

— Мария Кюри тоже приняла твой народ.

— Но не в этой части света.

— Союз с тобой выгоден и мне, — мягко говорит она.

Мы кружим по площадке.

Ее пот слегка отдает опиумом, и это пьянит меня. Афродита пахла карамелью и цветами, Мата пахнет сандалом и мускусом.

— Еще я должен поблагодарить тебя за то, что ты помогла мне, когда я напился.

— Не стоит.

Я произношу слова благодарности, и, удивительное дело, мне становится все лучше. Словно я выплачиваю старый долг. Что-то налаживается в космосе. Я совершил ошибку, теперь я ее исправляю. Чем сильнее я испытываю благодарность к Мате Хари, тем лучше я себя чувствую.

— Я был так глуп.

— Все в порядке. «Глуп тот, кто восхищается всем подряд», — говорил Эдмонд. Я думаю, что слово «глупец» происходит от латинского корня* и означает «пораженный удивлением».

— Он еще говорил: «Змея слепнет во время линьки», — добавляю я.

Я танцую и счастлив, что Мата Хари так близко. Мне кажется, будто меня ведут за руку. И в прямом, и в переносном смысле. Я сделал первый шаг, теперь дело за ней. Все так удачно складывается, и мне хочется плыть по течению.

Я вспоминаю о «стадии зеркала» из «Энциклопедии» Уэллса. Мы думаем, что любим другого человека, а любим на самом деле его отношение к нам. Мы узнаем себя в другом, как в зеркале. Мы любим самих себя, собственное отражение в партнере.

Мы танцуем вместе несколько медленных танцев. Потом я предлагаю уйти из Амфитеатра.

Я замечаю, что Афродита искоса наблюдает за нами.

Через несколько минут мы с Матой Хари оказываемся в постели, и мое тело вспоминает ощущения, которые я испытывал в далеком прошлом.

65. ЭНЦИКЛОПЕДИЯ: ЛИЛИТ

В Библии, в Книге Бытия, нет упоминания о Лилит, но о ней говорится в Книге Зогар (Книге Сияния), одной из главных книг каббалы.

Лилит — первая женщина. Ее Бог создал вместе с Адамом из глины и оживил своим дыханием. И потому она равна Адаму. Ее называют той, которая «породила душу Адама», до тех пор не имевшего души. Лилит вкусила плод познания, но

---

* Глупец — stupide *(фр.)*, stupidus *(лат.)*.

не погибла, а узнала, что «желание сладко». Обладая этим знанием, она становится требовательной и ссорится с Адамом, не желая оставаться внизу во время полового акта. Она предлагает Адаму меняться местами. Адам отказывается. Во время ссоры Лилит совершает грех — произносит имя Божие. Она бежит из Рая. Бог посылает за ней трех ангелов, которые угрожают убить ее детей, если она не вернется. Лилит не подчиняется их требованиям и остается жить одна в пещере. Эта первая феминистка производила на свет сирен и демониц со змеиными хвостами. Их красота сводила мужчин с ума.

Позаимствовав эту легенду, христиане представляли Лилит — «Ту, которая сказала „нет“», — в образе ведьмы, королевы, черной луны (на иврите «Леила» означает «ночь»), подруги демона Самаэля.

На некоторых средневековых католических гравюрах Лилит изображена с вагиной на лбу (а рог на лбу единорога символизирует фаллос). Лилит считается соперницей Евы (которая тем более покорна, что сделана из ребра Адама), ей чужд материнский инстинкт, она любит наслаждение ради наслаждения и готова платить за свободу жизнью собственных детей и одиночеством.

Эдмонд Уэллс.
«Энциклопедия относительного
и абсолютного знания», том V

66. ДРАГОЦЕННЫЙ МИГ

Мата Хари скользит по моему телу, следуя карте нервных окончаний, ласкает вены, целует там, где кожа тоньше всего.

— Где ты этому научилась? — спрашиваю я.

Она отвечает:

— В Индии.

Несколько секунд мне кажется, что бывшая шпионка полностью завладела моим телом, подчинила его себе и оно движется помимо моей воли.

В голове бьется мысль: «Не думать об Афродите».

— Ты где-то витаешь, — говорит Мата Хари.

— Нет-нет, все хорошо.

Наши души встретились. Она танцует у меня на животе так, как только что танцевала в Амфитеатре. Каждое ее движение удивительно. Мой член словно ось, на которой она кружится, вращается, раскачивается.

Не думать об Афродите.

Я вдруг смутно понимаю, почему богиня любви вызвала у меня такой восторг. Потому что я хочу ей помочь. Она пробудила во мне гордыню, записанную в генах. Мне показалось, что, возможно, я тот, кого она ждала, — единственный, кто может спасти богиню Любви, которой угрожает опасность. Тщеславие.

Но теперь все изменилось. Змея линяет. Отказывается от наркотика, от своего героина. Я трезвею, прохожу курс дезинтоксикации, прощаюсь с иллюзиями. Мое тело ликует, и этой ночью мои мышцы много раз благодарили мозг за то, что он наконец во всем разобрался и подарил мне эти минуты чистой физической радости. Мата Хари оказалась решением всех моих проблем. Это было настолько очевидно, что я отказывался верить.

Меня восхищают ее вьющиеся каштановые волосы, маленькая упругая грудь, глубокий, напряженный взгляд. Мы устали и отдыхаем.

Мата Хари достает сигареты. Закуривает. Предлагает и мне. Я никогда не курил, но соглашаюсь. Вдыхаю дым и кашляю. Снова затягиваюсь.

— Где ты взяла сигареты?

— Здесь есть все, нужно только поискать.

Я блаженно улыбаюсь, просто так, без всякой причины. В окно я вижу Олимп.

— Как ты думаешь, что там, наверху?

— Зевс, — говорит она, выпуская аккуратное колечко дыма. Оно перекручивается и превращается в восьмерку.

— Ты так уверенно это говоришь.

Мата садится, поджав ноги. Она еще вся покрыта потом.

— По моим данным, так считает большинство Главных богов. Я думаю, они хорошо информированы.

— И что такое «Зевс»?

Она задумывается.

— А показавшийся в небе огромный глаз? — спрашиваю я.

— Скорее всего, это его глаз. Вспомни, греческие мифы говорят, что у Владыки Олимпа много обличий. Он может принять любой вид. Вероятно, превратившись в глаз, он хотел нас напугать.

Я снова затягиваюсь и чувствую, как серый сигаретный дым загрязняет мои легкие.

— Наверху мы увидим дворец и правящего миром Зевса на троне. Вот что я думаю.

Мата Хари говорит так, словно речь идет о походе в музей.

— Может быть, здесь все именно так, как мы это воображаем. Мифический Олимп, описанный в книгах «Земли-1».

— Эдмонд Уэллс цитировал: «Реальность — это то, что продолжает существовать и после того, как мы перестаем в это верить», — а ты считаешь, что «Эдем — это то, что начинает существовать, когда мы начинаем в это верить».

Она отбрасывает назад прядь влажных волос.

— Да, мне нравится думать, что наше воображение порождает богов. Ведь есть только два варианта: либо Зевс и вся его шайка действительно существовали и легенда о них легла в основу целой мифологии, либо люди просто выдумали их.

Я выпускаю дым.

— Тогда остается один вопрос: почему все вертится именно вокруг греческой мифологии?

— Возможно, у каждого выпуска свой пантеон — боги индейцев инка, яванские, индийские, китайские божества. Кроме того, в любой религии всегда есть отец-создатель, богиня любви, бог войны, бог моря, богиня плодородия и бог смерти.

— А если, например, кто-то вдохновился мифами, создавая декорации и главных действующих лиц? — говорю я, развивая идею Эдмонда Уэллса.

— Продолжай.

— Предположим, мы находимся внутри романа. И читатель оживляет нас, так же как игла проигрывателя вызывает к жизни звуки, пробегая по дорожкам пластинки.

Мата Хари гладит мои плечи, слегка массирует их. Потом прижимается грудью к моей спине, и мне кажется, будто по телу пробегают электрические разряды. Мата меньше ростом, чем Афродита. И она стройнее.

Когда она обвивает руками мою шею, я вижу шрамы на ее запястьях. Наверное, в юности она пыталась покончить жизнь самоубийством. Еще одна бунтарка. Удивительно, что Мате ее земной облик вернули вместе со следами ран, полученных в прошлой жизни.

— А кто же тогда автор? — спрашивает она.

— Неважно. У него самая обычная жизнь, и он пишет все это для собственного развлечения.

— У писателей всегда самая обычная жизнь, и они мечтают о фантастических мирах, — утверждает Мата. — В большинстве своем это интроверты-одиночки, которые спасаются в своем воображении от однообразия будней.

Я вспоминаю, что, когда был ангелом, у меня был один подопечный, Жак Немро. Его жизнь и впрямь не была праздником.

— Если это действительно роман, мне нравится обстановка, в которую нас поместили. Что же касается спецэффектов, всяких монстров и химер, то все выглядит вполне убедительно.

— Нет, — возражает Мата Хари, — половина трюков вообще никуда не годится. Агрессивные сирены, Медуза, Большая Химера — все это из рук вон плохо. Это перебор. Я уж не говорю о Левиафане или Афродите. Даже ты не скажешь, что это правдоподобно.

Она смеется и покрывает мое тело поцелуями.

— А если писателя не существует? Если мы находимся в моем сне? — спрашивает она.

— Не понимаю.

— Я иногда задаюсь вопросом: а вдруг на свете нет никого, кроме меня?

— А я?

— Ты? Все, что меня окружает, нужно, лишь чтобы развлекать меня.

Меня поражает одна мысль.

— Ты только что сказала, что хотела заняться со мной любовью, как только увидела меня. Почему же тогда это не случилось тут же? — спрашиваю я.

— Потому что я не хотела, чтобы это тут же произошло. Я хотела, чтобы моя страсть возросла, чтобы она стала необыкновенно сильной к тому времени, когда желание наконец исполнится.

Я мрачнею. Мне не нравится чувствовать себя вещью.

— Я мог бы сказать тебе то же самое. Я единственный, кто действительно существует, а ты лишь персонаж моих снов.

Мата Хари опрокидывает меня на спину и наклоняется, чтобы раздвинуть языком мои губы.

— Я ценю свою фантазию, — говорит она. — М-м-м... Как она правдоподобна! Спасибо, скучающий писатель. Хочешь, я скажу тебе одну вещь? Мне что ты действительно существуешь.

На этот раз я освобождаюсь от ее объятий. Она снова закуривает.

— Что, тебе обидно, когда к тебе относятся как к литературному персонажу?

— Я не персонаж. Я живой человек, бог. Бог-ученик.

— Мне бы не было обидно быть персонажем. Они бессмертны.

— Литературные герои не говорят сами. Их заставляет говорить скучающий писатель.

— Значит, можно отдохнуть. Не придется самому ломать голову, сочиняя что-нибудь умное.

— Я предпочитаю говорить сам. Ведь если мне захочется выругаться, уверен, что цензура это вырежет.

— Попробуй, и посмотрим.

— Дерьмо.

— Вот видишь. Если мы по-прежнему придерживаемся версии о романе, свобода выбора у тебя все равно остается. Представь, что нас создал писатель, мы теперь «живые», и он разрешает нам говорить что вздумается, когда вздумается и как вздумается.

Я все еще не уверен.

— Ну, посмотрим. МЕНЯ ВСЕ ЭТО УЖЕ ДОСТАЛО!

— А чего ты боишься? Того, что вырежут твои слова, или того, что тебя выкинут из книги?

От этого разговора у меня вдруг начинает кружиться голова, словно я пьян.

— Каждый персонаж думает, что он герой книги. Это нормально. И если он умрет, то не узнает, что было дальше. Значит, мы все литературные герои.

— А если я, литературный герой, покончу с собой? — спрашиваю я ее.

— Это значит, что ты не был главным героем, — парирует она. — Во всяком случае, я тебе уже сказала, я — героиня. В этой сцене ты принадлежишь только мне.

Я встаю и, задумавшись, подхожу к окну. Гора притягивает мой взгляд как магнитом.

— Успокойся. За всем этим стоит Зевс, а не автор романа, — говорит Мата.

— Почему ты так говоришь?

— Романист не смог бы вписать себя в свой роман. Этот аргумент кажется мне серьезным.

— Как по-твоему, чего хочет Зевс?

— «Моему» Зевсу интересно, как мы меняемся. Он наблюдает за тем, что мы делаем. Если бы я была Богом, то восхищалась тем, на что способны смертные. Я, например, обожаю «Токкату» Баха. Это музыка, которую сочинил смертный. Это создано его разумом. Наш Бог — творец и должен восхищаться другими творцами, даже если Он сам создал их, даже если они Его недолговечные подданные.

— Это напомнило мне шутку Фредди Мейера, — говорю я.

— Какую?

Я закуриваю вторую сигарету, затягиваюсь, кашляю. Снова затягиваюсь и бросаю сигарету. Подхожу к Мате, ласкаю ее плечи. Она качает головой из стороны в сторону, ей нравится.

— В Рай попадает Энцо Феррари, создатель автомобиля «феррари». Его принимает сам Бог, который говорит, что в восторге от всех его моделей, но больше всего ему нравится «теста-росса». По мнению Бога, это идеальная машина. В ней идеально все: линии корпуса, мягкость хода, технические характеристики, она удобна. Но есть одна маленькая деталь, которую Ему хотелось бы исправить. «Мы оба творцы, какие могут быть секреты, — говорит Энцо Феррари. — Расскажите, в чем дело». «Хорошо, — говорит Бог, — все дело в размере. Когда в „теста-росса" переключаешься на пятую скорость, рычаг скоростей упирается в пепельницу, если она выдвинута. Пепельница расположена слишком близко, хотелось бы ее передвинуть». Энцо Феррари кивает и в свою очередь говорит, что восхищен тем, что создал Бог. По его мнению, главный шедевр — это женщина. «Она совершенна. В ней все идеально: линии

348

корпуса, мягкость хода, технические характеристики, она удобна. Но есть одна маленькая деталь, которую хотелось бы исправить». Бог удивлен и спрашивает, что же несовершенно в женщине. Энцо Феррари отвечает: «Проблема в размере. Вагина слишком близко от выхлопной трубы».

Мата Хари сначала не понимает, потом, возмущенная грубостью шутки, швыряет в меня подушкой. Начинается настоящая битва.

— Этого не могло быть в книге!

Она яростно колотит меня лопнувшей подушкой, и я сдаюсь.

— Как ты думаешь, Бог управляет своими творениями?

Она кивает. Как же она хороша. Мне хочется все время прикасаться к ее телу, и я прижимаю ее ступни к своим бедрам.

— Наши народы — произведение искусства. У Верховного Бога должна быть система наблюдения, которая позволяет видеть нашу «Землю-18». Бог хочет восхищаться. Он наблюдает за нами, следит за нами и, может быть, даже восхищается.

— Чего же Он ожидает?

— Что мы найдем оригинальное решение, разумеется. Одна из проблем «Земли-18» в том, что ее история очень похожа на историю «Земли-1», откуда мы все родом. А вдруг Богу хочется, чтобы другие души смогли обнаружить решения, о которых Он не подумал?

— До сих пор мы действительно пользовались только кнопками «копировать» и «вставить».

— Даже в божественном ремесле нужны творцы, которые могут предложить что-то оригинальное.

— Не будем обольщаться. Все, что мы сделали — наши герои, войны, империи, города, — лишь бледная копия того, что мы вычитали из книг по истории «Земли-1».

— Попытаемся представить себе более творческое божество. Что бы оно сделало?

Я думаю.

— Планету в форме куба?

Мата пихает меня:

— Нет! Я говорю серьезно.

— Людей с тремя руками?

— Перестань. Меня это раздражает.

— Ну, тогда я не знаю. Человечество, занятое только музыкальным творчеством. Народы будут состязаться в разных направлениях аудиоискусства.

Мата Хари улыбается, но вдруг лицо ее омрачается.

— Что меня по-настоящему волнует, так это дьявол.

— Дьявол?

— Да. Гадес. Властелин мрака. Помнишь, Афина сказала, что он представляет собой самую большую опасность на острове.

Она касается стопки иллюстрированных книг о мифологии. Еще один источник информации, помимо записок Франсиса Разорбака. Я смотрю через ее плечо.

— Здесь сказано, что Гадес, дьявол, носит шлем, делающий его невидимым. Он может находиться среди нас. Он может и сейчас быть здесь и слышать, о чем мы говорим.

Внезапно у меня по спине пробегают мурашки. Может быть, это сквозняк?

— Афина утверждает, что в городе нам ничто не угрожает.

— Ты действительно так думаешь? Если он невидим, то мы постоянно в опасности.

— Дьявол... Ты так его боишься, что не будешь больше участвовать в вылазках? — спрашиваю я.

— Конечно нет. Но странно, что ты не думал об этом раньше. Я всегда думаю об этом. Дьявол, неизвестная величина... Мне кажется, он не будет убивать нас, это было бы слишком просто. Он создаст ситуацию, в которой мы не будем понимать, что с нами происходит.

— Какое-нибудь мучение? Вроде того, что хотела сделать Медуза?

— Слишком просто. Я думаю, что дьявол доложен быть искусителем. Пользоваться нашими слабостями и дразнить, заманивая на свою сторону. Ему должны быть известны слабые места каждого. Тайные желания.

А вдруг это и есть ответ на загадку? Желание лучше, чем Бог, страшнее, чем дьявол.

Мата Хари встает, нагая и прекрасная, волосы волнами падают ей на грудь. Она берет амфору и наливает нам меду.

— Я никогда не спрашивал тебя... Когда ты была смертной, тебя ведь приговорили к смерти за шпионаж? Ты действительно совершила предательство?

Мата Хари оборачивается и насмешливо говорит:

— И что я, по-твоему, должна ответить? «Конечно, я предала и поплатилась за это»?

Я с любопытством смотрю на нее.

— Нет. Я не предавала. Французский офицер устроил мне ловушку, потому что я не хотела спать с ним. Он подделал улики, нашел лжесвидетелей и обвинил меня в том, что я двойной агент Германии. Это было похоже на дело Дрейфуса, когда целая армия пыталась уничтожить одного капитана. Немцы были довольны, французы тоже. Кроме того, женщина, влияющая на ход войны при помощи своего обаяния, — это так интересно.

— Почему же ты стала шпионкой?

— Кем могла быть женщина в то время? Матерью или проституткой. Этот было не для меня. Хотя в том, что я делала, было понемногу и от того, и от другого. Хочешь узнать мою историю? В той жизни меня звали Маргарета Гертруда Зелле. Я была примерной маленькой девочкой. Отец обожал и баловал меня. Он торговал шляпами в Леувардене, в Голландии. Как видишь, ничего необычного. В шестнадцать лет меня выгнали из школы в Лейдене, когда открылась моя связь с директором. Я вышла замуж за старого капитана корабля, некого Мак-Леода, от которого у меня было двое детей. Он-то и привез меня в Индию. Он пил и бил меня. Я развелась с ним и приехала в Париж. Там началась моя карьера восточной танцовщицы. Я танцевала в яванских нарядах, взяла имя Мата Хари, что означает «глаз зари».

— Как глаз в небе.

Она не дает отвлечь себя от рассказа.

— Мои выступления пользовались большим успехом. Я объездила всю Европу, была даже в Каире. Когда в 1914 году началась война, ко мне стали со всех сторон поступать предложения, ведь я свободно пересекала любые границы и говорила на многих языках.

Мата отпивает меду.

— Меня всегда привлекала форма — и военная, и морская. Приключения следовали за приключениями. Особенно с летчиками.

Я вспомнил Амандину, нашу медсестру, которая спала только с танатонавтами.

Мата Хари продолжает:

— В 1916-м, разбив к тому времени немало сердец, я сама не устояла перед обаянием Вадима Маслова, русского летчика, служившего Франции. Удивительно, но я помню все, как будто это было вчера. Имена, лица, города... Вадим был ранен, я хотела увидеться с ним. Французское командование предложило мне работать на него. Я соблазнила майора Калле, военного атташе Германии в Мадриде, который передал мне немало важной информации — о подводных лодках, направлявшихся в Марокко, о короле, которого немцы собирались посадить на греческий трон. В секретных службах был один негодяй, капитан Бушардон. Он влюбился в меня, но мне он не нравился. Я прямо сказала ему об этом. В отместку он подделал документы и организовал против меня заговор. В это же время начались мятежи на фронте. Нужно было найти козла отпущения. Я идеально подошла на эту роль. Меня осудили безо всяких доказательств и расстреляли в Венсеннской крепости.

Мата Хари допивает мед. Ее лицо перекошено, словно она снова чувствует, как пули пробивают ее грудь. Она встает, поворачивается ко мне спиной и смотрит на вершину горы.

— Вот так. Я путешествовала, у меня были сотни любовников, и я никогда никому не принадлежала. Но в то время свободная женщина вызывала только раздражение. Люди, которые вели «порядочный образ жизни», боялись, что мое отношение к жизни станет заразным. Ты ведь понимаешь? На протяжении сотни жизней моя карма — это карма свободной женщины. Я была королевой маленького независимого народа в Африке, куртизанкой в Венеции, поэтессой... Чаще всего я не выходила замуж, предчувствуя ловушку.

— Какую ловушку?

Мата Хари опускает глаза.

— Мужчинам всегда хочется держать женщину в клетке, потому что они боятся. А мы соглашаемся на это, потому что романтичны. К тому же нам так хочется доставлять удовольствие. Мужчины связывают нас чувствами. Потом моим сестрам приходится терпеть мужа-алкоголика, который дерется, или любовника, который не держит своих обещаний. Они даже соглашаются сидеть взаперти и внушают дочерям, что послушание — это хорошо. Они даже делают собственным детям инфибуляцию.

— Что это такое?

— Девочкам зашивают влагалище, чтобы сохранить девственность. И иголки далеко не всегда стерилизуют.

В ее голосе слышится с трудом сдерживаемый гнев.

Я подхожу к ней.

— Но я не обольщаюсь. Я знаю, что женщины сами виноваты в том, что оказались в таком положении. В Индии свекрови поджигают сари невесток, чтобы завладеть приданым, понятно, что мужчины тут ни при чем. Они учат сыновей подчинять себе будущих жен, а потом еще жалуются. Нужно ясно понимать: разорвать замкнутый круг насилия можно, только если матери будут воспитывать сыновей непохожими на отцов.

— Мужчины знают, что будущее за женщинами, и они цепляются за свои привилегии, — говорю я, чтобы успокоить Мату.

— Однажды, — отвечает она, — мужчины на «Земле-1» будут умолять женщин, чтобы они согласились брать их в мужья.

Я качаю головой.

— Мы возьмем реванш. Сначала так будет в демократических странах, потом и во всем мире. Женщины скажут: «Нет! Мы не хотим ваших обручальных колец, свадеб, детей. Мы хотим быть свободными».

Она ударяет кулаком в стену.

— Это и есть твоя утопия?

— Да, потому что у нас, женщин, есть ценности, которые мы можем передать следующим поколениям. Ценности, связанные с нашей способностью давать другим жизнь. И ценности, связанные со смертью и подчинением, не должны победить.

— Я могу подлить воды на твою мельницу. Раньше, на «Земле-1», я был ученым, и я узнал то, о чем мало кто знает. Будущее принадлежит женщинам по той простой причине, что все меньше сперматозоидов несут мужские гаметы. Они слишком слабы, недостаточно приспособлены, малейшее изменение окружающей среды еще больше ослабляет их. Таким образом, мужчины исчезают как биологический вид.

Я вспоминаю, что в подвале Атланта видел планету, которая далеко обогнала нашу в своем развитии. На ней не было ни одного мужчины.

Мата Хари выглядит очень заинтересованной.

— Может быть, и так. Но культурные процессы прямо противоположны биологическим. Я читала, что в Азии широко используется ультразвуковое исследование плода. И если должна родиться девочка, женщина делает аборт. Поэтому в будущих поколениях будут преобладать мужчины.

— Биология сильнее любых искусственных систем, выдуманных человеком.

Чтобы прекратить дискуссию, я говорю:

— Однажды на земле останутся только женщины, а мужчины станут легендой.

Эта фраза заставляет Мату задуматься.

— Это возможно?

— У муравьев в основном самки и бесполые особи. А это вид, который намного древнее человека. Они появились на «Земле-1» 100 миллионов лет назад, а приматы только 3 миллиона. Муравьи пришли к этому. Будущее за женщинами. Только за ними.

Мата Хари поворачивается ко мне и жадно целует.

— Пусть Бог услышит тебя. Завтра — день отдыха, — продолжает она, помолчав. — Но потом игра станет сложнее. Теперь есть великие империи: орлы Рауля, термиты Жоржа Мельеса и тигры Густава Эйфеля. Мне кажется, теперь разрыв между победителями и побежденными станет еще больше.

И мы засыпаем, плотно прижавшись друг к другу, словно ложки.

Мне снится, что я все еще занимаюсь любовью с Матой Хари, когда меня будит какой-то шум.

Это Афродита. Она смотрит на меня тяжелым взглядом, ее лицо искажено. И она уходит.

Я хочу бежать за ней. Потом отказываюсь от этой мысли. Пытаюсь заснуть, но у меня не получается. Тогда я встаю и выхожу в сад. Афродита еще здесь, смотрит на меня издали.

Сколько времени она следит за мной? Видела ли она, как мы занимались любовью? Слышала ли она наш разговор? Я хочу подойти к ней, но она убегает. Я пытаюсь догнать ее. Она исчезает.

Я возвращаюсь. Проскальзываю в постель, прижимаюсь к Мате Хари и засыпаю.

67. ЭНЦИКЛОПЕДИЯ: ИСТОРИЯ О ЯЩЕРИЦАХ

Lepidodactylus lugubris — небольшая ящерица из семейства гекконов, которая встречается на Филиппинах, в Австралии и на островах Тихого океана. Бывает, тайфуны уносят их на пустынные острова. Для самца это проходит без последствий. Но с самкой совершается удивительная метаморфоза, которую ученые не могут объяснить. У гекконов вида Lepidodactylus lugubris в репродукции участвуют самцы и самки. Но если самка не находит на острове партнера, то она откладывает неоплодотворенные яйца, из которых, тем не менее, вылупляется потомство. В результате партеногенеза (форма полового размножения без участия партнера) на свет появляются только самки. Эти ящерицы также способны откладывать яйца без участия самца. Еще более удивительно то, что ящерицы, вылупившиеся из такой кладки, не являются клонами матери. Этот феномен называется мейоз. Гены смешиваются так, что каждая ящерица обладает особыми, свойственными только ей признаками. Таким образом, через некоторое время на пустынном острове в Тихом океане образуется колония гекконов-самок, все члены которой совершенно здоровы, не похожи друг на друга и размножаются без участия самцов.

*Эдмонд Уэллс.
«Энциклопедия относительного
и абсолютного знания», том V*

68. НА ПЛЯЖЕ

Когда я просыпаюсь, она все еще рядом. Такая теплая. Она прижимается ко мне. Приятно пахнет. Она все время меняется. Не животное, не растение и даже не человек. Это Мата Хари, и она божественна.

Я встаю. Солнце уже высоко в небе. Должно быть, уже десять утра. Колокол сегодня не звонил. Я потягиваюсь. У меня каникулы! Два дня каникул в раю, на острове, с замечательной, любимой женщиной. Не знаю как, но мир, который несколько дней назад казался мне серым, вдруг обретает цвет.

Я встаю и выхожу из дома навстречу Солнцу.

Приветствую тебя, сияющая звезда.

Я жив. Благодарю тебя, мой Бог.

Мой народ еще должен быть жив. Благодарю.

Я любим. Благодарю тебя, Мата Хари.

Я люблю. Еще раз благодарю, Мата.

Я больше не один. Теперь я «вдвоем».

Что же касается Афродиты... Чем больше я о ней думаю, тем меньше она мне интересна. Удивительно, насколько женщина может завладеть твоим разумом, а потом ты вдруг понимаешь, что ошибся. Мне кажется, что Афродиту нужно скорее жалеть, чем желать.

Я продолжаю обдумывать то, что сказал Гермафродит: «Ей доставляет удовольствие соблазнять, а не любить». «Она получает жизненную энергию, выкачивая энергию из других». Я, конечно, догадываюсь, что Гермафродит сводит таким образом счеты с матерью, но он не мог выдумать все это. Афродита питается желанием, которое она вызывает. Самое страшное для нее оказаться одной, лишенной восхищения окружающих.

Бедная Афродита. Но даже откровений ее сына оказалось недостаточно, чтобы заставить меня оторваться от нее. Мне было необходимо встретить настоящую любовь, чтобы я увидел западню.

Почему я был так очарован ею? Может быть, потому, что меня поразила собственная беспомощность, когда я был с нею? Или же мне было интересно узнать, смогу ли я преодолеть стоящие передо мной препятствия. Всегда хочется узнать, на что ты способен.

Я смотрю на спящую Мату Хари. Она что-то бормочет во сне. Наверное, ей что-то снится. Я не могу разобрать ни слова. Целую ее в шею. Одна женщина превращает меня в раба, другая освобождает. Лекарство и яд — одно и то же вещество, разница только в количестве.

Я бужу голландскую шпионку поцелуями.

— М-м-м-мм... — ворчит она.

Я добрался до ее нежной шеи.

— Отстань. Я хочу спать, — говорит она, зарываясь в одеяла.

Мне вдруг очень хочется подать ей завтрак в постель. Я решительно выхожу на улицу. Вокруг ни души. Я иду в Мегарон и набираю еды на поднос. Времена года охотно помогают мне.

Я возвращаюсь, насвистывая детскую песенку. Постель пуста. Я слышу, как в ванной льется вода, и тоже залезаю в душ.

Я замечаю, что мы начали жить как пара смертных.

Несколько эротичных минут в душе, и Мата Хари достает из шкафа купальные костюмы — черное бикини для себя, а мне синие плавки. Мы берем полотенца, солнечные очки и даже зонтик. Мы выходим из дому, собираясь как следует провести свободный день в Олимпии. Мы идем на пляж.

Там уже много богов-учеников в сандалиях и купальниках, с полотенцами на шее. Мимо проходит Эдит Пиаф, напевая «Мой легионер»: «Он был красив, он был высок, он пах, как в жаркий день песок, мой легионе-е-е-е-р».

— Привет, Мишель, привет, Мата, — здоровается певица.

Мы идем за другими учениками и попадаем на песчаный берег, которого я не видел раньше, потому что приземлился намного севернее. Это место для отдыха, напоминающее спортивный клуб при отеле на «Земле-1».

У моря расположен буфет, где оры и Времена года подают прохладительные напитки со льдом, фруктами и соломинками.

Ученики беседуют между собой. До меня доносятся обрывки разговоров. Двое обсуждают историю «Земли-1», пытаясь понять, что происходит на «Земле-18».

— Афиняне опередили других благодаря одной мелочи, которую изобрел гражданин Афин. Скамьи гребцов стали обивать кожей, и гребцы могли теперь скользить вперед и назад по скамье. Их руки теперь сгибались под одним углом, и они выигрывали десять процентов мощности. Этого было достаточно, чтобы побеждать в сражениях.

— Греки побеждали на море, а римляне — на земле.

— Да, но если греки ограничивались тем, что назначали наместником лояльного к ним царя, римляне проводили настоящую оккупационную политику на захваченных территориях, оставляли там постоянный гарнизон. Они хотели быть уверены, что соберут свои налоги.

— Римляне оставили после себя дороги и много памятников.

— Да, они строили дороги, чтобы удобнее было грабить завоеванные земли. На закате империи в столице было собрано столько богатств, что римляне уже не знали, куда девать деньги.

— Почти как испанцы после завоевания Америки. Переизбыток золота разрушает империю.

Я понимаю, что в Олимпии готовят не только отличных правителей, но и теоретиков божественного ремесла.

Рядом двое других учеников беседуют о бунтах.

— Я знаю, что делать. Нужно найти зачинщиков и изолировать их. Остальные окажутся предоставленными самим себе. Во время восстания бунтовщики объединяются. Полиция должна заставить их снова стать отдельными личностями. По одиночке они беззащитны и не хотят проблем.

Я больше не хочу слышать разговоров «о работе».

Рядом одни боги-ученики играют в шахматы на походном столике, вкопанном в песок, другие — в го, в ролевые игры, в «Ялту» — игру, в которой на треугольном поле передвигаются белые, черные и красные шахматные фигуры.

Густав Эйфель против Прудона и Бруно.

— Привет, Мишель, привет, Мата! Хорошо провели ночь? — подначивает Эйфель.

— Никто не заметил, как вы ушли вчера вечером. Скрылись, как воры, — добавляет Бруно.

Не придумав оригинального ответа, я здороваюсь с остальными.

— Привет, Жорж.

— Привет!

Сегодня утром нет занятий, сражений, напряжения, и я чувствую себя необыкновенно легко.

— Давай сядем здесь, — предлагает моя спутница, указывая на свободное место, где можно постелить полотенца, — между Лафонтеном и Вольтером.

— Отлично, — соглашаюсь я, надевая солнечные очки.

На берегу двое учеников играют в волейбол, перебрасывая мяч через сетку.

Я подхожу к группе учеников, играющих в карты. Я не сразу узнаю, что это за игра. Потом вспоминаю, что читал о ней в «Энциклопедии»: это Элевсинская игра. Она отлично подходит к этому месту, потому что игрокам нужно найти... правила игры.

Другие ученики купаются. Кажется, вода довольно прохладная. Они заходят в воду постепенно, обливая шею, плечи и живот. Эдит Пиаф напевает, чтобы подбодрить себя: «Нет, я ни о чем не жалею».

— Хорошая вода? — спрашиваю я.

Передо мной возникает сатир и тянет за руку.

— Хорошая вода, — повторяет он.

— Оставь меня в покое, — говорю я.

— Оставь меня в покое, оставь меня в покое, оставь меня в покое.

Эти сатиры со своей манией всех передразнивать прямо наказание какое-то.

— Сначала немного холодно, а потом уже и вылезать не хочется, — отзывается Симона Синьоре. Она стоит в воде по шею.

Я вытягиваюсь на полотенце.

— Что будем делать?

— Отдыхать, — отвечает Мата Хари.

Мне кажется несколько безнравственным вылезти из постели, чтобы спать на пляже, но я подчиняюсь. Вдруг кто-то загораживает солнце.

— Можно сесть рядом с вами? — спрашивает Рауль.

— Конечно, — разрешает Мата Хари.

Мой друг устраивается на песке.

— Я хотел сказать тебе, Мишель, что твои люди-дельфины и китовый порт... В общем... В общем, мне очень жаль, что так вышло.

Он говорит так, словно его народ действовал сам по себе. Словно он отец детей, которые случайно разбили окно мячом.

— Ты сожалеешь, что дал сбежать тем, кто выжил? — усмехаюсь я.

— Нет, я говорю серьезно. Я считаю, что во многом действовал неумело, и моя реакция на твои действия была слишком примитивной. Это ответный удар на действия твоего Освободителя. Я не был готов к тому, что все может рухнуть, повинуясь воле одного решительного человека.

Я стараюсь остаться безразличным.

— В игре много неожиданностей.

— После ужина мы с теонавтами собираемся устроить вылазку в Оранжевую зону. У нас есть шлемы. Помнишь, я тебе говорил, и...

— Постойте, я тоже хотела сегодня отправиться в исследовательскую экспедицию, — протестует Мата Хари, которая слышала наш разговор.

— И куда же?

— На материк пяти чувств.

Я улыбаюсь и целую ей руку.

— Очень жаль, Рауль, — отвечаю я. — Сегодня вечером обойдетесь без меня.

Оры устанавливают рядом с нами гриль для барбекю. Рауль идет купаться.

Мы с Матой Хари греемся на солнце, словно ящерицы.

— Сегодня вечером я не пойду с Раулем и не останусь с тобой, — говорю я.

Мата Хари сдвигает очки на нос и внимательно смотрит на меня.

— Что же ты будешь делать?

— Ничего особенного.

— Скажи мне, иначе я не отстану.

Я шепчу ей на ухо:

— Я хочу продолжить партию.

— Но это запрещено. Сейчас каникулы. Наши народы живут без нас, по тому сценарию, который мы им дали.

— Вот именно. А я хотел бы изменить мой сценарий.

Мата Хари смотрит на меня с беспокойством.

— Мы ничего не можем сделать. У нас нет доступа к игре.

Я целую ее.

— Я уже делал это.

— Значит, это ты — тот наглый гость, о котором говорил Атлант?

— Я и Эдмонд Уэллс. У нас не было выбора. От наших народов осталась кучка потерпевших кораблекрушение, шторм трепал их в море на утлом суденышке. Если бы мы не нарушили правила, они бы погибли.

— Теперь я понимаю, как вам удалось создать такую развитую цивилизацию на острове Спокойствия*.

— Мне кажется, снова наступил переходный этап. Оставить сейчас мой народ на целый день без присмотра, это... это слишком большой риск.

— Мой народ защитит твоих людей.

— Но мои люди живут не только среди людей-волков. Люди-дельфины рассеяны по всему свету, и везде они либо рабы, либо угнетенное меньшинство. Я не могу их бросить.

Ее лицо совсем близко.

— Ты одержим демоном игры.

Эти слова удивляют меня.

— Вот на эту приманку Сатана и поймает всех нас. Он ловит нас на страсти быть богом.

— Что плохого в нежелании проиграть?

— Вы, мужчины, все одинаковы. Когда речь идет о власти, вас не удержать.

— Если хочешь, можешь пойти со мной.

— Я хотела провести чудесный вечер с тобой. А ты уже говоришь со мной о работе!

Она отворачивается.

— На что ты надеешься? Привести свой народ обратно в их исконные земли?

— Почему бы и нет?

Она пожимает плечами.

— Неужели ты так любишь своих смертных?

— Бывает, что они раздражают меня, иногда вызывают нежность, но чаще — беспокойство. Я не могу быть равнодушен к их страданиям.

---

* См. «Мы, боги» — *Примеч. авт.*

Я прижимаюсь к ее спине, обнимаю, кладу голову ей на плечо.

— С тех пор как я люблю тебя, я сильнее люблю и их тоже. Должно быть, любовь заразна.

Я целую ее локоть. Это место мои губы еще плохо знают.

Она оборачивается и улыбается мне. Мои слова попали в цель. Она смотрит мне в глаза. И мрачнеет.

— А если ты попадешься?

Оры установили мангал. Времена года помогают им насаживать барана на вертел.

— Во всяком случае, со мной не случится ничего хуже того, что ожидало у Горгоны. Есть много способов погибнуть, а так я хотя бы попытаюсь помочь своему народу. Зачем мне жить, если он погибнет? — добавляю я.

Она отталкивает меня.

— А обо мне ты не подумал? Мы вместе не больше суток, а ты уже готов оставить меня одну!

Я предлагаю искупаться. Вода прозрачна и прохладна, но в меру. Чудесный день. Я плаваю. Мата Хари плывет кролем рядом со мной. Я предлагаю плыть в открытое море. Мне всегда нравилось далеко заплывать. Но Мата не хочет удаляться от берега. Я уплываю один.

И тут я замечаю дельфина, который выпрыгивает из воды.

Я плыву к нему.

Меня охватывает странное чувство. Предчувствие. Я знаю этого дельфина.

— Эдмонд Уэллс? Это ты, Эдмонд?

Какой прекрасный конец для души — стать дельфином в океане, в царстве богов.

Я приближаюсь, он ждет меня. Он позволяет пожать его боковой плавник. Тогда я смелею и хватаюсь за его спинной плавник. Мне знакомы эти жесты, я часто видел, что так делают мои люди-дельфины. Дельфин плывет и везет меня. Какое удивительное чувство.

Иногда он забывает подниматься на поверхность, и я немного задыхаюсь под водой, но я быстро учусь задерживать дыхание. Как люди-дельфины.

Наконец он возвращается к берегу.

— Спасибо за прогулку, Эдмонд. Теперь я знаю, что с тобой стало.

Он уплывает обратно, пятится, поднявшись почти вертикально, испуская короткие пронзительные крики и кивая, словно смеясь надо мной.

69. ЭНЦИКЛОПЕДИЯ: СОН ДЕЛЬФИНОВ

Дельфин — морское млекопитающее. Для дыхания ему необходим воздух, поэтому он не может, как рыбы, долго находиться под водой. У него очень нежная кожа, и долгое пребывание на воздухе может повредить ее. Таким образом, он должен находиться одновременно на воздухе и в воде. Но не целиком в воде, и не целиком на воздухе. Как же спать в таких условиях? Дельфин не может оставаться неподвижным, иначе он либо погибнет от удушья, либо его кожа пересохнет. Но ему, как и любому другому живому организму, сон необходим для восстановления сил (даже растения спят). Чтобы решить этот жизненно важный вопрос, дельфин спит, наполовину бодрствуя. Когда спит левое полушарие его мозга, то телом управляет правое. Затем спит правое, а левое управляет телом. Дельфин может спать, даже выпрыгивая из воды.

Чтобы полушария переключались без сбоев, в организме дельфинов существует некий адаптер, нечто вроде третьего мозга — маленький дополнительной отросток нерва, который управляет всей системой.

Эдмонд Уэллс.
*«Энциклопедия относительного
и абсолютного знания», том V*

70. СИЕСТА

После обеда на пляже Мата Хари предлагает устроить сиесту. Спать днем? Уже давно это не приходило мне в голову. Для этого нужно много свободного времени. Сиеста кажется мне первым настоящим доказательством того, что мы действительно на каникулах. Разобрав пляжные вещи и приняв душ, мы ныряем под простыни и ищем новые способы соединить наши тела, которые все лучше узнают друг друга.

Я засыпаю весь в поту.

И вижу сон.

Впервые за долгое время мне снится не история, не сюжет, а цвета. Я вижу светло-голубые огни, которые пляшут на темно-синем фоне. Огни превращаются в звезды, цветы, спирали. Они кружатся, становятся золотыми, желтыми, красными, сливаются в круги, превращаются в линии, которые уходят в бесконечность. Потом линии распадаются, складываются в ромбы, которые раздвигаются в стороны, словно я лечу между ними. Женские голоса поют невероятно красивую мелодию. Ромбы становятся овалами, их очертания вытягиваются, они снова сливаются в разноцветную мозаику.

Движущиеся абстрактные картины сменяют одна другую.

— Эй...

Я чувствую у себя на спине прохладную руку.

— Эй...

Рука сжимает мое плечо и трясет.

— Проснись.

Я выныриваю из белого океана, над которым растут пурпурные деревья. Открываю глаза и вижу Мату Хари.

— Что случилось?

— В гостиной какой-то шум.

Кто-то шарит в нашем доме.

Афродита?

Я голым выпрыгиваю из кровати.

Вбежав в столовую, я вижу силуэт. Я стою против света, поэтому не могу разглядеть, кто это. Все, что я различаю, — это тога и большая маска, целиком закрывающая лицо. Солнечный луч, пробившись сквозь занавески, освещает фигуру, и я вижу, что это маска из греческой трагедии, изображающая грустное лицо.

Богоубийца?

Непрошеный гость стоит неподвижно. В руках у него моя «Энциклопедия относительного и абсолютного знания». Он хочет украсть мою «Энциклопедию». ОН КРАДЕТ МОЮ ЭНЦИКЛОПЕДИЮ!

Где мой анкх?

Я бросаюсь к креслу, роюсь в складках тоги и стреляю в незнакомца. Промах.

Вор решает спасаться бегством. Я преследую его. Мы бежим между домами. Он петляет среди деревьев. Я не отстаю.

Я останавливаюсь, прицеливаюсь как следует и стреляю. Молния разрывает воздух и попадает в него. Он роняет «Энциклопедию» и падает. Победа! Я бросаюсь к нему. Он поднимается, держась за плечо. Я ранил его. Он оборачивается, глядя на меня сквозь щели в маске, и снова бросается бежать. Я подбираю драгоценную книгу и, по-прежнему сжимая анкх в правой руке, мчусь за ним.

— О, ничего себе! Мишель, тут не нудистский клуб! — кричит издали Дионис.

Мне некогда объяснять, почему я в таком виде. Я гонюсь за богоубийцей. Он ранен в плечо, я должен его схватить.

Незнакомец бежит через сады, перепрыгивает изгороди, держась за раненое плечо. Он по-прежнему очень резв.

Я гонюсь за ним, голый, обдирая ступни о гравий, а бедра о ветки кустов. Я встаю на одно колено, прицеливаюсь, стреляю несколько раз подряд — и промахиваюсь. Я попадаю только в деревья или окна.

Улицы пустынны, все ученики еще на пляже. Только я, полный решимости, преследую богоубийцу.

Он вскакивает не невысокую стенку и бежит по ней, удерживая равновесие. Я никогда не был силен в подобных упражнениях, но не хочу сдаваться: ведь он так близко. Я едва не падаю, но серьезность ситуации добавляет мне адреналина, который восполняет мою неловкость.

Погоня продолжается. Я мчусь за богоубийцей. Он вбегает в огромное здание и исчезает. Вращающаяся дверь продолжает крутиться. Я вбегаю следом.

Зал внутри похож на лабораторию. Но, если присмотреться, становится понятно, что это не только лаборатория, но и зоопарк. Огромные клетки стоят вперемешку с аквариумами. Я чувствую, что богоубийца прячется где-то здесь. Я медленно иду вперед, держа анкх в руке и готовясь выстрелить в любой момент. И тут я замечаю, что в клетках сидят живые существа.

Я вижу маленьких кентавров. Но у них не конские ноги, а лапы гепарда. Вероятно, для того, чтобы быстрее бегать. И торсы поменьше. Они протягивают руки сквозь прутья, словно умоляя меня выпустить их. Рядом я вижу херувимов с крыльями стрекоз, а не бабочек. Грифонов с крыльями летучей мыши и кошачьим телом. Я продолжаю погоню за богоубийцей, думая о том, что это лаборатория, в которой создают новых химер. Может быть, она принадлежит Гефесту? Нет, кажется, он работает только с машинами, роботами, автоматами. Здесь же мастерская, где работают с живым материалом. Там стоят банки, в которых ящерицы с человеческими головами, пауки с маленькими ножками и даже растения-гибриды — бонсаи с руками, грибы с глазами навыкате, папоротники, чьи розовые листья напоминают плоть, цветы с лепестками-ушами. Такое чувство, что попал в картину Иеронима Босха, хотя даже этот фламандский художник не смог бы додуматься до таких комбинаций из животных, растений и частей человеческого тела.

Если это лаборатория, то она должна принадлежать дьяволу или, по крайней мере, тому, кто не испытывает никакого сострадания к собственным созданиям.

Меня начинает мутить. Большинство химер замечают мое присутствие и мечутся, желая, чтобы я их освободил.

Я снова вспоминаю остров доктора Моро. Здесь пытаются соединить человека с животным или, вернее, божественное с чудовищным. Зачем понадобилось создавать этих химер? Все эти существа мечутся, протягивают ко мне руки сквозь прутья решеток. Те, кто заперт в аквариумах, бьется о стенки. Я испытываю отвращение, мне хочется освободить их всех. Я замедляю бег и на мгновение забываю, зачем я здесь.

Звук разбившегося стекла приводит меня в чувство. Богоубийца прячется. Он впереди. Я бегу туда и попадаю в помещение со стеллажами, на которых стоят сотни банок. Все они наполнены меленькими сердцами на ножках, похожими на то, которое мне подарила Афродита. Значит, она устроила тут ферму и разводит «подарочные сердца» для своих поклонников. То, которое она подарила мне, не было единственным.

Я поражен и невольно подхожу ближе к полкам. Сердца жалобно пищат, эти звуки похожи на мяуканье мартовских кошек.

Мне хочется как можно быстрее покинуть это место. Я вижу разбитое окно. Богоубийца убежал через него. Я вижу его удаляющийся силуэт.

Я выпрыгиваю в окно и бегу за ним.

Мы оказываемся на широкой улице. Расстояние между нами сокращается, и я снова целюсь. Но анкх разряжен. Я стреляю вхолостую.

Я надеваю бесполезный анкх на шею и подбираю ветку: теперь это мое оружие.

Впереди силуэт в грустной маске мчится в сторону района с узкими, извилистыми улицами. Мы в лабиринте. Мое сердце колотится, но я все еще могу преследовать незнакомца.

Богоубийца поворачивает на улицу Надежды. Это ученик, раз он не знает, что здесь тупик. Теперь он никуда не денется, я поймаю его.

Я на улице Надежды, она пуста. В глубине свалены в кучу ящики. Не мог же он улететь?

Я пихаю ящики. Никого. И тут я вижу на земле капли крови. Кровь бога. На земле вокруг большого ящика, который я никак не могу поднять. Я толкаю его, ящик поворачивается, и я вижу под ним подземный ход.

Я спускаюсь туда. Туннель проходит под стеной. Я медленно иду вперед, глядя на капли крови.

Я выхожу наверх в лесу, который спускается к реке. Я больше никого не вижу. Останавливаюсь, задыхаясь.

Раздается стук копыт. Меня окружают кентавры.

— Эй, кавалерия, что-то вы долго раскачивались, — говорю я, согнувшись пополам, пытаясь восстановить дыхание.

Афина спускается на землю передо мной.

Пегас величественно взмахивает крыльями.

— Кто это был? — спрашивает богиня мудрости. Похоже, она знает о моем приключении.

— Я не видел его. Он был в маске.

— В маске?

— Да, это была маска из греческой трагедии. Грустная маска, похожая на те, в которых играли «Персефону».

— Должно быть, он взял ее в бутафорской.

— Я ранил его в плечо.

Афина оживляется:

— Вы говорите, в плечо? Тогда мы найдем его. Он не сможет переплыть реку.

373

Она приказывает кентаврам выставить оцепление вдоль берега. Сирены, почувствовавшие, что происходит что-то интересное, высовываются из воды. Мы ждем, но ничего не происходит. Богоубийца скрылся.

Афина ударяет копьем о землю.

— Бейте в набат. Устроим перекличку учеников.

Через минуту во дворце Кроноса начинают звонить колокола. Ученики собираются на площади под деревом. Я одеваюсь и надеваю сандалии.

Мы стоим друг за другом, как в день прибытия на Эдем. Только нас в два раза меньше. Ученики подходят по одному, называют свое имя и показывают плечи.

— Одного не хватает, — объявляет наконец богиня мудрости, с удовлетворением разглядывая список учеников.

Я догадываюсь, о ком идет речь.

— Жозеф Прудон.

Шепот пробегает в толпе учеников.

— Прудон? Она сказала: Прудон?

— Да, я так и думал. Это мог быть только он.

— Его цивилизация крыс совершенно изжила себя.

— Он плохо держался в игре. Нападал на победителей, — говорит Сара Бернар. — Вспомните, сначала Беатрис и народ черепах, потом Мэрилин Монро, другие.

— Он пришел ко мне, — сказал я. — Почему я? Я не был победителем, у меня двенадцатое место.

— Но он был ниже тебя. Все, кто перед ним, его потенциальные жертвы, — продолжает Сара Бернар.

— Это анархист, он не любит богов, — вступает Эдит Пиаф.

— Он всегда говорил, что хотел бы разрушить систему, — добавляет Симона Синьоре.

Афина объявляет, что в голубом лесу будет устроена облава.

Мы обязаны принять участие в поисках анархиста.

Кентавры на берегу бьют в тамтамы и двигаются нам навстречу. Ученики и сатиры идут с сеткой в руках. Можно подумать, мы охотимся на тигра в бенгальских лесах.

Над нашими головами с пронзительными криками кружат грифоны. Чуть ниже между ветвями порхают херувимы, проверяя, не спрятался ли беглец в густой листве.

Мата Хари недалеко от меня. Мы движемся вперед, но через некоторое время кентавры и ученики встречаются, так и не найдя Прудона.

Афина задумывается.

— Он не мог покинуть остров, не мог и уйти вверх по реке. Нужно найти его. Ищите повсюду, остров не так велик. Он не может бесконечно прятаться.

Облава превращается в грандиозное мероприятие. Мы обыскиваем пляж, окрестности города. Эскадрильи грифонов рассекают небесную синеву, разыскивая следы богоубийцы, набат не смолкает.

Прудона по-прежнему нет.

Гермес объявляет, что, видимо, нужно искать в самом городе.

— Мы считаем, что он снаружи, но он мог перехитрить нас. Иногда безопаснее всего — в центре циклона, — напоминает бог путешествий.

Отряд собирается у западных ворот города. Кентавры обыскивают каждый дом. И наконец находят Прудона... под кроватью в его собственном доме.

Кентавры быстро справляются с ним и приводят связанным на главную площадь. Его тога прожжена, плечо окровавлено. Он выглядит растерянным.

— Это не я, — бормочет он, — я не виноват.

— Почему тогда ты прятался, — выкрикивает Сара Бернар, желая отомстить этому жестокому богу.

— Я спал, — говорит он, но это звучит неубедительно.

— Не набат ли тебя разбудил? — с сарказмом спрашивает Вольтер.

Анархист напуган.

— Когда я понял, что вы меня ищете, я решил спрятаться, — признается он.

Он грустно улыбается.

— Возможно, это рефлекс, который появился у меня, еще когда я был смертным. Я боюсь полиции.

Афина объявляет, что Прудон будет наказан за свои преступления.

— Клянусь, я не виновен! — протестует Прудон.

Он уже не так невозмутим, как обычно. Он закрывает рану рукой. Я вмешиваюсь:

— Он имеет право на суд!

Афина услышала это. Она ищет того, кто позволил себе эту выходку.

— Кто-то что-то сказал?

Я выхожу из толпы.

— Он имеет право на суд, — спокойно повторяю я.

Все с изумлением смотрят на меня.

Афина останавливается передо мной. Она больше удивлена, чем рассержена.

— М-м-м... Это вы, Мишель, ввели суды у своего народа?

Наступает замешательство. Все перешептываются.

— Мне кажется, правосудие, независимое от власти, — это признак прогресса. Любой подозреваемый имеет право защищаться. Прудон имеет право подвергнуться суду не одного, а многих.

Афина смеется, но я продолжаю в упор смотреть на нее.

— Очень хорошо, если господин Пэнсон настаивает... У Жозефа Прудона будет суд, — говорит она, беспечно махнув рукой. — Сегодня вечером, перед ужином. В шесть часов вечера в Амфитеатре. Еще одно развлечение в эти выходные.

71. ЭНЦИКЛОПЕДИЯ: ДЕСЯТЬ ЗАПОВЕДЕЙ

Внедрить независимое правосудие было нелегко. Долгое время суд вершили военачальники или цари. Они принимали то решение, которое их устраивало, и ни перед кем не отчитывались. Когда Моисей получил Десять заповедей (примерно за 1300 лет до н. э.), появилась система отсчета, в которой законы не защищали чьи-то политические интересы, а распространялись на любого человека.

Но Десять заповедей — не просто список запретов, иначе они звучали бы так: «Ты не должен убивать», «Ты не должен красть» и т. д. Заповеди же написаны в будущем времени: «Ты не будешь убивать», «Ты не будешь красть». Поэтому некоторые толкователи считают, что это не столько свод законов, сколько пророчество. Однажды ты больше не будешь убивать, потому что поймешь, что убивать бессмысленно. Однажды ты больше не будешь красть, потому что тебе это будет не нужно, чтобы выжить. Если мы будем воспринимать Десять запо-

ведей как пророчество, то увидим, что в них заложен процесс развития сознания, в результате которого становятся не нужны наказания за проступки, так как больше никто не хочет нарушать закон.

Эдмонд Уэллс.
«Энциклопедия относительного
и абсолютного знания», том V

72. НА ПЛЯЖЕ

Вернувшись на пляж, все мы говорим только о будущем суде.

Рауль подходит ко мне.

— Браво, Мишель. Все-таки ты его поймал.

— Он пытался украсть «Энциклопедию», — говорю я, пытаясь найти какой-то смысл в происходящем. — Я не знаю, зачем она ему нужна. Наверное, в ней есть что-то, касающееся его.

— Ты был следующим в списке, но он не убил тебя, — говорит Рауль.

— Мне кажется, это слишком просто, — шепчу я.

Рауль дружески хлопает меня по плечу.

— Почему ты считаешь, что расследование должно занимать много времени? Иногда с самого начала ясно, кто убийца. Представь себе детектив, где убийца известен с первых же страниц, и на протяжении всего остального романа следователи отдыхают, получив премию за оперативную работу.

— Я могу себе представить и такой детектив, где убийцу так и не находят, а дело закрывают. Именно так чаще всего и происходит.

Я смотрю на гору, которая возвышается вдалеке. Ее вершина затянута облаками.

— Ты все еще держишься своей теории о том, что все мы находимся внутри романа, да? — спрашивает мой друг.

— Это теория Эдмонда Уэллса.

Рауль пожимает плечами.

— Во всяком случае, если мы действующие лица романа, мы наверняка подошли к финальной главе, потому что, во-первых, раскрыта детективная история, а во-вторых, ты разобрался со своей большой любовью.

— Ты забываешь одну вещь. Мы прошли только половину обучения. Мы видели только шесть из двенадцати богов-преподавателей. Мы не в конце, а только в середине повествования. И по-прежнему не знаем, что там, на вершине горы.

— Я уверен, что, когда мы пересечем оранжевую территорию, мы все поймем. Что касается твоей идеи... Может быть, во второй части романа писатель начнет новую историю с другими главными персонажами, возникнет новая загадка, впереди будут новые любовные приключения, — добавляет Рауль.

— Другие персонажи, другие любовные приключения... О ком ты подумал?

Мой друг улыбается.

— О себе. До сих пор пару себе нашли только Фредди Мейер и ты. Я тоже имею право влюбиться. Кстати, я уже влюблен.

— Подожди, я сейчас догадаюсь. Это Сара Бернар?

— Не скажу.

Я в шутку толкаю его.

— Я знаю, это Сара Бернар. Чего ты ждешь, чтобы признаться?

Рауль остается невозмутимым.

— Она действительно отличная девчонка. Ее народ свободен и горд. Эти люди скачут на лошадях по равнинам. Они не сидят в грязных городах, как большинство наших народов.

— Будь осторожен. Если ее народ — прообраз первых монголов, которые тоже всю жизнь проводили в седле, то хочу тебе напомнить: они завоевали Восточную Римскую империю.

— Я не думаю, что мы в точности копируем историю «Земли-1». Мы сами искажаем собственное восприятие событий. Мы истолковываем события так, чтобы одна историческая эпоха наложилась на другую. Но у нас остается свобода выбора. Есть проторенные пути, а есть дороги, которые мы прокладываем сами.

— Хотелось бы, чтобы ты оказался прав.

— Это как в жизни. Есть известные пути, а есть возможность выбора — следовать этим путям или сойти с них. Если внимательно присмотреться, то становится очевидно, что римляне и монголы могли найти общий язык и создать огромную империю, которая простиралась бы от Китая до Англии. Твое замечание заставило меня увидеть широкие перспективы.

Жорж Мельес, Жан де Лафонтен и Густав Эйфель устраиваются на полотенцах рядом с нами.

— Мы хотим искупаться до того, как начнется суд. Пойдете с нами?

— Нет, спасибо. Что-то холодно.

— Я бы лучше сыграл в шахматы. Хочешь, Мишель? — предлагает Рауль.

— У меня голова занята другим.

Рауль настаивает, и в конце концов я соглашаюсь. Он приносит доску, и мы начинаем играть прямо на песке.

Я делаю ход пешкой, прикрывающей короля. Дальше игра развивается стремительно. Рауль выдвигает коня. Я освобождаю слона и ферзя и нападаю на строй его пешек.

— Ты что, считаешь себя Освободителем?

Рауль защищает короля ладьей.

— Какая у тебя утопия?

Мой слон съедает у Рауля ферзя.

Рауль кивает как знаток, который ценит сильный ход.

— Мне кажется, что мир уже совершенный — такой как есть.

— Ты имеешь в виду мир «Земли-1» или «Земли-18»?

— Наверное, оба. Не знаю, правильно ли это, но, мне кажется, я могу принять мир со всем насилием, которое в нем есть, с безумием, мудростью, святыми, извращенцами, убийцами.

— Но если бы ты был Богом, что бы ты сделал?

— То же, что наш Бог на «Земле-1».

— То есть?

— Я бы ничего не стал делать. Предоставил бы мир самому себе. Пусть живет как хочет. Я смотрел бы на это, как на представление.

— «Божественное невмешательство»?

— Если у людей все получится, они будут обязаны победой только себе, а если нет — опять же винить будет некого, кроме себя.

— Тебе повезло, если ты можешь относиться к своим смертным так безразлично. Но почему тогда ты участвуешь в игре?

— Потому что игра это удовольствие. Такое же, как шахматы. Если я играю, я любыми способами борюсь, чтобы победить.

С этими словами он берет слоном мою ладью.

Я делаю ход конем, и Рауль теряет слона. Разменяв ферзей, ладьи, слонов и коней, мы устраиваем битву пешек. Наконец у каждого остается король и пешка, и мы «запираем» друг друга. Это пат, ситуация, в которой нет победителя, что в шахматах случается довольно редко.

— Хорошо провел вчера время с Матой Хари? — как бы между прочим спрашивает мой друг.

Он сама доброжелательность.

— Знаешь, она ведь действительно тебя любит.

В моей памяти всплывает лицо Афродиты.

— Перестань думать о другой, — говорит Рауль. — Она того не стоит. Она лишь то, чем становится в твоем воображении.

— Вот только воображение у меня отличное, — отвечаю я.

— Ты же бог, заставь его работать на игру. Там есть где развернуться.

Колокол отбивает восемнадцать ударов. Начинается суд.

73. ЭНЦИКЛОПЕДИЯ: ТОМАС ГОББС

Томас Гоббс (1588—1679) — английский ученый и писатель, которого считают основателем политической философии.

В науке о человеческом теле он черпает материал для создания политической пауки, для написания трилогии «De cive» («О гражданине»), «De corpore» («О теле»), «De homini» («О человеке») и, наконец, своего главного труда — трактата «Левиафан».

Он полагает, что животное живет настоящим, а человек хочет стать хозяином будущего, чтобы жить как можно дольше. Поэтому человеку свойственно считать себя важнее окружающих, преуменьшая тем самым значение других людей. По этой же причине человек накапливает власть (богатство, репутацию, друзей, подчиненных) и пытается присвоить время и возможности других людей, окружающих его.

Томасу Гоббсу принадлежит, в частности, знаменитая фраза: «Человек человеку волк».

Следуя этой логике, животное «человек» стремится избежать равенства с другими людьми, и это приводит к насилию и войнам. Гоббс считает, что единственный способ заставить человека перестать желать господства над другими — это поставить его перед необходимостью... сотрудничать. Таким образом, необходима власть Верховного правителя (установленная в результате договора, заключенного между людьми), которая заставит человека подавить его врожденное стремление уничтожать себе подобных. Верховный правитель должен обладать очень широкими полномочиями, чтобы пресекать развитие любых конфликтов.

Согласно Гоббсу, парадокс заключается в следующем: анархия приводит к ограничению свободы, она на руку сильнейшим. Только сильная, централизованная, принудительно поставленная власть позволит человеку быть свободным. Кроме того, необходимо, чтобы эта власть была в руках Верховного правителя, желающего блага своим подданным и победившего собственный эгоизм.

Эдмонд Уэллс.
*«Энциклопедия относительного
и абсолютного знания», том V*

74. ОБВИНИТЕЛЬНАЯ РЕЧЬ

Суд устраивают в Амфитеатре, разделенном на две части. На одной половине рассаживаются ученики. На сцене, напротив зрителей, стоит стол красного дерева. Судить будет Афина. Она восседает в кресле на возвышении.

Деметра — прокурор.

Адвокат — Арес. Богу войны нравится суровый стиль игры Прудона, он сам вызвался защищать его.

Рядом девять присяжных из учеников. Среди них Эдит Пиаф и Мария Кюри.

— Приведите подсудимого, — требует Афина.

Кентавры бьют в барабаны и трубят в раковины.

Прудона привозят в клетке, установленной на повозке, в которую впряжены кентавры. Бог людей-крыс держится за раненое плечо, которое, видимо, сильно болит.

Стекла его очков треснули, борода и волосы всклокочены.

Некоторые ученики его освистывают.

Я тоже помню, как орды его варваров хлынули на берег, где была моя деревня на сваях. Я помню, как было уничтожено первое поколение моего народа, помню их паническое бегство на кораблях. Я храню в памяти картины резни, когда его смертные яростно предавали смерти моих людей-дельфинов. Ночной, отчаянный бой. Но я помню, что именно благодаря этому несчастью я создал идеальный город на острове Спокойствия.

Прудон просовывает голову между прутьями клетки:

— Я невиновен, слышите? Я невиновен, богоубийца — не я!

Прудона вытаскивают из клетки и ставят напротив трона Афины. Это напоминает иллюстрацию из учебника истории: Верцингеторикс перед Цезарем.

Кентавры заставляют его встать на колени.

Афина стучит молотком из слоновой кости, требуя тишины.

— Обвиняемый: Жозеф Прудон. В предыдущей жизни вы были...

Афина открывает папку и просматривает лежащие в ней бумаги.

— А... вот. Родились на «Земле-1» в Безансоне, во Франции. В 1809 году по местному летосчислению. Отец — бондарь и пивовар, мать — кухарка.

Прудон подтверждает это. Я не понимаю, какое отношение его прошлое имеет к тому, что происходит сейчас. Кого здесь судят — богоубийцу из Эдема или французского анархиста?

— Вы прекрасно учились, но бросили учебу. По какой причине?

— Из-за недостатка средств. Мне прекратили платить стипендию.

— Понятно. Затем вы сменили много занятий, работали в типографии, были наборщиком, но уже тогда участвовали в забастовках.

— Условия труда были ужасными.

— У вас были твердые политические убеждения. Ваша жизнь началась с тюрьмы, ссылки, нищеты. Однако вы много писали. В частности, вами написано научное исследование, посвященное сравнительной грамматике древнееврейского, греческого и латинского языков. Почему вы не продолжили работу в этом направлении?

— Мой издатель сошел с ума, его типография разорилась.

Афина невозмутимо продолжает:

— В работе «Что такое собственность» вы изложили учение, которое назвали научным социализмом, затем примкнули к анархистам. Себя вы называете противником капитализма, государства и бога. Вы развиваете вашу точку зрения во многих книгах. Например, в «Философии нищеты». Вы основываете несколько газет и в пятьдесят шесть лет умираете от легочной инфекции.

Афина убирает бумаги и открывает другую папку. Действительно, вот и вся жизнь. Ничего больше, даже если это жизнь такого великого политика, как Жозеф Прудон.

— Вас обвиняют в том, что вы убили:

Клода Дебюсси,

Винсента Ван Гога,

Беатрис Шаффану,

Мэрилин Монро,

а также пытались убить Мишеля Пэнсона.

Все смотрят на меня. Кое-кто перешептывается. Мата Хари берет меня за руку, чтобы все видели, что она на моей стороне.

— Жозеф Прудон, вы также нарушили один из четырех священных законов Олимпии. Здесь запрещены насилие и преступления. Вы обвиняетесь в богоубийстве. Что вы можете сказать в свою защиту?

— Я не богоубийца. Я невиновен.

Прудон весь в поту. Очки соскальзывают у него с переносицы, и он вынужден постоянно поправлять их.

— Как вы тогда объясните рану на вашем плече?

— Я отдыхал у себя дома, резкая боль в плече разбудила меня. Пока я спал, кто-то проник ко мне на виллу и выстрелил в упор.

В зале начинается шум. Такую версию трудно принять как алиби, но что еще ему остается?

— У вас ведь нет свидетелей, не так ли?

— В это время я обычно никого не приглашаю, — пытается пошутить Прудон.

— А почему вы спали как раз в то время, когда набат созывал всех учеников на осмотр?

— Я... перед сном я заткнул себе уши пчелиным воском, потому что уже несколько ночей не могу заснуть.

— Кто стрелял в вас?

— Тот, кто хотел, чтобы меня обвинили вместо него. Настоящий преступник. Богоубийца. И вы, очевидно, поверили этой инсценировке.

Шум в зале. Афина стучит молотком, наводя порядок.

— Итак, по вашему мнению, настоящий богоубийца после того, как был ранен, явился к вам. Вы спали, заткнув уши воском, он выстрелил вам в плечо и убежал.

— Совершенно верно.

— Вы видели его?

— Знаете, в такую минуту не думаешь о том, что нужно гнаться за напавшим. Я видел убегавшего. Кажется, на нем была белая, очень грязная тога. Все произошло очень быстро.

— Почему вы не кричали, когда он выстрелил? Вас бы услышали.

— Не знаю. Просто когда мне больно, я стискиваю зубы.

Афина скептически глядит на него.

— Почему вы спрятались под кроватью, когда кентавры пришли за вами?

— Я думал, что вернулся тот, кто нападал на меня.

Слыша такие невероятные объяснения, некоторые ученики свистят.

— Но вы же слышали стук копыт и должны были понять, что это силы охраны порядка, которые защитят ваш дом!

Слабая улыбка появляется на губах Прудона.

— Знаете, я ведь был анархистом. Для нас приход полиции никогда не сулил ничего хорошего.

Афина сурово смотрит на него.

— Вы сказали, что нападавший был в белой тоге. Значит, по-вашему, это кто-то из учеников. Все ученики здесь. Почему же мы не видим здесь «настоящего» убийцы с раной на плече? А ваша рана видна всем.

— У меня нет другого объяснения, кроме того, которое я дал. Я понимаю, что обстоятельства против меня, — признается теоретик движения анархистов, снова поправляя очки в роговой оправе.

— Хорошо. Я вызываю главного свидетеля.

Афина заглядывает в свои записи, словно забыла, как меня зовут.

— Мишель Пэнсон.

Я спускаюсь по ступеням. Снова в мозгу всплывает фраза, которая сопровождает меня всю жизнь: «Что я, собственно, тут делаю?» Странно, но я не зол на Прудона. Возможно, потому, что я счастлив с Матой Хари. Удивительно, но я совершенно не чувствую гнева.

Прудон опускает голову. Теперь, когда я узнал его предыдущую жизнь, он стал выглядеть в моих глазах более человечным. Сын бедняка сам встал на ноги, выучился и хотел бороться за свободу всего человечества. И хотя его борьба была довольно сомнительной, он все-таки шел своим путем. Путем анархии.

Я встаю напротив Афины, а Прудона сажают сбоку на скамью.

— Свидетель Пэнсон, поклянитесь говорить правду, только правду и ничего, кроме правды.

— Я буду говорить правду. Во всяком случае, ту ее часть, которая мне известна, — уточняю я.

— Изложите нам факты.

— Я был в постели. Услышал шум в гостиной. Там я столкнулся с кем-то, кто рылся в моих вещах. Он украл «Энциклопедию». На нем была маска из греческой трагедии. Он убежал.

В зале снова шум.

— Я схватил анкх и бросился в погоню. Прицелился, выстрелил и попал ему в плечо. Потом мы вбежали в тупик, и он исчез. Я стал искать и нашел подземный ход, который ведет к лесу за городской стеной.

— Вы узнаете в подсудимом нападавшего?

— Я уже сказал, он был в маске. Я не видел его лица.

Афина благодарит меня и приглашает прокурора Деметру произнести обвинительную речь.

Богиня плодородия поднимается и призывает всех присутствующих в свидетели:

— Я считаю преступление Прудона истинным деянием духа злобы. Прикидываясь циничным снобом, этот ученик был одержим одним желанием — устранить конкурентов и стать единственным победителем. Уже в ходе Игры «Y» мы могли заметить его тягу к убийству.

Деметра перекидывает край тоги через плечо. Она указывает на подсудимого пальцем.

— Его народ такой же, как он. Крысы, служащие богу-крысе. Так же, как и крысы, он ценит только силу.

Ему известен только язык насилия. Он хладнокровно убивал, и, если бы мы не остановили его, он продолжал бы убивать учеников — одного за другим, пока не остался бы единственным выжившим.

Эти слова производят сильное впечатление на присутствующих.

— Этот человек последователен в своих действиях. Бог-преступник создал народ преступников.

— Я невиновен, — шепчет Прудон.

— Более того, он преступил законы Олимпии и нарушил правила Игры «Y». Я требую, чтобы он был сегодня же осужден. Я требую от присяжных признать его виновным. Что же касается мук Прометея...

— Я не богоубийца, — повторяет обвиняемый.

Афина стучит молотком, чтобы призвать присутствующих к порядку.

— Я считаю это наказание недостаточным, — продолжает Деметра, — ибо оно слишком мягко.

Афина кивает.

— Преступление Прудона намного серьезнее, чем то, которое совершил Прометей. Прудон нарушил порядок в классе, он совершил убийство на священной территории, он бросил вызов Старшим богам, прекрасно понимая, чем рискует. Он бросил нам вызов, более того, он насмехался над нами. Таким образом, госпожа судья, я бы хотела, чтобы было найдено иное наказание, более соответствующее совершенным преступлениям. Я бы хотела, чтобы этот процесс послужил уроком как для этого выпуска, так и для следующих. Я бы хотела, чтобы весь мир узнал о том, что здесь произошло и какое наказание понес виновный. Мы должны придумать для Прудона наказание, которое у любого отобьет желание пробовать себя в роли богоубийцы.

— Что вы предлагаете, Деметра?

Богиня плодородия в нерешительности.

— Сейчас я не могу предложить ничего особенного. Я полагаю, что нужно объявить конкурс на самое страшное наказание.

— Благодарю вас, госпожа прокурор. Слово предоставляется защите.

Арес выходит вперед.

— Мне кажется совершенно естественным, что ученики пытаются найти хоть какое-то развлечение в школе, где царит такая скука.

В зале раздается свист.

— Я отлично понимаю господина Прудона. Когда он был смертным, он боролся с отжившей системой того времени. И абсолютно закономерно, что ему захотелось и здесь устроить небольшую встряску. Следует признать: Олимпия все больше напоминает клуб старых дам, которые пьют чай, оттопыривая мизинец и обсуждая войну и рецепты пудинга.

Некоторые преподаватели возмущены.

— Я не боюсь открыто заявить об этом. Иногда мне кажется, что я в курятнике, полном облезлых кур. Время не властно над их внешностью, зато разрушает мозг.

Новый взрыв возмущения. В это время входят несколько Старших богов, которые опоздали к началу. Афродиты среди них нет.

Афина, чтобы не прерывать речь защитника, жестом предлагает им сесть.

— Я сказал, что понимаю Прудона. Он прибыл со своей родной Земли. Что он видит? Остров, затерянный в космосе, удивительный, волшебный мир. Он ожидает, что этот мир... извините за выражение, госпожа судья, окажется «прикольным». И видит, что здесь всем управляет вялая, обрюзгшая, медлительная администрация. Тогда он говорит себе, что должен встряхнуть этот мир, изменить принятый здесь образ мыслей. Он ведет себя как волк в овчарне или, воспользовавшись выражением Деметры, как крыса. Как крыса в птичьем гнезде.

Прудон морщится. Защита Ареса кажется ему опаснее обвинительной речи Деметры.

— Он убивает? Допустим. Но его преступления наполнили смыслом эти последние дни. Черт побери! Я утверждаю, что Прудон оказал нам большую услугу. Благодаря ему мы получили зрелище, напряженное развитие событий, театральные эффекты. Каждая его выходка заставляла нас вести расследование, думать. Даже облава на него была одним из самых удивительных событий в истории Эдема! Такое масштабное мероприятие, а в результате мы нашли его под кроватью. Какая насмешка! Какой театральный прием! Я говорю: «Браво, господин Прудон! Вы великолепны». А его народ, его люди-крысы! Стильно. Красиво. Смело. Я вижу не просто бога, покровительствующего народу-завоевателю, но великого режиссера, постановщика сцен насилия. Мы все с восхищением наблюдали, как орды его фанатиков захватывали мирные города, жители которых были в ужасе.

Арес улыбается, вспоминая сцены, о которых он говорит.

— Как они рубили топором! Как насаживали на копья! Как надрали задницу амазонкам! Да еще вождь крыс женился на их царице! Отличный фильм. Будем честны, набеги Прудона заставили остальные народы вооружаться чем только можно, чтобы отражать его атаки. Возможно, без Прудона сама идея войны не возникла бы на «Земле-18»!

В зале царит гробовая тишина.

— Господа присяжные, вы представляете себе мир без войны? Вы представляете *peace and love* на «Земле-18»? Все уважают чужие границы, живут без оружия, орды детей, поголовье которых не регулируется резней? Прошу прощения, но меня тошнит от одной мысли об этом.

В зале начинается шум. Судья стучит молотком.

— Будьте любезны, дайте защитнику закончить речь. Продолжайте, господин Арес.

— Мой клиент убийца. Очень хорошо. Он кому-то перерезал горло. И даже получил от этого удовольствие. И что? Что в этом плохого?

На этот раз присутствующие не могут больше сдерживать возмущения. Афина колотит по столу молотком.

— Если вы будете продолжать в том же духе, я прикажу очистить помещение. Дайте защите закончить речь. А вы, мэтр Арес, постарайтесь воздержаться от дешевых провокаций.

— Благодарю вас, госпожа судья, что призвали к порядку этих мещан, — говорит Арес, презрительно улыбаясь. — Да, Прудон — бог народа, уничтожавшего другие народы. Да, его смертные убивали пленников и насиловали пленниц. Но пусть бог, чьи люди никогда никого на грабили, первый поразит его молнией.

Эти слова приводят в чувство Старших богов и учеников. Действительно, за исключением меня, большинство богов прибегали к бессмысленному насилию, чтобы навязать соседям свой взгляд на мир.

— Гермес, может быть, ты никогда не убивал? Или ты, Деметра? А вы, госпожа судья? Мне кажется, я припоминаю, что вам случалось истреблять смертных, отстаивая свои интересы.

— Это не имеет отношения к делу, которое мы сейчас рассматриваем. Не злоупотребляйте своими правами, мэтр Арес.

— Вы правы. Иногда недостаточно просто спорить, нужно действовать. Жозеф Прудон действовал. Как и все мы. Если моего клиента ждет обвинительный приговор, то я считаю, что того же заслуживают все боги, которые, как и он, совершали убийство, чтобы выйти из сложной ситуации или найти лекарство от скуки.

Деметра опоминается первой:

— Но Прудон мошенничал! Он не соблюдал правила игры, в соответствии с которыми проигравшие и так выбывают. Он решил, что вправе вмешиваться в ход вещей.

Бог войны делает примирительный жест.

— Согласен, он мошенничал. Но я считаю, что он был прав. Вы не ослышались — мошенничать можно. Но нельзя попадаться. Итак, единственное, в чем можно обвинить Прудона, — это в том, что он попался.

— Это все, что вы можете сказать в защиту обвиняемого? — нетерпеливо спрашивает Афина.

— Еще не все. Я бы хотел привлечь внимание к одному этапу расследования. Только что Мишель Пэнсон сказал, что буквально столкнулся с вором, пытавшимся украсть «Энциклопедию», но тот бросился бежать. Я хочу задать вопрос: почему Прудон, который якобы пришел, чтобы убить его, не сделал этого?

— Возможно, его все-таки остановил голос совести, — предполагает Афина. — К чему вы клоните?

— В таком случае, — говорит бог войны, — мой клиент виновен главным образом в неумелости. Если бы ему удалось задуманное, если бы он убил всех остальных учеников, никому бы даже в голову не пришло судить его. Он бы победил в игре и был бы окружен почетом и уважением.

— Вы закончили, мэтр? — спрашивает Афина.

— Конечно, — перебивает ее Арес, — адвокат — профессия не для меня, но, право же, жаль, что мой клиент попался только потому, что в последнюю минуту в нем заговорила совесть.

— Кто-нибудь еще хочет высказаться? — спрашивает Афина. — Нет? Тогда мы обсудим все вышесказанное с присяжными.

— Я, — вдруг говорит Прудон, — я хочу сказать.

Афина приказывает поставить его перед собой.

— Я оказался здесь, потому что мне удалось создать первый народ, не поклоняющийся богам.

— Конечно. Но ваши атеисты поклонялись молнии, которая помогала им в трудные моменты, — напоминает Деметра.

— Я собирался научить их обходиться без этих глупостей.

Бог людей-крыс снова поправляет очки, которые сползают с носа, блестящего от пота. Одно из стекол треснуло.

— Мне не нравится, когда надо мной стоит что-то, что управляет мной — Папа, Профессор, Патрон, Пантеон. От этих «П» веет пафосом.

Он смотрит вокруг едва ли не с гордостью. У него длинный нос, и его лицо вдруг напоминает мне крысиную морду. Неужели мы становимся похожи на тотемы, которым поклоняются наши народы?

— Я знаю, что буду осужден. Потому что это проще всего. Самое простое решение, которое устроит всех. Анархист, отвергающий «бога и хозяина», и есть богоубийца. Да это все шито белыми нитками! Послушать вас, так я просто демон.

Он очень волнуется и нервно сглатывает.

— Я хотел бы напомнить вам, что так же, как и вы, был освобожден от цикла перерождений. Так же, как и вы, я спасал души своих подопечных. Я тоже был ангелом. Я бог. Если вы убьете меня, богоубийцами станете вы.

Его взгляд становится суровым. Он тяжело дышит.

— Я хочу сказать еще кое-что. Я не совершал того, в чем меня обвиняют, и жалею об этом. Если бы можно было вернуть время назад, я бы сделал это. Я отвергаю это кастрированное цензурой образование, которое готовит нас к тому, чтобы стать богами, покорными, как рабы. Я отвергаю себе подобных, я подвергаю сомнению необходимость существования этого острова. Будучи смертным, я всю жизнь боролся с системами, превращающими человека в раба. И я всегда буду это делать.

— Вы были, однако, суровым и деспотичным богом. «Борцы против рабства» обычно бывают другими, — иронизирует Афина.

— Потому что с самого начала я знал, что у меня нет выбора. Я хотел поразить систему ее же собственным оружием. Подчиниться несправедливым законам вашей игры, чтобы разрушить ее изнутри. Я потерпел поражение, в этом вся моя вина. Действительно, мне хотелось создать огромную армию, которая разгромила бы другие народы, чтобы подчинить их воле одного-единственного владыки. После этого я бы объявил, что единственный закон этого владыки — отсутствие законов.

— Как же вы сумеете примирить идею анархии с концепцией владыки-анархиста? — интересуется Афина.

— Система развивается постепенно. Я бы создал такую диктатуру, что анархия возникла бы спонтанно, как реакция на нее. Такова была моя утопия. До конца пройти по ложному пути, чтобы добиться спасительной реакции.

— Не глупо, — комментирует Арес. — Этот парень — новатор.

— Многие тираны выдвигали этот лживый аргумент, — возражает Деметра. — Но, создав диктатуру, они увязали в ней. И вопреки вашему утверждению, не было никакой «спасительной реакции». В качестве доказательства я могу привести коммунизм, который во имя всеобщего равенства создал Верховный Совет, назначил Председателя Верховного Совета, подобного царю, и партийные кадры, подобные средневековым баронам и князьям. Они называли это «диктатурой пролетариата», но это была самая обычная диктатура.

Обвиняемый втягивает голову в плечи.

— Я ненавижу коммунизм, — говорит Прудон. — В Империи ангелов я видел, что натворила эта идеология после моей смерти. В России больше всего анархистов убили при коммунистах. Больше, чем при царском режиме.

Внезапно в зале раздаются протестующие крики.

Афина призывает к порядку. Прудон нервничает.

— Послушайте, меня судят как богоубийцу или как основателя анархизма, который вы считаете пагубной теорией?

— Анархизм пока не подходит человеку, так как человек не готов жить без законов, полиции, военных и правосудия, — резко говорит Деметра. — Анархизм — это награда для самостоятельных, сознательных людей. Но достаточно, чтобы один человек в таком обществе начал играть не по правилам, чтобы анархия оказалась невозможной. Кроме того, посмотрите, из-за вас здесь, на Эдеме, пришлось усилить меры безопасности и систему правосудия. Вы — наихудший гарант свободы. Если бы вас здесь не было, надзор, осуществляемый кентаврами, был бы ослаблен и каждый сам отвечал бы за свои действия. Но нет, из-за вас мы вынуждены относиться ко всем богам-ученикам как к безответственным, непослушным детям.

Прудон хочет возразить, но богиня-прокурор жестом приказывает ему молчать.

— История Земли показала, что идея анархии всегда искажалась такими, как вы. Вы считаете, что боретесь за прекрасную идею, но вы лишь дискредитируете ее. Насилием ничего нельзя добиться, независимо от того, к кому вы его применяете — к сознательным гражданам или к тем, кому неизвестны принципы общежития.

Но Прудон не собирается так легко сдаваться.

— Напротив, я уже победил. Тем самым, что нахожусь в суде, где могу свободно высказать свои мысли. Я помню процесс над участниками Коммуны, и даже в то время...

Афину все это начинает раздражать.

— Мы здесь не для того, чтобы пересматривать историю «Земли-1». Вы сами признали, что хотели разрушить общество Олимпии, уничтожить Старших богов и богов-учеников. Этого вполне достаточно.

— Мне уже нечего терять, я знаю, что меня признают виновным. И я скажу вам, госпожа судья... (взгляд Прудона становится еще более суровым). Я не богоубийца, но жалею, что это не так. Если бы я был им, то попытался бы убить не только учеников, но и богов.

В зале и на скамье присяжных начинается невообразимый шум.

— Я бы сжег весь этот остров, чтобы ничего не осталось — ни богов, ни учителей. Ничего, кроме пепла. О, как я сожалею, что не положил все свои силы на это благородное дело! Убейте меня. Если вы меня не убьете, знайте, что я не остановлюсь, пока не уничтожу это проклятое место.

Афина откашливается и говорит:

— Вы закончили?

— Нет, еще одно последнее слово. Сдохните все. И, если настоящий богоубийца слышит меня, я умоляю его действовать как можно быстрее, чтобы от этого острова остались только воспоминания. Эдем должен быть разрушен. И пусть никому не удастся спастись.

Кентавры хватают его и бесцеремонно заталкивают в клетку.

Присяжные быстро совещаются. Афина оглашает вердикт:

— Подсудимый признан виновным во всех преступлениях, которые были расследованы в ходе этого процесса. По просьбе прокурора мы придумали наказание, которое будет суровее кары, постигшей Прометея.

Афина несколько смущается, оглашая приговор.

Когда богиня правосудия объявляет, каким будет наказание, все приходят в изумление.

Прудон кричит:

— Нет, только не это! Все что угодно, но не это! Я сожалею, я признаюсь в чем угодно! Я готов понести наказание! Я не думал о том, что говорю! Нет, только не это! Умоляю! Вы не имеете права! Я невиновен!

Он бьется в клетке.

Даже кентавры ошеломлены назначенным наказанием.

Прудон кричит так, что его слышно во всей Олимпии.

— НЕТ, ТОЛЬКО НЕ ЭТО! ВЫ НЕ ИМЕЕТЕ ПРАВА!

Афина встает, и ее металлический голос покрывает шум в Амфитеатре:

— Я хочу, чтобы все знали: любой, кто совершит что-то подобное, подвергнется тому же наказанию.

Прудон надрывается:

— Н-Е-Е-Е-Е-Е-Е-Е-Т!

Мы сидим, окаменев от ужаса.

75. ЭНЦИКЛОПЕДИЯ: ДВИЖЕНИЕ АНАРХИСТОВ

Слово «анархия» происходит от греческого «anarkhia», что можно перевести как «отсутствие управления». Первым политическим вождем анархистов был француз Пьер Жозеф Прудон. В 1840 году в своей книге «Что такое собственность?» он излагает идею общественного договора, в результате которого необходимости в правителе больше не будет. Прудон отверга-

ет авторитарный путь коммунистов, чем вызывает неодобрение Карла Маркса. В числе последователей Прудона был Бакунин, русский философ, который полагал, что переход к более совершенной форме организации общества должен совершаться путем насилия.

После целого ряда покушений (в Германии на императора Вильгельма I, в Австрии — на императрицу Елизавету (Сиси), в Испании — на Альфонса XIII, в Соединенных Штатах — на президента Мак-Кинли, в Италии — на короля Умберто и в России — на царя Александра II) движение анархистов приобрело серьезное политическое значение. Своей эмблемой они избрали черный флаг. Анархисты сыграли решающую роль в 1871 году во время Парижской коммуны, в 1917 году во время русской революции (хотя коммунисты казнили многих из них), а также в 1936 году во время Гражданской войны в Испании. В Латинской Америке было предпринято несколько попыток основать анархистские города — колония Сесилия в Бразилии (1891), коммуна Косме в Парагвае (1896), социалистическая республика в Нижней Калифорнии, в Мексике (1911).

В Италии, около Каррары, в 1939—1945 годах партизаны создали анархистскую республику. Большинство анархистских движений были разгромлены и распались.

Эдмонд Уэллс.
«Энциклопедия относительного
и абсолютного знания», том V

76. САМЫЙ СТРАШНЫЙ ПРИГОВОР

Ужин накрыт на главной площади. Столы расставлены по кругу, и в центре остается много свободного места.

В прошлый раз нам подавали греческие блюда, сегодня итальянская кухня. Появляется повозка с закусками — помидоры с моцареллой, баклажаны в масле, копченая ветчина с дыней.

Мы слышим вдалеке отчаянные крики осужденного. Аппетит моментально пропадает.

— Какая чудовищная казнь.

— Бедняга.

— Что бы мы об этом ни думали, — тихо говорит Жорж Мельес, — и каким бы ни было преступление, Прудон не заслужил такого.

— Не хотела бы я оказаться на его месте, — признается Сара Бернар, которая, однако, была в числе первых, кто обвинял Прудона.

— Это слишком сурово даже за все, что он сделал, — соглашается Жан де Лафонтен. — Наказание не соответствует преступлению.

— Они так расправились с ним, чтобы другим было неповадно, — говорит Сент-Экзюпери.

Старшие боги пришли ужинать с нами. За едой они громко разговаривают.

Пришли все, кроме Афродиты.

— Я чувствую себя виноватым в том, что произошло, — говорю я.

Я нервно грызу сухарь. Я думаю о том, что только что произошло, и вдруг на меня накатывает сомнение.

Я медленно прокручиваю в голове все предшествующие события.

Когда я стрелял, я ранил богоубийцу в правое плечо. Во время процесса мы видели, что Прудон был ранен в левое. Боже мой! Его рана! Прудон невиновен. Это означает, что настоящий богоубийца по-прежнему на свободе. И следовательно, он не из учеников. Ни один из них не ранен в плечо.

— Что с тобой, Мишель? — спрашивает Рауль.

— Ничего, — отвечаю я. — Я тоже считаю, что наказание слишком сурово.

— Старшие боги испугались. Бог-ученик — убийца. Такого они еще не видели, — замечает Сара Бернар.

Жорж Мельес лепит из мякиша человечка. Мата Хари кладет себе на тарелку кусок дыни.

— Какое ужасное наказание. Я и представить не могла, что они приговорят его к такому.

Все мы слышали страшное решение, которое огласила Афина: *Стать смертным. Обычным смертным.* На «Земле-18».

— Он управлял игрой, теперь он почувствует, каково быть в ней, — говорит Жорж Мельес, вертя в руках человечка из хлеба.

Я думаю о жизни, об ожидающей впереди смерти, о судьбе. Все это можно вынести, если ты ничего не знаешь. Но Афина объявила, что Прудон будет помнить свое пребывание в Олимпии. Он будет помнить, что был богом.

Некоторые, нахмурившись, вспоминают свою предыдущую жизнь на «Земле-1». У каждого есть какие-нибудь мучительные воспоминания.

Мне тоже приходят на память некоторые не самые приятные моменты моей земной жизни. Вечное метание между желанием и страхом. Постоянно чего-то желать. Всегда бояться. Невозможность понять мир, в котором живешь. Старость. Болезни. Мелочность окружающих. Насилие. Постоянная угроза жизни. Иерархичность каждого уровня общества. Маленькие начальники. Маленькие амбиции. Купить новую машину. Покрасить стены в гостиной. Бросить курить. Изменить жене. Выиграть в лотерею. Теперь, когда я стал богом и получил новые знания о мире, этот взгляд на мир кажется мне таким узким.

Рауль высказывается за всех:

— Это чересчур сурово.

— Мы были на «Земле-1». Он будет на «Земле-18».

— Когда он попадет туда?

Крики Прудона внезапно обрываются. Мы все перестаем есть. Прислушиваемся. Тишина длится три... четыре минуты.

— Все. Они уже отправили его, — говорит Жан де Лафонтен.

Мне в голову приходит дикая мысль. Надо было дать ему поручение к моим людям-дельфинам. На случай, если он их встретит. Он был не таким уж плохим парнем и наверняка согласился бы.

— Бедняга, — шепчет Сара Бернар.

Мы представляем себе, как Прудон в очках и с длинной бородой попадает на «Землю-18», в эпоху, соответствующую древним векам «Земли-1».

— Если он будет говорить правду, его сочтут сумасшедшим.

— Или колдуном.

— Они убьют его.

— Нет, он бессмертный. Это часть его наказания. Афина так сказала. Он будет вечно непонятым.

Мы постепенно принимаемся за еду.

— На самом деле все зависит от того, куда он попадет. Если боги отправят его к его народу, там его примут лучше.

— Люди-крысы?

Выражение лица Сары Бернар меняется.

— Он хотел, чтобы они стали суровыми, мужественными захватчиками, рабовладельцами, разрушителями. Пусть поживет среди них и посмотрит, что получилось. Вряд ли им по душе странные чужеземцы.

— Тот, кто расставлял ловушку, сам в нее попал, — добавляет Симона Синьоре.

Первый приступ ужаса прошел, мои друзья начинают свыкаться с мыслью, что Прудон сам виноват в своем несчастье.

Времена года приносят *involtini*, куски телячьего рулета, фаршированного моллюсками, виноградом, шалфеем и сыром. Необыкновенно вкусно.

— Что бы вы сделали, если бы были богом и вам пришлось бы жить среди народа, который вы сами создали?

Моим друзьям вопрос кажется интересным.

— Мне подходит моя цивилизация, — отвечает Рауль. — Я бы попытался стать новым императором.

— А ты, Мишель?

— У меня нет императоров, — говорю я. — Я думаю, что, если бы стал человеком-дельфином и сохранил бы свои знания, я бы постарался забыть все, что знал.

— Он прав. Нужно забыть, убедить в этом себя. Стать безвестным, незаметным.

— Смириться с тем, что оказался в толпе идиотов, можно, только если сам станешь одним из них, — добавляет философ Жан де Лафонтен.

Он достает блокнот и, взяв эту фразу за основу, тут же начинает сочинять басню. Я вижу ее название: «Дурак в стране дураков».

Я продолжаю:

— Я бы решил, что мне просто приснилось, как я был богом в Олимпии. И я убедил бы себя, что это был только сон. Считал бы себя смертным. И с любопытством ждал бы смерти.

Мата Хари берет меня за руку.

— Я бы забыла все, но постаралась не забыть тебя, — говорит она.

Она крепко сжимает мою руку.

— Ты бы быстро заметил, что не такой, как все, когда умрут все твои ровесники, — замечает Сент-Экзюпери.

— Я припоминаю нечто похожее. Граф Сен-Жермен, живший в XVIII веке, утверждал, что он бессмертен.

Я тоже читал в «Энциклопедии» что-то в этом роде. Исцелитель маркизы де Помпадур, граф Сен-Жермен утверждал, что он новое воплощение Христофора Колумба и Фрэнсиса Бэкона, и требовал, чтобы его называли Мастером-Алхимиком.

— Это легенда. Во всяком случае, не стариться — не самое лучшее, что может случиться со смертным.

Оры приносят амфоры. У вина необыкновенно приятный фруктовый вкус. Откуда у них напитки, распространенные на «Земле-1»?

— Если бы я оказалась среди смертных, — включается в разговор Сара Бернар, — я бы постаралась как можно лучше использовать этот шанс. Я бы занималась любовью со всеми, кто мне понравится, ела бы без удержу. Моя жизнь была бы сплошным праздником. Я бы все время искала новых ощущений. Я бы испытала все, что скромность или осторожность помешали мне испытать на «Земле-1».

— Оказавшись среди смертных «Земли-18» и пусть даже смутно вспоминая, что я участвую в игре богов-учеников, я бы... я бы постоянно боялся того, что вы будете плохо играть, — вставляет Жорж Мельес, чтобы немного разрядить атмосферу.

— Ты бы нам не доверял?

— Нет. Теперь, когда я знаю, что мир зависит от таких легкомысленных людей, как мы, я думаю, что у меня был бы серьезный повод для беспокойства.

— Могло бы быть и хуже, — говорит Жан де Лафонтен. — По крайней мере, мы взрослые интеллигентные боги. Представь, что судьбу мира доверили безответственным детям.

— Прямо мороз по коже, когда видишь, как они разоряют муравейник или сажают ящериц в банку, — соглашается Симона Синьоре.

Нам приносят блюдо с лазаньей из морепродуктов с сыром, под соусом бешамель.

— Я хочу предложить одну вещь, — говорю я. — Если кто-то из нас найдет Прудона, пусть он защищает его.

— Ты думаешь, это реально — найти одного человека среди целого человечества? Это все равно что искать иголку в стоге сена.

Я вспоминаю слова Эдмонда Уэллса: «Чтобы найти иголку в стоге сена, ее следует искать магнитом среди углей».

Сара Бернар передает по кругу пармезан и перец.

— Почему ты хочешь защитить его? — спрашивает Рауль. — Ведь он убил нашу подругу Мэрилин Монро.

— До самого конца он утверждал, что невиновен. Лично я сомневаюсь в том, что он виноват, — признаюсь я. — Мне кажется, суд был слишком скорым. Прудона судили больше за его прошлое, чем за преступления на Эдеме. Улик против него было недостаточно.

— Ты стрелял в него.

— Я стрелял в убегающего человека в маске.

— Он единственный оказался ранен.

— Знаю. Но мне кажется, не все так просто. Жорж Мельес не согласен со мной.

— Бывают случаи, когда не приходится отрицать очевидное. Богоубийца ранен, среди учеников тоже обнаруживают раненого.

Оркестр кентавров играет классическую музыку, что-то в стиле Вивальди. Старшие боги встают, чтобы пропустить Аполлона, собирающегося присоединиться к музыкантам.

Прекрасный юноша, напоминающий плейбоя в тоге, неспешно поправляет волосы и одежду. Он встает перед музыкантами и достает из складок тоги золотую лиру. Нежно пробегает по ней пальцами. Раздаются мелодичные звуки. Но он недоволен и требует принести электрический усилитель. Подключает провод, и в звуках его мини-арфы слышится металл. Аполлон берет несколько аккордов и виртуозно начинает исполнять соло.

«Этот мир можно терпеть за то, что в нем есть искусство», — думаю я.

Проходят часы. Я смотрю на Мату Хари. Солнце садится, окрашивая небо в лиловый цвет.

Изящный профиль Маты четко виден на фоне заходящего светила. Я слушаю Аполлона, держу руку Маты Хари, чувствую благоухание олив, тмина и базилика, которое смешивается с ароматом итальянских блюд. Мне хорошо.

И тут появляется Афродита.

На ней полупрозрачная тога из лилового шелка. На голове диадема, изображающая ее саму на колеснице, которую везут горлицы.

Оркестр умолкает.

Афродита начинает петь без музыки.

— Ты еще любишь Афродиту?

— Нет, — произношу я.

Мата пристально смотрит на меня.

Врать бессмысленно. Нужно быть осторожнее.

— Это все-таки богиня Любви, — говорю я.

— Это убийца.

— «Страшнее дьявола», — говорю я вполголоса.

Мата Хари оскорблена.

— А кто тогда я для тебя? Любовница? Подруга? Подруга-любовница?

Боже мой, я загнан в тупик. Ситуация напоминает шутку Фредди Мейера, который любил сочинять смешные истории на библейские сюжеты. Вот, например: Адам скучает один и просит Бога сделать женщину. Бог исполняет его желание. Проведя с женщиной ночь любви, Адам выглядит недовольным. «Почему у нее длинные волосы?» — спрашивает он. «Потому что это так красиво», — отвечает Бог. «Почему у нее какие-то выпуклости на груди?» — «Чтобы ты, обнимая ее, мог класть на них голову».

Однако Адам все еще недоволен. «Почему она глупа?» — спрашивает он. «Чтобы могла терпеть тебя», — отвечает Создатель.

Так и я со своей Евой. Нужно быстро придумать ответ.

— Ты со мной здесь и сейчас, — расплывчато отвечаю я. — Для меня ты самая главная женщина.

Я пытаюсь обнять ее, но она уклоняется.

— Для тебя я просто партнер по сексу. Ты все еще думаешь о другой. Возможно, даже тогда, когда мы занимаемся любовью.

И вдруг она уходит. Я бросаюсь за ней. Она идет ко мне домой и начинает собирать разбросанные повсюду вещи.

— Что я должен сказать, чтобы ты поверила: у меня больше нет никаких чувств к Афродите?

— Убей ее в своей памяти, — отвечает она. — Иногда мне кажется, что ты со мной только для того, чтобы отомстить ей.

Нужно быть осторожнее. Я вспоминаю все ссоры с женщинами, которые пережил смертный Мишель Пэнсон. У меня было немного любовниц, не больше десятка, но каждый раз вдруг наступал момент, когда отношения по какой-то необъяснимой причине портились, и меня обвиняли в том, что я не закрыл тюбик с зубной пастой, или в том, что у меня якобы была любовница. Обычно я молча слушал подругу, ожидая, когда она выдохнется. Это было как с Прудоном: подсудимый осужден еще до того, как начался процесс.

— Я все вижу. Когда она появляется, ты становишься другим.

Пусть гроза пройдет.

— В ней нет ничего особенного. Если вас, мужчин, так впечатляет грудь или задница, я тоже могу нацепить какие-нибудь сексуальные тряпки...

Не отвечать.

— Вот увидишь, я красивее, чем она. Светлые волосы, голубые глаза, да она бледная моль! Слишком высокие скулы, квадратный подбородок, да и грудь у нее слишком маленькая. И задница тоже!

— Мне наплевать на внешность.

— Да, я вас знаю. У вас мозги в члене. Скажи, чем она лучше меня?

— Ничем. Она ничем не лучше.

— Тогда что на тебя производит такое впечатление? Ее высокомерие?

Она начинает плакать. И это я проходил уже сотни раз, эти сцены со слезами. Я подхожу к ней, чтобы утешить, но она отталкивает меня.

Мата Хари бросается в мою комнату и запирается там. Сквозь дверь я слышу ее рыдания.

Я забыл, что каждая пара переживает подобные кризисы. Всякий раз я забываю об этом.

— Ты чудовище! — кричит она.

Я не могу войти в собственную комнату. Смирившись с этим, я включаю в гостиной телевизор и жду, когда она успокоится.

77. ЭНЦИКЛОПЕДИЯ: ВИЗУАЛИЗАЦИЯ

Визуализация — одна из техник, которые используют в психотерапевтической практике и гипнозе. Пациента просят закрыть глаза и представить себе самый тяжелый момент в его жизни. Он должен рассказать его, описать все детали, пережить как можно глубже, в том числе и связанные с ним неприятные ощущения.

На этом этапе важно, чтобы пациент говорил правду и не стремился оправдать себя, прибегая ко лжи для того, чтобы выгородить себя или облегчить воспоминание.

Как только пациент рассказал о потрясении, пережитом в детстве, терапевт предлагает послать на помощь ребенку из прошлого того взрослого, которым стал пациент.

Таким образом, например, в случае пережитого инцеста молодая женщина в своем воображении отправляется в прошлое, чтобы помочь маленькой девочке, которой она была. Пациентка описывает встречу и повторяет слова, которые она говорит себе, ребенку. Она рассказывает, что делает, чтобы утешить ребенка или отомстить за него. Волшебник-взрослый, как фея из сказки, может все. Она может заставить отца попросить прощения, может убить его, может одарить девочку магической силой, чтобы она сама отомстила за себя. Взрослый обязательно должен передать ребенку энергию надежды, передать ее туда, где до сих пор было только горе.

Такова власть воображения, которое может победить пространство, время, различия между людьми, чтобы создать новое, не такое тяжелое прошлое. Применение этой техники может дать немедленный и удивительный результат, позволяя пациенту пережить случившееся и самому помочь себе.

Эдмонд Уэллс.
*«Энциклопедия относительного
и абсолютного знания»*, том V

78. СМЕРТНЫЕ. 22 ГОДА

Я падаю на диван, беру пульт. Моим смертным подопечным уже двадцать два года.

На первом канале Юн Би. Она стала художником-графиком и работает в компании, выпускающей мультфильмы. Юн Би рисует только пейзажи, в которых нет ни одного персонажа. По утрам она два часа добирается на электричке до мастерской. Режиссер, с которым она работает, — гений с чудовищным характером. Он не разговаривает с подчиненными, он орет на них.

Юн Би продолжает писать книгу о дельфинах-инопланетянах. Она без конца исправляет написанное, но никак не может выстроить крепкий, захватывающий сюжет. И тогда она начинает все сначала. Уже четыре года она переписывает свою книгу. Она рисует, чтобы зарабатывать на жизнь, и пишет для собственного удовольствия.

Отношения с родителями становятся все более запутанными, она отдаляется от отца. Зато продолжается ее знакомство с Корейским Лисом. Он по-прежнему отказывается открыть свое лицо, но каждый день звонит Юн Би. По-своему они любят друг друга. Два разума, держащие связь через экран монитора. K. F. создал их аватары для «5-го мира», и молодые люди развлекаются, наблюдая за жизнью собственных изображений в виртуальном мире. К великому удивлению Юн Би и K.F., которые до сих пор не встречались, их аватары поженились, и у них скоро будет ребенок. Юн Би ясно, что их аватары решились сделать то, на что им самим пока не хватает смелости. В то же время она уважает желание K.F. сохранять тайну. Она предлагала молодому человеку пообщаться при помощи веб-камеры, но он не согласился, и Юн Би стала задумываться о причинах отказа. Может быть, он калека, может быть, он безобразен или просто очень некрасив? Ей даже пришло в голову предположение: а что, если это девушка? Ведь в Интернете, спрятавшись за ником, можно позволить себе все, что угодно. Уж если бородатые толстяки выдают себя за шведских манекенщиц, почему бы и девушке не притвориться мужчиной. Юн Би в конце концов решила для себя, что внешность не так уж и важна, и теперь друзья отлично понимают друг друга. K.F. создает ассоциацию по защите «5-го мира» и находит компанию, которая соглашается стать спонсором его проекта. Теперь «5-й мир» — предприятие малого бизнеса, и K.F. один из его соучредителей. Первыми клиентами стали те, кто хотел сохранить в виртуальном пространстве память об умирающих родителях. Потом к ним присоединились поклонники компьютерных игр, люди, занимавшиеся различными экспериментами в Сети, и даже несколько компаний, проводивших опросы населения: они хотели протестировать свою продукцию в виртуальной среде, прежде чем выпускать ее на рынок. K.F. сообщает Юн Би, что возлагает на «5-й мир» большие надежды: «Теперь, прежде чем сделать какую-нибудь глупость, ее можно будет опробовать в мире, который почти ничем не отличается от реального». Своим клиентам он говорит так: «5-й мир предлагает вам бессмертие. Вы умрете, но ваш аватар будет жить. Он будет думать, действовать и говорить почти так же, как это делали бы вы». Юн Би мечтает создать вместе с K.F. искусственный мир, живущий по установленным ими правилам. Они любят размышлять о компьютерных онлайновых играх. «Наступит день, когда наши аватары поверят, что они сами распоряжаются своей жизнью, что они свободны. Может быть, мне даже удастся скрыть от них, что у них есть двойник в реальном мире». Юн Би влюблена в Корейского Лиса, хотя по-прежнему не знакома с ним. Ей известно лишь то, что он творчески мыслит и способен создать целый мир в своем воображении. «Почему ты занимаешься этим? — спрашивает она однажды. — У тебя мания величия?» — «Главным образом, для развлечения, — отвечает K.F. — Что может быть интереснее, чем создание нового мира?»

Чем полнее становится виртуальная жизнь Юн Би, тем труднее ей работать в анимационной компании. Однажды режиссер без видимой причины обрушивается на нее: «Это халтура! Вы кое-как сделали эти пейзажи!» Юн Би сражена оскорблениями. Ее коллеги зло ухмыляются. Она разражается рыданиями и выбегает из комнаты под общий хохот.

Вернувшись домой в слезах, Юн Би входит в игру. Ей не хватает духу самой рассказать о пережитом унижении, вместо нее это делает ее аватар. K.F. решает создать в «5-м мире» лабораторию, где виртуальные ученые разработают программу, которая заразит все компьютеры в компании Юн Би. «Они разорят твоего бестактного хозяина, и никто не сможет их найти, ведь это будет порождение виртуальной реальности», — говорит он. Юн Би потрясена. Значит, 5-й мир может вмешиваться в дела первого... Это открывает перед ней широкие перспективы. Она решает еще раз переписать роман «Дельфины», используя пережитый опыт — гнев, любовь, восхищение.

Второй канал. Африка. Куасси-Куасси — будущий вождь племени бауле. Отец посылает его во Францию, чтобы он получил образование у белых. Уже само начало путешествия удивляет его. Он уезжает из деревне на «Пежо-504», местном маршрутном такси. В него набилось с десяток пассажиров. Пол в дырах, в салоне облако пыли, хотя ветра снаружи нет. На приборной доске объявление: «Доверяйте водителю! Он знает, куда едет, даже если вам так не кажется». Водитель как раз останавливается перед какой-то развалюхой выпить пива с приятелями, а пассажиры тем временем обливаются потом. Ожидание затягивается. В чемодане, в стенках которого просверлено множество дырочек, заперты куры. Они взламывают изнутри замок и разлетаются по всему салону, кудахча и хлопая крыльями. Путешествие продолжается. Подъезжая к столице, Куасси-Куасси видит в пригородах множество зданий, выстроенных только до второго этажа. Он недоумевает, и попутчик объясняет ему, что подрядчики начинают строительство, а потом скрываются с деньгами будущих жильцов. Этот вид мошенничества очень распространен, и люди живут в недостроенных домах, натягивая брезент вместо потолка.

Куасси-Куасси с некоторым опасением садится в самолет. Он не понимает, как такая груда дымящегося железа может соперничать с птицами. Он решает, что это возможно с помощью магии: вера пассажиров удерживает в воздухе летательный аппарат. Колдун дал ему амулет, который должен защитить его в мире белых. Куасси-Куасси кладет амулет в кожаный мешочек и всю дорогу сжимает его влажной рукой. Вид Земли с такой высоты сначала пугает его, потом приводит в восторг. Так вот какая она, его планета: кудрявые острова лесов, берега, море, которое кажется ему бескрайним. Ничего подобного он и вообразить не мог. Самолет садится, и Куасси-Куасси испытывает огромное облегчение. Формальности на таможне кажутся ему загадочным ритуалом, но попутчик помогает ему разобраться с бумагами. Такси, которое

Куасси-Куасси берет в Париже, совершенно не похоже на то, в котором он приехал в Абиджан. Мало того что он единственный пассажир, еще и водитель молчит всю дорогу, лишь изредка произнося несколько слов в трубку мобильного телефона, которую он постоянно прижимает к уху.

Куасси-Куасси наконец в Париже, и, хотя у себя дома он видел французскую столицу по телевизору, он не перестает удивляться. Во-первых, запаху. Здесь пахнет горелым бензином, выхлопными газами. Далеко не сразу ему удается уловить приятные запахи — аромат деревьев, жареного мяса. Второе впечатление, поразившее Куасси-Куасси, — нигде не видно земли. Все покрыто бетоном или асфальтом. Куасси-Куасси приходит в голову мысль, что белые придумали для земли упаковку — специально, чтобы не видеть и не касаться ее.

Он знакомится с группой студентов с Берега Слоновой Кости, которые уже давно живут в Париже. Новые знакомые объясняют ему правила здешней жизни. С собой всегда нужно носить деньги. Нельзя питаться фруктами, которые валяются на земле. Все кому-нибудь принадлежит. Если ты что-то хочешь, это надо купить. Беседуя с одним лавочником, он узнает, что ананасы с Берега Слоновой Кости попадают в Париж совсем зелеными, спеют в Ренжи, оттуда поступают на парижский рынок, а уж оттуда... на рынки Берега Слоновой Кости.

Соотечественники Куасси-Куасси держат рестораны, ночные клубы. Они собираются в кафе около Восточного вокзала. Друзья много раз предлагали Куасси-Куасси найти для него женщину или даже нескольких, но Куасси-Куасси не хочет жить так, как жил бы в своей деревне. Ему предлагают поехать на экскурсию.

Так Куасси-Куасси попадает на Эйфелеву башню, напоминающую огромную опору линий электропередачи, которой, кажется, восхищается весь мир. Он попадает в Лувр, где все разговаривают очень тихо, а картины написаны тусклыми красками.

Поздно вечером он идет по улицам Парижа и видит парня, который на бегу вырывает сумочку у девушки. Он бросается за ним, легко догоняет и отбирает сумку. «Почему ты сделал это? — спрашивает парень — У девчонки денег куры не клюют, что ей эта сумка!» Этот аргумент поражает Куасси-Куасси. Он возвращает сумку девушке. Она тоже спрашивает: «Почему вы сделали это?» Куасси-Куасси думает: «Очень странно! Похоже, здесь считают, что воровать сумки нормально».

Он продолжает разговор с девушкой. Предлагает поужинать в ресторане, но она отказывается. Странное место, здесь считается нормальным, что тебя обворовали, и ненормальным, если пригласили в ресторан. Однако на прощание девушка просит у него номер мобильного телефона. У Куасси-Куасси нет телефона, и девушка, поколебавшись, предлагает ему встретиться через неделю на этом же месте.

Третий канал. Теотим снова воспитатель в летнем лагере. Так он зарабатывает на жизнь. В его группе есть некий Жак Падуя, который поражает своей невозмутимостью.

— Как тебе удается быть таким спокойным? — спрашивает Теотим.

— Это йога.

— А... йога, да, я знаю.

— Йога, которой я занимаюсь, особенная. Это подлинная йога, ее называют Королевской или Раджа-йогой. Говорят, что давным-давно этому научил людей человек-рыба.

— Научи меня, — просит Теотим.

И Жак Падуя обучает его некоторым вещам, которые не похожи ни на что из того, что Теотим до сих пор считал йогой. Жак рисует на листе бумаги маленький черный круг диаметром три сантиметра, вешает листок на стену и говорит, что нужно смотреть на круг, стараясь как можно дольше не моргать.

— Это упражнение нужно делать каждый день.

Сначала это трудно, но постепенно у Теотима начинает получаться. В конце третьего дня исчезает все, что находится за пределами круга. Существует только круг, он пульсирует, как пламя.

Жак Падуя учит Теотима дышать.

— Это нужно делать в три приема. Раз — вдох, которым наполняешь живот и легкие. Два — задерживаешь дыхание. Три — выдыхаешь сначала легкими, потом животом. Все три фазы должны быть равными по времени.

Дальше Жак Падуя учит Теотима слышать биение собственного сердца (легкую вибрацию внутри, которая становится все отчетливее) и управлять его ритмом. Теотим представляет себе свое сердце и мысленно ускоряет и замедляет его биение.

В то же время у Теотима возникают проблемы с другими воспитателями. Над ним смеются, называют последователем «юного гуру», сектантом. Преподаватель дзюдо, крупный мужчина, на голову выше Теотима, как-то вечером бросает ему вызов. Он говорит: «Посмотрим, что круче — твоя йога или мое дзюдо». Теотим не знает, как реагировать. Он старается сохранить спокойствие и не обращать внимания на провокацию. Но противник хватает его и швыряет на землю. Теотим поднимается, собираясь показать все, что еще помнит из боксерских приемов, но дзюдоист заламывает ему руку за спину. Лицо Теотима перекошено, он чувствует сильную боль в спине.

— Видишь, от твоей йоги никакого толка. Займись лучше дзюдо — сможешь постоять за себя.

После столкновения, в котором сильнее всего пострадало его самолюбие, Теотим рассказывает о случившемся Жаку.

— И что говорит по этому поводу твоя йога? — спрашивает он.

— Ничего. Не отвечай на насилие, не поддавайся на провокацию.

— Почему они на меня напали?

— Потому что ты еще не достиг мира внутри себя.

— Эта скотина еще не раз разобьет мне лицо.

— Насилие возникает только тогда, когда ты чувствуешь себя в роли жертвы. Он только этого и ждет. Не думай больше об этом.

— А если он не прекратит?

На следующий день Жак и Теотим уходят в лес, и Жак учит Теотима достигать пустоты в голове.

— Нужно правильно выбрать позу. Лучше всего подходит поза лотоса.

Но Теотиму пока не хватает гибкости. Жак предлагает ему просто сесть, скрестив ноги, и закрыть глаза. Затем он тихо говорит:

— Каждый раз, когда в твоей голове появится мысль, посмотри на нее, осознай ее, и пусть она плывет мимо, как облако, подгоняемое ветром. Когда все мысли уйдут, в голове останется только пустота, и тогда ты действительно откроешь в себе новые возможности. Ты остановишь изматывающую тебя мельницу мыслей, заставляющую тебя думать неизвестно что неизвестно о чем. На долю секунды ты получишь доступ к своей истинной сущности, которая ничего не боится и все знает.

Теотим глубоко впечатлен, он старается добиться отсутствия мыслей, но у него ничего не выходит.

— Покажи как, — просит он.

Жак Падуя садится в позу лотоса и застывает. Комар садится ему на глаз, впивается жалом в веко, но йог не отгоняет его.

Через полчаса Жак Падуя открывает глаза.

— Это нужно делать каждый день. Освобождай свой разум и добивайся отсутствия мыслей. Чем дольше этим занимаешься, тем легче получается. Дыхание очищает легкие, сосредоточенность открывает глаза, медитация очищает мозг. Когда все успокаивается, душа может наконец засиять. Потом я научу тебя выходить из тела, чтобы путешествовать в пространстве и времени без всяких ограничений.

На мгновение Теотиму кажется, что перед ним инопланетянин, мессия или сумасшедший.

— Твои желания заставляют тебя страдать, — говорит Жак. — Ты постоянно чего-нибудь хочешь. И, когда ты получаешь желаемое, ты даже не можешь это оценить. Постарайся просто ценить, что ты здесь и сейчас, что ты жив.

— Это не так-то просто, — отвечает ему Теотим.

— Если все, чему я учу, выразить одной фразой, то я бы сказал: «Нет желаний — нет и страданий».

— А разве ты ничего не желаешь?

— Я хотел передать тебе все это, и вот это произошло, — говорит Жак.

Расставаясь с Жаком, Теотим понимает, что тот глубоко повлиял на него.

Вернувшись на Крит, Теотим ищет клуб, где занимаются йогой, чтобы глубже постичь то, чему его научил друг. Он находит курсы Раджа-йоги. Но йога здесь похожа на фитнес для домохозяек, которые к концу занятия начинают делиться рецептами диетических блюд из тофу и пророщенного зерна. Теотим разочарован.

Он продолжает созерцать черный круг на стене. Продолжает контролировать дыхание и биение сердца. Каждое утро он посвящает полчаса изгнанию мыслей из головы.

Но его никто не поддерживает, и он тренируется все меньше и наконец вовсе забрасывает тренировки.

Я выключаю телевизор.

Боже мой! Вот это мысль! Этот смертный подсказал мне решение. Спокойствие, отказ от желаний, йога, «нет желаний — нет страданий». Шестнадцатилетний мальчишка научил этому не только двадцатидвухлетнего смертного, он научил и бога, которому 2000 лет.

Я надеваю тунику, сую ноги в сандалии.

Дверь в комнату открывается. На пороге Мата Хари.

— Я думал, ты рассердилась, — удивляюсь я.

Она бросается мне на шею, приникает к моим губам и яростно срывает с меня тогу. Сбрасывает одежду с себя, прижимается ко мне.

Кажется, я ничего не понимаю в женщинах.

Через час Мата берет пульт и включает телевизор. Она попадает на третий канал. Теотим пытается медитировать, сидя в позе лотоса.

Вдруг мне приходит в голову одна мысль. Я встаю.

— Куда ты собрался? Сегодня мы отдыхаем. Не пойдешь же ты ЕЕ искать?

— Нет, я иду не за ней.

Мату Хари не подвела интуиция, она преграждает мне путь к двери.

— Ты хочешь сжульничать? Собираешься играть во время перерыва? Ты идешь к Атланту? Это запрещено. Вспомни, как погиб Эдмонд Уэллс.

— У меня ничего не вышло с Атлантидой, потому что Афродита меня засекла, но ведь в другой раз мне может и повезти.

— Стой.

— По-настоящему ситуацией владеет лишь тот, кто мошенничает.

— Хорошо. Тогда я иду с тобой, — заявляет Мата Хари.

— Слишком рискованно. Если пойдем вдвоем, нас точно поймают. Как ты верно заметила, я уже потерял Эдмонда. И я ни за что не стану рисковать тобой.

Она пристально смотрит на меня, стараясь прочитать мои мысли.

— Я больше не хочу жить по сценарию. Лучший способ предвидеть будущее — это самим создать его.

Мои слова повисают в воздухе.

— Я иду с тобой, — повторяет Мата еще более решительно. — Мы теперь вместе, и мы все будем делать вместе. Я разделяю с тобой жизнь, значит, и риск пополам. И я разделю с тобой будущее, которое ты хочешь создать.

79. ЭНЦИКЛОПЕДИЯ: БОГОМОЛ

Из множества примеров, доказывающих, что наблюдатель оказывает влияние на то, за чем наблюдает, вплоть до полного искажения информации, мы бы хотели привести опыт с самкой богомола.

До сих пор было принято считать, что самка богомола всегда пожирает своего партнера после совокупления. Этот сексуальный каннибализм поразил воображение ученых и породил околонаучные мифы, которые использовались в том числе и в психоанализе.

Однако это не что иное, как результат ошибочного толкования увиденного. Самка богомола пожирает своего партнера, только если находится не в естественной среде обитания. После совокупления она испытывает сильный голод и пожирает все, что может найти. В маленьком лабораторном ящике самцу некуда бежать. Утомленной самке необходимо восстановить потери белка, и она набрасывается на то, что находится в досягаемости. Уступающий самке размерами и окруженный стеклянными стенами ящика самец становится ее единственной добычей. Естественно, она пожирает его. В природе самец после совокупления убегает, и самка съедает любое другое насекомое, которое находится поблизости.

Спасшийся бегством самец устраивается на отдых как можно дальше от недавней подруги. Голод самки и сонливость самца после полового акта свойственны представителям многих видов животных.

Эдмонд Уэллс.
«Энциклопедия относительного
и абсолютного знания», том V

80. ПРОСВЕЩЕННЫЙ

Мы с Матой Хари пробираемся в южные кварталы. На горизонте ни одного кентавра.

Мы подходим к дворцу Атланта. Проскальзываем в приоткрытую дверь. Атлант и его монументальная подруга крепко спят. Они громко храпят, словно два людоеда.

Мы крадемся в подвал. Дверь закрыта, но достаточно повернуть ручку, и она открывается. Мы спускаемся на несколько ступенек. Я освещаю лестницу, ведущую вниз, вспышками анкха.

Я смотрю на планеты, расставленные вдоль стен, и мне кажется, что передо мной целая галактика. Мата Хари поражена, она никогда не видела ничего подобного. Теперь она понимает, почему я так хотел снова прийти сюда.

Мы идем вперед и светим на чехлы, чтобы увидеть номера планет. Мата Хари замечает, что планеты стоят не по порядку, а номера на чехлах намного больше, чем 18. Попадаются планеты даже с трехзначными номерами. Мне кажется, что преподаватели хватили через край.

Как и в прошлый раз, любопытство мое так сильно, что я поднимаю некоторые чехлы. Я вижу знакомые миры. Водные миры. Пустынные миры. Миры, состоящие из газа. Планеты, где человечество живет в доисторическую эпоху, и другие, где уровень развития цивилизации значительно выше, чем на «Земле-1». Я нахожу мир, где суша покрыта стеклянными куполами, похожими на огромные прозрачные бородавки, которые защищают людей от радиации и загрязнения. Миры, населенные роботами. Миры, населенные клонами. Планеты, на которых живут только женщины. Планеты, где нет никого, кроме мужчин.

— Это невероятно, — шепчет Мата Хари, обнаружившая мир, где разумные динозавры построили города, ездят на огромных машинах и летают на огромных самолетах.

Я показываю ей другой мир, у обитателей которого нет позвоночника. Они не могут стоять и ползают, оставляя за собой липкий след. Однако это не мешает им таскать на спине пулеметные башни и воевать.

— Мир разумных слизней.

Мы заглядываем под чехлы с номерами за сотню.

Мы восхищаемся мирами-бонсаями. Мы сами управляли цивилизациями, и не можем не задуматься над тем, что же двигало богами-садовниками, создавшими эти экзотические миры.

— Посмотри-ка на это. Правда, мило? — говорит Мата Хари.

Передо мной мир разумных растений. Цветы построили дома и города, создали армии, сконструировали летательные аппараты. Развитие общества всегда приводит к разделу территорий, а раздел территорий — к войне.

Мы находим и планеты, где царит мир. Застывшие цивилизации. Мата Хари показывает мне синий мир, населенный духами, однако это не Рай и не Империя ангелов.

Вдруг раздается щелчок, и я чувствую острую боль в щиколотке. Я с трудом удерживаюсь, чтобы не вскрикнуть. Мата Хари освещает анкхом пол. В мою ногу вцепились огромные механические челюсти.

Волчий капкан.

Укус стальных зубов причиняет мне сильную боль. Далеко не всегда хорошо быть человеком из плоти и крови. Теперь я понимаю, почему мы так легко вошли в подвал Атланта. Охотник знает, что дичь всегда возвращается на то же место.

Мы пытаемся разжать стальные челюсти, но пружина слишком мощная.

— Нужно найти что-нибудь вроде рычага, — шепчет Мата Хари.

Она ищет, но здесь нет ничего, кроме гладких шаров-планет.

Мы не сдаемся. Мне приходит в голову использовать анкх как газовый резак и перерезать пружину там, где она тоньше всего. После множества попыток нам удается разжать тиски. Я растираю окровавленную щиколотку и, хромая, иду дальше.

— Ну, как?

— Терпеть можно, — отвечаю я, судорожно сглатывая.

Я отрываю лоскут от края тоги и сильно перетягиваю жгутом рану, чтобы не чувствовать боли.

Нужно торопиться.

Я ищу «Землю-18», но не нахожу ее. Зато замечаю еще одну ловушку на учеников. Чем дальше проходим мы в глубь подвала, тем больше становится ловушек.

Мы теряем много времени, заглядывая под разные чехлы. Наконец Мата Хари находит «Землю-18», — там, где капканов больше всего. Обойдя их все, мы снимаем чехол и склоняемся над нашей планетой. Как нам и говорили, за время нашего отдыха мало что изменилось. На «Земле-18» время замедлило бег.

Я вижу, что империя людей-орлов стала еще мощнее, хотя в императорской семье идут непрерывная резня и борьба за трон. Люди-волки Маты Хари по-прежнему плавают на драккарах и грабят южных соседей, нападая даже на аванпосты людей-орлов. Они создали вооруженные отряды, которые захватывают врасплох людей-орлов, привыкших вести организованные сражения на равнинах. Люди-игуаны Марии Кюри мирно сосуществуют с моим народом, но мне кажется, что новый виток истории начнется не здесь. Мне кажется, что люди-игуаны слишком замкнулись на астрологии. Они полагают, что благодаря звездам знают о будущем все, и ничего не предпринимают, чтобы изменить его, не ждут никаких неожиданностей. Они смиренно катятся по рельсам заранее предрешенной судьбы.

В исконных землях людей-дельфинов ситуация только ухудшилась. Люди-дельфины непрерывно бунтуют, а люди-орлы все более кроваво подавляют восстания. Солдаты моего друга Рауля не признают полумер. У городских ворот вороны и мухи кружат над десятками изувеченных тел, брошенных здесь, чтобы устрашить непокорных.

Во главе царства людей-дельфинов орлы поставили наместника — выходца из соседнего народа, грабящего дельфинов. Этот правитель — настоящий тиран, тратит налоги на строительство дворцов, живет в роскоши и разврате. Мои люди-дельфины поднимают восстания, иногда заканчивающиеся краткой победой, но чаще избиением бунтовщиков. Они стали рабами на своей собственной земле. Но они не сдаются. За каждым бунтом следуют еще более суровые репрессии, в результате которых погибает все больше народа. Если так будет продолжаться, мой народ попросту исчезнет в своей родной стране. Самое время применить хитрость.

Чтобы не привлекать внимания, я выбираю новорожденного дельфина, появившегося на свет в простой семье. Сначала я хотел выбрать наследника королевских кровей или сына военачальника, но, поразмыслив, остановил свой выбор на сыне лавочника.

Я решаю дать ему имя «Просвещенный». Я собираюсь научить его всему, что, по моему мнению, должен знать человек. Я дам ему полное образование.

Я настраиваю анкх и берусь за работу. Прежде всего, я ищу внизу, на подставке, настройку времени. Я прекрасно видел, что Кронос, хоть и прикидывался чародеем, на самом деле крутил какое-то колесико. Я нахожу его, и время действительно начинает бежать вперед. Значит, я могу оказывать влияние на человека и наблюдать за результатами на протяжении нескольких десятилетий. Я внушаю родителям юного Просвещенного, чтобы они отпустили его путешествовать. Он отправляется в страну людей-термитов, изучает там философию, созданную моими людьми-дельфинами. Это первый слой знаний. Я с изумлением обнаруживаю, что маленькие общины дельфинов, не подвергавшиеся преследованиям со стороны термитов, полностью ассимилировались и даже сменили веру. Меня посещает мысль: «Неужели моим людям-дельфинам необходимы трудности, чтобы помнить о своем отличии от остальных?»

Я гоню эту вредную мысль и продолжаю формировать душу Просвещенного, обучая его ценностям жрецов-термитов — самоотречению, отсутствию желаний, состраданию, сочувствию, осознанию себя частью Вселенной. Все эти понятия были в учении дельфинов, позаимствовавших их из учения муравьев, но завоеватели, жестоко подавлявшие восстания людей-дельфинов, заставили их забыть об этом. Это второй слой знаний.

Встретившись со старым мудрецом, Просвещенный учится управлять своим дыханием.

Встретившись с колдуньей, он учится управлять сном.

Встретившись с воином, учится управлять гневом.

И он путешествует.

Встретив караван исследователей, Просвещенный учится математике.

К счастью, у Просвещенного врожденная тяга к знаниям. Чем больше он узнает, тем больше ему хочется узнать, тем более открытым он становится.

Когда ему исполняется двадцать семь лет, я устраиваю так, что он встречается с мягкой и нежной женщиной, которая без памяти влюбляется в него.

Когда ему исполняется двадцать девять, она оставляет его, потому что ее любовь слишком сильна. Он остается один и хочет понять, что произошло. Тогда он встречает жестокую женщину, Афродиту, которая сводит его с ума. Он готов отдать за нее жизнь. Но, благодаря моему вмешательству, она покидает его раньше, чем он успевает себя погубить. Подумать только, ведь в этом испытании можно было все потерять.

Теперь Просвещенный знает, что такое дарить и получать любовь. Он учится любить себя, а потом и все человечество в соответствии с принципом четырех уровней любви, о которых говорится в «Энциклопедии относительного и абсолютного знания».

Я возвращаю его к людям-дельфинам и помогаю стать членом тайного общества, которое живет посреди пустыни в поселении, построенном на вершине скалы. Вдали от мира, вдали от воинов-орлов, они хранят истинное эзотерическое учение, знания, пришедшие не только из древней культуры дельфинов, но и изо всех предшествовавших ей и обогативших ее — от людей-китов, людей-муравьев. Просвещенный учится читать сны — благодаря этим знаниям людей-дельфинов терпели при дворах тиранов. В течение трех лет он совершенствуется в искусстве сна-бодрствования, коллективного сна, комментария и анализа сновидений.

Затем у целителя-кита он учится врачеванию. Учитель показывает ему, как исцелять при помощи растений, как уравновешивать энергетические меридианы, которые пролегают под кожей. Он рассказывает ему о человеческой энергетике, об ауре, о способности лечить теплом, которое испускают ладони.

Наконец, достигнув тридцати пяти лет, Просвещенный проходит древний обряд посвящения людей-дельфинов. Посвящение водой. Проходящий этот обряд должен нырнуть в глубокий бассейн и коснуться дна.

— Что ты думаешь об этом, Мата?

Она подсказывает мне на ухо, что нужно сделать, и я тут же вношу исправления.

Посвященный должен нырнуть и достичь дна, не закрывая глаз. На глубине восьми метров он обнаружит отверстие, проплывет двадцать метров по узкому туннелю (это опыт смерти) и попадет в другой бассейн. Там его будет ждать дельфин, который поможет подняться на поверхность.

Мой герой выныривает и вдыхает воздух. Теперь он может разговаривать с животными.

Обряд посвящения, придуманный Матой Хари, должен помочь развитию телепатических способностей, которые позволят общаться с дельфинами.

Сначала Просвещенному трудно.

Я обращаюсь к моему подопечному через дельфина-медиума.

— Здравствуй, Просвещенный. Я должен рассказать тебе о твоем предназначении.

— Кто говорит со мной?

— Дельфин, в которого вселился дух Большого Дельфина.

— Мой Бог?

— Твой Бог.

— Я боюсь, что недостоин, — отвечает Просвещенный.

— Я избрал тебя, отправил тебя путешествовать и учиться именно потому, что ты лучше других справишься с тем, чего я хочу.

В этот момент мне в голову приходит мысль.

— Ты — Тот, кого ждут. Ко мне столько раз обращались с этими словами, что теперь я сам пользуюсь ими.

— Что я должен сделать? — спрашивает меня смертный.

— Восстановить силу А, силу Ассоциации, силу Любви в мире, где главенствует сила D, сила Подавления и Разрушения. Для этого ты должен восстановить ценности народа дельфинов, который всегда защищал силу А, и призвать на свою сторону приверженцев силы N, Нейтральных, которые всегда следуют за тем, кто сказал последнее слово.

Мата Хари сжимает мою руку: я должен говорить дальше.

— Как я восстановлю силу А?

Хороший вопрос. Я смотрю на Мату Хари.

— Нужно поднять восстание, — говорит она.

— Но он погибнет, как все остальные, кто бунтовал в землях дельфинов.

— Пусть напишет книгу пророчеств, — подсказывает она.

— Слишком рано. Нострадамус появится только в 1600 году.

— Да, но Иоанн Богослов жил намного раньше. А его Откровения оказали большое влияние.

— Я не думаю, что нужно именно это.

Просвещенный ждет, не понимая, почему дельфин больше не говорит с ним.

— Тогда ему остается только изобрести электричество, — говорю я, исчерпав все идеи, — пусть станет кем-то вроде супер-Архимеда.

— Вспомни наш девиз.

— Любовь — наш меч, а юмор — щит?

Я не понимаю, что она хочет этим сказать. Любовь? Это довольно абстрактное понятие. Юмор? Мои люди-дельфины так давно подвергаются гонениям, что чувство юмора у них весьма развито, иначе они бы не вынесли бедствий, обрушивавшихся на них. Нет, хоть я и бог, но мне не приходит в голову, как объяснить Просвещенному, чего я хочу. Я чувствую, что там, на «Земле-18», он теряет терпение, хотя дельфин догадался развлечь его и кувыркается в бассейне.

— Послушай, — говорю я, — мне кажется, лучше всего будет, если он поднимет вооруженное восстание, но на этот раз я поддержу его, и он победит. Я истреблю молнией легионы людей-орлов.

— Какое-то время это будет действовать, но твой Просвещенный не сможет в одиночку победить Империю орлов.

Нога болит, и я знаю, что у нас осталось мало времени. С минуты на минуту может появиться Атлант. Будет ужасно жаль бросить созданного мной спасителя посреди такого опасного мира.

И тут я вспоминаю, что уже сделал все необходимое для того, чтобы у него все получилось. Я дал ему образование и поддержку народа дельфинов. Я должен доверять ему, он сам поймет, что нужно делать. Мата Хари кивает.

Дельфин возвращается к Просвещенному и говорит:

— Ищи и найдешь.

Это, конечно, не бог весть какая божественная поддержка, но я рассчитываю, что он найдет правильное решение.

Дельфин ныряет, Просвещенный хватается за его плавник и возвращается в первый бассейн, где их ждут другие люди-дельфины. Просвещенный спрашивает, как удалось привезти сюда, так далеко от моря, это большое животное, и жрецы рассказывают ему о своей тайной жизни. У них сохранились книги, в которых рассказывается об острове Спокойствия, у них есть механизмы, созданные благодаря знаниям предков. Так Просвещенный получает пятый слой знаний. После изучения культуры китов и мудрости дельфинов наступает время последнего урока. Пришла пора узнать о древней цивилизации муравьев.

Просвещенный в сопровождении человека, который говорит, что он прямой потомок людей-муравьев, спускается по лестнице в зал, в центре которого стоит пирамида высотой в два метра — это муравейник. Он наблюдает за ним два месяца, прерываясь только на сон и еду.

Наблюдая за насекомыми, он открывает новую форму общественной жизни, которая основана на обмене и солидарности. У муравьев два желудка: один — обычный, для того чтобы переваривать пищу, другой — общественный, в котором они хранят пережеванную пищу для того, чтобы кормить других. Этот орган щедрости и связи с другими и есть секрет, на котором держится их союз. Каждый заинтересован во всеобщем преуспеянии. Все связаны друг с другом.

Просвещенный понимает, как создать общество, в котором у каждого будет все необходимое для жизни, где у каждого будет возможность заниматься тем, к чему у него лежит душа, одновременно трудясь на пользу всего общества. Он видит, что у муравьев нет бедняков, изгоев, нет даже иерархии. Королева только откладывает яйца. Просвещенный видит, что в муравьином обществе нет даже одержимости работой. Оно разделено на три группы.

Первая группа: бесполезные. Это иждивенцы, которых другие кормят, ни в чем их не упрекая. Бесполезные спят, гуляют, смотрят, как другие работают.

Вторая группа: неуклюжие. Эти работают, но неэффективно. Они роют туннели, а в результате рушатся потолки нижних коридоров. Притаскивают веточки, которые перегораживают выход.

Третья группа: активные. Треть населения, которая исправляет ошибки второй группы. На активных держится все общество.

Просвещенный видит, понимает, обдумывает, делает выводы. Он хочет поделиться своими знаниями и открытиями.

Пройдя несколько обрядов посвящения, Просвещенный с помощью нескольких жрецов-дельфинов начинает действовать.

Он покидает поселение на вершине скалы, отправляется в столицу людей-дельфинов и произносит первую речь на Рыночной площади.

— Я пришел не для того, чтобы изобрести что-то новое. И не для того, чтобы основать новую религию. Я человек-дельфин и останусь человеком-дельфином, привязанным к старым ценностям. Я пришел для того, чтобы напомнить о наших законах и правилах тем, кто забыл их из-за нашествий захватчиков и уступок нашим угнетателям. Раньше, до того как нашу страну завоевали люди-крысы, скарабеи, львы или орлы, мы обладали знаниями, которые теперь забыты. Это знания наших матерей. Матерей наших матерей. Знания наших отцов и отцов их отцов. Это знания Пастыря. Я пришел напомнить вам о них.

Просвещенный придумывает краткий обряд посвящения — следует опустить голову в воду: это символизирует единение с дельфином. Затем люди-дельфины и новые последователи Просвещенного начинают повсюду рисовать на стенах: самые способные изображают дельфинов, а те, кто не может с этим справиться, рисуют рыб.

Это начинает беспокоить командиров армии орлов. До сих пор им удавалось без труда подавить любое вооруженное восстание, но теперь они столкнулись с новым видом мятежа — без проявлений насилия, и это ставит их в тупик. В чем можно упрекнуть Просвещенного? У него даже нет меча.

Дельфинья философия Просвещенного распространяется как лесной пожар. Его речи заучивают наизусть, пересказывают, обсуждают. Люди внезапно начинают живо интересоваться подлинными ценностями своего народа, исконными ценностями людей-дельфинов, оставшимися неизменными даже после нашествия завоевателей-орлов. Даже жрецы, назначенные орлами, начинают тревожиться.

Просвещенный говорит:

— Если потереть любого человека, то под внешней оболочкой мы увидим страх. Этот страх заставляет человека первым наносить удар. Он нападает, потому что боится. Этот страх — причина любого насилия в мире. Но если человеку удастся унять этот страх, то под ним он найдет более глубинный слой — слой чистой любви.

Мата Хари права, достаточно было предоставить Просвещенному свободу действий, и он сам понял, что и как нужно делать.

Группа последователей помогает ему, они несут сказанное им во все концы страны. Его учение волнами расходится во все стороны. Таков эффект от моей маленькой «бомбы любви» замедленного действия»

Я предлагаю вернуться домой.

— Как твоя рана? — спрашивает Мата Хари.

— Я забыл о ней, — лгу я.

Мы целуемся.

Накрываем «Землю-18» чехлом. Тихо уходим, бесшумно прикрыв за собой дверь.

— Не хочешь ли испытать свою силу А на мне? — лукаво спрашивает моя подруга.

Она крепко обнимает меня сильными руками. Я чувствую себя умиротворенным. Даже щиколотка не так болит. Кажется, стальные челюсти задели в основном кожу, а не мышцы.

Завтра второй день отдыха.

Мы возвращаемся. Я прижимаюсь к Мате Хари, чувствуя, что выполнил свой божественный долг.

81. ЭНЦИКЛОПЕДИЯ: ЭЛЕВСИНСКАЯ ИГРА

Элевсинская игра очень древняя и странная. Задача играющих — найти ее правила. Перед началом партии один из игроков придумывает правило и записывает его на листке. Это игрок-Бог. Берутся две колоды по 52 карты. Игрок, начинающий партию, кладет карту и говорит: «Мир начал существовать». Остальные игроки также по очереди выкладывают по одной карте. Игрок-Бог комментирует каждый ход, говоря «Хорошая карта» или «Плохая карта». Плохие карты откладывают в сторону. Игроки видят хорошие карты и пытаются понять логику выбора Бога.

Если кто-то считает, что понял правило игры, то объявляет себя Пророком. Он больше не берет карты из колоды и начинает вместо «Бога» говорить: «Хорошая карта», «Плохая карта». Бог следит за Пророком, и, если тот ошибается, его обличают, и он выбывает из игры. Если Пророк десять раз ответил правильно, он объявляет правило игры, которое сравнивают с тем, что было записано в начале игры. Если все правильно, считается, что Пророк понял правило Бога, он выиграл и в следующей игре становится Богом. Если правило никто не угадывает и все Пророки ошибаются, то выиграл Бог.

В этом случае игроки решают, можно ли было угадать правило. Интересно, что труднее всего угадать самые легкие

438

правила. Например, очень трудно вычислить правило «карта старше семерки — карта младше семерки», так как игроки прежде всего обращают внимание на старшинство карт и чередование черных и красных мастей. Невозможно вычислить правило «только красные карты, кроме 10-й, 20-й, 30-й...». Самым простым правилом может быть «все карты хорошие». Как же выиграть? На самом деле каждому игроку выгодно как можно быстрее объявить себя Пророком, даже если он не уверен, что догадался, какое правило установил Бог.

Эдмонд Уэллс.
«Энциклопедия относительного
и абсолютного знания», том V

82. СРЕДА. ВТОРОЙ ДЕНЬ КАНИКУЛ

Внезапно я просыпаюсь.

— Сколько времени? — спрашиваю я.

Мата Хари смотрит в окно.

— Примерно десять, судя по положению солнца. Что будем делать?

Мы решаем остаться в постели и заняться любовью. Я ищу все новые способы отдалить тот момент, когда все это станет привычным, и наши тела встречаются там, где сами назначили друг другу свидание.

Около одиннадцати мы решаем пойти позавтракать. Завтрак подан, но не в Мегароне, а на главной площади. Столы накрыты белыми скатертями, на них фрукты, молоко, мед, хлопья, амфоры с чаем и кофе и даже маленькие пирожные.

Появляются совершенно измученные теонавты.

— Как все прошло вчера вечером? — спрашиваю я больше из вежливости, чем из интереса.

— Мы не смогли пройти. Горгона вооружилась длинной палкой и стала нас бить. Мы не могли как следует защищаться, потому что ничего не видели, — расстроенно отвечает Густав Эйфель.

— Фредди вам помог?

— Конечно. Он вел нас, но не мог биться с Горгоной. Ведь наш друг теперь хрупкая девушка.

— Видимо, надо было все-таки продумать систему зеркал, — включается в разговор Жорж Мельес. — Согласно легенде, Персей победил Горгону именно так. Я постараюсь к сегодняшнему вечеру сделать зеркальный щит, вроде того, которым обезвредил Большую Химеру.

— Где Рауль? — спрашиваю я.

— Вчера ночью он много сражался, устал. Скорее всего, он спит, — отвечает, подходя, Жан де Лафонтен.

Эдит Пиаф обращается ко всем:

— Пойдемте на пляж. Завтра каникулы закончатся!

Ко мне подкрадывается сатир и заглядывает в чашку, словно ищет там что-то. Главное, ничего не говорить, иначе он снова устроит эхосеанс.

— Осторожно. Здесь сатир. Он будет все повторять, — говорит Жан де Лафонтен.

— Осторожно. Здесь сатир. Он будет все повторять, — тут же подхватывает человек с козлиными ногами.

К нему подбегают еще двое сородичей. Интересно, зачем эта чушь нужна в царстве богов?

— Осторожно. Здесь сатир. Он будет все повторять, — распевают они.

— О черт! Нужно было молчать, — неосторожно продолжает Лафонтен.

— О черт! Нужно было молчать! — хором подхватывают десять сатиров. Звучит почти как хорал.

— Не будут же они повторять все, что я скажу!

— Не будут же они повторять все, что я скажу! — На этот раз это тирольское пение в исполнении двадцати сатиров, страшно довольных тем, что нашли себе жертву.

Я делаю знак Мате Хари, что пора присоединиться к нашим друзьям на пляже. Я шевелю губами, не произнося ни звука, чтобы сатирам не удалось ничего повторить.

Держась за руки, мы уходим на западный пляж.

Ко мне подходит Сент-Экзюпери и, наклонившись, тихо говорит на ухо:

— Сегодня вечером. Ты готов?..

О чем это он? Ах да, велодирижабль.

Я киваю.

Сент-Экзюпери исчезает, и я растягиваюсь на полотенце. Когда я был смертным, я терпеть не мог загорать. Это казалось мне такой убогой тратой времени. Я даже думал: «Я устаю от работы. Но от безделья я устаю еще больше».

Мата Хари ложится на живот и снимает верхнюю часть купальника, чтобы на спине не осталось следов от бретелек.

Я смотрю на линию горизонта. Передо мной порхает какое-то насекомое. Я вытягиваю палец, и на него садится сморкмуха.

— Привет, сморкмуха.

Херувимка так и подпрыгивает, ее голубые крылья с серебряным отливом трепещут.

— Ты мне очень нравишься. Я не забыл, что ты сделала для меня.

Сморкмуха начинает нервничать еще больше. Я рассматриваю ее, и вдруг меня озаряет:

— Наши души знакомы, правда?

Она кивает.

— Откуда мы знаем друг друга?

Сморкмуха объясняется жестами. Я пытаюсь понять, что она говорит.

— Мы познакомились на «Земле-1». Моя душа знала тебя, когда я был смертным?

Она довольно кивает.

— Ты была женщиной?

Она снова кивает.

Значит, это не просто какая-то женщина-мотылек.

— Ты же не... Роза? Не моя жена?

Я внимательнее вглядываюсь в ее лицо. Нет, она не похожа на Розу. Конечно, при переходе в новое состояние внешность несколько меняется, но кое-что остается неизменным. Например, взгляд или форма рта. Роза была мне самым близким человеком, мы создали вместе столько проектов. Я даже искал ее на континенте мертвых. Я действительно любил ее. Это было не страстью, но любовью, в которой участвовал разум. У нас были очаровательные дети, я воспитывал их так хорошо, как только мог.

Сморкмуха мотает головой.

— Амандина?

Она была медсестрой, принимала участие в первых опытах танатонавтов. Я помню красивую блондинку с лукавым взглядом, которая поднимала мне настроение, когда мы осваивали континент мертвых. Она занималась любовью только с танатонавтами. Когда я сам стал одним из них, Амандина по-своему наградила меня за это. И я понял, что она меня больше не интересует.

Сморкмуха опять качает головой. Она так мечется, что я понимаю — ей очень важно, чтобы я догадался.

— Мы любили друг друга? — спрашиваю я.

Она кивает, но как-то странно, словно это верно лишь наполовину.

— Стефания Чичелли?

На этот раз она оскорблена и улетает.

— Эй, сморкмуха, погоди! Я вспомню!

Но женщина-мотылек уже далеко. Неужели это кто-то из забытых мною любовниц? Ладно, мне надоело возиться с обидчивой херувимкой. Пойду купаться. Рана на щиколотке пощипывает, но морская вода поможет ей зажить.

Я уплываю далеко от берега, надеясь встретить дельфина, но не вижу его. Мата Хари предлагает заняться любовью в воде. Мне кажется, она ненасытна. В «Энциклопедии» Эдмонд Уэллс писал, что «стыдливость» придумали мужчины, чтобы женщина не осмеливались говорить о своем желании испытывать оргазм. Возможно, все женщины хотят постоянно заниматься любовью, но воспитание не позволяет им говорить об этом.

Заниматься любовью в воде, когда некуда поставить ноги, не так-то просто. Но трудности только забавляют мою подругу, в конце концов это кажется забавным и мне. Это начинает мне нравиться. Может быть, во мне есть что-то от дельфина, что до сих пор оставалось неразбуженным.

Мы возвращаемся домой, чтобы обсохнуть.

— Где Рауль?

У меня появляется нехорошее предчувствие.

Мата Хари успокаивает меня.

— Он, скорее всего, с Сарой Бернар, — говорит она. — Кажется, я видела их вчера вечером вместе. Если ночью они сражались с Медузой, то он спит. Зная Рауля, можно не сомневаться: он был в первых рядах.

В час дня мы обедаем на пляже сосисками с поджаренным хлебом и салатом.

Рауля по-прежнему нет.

Дионис объявляет программу сегодняшнего вечера — большое представление в шесть часов, а в восемь — праздничный ужин.

После обеда мы снова купаемся. Но я не спускаю глаз с пляжа, ожидая Рауля.

Несколько богов-учеников играет в Элевсинскую игру, я слышу, как они обсуждают правило, придуманное богом этой партии — Вольтером.

— Слишком сложно! Его нельзя было понять, — утверждает один из игроков.

Пророк подтверждает — Вольтер никуда не годный бог. Вольтер возмущается и говорит, что они просто не умеют играть. Руссо, который до сих пор молчал, не может отказать себе в удовольствии добить соперника:

— Если не можешь придумать простое правило, согласно которому должен существовать мир, остается писать романы. Книжные герои жаловаться не будут.

— Мое правило мироустройства прекрасно работало, — отвечает Вольтер, — это вы не смогли его найти.

— Вольтер, ты проиграл.

Рассерженный философ отказывается продолжать игру.

— Кто-нибудь придумал новое правило?

— Давайте я попробую, — говорит Руссо.

В шесть часов Рауля все еще нет.

Мы собираемся в Амфитеатре, и, несмотря на мысли, которые не дают мне покоя, я решаю посмотреть пред-

444

ставление. Боги хотят показать нам пьесу по мотивам легенды о Беллерофонте.

Беллерофонт, Младший преподаватель, играет самого себя. Я с ним не знаком и не знаю его легенды.

В спектакле также участвует Пегас, которого отпустила Афина. Он играет Пегаса.

Представление начинается.

Беллерофонт (чье имя означает «носящий меч») — внук Сизифа. Еще ребенком (его исполняет сатир, которому стоит большого труда не произносить ничего, кроме слов своей роли) он случайно убивает товарища (которого тоже играет сатир), а потом брата. Его отправляют к царю Прету (Дионис), чтобы он очистился от совершенного им двойного убийства. Но Антея, супруга царя (ее играет Деметра), влюбляется в него с первого взгляда. Она пытается поцеловать его, но он отвергает ее ласку. Оскорбленная Антея обвиняет Беллерофонта в том, что он покушался на ее честь. Муж в ярости. Однако Прет не хочет сам убивать Беллерофонта и отсылает его к отцу Антеи, царю Иобату, с письмом, в котором содержится приказ убить того, кто его доставит. На этом заканчивается первое действие. Второе действие: вместо того, чтобы убить Беллерофонта, Иобат поручает ему истребить Большую Химеру. Он считает, что послал Беллерофонта на верную смерть.

Но Беллерофонт обращается за помощью к прорицателю, который советует ему поймать и приручить Пегаса, крылатого коня муз, появившегося на свет из крови Горгоны.

— Все так переплетено между собой, — шепчу я Мате Хари.

— Тише, — шикают сидящие рядом ученики, захваченные сюжетом.

445

Беллерофонт надевает на Пегаса золотую уздечку, подаренную Афиной, садится на волшебного скакуна и летит по воздуху. Тут на сцене появляются три кентавра в масках льва, овна и дракона. Они накрыты попоной и изображают одно существо — Большую Химеру.

Беллерофонт садится на настоящего Пегаса и кружит в воздухе над чудовищем, к полному восторгу зрителей. Он выпускает стрелы без наконечников, которые отскакивают от кожаной попоны, и протыкает копьем горло дракону. Кентавры валятся на бок, зрители хлопают.

Тут на сцену выходит Иобат и изображает возмущение. Третий акт. Иобат выдумывает новые испытания, чтобы избавиться от незваного гостя. Он поручает ему в одиночку победить своих врагов — солимов, амазонок (их играют Времена года) и пиратов.

— Похоже на историю Геракла, — шепчу я. — Все греческие мифы похожи.

— Тс-с-с... — снова сердито шикают наши соседи. На сцене Беллерофонт, верхом на крылатом коне, побеждает амазонок. Он стреляет в них из лука. Аплодисменты не такие бурные, как после победы над Химерой.

Отец Антеи призывает Посейдона (в роли Посейдона — Посейдон) и просит устроить наводнение в долине, где находится Беллерофонт.

Кентавры носят по сцене деревянные декорации, изображающие волны и выкрашенные в синий цвет. Волны наступают, Беллерофонт отступает.

Желая удержать его, женщины, которых исполняют оры, задирают юбки, чтобы отдаться герою. Беллерофонт в смущении вскакивает на Пегаса, прежде чем волны настигают его.

Иобата посещают сомнения. Он вопрошает: не полубог ли Беллерофонт? Царь решает спросить у самого Беллерофонта, что произошло между ним и Алтеей, и, понимая, что на него возвели клевету, показывает ему письмо Прета с приказом убить его.

Чтобы искупить совершенную несправедливость, царь Иобат выдает за него свою дочь Филоною (ее играет наспех переодевшаяся и загримированная ора) и уступает свое царство — Ликию. Но Беллерофонт, опьяненный успехом, громко заявляет о своем неверии в могущество богов. «Я, простой смертный, сильнее, чем боги», — провозглашает герой.

Жрецы (Прометей и Сизиф) умоляют его отказаться от богохульных слов, но Беллерофонт хватает мотыгу и разрушает колонны храма Посейдона. «Боги не существуют, — утверждает он, — или пусть остановят меня».

Дерзкий Беллерофонт садится на Пегаса и летит на вершину Олимпа. Он решает явиться к богам без приглашения.

Зевс (его играет Гермес в маске с белой шерстяной бородой) рассержен и посылает овода (его изображает херувимка), чтобы тот укусил Пегаса. Крылатый конь взбрыкивает и сбрасывает седока. Беллерофонт падает, приземляется на колючий куст и становится слепым и хромым. Актер несколько переигрывает.

Зевс объясняет присутствующим свою волю: он желает, чтобы наглец остался жив, и пусть все, кто встретит его, знают, что случается с теми, кто считает себя равным богам.

Раздаются жидкие аплодисменты. Все мы поняли, что этот спектакль — предупреждение: «Помните свое место и не пытайтесь лезть вперед быстрее, чем этого хотят Старшие боги».

Пьеса закончена, и хариты начинают петь веселые песни.

Вдруг я начинаю глохнуть, и вскоре звук совсем пропадает.

Я снова окружен стеной тишины. Рядом со мной любимая, вокруг публика, но я чувствую себя еще более одиноким, чем прежде. Вопрос, который неотступно преследует меня всю жизнь, снова встает передо мной: «Что я здесь, собственно, делаю?»

Мата Хари все чувствует. Она берет меня за руку и крепко сжимает ее, словно напоминая о своем присутствии. «Что-то идет не так. Пора начинать волноваться», — шепчет мне внутренний голос. Мой мозг начинает отчаянно работать.

Внезапно моя рука стискивает руку подруги.

— Что случилось? — спрашивает Мата Хари.

Скамьи Амфитеатра пустеют, все уходят на главную площадь, на праздничный ужин.

— Мишель, что происходит? — волнуется Мата Хари.

— Сядь и жди меня. Я иду в туалет, — говорю я, чтобы она не увязалась за мной.

Не вдаваясь в объяснения, я бросаюсь бежать.

Только бы я ошибся.

83. ЭНЦИКЛОПЕДИЯ:
ЛОВУШКА ДЛЯ ОБЕЗЬЯН

Бирманские аборигены придумали очень простой способ ловли обезьян. К дереву привязывают прозрачную банку. В банку кладут какое-нибудь твердое лакомство размером не боль-

ше апельсина. Обезьяна, заметив приманку, сует лапу в банку, но вытащить лапу, сжимающую добычу, уже не может. Обезьяна не может ни вытащить лапу, ни бросить лакомство. Она не может расстаться с тем, что считает своим, поэтому дает поймать себя и убить.

Эдмонд Уэллс.
«Энциклопедия относительного
и абсолютного знания», том V

84. ПОХИЩЕНИЕ МЕССИИ

Я врываюсь к Атланту. Дверь по-прежнему приоткрыта. Я пробираюсь во дворец. Направляюсь к подвалу, он тоже не заперт. Скатываюсь вниз по ступенькам и... едва не попадаю в несколько капканов.

Я бросаюсь к «Земле-18».

Чехол наброшен не так, как я его оставил. Кто-то был здесь.

Я снимаю его и достаю анкх, чтобы воспользоваться его увеличительным стеклом.

Слишком поздно. Я знаю. Я чувствую. Мне остается только озирать руины. Разрушения чудовищны.

Просвещенного арестовала полиция орлов как мятежника и сторонника сепаратизма. Его предали публичной казни — посадили на кол. Его тело все еще выставлено на площади, на столбе надпись: «ВОТ ЧТО БЫВАЕТ С ТЕМИ, КТО ВЫСТУПАЕТ ПРОТИВ ЗАКОНА ОРЛОВ».

Казненный очень страдал. Солдатам-орлам нравится пытать пленников, это часть их культуры.

Наверное, он взывал ко мне перед смертью, а меня не было рядом.

Но и это еще не самое худшее. Рауль украл мою идеологию. Один из людей-орлов объявил себя единственным преемником учения Просвещенного.

Он так и называет себя — Преемник. На самом деле он бывший руководитель секретных служб оккупационных войск людей-орлов. Он великолепно умеет манипулировать людьми, расставлять сети, вести толпу за собой.

Он никогда, даже мельком, не встречался с Просвещенным, но говорит от его имени, словно он один по-настоящему понял его.

Он незаметно устранил других, законных преемников Просвещенного. Методично уничтожил тексты, написанные последователями Просвещенного, повествовавшие о подлинных событиях его жизни и его истинных словах.

Преемник прекрасно говорит. Он выдергивает слова моего Просвещенного из контекста и придает им тот смысл, который нужен ему. Так, например, он объявляет, что мой посланник пришел, чтобы основать новую религию.

Но ведь на самом деле было совершенно не так. Просвещенный много раз говорил: «Я пришел не для того, чтобы основать новую религию, но для того, чтобы напомнить об истинных ценностях народа дельфинов тем, кто забыл о них».

Только бы свидетели его жизни помнили, что он говорил.

Но Преемник хитер. Он избавился от старых друзей, ото всех, кто был с Просвещенным. Он окружил себя совершенно другими людьми, чужими, создал из них банду, сплел собственную сеть. Все люди-дельфины, которые были с Просвещенным, изгнаны, оболганы и даже объявлены предателями истинного учения Просвещенного. «Если бы вы действительно были его друзьями, вы бы его спасли», — бросил Преемник одному из бывших сподвижников Просвещенного. Ответа никто не услышал, его заглушил гром аплодисментов. Если друзья Просвещенного возмущались чересчур громко, люди в масках хватали их и избивали, чтобы в другой раз у них не возникало желания высказываться.

Вскоре истинных друзей Просвещенного стали называть «предателями истинного учения». Их подозревали в том, что они способствовали гибели Просвещенного. Никто уже не помнил, что Преемник стоял во главе той самой тайной полиции, которая преследовала людей-дельфинов и казнила Просвещенного. Разумеется, полиция орлов была очень лояльна по отношению к так называемой новой религии, и у Преемника никогда не возникало никаких сложностей с местными властями.

Так я понял, что правда никому не нужна, а тот, в чьих руках идеология, может переписать Историю так, как этого требуют его интересы.

Преемник называет свое учение Всемирной религией, утверждая, что вскоре новую веру примут все люди на земле. Рауль отлично понял, какая сила таилась в том, что я задумал, и обратил мое оружие против меня. На смену толерантности пришел прозелитизм.

Жрецы Всемирной религии отвергли символ в виде рыбы (имевший слишком близкое отношение к культуре людей-дельфинов) и выбрали символом орудие казни Просвещенного — кол и на нем человека, насаженного, как курица на вертел. Последователи новой религии носили эти изображения как украшения. Изображения рыб повсюду уничтожали и заменяли изображениями посаженного на кол человека.

Преемник распространял повсюду новую религию, используя все средства пропаганды и популяризации, а огромная армия людей-орлов двинулась в пустыню, чтобы осадить поселение людей-дельфинов.

Рауль.

Я посылаю молнии, чтобы остановить эту армию, но это не помогает. Их слишком много, они полны решимости и совершенно непроницаемы для кошмаров, которыми я пытаюсь наполнить их сны. Я бог, но совершенно беспомощен перед лицом надвигающейся трагедии.

Посреди пустыни, в крепости дельфинов, в последнем укрепленном бастионе науки и тайного знания людей-дельфинов, идут приготовления к осаде.

К счастью, у людей-дельфинов есть в крепости источник воды, благодаря которому на высоте нескольких сотен метров им удается разводить скот и обрабатывать землю.

Мои люди-дельфины держатся долго, бьются храбро и отчаянно, они даже совершают вылазки и поджигают вражеские шатры. Но люди-орлы стреляют по осажденной крепости из катапульт. Чтобы подорвать дух защитников крепости, они используют в качестве снарядов родственников осажденных — несчастные разбиваются о крепостные стены.

Как Рауль мог дойти до этого?

Мой Просвещенный действительно его встревожил.

Или покорил.

Я поражаю молнией несколько катапульт, но не могу уничтожить их все. Видя, что конец близок, люди-дельфины решают, что лучше покончить с собой, чем стать рабами или гребцами на галерах орлов.

Орлы, взбешенные поступком людей-дельфинов, уничтожают крепость — так же, как раньше они уничтожили порт людей-китов.

Они жгут библиотеки, крушат механизмы, разоряют лаборатории. Найдя в бассейне дельфина, они убивают его и съедают.

Рассказ о гибели Просвещенного в изложении Преемника трогает сердце любого, кто его слышит. Новая Всемирная религия распространяется сначала в общинах людей-дельфинов и вызывает раскол, а потом выплескивается дальше. Обряд посвящения, когда в воду погружали всю голову, сокращается до минимума — три капли воды на лоб.

Верхом цинизма становится праздник, который якобы установил Просвещенный, — по средам, в день, когда была взята крепость и убит дельфин, следует есть рыбу.

Первые новообращенные, большинство из которых именно люди-дельфины, подвергаются гонениям со стороны орлов, потом к ним начинают относиться терпимее, пока наконец столица людей-орлов не становится цитаделью религии Преемника. Теперь это новая официальная религия Империи людей-орлов.

Подумать только, ведь мой Просвещенный явился, чтобы освободить людей-дельфинов от оккупантов-орлов!

Теперь во имя Просвещенного и во имя ценностей, которые он якобы защищал, развязана кампания против людей-дельфинов и устаревших ценностей старой религии, которая и убила (теперь об этом говорится совершенно недвусмысленно!) Просвещенного.

«Если ты любишь то, чему учил Просвещенный, отвергни ценности дельфинов», — объявляет Преемник в одной из своих речей, которую записали тысячи писцов.

Люди-дельфины, не обратившиеся в новую религию, переживают новые гонения не только со стороны орлов, но и со стороны людей-дельфинов, принявших Всемирную религию и демонстративно отрекающихся от своих братьев. Из-за этого очередную волну гонений выносить особенно тяжело.

Теперь мой народ истребляют во имя моего призыва к любви! До чего же просто выдать ложь за правду, выставить жертву палачом, а палача жертвой. Возможно, Прометей прав. Смертные — всего лишь панурговы овцы: что им ни скажешь, они слушают и идут туда, куда и все... Им наплевать на правду. Чем грубее ложь, тем легче она проходит.

Надо мной раздаются раскаты грома:

— Я вам не очень помешал?

85. ЭНЦИКЛОПЕДИЯ: МАСАДА

Крепость Масаду построил Ионафан Асмоней. Посреди пустыни, на вершине одинокой скалы, высится дворец, вознесенный на 120 метров. Позже дворец был укреплен Антипатром, отцом Ирода I. Антипатр был царем не иудейского происхождения, он был идумеянин, которого римляне назначили наместником в Иудею, чтобы контролировать сбор налогов.

В Иерусалиме поднялось восстание. Евреям, зилотам и сикариям, удалось бежать через подземные ходы вместе с детьми и женами.

Они укрылись в Масаде, где ночью перебили римский гарнизон. К группе повстанцев присоединились ессеи, не принимавшие официальный иудаизм, навязанный римлянами. Из общины ессеев вышел Иоанн Креститель, человек, крестивший Иисуса Христа. Иоанна Крестителя обезглавили по желанию танцовщицы Саломеи. В крепости Масада ессеи, зилоты, сикарии основали коммуну, все члены которой были свободны и равны.

Когда в 70 г. Иерусалим пал после одного из крупнейших иудейских восстаний, римляне решили покончить с Масадой, считавшейся пристанищем мятежников. Для покорения последних свободных людей был послан 15-й легион под командованием римского генерала Сильвы. Осада Масады длилась три года. Ессеи отчаянно сопротивлялись римским легионерам. В конце концов жители крепости предпочли покончить с собой, чем сдаться римлянам.

Перед тем как защитников крепости постиг трагический конец, несколько ессеев бежали потайным ходом, спасая свитки — рукописную сокровищницу знаний и истории религиозного течения. Они спрятали их в Кумранских пещерах на берегу Мертвого моря. Через две тысячи лет эти тексты, знаменитые свитки Мертвого моря, нашел молодой пастух, искавший заблудившуюся овцу. Рукописи повествуют о «битве, идущей с начала времен между сынами света и сынами тьмы», они рассказывают и о жизни одного из них, иудея по имени Иешуа (Иисус) Коэн*, которого распяли римляне за проповедь ессейства. Ему было 33 года.

Эдмонд Уэллс.
«Энциклопедия относительного
и абсолютного знания», том V

---

* Коэн в переводе с древнееврейского — «первосвященник» или «проповедник».

86. КОШМАР В СТЕКЛЯННОЙ БАНКЕ

Огромный силуэт Атланта застилает свет в дверном проеме.

— Я могу все объяснить, — заикаясь, говорю я.

Атлант зажигает огромный факел, который горит, распространяя запах паленой резины.

— Нечего объяснять, — благодушно отвечает он.

— Что там такое, дорогой? — спрашивает издали женский голос.

— Ничего, Плепле, все в порядке. Я поймал нашего вчерашнего гостя.

— И кто это?

— Мишель Пэнсон.

— Бог людей-дельфинов?

— Совершенно верно.

— Ты отправишь его в лабораторию?

— Да, я как раз задумал сделать одну химеру. Когда вы были смертным, не приходилось ли вам работать в агентстве по устройству переездов? Может быть, вы как раз тот парень, который с удовольствием помогает друзьям перетаскивать пианино?

Только не паниковать.

— Нет, к сожалению, на «Земле-1» я старался не таскать тяжестей. У меня слабая поясница.

— Вот и проверим. Потому что с этого момента, дорогой ученик, вы будете моим носильщиком. Не знаю, вы ли «Тот, кого ждут», хотя такие слухи ходят, но вы именно «Тот, кого я жду». Плепле, проводи молодого человека в лабораторию и попроси Гермафродита поработать над ним, чтобы он смог носить тяжести. Ему

456

нужно сделать бицепсы и, наверное, увеличить рост и ширину плеч. Я думаю, роста в два с половиной метра хватит.

На верху лестницы появляется госпожа Атлант. Она спускается. Я прекрасно вижу ее при свете факела, который держит ее муж. У нее руки здоровенные, как ляжки, ляжки широкие, как туловище, а грушевидное туловище просто огромно.

— Господин Пэнсон, вы никогда не мечтали стать гигантом? С высоты в два с половиной метра видно намного лучше. Я уверена, вам понравится.

Я пячусь.

Терять мне нечего, и, повинуясь только инстинкту сохранения жизни, я предпринимаю отчаянный маневр. Я из всех сил пинаю ногой стеллаж, на котором расставлены планеты. Полки начинают крениться.

Атлант понимает, что, если он сейчас не подхватит их, полки рухнут, а все планеты упадут и разобьются.

Он кидается вперед. Воспользовавшись этим, я бегу в противоположную сторону. На моем пути Плепле, растопырившая руки. Позади раздается крик:

— Скорее! Помоги мне, или планеты рухнут!

Великанша колеблется. Наконец она решается отказаться от мысли поймать меня и бросается на помощь супругу. Путь свободен. Нельзя терять ни минуты. Я мчусь по лестнице вверх.

Но, оказавшись в холле, я вижу, что все пути к отступлению перекрыты. Я хватаю стул, чтобы залезть на него и дотянуться до ручки окна, но огромная рука уже держит меня, и, прежде, чем я понимаю, что происходит, оказываюсь в стеклянной банке, как мой учитель Эдмонд Уэллс.

Я пытаюсь дышать в закупоренном сосуде, но в нем совсем нет воздуха. Я бьюсь о стекло. Эхо ударов едва не оглушает меня.

«Не забудь сделать дырочки в крышке, иначе он задохнется!..» Слова, сказанные снаружи, едва достигают моего слуха.

Госпожа Атлант берет отвертку и пробивает металлическую крышку. Я бросаюсь к отверстию, через которое поступает воздух.

Титан несет банку через Олимпию. Я мечусь в ней и вдруг понимаю, что чувствовали лягушки, бабочки, слизни, улитки, головастики и ящерицы, которых я сажал в банки, когда решил устроить собственный зоопарк. Атлант приносит меня в здание, где я уже был, когда гнался за богоубийцей. Он стучит, и ему открывает Гермафродит.

— Мне сказали, что я могу взять себе помощника, если найду кого-нибудь, — говорит Атлант. — Вот он.

Гермафродит с любопытством смотрит на меня сквозь толстое стекло. Он щелкает по стеклу, звук внутри оглушает меня. Атлант открывает крышку, и сын богини любви бросает внутрь мокрую ватку. Это эфир.

Я просыпаюсь привязанным к операционному столу. Вокруг клетки, наполненные чудовищными гибридами — на треть животные, на треть люди, на треть божества. Пленники тянут ко мне руки сквозь прутья решеток.

Гермафродит с улыбкой смотрит на меня, вертя в руках стакан с медом. Другой рукой он теребит волосы, которые падают ему на грудь.

— Похоже, тебе не повезло, мой милый Мишель, — говорит двуполый бог.

— Как и на «Земле-1», — пытаюсь я пошутить. — Я никогда не выигрывал ни в лотерею, ни на скачках, ни в казино.

Гермафродит привозит небольшую тележку с хирургическими инструментами. Я бьюсь, пытаясь вырваться из кожаных ремней.

— Ну, раз ты любишь юмор, я расскажу тебе одну историю. Я как-то оперировал одного «списанного» богаученика. Когда я занес над ним скальпель, он мне спокойно так говорит: «Вы ничего не забыли?» Я задумываюсь, проверяю шприцы, скальпели — все в идеальном порядке. Я говорю ему: «Нет, все в порядке». И знаете, что он мне отвечает? «А наркоз?»

Гермафродит начинает хохотать.

— Отлично, правда? Я забыл наркоз. Вот в чем сложности, когда работаешь один. Столько приходится думать о всяких мелочах, что забываешь о главном.

Похоже, он совершенно чокнутый.

Он берет несколько разноцветных флаконов, видимо с обезболивающим. Раскладывает перед собой скальпели, хирургические ножи, нитки, иголки.

— У меня есть хорошая и плохая новость. Плохая — эта операция удается мне не всегда. На самом деле, у меня получается один раз из десяти.

— А «хорошая» новость?

— Девять предыдущих операций закончились плохо.

Он очень доволен собственной шуткой.

— Это, конечно, обнадеживает, — с трудом выговариваю я.

— Мне нравится ваше отношение к происходящему, — отвечает Гермафродит, — почти все, попав ко мне, бьются в истерике.

— У меня есть просьба. Не могли бы вы передать Мате Хари, что в последнюю минуту я любил. Любил ее.

— Очень мило. Значит, вы забыли мою мать.

— И скажите Раулю, что в последнюю минуту я ненавидел. Ненавидел его.

— Отлично. Что-нибудь еще?

— Скажите Мате Хари, что я поручаю ей моих людей-дельфинов. Пусть она постарается, чтобы они продержались как можно дольше.

— Если от них что-нибудь еще осталось, — усмехается Гермафродит.

— И скажите Афродите, что я благодарю ее за то, что она заставила меня мечтать.

— Ну, вот видите. Я так и знал, что без мамы тут не обойдется. Вы знаете, что заставили ее очень страдать?

Он продолжает смешивать яды.

— Вы сделали худшее, что только может совершить мужчина по отношению к истеричке. Заинтересовались другой женщиной. Вы дали понять моей матери, что больше не одержимы мыслями о ней. Словно стерли ее из памяти.

— Мне очень жаль.

— Нет. Браво. Это то, чего она ждала. Это ее фантазм — мужчина, который не любит ее. Возможно, вы не «Тот, кого все ждут», но вы точно «Тот, кого она ждала». За три тысячи лет она не встретила ни одного мужчины, который устоял бы перед ее чарами, и вот, пожалуйста, господин Пэнсон прогуливается у нее под носом с другой женщиной. Она впала в бешенство и разгромила все у себя дома.

Он хохочет. Да, я и не думал, что теория о треугольнике желания окажется такой эффективной.

— Проблема в том, — продолжает Гермафродит, — что я, как вам уже говорил, люблю маму. Поэтому во время этой операции я решил обойтись без наркоза. Мама будет довольна, что я отомстил.

Не ослышался ли я?

— Постойте, мы можем поговорить?

— Конечно.

— Э-э-э... какую именно операцию вы собираетесь делать?

— Извлечь ваш скелет, он слишком мал, чтобы таскать миры. Я заменю его более крепким. Я также пересажу вам новые мышцы, а в поясницу вошью сухожилия, крепкие, как железо. Тогда вы сможете носить на плечах планеты. Обычно планета весит примерно шестьсот килограммов. Я буду работать с запасом.

Ни в коем случае не поддаваться панике. Думать, думать.

— Вы смотрите на мою грудь? — с интересом спрашивает Гермафродит. — Я вам нравлюсь?

Один кошмар сменяется другим.

— Мужчин противопоставляют женщинам, но есть люди, в которых соединено и то и другое. Это как великий закон Вселенной, вы помните? ADN — Ассоциация, Подчинение, Нейтральность. Всегда есть третий путь, в том числе и в вопросе пола. Когда я был маленьким, меня спросили, как бы я хотел, чтобы меня воспитывали — как мальчика или как девочку. До шестнадцати лет я был девочкой, а с семнадцати — мальчиком. Переизбыток тестостерона. Я не инвалид, наоборот, у меня есть преимущество перед остальными. Почему меня никто не любит?

Он хватает скальпель, подносит ко рту и облизывает лезвие словно леденец.

— Я... я вас люблю, — выдавливаю я.

Гермафродит опускает скальпель.

— Вы действительно так думаете или просто хотите задобрить меня?

Я пытаюсь вырваться из кожаных ремней. Он склоняется надо мной.

— Хорошенько посмотрите на меня. Ведь я похож на мать? Вы любили Афродиту, почему бы не попробовать полюбить Гермафродита?

— Мне кажется, я не люблю мужчин, — бормочу я.

— Все мужчины любят мужчин, — раздражается полубог. — Но есть те, которые признаются в латентной гомосексуальности, а есть те, кто ее отрицают, вот и все.

Его лицо всего в нескольких сантиметрах от моего, я чувствую его дыхание. Он в предвкушении облизывает губы.

— Маленький бог людей-дельфинов, я хочу предложить тебе сделку...

Но он не успевает закончить фразу: огромная банка, полная ящериц с человеческими головами, обрушивается ему на затылок. Он падает без чувств.

Мата Хари развязывает ремни и освобождает меня.

— Тебя и на пять минут нельзя оставить, чтобы ты не наделал глупостей, — вздыхает он.

— Мата, спасибо... Ты снова спасла меня!

Гермафродит стоит на четвереньках, кажется, он приходит в себя. Чтобы сбить его с толку, я открываю все клетки, освобождаю женщин-кенгуру, мужчин — летучих мышей, пауков с человеческими ногами, говорящих насекомых, кроликов с руками.

Они поднимают невообразимый шум и вдруг кидаются на Гермафродита, все еще не поднявшегося с пола. Они кусают, царапают и колотят его.

— Скорее домой, — шепчет Мата Хари, пораженная видом этих изувеченных существ, которые жестоко мстят за свои страдания.

Я свободен и спасаюсь бегством.

Нельзя терять ни секунды.

87. ЭНЦИКЛОПЕДИЯ: ХАРАППСКАЯ ЦИВИЛИЗАЦИЯ

У истоков индийской цивилизации стояла значительно менее известная культура царства Хараппа, 2900—1500 гг. до н. э., которую представляют два крупных города — столица Хараппа и не уступающий ей Мохенджо-Даро.

Население двух городов достигало примерно 80 000 человек, что было немало для того времени. Это были очень развитые города, с улицами, пересекавшимися под прямым углом; здесь появились первый в истории водопровод и первая система канализации. Кажется, жители Хараппы первые научились выращивать хлопок.

Высказывается предположение, что и Хараппа, и Мохенджо-Даро были основаны шумерами, бежавшими от вторгшихся с запада индоевропейцев.

Причины исчезновения этой цивилизации долгое время оставались неразгаданными.

В 2000 году был обнаружен ров, в котором были найдены тысячи трупов, а также предметы, относившиеся к Хараппской цивилизации. Постепенно археологи восстановили историю этого народа. Жители Хараппы построили стены, позволившие им выдержать натиск индоевропейских завоевателей. Убежденные в том, что достаточно защищены, они направи-

ли свои усилия на развитие культуры. Они создали особо утонченные искусство, музыку, язык. На письме они использовали более 270 пиктограмм, которые до сих пор не расшифрованы. Это был миролюбивый народ. Основной доход им приносили торговля хлопком, а также изготовление медной посуды, алебастровых ваз, обработка драгоценных камней, особенно лазурита, который у многих народов считался ритуальным камнем. Лазурит встречается только в этом регионе, и «лазуритный торговый путь» тянулся до самого Египта, где изделия из синего камня находят в гробницах фараонов.

Индоевропейцам не удалось захватить Хараппу, но они не ушли от ее стен, и хараппцы в конце концов стали нанимать их на работу — строить дома, дороги, акведуки. В Хараппе возник класс индоевропейских рабочих. Наниматели относились к ним неплохо, особенно с учетом рабовладельческих нравов той эпохи. Но индоевропейцы рожали намного больше детей, чем жители Хараппы, вскоре окрестности городов наводнили сеявшие ужас шайки молодых бандитов. Они стали нападать на караваны, нанося существенный урон торговле.

Тогда-то индоевропейцы и решили, что настал их час. Их жившие в городе соплеменники развязали гражданскую войну. В конце концов хараппцев собрали на краю общей могилы и всех перерезали. Индоевропейцы захватили и разграбили Хараппу и Мохенджо-Даро, но они не знали, как управлять такими городами, и цитадели постепенно пришли в полный упадок. Через некоторое время индоевропейцы совсем ушли, оставив позади два города-призрака и рвы, заполненные трупами тех, кто когда-то давал им работу.

Эдмонд Уэллс.
«Энциклопедия относительного
и абсолютного знания», том V

88. КРОВЬ ОРЛОВ

Я бегу через Олимпию. Толкаю тех, кто попадается мне на пути. Адреналин придает мне сил.

Мата Хари бежит за мной. Я слышу ее сбивающееся дыхание.

Гнев мой растет по мере того, как шум становится громче, а огни ярче. Вот уже видна и яблоня, растущая на главной площади.

Тот, кого я ищу, сидит рядом с Сарой Бернар. Увидев меня, он вежливо здоровается. Мной движет страстное желание защитить силу Любви... и я со всей силы бью моего друга Рауля по лицу.

Страшная боль в руке. Что-то хрустнуло, словно сухая ветка, — наверное, это его нос.

Рауль не успевает отреагировать, он падает, но я вновь бросаюсь на него. Он пытается закрыться руками, я перехватываю их. Оказывается, приятно, когда тебя боятся.

В глазах Рауля я вижу сначала непонимание, но оно быстро проходит. Он знает, почему я здесь.

Мой кулак в крови. Это кровь орлов. Я снова наношу удар в кровавое месиво, которое у Рауля вместо лица.

Мы опрокидываем стулья. Никто не осмеливается вмешаться.

Рауль падает, поднимается и становится в боевую стойку. Я бросаюсь на него, мы катаемся по земле среди столов.

Рауль сильнее, ему удается скрутить меня. Мы оказываемся лицом к лицу.

— Негодяй!

Он зло улыбается, сплевывает кровь. Отталкивает меня, я едва не падаю, но успеваю ухватиться за край стола.

— Ты убил моего Просвещенного!

— Я просто восстановил равновесие.

Я снова кидаюсь вперед. Рауль уворачивается, делает подножку, и я лечу на землю. Он пытается прыгнуть сверху, но я уже на ногах, сжимая кулаки:

— Прекратите драку! Да что с тобой, Мишель! — кричит Эдит Пиаф.

Я вспоминаю, как боксировал Теотим, делаю обманное движение левой рукой, а правой бью в подбородок. Рауль выдерживает удар, но кривится от боли. Стремительный хук правой, хук левой, двойной прямой. Лицо Рауля похоже на треснувший арбуз.

Когда дело касается моих друзей, я выхожу из себя. А Просвещенный был моим другом. Я думаю о том, как он страдал. Я вижу последователей Преемника, которые носят изображение его истерзанного тела, насаженного на кол, как цыпленок на вертел, и бью, бью.

Но Рауль уже пришел в себя и уклоняется от ударов. Я изо всех сил бью его ногой по правой голени. Он не ожидал этого. Я удерживаю равновесие и бью по левой голени. Он поджимает ногу; стиснув зубы, утирает кровь, льющуюся из носа, и злобно смотрит на меня.

Адреналин усиливает мою ярость. Я больше не буду терпеть, я даю сдачи. Я мщу не только за Просвещенного, я мщу за Теотима, за всю свою жизнь, за всех, кто забыл дать сдачи.

Ученики растаскивают нас. Меня схватили за пояс, кто-то поймал Рауля. Меня держат крепко, но Раулю удается вырваться, и он изо всех сил бьет меня в подбородок.

Зубы крошатся, я чувствую вкус крови. Я оглушен.

Отовсюду бегут ученики, чтобы разнять нас.

Я выхватываю анкх и угрожаю, держа всех на прицеле.

— Отпустите! Отпустите меня, или я буду стрелять!

— Осторожно, он вооружен! — вскрикивает Эдит Пиаф.

Толпа расступается.

Старшие боги невозмутимо смотрят на нас.

Воспользовавшись тем, что я достал оружие, Рауль тоже вооружается. Мы держим друг друга на мушке, отступая назад. Вокруг нас образуется широкий круг. Кровь льется у меня изо рта, ее соленый вкус опьяняет.

Разойдясь, мы останавливаемся. Целимся друг в друга. Пальцы дрожат на кнопках анкхов.

— Похоже на плохой вестерн, тебе так не кажется, Мишель?

Из-за сломанного носа Рауль говорит странным голосом.

— Мне больше нечего терять, Рауль. Совсем нечего. Я знал, что рано или поздно этот день настанет. Я всегда знал это.

— Ученик бросает вызов учителю, чтобы проверить, достиг ли он его уровня?

— Я не твой ученик, Рауль. У меня был только один учитель — Эдмонд Уэллс.

— Ты всем обязан мне. Вспомни нашу первую встречу на кладбище Пер-Лашез. Ты рассказывал, как тебя упрекали в том, что ты не плакал на похоронах бабушки.

А я сказал тебе, что смерть — это просто граница, которую нужно пересечь.

— Ты не раз ломал мне жизнь. А я всегда забывал об этом.

— Это вполне естественно. Тебе так хотелось иметь «лучшего друга».

— Ты всегда предавал меня. Даже в этой жизни ты истреблял меня, твои галеры сожгли мои парусники.

— Это игра, Мишель! Твоя проблема в том, что ты смешиваешь игру и жизнь. Слишком близко принимаешь это к сердцу. Я тот, кто заставляет других очнуться. Признайся, ведь ты впервые почувствовал гнев. Благодаря мне. Это хорошо, правда? Это еще один урок, который был тебе необходим, — почувствовать гнев. Скажи мне спасибо.

Я стискиваю зубы.

— А Просвещенный? Ты посадил его на кол!

— Да. И что? Я просто съел твою пешку. Они всего лишь пешки, я ведь говорил тебе.

Рауль сморкается и сплевывает кровь.

— Я никогда не прощу тебе то, что ты сделал с моим Просвещенным! Никогда.

Он долго смотрит на меня, пытаясь осознать, насколько я серьезен.

— Как хочешь.

— На счет три стреляем. Пусть победит самый быстрый.

Он делает вид, что убирает анкх в кобуру, словно это револьвер. Я колеблюсь, потом повторяю его жест.

— У нас есть право только на один выстрел, поэтому ставим анкхи на максимум. Все будет кончено раз и навсегда, — предлагает Рауль.

Он рисуется. Всегда рисуется. Как его отец. Всегда немного больше риска, чем нужно, чтобы чувствовать себя хозяином положения.

— Раз...

Стоит гробовая тишина. Я аккуратно настраиваю свой анкх на максимальную мощность. Рауль делает то же самое.

— Два...

Пот течет у меня по шее, кровь сочится изо рта. Зубы болят. Рука дрожит.

Мы долго смотрим друг на друга. Передо мной проходят воспоминания о том времени, когда мы были друзьями, настоящими друзьями. Когда он действительно помог мне, когда мы смеялись и сражались плечом к плечу. И тот вечер, когда он посоветовал мне ухаживать за Матой Хари, чтобы привлечь Афродиту.

— Три!

Я стреляю не целясь. В ту же секунду огненный луч обжигает мне ухо.

Мы поставили анкхи на слишком высокую мощность. Они разрядились. Мы нажимаем на кнопки, но ничего не происходит. Раздаются только сухие щелчки.

В толпе пробегает шепот.

И тут Арес, разочарованный заминкой, бросает нам заряженный анкх. Я бросаюсь вперед, перехватываю руку Рауля, который уже схватил его, и успеваю отвести анкх от своего лица. Рауль пытается снова направить его на меня, я отталкиваю его. Он снова целится. Выстрел. Молния опаляет меня.

Позади раздается крик. Кто-то стоял на линии огня.

Я оборачиваюсь. Это Сент-Экзюпери. Заряд попал ему в грудь, разорвал плоть, раздробил кости. Он падает, я вижу землю сквозь его рану.

Не думая больше ни о чем, я бросаюсь к летчику-поэту.

Он тянет меня за тогу и шепчет на ухо:

— Дирижабль готов... Это для тебя.

— Тебя вылечат, — шепчу я, не веря в то, что говорю.

Он не обращает никакого внимания на мои слова.

— Сделай это ради Монгольфье и Адера... И когда будешь там, высоко, подумай о них. И обо мне.

Кентавры уже здесь. Они пришли забрать тело.

Обратный отсчет: 73 — 1 = 72.

Подходит Рауль и направляет анкх мне в лицо. Но тут вмешиваются остальные ученики. Одни пытаются защитить меня, другие — Рауля. Две группы, одна — за силу D, другая — за силу A.

Взаимные оскорбления переходят в угрозы.

Те, кто за силу N, держатся в стороне. Внезапно сторонники силы D бросаются на нас. Это лобовая атака, так воюют между собой наши смертные. Но тут боги сражаются с богами.

Я получаю удары от Бруно, бога людей-коршунов. Рабле, бог свиней, бьет Рауля.

Мата Хари тоже бросается в драку, чтобы вытащить меня, но на нее налетает Сара Бернар и вцепляется ей в волосы. Моя подруга применяет прием из какого-то неизвестного мне боевого искусства, напоминающего французский бокс. Легко справившись с актрисой, она выводит из строя многих наших противников.

Тоги разорваны, мы продолжаем драться в туниках. Ни Старшие, ни Младшие боги по-прежнему не вмешиваются. Даже химеры держатся в стороне.

Между двумя ударами я замечаю невозмутимую Афину. Она всегда выступала против любого насилия, но сейчас, похоже, ее совершенно не возмущает наша драка. Она спокойно сидит рядом с Дионисом. Кажется, они обсуждают происходящее. Может быть, Старшие боги считают, что эта драка — просто разрядка, своеобразное продолжение праздника.

Видя их отношение к происходящему, ученики решают не сдерживать свою агрессию. Схватка становится все более жестокой.

Я наконец нахожу Рауля в гуще толпы. Мы снова вступаем в смертельную схватку. Ему удается подмять меня и усесться верхом. Он зажал бедрами мои руки и собирается со всей силы ударить меня в лицо руками, сцепив их в замок. Но вдруг что-то заставляет его открыть рот от изумления, и он падает назад.

Я ищу глазами того, кто пришел мне на помощь. Это Жан де Лафонтен.

— Спасибо, — говорю я.

— Тот, кто нападает внезапно, прав больше, чем тот, кто нападает первым, — перефразирует он собственную басню о волке и ягненке.

Для очистки совести я проверяю, в каком состоянии мой противник. Рауль дышит. Он просто оглушен.

Мата Хари расправляется со своим противником, нанеся ему точный удар в шею. Но на нее тут же нападает Бруно. Бог коршунов на стороне бога орлов.

— Мишель Пэнсон! Задержите его! Он мошенничал, он был у меня в подвале!

Атлант. Я и забыл про него.

Я пытаюсь скрыться в толпе, но он замечает меня.

Сквозь такую толпу ему не пробиться, многие ученики нарочно мешают ему.

Я уворачиваюсь от кентавров, ускользаю, бросаюсь влево и вправо, ползу, прячусь. Новая волна гнева поднимается в моей груди, удесятеряя силы, обостряя реакцию. Словно у меня открылось третье дыхание.

Я растворяюсь в толпе, ныряю под столы, руки, похожие на цветы с лепестками-пальцами, не успевают схватить меня.

Атлант и кентавры мчатся за мной по пятам.

Мата Хари понимает, что происходит. Вместе с другими учениками они встают живой стеной, преграждая дорогу кентаврам. Это позволяет мне выиграть время.

Я снова бегу по уже знакомым узким улочкам в южной части города. Мои преследователи отстают в этом лабиринте. Я сворачиваю на улицу Надежды. К счастью, они не нашли и не перекрыли лаз в подземный ход. Я отодвигаю ящик и вскоре выбираюсь по ту сторону стен.

Я бегу через лес, прячусь в зарослях голубых папоротников.

Мимо проносится отряд кентавров, отправленный на мои поиски. Они скрываются за горизонтом.

И я решаю воспользоваться последним советом Сент-Экзюпери. Улететь.

89. ЭНЦИКЛОПЕДИЯ: ЛЕММИНГИ

Ученые долго считали, что лемминги совершают коллективные самоубийства. Почему эти зверьки, выстроившись друг за другом, бросаются с крутого берега в воду? Загадка природы.

Сначала биологи думали, что таким образом регулируется численность популяции. Когда леммингов становится слишком много, они устраивают групповые самоубийства.

Теперь еще одно предположение прибавилось ко множеству уже существующих гипотез.

Известно, что, когда леммингов в популяции становится слишком много, они мигрируют, но при этом никогда не меняют маршрута. Но рельеф в результате движения материков изменился. Так, например, некогда единую территорию разделило море. Лемминги же всегда идут одной и той же дорогой.

Эдмонд Уэллс.
«Энциклопедия относительного
и абсолютного знания», том V

90. ДИРИЖАБЛЬ

Я пробираюсь к хижине Монгольфье.

Летательный аппарат готов, нужно лишь зажечь горелку и обрубить канат.

И в этот момент я вижу, что кто-то опередил меня.

Богоубийца.

Грозная фигура по-прежнему в маске из греческой трагедии. У нее рана на плече.

Значит, это был не Прудон.

Мне жаль, что я не сказал о своих сомнениях и не вступился за него. Я попал незнакомцу именно в левое, а не в правое плечо.

Богоубийца достает анкх. Удивительно, но я совершенно спокоен.

— Вы собираетесь меня убить?

Богоубийца знаком приказывает мне поднять руки, приближается и обыскивает, держа на прицеле.

— Если вы ищете «Энциклопедию», то я не ношу ее с собой. Она спрятана в надежном месте.

Я слышу, как богоубийца дышит под маской. Мне кажется, это мужчина.

Положив мне руку на плечо, он заставляет меня опуститься на колени. Я чувствую, как анкх упирается в мой затылок. Он собирается казнить меня.

Вдруг появляется еще одна фигура в грязной тоге. Незнакомца от богоубийцы отличает лишь то, что на нем улыбающаяся маска.

Он целится в богоубийцу. Тот поворачивается к нему.

Они стоят друг против друга, сжимая анкхи, как совсем недавно стояли мы с Раулем.

Неужели их двое? Нет, где же тогда логика?

Богоубийца — в грустной маске, и я не знаю, кто же тот, другой.

Несколько секунд они стоят неподвижно, потом человек в грустной маске, словно смирившись, опускает анкх и уходит.

Фигура в улыбающейся маске машет мне рукой и тоже уходит, но в другую сторону.

Я никогда не узнаю, что здесь произошло. Богоубийца существует, но, выходит, есть и антибогоубийца.

Меня уже ничто не удивляет.

Я должен спешить. Возможно, кентавры и Атлант уже организовали такую же облаву на меня, как на Прудона. А уж меня-то судить не будут.

Разделить страдания с моими людьми-дельфинами! Жить вечно, и не иметь возможности поделиться своими знаниями... Сознавать, что я больше никогда не смогу им помочь...

У меня нет выбора, я должен поднять в воздух эту проклятую штуковину с педалями.

Я действую так, как мне учил Сент-Экзюпери. Зажигаю огонь. Горячий воздух наполняет мешок, который будет служить воздушным шаром. Оболочка начинает надуваться. Я проверяю педальный механизм, который приводит в движение аппарат.

И снова передо мной появляется чей-то силуэт.

Я узнаю ее по запаху.

— Добрый вечер, Мишель.

В последний раз, когда я ее видел, она смотрела на меня взглядом, полным упрека, потому что я был с Матой Хари. Она собирается выдать меня?

Оболочка дирижабля медленно наполняется воздухом.

— Неужели ты собираешься лететь на этом?

Афродита улыбается.

— У меня нет выбора. Я должен улететь.

— Ты все равно ничего не сможешь сделать, пока не разгадаешь загадку: «Что лучше Бога и страшнее дьявола?»

— Я никогда ее не разгадаю.

— Ты уверен?

Я стараюсь думать о Мате Хари.

— Если ты найдешь ответ, мы будем заниматься любовью. Ты даже представить себе не можешь, как это чудесно.

Она небрежно добавляет:

— Ни одна женщина, смертная или богиня, не смогут доставить тебе такого наслаждения.

Она обнимает меня, прижимает к себе и жадно целует. Мне кажется, что это продолжается очень долго. У ее поцелуя вкус вишни. Я закрываю глаза, чтобы почувствовать его как можно глубже.

— Ты очень важен для меня, — говорит Афродита, разжимая объятия. — Между нами что-то есть, между нашими душами особенная связь. Это невозможно отрицать, даже если бы мы захотели.

Она гладит мой живот.

— Ты, наверное, даже не представляешь, что такое заниматься со мной любовью.

— Я...

— Знаешь ли ты, сколько мужчин, десятки, сотни, тысячи мужчин продали бы душу за полсекунды со мной?

Она снова прижимается ко мне, гладит грудь там, где сердце.

— Там, внутри, у меня союзник.

Я закрываю глаза, сжимаю челюсти. Не дай себя обмануть.

— Только я могу понять тебя, — говорит она. — Я знаю того обиженного ребенка, которым ты был. Мы оба были обиженными детьми.

Чувства переполняют меня.

Она достает зеркало из складок тоги.

— Посмотри на себя, Мишель. Ты красив. Наши души понимают друг друга. Только такая любовь реальна, — продолжает она. — Ни одна женщина не сможет понять тебя так, как понимаю я. Ни одна не сможет увидеть тебя таким, каким вижу я. Даже ты не видел себя таким. Твоя душа так велика, но твой разум ограничен. Ты подобен смертным, которыми мы управляем, — они даже не догадываются, что могут стать богами.

Афродита говорит, и ее голос меняет тембр. Мне кажется, я вижу ауру, которая ее окружает. Это розовое теплое сияние, пронизанное золотым блеском.

Оболочка дирижабля продолжает наполняться, но это больше не интересует меня. Я знаю, что Афродита снова влечет меня к гибели, чувствую это, но не могу сопротивляться. Словно мотылек, летящий на пламя. Как кролик, ослепленный фарами машины, которая сейчас его раздавит. Словно мышь, загипнотизированная змеей. Как наркоман при виде шприца.

— Мы вдвоем. Мы сможем перевернуть Вселенную. Достаточно, чтобы ты просто поверил мне. Ты боишься, потому что веришь всему, что тебе наговорили. Даже Гермафродит, мой собственный сын, рассказал тебе какие-то ужасы. Не все, что ты услышал, ложь. Почти все правда. Но прислушайся к своей душе, узнай, что она тебе расскажет обо мне. Знаю, я причинила тебе боль. Но разве ты сможешь понять, что это было для твоего же блага?

Я затаил дыхание.

— Это как преграды, которые должна преодолеть лошадь. Чем выше барьер, тем выше она сможет прыгнуть. Разве тот, кто поднимает планку, желает зла? Но лошадь, прыгая, может сломать ногу.

Я молчу.

— Теперь, благодаря мне, благодаря пройденным испытаниям, ты лучше знаешь себя. Ты стал сильнее. Ты смог противостоять Раулю, и это благодаря мне. Ты создал Просвещенного, и это благодаря мне. Ты знал об этом?

Оболочка дирижабля занимает уже все помещение подпольной мастерской.

— Я должен улететь, — говорю я.

Афродита грустно улыбается.

— На этом? — насмешливо спрашивает она.

Она достает анкх, словно желая рассмотреть поближе механизм, и... стреляет в оболочку дирижабля, которая тут же начинает сдуваться. Вторым выстрелом она уничтожает велосипед. В мгновение ока механизм, над которым Монгольфье, Адер и Сент-Экзюпери так долго трудились, превратился в груду дымящихся обломков.

Она отрезала мне единственный путь к спасению! Я настолько ошеломлен, что не знаю, как реагировать.

— Это для твоего же блага, — говорит она. — Ты достаточно спасался бегством. Настало время встретить судьбу лицом к лицу.

С этими словами она убирает анкх, обнимает и целует меня долгим поцелуем.

— Поблагодари же меня.

Я думаю, не убить ли ее.

Может ли ученик убить преподавателя? Можно ли убить богиню любви?

После минутного замешательства я тоже целую ее.

Словно сожалея о собственной глупости, я пытаюсь понять, что же со мной происходит. Может быть, я переживаю то же, что и человечество, завороженное картиной собственного разрушения? Не в силах остановить его, человечество смиряется, и даже начинает находить в этом удовольствие.

Афродита с нежностью смотрит на меня. Возможно, она повидала немало мужчин на пороге отчаяния. И в то же время я не могу не признать, что испытываю нечто вроде благодарности к этому чудовищу.

Я говорю себе, что судьба не жалеет яду. Едва ты выберешься из одной неудачной любви, как за ней тут же следует другая, потом третья. Человеку необходимо страдать, чтобы расти.

Я растерянно смотрю на останки дирижабля.

Афродита ласково проводит рукой по моему подбородку. Мне хочется до крови укусить ее.

— Не забудь, если ты найдешь ответ, мы целую ночь будем любить друг друга так, как ты никогда еще никого не любил. Я отдамся тебе вся без остатка, как никогда еще не отдавалась ни смертному, ни богу.

Вдалеке раздается голос Атланта:

— Мы еще там не искали.

Афродита отступает и исчезает со словами:

— До скорой встречи, дорогой.

Она посылает мне воздушный поцелуй. Я стою как вкопанный, словно меня одолела дремота. Меня будят крики преследователей.

Я закрываю глаза и чувствую свет, маленькую искру, там, в глубине сердца. Это мое истинное «я», спрятанное в глубине тела. Оно прокладывает себе путь, чтобы побороть наступающую тьму. Искра освещает мое сердце, гонит кровь, которая светится разными цветами — сначала она красная, потом оранжевая, желтая, белая и, наконец, серебряная.

Мне кажется, будто я просыпаюсь от сладкого сна, но встреча с реальностью неприятна. Я выныриваю на поверхность и вижу десятки факелов, которыми размахивают скачущие ко мне кентавры.

Серебряная кровь заполнила все мое существо, вплоть до кончиков пальцев. Она пробила дыру в черепе, там, где находится седьмая чакра, и словно лазер, бьющий из моей головы, соединила меня с небом.

Я не просто кто-то. Возможно, я Тот, кого все ждут. Я не должен оплакивать свою судьбу. Я обязан победить чары Афродиты, вспомнить слова Маты Хари: «Ты можешь больше, чем тебе кажется».

Намного больше. Я Мишель Пэнсон, пионер танатонавтики, ангел, сумевший спасти человеческую душу, богученик, покровительствующий людям-дельфинам. Я — бог! Пусть маленький, но все-таки бог. Я не опущу руки, как опускал их когда-то влюбленный смертный. Только не сейчас.

— Вот он, я его вижу! — кричит Атлант. — Он здесь! Мы поймали его.

Факелы устремляются ко мне.

Я бросаюсь в другую сторону. Опять бежать. Опять спасаться. На бегу я повторяю себе: «Не забудь, что ты бог».

Меня очень беспокоит моя человеческая составляющая. Серебряная кровь должна очистить меня ото всех шлаков, оставленных страхами и желаниями. Я не смогу спасти людей-дельфинов, если не спасусь сам. Я не смогу дать «Земле-18» ни грамма любви, если не смогу полюбить себя. Я должен покончить с восхищением, которое вызывает у меня Афродита, заменив его восхищением самим собой. Я должен полюбить себя. Я должен поверить себе.

Я бегу все быстрее, я чувствую все больше силы. Но я понимаю, что для того, чтобы полюбить себя, я должен возненавидеть ту, что причинила мне боль. Я узнал, что такое гнев, может быть, теперь я должен научиться ненависти. Странно — я смогу полюбить себя, только если возненавижу ЕЕ.

— Афродита, я ненавижу тебя. Афродита, ты меня больше не получишь, — повторяю я, заряжаясь новым чувством. — Афродита, я вижу тебя такой, какая ты есть. Ты машина для истребления мужчин, ты дешевка, считающая себя роковой женщиной. Я сильнее тебя. Я свободен. Я МИШЕЛЬ ПЭНСОН. Я бог, которого не ждали, я изменю правила игры. Черт возьми! Я не кто попало! Мой Просвещенный был необычен, и я создам других, десятки других, потому что у меня талант. Талант. О котором ты, Афродита, и понятия не имеешь.

Мое сердце отчаянно стучит. Я бегу так быстро, что вскоре уже не слышу своих преследователей.

Куда бежать?

«Безопаснее всего в центре циклона». Нужно вернуться в Олимпию.

Ночь защитит меня. Я крадусь среди деревьев.

Я вхожу в распахнутые городские ворота. Следуя интуиции, сворачиваю к Амфитеатру.

Там пасется Пегас, еще не расседланный после представления.

Я вспоминаю историю Беллерофонта.

Пегас — вот решение.

Несколько кентавров замечают меня и мчатся наперерез... Я прыгаю на спину крылатого коня. Когда-то я занимался верховой ездой, но у тех лошадей не было трехметровых крыльев.

Пегас продолжает щипать траву. Я бью его в бока пятками, но он и ухом не ведет.

— Он здесь, здесь! Он здесь! — кричат кентавры. — Хватайте его!

Проходившие мимо сатиры хором подхватывают:

— Он здесь! Он здесь! Он здесь!

Отряд приближается.

Я натягиваю поводья, отчаянно крича «Но! Но!».

Безрезультатно. Кажется, я попал в мир, полный помех и препятствий. Я бьюсь, заранее зная, что, даже если пройду испытание, мне тут же назначат новое, еще более сложное.

Кентавры окружают меня. Мне хочется все бросить. И тут появляется сморкмуха. Он садится на ухо коня и что-то шепчет ему, хотя мне всегда казалось, что она немая. Ее маленький язычок сворачивается и разворачивается.

Пегас ржет и — о чудо! — пускается рысью, а потом переходит в галоп. Все мчатся за нами. Летающий конь расправляет крылья. И вот он отрывается от земли.

Я едва успеваю ухватиться за его гриву. Пегас дышит, его бока раздуваются и опадают. Я нащупываю стремена, которые, к счастью, оказываются мне почти по ноге, и быстро просовываю туда ноги.

Мы поднимаемся в воздух.

Пегас реагирует на мои команды с запозданием. Сначала я никак не могу разобраться, как им управлять, и лечу к главной площади, где собрались все мои преследователи.

На бреющем полете я проношусь над головами и поднятыми кулаками. Мои преследователи пригибаются. Копыта Пегаса едва не сбивают амфоры со столов. Кентавры мчатся, валят учеников, пытаются поймать коня за хвост. Одному из них едва не удается это, но Пегас опрокидывает его ударом копыта.

Атлант размахивает анкхом, но не решается стрелять. Другие боги тоже целятся в меня, но я понимаю, что они боятся задеть Пегаса.

Я снова пролетаю над столами, вокруг центральной яблони и наконец понимаю, как заставить коня подняться выше. Теперь я вне досягаемости для выстрелов.

Теперь можно подумать над тем, что происходит. В Эдем я больше не вернусь.

Пегас рассекает воздух крыльями, как большая птица. Удивительно.

Я вижу Гермеса, который гонится за мной. Крылышки на его сандалиях трепещут, но он не может догнать Пегаса.

— Вернись, Пэнсон, вернись! Ты не понимаешь, что ты делаешь! — кричит бог путешествий.

Он прав, я не знаю, что делаю, но думаю, что впервые совершил что-то героическое и в одиночку. Я действую наперекор писателю, который пишет мою историю. Я управляю своей жизнью. Я на территории, где нет прописанных заранее планов, здесь только я свободно принимаю решения.

Я опьянен и поднимаюсь еще выше.

Гермес отстал, но за мной опять кто-то летит. Афродита! Нет! Только не она.

Она правит розовой колесницей, в которую впряжены сотни горлиц. Впереди на особом сиденье Купидон, в одной руке у него лук, в другой — стрела. Сотни крылышек трепещут в воздухе. Колесница летит быстрее, чем Гермес.

Богиня любви приближается.

Я хочу уклониться от встречи с ней, повернув направо, но она поворачивает одновременно со мной. Наконец, в результате очередного маневра, она оказывается передо мной.

— Мишель, возвращайся. Ты не должен так поступать. Афина заставит тебя дорого заплатить за это.

Страх. Она давит на рычаг страха. Она говорит со мной как со смертным.

Я продолжаю подниматься все выше.

Она летит рядом на колеснице, запряженной горлицами. Мы поднимаемся вместе.

— Они не дадут тебе бесконечно подниматься вверх!

— Посмотрим.

— Возвращайся! Ты нужен мне! — умоляет она.

— А ты мне — нет.

Она нахмуривается.

— Очень хорошо. Если ты так решил, иди до конца, иначе они тебя не отпустят.

Я отпускаю поводья, и крылатый конь летит все быстрее. Я поворачиваюсь, чтобы крикнуть Афродите:

— Прощай, Афродита! Я любил тебя.

И посылаю ей воздушный поцелуй.

Она выглядит изумленной, Купидон берет на себя инициативу и стреляет в меня, но я пригибаюсь, и он промахивается. Богиня издали кричит мне:

— Опасайся!

— Чего?

— Циклопов! Там наверху они охраняют...

Я больше ничего не слышу, я уже далеко. И вот я один в небесах над Олимпией.

Пегас мерно рассекает воздух крыльями, похожими на крылья гигантского альбатроса.

Я лечу.

Наконец больше никто не давит на меня: ни Рауль, ни Эдмонд, ни Афродита.

Я натягиваю поводья, чтобы повернуть к горе. Там, наверху, в сумерках снова появился свет. Словно призыв. Мне кажется, что, если смотреть сверху, огонь похож не на шар или звезду, а на восьмерку.

91. ЭНЦИКЛОПЕДИЯ: 8 ГЕРЦ

У нашего мозга четыре ритма активности, которые можно измерить при помощи электроэнцефалограммы. Каждый ритм соответствует определенному типу волн.

Бета-волны — от 14 до 26 герц. Человек бодрствует. На бета-волнах наш мозг работает в полную силу. Чем сильнее мы возбуждены, взволнованы, озабочены, чем сильнее чувства, которые мы испытываем, тем выше частота колебаний.

Альфа-волны — от 8 до 14 герц. Мы находимся в более спокойном состоянии, однако полностью отдаем себе отчет в том, что происходит вокруг. Когда вы закрываете глаза, садитесь поудобнее, вытягиваетесь на кровати, мозг начинает работать медленнее, переходит на альфа-волны.

Тета-волны — от 4 до 8 герц. Это состояние дремлющего человека. Легкий послеобеденный сон, а также сон человека во время сеанса гипноза.

Дельта-волны — ниже 4 герц. Это глубокий сон. В этой фазе мозг поддерживает только жизненно важные функции организма. Мы приближаемся к состоянию физической смерти, и, что поразительно, именно в это время погружаемся в самые глубокие слои подсознания. Это происходит на длине волн парадоксального сна, когда мы видим совершенно непонятные сны, а наш организм действительно восстанавливает силы.

Интересно, что, когда наш мозг работает на частоте 8 герц, то есть на альфа-волнах, оба его полушария функционируют одновременно и в полной гармонии, тогда как на бета-волнах одно полушарие берет верх над другим. Либо аналитическое левое полушарие, занимающееся решением логических задач, либо интуитивное правое, чтобы родить идею или найти выход из ситуации.

Когда наш мозг перевозбужден, во время фазы бета, и напоминает перегревшийся радиатор, время от времени он авто-

матически переходит в фазу альфа. Считается, что примерно раз в десять секунд мозг на несколько микросекунд переключается на альфа-волны.

Если мы умеем сознательно переходить на альфа-волны, наше сознание работает, как ночник, и меньше вступает в контакт с эмоциями. Тогда мы лучше слышим голос интуиции. На 8 герцах мы в полной гармонии, бодрствуем и в то же время спокойны.

Эдмонд Уэллс.
«Энциклопедия относительного
и абсолютного знания», том V

92. ВЗЛЕТ

Я лечу.

Внизу, подо мной, Олимпия отдаляется и исчезает.

Я сильный. Моя сила порождена гневом и уверенностью, что теперь я сам управляю своей судьбой. Гнев — это прекрасно. Давно уже пора было начать сердиться. Я чувствую себя так, словно на ходу спрыгнул с поезда. Разбил стекло и приземлился на насыпь.

Мне нечего терять. Все теперь против меня: Старшие боги, боги-ученики, химеры, не говоря уже о моем народе, который, если бы знал, что происходит, возмутился бы, что я его покинул. Один мой друг на «Земле-1» говорил: «Каждый человек, который на что-то решается, получает три типа врагов: тех, кто хотел бы это сделать; тех, кто хотел прямо противоположного; тех, кто ничего не делает, — их большинство, и это самые яростные критики».

Я лечу.

Я уверен, что нет никакого плана, никакой толстой книги, в которой написан сценарий. Я не персонаж. Я сам автор собственной жизни. Я пишу ее здесь и сейчас. Я и на «Земле-1» не верил в гороскопы.

Я не верил хиромантам.

Я не верил медиумам.

Я не верил гаданиям по «Книге перемен».

Я не верил картам Таро. Не верил кофейной гуще.

Даже если гадания сбывались. Возможно, это был единственный способ заставить меня следовать сценарию.

Теперь я за пределами написанной роли. Я уверен, что о моем полете на Пегасе к вершине горы НИГДЕ НЕ НАПИСАНО. Никто нигде не сможет прочитать, какое приключение ждет меня впереди. Каждую секунду я пишу мою жизнь, и никто не знает, что будет на следующей странице. Если понадобится, я внезапно умру, и история оборвется. Быть свободным опасно, но это чувство пьянит. Я лучше, чем бог, я свободен.

Я должен был упасть на самое дно, чтобы найти силы, которые вернули мне меня самого. Теперь я один, и я всемогущ. Сильнее Бога, страшнее дьявола. Если меня съесть, можно умереть.

Внизу я вижу остров, очертаниями напоминающий треугольник, неизвестные территории. Остров похож на голову. Две горы около Олимпии — это глаза. Квадрат города — нос. Пляж — подбородок. Главная гора — лоб. Дальше, за этим высоким любом, — два выступа суши, напоминающие пряди волос.

Море отливает красным золотом. «Эдмонд Уэллс, ты в воде, я в воздухе».

Сгущаются сумерки, розовеет солнце. Я поднимаюсь все выше.

Крылатый конь необыкновенно силен. Каждый взмах его крыльев уносит меня вперед на несколько метров.

Я поднимаюсь выше отвесной оранжевой стены. Лечу к вершине, по-прежнему окутанной туманом.

Лечу над кронами деревьев.

Перелетаю голубую реку, черный лес, красную равнину. Выше, еще выше, над склоном, ведущим на оранжевую территорию.

Небо темнеет. Это ночь? Нет, это грозовые тучи. Молния! Я чувствую, что конь боится грозы. Я вцепляюсь в гриву. Молния светящимися прожилками вспыхивает в облаках. Грозные раскаты грома отдаются в моей груди. На руку мне падает капля.

Начинается ливень.

Я вымок до нитки, мне холодно. Я стискиваю ногами бока Пегаса.

— Ну же, Пегас, подними меня на вершину, это все, чего я прошу.

Мы летим над оранжевой зоной.

Я судорожно вцепился в гриву Пегаса. Его намокшие крылья становятся все тяжелее, с трудом рассекают воздух.

Пегас решает приземлиться, как это сделала бы любая птица на его месте. Я пинаю его пятками в бока, но тщетно — конь не трогается с места. Я спрыгиваю на землю, Пегас поднимается в воздух и поворачивает к Олимпии.

Я еще на оранжевой территории, земля под ногами светится. В кратерах и трещинах видна желтая лава. Вулканические облака скрывают вершину горы.

Я иду среди статуй. Где-то там позади, совсем близко, дворец Медузы. Мне кажется, статуи неодобрительно смотрят на меня. Я узнаю Камиллу Клодель и содрога-юсь. Не хотел бы я сейчас превратиться в камень.

Я бегу под дождем через лес изваяний. Наконец за-стывшая толпа остается позади.

Горгона не заметила меня, она решила остаться в укрытии, не вылетать в дождь из дворца. Ливень защища-ет меня.

Передо мной скалистая, почти отвесная стена. Я лезу вверх, цепляясь руками и ногами. Я не собираюсь сда-ваться. Кроме того, у меня нет выбора. Мокрые камни скользят под руками, пропитанная водой тога весит це-лую тонну, но я нащупываю опору и стремлюсь вверх. Сорвавшись несколько раз вниз, я наконец заканчиваю восхождение. Я вижу плато, заросшее соснами. Я без сил, а дождь усиливается. Начинается град. Я больше не могу идти вперед.

Нахожу сосну, в стволе которой от земли до ветвей образовалось дупло, и сворачиваюсь клубком у корней. Мощное дерево защищает меня, я срываю несколько па-поротников и закрываю вход в дупло.

Сквозь листья папоротника я смотрю на гору, оку-танную туманом.

Я дрожу от холода. Не знаю, чем все это кончится. Но твердо знаю, что не хочу отступать.

93. ЭНЦИКЛОПЕДИЯ: ШЕПТУН

Существует одна не очень известная профессия — шеп-тун. Шептунов нанимают конные заводы для того, чтобы они успокаивали лошадей, особенно беговых, у которых расшатаны нервы.

Хорошему развитию лошади часто мешает то, что ей не дают интересоваться миром. Больше всего ее беспокоят шоры, маленькие кусочки кожи, которыми ей закрывают глаза, чтобы она не смотрела по сторонам. Чем умнее животное, тем тяжелее оно переносит, что его лишают возможность видеть происходящее вокруг.

Шептун тихо разговаривает с лошадью, шепчет ей на ухо, устанавливая с ней особые отношения, отличающиеся от тех, когда ее просто используют. Лошадь открывает новый способ общения с человеком и может теперь простить ему, что он ограничивает ее поля зрения.

Эдмонд Уэллс.
«Энциклопедия относительного
и абсолютного знания», том V

94. ДОМИК

Град перестает барабанить по земле. Восходит второе солнце.

Я вспоминаю слова Эдмонда Уэллса: «Даже несчастьям надоедает нападать на одного и того же человека».

Несмотря на сырость, земля не размокла.

Я иду через лес, в котором становится все светлее. Папоротники, покрытые каплями дождя, пахнут перегноем. Под ногами хрустит град.

Я иду вверх по пологому склону. Солнце багровеет, заливает красным светом плотные облака на вершине горы.

Я иду вперед, чувствуя растущий голод.

Я думаю о Мате Хари. Она спасла меня от Горгоны. Благодаря ей у меня появилось желание стать хозяином своей судьбы. Она не только спасла мне жизнь, не только была моей помощницей, она положила начало моему освобождению.

Афродита причинила мне столько зла, сколько смогла, разрушив напоследок мой летательный аппарат. Однако именно из-за того, что дирижабль был уничтожен, я решился улететь на Пегасе. Иногда и зло идет на пользу.

Не нужно больше думать об этом чудовище в женском обличье.

«То, что не убивает нас, делает нас сильнее» — глупее ничего не придумать. Я помню, что, когда был врачом на «Земле-1», я работал в «скорой помощи», выезжавшей на дорожные происшествия. Люди не всегда погибали в авариях, но сильнее от этого не становились. Сколько из них осталось калеками на всю жизнь? Бывают испытания, от которых невозможно оправиться. Я должен записать это в «Энциклопедию».

Я решительно иду вперед.

Склон становится более крутым, а местность — каменистой.

Я знаю, что мой Просвещенный не был Христом. Я лишь кое-что позаимствовал. И он погиб не на кресте, а на колу. Преемник Рауля не апостол Павел. Рауль тоже просто кое-что позаимствовал.

Порт людей-китов не был Карфагеном.

Мой молодой полководец не был Ганнибалом.

Царь-реформатор не был Эхнатоном.

А остров Спокойствия — не Атлантида.

Это лишь копии, повторял я себе. Или же...

«Мы думаем, что выбираем. На самом деле мы лишь идем уже проложенным путем», — объяснял нам Жорж Мельес.

Какой нам интерес повторять историю «Земли-1»? Разумеется, все это были лишь совпадения и результат слабой работы нашего воображения. Все цивилизации на любой планете во Вселенной следуют одной и той же логике развития... и мы идем тем же путем. Три шага вперед, два назад.

Невозможно двигаться быстрее.

Если мне когда-нибудь придется снова играть, и я опять встречусь со своим народом, я постараюсь помочь ему перепрыгнуть некоторые этапы истории, пусть хотя бы на уровне технического прогресса. Нужно, чтобы они открыли электричество, порох и двигатель внутреннего сгорания в эпоху, которая соответствует тысячному году «Земли-1». Я представляю себе средневековые машины, украшенные щитами и копьями для рыцарских турниров.

Свет наверху вспыхивает ярче.

Я отчаянно лезу все выше по склону. Вдруг вдалеке я замечаю дымок, непохожий на испарения вулканов. Над деревьями виднеется труба. Это дом? Я спешу вперед.

Домик, выстроенный у подножия отвесной скалы, будто из сказки — крыша покрыта соломой, белые стены с деревянными балками. На окнах цветочные горшки с ноготками. По фасаду вьется плющ, рядом растет сирень.

Перед домом сад и огород, я вижу на грядках что-то оранжевое — кажется, это тыквы. Из дома вкусно пахнет жареным луком.

Я голоден.

Я толкаю деревянную дверь, она не заперта. В большой комнате пахнет супом и воском. В центре на утоптанном земляном полу стоит стол, вокруг него стулья. Слева, в большом камине, пляшут языки пламени, что-то булькает в котелке.

Женский голос справа говорит:

— Входи, Мишель. Я ждала тебя.

95. ЭНЦИКЛОПЕДИЯ: ГЕРА

Ее имя означает «защитница».

Дочь Кроноса и Реи, Гера считается богиней, охраняющей женщину на всех этапах жизни. Она покровительствует браку и материнству.

Первоначально ей поклонялись в образе священного дерева.

Когда Гера пребывала на Крите, на горе Форнакс (теперь она называется Кукушкиной горой), ее соблазнил ее брат Зевс, приняв образ мокрой кукушки. Гера, сжалившись над птицей, спрятала ее у себя на груди и обогрела. И вместо благодарности была изнасилована. Униженная Гера стала женой Зевса. На свадьбу Гея подарила им дерево с золотыми яблоками. Брачная ночь Зевса и Геры длилась триста лет. Гера многократно возвращала себе девственность, купаясь в ручье Кана.

Зевс и Гера породили богиню юности Гебу, бога войны Ареса, Илифия, бога, помогающего при родах, и Гефеста, бога кузнечного ремесла. Последний был зачат путем партеногенеза: Гера хотела доказать мужу, что не нуждается в нем, чтобы производить на свет детей.

Гера мстила мужу за бесконечные измены, преследуя соперниц и их детей. Среди ее жертв — Геракл, которому она подослала двух змей, и нимфа Ио. Зевсу пришлось превратить ее в корову, но Ио все равно сошла с ума от боли, которую ей причиняли укусы слепня, посланного Герой.

Однажды Гера, доведенная до отчаяния неверностью Зевса, обратилась к сыновьям с просьбой помочь ей и наказать ве-

треного супруга. Они связали спящего Зевса кожаными ремня-
ми, чтобы он больше не соблазнял смертных женщин. Но нереи-
да Фетида послала сторукого великана, который освободил
Зевса. Зевс покарал Геру, подвесив ее между небом и землей на
золотой цепи и приковав к ногам по наковальне. Освободил он
ее лишь в обмен на клятву в вечной покорности.

Гера, поняв, что супруг не образумится, решила поступать
так же, как он. Среди ее любовников — гигант Порфирион
(в отместку Зевс испепелил его), Иксион, который совокупился
с облаком, полагая, что это Гера (от этого союза родились
первые кентавры), и Гермес.

Римляне называли Геру Юноной.

Эдмонд Уэллс.
«Энциклопедия относительного
и абсолютного знания», том V

96. УРОК ГЕРЫ

Ко мне обращается огромная женщина, которую я не заметил. Она стоит ко мне спиной, режет лук-порей.

Она оборачивается.

Длинные рыжие кудри перехвачены серебряной нитью. Ее кожа бела, как слоновая кость.

— Меня зовут Гера, — сообщает она. — Я богиня-мать.

Она предлагает мне сесть и улыбается той улыбкой, какой встречают детей, вернувшихся из школы.

— Ты любишь, Мишель?

Я не понимаю, о чем она говорит. Перед моим мысленным взором лица Маты Хари и Афродиты, они сливаются в одно — лицо роковой женщины Афродиты, милосердной, как Мата Хари.

— Да. Я думаю, да, — отвечаю я.

Гера смотрит на меня, не удовлетворенная ответом.

— Думать, что любишь — это уже хорошо. Но любишь ли ты всей душой, всем сердцем, всем разумом?

Вопрос не из легких.

— Мне так кажется...

— Любишь ли ты ее в эту секунду?

— Да.

— Нужно доверять ей, положиться на нее. Создать семейный очаг.

Лицо Геры становится другим. Она берет небольшую тыкву и режет ее на равные ломти.

— Я видела тебя с Матой Хари. Вы должны потребовать другую виллу, побольше — на двоих. Официальные пары имеют на это право.

Она подходит к полкам с посудой и ставит передо мной глубокую тарелку и стакан. Кладет рядом ложку, вилку, нож.

Я голоден.

— Интересной утопией могла бы стать попытка ужиться вдвоем, в семье. Это не так просто.

Она подходит ко мне, касается моего лица.

— Ты знаешь, что «лучше, чем Бог»? А что «страшнее дьявола»?

Я давно над этим думаю. Гера снова задает этот вопрос, и теперь мне приходит в голову новый ответ:

— Семья?

— Нет, — отвечает она. — Слишком просто.

Она принимается чистить картошку и больше не обращает на меня внимания.

— Вы жена Зевса, ведь так? Его жена и сестра, — говорю я, смутно вспоминая то, что читал в «Энциклопедии».

Гера сосредоточенно чистит морковь.

— В детстве я не любила овощной суп, но теперь считаю, что это очень успокаивающее, семейное блюдо.

— Почему вы живете тут одна?

— Я отдыхаю в этом домике. Знаешь, муж и жена — это как два магнита, которые притягивают и в то же время отталкивают друг друга.

Она грустно улыбается.

— Мне кажется, ты любишь формулы. Типичный анекдот «Земли-1» звучит так: «Семья — это когда три месяца друг друга любят, три года ссорятся, тридцать лет друг друга терпят». Я бы добавила — триста лет ссорятся еще больше и, наконец, три тысячи лет по-настоящему примиряются друг с другом.

— Вы живете с Зевсом три тысячи лет?

— На этом этапе семья держится, если спать в разных постелях, в разных комнатах, а в нашем случае — и в разных домах, на разных территориях.

Гера совершенно спокойна.

— Да и кто бы смог жить с тем, кто считает себя господином Вселенной?

Она меняет тему разговора.

— Он обещал мне не спать больше со смертными. Просто поразительно, до чего можно докатиться — бегать за девчонками, как... как прыщавый подросток! У вас, на «Земле-1», есть выражение «седина в бороду, бес в ребро» — когда мужчина в пятьдесят лет, прожив половину жизни, вдруг чувствует потребность заводить подружек, которые годятся ему в дочери. Так вот, у него сейчас как раз случилась «седина в бороду». Ему три тысячи лет, а он хочет нравиться семнадцатилетним девчонкам...

Гера яростно скребет морковь ножом.

— Кухня. Суп... Тепло домашнего очага — вот что соединяет то, что разваливается на части. Он почувствует запах супа и вспомнит обо мне. Он обожал суп. Тыква с морковкой — так вкусно пахнет. Я общаюсь с моим мужчиной при помощи запахов... Как насекомые при помощи феромонов.

Она достает из мешочков сухие лавровые листья и гвоздику, кладет рядом.

— Удачная пара. Кажется, твой друг Эдмонд Уэллс выразил это формулой $1 + 1 = 3$. Сумма талантов больше, чем результат простого сложения.

Она ласково смотрит на меня.

— Ты и я, мы оба здесь и сейчас — уже пара. То, что мы скажем, или то, о чем умолчим, то, что сделаем или от чего воздержимся, все это сложится во что-то третье. Это взаимодействие.

Она моет морковь в миске с холодной водой.

— Почему ты поднялся сюда?

— Я хочу знать. Смертные, ангелы, боги-ученики, Старшие боги — что дальше?

— Прежде всего, ты должен понять силу, заключенную в цифре 3. У нас три луны. Это знание поможет тебе.

Гера выбирает из корзинки лук и начинает крошить его.

— Вы, мужчины, всегда рассуждаете в рамках бинарной логики. Добро или зло. Черное или белое. Но мир — это не 2, а 3.

Она вытирает руки о передник, утирает слезу — лук щиплет глаза.

— Всегда одна и та же история, — шмыгает она носом. — Великая история. Единственная. На тему «Вместе с тобой», «Против тебя» и «Без тебя».

Она открывает глаза.

— Эта идея заложена уже в самом создании Вселенной. Сначала был суп из перемешанных, беспорядочно мечущихся частиц. Мир был в состоянии «Без тебя». Некоторые частицы столкнулись и рассыпались, возникло «Против тебя». Другие, в результате различных реакций, объединились и создали атомы. Это была сила «Вместе с тобой». И все это привело к Большому взрыву.

Гера склоняется над углями, помешивает их. Красные угли становятся желтыми.

— Материя может породить жизнь. Сначала растительную. ADN.

Гера берет приправы. Я узнаю запах шалфея, чабреца, розмарина. Она высыпает в котелок овощи — тыкву, лук, морковку и порей.

— Животное, ADN.

Разбивает яйцо, выливает желток в суп. Желток некоторое время плавает на поверхности, потом тонет, как растаявший айсберг.

— Потом человек, ADN.

Гера перчит суп.

— И наконец, боги. Здесь, в Эдеме. ADN.

Она высыпает в суп сухарики. Потом приносит книгу, метр в длину на шестьдесят сантиметров в ширину. На обложке написано «ЗЕМЛЯ-18».

— Что это?

— Семейный фотоальбом. Чтобы не забывать лица тех, кого любил.

Я хочу есть, но не прерываю урока.

Гера открывает книгу, и я вижу фотографии первых пещерных людей. Мне кажется, я узнаю людей-черепах

Беатрис. Она первая научила своих смертных прятаться в пещерах.

— Человек, пара, семья, деревня, город, царство, нация, империя. Каждый раз это просто новые состояния трех энергий.

Она переворачивает страницы, и я вижу людей-крыс, ведущих первые войны, открывающих принцип террора как рычаг воздействия на общество. Снимки сражений. Люди-муравьи Эдмонда Уэллса, запечатленные за повседневными делами. Женщины-осы, гордые амазонки, люди-скарабеи, люди-львы — все проходят перед нами на страницах этой книги.

Гера на минуту отвлекается от альбома и помешивает длинной ложкой светло-оранжевый суп. По дому плывет тонкий аромат.

Я переворачиваю страницы. Я вижу моих людей, спасающихся бегством от людей-крыс на последнем корабле. Вижу остров Спокойствия, университеты, созданные в землях людей-скарабеев, вижу мой народ, принятый людьми-китами. Вот мой полководец Освободитель переходит горы на слонах и щадит людей-орлов. Вот Просвещенный, проповедующий перед толпами. И Просвещенный, посаженный на кол.

— Я слежу за тем, что происходит с тобой и твоим народом. Мы, боги, всегда с замиранием сердца следим за цивилизациями учеников. Несколько Старших богов болеют за тебя, многие настроены против, но... — Гера улыбается. — Во всяком случае, никто не остался к тебе равнодушен. Мы считаем, что ты очень...

Гера ищет подходящее слово и, не найдя ничего лучше, говорит:

— Ты очень забавный.

Вот повезло. Боги считают, что я забавный бог.

— С развлечениями здесь хуже всего. Как говорил один из ваших философов XXI века, некий Вуди Аллен, «вечность тянется очень долго, особенно под конец».

Она откидывает назад рыжую прядь, упавшую ей на лицо.

— Первые века проходят на автопилоте, запущенном в нашей земной жизни. Мы тратим время на чтение, слушаем музыку, играем, любим друг друга. Но в конце концов все обрастает условностями, все повторяется. Наступает момент, когда, едва перевернув первую страницу книги, ты уже знаешь, что будет в конце. Ты можешь спеть всю песню, лишь прозвучит первый аккорд. Первый поцелуй, и уже ясно, каким будет расставание. Нечему больше удивляться. Все повторяется.

Я слушаю Геру, но не могу отвести глаз от посаженного на кол Просвещенного. Рядом фотография, на которой какой-то человек стирает со стены изображение рыбы, — вероятно, для того, чтобы нарисовать Просвещенного на колу.

Гера захлопывает книгу «ЗЕМЛЯ-18».

— Ты никогда не испытывал ощущения дежавю? Например, глядя на историю «Земли-1»?

Она встает и достает другую книгу. Огромную, похожую на предыдущую, но более древнюю. На ней разноцветными буквами красиво написано «ЗЕМЛЯ-1». Гера переворачивает первые страницы и открывает альбом на серии фотографий разноцветных домов, женщин со сложными прическами и открытой грудью. Мне кажется, я узнаю — это критяне до того, как их завоевали греки.

Гера снова помешивает суп и пробует его. Она видит, что мне тоже хочется, и подает полный половник.

— Не пересолено? — спрашивает она.

Вкус потрясающий. Я страшно голоден, и, может быть, поэтому мне кажется, что этот суп похож на ароматный овощной ликер. Первым чувствуется основной вкус — это тыква, за ним проявляется вкус репчатого лука и лука-порея. Пир для вкусовых рецепторов, ощущающих тончайшие оттенки чабреца, лавра, шалфея, перца. Мои ноздри жадно впитывают аромат.

— Восхитительно.

Я протягиваю тарелку.

— Еще не готово, пусть немного настоится.

Гера возвращается к книге о «Земле-1».

— У вас, на «Земле-1», уже была сила D. Ее последователи наступают, убивают, грабят, насилуют, силой обращают в другую веру. Они господствуют. У силы А тоже есть свои приверженцы. Они исследуют, строят порты, открывают торговлю в других странах, прокладывают пути для караванов. Они устанавливают связи.

— А сила N?

— Это те, у кого нет собственного мнения. Они просто хотят, чтобы их оставили в покое. Они бы хотели узнать что-то новое, но страх перед насилием оказывается сильнее. Чаще всего они в конце концов подчиняются силе D. Это логично.

Гера показывает мне фотографию греческого храма.

— Однако у всех был свой шанс. Ты правильно выбрал тотем. Ты знал, что пифия в Дельфах испускала короткие пронзительные крики, подражая дельфинам? А раньше, в самом начале, там действительно был бассейн с дельфином.

Как у моего народа.

Гера листает альбом назад.

— Даже глаз Гора — это изображение дельфина в профиль. Это форма человеческого глаза. Дельфин был символом первых христиан, затем его сменило изображение рыбы. Но еще раньше дельфин был символом первых евреев. Дельфины всегда стремились побороть рабство, они борются против него и поныне, восставая против диктатуры и требуя освобождения человека.

Дельфин, Delphinus, Дельфы. Боже мой, во главе самого страшного движения против дельфинов был А-Дольф. Адольф Гитлер, Анти-Дельфин.

Гера показывает мне снимок из концлагеря. Истощенные люди смотрят в объектив из-за колючей проволоки.

Гера говорит:

— Это было во время Второй мировой войны. Один протестантский пастор сказал:

«Когда они начали хватать евреев, я промолчал, потому что не был евреем.

Когда они стали хватать масонов, я промолчал, потому что не был масоном.

Когда они стали хватать демократов, я промолчал, потому что политика меня не интересовала.

И вот они внизу, пришли за мной, и я понимаю, что теперь слишком поздно».

Гера устало поправляет прядь, влажную от пота или пара, поднимающегося над котелком.

— Почему они никогда не видят, откуда приходит беда?

— Потому что верят в то, что им говорят, и не думают сами.

— Не только поэтому, — отвечает Гера. — Им удобно верить в то, что им говорят, потому что они боятся. Нельзя забывать о страхе. Если приходится выбирать: поблагодарить того, кто помог, или подчиниться тому, кто грозит расправой, — люди редко колеблются. Вспомни, кому ты отдавал полдник? Тому, у кого списывал на экзаменах, или тому, кто угрожал тебе ножом? Всем хочется, чтобы их оставили в покое.

— Значит, все дело в этом?

— Нет. Есть и другие, более странные вещи, которые даже я не могу объяснить. Геббельс, гитлеровский министр пропаганды, говорил примерно следующее: «Когда завоевываешь страну, ее население автоматически делится на тех, кто оказывает сопротивление, тех, кто готов сотрудничать, и огромную массу колеблющихся. Чтобы страна дала себя разграбить, необходимо убедить массу колеблющихся перейти на сторону тех, кто готов сотрудничать, а не тех, кто хочет сопротивляться. Этого очень легко добиться. Достаточно найти козла отпущения и свалить всю вину на него. Это всегда работает».

Гера снимает с огня котелок и наконец наливает мне полную тарелку. Я с наслаждением ем. Она протягивает мне кусок хлеб, я впиваюсь в него зубами. Суп теплый, одновременно соленый и сладкий, нежный, тает на языке. Я разделался с хлебом, и Гера протягивает мне еще кусок. Я и ем, и пью этот суп.

— Угощайся. Я хочу, чтобы у тебя хватило сил защищать силу А. Ее ценности хрупкие, над ними постоянно нависает опасность. Они нуждаются в защите. Твоя миссия здесь намного важнее, чем ты думаешь.

Снова этот груз ответственности, который я ненавижу. Я бы предпочел умыть руки. Пусть выпутываются без меня.

— Но ведь я уже не могу спуститься и вернуться в игру.

Гера продолжает, словно не слышала того, что я сказал.

— Ты можешь показать, что существует линия развития истории, которая не подчиняется сторонникам силы D.

Пользуясь анкхом как пультом, Гера включает телевизор. Я узнаю выпуск новостей с «Земли-1».

Звук выключен, на экране люди молча убирают останки женщин, детей, мужчин после того, как террорист-смертник подорвал себя в автобусе. Повсюду кровь и куски разорванной плоти.

В другом месте толпа скандирует лозунги, вскидывая вверх сжатые в кулак руки и топоры, испачканные красной краской. Манифестанты держат портреты смертника.

— Я долго думала, почему люди так ведут себя. Почему они создают прекрасные вещи, картины, фильмы, музыку, а потом промывают мозги своим детям с единственной целью — быть уверенными, что привили им желание убивать друг друга, как можно больше убивать. Почему целые народы находят этому оправдание. Или обвиняют жертв в том, что творят палачи.

Я смотрю телевизор. Теперь показывают прения в ООН.

— У меня нет ответа, — говорю я в ответ. — Может быть, все это происходит из-за страха, о котором вы только что говорили.

— Из-за страха смерти? Нет, души знали, что перевоплотятся. Значит, они не боялись смерти. Все намного сложнее. Думай.

— Не знаю.

— Мне кажется, я начала понимать. Души боятся не выполнить миссию. И тогда начинают мешать другим. Им кажется, что если неудачу потерпят не только они, то им будет не так одиноко.

Я никогда не думал об этом.

— Они все портят. Люди «Земли-1» живут в переходную эпоху. Они рискуют вместо трех шагов вперед сделать три шага назад. Они уже начали замедлять ход и скоро пойдут назад. Наши детекторы сознания работают четко, общий уровень человечества перестал повышаться, он замер, а во многих точках планеты снижается. Люди возвращаются к варварству, к владычеству мелких князьков, к потере понимания ценности жизни, сотрудничества, открытости. В тени начинают появляться мелкие тираны. У них теперь новый облик. Они играют на контрастах. Это расисты, выступающие против расизма. Сторонники насилия, выступающие за мир во всем мире. Они убивают во имя любви к Богу. Они просты, едины и солидарны, в то время как силы, защищающие свободу, сложны, разобщены и слабы. Ближайшее будущее человечества — возврат к варварству. Ты видел это на «Земле-17». Все очень легко сломать.

Передо мной встают картины «Земли-17» в 2222 году. Мир в стиле фильма «Безумный Макс», где каждый борется за выживание, а вся территория поделена между бандами и их предводителями. Нет правосудия, нет полиции, науки, сельского хозяйства. Только насилие, люди ведут себя как загнанные животные.

— Почему вы не вмешаетесь? Если вы можете наблюдать за людьми при помощи анкхов, значит, вы можете влиять на них, как я влиял на моих подопечных.

— Помнишь шутку твоего друга Фредди Мейера? Про парня, который попал в зыбучие пески и отказывается принимать помощь спасателей. Он говорит: «Я не боюсь, мне поможет Бог».

Гера фыркает. Она смеется и повторяет:

— «Мне поможет Бог»...

Она улыбается.

— Почему мы не вмешаемся? Дорогой Мишель Пэнсон, мы постоянно вмешиваемся. И Моисей, и Христос, и высадка в Нормандии, которой не помешала буря, и...

— Но эти ужасные теракты?

— Мы предотвратили сотни терактов! Вы знаете о тех, которые удались. А сколько было покушений, когда бомба взорвалась в руках того, кто ее сделал, или когда смертник не смог войти в универмаг, роддом или на дискотеку? Поверь, если бы мы ничего не делали, все было бы еще хуже. Ты никогда не слышал о ядерном реакторе, который французы подарили Ираку в 1980-х? Об «Озираке»? Ирак производит нефть, ему не нужна ядерная энергия. Если бы «Озирак» не был разрушен, уверяю тебя, начало третьей мировой войны на «Земле-1» было бы не за горами.

Я понимаю всю степень своей неблагодарности. Действительно, боги тысячу раз предотвращали худшее. Действительно, мир уже давно мог скатиться в пропасть. Гитлер мог победить.

Гера наливает мне еще тарелку супа.

— Кроме того, мы не можем нарушать первое правило: у человека есть свобода выбора. Заслугой человека можно считать только то, что он делает по собственному выбору.

— И вы не можете помогать человеку больше, чем вы это делаете?

— Что же еще мы можем? Послать пророка, который скажет: «С этой минуты шутки с Любовью кончены. Любите друг друга... или получите в лоб»?

Я рассеянно ем. Машинально зачерпываю густой оранжевый суп.

— Мы, боги, следуем негласному правилу: как можно меньше чудес и пророков. Смертные должны сами находить ответ и учиться понимать себя. Это ключ к развитию человечества.

Я беру пульт у богини.

— Я могу посмотреть кое-что... личное?

97. ЭНЦИКЛОПЕДИЯ: ЭНОТЕИЗМ

Принято считать, что есть только политеизм (многобожие) и монотеизм (единобожие).

Однако возможен третий, не столь известный путь — энотеизм. Энотеизм не отрицает существования множества богов, но предлагает выбрать одного из них. В энотеизме отсутствует представление о том, что избранный бог превыше, лучше других. Просто те, кто поклоняется какому-то богу, выбрали его из множества других. Энотеизм предполагает, что каждый народ выбирает себе бога, и, следовательно, у разных народов боги могут быть разные, и ни один из них не выше другого.

Эдмонд Уэллс.
«Энциклопедия относительного
и абсолютного знания», том V

98. СМЕРТНЫЕ. 24 ГОДА

Юн Би ушла из анимационной компании и работает теперь в японском филиале «Пятого мира» — корейской фирмы, принадлежащей ее другу Корейскому Лису. Как это ни странно, она до сих пор не встретилась с ним, они общаются при помощи компьютера.

Юн Би двадцать четыре года, и она все еще девственница.

Она в сотый раз переписывает свой роман о дельфинах. Наконец она совершенно забрасывает книгу, чтобы заниматься только тем искусством, которое она выбрала первым, — рисованием. Она создает фоновые рисунки для «5-го мира» и пишет маслом огромные полотна у себя в мастерской.

— Что такое «5-й мир»? — спрашивает Гера.

— Это придумали смертные, — объясняю я, развеселившись. —

1-й мир — реальный;

2-й мир — сны;

3-й мир — романы;

4-й мир — фильмы;

5-й мир — виртуальный мир компьютеров.

Гера с интересом слушает.

— А ее роман о дельфинах?

— Она никогда не закончит его, — отвечаю я. — Это бочка Данаид. Чем больше она наполняет свой роман, тем больше он пустеет. Романы были ее основным способом выражения в прошлой жизни. Когда ее душа была Жаком Немро, она написала огромную сагу о крысах, но теперь слово уступило место живописи.

Я переключаюсь на другой канал.

Теотим открыл спортивный клуб для туристов, устроил зал для релаксации и стал проводить сеансы аутотренинга в промежутке между накачиванием мышц. Посетителям очень нравятся эти занятия. В это же время Теотим становится ловеласом. Чуть не каждую неделю у него новая подружка. Одна из них помогает ему открыть в себе неведомую до сих пор любовь к современным танцам. То, что он искал в боксе и йоге, он нашел в новом способе выражения эмоций при помощи тела.

Куасси-Куасси играет на ударных в джаз-группе, с которой его познакомила подруга. Джаз стал для него совершенно неожиданным открытием. Когда заканчиваются занятия в университете, Куасси-Куасси отправляется в магазины грампластинок, чтобы слушать эту сложную музыку.

— Я бы хотел с ними поговорить, — говорю я.

Гера смотрит на меня, и вдруг начинает смеяться.

— Со смертными с «Земли-1»? И что ты им скажешь?

Я скажу им, что бог присматривает за ними и помогает им, и этот бог — я. Нет. Да что же это! Даже став богом, я не очень-то верю в себя. Эта мысль просто чудовищна. «Даже став богом, я не верю в себя». У меня появляется другая идея. Я бы хотел сказать им: «А что бы сделали вы, если бы стали богом?» В самом деле, все обращаются к высшей сущности с просьбами, молитвами, горем. А как бы вы повели себя, оказавшись по ту сторону зеркала?

«Вы считаете себя таким умным? Отлично! Тогда что бы вы стали делать, если бы стали богом?» Вот что я хочу спросить у смертных. Задать этот вопрос я хочу даже больше, чем получить ответ. И еще я бы хотел сказать: «Думаете, это легко?» Я возился с народом, которому по его календарю больше пяти тысяч лет, и могу точно сказать — это совершенно выматывает.

На самом деле любой бог задается вопросом: «Как создать народ, который на следующий день не канет в небытие?» Вот над чем размышляют боги.

Гера все еще не сводит с меня глаз. Ей интересно.

— Для начала я бы сказал им, чтобы они перестали бояться. Они живут в постоянном страхе. Поэтому они так легко поддаются чужому влиянию.

Я вспоминаю слова Эдмонда Уэллса: «Они пытаются уменьшить свое горе вместо того, чтобы строить счастье».

— Думаешь, они стали бы тебя слушать?

— Да.

— Если ты встретишь Юн Би на улице, что ты ей скажешь? «Здравствуйте, меня зовут Мишель Пэнсон. Я бог»? Эта смертная Юн Би даже неверующая.

— Она наверняка примет меня за психа, страдающего манией величия.

— Может быть, и нет. Ей нравятся красивые истории. Она выслушает тебя и подумает: «Надо же, забавная история».

Наверное, Юн Би и правда не отнесется ко мне с предубеждением. Она выслушает то, что я расскажу, не поверит, но, может быть, у нее появится желание написать об этом.

Жак Немро, ее предыдущее воплощение, уж точно бы так поступил.

Эта идея мне нравится. Если рассказать Юн Би правду, она решит, что это просто интересная история, сюжет для романа.

— Ты можешь что-то внушить им, но не имеешь права открывать истину. Да и верят ли они сами в то, что создают? Куасси-Куасси стал ударником, верит ли он в музыку? Юн Би сочиняет роман, пишет картины, но верит ли она в литературу и живопись? Теотим занимается современным танцем, но верит ли он в свое искусство? Нет, они занимаются искусством потому, что для них это отдушина. Это «душит их души». Они не отдают себе отчет, какой творческой силой обладают. Возможно, так даже лучше. Представляешь, что было бы, если бы они понимали, что такое на самом деле «Земля-1»?

— Кстати, что же это на самом деле?

— Прототип. Первый опыт, по образцу которого создавалось каждое новое человечество. Как говорят на телевидении, пилотный выпуск. Точнее, чистый лист, на котором можно сделать любой набросок. Ведь окончательное решение пока не принято.

Я смотрю телевизор. Если Гера видит «Землю-1» и копошащихся на ней лабораторных мышей, значит, она может видеть и Олимпию со всеми ее обитателями. Я переключаюсь на другой канал и действительно вижу панораму блаженного города, словно его снимает множество скрытых камер. Я даже могу заглянуть внутрь домов. Я вижу лес, реку. Вижу Горгону, которая расчесывает извивающиеся космы.

— Вы же знали, что я приду, правда?

Гера не отвечает.

— Вы расскажете Афине обо мне?

Я наклоняю тарелку, чтобы доесть суп. Гера достает из корзины яйцо, сваренное вкрутую, разрезает его пополам и подает мне его на маленькой тарелочке, с майонезом.

— Нужно скрыть и забыть первородный грех, — говорит она.

— Вы о том, что произошло между Авелем и Каином?

— Нет, это общеизвестная версия. Кстати, нужно бы разобраться, в чем именно виноват Каин. Нет, я говорю о первом преступлении, которое далеко не так известно. О сокрытом первородном грехе. Мать поглотила своих первых детей. Эдмонд Уэллс, должно быть, рассказывал тебе об этом. У муравьев царица, оставшись одна и страдая от голода, откладывает мелкие яйца...

Гера закрывает книгу «Земли-1» и ставит ее высоко на полку. Она подкладывает мне еще яиц.

— Королева-прародительница заперта. Она не может пошевелиться и, чтобы выжить, она ест то, что у нее есть. То есть первых, неудачных детей.

Я едва осмеливаюсь понимать.

— Напитавшись энергией каннибализма, она может откладывать новые яйца, в которых будет больше белка. И дети получаются все лучше и лучше.

В голосе Геры слышна грусть.

— Вот оборотная сторона мифов о богинях-матерях. Им приходилось пожирать первых детей, чтобы не населять вселенную нежизнеспособными мирами. Это один из самых первых мифов. Не забывай, что и на «Земле-18», до того как появились дельфины, существовал культ муравьев. Твой друг Эдмонд Уэллс знал об этом. И это знали шаманы его народа. Пирамида, смысл превращения, ясновидящая королева, мумификация, поклонение Солнцу — все это пришло не от дельфинов, а от муравьев. Муравьи сохранили эту ужасную тайну, она записана в их генах. В начале было преступление. Самое страшное из преступлений. Мать, пожравшая собственных детей.

Я вспоминаю, что Эдмонд Уэллс говорил о странной космогонии, основанной на том, что рассказала Гера. Он говорил: «Мне приснилось, что Создатель сделал набросок Вселенной. Бета-версию мира, который он намеревался сотворить. Он испытал свое первое творение. Увидел все его несовершенство. Тогда Творец создал еще одну Вселенную — сестру первой, совершенную, доведенную до конца. И сказал: „Теперь черновик можно уничтожить“. Младшая Вселенная попросила, чтобы старшую сестру-черновик оставили в живых. Творец согласился, но решил больше не заниматься черновиком. Тогда младшая, совершенная Вселенная стала заботиться о старшей, неудачной. С тех пор младшая Вселенная пытается кое-что подправить в старшей. Чтобы спасти ее, она время от времени посылает на нее просветленные души, которые замедляют загнивание старшей. Творец больше не занимается черновиком, жизнь на нем поддерживает младшая Вселенная».

Эдмонд Уэллс рассказал мне об этом, когда был моим наставником в Империи ангелов. Я не знал, вычитал ли он это где-нибудь или придумал сам. Эта теория очень обеспокоила меня. Особенно после того, как он сказал: «Мы живем в неудавшемся мире».

Теперь, после рассказа Геры, эта история приобретает совершенно иное значение. Ребенок, родившийся более сильным, попытался спасти слабых братьев и освободить их от власти матери, которая уничтожает неудачные черновики.

Когда я был смертным, подруга рассказала мне, что у нее был брат-инвалид. При родах ему повредили мозг — слишком крепко сжали щипцами череп. Все думали, что через несколько недель он умрет, но он выжил. У него наблюдалась задержка умственного развития. Семья не могла решиться отдать его в приют, и вся жизнь была подчинена особенностям его внутреннего ритма. Моя подруга превратилась в сиделку, кормила брата, переодевала, гуляла с ним. Все ее время было посвящено ему, она помогала ему во всем, с чем он не мог справиться сам.

Голос Геры вторгается в мои воспоминания:

— Первоначальный культ «Земли-1» — это культ насекомых. Смертные там поклонялись пчелам, потому что эти общественные насекомые появились на планете за сто миллионов лет до появления человека.

— И держится эта культура на преступлении матери.

Гера садится напротив меня.

— Это древняя тайна. Но за некоторыми тайнами прячутся другие. Посмотри внимательно на твой собственный мир. Кол, но до того была рыба, до рыбы — дельфин, до дельфина — муравей.

— До муравья — Эдем. А до Эдема...

— Вселенная. Никому не известна истинная история происхождения Вселенной, — говорит она наконец. — Никто в космосе не знает, откуда мы взялись и почему мир таков. Мы даже не знаем, почему существует жизнь, а не небытие.

Я смотрю в западное окно. Передо мной снова гора, ее величественная, скрытая облаками вершина. Солнце, которое сейчас находится как раз за ней, озаряет камни радужным светом. Ветер гонит облака на меня, словно там наверху кто-то подул в мою сторону.

Дыхание богов.

— Я хочу продолжить восхождение на гору.

Гера огорчается:

— Что заставляет тебя делать это?

— Не знаю. Возможно, любопытство.

— М-м-м... Ты нравишься мне, Мишель Пэнсон. Но если хочешь подняться наверх, тебе нужно всего лишь победить в Игре «Y». Твое восхождение совершится само собой. Возвращайся в Олимпию. Я устрою так, чтобы ты смог вернуться в игру.

— Я хочу идти вперед. Я не для того проделал весь этот путь, чтобы повернуть обратно.

— Помнишь миф об Икаре? Ты рискуешь опалить крылья, поднимаясь навстречу солнцу.

Говоря это, она берет горящую свечу, хватает мою руку и подносит к ней свечу. Я сжимаю зубы так долго, как только могу, но боль слишком сильна, я вскрикиваю и отдергиваю руку.

— Вот что может вытерпеть твоя плоть. Ты все еще хочешь идти наверх?

Я морщусь и дую на пальцы.

— Возможно, именно это предназначено моей душе. Лосось поднимается вверх по реке к тому месту, где он родился, чтобы понять, зачем...

— А бабочки летят на свет и погибают.

— Но перед тем как погибнуть, они наконец узнают.

Гера засучивает рукава.

— Не путай храбрость с мазохизмом.

— Кто не рискует, тот ничего не добивается.

Гера забирает у меня пустую тарелку, ставит в раковину и принимается скрести щеткой, словно собирается стереть в порошок. Так же яростно, как чистила морковь. Она выпускает гнев, занимаясь хозяйством.

— Нд-а... Будешь кофе?

— С удовольствием.

— Сахар?

— Да, спасибо.

— Сколько?

— Три.

Она с нежностью смотрит на меня.

— В чем дело? — спрашиваю я, чувствуя себя неловко.

— Любишь сладкое, да? В тебе еще столько человеческого.

Я хмурюсь. «Человеческое» в ее устах звучит как «ребяческое». Не хочет ли Гера сказать, что я всего лишь ребенок, который любит сладкое? Но смотрит она на меня доброжелательно.

Гера подает мне ароматный кофе. Подходит к духовке и вынимает подрумянившийся пирог в форме сердца. Он похож на шоколадный торт, рецепт которого есть в «Энциклопедии»*. Она отрезает большой кусок и кладет на фаянсовую тарелку, которая стоит передо мной.

— Ты имеешь право ошибаться. Ты даже имеешь право любить...

Она странно смотрит на меня.

— ...Афродиту.

Она знает, что ее призрак еще не покинул мое сердце. Я жадно ем пирог.

— Правда, очень вкусно.

— Тебе нравится? Я очень рада. Это удовольствие, в котором нет места сомнениям.

Она смотрит на меня с той же материнской лаской, которая так удивила меня в первую минуту.

— Понравился обед? Я хочу, чтобы у тебя осталось хорошее воспоминание о нашей встрече. Чтобы тебе за-

---

* См. «Мы, боги», гл. 39 «Шоколадный торт». — *Примеч. авт.*

хотелось домик, жену, суп, хлеб, шоколадный торт, кофе. А теперь проваливай.

— Я хочу наверх. Помоги мне.

Гера останавливается, думает.

— Хорошо, господин упрямец. Я помогу тебе. Но ты получишь мою помощь при одном условии. Ты пойдешь дальше наверх, только если обыграешь меня в шахматы. Детская игра — притворись маленьким мальчиком и веди себя хорошо. Ты должен победить — никакой ничьи или пата.

Гера расставляет на доске странные шахматы: вместо черных и белых фигур — фигуры, изображающие мужчин и женщин. Женщины в розовом, на них тоги, похожие на тогу Афродиты. Фигура, которую я принимаю за королеву, кстати, чем-то похожа не богиню любви. Я присматриваюсь, вижу корону — и понимаю, что это король. Королева стоит справа от нее, и ее корона меньше. Вместо офицера — женщина-офицер. Вместо коня — лошадь. Вместо ладьи — бутылочка с соской. На мужской стороне доски фигуры в черных тогах. Король выглядит как обычно. Справа от него министр. Другие фигуры тоже похожи на обычные шахматы. Разве что у офицеров немного женственный вид.

Я, как обычно, выдвигаю вперед пешку, стоящую перед королем. Она встает напротив пешки противника, которая стоит, покачивая бедрами, и подмигивает моей пешке.

Я подпрыгиваю от изумления.

— Они живые!

— Нравится? — спрашивает Гера. — Эти фигуры сделал Гермафродит. У него большие способности к биологии. Он также талантлив в своей области, как Гефест в кузнечном ремесле. Я думаю, выбор между живым существом и механизмом будет существовать всегда.

О боже! Я понимаю — передо мной гибриды! Люди-бонсаи, наполовину шахматные фигуры. Я наклоняюсь к своим фигурам и вижу, что король нетерпеливо почесывает бороду — ему хочется играть. Премьер-министр что-то подсчитывает в блокноте. Напротив полирует ногти король-королева, похожая на Афродиту. Ее офицер вытащил пачку сигарет и курит.

Руки и ноги у них сделаны из какого-то материала, похожего на пластмассу. Глаза карие или голубые. Иногда фигурки моргают. Я дотрагиваюсь до шахматной фигуры и чувствую, что она мягкая и теплая, словно из настоящей плоти.

— Они живые, но у них нет свободы выбора, — уточняет Гера. — Они сделают все, что прикажешь.

Мы начинаем игру. Богиня оказывается сильным противником, но перевеса пока нет ни на чьей стороне. Я атакую, она выстраивает хитрую защиту, но мне удается прорвать ее линию обороны.

В конце партии остаются только ее король-королева и мой король-король. В принципе это пат, но мне кажется, что партия не закончена. Внезапно меня посещает вдохновение. Я закрываю глаза, выдвигаю короля навстречу королеве и сосредоточиваюсь. Я думаю о том, что потеряю в случае поражения. Вспомнив, что все живые существа могут общаться, я наклоняюсь и шепчу на ухо королю:

— Давай же, сейчас!

Король обнимает королеву Геры, прижимает к груди и крепко целует. Королева колеблется, но потом отвечает на поцелуй.

Гера в восторге.

Мой король начинает раздевать королеву, обнажает ее трепещущую розовую грудь.

Гера хлопает в ладоши.

— Возможно, ты сильней, чем я думала, — говорит она.

Шахматные фигуры переходят ко все более решительным действиям.

— Любовь побеждает войну! Ты думаешь, они наделают нам пешек?

Она трогает фигурки пальцем, который намного больше их.

— Во всяком случае, все, что боги помогли мне увидеть, доказывает, что любовь может победить. Вы должны выполнить обещание.

— Ничего не может быть глупее, но я помогу тебе. Но потом... не забудь, что у тебя нет права жаловаться.

Она пристально смотрит на меня.

— По дороге тебе придется пройти через суровое испытание. Тебя ждет встреча со Сфинксом. Это его живой замок. Даже я не могу подняться на гору. Пройти туда можно, только разгадав загадку. Знаешь какую?

— Да. Что лучше, чем Бог, страшнее, чем дьявол...

Она подает мне руку, чтобы помочь подняться, и ведет к двери в глубине комнаты. Поворачивает ручку.

За дверью пещера, выдолбленная в скале. Стены полупрозрачные, из какого-то материала, напоминающего пластмассу или стекло. Это янтарь.

— Раз это твой свободный выбор... — говорит богиня.

— Если я погибну, не могли бы вы передать остальным мою просьбу: пусть о моем народе заботится Мата Хари.

Гера кивает.

— Прощай, Мишель Пэнсон.

99. ЭНЦИКЛОПЕДИЯ: СФИНКС

По-гречески «сфинкс» означает «душительница». У египтян встречаются сфинксы, сторожащие порог, который не следует переступать. У этих сфинксов тело льва и голова женщины. Их лица, как правило, выкрашены в красный цвет и обращены к той точке горизонта, откуда появляется солнце. Считалось, что они слышат, как движутся планеты, и знают разгадку всех тайн Вселенной. В Египте переступить порог, охраняемый сфинксом, означает нарушить все табу и запреты.

В Греции сфинксом называли развратное чудовище женского пола с орлиными крыльями. Но крылья эти слишком малы, чтобы поднять сфинкса в воздух. Греки всегда изображали сфинкса пышногрудым. Согласно легенде, Сфинкс истребила население Фив, задавая прохожим загадку и пожирая тех, кто не мог ответить.

Загадка была такова: «Кто утром ходит на четырех ногах, в полдень на двух, вечером на трех?» Эдип дал правильный ответ — это человек. Действительно, в детстве человек ползает на четвереньках, достигнув зрелости, ходит на двух ногах, а состарившись, опирается на посох, третью ногу.

Сфинкс символизирует загадку, которую человечество должно разгадывать на каждом этапе развития.

Задав вопрос, чудовище заставляет человека осознать, как далеко простираются границы его познания. Если этого осознания не происходит, следует наказание — смерть.

Эдмонд Уэллс.
«Энциклопедия относительного
и абсолютного знания», том V

100. ЯНТАРЬ

Я взбираюсь по винтовой лестнице.

Ступени поворачивают. И я без конца поворачиваю вслед за ними. Я все еще чувствую умиротворяющий запах супа. Сначала вокруг очень темно, но чем выше я поднимаюсь, тем становится светлее. Янтарь начинает отливать золотом.

Я сосредоточиваюсь на загадке.

«Лучше, чем Бог.

Страшнее, чем дьявол...»

Я думаю о любви, об Афродите.

Афродита — это было серьезно. Но не достаточно, чтобы дойти до конца.

Я думаю о надежде. О человечестве. О счастье. Каждый раз чего-то не хватает.

«У бедных есть, у богатых нет».

Может быть, это простота. Чистый воздух. Время. Болезнь.

«Если съесть, можно умереть».

Яд. Огонь?

Свет, проникающий сквозь толщу янтаря, становится все ярче. Теперь пахнет песком, а не супом.

Может быть, речь обо мне? Лучше, чем Бог, страшнее, чем дьявол?

Или моя гордость?

Или мои амбиции?

Я поднимаюсь по лестнице к свету. Выхожу на голую равнину. Никакой растительности, только желтые скалы угрожающе торчат вверх, как огромные клыки. Встающее солнце освещает два утеса из желтого янтаря. Похоже, они окружают единственный путь, ведущий к вершине горы.

Узкий проход длиной всего в несколько метров. Я направляюсь к нему.

Кто-то сидит перед входом. Это химера с мощным телом льва и женской грудью. На ее круглом лице вызывающий макияж — блестящая красная помада на пухлых губах, черные ресницы, подведенные брови. Тяжелую грудь поддерживает черный шелковый бюстгальтер.

Это полная противоположность Гере — там мать, здесь проститутка. Я подхожу к подножию склона.

Пухлые губы приоткрываются, раздается высокий насморочный детский голосок:

— Приветствую идущего на смерть.

Я кланяюсь, словно мы бросаем друг другу вызов в компании приятелей.

— Если ты не ответишь на мою загадку, я уничтожу тебя. Сожалею, милый.

По крайней мере, никаких недомолвок.

— Я бог, я не могу умереть, — парирую я.

Сфинкс улыбается.

— Боги не умирают, но их можно во что-нибудь превратить, — говорит женщина с телом льва. — Я превращаю их в это.

Сфинкс вытягивает лапу и выпускает длинный острый коготь. Тут же на нее опускается херувим — крошечный мужчина с крыльями бабочки. Значит, Сфинкс превращает тех, кто не знает ответа, в херувимов.

Конечно, я не первый, кто попал сюда. Из множества учеников, побывавших на острове за тысячи лет, десятки, если не сотни, приходили к Гере и поднимались по янтарной лестнице, чтобы оказаться лицом к лицу со Сфинксом.

Я думаю, что херувимка, сморкмуха, которая столько раз выручала меня, тоже была богиней-ученицей. Прежде чем превратиться в женщину-бабочку, она тоже взобралась на гору. Она была отважной и решительной. Я недооценивал ее только потому, что она была маленькой и выглядела как насекомое. Я снова ловлю себя на том, что недостаточно внимателен к тем, кого встречаю на своем пути, и сужу их по внешнему виду.

Сфинкс сдувает херувима со своего когтя.

— Херувим — это не так уж плохо, — произносит она. — Проблема в том, что они не могут говорить. Выражать свои мысли вслух все-таки приятно, правда?

Херувим в ответ показывает свой острый язычок.

— Итак, говори или умолкни навеки. Я напомню тебе загадку:

Лучше, чем Бог.

Страшнее, чем дьявол.

У бедных есть.

У богатых нет.

Если съесть, умрешь.

И Сфинкс тяжело вздыхает, как утомленная любовница.

— Итак? Каков ответ, милый?

Я закрываю глаза. Надеюсь, что меня озарит в последний момент. Посетит откровение. Что-нибудь в выражении лица Сфинкса подскажет правильный ответ. Но ничего не происходит. Абсолютно ничего.

Я думаю. Ищу. Я не сдамся так близко от цели.

На самом деле я веду себя как смертный, надеясь, что откуда-то придет помощь.

Чистое суеверие.

А суеверия приносят несчастья.

Смертному может помочь ангел, ангелу поможет бог. А кто поможет богу?

Я смотрю на гребень горы. Там ни лучика света. Я все больше склоняюсь к мысли, что наверху ничего нет.

Мне хочется повернуть обратно. Я вернусь к Гере и скажу ей, что она была права. Потом спокойно спущусь и постараюсь выпросить прощения за свою выходку. Афродите я скажу, что видел Сфинкса и не нашел ответа, Мате Хари — что люблю ее, а своему народу объявлю: «Ваш бог вернулся».

Я не могу отступить.

— Я помогу тебе немного, — говорит чудовище.

— Подсказка?

— Нет, лучше. Немного жизненного опыта.

Сфинкс меняет позу, скрещивает на груди руки.

— Успокойся, — говорит она. — Устраивайся поудобней. Сядь по-турецки. Мы начинаем внутренние поиски ответа. Освободи голову от мыслей.

Я сомневаюсь, стоит ли ее слушать, но внутренний голос подсказывает, что можно рискнуть. Я слушаюсь и усаживаюсь как можно удобнее. Закрываю глаза.

— Забудь, кто ты. Покинь свое тело и посмотри на себя снаружи.

Я слушаюсь. Я вижу себя.

Мишель Пэнсон сидит перед Сфинксом. Разумеется, этот неосторожный ученик погибнет.

— Теперь отмотай пленку назад, — раздается гнусавый голос Сфинкса. — В прошлое. Что ты делал двадцать секунд назад?

Я шел сюда. И я иду назад, пячусь.

— Продолжай отматывать пленку.

Я вижу, как спускаюсь назад по янтарной лестнице внутри горы.

— Дальше, дальше.

Я снова в домике Геры. Когда я появляюсь, пятясь, она говорит «Прощай», когда выхожу из домика — «Входи».

Я сидел верхом на Пегасе. Я лечу назад, спускаюсь с горы на крылатом коне. Приземляюсь.

Я дрался с Раулем.

Пленка все быстрее перематывается назад.

Мата Хари. Сент-Экзюпери. Жорж Мельес. Сизиф.

Прометей. Афродита. Афина. Фредди Мейер.

Кентавр. Сморкмуха. Жюль Верн.

Я видел перед собой остров.

Я плыву назад, спиной к океану.

Я вижу, как погружаюсь в воду.

Я вижу себя глубоко под водой.

Я вижу, как на огромной скорости вылетаю из воды.

Я взмываю в воздух, пролетаю слои атмосферы.

Я прозрачен, я становлюсь духом.

Дух летит назад, к розовому свету.

Я снова в Империи ангелов.

Картины прошлого стремительно проносятся мимо.

Обратный отсчет.

Я вижу себя в Империи ангелов в окружении других ангелов, работаю с моими подопечными.

Спиной вперед меня несет ко входу в Империю.

Я вижу себя во время суда надо мной. Эмиль Золя выступает в мою защиту перед тремя архангелами при взвешивании моей души.

Я скольжу назад над территориями континента мертвых.

Белый мир, в котором умершие выстроились в длинную очередь на суд.

Очередь движется назад, и я вместе с ней.

Зеленый мир красоты.

Желтый мир знания.

Оранжевый мир терпения.

Красный мир желания.

Черный мир страха.

Голубой мир, пограничная зона континента мертвых.

Я эктоплазма, лечу к свету, который притягивает меня.

Я вижу, как моя душа входит в тело мертвого Мишеля Пэнсона.

Я вижу себя, в панике смотрящего на «Боинг-747», который врезался в мой дом. Осколки стекла соединяются, окно становится целым, боинг летит назад, теряется в небе.

Быстрее, еще быстрее.

Я вижу себя смертным, я танатонавт на танатодроме. Вместе с друзьями, Раулем Разорбаком, Стефанией Чичелли, Фредди Мейером, провожу опыты по выходу из тела.

В голове мелькает мысль: «Я мог бы стать легендой». Или легенда обо мне уже когда-то возникла, как возникли мифы о Прометее или Сизифе. Я быстро гоню прочь эту мысль, порожденную гордыней, и продолжаю путешествие во времени. Я становлюсь моложе, я Мишель Пэнсон-подросток.

Я новорожденный. Пуповина срастается, тянет меня к матери.

Головой вперед я проскальзываю в материнскую утробу, потом моя душа возвращается на континент мертвых. Очередь, суд. Белый, зеленый, желтый, оранжевый, красный, черный, голубой миры, и я возвращаюсь на землю, в чужое мертвое тело.

Я врач в Санкт-Петербурге, умер от туберкулеза в окружении многочисленного семейства.

Сфинкс помогает моей душе продолжить погружение в прошлое.

Я становлюсь новорожденным, возвращаюсь в утробу, душа покидает тело, возвращается на континент мертвых, снова на Землю, в труп танцовщицы, исполнявшей канкан. Надо же, я, оказывается, был красивой девушкой. Я маленькая девочка. Новорожденный младенец.

Жизни пролетают одна за другой. Японский самурай, кельтский друид, английский солдат, бретонский друид, египетская одалиска и врач из Атлантиды. Каждый раз все немного размыто, когда я превращаюсь в плачущего младенца, забываю речь, срастается пуповина и, словно отпущенная резинка, утягивает меня внутрь женской утробы. Движение ускоряется. Время летит назад с дикой скоростью.

Я крестьянин, охотник, дрожащий от холода пещерный человек.

Австралопитек, который боится, что не найдет пропитания.

Землеройка, которая боится ящериц.

Ящерица, которая боится более крупных ящериц.

Большая рыба.

Инфузория-туфелька.

Водоросль.

Камень.

Космическая пыль.

Луч света.

Я — свет, и меня тянет назад, к Большому взрыву.

Я вижу частицу Космического яйца, породившего меня.

Яйцо уменьшается и вдруг — хлоп, и его нет. Больше ничего нет.

Ничего?

Последний виток развития духа заканчивается «ничем».

Вселенную породило ничто, и она закончится ничем.

...Ничего?

«Ничего. В начале ничего не было».

Боже мой, это же слова, которыми открывается пятый том «Энциклопедии относительного и абсолютного знания». Они всегда были у меня перед глазами, но я не видел их.

Я открываю глаза. И произношу, глядя в глаза Сфинкса:

— Ничего.

Женщина с телом льва в изумлении смотрит на меня. Она дрожит от удовольствия.

— Милый, не знаю, ты ли тот, кого ждут, но ты тот, кого ждала я, — шепчет она. — Продолжай.

Открытие ослепляет меня.

— Лучше Бога? Ничего. Ничего не может быть лучше Бога, — объясняю я.

Сфинкс кивает. Я продолжаю.

— Страшнее, чем дьявол? Ничего. Нет ничего страшнее дьявола. Чего нет у бедняков? Ничего. Чего не хватает богатым? Ничего. Если ничего не есть, то умрешь.

Наступает молчание.

— Браво, милый. Тебе удалось то, что еще никому не удавалось.

Внезапно Сфинкс представляется мне не чудовищем, а добрым гением, одним из тех, кто направил мою жизнь по верному пути, кто способствовал моему росту.

Значит, вот зачем нужно было столько опасностей, бед, страха — для того, чтобы я наконец понял. После того, как испытаю первый приступ гнева, совершу первый поступок, направленный против общества, докажу, что смел и умен. Я вступил в состязание со Сфинксом и победил ее, потому что способен абстрактно мыслить.

Львица с человеческим лицом отходит в сторону, открывая проход между двумя желтыми скалами.

Она говорит на прощание:

— Ты можешь продолжить свой путь. Но будь осторожен. Дворец Зевса охраняют Циклопы.

Я иду вперед, потом возвращаюсь к Сфинксу.

— Согласно легенде, Сфинкс, кажется, должен покончить с собой от досады, если человек отгадает ее загадку?

Сфинкс встряхивает гривой.

— Не нужно верить всему, что говорят, и даже пишут. Особенно не стоит верить легендам. Они нужны лишь для того, чтобы легче было управлять смертными. Давай же, милый, ступай прочь, пока я не передумала.

Я смотрю на Сфинкса, и вдруг эта живая преграда кажется мне симпатичной. Ведь она сделала все, чтобы у меня получилось.

Значит, вот что это было.

Ничто.

101. ЭНЦИКЛОПЕДИЯ: СИЛА НЕСУЩЕСТВУЮЩЕГО

Человек всегда боялся пустоты. Пустота, которую римляне называли «Horror Vacui», древние ученые считали квинтэссенцией ужаса. Демокрит одним из первых заговорил о существовании пустоты. В V веке до н. э. он писал, что материя состоит из частиц, парящих в пустоте. Аристотель опроверг эту теорию, утверждая, что «природа боится пустоты». Лишь в 1643 году итальянец Евангелиста Торричелли, вдохновившись идеей Галилея, доказал существование пустоты, поставив сложный опыт.

Он наполнил ртутью трубку длиной 1,30 м и поместил ее запаянным концом в чан, также наполненный ртутью. Он заметил, что уровень ртути в трубке понизился, а наверху остается пустое пространство. Это абсолютно пустое пространство, так как воздух туда не проникает. Таким образом, Торричелли первым создал вакуум. Повторив опыт, он обнаружил, что высота ртути в трубке изменилась, и пришел к выводу, что объем незаполненного пространства в трубке зависит от атмосферного давления. В результате этих опытов был создан барометр — трубка, заполненная ртутью, при помощи которой можно измерять атмосферное давление.

В 1647 году немецкий физик Отто фон Герике создал первый вакуумный насос. Он вытянул воздух из двух плотно прижатых друг к другу металлических полушарий и доказал, что две упряжки по восемь лошадей не смогут их разорвать. Он также доказал, что вакуум обладает силой, способной удерживать вместе два куска металла.

Индуисты считают пустоту важнейшим философским понятием. Достичь абсолютной пустоты — высшая цель, к которой стремится мудрый. Они верят даже, что колесо, которое ступицы удерживают на оси, вращается благодаря тому, что между ступицами пустота.

Современные физики установили, что 70 % общей энергии во вселенной заключено в пустоте, и только 30 % — в материи.

Эйнштейн также очень интересовался пустотой. Он предположил существование в космосе темной массы, не обладающей энергией и не испускающей света, — нечто недоступное пониманию его современников, — бросив вызов возможностям человеческого разума.

Позже физики Планк и Хейзенберг также изучали пустоту. Голландец Хендрик Казимир в 1948 году интуитивно открыл силу, которой обладает пустота. Она названа силой Казимира.

Она так велика, что в 1996 году в НАСА запустили проект по строительству «космического аппарата на силе Казимира». Возможно, это будет первый летательный аппарат, который сможет выйти за пределы Солнечной системы...

В 2000 году телескоп «Хаббл» обнаружил в космосе невидимый объект, «темную массу» — предположительно, субстанцию, обладающую самой большой энергией во Вселенной.

В настоящее время энергию вакуума рассматривают как одну из отправных точек в астрофизических исследованиях. Существует даже теория, что вакуум порождает материю и что именно эта пустота породила Большой взрыв.

Эдмонд Уэллс.
*«Энциклопедия относительного
и абсолютного знания», том V*

102. НЕОЖИДАННАЯ ВСТРЕЧА

Я чувствую себя опустошенным.

Пока я искал ответ на загадку Сфинкса, у меня возникло ощущение, что я коснулся дна мира и обнаружил, что в нем дыра, ведущая в никуда.

Я иду вперед по проходу, прорытому в желтых скалах. Тропа узкая, стены так высоки, что не видно солнца. Мне чудится, что скалы, между которыми я пробираюсь, в любой момент могут ожить и расплющить меня. Вдруг я останавливаюсь, и меня выворачивает. Я избавляюсь от всей пищи, которой так щедро накормила меня Гера. Моя душа опустошена, а теперь и тело.

Почему бы не отказаться от продолжения? Ведь я уже доказал, что смог пройти 99 % пути, зайти так далеко, как никто еще не заходил. И мой отказ будет отличной насмешкой над судьбой. Я сделал это. Я разгадал загадку! Теперь мне не нужно идти дальше. Вот в чем настоящий шик. Уйти после того, как доказал, что можешь победить.

У меня приступ пофигизма.

Пофигизм — это болезнь, которой я страдал в прошлом. Она заключается в том, что ты по любому поводу начинаешь задавать себе вопрос «а зачем?».

Первый приступ пофигизма у меня случился, когда мне было двадцать пять лет, в Индии, в Бенаресе. Я плыл в лодке по Гангу с девушкой, на которой собирался тогда жениться. Проводник спросил меня, чем я занимаюсь. Я ответил, что работаю врачом. А он спросил: зачем ты стал врачом? Чтобы лечить людей. Зачем ты лечишь людей? Чтобы зарабатывать на жизнь. А зачем ты зарабатываешь на жизнь? Чтобы есть. Зачем ты ешь? Чтобы жить. А зачем ты живешь? Он задавал эти вопросы с хитрым видом, прекрасно зная, куда они меня заведут. Зачем я хочу жить дальше? Просто так. По привычке. Он закурил папиросу, набитую марихуаной, протянул ее мне и прошептал: «Ты мне нравишься, поэтому я дам тебе совет. Воспользуйся тем, что ты в святом городе Бенаресе, и покончи с собой. Так ты хотя бы попадешь в цикл перерождений. Во Франции ты никто. Покончив с собой в Индии, ты станешь сначала парией, а затем, проживая одну жизнь за другой, сможешь подняться выше и станешь брамином».

Этот разговор не прошел для меня бесследно.

Я встал утром — зачем? Я работаю — зачем? Может, лучше бросить работу? Бросить все — в этом заключена огромная сила. Посещавшие меня припадки пофигизма были тем сильнее, чем больше я мог потерять. Семья... Зачем? Профессия... Зачем? Здоровье... Зачем? И далее сама жизнь...

Приступы пофигизма стали регулярными. Они случались почти каждый год. Как правило, в сентябре, незадолго до моего дня рождения. Лето заканчивается, наступают первые пасмурные осенние дни.

Я иду дальше по коридору, который поднимается, петляя между каменных стен.

Зачем идти вперед? Зачем нужна встреча с Великим Богом? Зачем думать, если все явилось из ничего и все заканчивается ничем? Лучше положить конец этой суете. Наверное, горгона была права. Возможно, стать неподвижным изваянием — все равно что навсегда застыть в одной из асан.

Ноги сами несут меня, коридор заканчивается, и я оказываюсь на склоне горы.

У моих ног глубокий овраг.

Я заглядываю в пустоту.

Внизу я вижу Сфинкса. Еще ниже домик Геры, дальше статуи горгоны, маленькие оранжевые вулканы, а еще ниже маленькую белую точку — это Олимпия.

Если прыгнуть отсюда, падение будет долгим.

Я начинаю решительно карабкаться вверх.

Склон становится все более отвесным. Я подтягиваюсь на руках. Мне холодно. Я ищу, за что уцепиться, чтобы продолжить восхождение. Каждое движение вверх дается все труднее. Я отбил все пальцы о камни.

Я нашариваю ногой опору, но камень выскальзывает. Я теряю равновесие и падаю. В последний момент мне удается ухватиться за какой-то выступ. Подо мной пропасть. Если я упаду, то пролечу не меньше сотни метров.

Неужели я теперь потреплю поражение?

Я замер, вцепившись в скалу. Руки затекли, мышцы сводит. Я делаю все, что могу, изо всех сил пытаюсь подтянуться, но мне не хватает опоры.

Сейчас я отпущу руки.

Если сейчас кто-то сочиняет мои приключения, я прошу его перестать меня мучить. Если читатель читает роман обо мне, я прошу перестать читать. Я не хочу продолжения. У меня такое впечатление, что меня подвергают все более суровым испытаниям. Все, хватит! Я отказываюсь принимать участие в этом балагане. Роман обойдется без меня.

Я разжимаю пальцы.

И тут меня хватает мощная рука.

— Я же говорил тебе, ни в коем случае не лезь наверх!

Я поднимаю голову, чтобы увидеть, кто меня спас. Я не верю своим глазам. Это...

Жюль Верн!

Он крепко держит меня и втаскивает на площадку.

На нем рваная, прожженная тога, в которой я видел его во время нашей первой встречи. Взгляд его светлых глаз ясен, вокруг глаз веселые морщинки.

— Я... Я думал, вы умерли, — бормочу я.

— Это не значит, что меня не нужно слушаться, — строго говорит он.

— Я видел ваше израненное тело, распростертое в долине. Вы упали с огромной высоты.

— Да, для смертного — это смертельно. Но мы все-таки не смертные. После смерти, как тебе известно, нас забирают кентавры, приносят к Гермафродиту, и он превращает нас в химер. Но если ты не попадешь к нему...

Я внезапно вспоминаю, что многие мои раны заживали необыкновенно быстро. Рана на щиколотке совершенно прошла.

Жюль Верн кивает.

— Мы все-таки боги. Через некоторое время наша плоть восстанавливается.

— Но следы копыт? Вас унес кентавр.

Жюль Верн хитро смотрит на меня.

— У каждой химеры есть душа. Это живые существа. Посмотри в глаза кентаврам, херувимам, грифонам. Даже Старшие боги... все они были когда-то такими же, как мы. Существами со своими собственными убеждениями.

Верно. Сморкмуха много раз помогала мне. Значит, среди химер тоже есть непокорные.

— Кентавр, который явился, чтобы забрать меня, был раньше Эдгаром Алланом По, учеником из предыдущего, американского набора. Он тоже был писателем и из чувства солидарности не отвез меня в южный квартал к Гермафродиту, а предоставил укрытие, пока рана не зарубцевалась. Он даже лечил меня.

— Здесь можно лечить?

— Конечно! Светлячками из голубого леса. Они наполняют рану светом, который ускоряет процессы заживления.

Жюль Верн поднимет тогу и показывает живот, на котором нет даже шрама.

— Свет — это универсальное средство.

— Свет?

— Да, конечно.

— Люди всегда почему-то думают, что нужно стремиться к любви. Это совершенно неверно, стремиться нужно к свету. Любовь субъективна, она может превратиться в собственную противоположность и стать ненавистью, непониманием, ревностью, шовинизмом. А свет — это то, что никогда не меняется.

— Как вы попали сюда?

— После того как я выздоровел, Эдгар Аллан По прятал меня. Мы решили подняться по северному склону при помощи альпинистского снаряжения. Но он кентавр, он не смог уйти далеко, и его схватили грифоны. Там все находится под их контролем. Я сумел спрятаться в горах и продолжаю восхождение, когда стемнеет. Питаюсь ягодами и цветами. Исследования о том, как выжить на необитаемом острове, оказались полезными. Я знаю, что съедобно, а что нет. Но главный мой секрет — я все делаю медленно. Любой может подняться быстро. А я поднимаюсь медленно, но уверенно.

— Но ведь сюда можно попасть только одной дорогой. Как вы прошли мимо Сфинкса?

Жюль Верн смеется.

— Не думаешь же ты, что больше никто не может отгадать загадку! Даже если Сфинкс уверяла тебя, что ты единственный, кому это удалось. Не нужно верить всему, что говорят. Особенно здесь, в Эдеме, царстве магии и иллюзии.

— Вы тоже поняли, что ответ был «Ничто»?

— Я разгадал загадку, как только услышал ее. Когда-то давно нам загадывали ее в школе.

Моему самолюбию нанесен серьезный удар.

— Ладно, не будем же мы тут болтать, как дома за чашкой чая. Есть дела поважнее. Раз уж ты сделал глупость и залез сюда, нужно извлечь из этого выгоду.

И он хлопает меня по спине.

Думал ли я когда-нибудь, что явлюсь к Верховному Богу в компании с самим Жюлем Верном!

Мы лезем вверх, забивая в скалу крюки, подтягиваясь на веревках.

— Я хотел вам сказать, что прочитал все ваши книги, — говорю я.

— Спасибо, очень трогательно встретить преданного читателя в подобных обстоятельствах.

Я чувствую себя как член фан-клуба на концерте своего кумира. Я восхищался Раулем, Эдмондом Уэллсом, теперь я восхищаюсь Жюлем Верном.

Нас окружают желтые каменные пики, возвышающиеся над пропастями, и, если бы вершина, окутанная туманом, не приковывала к себе наших взглядов, можно было бы легко сбиться с дороги.

— В конце жизни я понял, что наука не спасет нас, тогда я заинтересовался областью духа, но было уже слишком поздно. Теперь, если бы мне представилась возможность снова стать писателем, я бы писал только о том, что сейчас вызывает такой интерес человечества.

— Об эзотерике?

— О Боге. О Верховном Боге. О том, кто наверху и смеется над нами с того самого дня, как зародилась жизнь.

Дальше мы поднимаемся молча.

Наконец мы взобрались туда, откуда начинается плотный туман. Я поднимаюсь первым, и мой спутник совершенно пропадает в тумане. К счастью, мы связаны веревкой.

— Как там, наверху? — спрашивает он.

— Пока мы связаны, все в порядке, — отвечаю я.

Мы движемся вперед в тумане и через некоторое время чувствуем, что склон стал не таким отвесным. Поднимаемся дальше, и вот под ногами плоская поверхность.

— Вы видите что-нибудь? — спрашиваю я.

— Нет, ничего. Даже собственных ног не вижу.

— Может быть, нам взяться за руки?

— Нет, — возражает Жюль Верн. — Если впереди опасность, мы оба сразу погибнем. Лучше, наоборот, идти как можно дальше друг от друга. Я пойду первым.

Мы отправляемся дальше.

Я не вижу своих ног, но чувствую, что почва стала липкой и мягкой. Пахнет травой. Земля уходит из-под ног, я проваливаюсь в холодную воду. Это похоже на болото.

Вдруг веревка дергается.

— Эй! Все в порядке?

Ответа нет.

Раздается всплеск и глухой удар, веревка дергается все сильнее и обвисает. Я тяну ее и вижу, что она обрублена.

— Эй! Жюль Верн! Жюль! Жюль!

Ответа нет.

Я зову снова и снова и наконец смиряюсь с тем, что он пропал. Вдруг, словно подтверждая мои опасения, раздается крик:

— СПАСАЙСЯ! БЫСТРЕЕ!

Это голос человека, написавшего «Путешествие к центру Земли».

Раздается душераздирающий вопль. Крики удаляются, словно писателя унес птеродактиль.

— А-Р-Р-Р-Р!

Я застываю на месте. И начинаю медленно погружаться в трясину. Медленно бреду вперед. Я уже не знаю, где север и юг, где запад, а где восток. Чтобы не удариться о дерево, я иду, вытянув вперед руки. Чтобы не провалиться в яму, я сначала нащупываю дорогу одной ногой и только потом делаю шаг. Я иду по ровной земле и не вижу склона. Вскоре я нахожу обрывок тоги Жюля Верна и догадываюсь, что хожу кругами.

Я заблудился в тумане на горном плато.

Я останавливаюсь.

Вдруг я натыкаюсь на какие-то перья.

Наклонившись, я вижу белого лебедя с красными глазами. Он спокойно смотрит на меня и словно чего-то ждет. Я глажу его, и он плывет вперед. Я иду за ним. Лебедь скользит по болотной воде и выходит на сухой берег.

Я по-прежнему следую за ним. Лебедь ведет меня туда, где туман уже не такой густой. Впереди склон, нужно идти вверх. Я поднимаюсь, языки тумана остаются позади. Передо мной вершина горы.

103. ЭНЦИКЛОПЕДИЯ: ЦИКЛОПЫ

Циклоп — тот, «чей глаз окружен кругом». Согласно греческой мифологии, циклопов было трое. Их имена означали проявления могущества Зевса — Стеропес (молния), Аргус (свет),

Бронтес (гром). Объединившись с Гефестом, они выковали волшебное оружие и сражались против Зевса во время битвы титанов. В Древней Греции циклопы считались покровителями кузнечного ремесла. Кузнецы делали себе татуировку на лбу в виде круга, символизировавшего солнце, косвенный источник энергии их горнов. Позже фракийцы также стали делать подобные татуировки, надеясь, что это поможет им овладеть секретами кузнечного ремесла.

Эдмонд Уэллс.
Энциклопедия относительного
и абсолютного знания», том V

104. ЛИЦОМ К ЛИЦУ
С ЦИКЛОПАМИ

Я стою на широком плато, в центре которого сверкает озеро. Посреди озера остров.

Плато окружено туманом, и кажется, будто внизу ничего нет. Я на вершине горы, возвышающейся над Олимпией!

У МЕНЯ ПОЛУЧИЛОСЬ!

В это трудно поверить. Подвиг кажется теперь слишком легким. Я решаю ущипнуть себя. Это больно, значит, я не сплю.

Я здесь. На вершине. Мой проводник, белый лебедь с красными глазами, улетел.

Дворец на острове — это круглая мощная постройка из мрамора. Он похож на огромное пирожное с белым кремом, лежащее на зеленой тарелке. Этажи громоздятся один над другим, словно в наспех собранном макете.

На самом верху маленькая квадратная башня.

Наверное, свет мигал именно в этом дворце.

Внезапно погода меняется. Звездное небо заволакивают тучи.

В озере тихо плавают лебеди.

Должно быть, и мой красноглазый лебедь среди них, но я не смог бы его узнать.

Весь этот пейзаж словно вышел из-под пера романиста. И этот писатель вызывает у меня беспокойство.

У меня больше нет крылатого коня. Нет крылышек на щиколотках. Выбирать не приходится: до острова можно добраться только вплавь.

Я снимаю рваную тогу и прячу ее в камышах. В одной тунике спускаюсь к озеру.

Вода ледяная.

Поплескав себе на голову и грудь, я вхожу в воду. Потом медленным брассом плыву к белому дворцу. Я расталкиваю кувшинки, водные растения, ряску, лягушек и головастиков. Запах жасмина и кувшинок заглушает смрад болота.

Несколько лебедей подплывают поближе, чтобы поглядеть на странное животное, барахтающееся в их озере.

Я плыву дальше и теперь вижу, что дворец намного выше, чем мне казалось. Самые любопытные лебеди плавают так близко, что я мог бы дотронуться до них. Они разглядывают меня и решают сопровождать.

Остров все ближе. На террасе дворца появляется огромная фигура.

Я узнаю циклопа по одежде — на нем фартук кузнеца — и по единственному глазу посреди лба. Он выше, чем Старшие боги.

Циклоп замечет меня. Хватает анкх, прицеливается и стреляет. Раздумывать некогда, я ныряю. Молния ударяет в воду. Я ранен, чувствую острую боль в бедре. Но вода смягчила силу выстрела.

Помнится, в «Энциклопедии» говорилось, что циклопы — каннибалы. Что они сделают со мной, если поймают? Поджарят на вертеле? Я даже не стану напоследок херувимом или кентавром. Очередная стадия унижения — превратиться в экскременты циклопа.

Я плыву под водой.

К счастью, я всегда был отличным пловцом и могу надолго задерживать дыхание.

Я высовываю голову из воды. Циклоп стоит на террасе, идущей вдоль берега. Я решаю проплыть вокруг острова, чтобы избежать встречи с ним.

Сквозь заросли бамбука и камыша я вижу его спину. Он ищет меня. Потом подходит к огромному колоколу и начинает звонить.

Появляются два других циклопа.

Я срываю тростинку, ломаю ее и делаю трубочку, чтобы дышать под водой. Пусть они думают, что я утонул.

Я выжидаю примерно полчаса. Раненую ногу сводит судорогой. Наконец я выныриваю и оглядываюсь, вылезаю на песок, заросший кустарником. Перелезаю через невысокую стену и проскальзываю на террасу из белого мрамора.

Хромая, прокрадываюсь во дворец.

Не останавливаться. Только не сейчас.

И вот я в огромном дворце из белого мрамора.

Раздаются чьи-то тяжелые шаги, и я прячусь за колонной.

Это не циклоп, а два гекатонхейра — великаны с пятьюдесятью головами и сотней рук. Неужели парад чудовищ никогда не закончится? Я помню, что циклопы и гекатонхейры бились плечом к плечу с Зевсом против титанов и разделили победу повелителя богов.

Я жду, пока они пройдут. Шаги стихают, и я крадусь дальше.

Дворец Зевса невероятно огромен. Потолок теряется в вышине, до него не меньше двадцати метров. Мне кажется, что я мышка в логове кота.

В холле стоят скульптуры двенадцати Старших богов. Они выглядят недовольными. И Дионис, и даже Афродита. Стены расписаны фресками в пастельных тонах, изображающими эпизоды борьбы олимпийцев с титанами. Лица, полные решимости, искажены гневом и яростью.

Эхо вторит моим шагам по мраморном полу. За мной остаются лужи.

Массивная дверь ведет в коридор, еще одна дверь, следующий коридор. Двери огромны, они сделаны из резного дерева и позолоченной бронзы.

Я стою у подножия монументальной лестницы. Осторожно поднимаюсь, приволакивая ногу, и опять попадаю в пустынные коридоры, прохожу великолепные залы, где нет ни души, и вновь оказываюсь в бесконечных коридорах, которые выводят меня к оранжерее, заставленной деревьями в мраморных кадках. Я разглядываю деревья и замечаю, что на ветвях висят плоды — стеклянные шары около метра в диаметре. Присмотревшись, я понимаю, что это планеты. Такие же, как «Земля-18».

У корней ближайшего ко мне дерева табличка: НЕ ТРОГАТЬ.

Читая этот запрет, я вспоминаю слова Эдмонда Уэллса о Библии: «Сказав Адаму и Еве: „Вы можете есть от любых деревьев, кроме того, что растет посреди сада, это дерево познания Добра и Зла", Бог не мог придумать ничего лучше, чтобы заставить их прикоснуться к этому дереву. Все равно что сказать ребенку: „Играй любыми игрушками, кроме вот этой, которая на самом виду"».

Из любопытства я достаю свой анкх и рассматриваю поверхность одного из плодов. Удивительно, но это действительно очень красивый и гармоничный мир.

Я сам не заметил, как, склонившись над шаром, чтобы лучше рассмотреть его, случайно задел его подбородком. Лишь только я коснулся его оболочки, как шар сорвался с ветки. Он падает, как в замедленной съемке, и разбивается на тысячи осколков.

Сначала я ничего не слышу, потом, когда слух возвращается, — звон бьющегося стекла, без конца повторяющийся под сводами огромной оранжереи.

В сферах Атланта был только воздух, но тут, к моему ужасу, под прозрачной оболочкой оказывается шар.

Он катится через оранжерею с грохотом, как в боулинге. Катясь, он давит находящиеся на нем горы, города и людей. Я стараюсь не думать о том, что сейчас происходит с ними. Океаны, больше не удерживаемые силой притяжения, стекают на пол, оставляя за сферой-миром мокрый след, какой оставляет за собой улитка. Атмосфера испаряется, превращаясь в медленно рассеивающийся голубой дымок.

Планета замирает у дальней стены, и я подхожу, чтобы посмотреть, что с ней стало. Я вижу руины. Люди, как муравьи, передавлены, расплющены в машинах, в своих домах, на улицах о стены зданий.

Я озираюсь, словно напроказничавший ребенок, — убедиться, что меня никто не видел. Я заталкиваю то, что осталось от планеты, за ближайшую кадку.

Я вижу напротив дверь и со всех ног бросаюсь бежать. Я пробегаю через множество дверей, пока не останавливаюсь на пороге большого квадратного синего зала. В центре зала — ведущая наверх узкая винтовая лестница.

Я долго поднимаюсь.

Кажется, я на крыше дворца. Я толкаю большую белую дверь и вижу за ней еще один квадратный зал, потолок тут не ниже тридцати метров. Посреди — огромный трон около пятнадцати метров в высоту. Я вижу его спинку, он повернут к окну, закрытому ставнями и наполовину занавешенному тяжелыми пурпурными гардинами.

Вдруг трон начинает поворачиваться вокруг своей оси. Оказывается, я в зале не один.

Я не решаюсь поднять головы. Сердце колотится, едва не разрывая мне грудь.

Я вижу гигантские пальцы на ЕГО ногах.

ЕГО ступни в золотых сандалиях.

ЕГО колени, ЕГО торс, складки золототканых одежд.

И наконец, надо всем, ЕГО огромное лицо.

ОН смотрит на меня.

105. ЭНЦИКЛОПЕДИЯ: ЗЕВС

Его имя означает «светлое небо».

Третий сын Реи и Кроноса, Зевс родился на горе Ликей в Аркадии. Его отец пожирал своих детей, боясь, что они свергнут его, и мать Зевса прибегла к хитрости, чтобы спасти ребенка. Она подменила его камнем, завернутым в пеленки.

Рея спрятала сына на Крите. Маленького Зевса воспитывали нимфы, питался он молоком козы Амалфеи, разделяя его с козлоногим богом Паном.

Возмужав, он низверг Кроноса и заставил его исторгнуть из своих уст братьев и сестер, а также камень, который некогда спас ему жизнь. Этот камень затем был установлен в Дельфах в память об этом событии. Затем Зевс с братьями и сестрами собрал армию олимпийцев и победил титанов, во главе которых десять лет стоял Атлант. Этот период совпадает с десятью годами непрерывных землетрясений в Греции.

Зевс победил и стал править миром. Когда мать запретила ему жениться, он впал в великий гнев и угрожал изнасиловать ее.

Рея думала, что спасется, превратившись в змею. Но... Зевс также превратился в змею и изнасиловал свою мать.

Так началась череда похождений Зевса, ставшего великим соблазнителем и насильником. Интересно, что каждому его «мифологическому подвигу» соответствовал захват греками одной из соседних территорий.

Первой его жертвой стала та самая Метида, которая изготовила напиток, заставивший Кроноса изблевать своих детей. Соблазнив Метиду, Зевс испугался, что она также родит ему сына-отцеубийцу, и проглотил ее. После этого у него страшно заболела голова. Чтобы облегчить его страдания, Прометей пробил ему череп, и на свет появилась Афина в полном вооружении и шлеме.

Воспользовавшись способностью принимать разные обличия, Зевс соблазнил Европу, представ перед ней в образе быка. На Данаю он пролился золотым дождем, Леде явился в образе лебедя, а своей сестре Гере — в образе кукушки. Зевс прикинулся Аполлоном, чтобы соблазнить Каллисто, и принял облик Амфитриона, чтобы спать с его женой, известной своей верностью мужу. Список любовниц Зевса выглядит весьма внушительно. Однако он интересовался не только женщинами. Он «влюбился с первого взгляда» в юного Ганимеда, сына царя Троса. Ганимед считался самым красивым юношей на Земле. Чтобы похитить его, Зевс обернулся орлом.

Зевс потерпел только две любовных неудачи — с матерью Ахилла и Астерией, одной из плеяд.

Астерия не отвечала ему взаимностью, и Зевс превратил ее в перепелку. Тогда она бросилась в море — так возник остров Делос.

Эдмонд Уэллс.
«Энциклопедия относительного
и абсолютного знания», том V

106. ХОЗЯИН

И вот передо мной Царь Олимпа.

Больше всего меня удивляет то, что он точно такой, каким я его себе представлял.

Просто поразительно, насколько это смешно — получить то, к чему меньше всего стремился. Кажется, Оскар Уайльд сказал: «В жизни есть только две настоящие трагедии. Одна — не получить того, чего хочешь, а вторая — получить. Страшнее вторая, потому что, когда получаешь то, чего хочешь, чаще всего бываешь разочарован».

Зевс в упор смотрит на меня.

Десятиметровый великан с белой курчавой бородой, в которую вплетены лилии, сидит на золотом троне. Белоснежные волосы львиной гривой спадают ему на плечи. Высокий, слегка выпуклый лоб охватывает золотая лента с маленькими синими бриллиантами. Под густыми бровями красные, пылающие, как угли, глаза. Его кожа необыкновенно бела. Руки огромны, мускулисты, с выступающими венами.

В правой руке он держит скипетр, из которого время от времени сыплются искры, словно по нему пробегает электрический ток. В левой руке у него шар, на котором сидит орел. Золотая тога сложными складками спадает с его плеч на колени. Голени и щиколотки оплетены золотыми ремнями сандалий, также украшенными синими бриллиантами.

Я едва дохожу ему до голени.

Он продолжает мрачно разглядывать меня, как человек, обнаруживший хомяка, который явился требовать зерен. Он произносит:

— ВОН.

Его голос звучит торжественно. Он внушает мне уважение и страх. Я не шевелюсь.

— ПРОВАЛИВАЙ!

ОН посмотрел на меня. ОН говорил со мной.

Он делает движение рукой, и ткань его тоги шумит, как ветер.

Я в ступоре не потому, что испуган или восхищен, а потому, что сознаю — передо мной тот, кто стоит на вершине иерархии душ.

И этот абсолютный монарх обращается лично ко мне. Его голос смягчается.

— Ты не понял, малыш? Я велел тебе уходить. Тебе нечего делать здесь. Ступай играть с товарищами.

Я понимаю его слова. И разрываюсь между радостью оттого, что ОН обращается ко мне, и мучительной попыткой понять смысл того, что он говорит.

Я нарушаю его покой. У него, конечно, полно более важных дел. В голове вертится вопрос, который я задаю себе всю жизнь: «Что я, собственно, здесь делаю?» Одновременно в голову лезут фразы, которые я слышал во время моих приключений: «Может быть, ты тот, кого ждут», и еще «Любовь — наш меч, а юмор — щит». Интересно, с Зевсом это сработает?

Не для того я с таким трудом добрался сюда, чтобы все бросить. Я ничто, и мне нечего терять.

Мои ноги подкашиваются, но пятки отказываются поворачивать.

Во взгляде Зевса читается неприкрытое раздражение.

— ВОН! Ты не понял? Я хочу остаться один.

Я не двигаюсь с места. Я так устал, что не смог бы этого сделать, даже если бы захотел.

Афродита сказала, что желает мне разгадать загадку, чтобы я мог увидеть Зевса. Гера, его собственная жена, сказала, что уже давно не получала от него вестей. Судя по всему, он не хочет, чтобы его беспокоили.

Как поступил бы мой учитель Эдмонд Уэллс? Не знаю. Зато я точно знаю, чего бы он делать не стал. Он не стал бы махать рукой на прощание со словами: «Не беспокойтесь, я сам закрою дверь».

Зевс смотрит на меня. Он огромен. Он подавляет все вокруг. Он наклоняется надо мной, как я когда-то наклонялся над муравьем, который собирался залезть на мой палец. Как муравей, я испуган размерами этого пальца, этого бога. Он мог бы раздавить меня одним щелчком. Я пытаюсь заговорить, но не могу.

Он хмурится. Его голос раскатами грохочет над моей головой:

— Я НЕ ХОЧУ НИКОГО ВИДЕТЬ.

Слегка смягчившись, он продолжает:

— Пфф... Старшие боги, боги-ученики... Все они так заняты собой. Ведут себя как смертные, хуже — как мальчишки! Как только их начинают называть богами, они становятся невыносимыми. Эго, эго. Эго становится тем больше, чем ближе они ко мне. Проваливай, малыш. Ты хотел меня увидеть, ты меня увидел. Давай двигай отсюда.

Пора что-нибудь ответить или действительно повернуться и уйти.

Зевс смотрит на меня.

— В общем-то, и я в свое время захотел снова увидеть своего отца, Кроноса. Хозяин времени... Когда-то он казался мне великаном. Теперь ты видел его, он всего лишь обычный человек. Просто поразительно, что мы себе выдумываем о других.

Он умолкает, наклоняется ко мне.

— Скажи, тебя прислала Гера, правда? Она постоянно подозревает меня бог знает в чем. А после той истории с Ганимедом она стала совершенно невозможной. Конечно, ее женская гордость страдает. Она не выносит, что я обманываю ее с теми, кто моложе ее. Но когда она увидела меня с юношей, ее женская природа была оскорблена.

Он поглаживает бороду.

— Что она себе думала? Что я ограничусь смертными женщинами? Так вот, я открыто признаю — я царь богов и я «би». Между нами говоря, я, как любой художник, считаю нормальным стремление к новым ощущениям.

Он разражается оглушительным хохотом, довольный собственным остроумием.

— Ну вот, мы и поговорили. Ты беседовал с царем богов. Можешь гордиться этим перед одноклассниками. Ты видел великого Зевса в его дворце. Теперь оставь меня в покое.

Я слишком долго ждал и слишком много вынес, чтобы послушно уйти.

— Ты не хочешь уходить? Тогда я тебя испепелю.

Он замахивается молнией и готовится обрушить ее на меня.

Я закрываю глаза и жду. Ничего не происходит.

— Или тебя послала Афродита? Ох уж эта Афродита! С кем только она не спала! Гефест, Гермес, Посейдон, Арес, Дионис... Ах... Пожалуй, ее не поимел... только я. У нее прямо навязчивая идея. Она хочет переспать со мной, со своим приемным отцом. Ну и стерва! Я подозреваю, что она родила Гермафродита от Гефеста, только чтобы польстить моей бисексуальности. А теперь она посылает мне учеников. И ведь не каких попало, а маленького хитреца, который сумел разгадать загадку моего Сфинкса.

Он поудобнее устраивается на троне. Я повторяю про себя: «Я ничто, мне нечего терять».

И слышу громовой голос:

— Ты думаешь, что тебе нечего терять, если ты ничто? Он читает мои мысли!

— Разумеется, «маленькое ничто», я читаю твои мысли. Я Зевс.

Не показывать, что это произвело на меня впечатление.

— Ты считаешь, что я говорю слишком нормально для Великого Бога? Подумай тогда о хомяках. Например, о хомяках твоего Теотима. Что видят эти хомяки? Они считают, что ребенок, который ухаживает за ними, это Верховный Бог. Но если бы хомяки могли с ним разговаривать, я не вижу причин, чтобы мальчик отвечал им напыщенными речами. Он будет говорить с ними как ребенок — по-своему, «нормально». Я нормален, а вот ты...

Что я еще сделал?

— Я бы сказал, чего ты не сделал. Хорошо, предположим, ты явился сюда... Но что ты сделал со своими талантами?

Я вспоминаю, что Эдмонд Уэллс повторял мне слова Иисуса: «Когда настанет Страшный суд, тебя спросят только об одном — что ты сделал со своими талантами?»

Я сглатываю.

— С того, у кого много талантов, много спросится. У тебя много талантов. Знаешь ли ты об этом, Мишель Пэнсон?

Мне кажется, что его взгляд шарит в моем мозгу. Только не думать. Ни о чем не думать.

Как не думать ни о чем? Жить только настоящим моментом. Единственной информацией в моей голове должны быть слова, вылетающие из его огромного рта. Я пустой сосуд, его слова наполняют меня.

— Ты сумел прийти сюда. Хорошо. Ты умеешь находить решения. Но ты использовал только одну десятую своих возможностей.

Я стараюсь дышать спокойно.

— Большой талант накладывает большую ответственность. Если бы у тебя не было таланта, ты бы мог быть как все. И никто бы тебя не упрекнул. Но ты... Ты догадываешься о множестве истин, о которых нигде не написано. Просто у тебя интуиция, понимаешь? Именно благодаря ей ты добрался сюда. Хорошо. Но этого мало.

Мое сердце колотится в груди.

— Ты не просто кто-то, Мишель Пэнсон. Ты владеешь тайной, о которой даже не подозреваешь. Знаешь, что значит твое имя?

Нет.

— Оно древнееврейского происхождения. Ми-Ха-Эль. Ми — что. Ха — как. Эль — Бог. «Что как бог?» Вот вопрос, который ты носишь в себе. Вот почему ты здесь. Чтобы узнать, что это.

Я не решаюсь понять.

— Ты наделен многими талантами, потому что... Ну, на то были причины. Может быть, потому что «некоторые» уже давно думают, что ты «тот, кого ждут». Некоторые. Не я. Меня ты разочаровал. Я считаю, что ты очень плохо пользуешься собой.

Что я сделал плохого?

— Плохого? Ничего. Но ты много времени провел в безделье. Учитывая заложенный в тебе потенциал, ты сделал слишком мало. Почему ты не спас свой народ? Почему не любил Мату Хари сильнее? Почему не избавился от чар Афродиты? Почему не сказал своим друзьям о сомнениях насчет богоубийцы?

Он знает обо мне все.

— Почему ты не пришел сюда раньше?

Этот вопрос стоит всех остальных. Почему я не поднялся на вершину Олимпа раньше?

— Ты мое порождение. Ты и «мой сын», Мишель. Ты знаешь это?

Я и вообразить не мог такого огромного отца. Зевс откидывается на спинку трона.

— Ты разгадал загадку. Это был вопрос о смирении. Чтобы думать ни о чем, нужно ни на что не рассчитывать. Большинство людей не могут разгадать загадку, потому что, когда они слышат «лучше, чем Бог», у них дух захватывает от восторга. Когда слышат «страшнее, чем дьявол», они воображают нечто ужасное.

Он разглядывает свои руки.

— Ты уже думал ни о чем? Проблема тут заключается в следующем — как определить отсутствие чего-нибудь? Если сказать: это не стакан, ты вынужден думать о стакане, чтобы определить его отсутствие.

Он улыбается.

— Именно так атеисты определяют свое положение по отношению к Богу, тем самым признавая его существование. Именно так анархисты определяют себя по отношению к монархии или капитализму и попадают в ловушку. О, эта сила несуществующего... Ты нашел ответ, потому что ты агностик. Ты признал свое неведение и не увяз в этой куче хлама — в убеждениях, мнениях, вере и суевериях. Уверенность — это смерть души. Это фраза твоего друга: «Мудрый ищет истину. Дурак уже нашел».

Он слегка подается вперед.

— Ничто, пустота, тишина. Это действительно сильно. На «Земле-1» был один смертный автор, я забыл, как его звали. Он послал книгу издателям с припиской: «Я написал книгу, но главное в ней то, что осталось ненаписанным».

Я повторяю эти слова про себя, чтобы лучше понять.

— Он хотел сказать, что нужно читать между строк. Истинное сокровище таилось в пробелах между буквами.

Выражение его лица меняется.

— Этого писателя не издавали. Однако он все понимал. И это было слишком для его современников. Итак, скажи, Мишель, ты уже думал о том, чего нет?

Нет.

— Посмотрим. О чем ты думаешь, когда ни о чем не думаешь?

Я думаю: «О том, что стараюсь ни о чем не думать».

— Трудно, правда? Но когда наконец получается, ощущаешь необыкновенную свежесть мыслей. Словно открыли окно в душной комнате. Мысли, загромождавшие мозг, словно одежда, которая валяется посреди комнаты и мешает свободно передвигаться. Она мешает, даже когда ее приберешь. Посмотри вокруг — ни мебели, ни скульптур. Только трон и я. Больше ничего. Я, как и ты, раб постоянного водоворота образов, желаний, чувств.

Он встает, подходит к окну, задернутому пурпурным занавесом и закрытому ставнями. Рассматривает ткань, замечает пыль и стирает ее тыльной стороной руки.

— Ты хочешь знать? Хочешь идти вперед? Тогда у меня для тебя есть испытание, прежде чем я продолжу открывать тебе секреты.

Зевс начинает уменьшаться. Вот в нем уже пять, а не десять метров. Три, два с половиной. Теперь он выше меня не больше чем на две головы. Он уже не так внушительно выглядит. Он похож на других Старших богов. Он зовет меня за собой к лестнице, по которой я поднялся сюда.

Мы спускаемся в синий квадратный зал. В противоположной стене две двери. Зевс берется за ручку правой.

— Ты внимательно слушал то, что я говорил? Вспомни каждое мое слово.

Зевс сказал, что я напомнил ему о том, что он сам хотел вновь встретиться со своим отцом. Он сказал, что в моем имени содержится ключ. Ми-Ха-Эль. «Что как Бог»? Он сказал, что я использовал не все свои таланты.

Зевс открывает дверь и объявляет:

— Подняться над собой можно, только встречая сопротивление.

Он поворачивает ручку.

— Ты готов сражаться, чтобы узнать?

Он все еще не отпускает дверную ручку.

— По мере того как растешь, растут и трудности. Ты готов встретить своего самого страшного противника?

Он распахивает дверь и приглашает меня внутрь.

Я вижу в центре комнаты клетку. Внутри противник, увидев которого я останавливаюсь как вкопанный.

Делаю шаг назад.

Великан Зевс шепчет у меня за спиной:

— Ты этого не ждал, правда?

107. ЭНЦИКЛОПЕДИЯ: МУЗЫКА

Если бы люди, жившие на Земле в древности, услышали Вольфганга Амадея Моцарта, они бы сочли его музыку нестройной, так как их уши не привыкли к подобным сочетаниям звуков. Прежде люди знали только звуки, которые издавал музыкальный лук — первый музыкальный инструмент на земле. Основная нота звучала вместе с нотой из нижней или верхней октавы. Например, приятным для слуха считался только аккорд «низкое до вместе с высоким до». Потом гармоничным стали считать сочетание основной ноты и ее кварты — до и фа.

Позже людям стало нравиться звучание основной ноты и квинты, ноты, находящейся пятью тонами ниже, — до и соль, а затем и терции — до и ми.

Этот тип интервала был популярен вплоть до Средних веков. В то время тритон, искаженное трезвучие, был запрещен, и интервал до — фа-диез считался «diabolis in musica», что дословно переводится как «дьявол в музыке».

Начиная с Моцарта музыканты используют седьмую ноту. До сочетается с си-бемоль, и интервал до — ми — соль сначала кажется приемлемым, а затем самым совершенным.

В наши дни мы добрались до одиннадцатой или тринадцатой ноты от основной. И в джазовой музыке допускается использование самых «дисгармоничных» интервалов.

Музыку можно слушать и костями. Тело не подвержено влиянию культуры, как уши, и не интерпретирует услышанное, как разум, оно может воспринимать то, что ему нравится. Людвиг ван Бетховен, потерявший слух к концу жизни, писал музыку, держа во рту линейку, один конец которой лежал на рояле. И чувствовал звуки телом.

Эдмонд Уэллс.
«Энциклопедия относительного
и абсолютного знания», том V

108. САМЫЙ СТРАШНЫЙ ПРОТИВНИК

В клетке заперт человек в грязной тунике. Он сидит спиной и что-то читает. Мне знакома книга, которую он держит в руках.

Это «Энциклопедия относительного и абсолютного знания».

Он оборачивается, и я узнаю его лицо... Свое лицо.

Рукой, вернее, пальцем Зевс вталкивает меня в клетку. Я слышу, как щелкнул замок.

— Кто вы? — спрашиваю я.

— А вы кто? — отвечает человек вопросом на вопрос. Наши голоса похожи, но все-таки это не мой голос.

Возможно, мне так кажется потому, что обычно я слышу свой голос, когда он звучит изнутри, а не снаружи.

— Мишель Пэнсон, — отвечаю я.

Он встает.

— Нет, этого не может быть. Я Мишель Пэнсон. Я не считаю необходимым доказывать этому человеку, что я единственный настоящий Мишель Пэнсон.

— Хорошо, теперь, когда вы познакомились, — раздается насмешливый голос Зевса, — я оставлю вам ключ, чтобы вы могли выйти.

Царь Олимпа кладет ключ на две перекладины наверху клетки. Должно быть, это ключ от замка.

— Победитель придет ко мне, и мы продолжим беседу.

Он выходит и захлопывает за собой дверь.

— Не знаю, как вы попали сюда, — говорю я. — Я шел по единственной существующей дороге. И я был один.

— Я тоже.

— Зевс пригласил меня войти, — добавляю я. — А вы уже были в клетке.

— Зевс сказал мне подождать, потому что он хочет меня с кем-то познакомить.

— У меня только одна душа. Она не может быть разделена надвое.

В то же время я чувствую, что передо мной не просто хамелеон, подражающий мне, не переодетый бог-ученик.

Это действительно я. И я вижу, что он думает о том же самом.

— Значит, Зевс хочет, чтобы...

— ...чтобы мы дрались друг с другом, — заканчиваю я фразу.

— Хорошо, что мы так похожи, — говорит он, — всегда знаешь...

— ...что думает другой, в тот самый момент, когда он это думает, правда? Боюсь, что нам будет...

— ...трудно разделить нас.

Он думает. Я думаю. Я как будто слышу его мысли.

— Если Зевс предлагает нам это испытание, значит, в финале...

— ...должен остаться только один.

Удивительно, но теперь я больше не чувствую подозрительности. Теперь я знаю, что передо мной тоже я, и это необыкновенно волнует меня.

Словно в ответ на мои мысли, он говорит:

— Нормально. Победившего не будет, потому что у нас равные силы, мы одинаково думаем и делаем это с одной и той же скоростью.

— И мы не можем застать друг друга врасплох.

— Единственный способ сделать это...

— ...застать врасплох самого себя.

Говоря это, я бросаюсь на него и пытаюсь задушить. Он отбивается так, как сделал бы это я, — отдирает мои руки от своей шеи и пинает меня в живот.

Я чувствую, что ему страшно так же, как и мне. Так же, как и я, он не умеет по-настоящему драться, но кидается в бой и действует по обстоятельствам.

— Браво, — говорит он. — Вы едва не застали меня врасплох.

Мне хочется сказать именно это. В ту же секунду мы выхватываем анкхи и наводим их друг на друга.

— Проблема в том, — говорит он, — что мы знаем: мы выстрелим одновременно. Если выстрелит один, то выстрелит и другой. Мы оба погибнем.

Он прав.

— Если только мы не решим, что не будем целиться в жизненно важные органы, — предлагаю я.

— Прострелить друг другу руки и ноги? Это будет бойня.

Мы продолжаем целиться друг в друга.

— Нам придется допустить, что нет настоящего и фальшивого Мишеля Пэнсона. Оба настоящие.

— И что это меняет?

— Это значит, что если один из нас умрет, то настоящий Мишель Пэнсон все равно продолжит исследовать Вселенную.

— Верно.

— В таком случае кто-то один должен пожертвовать собой.

— Проблема в том, что, несмотря ни на что, каждый из нас считает себя уникальным и единственно достойным узнать, что будет дальше.

— Потому что у нас два сознания, даже если они абсолютно одинаковы.

Я улыбаюсь и, опустив голову, нападаю на него, но он чувствует мое движение заранее и успевает увернуться. Я пролетаю мимо, разворачиваюсь и готовлюсь ударить в спину. У меня идеальная позиция для нападения. Я ныряю вниз, хватаю его за ногу и опрокидываю. Снова пытаюсь задушить. Он пытается задушить меня. Наши языки вываливаются одновременно, а лица багровеют.

— Стоп, — говорим мы одновременно.

Мы разжимаем руки.

— Нужно подумать вместе, — предлагаю я.

— Я как раз собирался вам это предложить.

— Может быть, перейдем на «ты»?

Он улыбается.

— Судя по всему, нападения в лоб ни к чему не приведут.

— Значит, нам придется объединиться, — заключаю я. — Мы ведь отлично умеем это, верно? Мы уже доказали это.

— Дело в том, что Зевс примет только одного победителя. Мы же не можем и дальше существовать в двух экземплярах.

— Мы сами не смиримся с этим. Каждый будет постоянно думать: другой пользуется мной, но ведь он — не я.

— Давай сядем, — предлагает другой я.

Я сажусь по-турецки. Он точно так же садится напротив меня.

— Ты — мое отражение. Отражение, которое обрело плоть.

— Все зависит от того, с какой стороны зеркала ты находишься, — говорит он. — Ты тоже отражение.

Да, это будет непросто.

— Итак, мы должны объединиться. Но ты читал в «Энциклопедии» о неразрешимом вопросе, который мучает заключенного.

— Конечно. Тот самый вопрос, из-за которого никто никогда никому не доверяет. Каждый думает, что другой предаст его в последний момент.

— В отличие от тех, у кого есть другие, у нас мы сами. Значит, вопрос стоит так: «Могу ли я доверять самому себе?»

Он улыбается, и я впервые вижу в нем что-то симпатичное. В этот момент я понимаю, что никогда не считал себя ни красивым, ни просто привлекательным. Я встречался со своим отражением только по утрам, когда брился. Более того, иногда пергаментная кожа лица и нервный взгляд казались мне просто отталкивающими. Я удивлялся, почему женщины считали меня красивым. И вспоминаю, что именно женщины помогли мне узнать, что я привлекателен, несмотря на то что я испытывал отвращение к собственной внешности. Да, женские глаза были более доброжелательным зеркалом, чем мои собственные.

Глаза моей матери, сестры, любовниц и Розы, моей жены на «Земле-1». На Эдеме — глаза Афродиты и Маты Хари.

— Что ты думаешь о моей внешности? — спрашиваю я.

— Ничего особенного, — отвечает он. — А ты что скажешь?

— Немногим лучше.

Мы смеемся.

— Значит, мы не так уж высоко себя ценим.

Я вспоминаю, что видел на континенте мертвых, когда был танатонавтом. Во время суда над мертвыми архангелы приказывают душам самим судить свою прошедшую жизнь. Души менее снисходительны к себе, чем официальные судьи. Многие согласны страдать в следующей жизни, чтобы искупить совершенные грехи. Мы очень суровы к себе по окончании жизни. Теперь мы знаем, о чем шла речь, и знаем, что совершили хорошего и плохого. Мне кажется, я никогда не испытывал к себе уважения, пока был жив. И даже когда был ангелом. И даже когда был богом. Я всегда жил с мыслью, что я отвратителен.

Другой я смотрит на меня с некоторым презрением. Наверное, так я смотрел на Рауля перед тем, как разбил ему лицо.

— Возможно, это ключ к решению задачи. Мы должны любить себя, — говорю я.

— Отлично. Но тогда я должен тебе кое в чем признаться. Я никогда не любил себя.

— Я знаю. Со мной было то же самое.

— Я никогда не считал себя красивым. Не считал себя умным. Мне кажется, что я сдал экзамены в школе и университете только потому, что мне повезло.

— Я зашел еще дальше. Я всегда считал себя жуликом, который обманывает окружающих.

— Кому ты это рассказываешь!

— И мне есть в чем тебя упрекнуть.

— Давай-давай, сейчас самое время.

— В твоем прошлом есть вещи, которые мне очень не нравятся. Помнишь, ты ничего не ответил, когда тот тип оскорблял тебя.

— И что?

— Ты должен был защищать себя. Никто не имеет права относиться к тебе без уважения.

— Я помню, о чем ты говоришь. Хочу напомнить, мне тогда было семь лет.

— Ну и что? Ты и дальше вел себя как трус. Мне всегда не нравилась эта твоя манера тушеваться вместо того, чтобы отстаивать свои права.

— Это ты говоришь? Вспомни, когда тебе было восемь, ты ударил толстого мальчика, которого все дразнили жиртрестом! Тебе всегда хватало храбрости бить тех, кто и так стал козлом отпущения.

— Жиртрест? Да его все били, на каждой перемене. Я что, один должен был его пожалеть? Он был смешон! Глупости какие... К тому же ему нравилось, что его бьют. Он смеялся, когда его лупили.

— Жиртрест... Как ты думаешь, кем он стал?

— Не знаю... Булочником?

— Он наверняка был несчастен всю жизнь, его все травили.

— Но в этом виноват не только я. Весь класс, тридцать человек. Даже девчонки били его.

— Значит, одна тридцатая вины на тебе. Ты тоже участвовал в травле.

— Я не так уж и виноват!

— У меня есть к тебе и другие претензии. Почему ты не стал заниматься любовью раньше? Ты начал довольно поздно — в двадцать лет.

— Я хотел, чтобы впервые это случилось с красивой девушкой.

— Ты отказывал множеству красивых девушек, которым очень нравился.

— У меня был свой романтический сценарий в голове.

— Вот именно. Ты презирал девушек, которые проявляли к тебе интерес, и влюблялся в стерв. Уже тогда ты заглядывался на юных афродит.

— Мне нравятся девушки с характером.

— В глубине души ты мазохист. Целуешь руку, которая тебя бьет, и кусаешь ту, которая гладит.

— Неправда. Если у нас начинались проблемы, я прекращал отношения.

— Да, но ты давал этим проблемам развиться. Вместо того чтобы с самого начала проявить твердость.

— Ты ничего не прощаешь, да?

— На работе тебе никогда не хватало смелости заявить о себе.

— Ты помнишь, с кем я работал? Это были просто убийцы. Они грызли друг другу глотку, чтобы выслужиться перед начальником. Я не желал участвовать в этой игре.

— Поэтому все грызли тебя. Твоя территория с каждым днем становилась все меньше.

— Ладно, я никогда не был бойцом, я не мог ни защитить себя, ни вызвать чью-то симпатию, ни захватить чужую территорию. Ты не любишь меня именно за это?

— И за это тоже. Но хуже всего то, что ты считал свою слабость некой разновидностью доброжелательного отношения к окружающим. Но мне ты можешь не морочить голову. Я слишком хорошо тебя знаю. Ты простонапросто трус.

— Замечательно. Ты вынес мне приговор, теперь ты меня казнишь. Убьешь меня? Ты прекрасно понимаешь, что нам не выгодно драться друг с другом.

Вдруг он дает мне пощечину. В ответ я бью его кулаком. Он прекращает драку.

— Почему ты сделал это? — спрашиваю я.

— Это наказание за трусость. Давай ударь еще, и я уничтожу себя. И ты уничтожишь себя. Речь идет не о том, чтобы победить, а о том, чтобы заплатить по старым счетам.

Он снова кидается на меня и пытается ударить. Я уворачиваюсь.

— Мерзавец, — говорит он.

— Сам мерзавец, — отвечаю я.

Он бьет меня под ребра так, что у меня перехватывает дыхание. Я даю сдачи. Он разбивает мне губу. Я бью его в челюсть. Мы катаемся по земле. Удары становятся все сильнее.

Я жесток к себе больше, чем был, например, к Раулю. Я бью, чтобы сокрушить. Я одерживаю верх, и в тот момент, когда я собираюсь размозжить череп противника, меня на секунду посещает сомнение. Как Теотима, во время боксерского поединка. Как Освободителя во время осады столицы орлов. Я не испытываю к нему ненависти. Я не испытываю к себе такой ненависти, чтобы уничтожить себя.

Мы встаем, поддерживая друг друга.

— Видишь, теперь я защищаюсь. Я не позволяю оскорблять себя.

— Ты так ненавидишь меня? — спрашиваю я, ощупывая разбитую губу.

— Ты даже представить себе не можешь как.

— По крайней мере, мы должны выяснить все до конца. Выкладывай все как есть. Я больше не хочу драться.

Я протягиваю ему руку. Он смотрит на нее, но медлит пожать. Он долго смотрит мне в глаза. Мне кажется, он еще не готов стать моим другом. Я продолжаю протягивать ему руку в знак добрых намерений. Мне кажется, что проходит много времени, прежде чем он медленно поднимает свою руку и пожимает мою.

— Ну и что мы будем делать? — говорит он, отпуская мою руку.

Я оглядываю нашу тюрьму.

— Мы должны выйти отсюда вместе, мы приговорены к сотрудничеству.

— Самое забавное, что я, пожалуй, впервые склонен доверять себе, — отвечает он.

— Все-таки, чтобы попасть сюда, нам пришлось пройти немало испытаний. — Я начинаю говорить «мы». — Никто еще не был здесь до нас. Мы в одиночку оседлали Пегаса. Мы были одни, когда встретили циклопа.

— Верно.

— Значит, мы не такое уж ничтожество. Рауль, которым мы так восхищались, не смог этого сделать.

— Даже Эдмонд Уэллс, даже Жюль Верн потерпели поражение там, где мы дошли до цели.

— Даже Афродита. Даже Гера. Все они опустили руки. А мы... мы смогли это сделать. У НАС ПОЛУЧИЛОСЬ!

Он странно смотрит на меня.

— Знаешь, что мне больше всего нравится в тебе?

Меня застает врасплох это «ты». Я должен был сказать это первым. Он опередил меня.

— Нет. Расскажи.

— Твоя скромность. Зевс признал это: чтобы разгадать загадку, нужно быть смиренным.

567

— А знаешь, что я больше всего люблю в тебе?

— Ты не обязан хвалить меня в ответ.

— Твою способность все подвергать сомнению, докапываться до сути. Как быстро мы прекратили нападать друг на друга и принялись искать решение!

— Хорошо. Мы в тюрьме, и выйдем отсюда вместе, даже если Зевсу нужен только один. Идет? — спрашивает он.

— «Ты и я. Вместе против идиотов». Это ни о чем тебе не напоминает?

Пароль танатонавтов взвивается в моем мозгу, как знамя, которое некогда принесло мне удачу.

— «Любовь — наш меч, а юмор — щит», — добавляю я.

Я поднимаю голову, чтобы посмотреть на ключ. Мне даже не приходится говорить, мне кажется, что мы можем общаться при помощи телепатии.

Я подсаживаю его, он лезет наверх так же неловко, как это сделал бы я. К счастью, он не очень тяжел. Я почти без сил, но мне все-таки удается удерживать его.

Он нашаривает опору, цепляется за верхние прутья и наконец ему удается столкнуть ключ вниз.

Вдвоем мы вставляем его в замок и поворачиваем.

Замок падает, мы свободны.

— Пойдем вместе, и будь что будет, — предлагаю я.

Мы вдвоем стоим перед Зевсом.

Царь богов с удивлением смотрит на нас.

— Я же сказал, что должен остаться только один, — напоминает он.

— Теперь либо мы оба, либо никто, — отвечаю я.

Зевс наклоняется вперед. Мои слова развеселили его.

— Интересно, по какому праву вы, маленький ученик, оспариваете законы Олимпа?

— Потому что я люблю его больше, чем вас, — отвечает мой двойник.

— Жаль. В таком случае вы вынуждаете меня...

Царь богов хватает молнию и, прежде чем я успеваю вмешаться, превращает в кучку дымящегося пепла мое другое «я». А может быть, меня?

— Браво. Ты прошел испытание. Теперь я хочу показать тебе дворец.

Мы снова спускаемся, Зевс открывает левую дверь.

— Чтобы как следует понять то, что я тебе покажу, — говорит он, — хорошенько запомни: главная задача Вселенной — быть местом, где разворачивается представление, которое развлекает богов.

109. ЭНЦИКЛОПЕДИЯ: ГЛАДИАТОР

«Чего хочет народ? Хлеба и зрелищ». Эти известные слова — свидетельство того, что в Древнем Риме игры, проходившие на арене цирка, были событием чрезвычайной важности. Люди съезжались со всего мира, чтобы увидеть гладиаторов. В день открытия Колизея в жертву было принесено не только множество людей, но и бессчетное количество львов, специально для этого привезенных с Атласских гор. Колизей был оборудован системой подъемников, которые доставляли на арену хищников, гладиаторов и декорации.

Нередко «спонсорами» представлений выступали политики, стремившиеся повысить свою популярность.

Рано утром гладиаторы завтракали в огромном зале, куда допускалась публика. Зеваки даже могли пощупать их бицепсы. Зрителям так было удобнее заключать пари. Гладиаторы были скорее тучными, чем мускулистыми, жир позволял им перенести больше ран, прежде чем погибнуть. Режиссеры, специализировавшиеся на гладиаторских боях, устраивали поединки, ставя маленького и увертливого в пару с неповоротливым тяжеловесом или несколько противников против одного, исключительно способного. Историки подсчитали, что в живых оставалось не более 5 % гладиаторов. Они становились популярнейшими личностями, получали свободу и богатство.

Между полуднем и двумя часами дня для того, чтобы зрители могли расслабиться, устраивали «Meridioni», публичные казни. Режиссеры старались, чтобы и уголовников казнили как можно более жестоко и зрелищно. Во время этой «интермедии» разносчики ходили между скамьями и торговали едой.

После перерыва возобновлялись гладиаторские бои.

Вечером, после того как проигравшие были добиты, зрители могли намочить хлеб в крови побежденных, перенасыщенной мужской энергией, — считалось, что это возбуждает чувственность.

Популярность римского цирка была так велика, что во многих других городах Италии также были спешно возведены цирки. Менее богатые города, которые не могли покупать атласских львов, довольствовались альпийскими медведями или, в крайнем случае, быками.

Однако казни с участием медведей и быков создавали некоторые проблемы — они длились намного дольше. Эти животные не привыкли охотиться на человека, поэтому они лишь ранили его, вспарывали бок, но не убивали.

Интересно, что первые христиане не выступали против подобных представлений и не сочувствовали гладиаторам. В нескольких текстах, осуждающих это зрелище, оно называется просто «бессмысленным развлечением».

Напротив, театр подвергался однозначному осуждению как нечестивое занятие. Актеров, и мужчин, и женщин, при-

равнивали к проституткам. Перед смертью над ними не совершали соборования. Их не хоронили на христианских кладбищах.

Эдмонд Уэллс.
«Энциклопедия относительного
и абсолютного знания», том V

110. ЦАРСКИЙ ДВОРЕЦ

Зевс приводит меня в зал, посреди которого стоит золотая подставка с покоящимся на ней шаром диаметром в один метр.

Он предлагает мне рассмотреть его.

Я достаю анкх и склоняюсь над стеклянной оболочкой.

— Вот зрелище, которое нечасто увидишь, — говорит он.

Шар похож на сферу, внутри которой должна быть планета, но внутри ничего нет, только то, что я бы назвал «черным воздухом». Я дотрагиваюсь до шара, он ледяной.

— Прекрасно, не правда ли?

— Что это?

— Настоящее «Ничто», — объявляет Зевс. — Ни света, ни звука, ни тепла, ни материи, ни энергии. Это встречается чрезвычайно редко и потому необыкновенно ценно. Повсюду есть хоть что-нибудь. Немного газа. Немного света. Немного шума. Мечта. Идея. Мысль. А здесь — ничего, абсолютная тишина. Полная темнота. Место, где нет человеческой глупости, амбициозности богов, здесь даже нет воображения. Место, где даже я становлюсь бессильным. Пустая сцена, на которой может начаться любое представление. Ты представляешь себе, какой потенциал таит в себе это «Ничто»? Это чистота, достигшая апогея.

Зевс гладит шар, словно огромный рубин.

— И вот в чем парадокс. Когда у тебя есть все, то начинаешь желать... ничто.

Я замер.

— Ты скажешь: зачем мне шар, в котором спрятано «ничто»? Я отвечу тебе. Чтобы создать новую вселенную.

Я начинаю понимать.

— Потому что вселенная может возникнуть только из ничего.

Я смотрю на черный шар.

Вспоминаю фразу из «Энциклопедии»: «Если Бог всемогущ и вездесущ, может ли он создать место, где бессилен и где его нет?»

Вот в чем дело. Определяешь себя не только через то, что ты есть, но и через то, чем ты не являешься. Бог — это ВСЕ, и он может определить себя через любое место во Вселенной, даже через то, где ничего нет.

Меня пробирает дрожь.

— Я пугаю тебя? Это хорошо, Мишель, страх божий важнее всего.

Я хочу заговорить, но у меня ничего не выходит. Красные глаза Зевса обращены ко мне. Его взгляд становится все напряженнее.

— Прежде всего, Мишель Пэнсон, я хочу знать, в чем можно почувствовать миропорядок. Ты знаешь индийскую символику цифр?

Я сглатываю, и наконец мне удается повторить вслух урок, который я давно выучил наизусть.

— 0 — космическое яйцо. 1 — минералы. 2 — растения живые. 3 — животные передвигающиеся. 4 — человек мыслящий. 5 — человек духовный, развивающийся. 6 — ангел любящий.

— А дальше?

— Я бы сказал так:

Бог-ученик — 7,1.

Химера — 7,3.

Младший бог-преподаватель — 7,5.

Старший бог — 7,7.

И наконец, вы... — 8?

Зевс кивает.

— 8. Как знак бесконечности.

Зевс поглаживает сферу.

— В начале ничего не было. Потом появилась мысль.

Он открывает дверь слева, и мы выходим в длинный коридор, пол которого в шахматном порядке выложен черными и белыми мраморными плитами.

— Эта мысль превратилась в пожелание. Пожелание стало идеей. Идея стала словом. Слово — делом. Дело — материей.

Он поворачивает ручку двери, и вот перед нами музей. Зевс показывает мне огромную амебу из прозрачной резины.

— Я помню, как создал жизнь. Сложнейшая смесь аминокислот, выверенная дозировка. Я помню, как...

Зевс улыбается краешком губ. Он показывает мне другие экспонаты. Рыбы, ящерицы, лемуры, приматы.

— Я помню, как мне в голову пришла идея о сексуальном поведении двух представителей одного вида, похожих, но все же слегка различных и дополняющих друг друга. Теперь это кажется очевидным, но тогда это было настоящим открытием. Самец и самка. Для того чтобы хромосомы смешивались случайным образом. Я хотел, чтобы мои создания удивляли меня. И я позволил им самим смешивать свои гены. Чтоб посмотреть, что получится.

Стены покрыты огромными плакатами, на которых изображены ветвистые деревья — схемы развития видов.

— Первых самцов не очень привлекали самки. Тогда я изобрел удовольствие. Добавил нервный центр и еще несколько ловушек. Чтобы они чувствовали момент смешивания гамет.

Зевс погружается в воспоминания.

— О, сексуальность! Это не лежало на поверхности. Я искал на ощупь. Пробовал разные системы, например сороконожек. Что-то вроде соединяющихся крючков. И в один прекрасный день я придумал пенис, увеличивающийся в результате набухания пещеристых тел. Кожа должна быть очень эластичной и в то же время прочной, чтобы выдержать давление. И еще нужно было продумать систему крепления. Это был настоящий вызов инженеру, химику и архитектору. Нужно было проанализировать каждый миллиметр зоны, выделяющей смазку, зоны, подвергающейся трению. Тестикулы должны были находиться снаружи, чтобы сперматозоиды хранились на холоде. Конечно, если бы сейчас пришлось все делать заново, я бы кое-что изменил. Это все-таки чересчур сложно.

Он поворачивается ко мне.

— В какой-то момент я решился отказаться от идеи, что одно существо должно проникать в другое. Я собирался взять за основу систему половых контактов, принятую у некоторых насекомых, — самец втыкает в землю иглу, снаружи остается мешочек с его спермой. Самка садится сверху, мешочек оказывается у нее внутри и лопается там. Это отлично работает у земноводных и рыб. Но все-таки это было не совсем то. Ведь иголку могло сожрать любое животное.

Зевс открывает дверь в глубине музея. Следующий зал похож на лабораторию биолога. На стеллажах вдоль стен расставлены банки с формалином, в котором плавают трупы животных и человеческие органы.

Зевс обращает мое внимание на скульптуру, изображающую человека, лишенного кожи, — видны все его мускулы.

— Ты вспоминаешь лабораторию Гермафродита? Я знаю, этот опереточный полубог считает, что сравнялся со мной. Он повторяет все, что я делаю, лишь только какая-нибудь информация просочится из дворца. Здесь, в этой самой комнате, мне пришла в голову мысль о вторичных эрогенных зонах. Особенно я развил их у женщин. У мужчины я все сконцентрировал вокруг основного нервного центра — пениса. Иначе их бы возбуждало все вокруг. Это не очень удобно, если приходится воевать. Затем нужно было завершить отделку. Я решил, что женщины будут испытывать более интенсивный оргазм, чтобы им не хотелось вставать сразу после полового акта и сперматозоидам не пришлось бы карабкаться наверх, как альпинистам.

Зевс проводит рукой по бюсту, голова которого похожа на его собственную.

— В человеке все требовало самой тщательной отделки. Взять хотя бы глаза. Посмотри хорошенько. Ресницы, чтобы пыль не попадала в глаза. Брови, чтобы вода не заливала глаза во время дождя. Глаза посажены глубоко, чтобы тень надбровных дуг защищала их от солнца. Зрачок, который сужается и расширяется в зависимости от яркости освещения. А также увлажнение и постоянная очистка роговицы слезами.

Зевс касается руки статуи.

— О, человеческая рука! Шедевр, венец всего. Я долго не мог решить, сколько сделать пальцев. Сначала я предполагал остановиться на семи, но кулак плохо сжимался. Ногти — мелкий штрих отделки, «made in Олимпия». Твердое покрытие, благодаря которому можно скоблить и которое постоянно обновляется. А ноги? Малая площадь соприкосновения. Постоянный поиск наилучшего способа сохранять равновесие, чтобы конструкция оставалась в вертикальном положении даже во время бега. Об этом мало кто знает, но в ступне полно датчиков, которые незаметно для человека выравнивают положение тела в зависимости от смещения центра тяжести.

Меня мучает один вопрос. Если Зевс изобрел все это, почему же он сам выглядит как человек.

— Ты понял? Я закончил работу над человеком, и результат настолько мне понравился, что я решил сам принять такую форму.

— Но как же вы выглядели до того?

— Никак.

Он улыбается, ему понравился собственный ответ. Его загадка без конца всплывает в разговоре.

— Да. Бог решил подражать своему творению. Как кутюрье, создавший одежду, которую хочется надеть самому. В Библии сказано: «Бог создал человека по своему подобию». Все как раз наоборот: «Бог воссоздал себя по подобию человека». Я принял его облик. У меня появились руки, лицо, половой орган, который я так долго выдумывал.

Я перевариваю эту мысль, из которой следует множество выводов.

— Дальше я наблюдал за тем, как творит человек, и стал подражать «творениям моего творения». Я позаимствовал его одежду — тогу. Ее придумал не я, но ты видишь — я с удовольствием ношу ее. Я копировал его дома — этот дворец построен по образцам греческого и римского зодчества. А чувства? Любопытство, меланхолию, ревность, ненасытную гордыню, испорченность, наивность, досаду, самодовольство и многое другое придумал человек, пользуясь теми инструментами, которые я ему дал.

Зевс идет дальше, я вижу картины и скульптуры на религиозные темы, относящиеся к разным эпохам.

— Мои творения создали мифологию. Сами того не подозревая, они предложили мне новые формы для воплощения. Люди выдумали Осириса, и я был Осирисом. Они выдумали Гильгамеша, и я был Гильгамешем. Они выдумали Ваала, и я был Ваалом. Они выдумали Зевса. Я стал Зевсом. Отличная шутка. Человек, наделяя богов своей внешностью, создал их силой своего воображения. К какому выводу мы приходим? Человек... создал Бога по своему подобию.

Он доволен этой фразой. Снова приглушенно смеется, словно то, что он рассказывает, его и веселит, и удивляет.

— Значит... Все, что говорится о вас в мифах...

— Я старался жить так, как будто это правда. К счастью, я могу принимать любую форму. Я могу выглядеть как угодно, воплотиться в образе любого персонажа, прожить любой миф. Они верили, что я повелеваю молниям? Я стал повелителем молний. Они верили, что я бабник? Я им стал. Они верили, что восседаю во главе совета богов? Я создал других богов. Они думали, что я сын Кроноса? Я дал жизнь Кроносу.

— А Олимп?

— Я создал его когда-то на «Земле-1». А в 666 году, согласно вашему летосчислению, я покинул «Землю-1» и поселился здесь, в очаровательном уголке космоса.

— Почему вы скрылись здесь?

— Потому что человечество вызывает у меня отвращение. В них все-таки слишком много животного. 666 — число зверя. Но зверь — это они сами... Смешно.

Я с любопытством смотрю на него.

— Уезжая, я захватил с собой открытки с видами моего прежнего божественного жилья. Я создал Эдем по образцу Олимпа с «Земли-1». Я даже улучшил его. Значительно улучшил. Гора намного выше. Дворцы больше. Животные забавнее. Боги более карикатурны. Короче, спектакль веселее. Все это, как я уже говорил тебе, существует для развлечения.

Я думаю об Афродите. Значит, она просто часть декораций, выдуманных Зевсом.

— А другие боги знают, что они созданы по мотивам человеческой мифологии?

— Нет. Они, конечно, чувствуют, что с их существованием связана какая-то тайна. Они знают, что я хранитель последней тайны. Истины. Поэтому они время от времени являются сюда и задают вопросы... как ты. У них это стало навязчивой идеей. Они хотят знать, кто они на самом деле и почему живут так долго.

— Поэтому Сфинкс преграждает им дорогу?

Зевс кивает.

— Как правило, никто не может разгадать загадку. Они все замкнуты на своем эго. Они раздуваются, как шар, и не могут пройти в узкую дверь. Я не думал, что кто-то сможет обойти Сфинкса. Обычно достаточно приставки «бог», чтобы ученики возомнили о себе невесть что.

Зевс предлагает продолжить осмотр.

— Тебе удалось пройти, потому что у тебя психологическая болезнь. У тебя очень своеобразный невроз.

Я жду, когда он разъяснит свои слова.

— Ты себя недооцениваешь. До такой степени, что даже удивительно. В принципе на «Земле-1» тебе бы надо было обратиться к психотерапевту. У тебя удивительно негативное представление о себе самом. Ты считаешь, что ты «меньше, чем ничто».

Типично французский оборот приобретает в нашем разговоре странное значение.

— А если ты меньше, чем ничто, то стоит лишь немного подняться над собой, и ты — ничто!

Собственные слова опять вызывают у него приступ веселья.

— Вот так ты и обыграл Сфинкса. Так ты обыграл меня. Из-за избытка смирения. Браво! И вот я все тебе рассказываю, а с двенадцатью олимпийскими богами даже не разговариваю. Но мне хотелось, чтобы ты разобрался с собственной самооценкой.

— Поэтому вы заставили меня пройти испытание в клетке?

Зевс подмигивает.

— Ты уверен, что в живых остался «именно тот Мишель»?

— «Именно тот» — это Мишель, в котором моя душа.

— «Именно тот» — это тот, которого ты способен любить. Любишь ли ты себя немного больше теперь, когда поднялся на гору и говорил с самим Зевсом?

— На самом деле я еще не осознал, что со мной происходит.

— Вот в чем проблема с теми, кто «меньше, чем ничто». Они получают награду, но чувствует себя настолько недостойными, что не ценят ее.

Он встает передо мной. Его лицо уже не так сурово.

— Ты представлял меня именно таким? И таким ты представлял себе Зевса греческих мифов? Признайся, что, когда ты только попал сюда, ты был впечатлен моим видом. Чего ты ждал?

К моему огромному изумлению, он начинает уменьшаться и превращается в пигмея-альбиноса с курчавыми волосами и красными глазами.

— Может быть, ты представлял меня таким?

Он превращается в белого красноглазого быка.

— Или таким? Именно в таком образе я являлся некоторым смертным женщинам на «Земле-1».

Он превращается в белую птицу. В Лебедя. Он был Лебедем, который указал мне путь, когда я заблудился в тумане.

Он летает вокруг меня по комнате. Я тру глаза.

— Или таким?

Теперь он превратился в белого кролика. Это он выскочил из норы и указал мне дорогу за водопадом.

— Теперь я тебя не так пугаю? Стоит немного увлечься представлением, и люди теряют веру. Вам нужно, чтобы были соблюдены условности. Всем нужен образ отцавеликана, бородатого, властного и загадочного. Только это действует. Пффф...

Кролик внимательно смотрит на меня, опускает длинное ухо, моргает и говорит:

— Похоже, все, что я тебе рассказываю, не очень-то потрясает твое воображение.

Его глаза меняют цвет. Они становятся синими, начинают увеличиваться, становятся больше головы. Один глаз начинает уменьшаться, а другой растет. Вскоре передо мной плавает глаз диаметром в три метра. Его гладкая поверхность блестит. Зрачок расширяется, он похож на черную пропасть, которая зияет за блестящей роговицей. Я отступаю. Глаз еще увеличивается. Я снова отступаю, теряю равновесие, падаю на четвереньки. Поднимаю голову — глаз парит надо мной.

Гигантский глаз в небе — это был он.

Веко опускается, как занавес. Глаз уменьшается. Зевс постепенно принимает вид двухметрового олимпийского бога. У него снова красные глаза.

— Вы наблюдали за мной с самого начала? — бормочу я, еще не оправившись от потрясения.

Вместо ответа он тянет меня в коридор, подводит к двери, за которой лестница. Лестница ведет в комнату, где двадцать четыре двери. Зевс открывает одну из них. Внутри комната, похожая на храм музы Талии. Стены обиты красным бархатом, трюмо, перед которым гримируются актеры, освещено. Маленькая сцена похожа на подмостки для кукольного представления в городском саду.

Зевс берет марионетку, деревянного человечка, управляемого при помощи ниток.

— Вот что происходит, когда человек появляется на свет.

Он берет куклу и ставит на сцену. Дергает за ниточки, и кукла двигается, как живая. Она вертит головой, изображая удивление.

— Вот что происходит, когда человек умирает.

Зевс отпускает нитки, и кукла падает. Потом он снова поднимает ее.

— Все остальное время она двигается. Она не знает, что есть кто-то, кто дергает за нитки. Или не дергает. Нам, богам, важно, чтобы ниток не было видно. Марионетки думают, что ниток нет. Важно, чтобы они считали себя свободными. Иначе опыт провалится.

— А у нас, богов-учеников, есть нитки?

Зевс загадочно улыбается и убирает марионетку на место.

— У тебя есть представление об идеальном мире?

— Я думаю об этом.

— Это важно. Думая о лучшем будущем, ты даешь ему возможность однажды осуществиться. Я хочу задать тебе один вопрос. Ты любишь своих смертных или ты просто проводишь время, наблюдая за ними, как за красными рыбками, хомяками, кошкой или собакой?

— Должен признать, что я испытываю к ним некоторую привязанность.

— Ты страдаешь «болезнью переноса»?

Я понимаю, что речь идет о типично божественном неврозе, который заключается в том, что начинаешь путать себя со своим народом. Я отвечаю максимально честно:

— Нет, я не думаю, что у меня «болезнь переноса».

Царь богов не удовлетворен ответом. Вероятно, ему известно, что все боги рано или поздно начинают отождествлять себя со своим народом.

— Посмотрим.

Зевс хватает меня за руку, мы выходим из театрального зала и возвращаемся в круглую комнату со множеством одинаковых дверей.

Он немного медлит и открывает ту, что находится у нас за спиной.

— Ты сражался с самим собой. В следующем испытании тебе предстоит выступить против твоего народа.

111. ЭНЦИКЛОПЕДИЯ: ИСТОРИЯ КОШЕК

Самые древние останки домашней кошки обнаружены в одной из могил в Иерихоне. Они относятся к неолиту, это около 9000 лет до н. э. Египтяне почитали кошек как воплощение Баст, богини плодородия, исцеления, любовных наслаждений, танца и единомыслия.

Мумии умерших кошек хоронили на специальных кошачьих кладбищах. Убийство кошки в Древнем Египте каралось смертной казнью.

Кошки распространились по всему миру на торговых кораблях финикийцев и евреев, которые высоко ценили их за то, что они ловили крыс. За тысячу лет до нашей эры кошки попали в Китай. Китайцы верили, что они приносят удачу. В Европе кошки появились за 900 лет до н. э., в Индии — за 200 лет. Корейский император Ичиджо подарил кошку японскому императору, открыв Японию для представителей семейства кошачьих.

Все эти кошки произошли от своих египетских прародителей. В каждой стране количество домашних кошек было относительно невелико, и неизбежное кровосмешение вызвало генетические изменения. Люди производили отбор кошек по тем признакам, которые их особенно интересовали, — форме тела, цвету шерсти или глаз, создавая таким образом местные разновидности: в Персии появилась персидская кошка, в Турции — ангорская, в Таиланде — сиамская.

В Средние века католическая церковь считала, что кошки связаны с колдовством, и систематически их истребляла, так что кошки были на грани вымирания. С того же времени собака считается верным и послушным животным, а кошка — независимым и порочным.

Во время эпидемии черной оспы, свирепствовавшей в Европе в 1384 году, еврейские общины пострадали значительно меньше, чем остальное население. И сразу после окончания эпидемии началась волна погромов и резня в гетто.

Теперь известно, что чума меньше затронула еврейские кварталы, потому что их обитатели, как правило, держали кошек, которые истребляли крыс.

В 1665 году в Лондоне началась ужасная эпидемия чумы после того, как там начали массово истреблять кошек.

К 1790 году кошек перестали считать пособницами дьявола. Тогда же в Европе прекратились эпидемии.

Эдмонд Уэллс.
«Энциклопедия относительного
и абсолютного знания», том V

112. ПРОТИВ МОЕГО НАРОДА

Дверь ведет в оранжерею, где на ветвях деревьев висят сферы с планетами. Это подобие подвала Атланта, так же как театральный зал, который мы только что покинули, был подобием жилища музы театра, а музей — лаборатории Гермафродита. Вернее, наоборот. Те, кто внизу, скопировали то, что я вижу здесь.

Зевс подходит к месту, куда я спрятал разбитую сферу.

— Ты, кажется, разбил мир?

— Я случайно, — признаюсь я.

Зевс хмурится.

— Не страшно, их тут полно. Правда, тот, который ты разбил, был особенный. Я пытался взять от него отводок... Ладно, не стоит так привязываться к мирам, верно?

Он щелкает пальцами, и тут же появляется циклоп. Увидев меня, он удивляется. Но поскольку Зевс не гонит меня, он сдерживается и не пытается меня схватить.

Зевс кивком указывает на кучу мусора. Циклоп опускается на колени и начинает рыдать. Он прижимает планету к груди.

— Я подарил ему этот мир, и он очень старательно ухаживал за ним. Видишь, «болезнь переноса» несколько выбивает из колеи.

Циклоп в растерянности разглядывает разбитую планету, гладит осколки.

— А ведь он не бог, даже не бог-ученик, но он привык ухаживать за этой планетой. Как привыкают ухаживать за цветком. Должен сказать, что этот мир действительно был особенным.

— Что же в нем было особенного?

Зевс почесывает бороду.

— Я ставил там опыт «антисимметрии». Взгляни на себя. Если твое тело сверху донизу разделить пополам вертикальной чертой, обе половины окажутся совершенно одинаковыми. У тебя по одному глазу справа и слева, то же самое с руками, ноздрями, ушами, ногами.

На планете, которую ты разрушил, были существа, у которых парные органы были расположены посреди тела или только с одной стороны. Естественно, циклопа интересовал опыт, который я ставил. Он сентиментален.

— Я не понимаю, почему здесь на деревьях настоящие миры, — говорю я, чтобы сменить тему.

— В то время как у Атланта и на лекциях вы видели только копии? Это довольно сложно. Это «материализованное представление». Планета внутри сферы реально переживает физическое воздействие. Это тот же процесс, в результате которого ты только что встретился сам с собой. Лучше будет, если пока ты не будешь вникать во все мои секреты. Ты должен понимать, что это...

Он срывает плод-сферу и протягивает его мне.

— Это настоящая «Земля-18». Если ты её уронишь, от нее ничего не останется.

Я не решаюсь ее взять.

— Возьми же, — требует Зевс.

Я держу планету в руках.

— Мы сейчас немного поиграем.

Он проходит в черный кабинет, на стенах которого десятки киноэкранов. В центре низкий стол, на котором стоит подставка. Зевс велит мне положить туда планету. Я делаю это как можно осторожнее.

— Ты когда-нибудь начинал играть другими фигурами посреди партии в шахматы?

Я не понимаю, к чему он клонит.

— Предположим, ты играл белыми, которых считаешь «хорошими». А теперь ты будешь играть черными, «плохими», и будешь атаковать «хороших».

— А если я откажусь?

— У тебя нет выбора. Ты не смертный. Свобода выбора есть у смертных, на которых боги могут только влиять.

Он разражается смехом, умолкает и смотрит на меня.

— Это испытание, в котором твоя душа поднимется выше. Ты не можешь миновать этого этапа посвящения. У тебя нет выбора, — снова повторят он.

Он протягивает ко мне руку, и мигрень начинает сжимать мою голову. Боль настолько сильна, что я готов на все, лишь бы она прекратилась.

— Это испытание легче тех, которые ты уже прошел. Ты будешь страдать, только если поражен «болезнью переноса». Ты сумел отпустить себя, теперь ты должен отпустить твой народ.

Я киваю, и мигрень прекращается.

— Каковы правила?

— Ты будешь играть черными, на «Земле-18» это люди-орлы твоего друга Рауля. Я возьму белые, то есть твоих людей-дельфинов. Твоих дельфинов.

Я пытаюсь схитрить:

— Вы, естественно, играете лучше меня. Моему народу нечего бояться.

— Ты так думаешь? Ну что ж, тогда приступим.

Он поднимает палец, и все экраны включаются одновременно.

— Посмотрим, где остановилась партия... Ага, твою крепость захватили после долгой осады. Итак, я играю за народ дельфинов. Ты можешь следить, глядя на экраны. Жезл не нужен, экраны заменяют множество анкхов.

На восьми экранах под разным углом появляется изображение земель людей-дельфинов. Столица. Улицы.

Рынки. Королевский дворец, где поселился марионеточный правитель людей-орлов. Казармы.

— Ты готов? Я все-таки Зевс, поэтому начинай. Достаточно поднять руку над планетой и подумать о том, что ты хочешь сделать. Внимание! Не вздумай жульничать. Никаких чудес. Никаких мессий. Договорились?

Я подчиняюсь. Люди-орлы заняли территории дельфинов. Я думаю, что им следует заняться благоустройством этих земель, чтобы население лучше приняло их. Орлы весьма искусны в этой области, и я строю акведуки, театры, дороги, оросительные системы. Я уверен, что развитие сельского хозяйства будет выгодно всем.

На всех экранах, как в ускоренной съемке, появляются дороги, мосты, орошаемые земли. Заметно, как повысился общий уровень развития. Страна богатеет, люди-дельфины живут не так бедно, а люди-орлы собирают больше налогов. Многие люди-дельфины начинают сотрудничать с орлами, чтобы научиться строить мосты и дороги. Восстаний становится все меньше.

— Ну-ну, — говорит Зевс. — Все тот же «мягкий» стиль игры? Теперь моя очередь.

Царь богов поднимает руку над сферой, и картина на экранах меняется. Люди собираются группами, разговаривают, спорят. Некоторое время спустя они вооружаются и начинают нападать на обозы людей-орлов. И не без успеха. Они убивают своих соотечественников, которые сотрудничают с наместниками орлов. Создают народную армию и начинают двигаться к столице.

Я поднимаю руку над шаром и посылаю несколько отрядов, чтобы остановить мятежников. Но мои солдаты сталкиваются со взбешенной толпой, скандирующей «Свобода!» «Справедливость!», «Нет!», «Угнетатели!»,

«Тирания!», словно все прошлые унижения, все пережитые ужасы выплеснулись в этом движении. Я знаю моих людей-дельфинов. Они долго терпели, стиснув зубы, под моим влиянием они многое вынесли, не жалуясь, многое простили, но давление на них слишком велико. Теперь же их бог сам разжигает огонь и предоставляет им свободу действий. Результаты такого управления сказываются тут же.

Я отправляю все новые отряды усмирять восставших, но в конце концов я вынужден призвать армию. Но в жилах людей-дельфинов течет кровь Освободителя. Они отличные стратеги. Во главе восставших встает командир, который непрерывно устраивает моим легионам засады, атакует, совершает обманные маневры, которыми Освободитель мог бы гордиться.

Войскам моих людей-орлов сильно достается. Мы несем большие потери.

— Ты что, заснул? — спрашивает Зевс.

Нужно их остановить. Что ж, тем хуже, я приказываю арестовать зачинщиков. Суд, и бунтовщики в тюрьме. Но толпы «моих» людей-дельфинов устраивают демонстрации, требуя их освобождения. Я останавливаюсь и смотрю на Зевса.

— Почему вы заставляете меня пройти это испытание?

— Меня это развлекает. А тебя разве нет?

— Нет. Я больше не хочу играть.

— Ты не можешь сейчас остановиться.

Я скрещиваю руки на груди в знак бесповоротно принятого решения. Царь богов с интересом смотрит на меня.

— Всегда одно и то же. Требуется мотивация, да?

Он задумывается.

— Хорошо. Вот тебе морковка... Если ты будешь хорошо играть, если ты будешь как следует играть на стороне орлов, я обещаю, что ты сможешь спуститься в Олимпию и вернуться в игру, словно не было этой истории с Атлантом, Пегасом и Афиной. Я сотру это происшествие из их памяти.

Я ставлю на карту все.

— Гера уже предлагала мне это. Мне этого мало.

Зевс удивлен моим бесстрашием.

— Хорошо, еще один подарок. Если ты с людьми-орлами будешь по-настоящему сражаться против моих людей-дельфинов, я обещаю, что, даже если ты проиграешь или погибнешь в Эдеме, я вмешаюсь в игру на «Земле-18». На этой планете всегда будет, как минимум, 10 000 твоих людей — живых и активных, хранящих культуру и ценности народа дельфинов.

— 10 000 мало. Пусть будет миллион живых хранителей моих ценностей.

— 50 000.

— 500 000.

— Ты торгуешься с царем Олимпа? Отлично. Мне это нравится. Тогда я предлагаю тебе вот что. Думаю, это будет честная сделка. 144 000. В тысячу раз больше, чем у тебя было в начале Игры «Y». Этого достаточно, чтобы построить город. И даже небольшое государство — где-нибудь на острове, например.

Слово «остров» заставляет меня вспомнить об острове Спокойствия. Моя святая земля вдали от ярости и насилия народов-соперников.

— Согласен, — отвечаю я.

Я поднимаю руку над сферой, закрываю глаза и устраиваю показательную акцию по подавлению людей-дельфинов. Я думаю: «Мне очень жаль, но это для вашего же блага». Предводителей мятежников сажают на кол на городской площади. Это традиция людей-орлов.

Зевс в восторге.

— Ну наконец-то! Хоть какая-то реакция. Дело принимает скверный оборот.

Зевс делает ответный ход. Мятежники-дельфины прячутся в горах, формируют отдельные отряды. Ученые-дельфины, используя свои знания в химии, разрабатывают новые виды оружия, новую, более крепкую основу, которая позволяет сильнее натягивать тетиву. Луки превращаются в арбалеты. Теперь стрелы летят дальше, оставаясь в недосягаемости для стрелков-орлов.

Я подтягиваю новые отборные войска из «своей» столицы. Это лучшие гладиаторы, обученные вести партизанскую войну. Я бросаю их в горы, где они не только преследуют повстанцев, но и выжигают посевы и берут в плен крестьян, которых подозревают в пособничестве мятежникам. Восстание набирает силу, и я считаю, что его следует жестоко подавить. Немедленные репрессии позволят разом положить конец мятежам.

На каждый мой ход Зевс отвечает изящной, остроумной игрой, максимально используя особенности народа дельфинов. Оказывается, что если перед моим народом поставить цель, которая кажется ему важной, то силы его неисчерпаемы. Химики-дельфины подпольно разрабатывают оружие, о котором узнали во время путешествий на далекий Восток, — мешки, наполненные взрывчатой смесью из селитры, угля и серы и снабженные фитилем.

На каждый удар я отвечаю ударом.

Зевса необыкновенно развлекает каждое движение моих войск. Ему удается собрать армию повстанцев, и они захватывают мою столицу. Весть об этом разносится далеко; во всех общинах людей-дельфинов, рассеянных в империи людей-орлов, начинаются восстания. Дельфины решили, что настал день их освобождения. Мятежный дух распространяется, как масляное пятно по поверхности воды. В городах люди-дельфины освобождают своих соотечественников из тюрем.

Дельфины (надо же, я говорю «дельфины» и «мои люди-орлы») выступают за освобождение народов и возврат к культуре предков. Проповедь отмены рабства ширится, слуги уходят от хозяев. Некоторые мстят им. Я чувствую, что Империя орлов пошатнулась.

Я играю, почти не думая. Проанализировав ситуацию, я устраиваю повсеместные репрессии. Кварталы, где живут дельфины, разграблены. Полиция сеет там ужас. Но дельфины — упрямые ребята. Иногда мне так надоедает их непокорность, что я посылаю солдат в изолированные дельфиньи кварталы убивать всех без разбора — женщин, детей, стариков.

Когда заканчивается период резни, я беру пленников. Крепких мужчин-дельфинов посылают на галеры, в рудники, соляные копи, где они быстро умирают от изнурения. Самых сильных отбирают для гладиаторских боев. Что ж, если они хотят драться, пусть дерутся. Женщин продают в рабство. Детей отбирают у родителей и воспитывают как детей-орлов. Затем они пополняют ряды армии орлов и сражаются против собственных семей. Нередко они превосходят жесткостью и хитростью солдат-орлов.

Зевс играет в моем стиле, отвечает на насилие развитием стратегии, науки, налаживанием связей. Восстание ширится, охватывая все новые территории Империи орлов. Я с удивлением замечаю, что мне нравится укрощать мятежи. Казни становятся все более частыми. Я строю тюрьмы и новые арены. Вывожу толпы дельфинов в пустынную местность, где они умирают от жажды и истощения на стройках Империи, ибо я продолжаю во имя прогресса строить акведуки и дороги. Даже на территории дельфинов. Я ставлю во главе их государства сурового военачальника-орла и увеличиваю налоги. В качестве последнего оскорбления я приказываю установить посреди самого большого храма дельфинов статую моего императора.

На экранах вокруг непрекращающиеся сцены насилия. Я вдруг замечаю, что дрожу, изо рта у меня течет слюна.

— Стоп! — требует Зевс.

Он касается проектора, экраны гаснут.

— Стоп. Или я не смогу сдержать своего обещания о 144 тысячах, — усмехается он.

Я натянут, как струна. Я беру анкх и рассматриваю свою страну. Возможно ли, что это натворил я? В то же время я думаю: «Они сами напросились. Почему они не покорились сразу? Они же видели, что у них не было ни малейшего шанса, что я — сильнее. Почему они так долго сопротивлялись?» И сам себе отвечаю: «Потому что я сам научил их биться до последнего за свободу и ценности народа дельфинов». Именно против этого я сейчас сражался.

Я делаю глубокий вдох. В Империи орлов наступило затишье. Все мятежники-дельфины усмирены. Укрытия в горах разорены. Последнего вождя повстанцев посадили на кол посреди столицы.

— Сколько... Сколько я убил «своих»? — спрашиваю я.

— Достаточно, чтобы я убедился, что ты не болен «болезнью переноса», — уверяет меня Зевс.

— Сколько?

— Что изменится, если я скажу тебе, сколько тысяч или миллионов? Я обещал тебе, что пощажу достаточное количество твоих людей. Кроме того, у тебя есть небольшие общины среди людей-игуан и людей-волков. Не беспокойся, ты не рисковал потерять все во время этого маленького упражнения.

Он достает из стола бутылку и наливает мне меду в золотой стаканчик.

— Тебе надо подкрепиться.

Я смотрю на царя Олимпа. Вспоминаю, что читал о нем в «Энциклопедии». Насильник, убийца, лжец. Вот что говорится о Зевсе в мифах. Почему я так доверился ему? Скорее всего, из-за титула, из-за того, что он Царь богов. На меня всегда производили большое впечатление нашивки, титулы, троны.

— Зачем вы заставили меня совершить все эти ужасы?

— Затем, чтобы ты до конца понял самого себя. Ты считаешь, что ты отличный парень, симпатичный бог, но ты видел — недолго пришлось соскабливать верхний слой «хороших убеждений», чтобы обнаружить под ним бога-варвара.

— Меня вынудили к этому обстоятельства.

Зевс снова включил экраны.

— Нет, ты поработал от души. Не будешь же ты утверждать, что ты делал это, чтобы их спасти.

— Вы ненормальный, — с трудом произношу я.

— Скорее всего, так и есть. Но я, по крайней мере, это признаю. Я уже говорил, это мой способ побороть скуку. Немного сумасшествия спасает от увязания в рутине.

— Заставить бога убивать свой народ — это не развлечение, это садизм.

— Это урок. Теперь, зная эту грань своего характера, ты будешь лучше играть. Однажды ты скажешь мне спасибо. И твой народ, если бы знал, как все было, тоже поблагодарил бы меня. Этот эпизод станет для него своеобразной прививкой от жесткости тех, кто его окружает. Что может быть хуже того, что уже произошло с ними?

— Кроме того, я попался. Если однажды мой народ узнает, как я с ним поступил, он никогда не простит меня. Верно?

— Ты ошибаешься. Ты показал им, как велика сила прощения. Кажется, у них даже есть особый праздник, который ты взял из истории «Земли-1». И это поможет тебе. Твои дельфины умеют прощать своему богу не только то, что он их покинул, но и то, что он встал на сторону их злейших врагов. А ты, сможешь ли ты простить меня?

У меня пересохло в горле. Мне кажется, что во мне что-то сломалось. Но в то же время я чувствую, что это было необходимо. Я потерял невинность. Я больше не ребенок, я стал грязным, как другие. И как другие, я проявил свои самые низменные инстинкты. Как далеко зайдет Зевс, разрушая меня, чтобы продолжить мое воспитание?

Я медленно киваю.

— Отлично. Тогда, если тебе все еще интересно, продолжим прогулку по дворцу царя Олимпа. Мне еще нужно показать тебе столько чудес.

113. ЭНЦИКЛОПЕДИЯ: ТРАНСАКТНЫЙ АНАЛИЗ

В 1960 году психоаналитик Эрик Берн изобрел концепцию трансактного анализа. В книге «Вы сказали „здравствуйте". Что дальше?» он приходит к выводу, что взрослые в общении выбирают психологическую позицию, которая соответствует одной из трех категорий — Родитель, Взрослый, Ребенок. Они выбирают роль Высшего, Равного, Низшего. Говоря с другими, человек «становится» ребенком, взрослым или родителем.

Вступая в отношения родитель — ребенок, человек попадает в систему, внутри которой существует более узкое разделение ролей — родитель-кормилец (мать) или родитель-воспитатель (отец), а в категории «Ребенок» есть ребенок-бунтарь, покорный ребенок и свободный ребенок. К категории «Ребенок» относятся артисты, неспособные справляться с реальностью.

Итак, берущие на себя роль родителя и те, кто становится ребенком, начинают психологическую игру, в которой каждый преследует определенную цель — усилить свою власть или вырваться из-под нее. В игре есть еще три роли — преследователь, жертва и спаситель. Большинство человеческих конфликтов может быть объяснено описанным распределением ролей в борьбе за власть в отношениях. Фразы, которые начинаются с «Ты должен знать...» и «Ты должен был...», тут же обеспечивают тому, кто их произносит, до-минирующее положение, роль Родителя. Точно так же, гово-ря «Прошу прощения» или «Мне очень жаль», человек стано-вится Ребенком. Даже использование уменьшительных или ласкательных оборотов вроде «мой малыш» или «лапушка» тут же уменьшает значение другого человека, уподобляет его маленькому ребенку. Единственная здоровая система от-ношений, не провоцирующая психологической борьбы, — это разговор между Взрослыми, при этом каждый называет дру-гого по имени, не обвиняет его и не превозносит, не прикиды-вается безответственным Ребенком или Взрослым, чита-ющим нотации. Но это встречается крайне редко, так как наши собственные родители никогда не подавали нам такого примера.

Эдмонд Уэллс.
«Энциклопедия относительного
и абсолютного знания», том V
(со слов Фредди Мейера)

114. ПОСЕЩЕНИЕ МУЗЕЕВ

Зевс ведет меня к винтовой лестнице. Мы спускаем-ся. Снова дверь. Снова коридор. Кажется, мы под землей, потому что в помещениях больше нет окон, нет дневного света. Большая дверь, длинный коридор, бесконечная лестница, мост через двор, все ниже и ниже.

Я уже не понимаю, где мы. Я не в состоянии найти дорогу в первый зал. Мне кажется, что я нахожусь внутри картины Эшера с вывернутыми наизнанку лестницами, в месте, где не действуют никакие законы перспективы, никакие законы привычного мира.

Царь богов, кажется, уже не рад тому, что я здесь. Мне пора возвращаться и исправлять то, что я натворил на «Земле-18», но Зевс кладет мне руку на плечо, словно мы старые приятели.

— Я всегда восхищаюсь тем, что делают смертные. Как я тебе уже рассказывал, я создал людей, но не знаю, как они используют таланты, которыми я их наделил. Они могут удивить меня. Они могут выдумать то, что никогда не приходило мне в голову. Они очаровательно непредсказуемы.

Он тянет меня в комнату, на которой висит табличка «МУЗЕЙ МУЗЫКИ».

— Это мой личный музей. Я собрал здесь лучшие произведения человечества. «Творения» моих «творений», которым я дал свободу выбора.

Зевс щелкает выключателем, под потолком вспыхивают хрустальные люстры.

— Первый зал посвящен музыке. Этим «музеем» занимаются музы.

На стенах фотографии композиторов в рамках. Зевс проводит по ним рукой, и зал наполняется музыкой.

На первом снимке, до которого он дотрагивается, лицо пещерного человека. Раздаются вибрирующие ритмичные звуки, незамысловатая музыка струн.

— Ему первому пришла в голову мысль использовать лук, предназначенный для охоты и войны, в качестве музыкального инструмента. Очень символично.

Перед нами лица мужчин и женщин в древних головных уборах. Я не узнаю их.

— Известность досталась только тем, после кого остались портреты, фотоснимки или жизнеописания. Но было много других, никому не известных музыкантов, которые, тихо сидя в своем углу, сочиняли удивительные симфонии. Их слышали только мы, боги.

Он указывает на портрет Вивальди, и тут же раздается «Весна» из цикла «Времена года».

— Бедный Вивальди. С ним совершенно ненормальная ситуация. Одно его растиражированное произведение затмило все остальные. Я знаю, что в магазинах «Земли-1» можно найти только «Времена года». А его «Реквием»? Нечто необыкновенное. А «Концерт для флейты пикколо»? Просто чудо. На «Земле-1» есть выражение «за деревьями не видно леса». Отрывок заслоняет все произведение.

Зевс подходит к следующему снимку.

— Моцарт. Душа Вивальди возродилась в Моцарте. Он вернулся, чтобы показать все стороны своего таланта.

Зевс заставляет меня прослушать произведения Вивальди, потом Моцарта и найти в них общее. Дальше — Бетховен.

— Моцарт, Бах, Бетховен — самые популярные. Они были хороши, но они были так же талантливы в предыдущих и следующих воплощениях, под другими, менее известными именами.

Он останавливается у фотографии совершенно неизвестного мне композитора. Вокруг нас звучит нежная музыка.

— «Адажио для струнных» Сэмюэла Барбера. Удивительный случай. Он сочиняет одно необыкновенное произведение. Все остальное совершенно банально. Вдохновение посетило его только однажды.

Я вслушиваюсь и узнаю темы из фильмов «Человек-слон» и «Взвод». Он стал знаменитым благодаря кино, а не музыкальной карьере.

Тысячи лиц на стенах коридора.

Зевс тянет меня дальше.

— Мне нравится ваше искусство. Я начал собирать эту коллекцию еще на Олимпе «Земли-1».

«МУЗЕЙ СКУЛЬПТУРЫ» — надпись на фронтоне следующего зала.

Произведения критского, этрусского, вавилонского, греческого, византийского, карфагенского искусства. Я останавливаюсь перед критской фреской, на которой изображены дельфины и женщины с пышной грудью.

— А... дельфины... Ты выбрал мощный тотем. Ты знаешь, что дельфины находятся в постоянным контакте со своим подсознанием?

— Нет, я не знал этого.

— Дельфин — это опытный образец одного проекта по созданию разумного существа, живущего в воде.

Я стою перед изображениями дельфинов и внезапно замечаю, что на некоторых из них сидят люди.

— Если исходить из общей массы тела, мозг дельфинов намного больше, чем у человека. Я не решился сделать их доминирующей расой на планете. Они не могут жить на суше, из-за этого возникает слишком много проблем.

Зевс отвлекается на что-то, и я говорю себе, что, наверное, где-то в его саду висит сфера, внутри которой водный мир, где дельфины построили свои города и развивают свои технологии.

Еще скульптуры. Я узнаю Нику Самофракийскую, Венеру Милосскую, «Моисея» Микеланджело.

— О, эти люди... Их талант и творческая сила растут. И вместе с ними растет страсть к саморазрушению. Я спрашивал себя, может ли одно существовать без другого. Юмор рождается из отчаяния. Возможно, и эта красота неразрывно связана со стремлением к смерти. Как цветы, которые растут в навозе.

— Как вам удалось собрать все эти шедевры?

— Я владею технологией, которая позволяет точно копировать земные произведения. Оригиналы находятся в Лувре, Британском музее, Музее современного искусства в Нью-Йорке и... на Эдеме.

Я хожу среди скульптур. Произведения Камиллы Клодель совершенно целы, хотя она разрушила их в приступе гнева. Зевс говорит, что в этом одно из преимуществ его музея — здесь хранятся целые произведения.

Еще одна дверь. Над ней скромная надпись — «БИБЛИОТЕКА». На стеллажах, уходящих в бесконечность, стоят произведения, относящиеся ко всем эпохам. Книги на пергаменте, коже, папирусе, шелке.

Зевс показывает мне совершенно неизвестные рукописи Шекспира, Достоевского.

— Мне всегда больно видеть, что на «Земле-1» настоящий талант редко получает признание. Люди не всегда знают имена истинных новаторов. Я имею в виду и вашего друга Жоржа Мельеса. Он умер безвестным, в нищете, был вынужден продать свой зал и в отчаянии сжег свои фильмы. А ведь это он придумал кинофантастику. Я мог бы назвать и Модильяни. Он не узнал славы при жизни, его разорил владелец галереи, выкупивший все его картины по цене куска хлеба.

Зевс разочарованно машет рукой.

— Сальери всегда сживали со свету Моцартов. Помните этого музыканта при дворе Вильгельма II? Был очень моден. Современники никогда не замечают тех, кто создает что-то действительно новое. Слава достается лишь подражателям, которые чаще всего принижают величие оригинала.

— Но ведь были гении, получившие признание при жизни. Например, Леонардо да Винчи.

— Он едва избежал смерти. Его хотели казнить за гомосексуализм, едва не сожгли заживо в девятнадцать лет.

— Сократ?

— О нем известно лишь то, что рассказал Платон. А Платон никогда по-настоящему не понимал своего учителя. Он даже отстаивал тезисы, совершенно противоположные учению Сократа.

Эти сведения удивляют меня.

— Джонатан Свифт говорил: «Рождение нового таланта замечаешь, когда против него возникает заговор глупцов».

Зевс подходит к полкам, на которых выстроились книги Жюля Верна.

— Я думаю, вы хорошо его знаете, — замечает он.

Воспоминания о встрече с Жюлем Верном встают передо мной.

— Жюль Верн публиковал свои произведения в газете как роман с продолжением. Потом их издавали отдельными томами, но в то время никто не считал их «настоящими книгами». Полагали, что это научно-популярные очерки для детей. Прошло семьдесят лет после его смерти, прежде чем одна журналистка открыла творчество Жюля Верна и представила его обществу как великого романиста.

— Жюль Верн не был нищим.

— Верно. Но жена упрекала его в том, что он мало зарабатывает! По ее совету он даже перестал писать и начал работать на бирже. Его издатель Хетцель был вынужден пообещать ему процент с продаж, только тогда писатель уговорил жену позволить ему продолжить свои занятия. Знаете, как он умер?

«Он сорвался со склона Эдема или чудовище утащило его в болота», — думаю я.

— Его племянник, картежник и пьяница, постоянно требовал у него денег. Однажды Жюль Верн отказал ему. Племянник вытащил пистолет и ранил его в ногу. Началось заражение. Он очень страдал перед смертью.

Зевс подходит к сочинениям Рабле.

— После смерти Рабле осталось только три его произведения, вышедшие крошечным тиражом. К счастью, владельцы книг сохранили их, пока интерес к ним не вспыхнул снова. Среди тех вещей, которые никогда не были опубликованы, есть очень неплохие. — Он протягивает мне рукопись. — Вот эта была настолько нова для своего времени, что ее сожгли как учебник колдовства.

Зевс протягивает мне все новые рукописи. Мне становится не по себе от этих историй.

Потом он толкает дверь, над которой написано «МУЗЕЙ КИНО».

Здесь повсюду прямоугольные экраны.

— Это самая новая часть моего музея, ею занимается ваша подруга Мэрилин Монро. Она уже собрала двадцать пять тысяч фильмов.

На каждом экране кадры из известных фильмов. Стоит дотронуться до экрана, и фильм начинается.

— Я пока посмотрел только три тысячи. А ведь я смотрю на ускоренной перемотке. Мои любимые фильмы — «Космическая одиссея-2001» Кубрика, «Бегущий по лезвию» Ридли Скотта и «Бразилия» Терри Джиллиама.

— Только фантастика? — удивляюсь я.

— Именно тут больше всего творчества. Я не буду смотреть фильм, чтобы увидеть то, что постоянно происходит на «Земле-1» или «Земле-18».

Логично.

— Возможно, работа режиссеров и сценаристов ближе всего к моей. Они руководят группой, которая помогает актерам рассказывать истории. Знаешь, я часто попадаю впросак — не могу угадать, чем закончится большинство фильмов. Человеческое воображение — сложная штука.

На экране двигаются люди в тогах, мне кажется, я видел эти кадры.

— «Битва Титанов» с Лоуренсом Оливье и Деборой Керр. Олимпийские боги на облаке. Забавно, да? Иногда я меняю кое-что в Олимпии, чтобы здесь было как в фильмах, которые я посмотрел.

Я вспоминаю настоящих гангстеров из чикагской мафии, которые стараются походить на персонажей «Крестного отца» Фрэнсиса Форда Копполы. Так кто кому подражает?

Зевс ведет меня в следующий зал: «МУЗЕЙ ЮМОРА». Здесь под стеклом выставлены напечатанные на машинке тексты.

— Еще одно новшество. Этим занимается Фредди Мейер. Фильмы я смотрю быстро, а шутки смакую. По одной в день. Не больше.

Зевс громко читает:

— Маленький циклоп спрашивает у папы: «Папа, почему у циклопов только один глаз?» Отец читает га-

604

зету и прикидывается, что не слышит. Но маленький циклоп не унимается и снова спрашивает: «Папа, почему у циклопов только один глаз? В школе у всех два, а у меня только один». Отец раздраженно отвечает: «Ты опять за свое? Будешь приставать, останешься с одним ухом».

Мы переходим в следующий зал. Это «МУЗЕЙ ЖЕНЩИН». На стенах множество фотографий женщин в соблазнительных нарядах или совершенно обнаженных.

— Я всегда считал, что женщины — настоящие произведения искусства. Одни из них известны больше, другие меньше.

Зевс показывает мне фотографии Клеопатры, Семирамиды, царицы Каины Берберской, царицы Дидоны, царицы Савской, королевы Алиеноры Аквитанской, императрицы Екатерины Великой. Он показывает мне красавиц в тогах, туниках и монашеских одеждах.

— Вижу, ты не равнодушен к хранительницам очага, — замечает царь богов. — Вот жрицы Исиды, девственницы, поклонявшиеся Афине, весталки. Женщины из гарема китайского императора Цинь Шихуанди. Он создал целую систему отбора наложниц. Однако в то время критерии красоты были другими. Женщина считалась красавицей, если у нее были маленькие ноги, длинные волосы, большие глаза, высокие скулы, белая кожа.

Мы идем дальше.

— Даже на Западе критерии изменились. Раньше восхищались большой грудью, теперь предпочитают маленькую и упругую.

Зевс показывает мне фотографии, относящиеся к разным эпохам. Раньше загорелая кожа была у крестьян, и только совсем недавно на «Земле-1» загар стал обозначать принадлежность к высшим слоям общества. Самые красивые женщины остались неизвестными. Чаще всего это были девственницы, скрытые за стенами монастырей.

Зевс дотрагивается до фотографии, и изображение оживает. Словно красавиц снимали без их ведома в самые интимные моменты.

— У нас есть нечто общее, Мишель. Парикмахерши воротили нос от нас обоих.

— Это была не парикмахерша...

— Да я знаю, Афродита. Ее сын рассказал тебе ее подлинную историю.

Он касается портрета богини любви. Афродита посылает воздушный поцелуй.

— Я считаю ее красавицей, — сухо говорю я в ее защиту.

— Все это красная магия. Роковые женщины. Я знал нескольких из них. Настоящий наркотик. Даже я, великий Зевс, становился послушной куклой в руках девчонок.

Он хохочет.

— И я считал, что это... божественно.

— Гера?

— Да. Гера была роковой женщиной. Она была моей сестрой прежде, чем стала женой. У нее мой характер. Гера не позволит, чтобы мужчина водил ее за нос. Она разила наповал. А потом стала домохозяйкой. Быт все разрушает. Теперь она проводит время на кухне и говорит обо мне. Она рассказывала вам свою теорию о дельфиньей традиции и заговоре против дельфинов, который возглавил А-Дольф? Она много думает, сидя у себя дома. Скорее всего, она метит на мое место.

Он закатывает глаза.

— Неужели она считает, что меня можно вернуть запахом тыквенного супа?.. А ты? Как у тебя с Афродитой?

— Я люблю Мату Хари.

— Да, знаю. Я говорю не о ней, а об Афродите. Насколько ей удалось поработить тебя?

— Я больше не думаю о ней.

— Лжец.

— Все равно надеяться не на что, она никогда меня не полюбит.

— Сразу видно, ты плохо знаешь женщин. Чем больше она возводит препятствий, тем сильнее ее интерес к тебе. Единственная сложность с Афродитой, как, впрочем, и со всеми роковыми женщинами, заключается в том...

— Что она не способна никого полюбить?

Я жду.

Зевс с интересом смотрит на меня.

— Она не только никого не может полюбить, но и не способна испытать физическое наслаждение ни с одним мужчиной. Она так легко вертит мужчинами именно потому, что ничего не чувствует.

— Если я буду заниматься любовью с Афродитой, она испытает оргазм, — говорю я с вызовом. — Все дело в желании. Я организую ей это.

Зевс лукаво улыбается.

— Хочу напомнить тебе, что ты любишь Мату Хари.

Мы проходим несколько коридоров и лестниц и попадаем в более светлый зал.

Перед нами вывеска: «МУЗЕЙ ИНФОРМАТИКИ». Зевс распахивает дверь в зал, набитый компьютерами — от самых древних, огромных шкафов до самых маленьких, портативных. Машины расставлены на столах, и эта выставка напоминает мне эволюцию видов. От динозавров к обезьянам.

— Эти машины — человеческая память. Какой парадокс. Человечество теряет собственную память и отдает ее машинам. Вот новые хранители знаний.

— Человечество теряет память?

— Каждый день политики заново переписывают прошлое, которое больше устраивает их в настоящем. Сначала они просто привлекали внимание к одним событиям и замалчивали другие. Потом они изменяли названия городов, разбавляли историю мифами, отрицали факты. Теперь они взрывают древности, чтобы быть уверенными в том, что прошлое не будет больше противоречить идеологии. Ревизионизм распространяется все шире.

— Так римляне заставили всех поверить, что карфагеняне занимались человеческими жертвоприношениями. А греки распространили миф о том, что Критом правил монстр, который пожирал женщин.

Зевс предлагает мне сесть за один из современных компьютеров и включает его.

— Смертные «Земли-1» не отдают себе отчета в том, что нельзя безнаказанно жить в мире, наполненном ложью о прошлом.

Он гладит бороду и смотрит на меня, словно хочет сказать что-то важное.

— Вот поэтому мне очень нравится девиз Квебека: «Я помню». Каждый человек должен постоянно иметь перед глазами эти слова. Я помню, откуда я пришел.

Я помню, кто я. Я помню историю моих предков, благодаря которым я здесь. Я помню обо всех конфликтах, в результате которых появилось то общество, в котором я живу.

На мониторе всплывает окно с требованием пароля. Зевс медлит, словно не может вспомнить, потом набирает пароль из нескольких букв.

Я читаю через его плечо: г-а-н-и-м-е-д.

— Итак, что же остается, если нельзя доверять прошлому? Виртуальный мир.

Зевс объясняет, что он собирает модели всех компьютеров и образцы всех программ, по мере того как они появляются. Этим будет заниматься следующая муза. Муза Информатики.

Он открывает шахматную программу.

— Сначала я играл против компьютера. Я всегда выигрывал, но однажды проиграл. В памяти программ записаны все когда-либо сыгранные партии.

Он вздыхает.

— Бог создал человека. Человек создал компьютер. И вот уже машины кое в чем превосходят меня.

Он запускает еще несколько программ.

— Я увидел, что несколько человек создали совершенно особенный проект. Он называется «5-й мир».

«5-й мир»... Программа, над которой работает Юн Би.

— Они хотят подарить людям бессмертие при помощи компьютера.

Я вспоминаю идею Корейского Лиса, который дружит с Юн Би.

— Пока это относится к области фантастики, но все-таки заставляет задуматься. Виртуальный персонаж будет наделен любыми человеческими качествами.

Эта идея сильно впечатляет Зевса.

— После того как человек умирает, он продолжает существовать в Интернете как виртуальный персонаж. Мишель, ты понимаешь, к чему это приведет? Если бы это открытие было сделано раньше, можно было бы создать бессмертную копию Эйнштейна, которая продолжала бы решать уравнения, копия Леонардо да Винчи продолжала бы писать картины, копия Баха писала бы музыку, копия Бетховена сочинила 10-ю и 11-ю симфонии. Это живая, творческая память. И никакого клонирования. Виртуальное воспроизведение. «5-й мир» создает параллельное человечество, благодаря этому таланты больше не будут пропадать.

— Но ведь души умерших отправятся в Рай?

— Это ничего не меняет. Благодаря этому проекту, их виртуальные воплощения останутся на Земле. А поскольку никто не сможет одновременно выключить все компьютеры... Люди действительно нашли способ стать бессмертными — благодаря информатике, кремнию, пляжному песку.

— Тогда они станут, как мы.

Зевс смотрит на меня.

— Да. Люди с «Земли-1» уже стали бессмертными. Они уже стали богами. Единственное, что нас спасает, это то, что они пока этого не сознают.

Он начинает яростно закручивать бороду.

— Единственная проблема в том, что «5-й мир» создан смертными. В нем действуют правила, установленные для смертных. Таким образом, они создали новое пространство, которое неподвластно нашему прямому вмешательству.

— Если я правильно понял, человек по-прежнему находится под властью богов, но он создал искусственную зону, которая неподвластна богам.

— Как если бы обезьяны в зоопарке построили внутри своей клетки другую и завели бы там лемуров. Или если бы муравьи в стеклянном боксе построили гнездо с клещами и наблюдали бы за ними, чтобы понять собственное положение.

Я понимаю и то, что маленькая кореянка Юн Би изменяет сейчас все законы Вселенной.

Мы возвращаемся в зал, где я впервые увидел Зевса.

— Теперь, — говорит он, — ты знаешь все. Как видишь, это ничего не меняет.

Вдруг одна вещь притягивает мое внимание. Огромное кресло повернуто к окну, задернутому занавесом.

С лица царя Олимпа исчезает улыбка.

— Я хочу знать, что за этим окном, — говорю я так решительно, что это удивляет меня самого.

Зевс не отвечает. Я повторяю:

— Я хочу знать, что за этим окном.

Я понимаю, что все окна, балконы, террасы, которые я видел во время прогулки по дворцу, выходили на запад. Ни одного окна на восток. В этом дворце отовсюду видно Олимпию у подножия, но мы на горе, значит, можно увидеть и другой склон.

Реакция Зевса убеждает меня, что речь идет о чем-то важном. Я внезапно вспоминаю: «Слово „апокалипсис" не означает „конец света". Это значит „падение завесы", исчезновение завесы иллюзий, которые мешают нам увидеть правду, потому что она удивительна и мы не смогли бы вынести ее».

— Я хочу знать, что за этим окном!

Зевс все так же неподвижен.

Тогда я бросаюсь к окну, отдергиваю пурпурный занавес, открываю окно, распахиваю ставни.

115. ЭНЦИКЛОПЕДИЯ: ПАНДОРА

Ее имя означает «всем одаренная». Прометей подарил людям огонь вопреки запрету Зевса, и тот решил его наказать.

Он попросил Гефеста сделать совершенную женщину, обладающую всеми возможными дарами. Гефест выполнил просьбу Зевса, и все боги одарили ее разнообразными талантами. Пандора необыкновенно хорошо играла на музыкальных инструментах, а Гермес завершил дело, наделив ее удивительным красноречием. Пандора явилась братьям Прометею и Эпиметею. Прометей сразу заподозрил неладное, увидев женщину слишком совершенную, чтобы это было правдой. Но Эпиметей немедленно влюбился и взял ее в жены.

Зевс подарил супругам ларец. «Возьмите этот ларец и храните его в надежном месте. Но, предупреждаю вас, ни в коем случае не открывайте его», — сказал он.

Эпиметей, ослепленный любовью к Пандоре, забыл о предупреждении Прометея — никогда не принимать подарков от богов. Он спрятал у себя дома ларец, полученный от Зевса.

Пандора была счастлива со своим мужем. Мир казался волшебным местом. Никто не болел и не старился. Никто не был зол.

Но Пандора все думала, что же может быть в загадочном ларце.

— Мы только посмотрим, что там, — упрашивала она Эпиметея, используя все свое обаяние.

— Нет, ведь Зевс запретил нам открывать его, — отвечал ей муж.

Пандора каждый день умоляла Эпиметея открыть ларец, но он отказывался. Однажды утром Пандора воспользовалась тем, что мужа не было дома, и проскользнула в комнату, где был спрятан подарок Зевса. Она взломала ларец и медленно приоткрыла крышку.

Но прежде чем она успела заглянуть внутрь, оттуда раздался страшный вопль, протяжный стон, полный боли. Пандора в испуге отшатнулась. Из ларца вырвались беды и несчастья — ненависть и зависть, жестокость и гнев, голод и нищета, боль и болезни, старость и смерть.

Пандора попыталась закрыть крышку, но было слишком поздно: беды уже обрушились на человечество. Однако на самом дне опустевшего ларца оказалось еще кое-что. Какой-то пустяк в самом уголке. Это была надежда. И хотя людям пришлось познать горе, но надежда всегда остается с ними.

Эдмонд Уэллс.
«Энциклопедия относительного
и абсолютного знания», том V

116. АПОКАЛИПСИС

То, что я вижу, заставляет меня отшатнуться в изумлении.

— Боже мой, — шепчу я.

Зевс с сочувствием говорит:

— Ты хотел знать. Теперь ты знаешь.

Я оглушен.

Зевс подходит и кладет руку мне на плечо. Кажется, он стал немного меньше ростом.

Туман поредел, и передо мной... гора, вершина которой теряется в облаках. Я думал, что уже на вершине, а на самом деле прошел лишь часть пути.

— Вот поэтому я не хотел приходить сюда, — говорит царь богов.

Значит, я не на вершине Эдема. И Зевс не Верховный Бог.

Он следит за моим взглядом.

— Я тоже каждый вечер смотрю туда и думаю: «Что там наверху?»

Я стою, широко раскрыв глаза. Вдруг наверху, пробиваясь сквозь плотные облака, трижды вспыхивает свет. Словно дразнит нас.

— Я солгал тебе. Я не создал Вселенную, животных, человека, я выдумал все это. Даже моя лаборатория — всего лишь декорации, которые убеждают меня самого в том, что я Верховный Бог. Но... нет. Я не Творец. Я просто Зевс, царь богов-олимпийцев. Я только «8». Восьмерка, бесконечный бог. Но есть что-то, что превыше бесконечности. Это «9».

Он произносит «девять» с благоговением, его голос дрожит от волнения.

Зевс поворачивается к другому окну, которое выходит на запад.

— Я управляю всем, что находится у подножия «моей» горы. Я повелеваю другими богами, которые повелевают ангелами и людьми. Но и надо мной есть то, что выше меня. Я не знаю, что это. Я пытаюсь представить.

Он становится еще меньше.

Толкуя цифры так, как учил меня Эдмонд Уэллс, я пытаюсь понять:

— 9... Линия любви, такой же виток спирали, как у ангела. Но ангел, 6, — это спираль, спускающаяся с неба. А «Творец», 9, — виток любви, поднимающийся к небу.

Зевс кивает, он тоже думал об этом.

— 9 — цифра, обозначающая вынашивание, возникновение, зарождение.

— Я думаю, что Творец, 9, создал человека и богов по собственному подобию. Для того чтобы понять, чем может оказаться 9, я искал новых ощущений, менял любовниц, любовников, пускался в новые приключения. Я хотел, чтобы реальность показала мне, кто я на самом деле и откуда пришел. Мы все пришли оттуда.

Зевс становится еще меньше. Теперь мы одного роста.

— Однажды я сказал себе: «А если там ничего нет?» Я надеялся на это. Так надеялся. Возможно, самое худшее во всем этом то, что я, Зевс, — «верующий» бог.

— Вы можете превратиться в лебедя и полететь к вершине.

— Она окружена защитным полем. Ни одна птица, ни одно живое существо не может проникнуть туда.

И тут я понимаю, что жалею его. Зевс больше, чем кто-либо другой, осознает, чего лишен. Другие верят в Зевса, но он знает, что он не последняя ступень. «Чем больше знаешь, тем больше осознаешь собственное невежество».

Словно для того, чтобы оторвать меня от созерцания горной вершины, Зевс подталкивает меня к другому окну, из которого видна Олимпия.

— Я отдалился от других богов, чтобы создать собственную тайну, подобную той, которая окружает Его. Чем меньше меня видят, чем больше препятствий на пути ко мне, тем больше они уважают и почитают меня, тем большей таинственностью я окружен. Возможно, ОН, 9, там, наверху, поступил так же. Окружил себя тайной. И Ему это удалось. С тех пор как я здесь, я целыми часами смотрю на вершину Его горы.

Он наклоняется ко мне, чтобы я видел его глаза.

— Я верю в «Него». Я верю, что существует бог, который выше меня.

— Но зачем же тогда нужна Игра «Y»?

— Это самое удивительное. Победивший будет первым и единственным, кому удастся пройти сквозь силовое поле.

— Ученик сделает то, что не под силу самому Зевсу?

Царь Олимпа опускает глаза.

— Однажды сверху что-то упало. Бутылка с запиской внутри. Мне принес ее один из моих приятелей циклопов. Там были инструкции. Я помню каждое слово: «Организуйте игру, чтобы выбрать бога, который предложит лучшее решение „проблемы «Земли-1»“. 17 первых выпусков рассматривайте как черновики. Победитель 18-го набора сможет преодолеть силовое поле».

Значит, все предыдущие выпуски были не нужны. Важен только этот.

— Иногда я завидую богам-ученикам. Завидую тебе. Пока ты в игре, ты можешь стать «тем, кого ждут», тем, «кто, может быть, поднимется наверх» — впервые в истории этого мира.

Зевс становится еще меньше. Теперь он на несколько сантиметров ниже меня.

Он поворачивается к восточному окну.

— Туда отправится ученик-победитель. Не Старшие боги, даже не я, Зевс. Только он, Победитель.

Зевс делает неопределенный жест.

— Если хочешь, можешь остаться здесь, со мной.

Царь богов утирает вспотевший лоб.

— Почему вы мне это предлагаете?

— Мне скучно. Все скучно. Я старый усталый бог, и мне уже не узнать больше того, что я знаю. Я принимал разные формы, был с разными народами, становился не только гигантским глазом, белым кроликом, лебедем, но и богом-учеником, Старшим преподавателем. Я перепробовал все, знал богинь, героинь, героев. Они больше мне не интересны. Я велел Сфинксу преградить путь тем, у кого ограниченный ум, я хотел, чтобы ко мне приходили только чистые души.

Он расхаживает взад и вперед.

— Никто не пришел, и я пожалел, что Сфинкс задает слишком сложный вопрос. Я испугался, что никто не придет, и я навсегда останусь один. Но я не захотел менять загадку.

Зевс садится на пол.

— Даже мой музей, искусство, женщины, компьютеры — все это утомляет меня. Я стараюсь восхищаться, но я пресытился. Бессмертие — это очень долго.

Он подходит ко мне.

— Вселенная не так велика, и в ней не так уж много тех, с кем бы хотелось поговорить. Все такие предсказуемые. Но ты... не знаю почему, но ты забавный.

— Я хочу спуститься, — говорю я.

Зевс останавливается передо мной.

— Мне бы было очень приятно, если бы ты остался. Мы бы наблюдали отсюда за людьми и богами. Ты стал бы, как и я, 8.

— Я хочу спуститься.

Он долго смотрит в глубь моей души.

— У тебя есть свобода выбора. Я приму любое твое решение.

Я стою неподвижно, а в голове проносятся, сталкиваясь, тысячи противоречивых мыслей.

— Если ты захочешь вернуться, я сдержу обещание. Дам тебе крылатого коня, ты спустишься вниз, и все будет так, словно ничего не произошло.

В голосе Зевса слышится сожаление. Он снова начинает расти. На троне снова восседает десятиметровый гигант.

— Значит, ты принял решение?

— Я прошел только четыре пятых пути. Первый этап — континент мертвых, я оказался там, когда был танатонавтом.

Второй этап — Империя ангелов, я попал туда, когда выбыл из цикла перерождений.

Третий этап — Эдем, здесь я стал богом-учеником.

Четвертый этап — дворец Зевса. Я смог добраться сюда.

Пятый этап впереди — сделать больше, чем Зевс, и попасть на вершину Эдема, туда, откуда светит луч, который манит меня с тех пор, как я оказался на этом острове.

— Я понимаю, — говорит Зевс. — На твоем месте я бы поступил так же. Иногда у богов-учеников больше возможностей, чем у их учителей. Я так и не узнаю Последней Тайны. Я дам тебе коня, ты спустишься и вернешься в игру. И еще совет — помни, откуда ты на самом деле.

Зевс, слегка сутулясь, закрывает ставни и задергивает пурпурный занавес, скрывая горную вершину, где находится Существо, стоящее выше него. Отныне я буду называть его 9, Творцом.

На прощание царь богов превращается в огромный глаз, который когда-то так поразил мое воображение, а теперь я совсем ему не удивляюсь.

— Знаешь, я завидую тебе, Мишель Пэнсон.

Я уже не слушаю его.

У меня появилась новая мечта.

СОДЕРЖАНИЕ

Литературно-художественное издание

Вербер Бернар

Дыхание богов

Генеральный директор издательства *С. М. Макаренков*

Редактор *Ю. Назлоян*
Ведущий редактор *Ю. Глущеня*
Выпускающий редактор *Е. Крылова*
Художественное оформление: *Е. А. Калугина*
Компьютерная верстка: *А. Дятлов*
Корректор *О. Круподер*

Подписано в печать 26.04.2012 г.
Формат 70×100/32. Гарнитура «Newton».
Печ. л. 19,5. Тираж 5000 экз.
Заказ № 3963

ООО Группа Компаний «РИПОЛ классик»
109147, г. Москва, ул. Большая Андроньевская, д. 23
www.ripol.ru

Отпечатано с готовых файлов заказчика
в ОАО «Первая Образцовая типография»,
филиал «УЛЬЯНОВСКИЙ ДОМ ПЕЧАТИ»
432980, г. Ульяновск, ул. Гончарова, 14

ГДЕ КУПИТЬ КНИГИ
ООО ГРУППА КОМПАНИЙ «РИПОЛ классик»

ПРЕДСТАВИТЕЛЬСТВО
г. Санкт-Петербург

ООО РЦ «Северо-Запад»
г. Санкт-Петербург
(812) 622-06-19
vilyanov@ripol.ru

Сеть книжных магазинов «Буквоед»,
г. Санкт-Петербург
(812) 346-52-27
www.bookvoed.ru

УРАЛЬСКИЙ ФЕДЕРАЛЬНЫЙ ОКРУГ

ПРЕДСТАВИТЕЛЬСТВО
г. Екатеринбург

**ООО «Книжная дистрибьюторская
компания КТК»**
г. Екатеринбург, (343) 378-27-74
ripol-ural@yandex.ru
icg 315970858; ikg 313634531

**г. Уфа,
Сеть книжных магазинов «Планета»**
тел. единой справочной: (347) 284-84-88
e-mail: planeta4a@mail.ru

ПРЕДСТАВИТЕЛЬСТВО
г. Челябинск

ООО «Уральский Книжный Центр»
г. Челябинск
(351) 232-20-08, (351) 232-20-08
chel@atticus-group.ru

ООО «ИнтерСервис»
г. Челябинск 454000,
Челябинск, ул. Кирова, д. 82
(351) 247-74-14, (351) 247-74-15
www.fkniga.ru; zakup@intser.ru

ООО «Люмна»
г. Екатеринбург 620137,
г. Екатеринбург, ул. Студенческая, д. 1в
(343) 228-10-91
www.lumna.ru

**Книготорговая Компания
«Дом Книги», ЕКб**
620077 Екатеринбург, ул. А. Валека, 12
(343) 253-50-10
www.domknigi-online.ru
domknigi@e1.ru

ДАЛЬНЕВОСТОЧНЫЙ
ФЕДЕРАЛЬНЫЙ ОКРУГ

ООО «Мирс»
680000 г. Хабаровск,
ул. Промышленная, 11
(4212) 26-87-30, (4212) 47-00-47
www.bookmirs.ru

Сеть магазинов «Книга-Сервис»,
г. Южно-Сахалинск 693000
Сахалинская область г. Южно-Сахалинск
ул. Ленина, 286
(4242) 72-46-98,8-4242-40-10-28, 72-46-98
kniga-servismail.ru

ПРИВОЛЖСКИЙ
ФЕДЕРАЛЬНЫЙ ОКРУГ

ООО «Чакона» г. Самара 443080,
Самара, Московское шоссе, д. 15
ТЦ «Фрегат», маг «Чакона», 3-й этаж
(846) 331-22-33
www.chaconne.ru

ООО «Метида»
г. Самара 443105, г. Самара,
пр-т Юных пионеров, д. 146
(846) 269-17-17
www.metida.ru

ООО «Таис»
г. Казань 420029
г. Казань, ул.Сибирский Тракт, д. 5
(843) 272-27-82
tais@mi.ru

ООО «ТД Аист-Пресс»
г. Казань 420039
г. Казань, ул. Декабристов, д. 182
(843) 525-55-40, (843) 525-56-15
astp07@bk.ru; astp@kai.ru

СЕВЕРО-ЗАПАДНЫЙ ФЕДЕРАЛЬНЫЙ ОКРУГ

ООО «Книги и книжечки»
г. Калининград 236011,
г. Калининград, ул. Судостроительная, 75
(40-12)- 35-37-65

ООО «Книгобалт»
Название сети: Polaris Латвия, Рига,
т/ц Domina, т/ц Mols, т/ц Alfa,
т/ц Dole (2-й этаж), т/ц Talava, т/ц Origo,
Дом Москвы (ул.Маряяс 7),
ул. Гертрудес 7,
ул. Персес 13, ул. Дзирнаву 102
(371) 67-50-70-73
polaris@kniga.lv; kniga@kniga.lv

ООО «ПрессОптим»
Москва (Янус, Рига)
8-371-672-04-633
www.janus.lv/rus

Московское представительство
(499) 909-40-04
press-liga@yandex.ru

СИБИРСКИЙ ФЕДЕРАЛЬНЫЙ ОКРУГ

ООО «ТОП-книга»
630117 г. Новосибирск
ул. Арбузова 1/1 корп. 14
(383) 363-3474, (383) 344-96-96
www.top-kniga.ru

ООО «Сиберк»,
г. Новосибирск 630105
г. Новосибирск, ул. Линейная, 114
(383) 212-50-90
www.sibverk.ru

ОПТОВО-РОЗНИЧНЫЕ ЦЕНТРЫ «ПРОДАЛИТЪ»

ИП Перевозников
664011 г. Иркутск, ул. Урицкого, 11А, а/я 139
(3952) 33-47-08
www.prodalit.ru; realiz@irk.ru
<prodalit@irk.ru>

ООО «ОСВ-Пресс»
г. Омск 644010, г. Омск-43,
ул. Коммунистическая, 22
(3812) 39-64-29
<omsk.osv@mail.ru>

ЦЕНТРАЛЬНЫЙ И ЦЕНТРАЛЬНО-ЧЕРНОЗЕМНЫЙ ФЕДЕРАЛЬНЫЙ ОКРУГ

ООО «Амиталь»
г. Воронеж 394021
г. Воронеж, ул. Грибоедова, д. 7-а
(4732)-26-77-77
www.amital.ru

ООО «Форум»
170001, Россия, г. Тверь,
проспект Калинина, д. 17г.
Наименование сети: г. Тверь «Мир книг»
(4822) 42-26-13

ИП Кудашова Н. Н.
Магазин «Кругозор»
214004, Смоленск,
ул. Окт. революции, дом 13
8 (4812) 65-85-03, 65-86-65
<krugozor@list.ru>

ЮЖНЫЙ ФЕДЕРАЛЬНЫЙ ОКРУГ

ООО «Владис»
г. Ростов-на-Дону 344082
г. Ростов-на-Дону, ул. Островского, 46
(8632) 90 72 16
www.vladisbook.com; vladis-book@aaanet.ru

ООО «Твоя книга»
г. Пятигорск, ул. Береговая, 14.
(8793)39-02-54, 39-02-53
www.kmv-book.ru; book@kmv-book/ru

ООО «Гермес-Царица»
400131,Волгоград, Аллея Героев, 3
(8442) 38-19-52

ООО «Букпресс»
350033, Краснодарский край,
г. Краснодар, ул. Товарная, 5
(861) 262-55-48
www.bukpress.ksdar.ru

ООО «Когорта»
350033 г. Краснодар, Ленина ул., 101,
(861) 279-54-21 – опт.,
262-36-08 – розн.
kogorta@mail333.com

интернет-магазин
www.kogortashop.ru

РЕСПУБЛИКА КАЗАХСТАН

Торговая марка «Гулянда»
050012 г. Алматы, Толе би, 111
(8727) 227-36-92
www.gulyanda.kz

Интернет-магазин «Меломан»
books@meloman.kz
www.meloman.kz

Оптовый склад «Меломан»
г. Алматы, ул. 2-я Ключевая, 6А
(ул. Татибекова)
7(727) 297-96-95
video@meloman.kz

ТРК Mega Center Almaty
Республика Казахстан, г. Алматы,
ул. Розыбакиева, 247
7(717) 232-26-22
books@meloman.kz

УКРАИНА

ООО «Планета Рипол»
04073, Украина, г. Киев,
пер. Куреневский, 17А
(044) 207-33-31, факс: (044) 581-56-94
ripolplanet@ukr.net

РЕСПУБЛИКА БЕЛАРУСЬ

Потапеня
220000, Республика Беларусь,
г. Минск, ул.Старовиленская, дом 100
(10-375) 287-35-72
bvv_plm@mail.ru, bvv_plm@tut.by

ИЗРАИЛЬ

Компания Исрадон
(10-927-99) 58-42-01
www.isradon.com

интернет-магазин
israalex53@gmail.com

МОЛДАВИЯ

Фирма «SRL"Libresco»
(373)-22-43-87-13
libresco@rambler.ru